Carola Lovering

Tell Me Lies

Dimmi bugie

Traduzione di Barbara Ronca

ROMANZO

MAGAZZINI SALANI

Titolo dell'originale inglese:
TELL ME LIES

ISBN 979-12-5957-281-3

Per essere informato sulle novità
del Gruppo editoriale Mauri Spagnol visita:
www.illibraio.it

Per la citazione alla pagina 309: *La sacra Bibbia,* Salmo 22,1-4
Traduzione di G. Bonaccorsi, G. Castoldi, G. Giovannozzi, G. Mezzacasa,
F. Ramorino, G. Ricciotti, G.M. Zampini

First Atria Books hardcover edition June 2018

Published with arrangements with Trellis Literary Management
and Berla & Griffini Rights Agency

www.magazzinisalani.it

Per mia madre, la Lucy originale –
sei la luce della mia vita.
E a chiunque abbia mai avuto uno
Stephen DeMarco: questo libro è per voi.

Tell Me Lies

PRIMA PARTE

1
Lucy

Agosto 2017

Apro gli occhi due minuti prima che la sveglia puntata alle cinque e quarantacinque cominci a suonare, d'istinto, da nevrotica, insonne newyorkese quale sono ormai diventata. La testa mi scoppia per colpa del vino – io e Dane ci siamo scolati due bottiglie con la cena che *io* ho pagato – ma mi costringo comunque a uscire dal letto. Tre capsule di ibuprofene, due caffè e un Adderall e riuscirò a sopravvivere alla giornata. E comunque, non è quello che fanno tutti, qui a New York? Sopravvivere?

Dane si agita sotto le coperte mentre io mi infilo i leggings Lululemon. Quelli nuovi: taglia quaranta, non la trentotto dell'ultimo anno di college. Uffa.

«Sei pazza?» biascica Dane, ancora mezzo addormentato. «Torna a letto». Con la faccia sepolta nel cuscino, si allunga ad afferrarmi una gamba.

Gli schiaffeggio la mano. «Ho lezione di SoulCycle alle sei e mezza. Mi sono già iscritta». Mi infilo a fatica un top sportivo. Mi vedo orrenda, con la pancia ancora gonfia che sporge da sotto i pantaloni elasticizzati.

Vado in bagno a sciacquarmi la faccia e mi lavo i denti, per non più di trenta secondi. L'orologio dice che sono le cinque e cinquantasei; sono già in ritardo. A New York, poco importa quanto io vada di corsa: sono sempre in ritardo. Prendo le mie cose di lavoro, l'occorrente per la doccia, un cambio d'abiti e il borsone per il fine settimana: devo partire per andare al matrimonio di Bree, e grazie al cielo ho avuto il buonsenso di fare la valigia prima di ubriacarmi con Dane.

«Ciao» gli dico, con la mezza speranza che si riaddormenti subito.

«Baby... vieni qui». Dane rotola sulla schiena e allarga le braccia. Mi chiama 'baby' dal giorno in cui ci siamo conosciuti, tre mesi fa: era pomeriggio, io ero già ubriaca e gli sono praticamente finita addosso da Frying Pan. Non ho potuto evitare di strofinargli il naso sul collo abbronzato e di annusare il suo buon odore, mentre il sole tramontava sull'Hudson River. «Ti va una Corona, baby?» mi aveva chiesto lui, sfoggiando un sorriso un po' ebete che rivelava un incisivo più lungo dell'altro. 'Baby' è un cliché, ovviamente, detto da un uomo come Dane. Però è così bello, ancora tutto assonnato, e gli permetto di trascinarmi a letto per un bacio di saluto.

«Allora non ci vediamo fino a lunedì?» bofonchia lui.

«Torno domenica sera».

«Okay. Allora vediamoci quando torni. Spassatela, baby. Sarai la damigella più sexy di tutte. Vorrei poter venire con te».

«Anche io, baby» dico, usando il nomignolo che lui usa con me. Un po' lo sto prendendo in giro, ma Dane non se ne accorge nemmeno. Mi piacerebbe davvero portarlo al matrimonio, ma Bree ed Evan hanno vietato l'accesso agli accompagnatori, a eccezione delle coppie ufficialmente fidanzate o sposate. E io e Dane siamo lontani anni luce da un fidanzamento ufficiale.

Esco dal mio appartamento che è ancora buio. La cucina è un completo disastro, per colpa tanto mia quanto di Dane, ma so già che lui non si prenderà il disturbo di riordinare. Non è granché utile, in quel senso. La mia nuova coinquilina, Julie, mi prenderà per una casinista. Se al suo posto ci fosse ancora Bree non le importerebbe, ma Bree non vive più con me. È andata a vivere con Evan tre mesi fa.

Quando metto piede in strada sono già le sei e otto minuti, e ho paura di far tardi con la metropolitana, quindi fermo un taxi con la mano. È da irresponsabili, spendere dieci dollari quando potrei tranquillamente viaggiare gratis – la MetroCard con corse illimitate è inclusa nel mio stipendio – ma non posso perdere SoulCycle.

Ovviamente la sala è piena, perché oggi c'è Courtney e le sue lezioni fanno sempre il tutto esaurito alle dodici e uno di ogni lunedì, un minuto esatto dopo l'apertura delle iscrizioni online. Io mi metto una sveglia ogni lunedì alle undici e cinquantacinque, apposta per non perdermele.

Stamattina Courtney ci fa a pezzi, e ho la testa che mi esplode: è evidente che dovevo bere più acqua.

«All'indietro! All'indietro! ALL'INDIETRO!» grida Courtney nel microfono, mentre un remix di Wiz Khalifa viene sparato a tutto volume dalle casse. Le cosce mi fanno un male pazzesco, ma ne vale sempre la pena, visto quante calorie brucio ogni volta. Aumento ancora il livello di resistenza.

«Il cardio fitness è vostro *amico*!» Courtney pedala più veloce di chiunque altro, con un sorrisone a trentadue denti stampato in faccia. Mi chiedo dove la prenda, tutta quell'energia, alle sei e mezza di mattina. Probabilmente lei non fa le ore piccole a bere litri e litri di Sauvignon Blanc e a mangiare patate fritte in compagnia del suo nuovo, fichissimo ma vagamente ridicolo quasi-fidanzato. Dane va al lavoro di rado. Probabilmente oggi rimarrà tutto il giorno nel mio letto, a guardare video di surf su YouTube, prima di dedicarsi al suo lavoro di 'marketing da remoto'.

Alla fine della lezione cammino a fatica, ma sono felice che sia finita, di avercela fatta. Mi faccio la doccia nello spogliatoio e mi preparo per andare al lavoro: un po' di trucco, non troppo. Poi percorro rapida sette isolati in direzione nordest, per raggiungere il mio ufficio tra la Quarantasettesima e la Madison.

«Sei arrivata presto» sogghigna Alanna quando entro. Ciò che intende è: 'Sei arrivata presto, ma non quanto me'. Alanna è in pieno delirio di onnipotenza, perché lei è un'*account manager* e io un'*account executive*, e quindi si comporta come se fosse il mio capo, quando il capo di tutte e due è lo stesso: Melissa, *direttrice delle vendite*. Dio, quanto odio i titoli del mondo aziendale.

«Sono andata a SoulCycle» dico, fissandola mentre mangia uno yogurt Chobani alla fragola. Alanna è sicuramente convinta che sia uno spuntino sano, ma lo sanno tutti che è zeppo di zuccheri, a meno di non prendere quello bianco.

Lei mi ignora, leccando con fare decisamente poco attraente il coperchio del vasetto e buttando poi tutto nella spazzatura. Vorrei dirle che dovrebbe differenziare i rifiuti, ma lei ricomincia a ticchettare sulla tastiera con le unghie laccate di bordeaux. Porta i capelli neri e lunghi appuntati in uno chignon in cima alla testa, come ogni volta in cui non le va di piastrarli o pettinarli in onde perfette, alla Victoria's Secret. Come sempre ha gli occhi truccati di nero, il che li fa risaltare sul viso pallido. Alanna non è bella, di per sé, ma come molte ragazze a New York, fa tutto ciò che è in suo potere per sembrarlo. Strappa e taglia e tinge e digiuna per trasformarsi in una persona che non è. Non sto dicendo che a me venga tutto naturale – ancora non riesco a evitare di monitorare quel che mangio, e ormai ho perso il conto delle confezioni di bronzer marca Hoola che ho consumato – ma non andrei mai due volte a settimana dal parrucchiere solo per la piega, come certe ragazze che conosco, né spenderei centoquaranta dollari per le extension alle ciglia. Le ragazze di Manhattan si adeguano a un certo standard, ma io non ho il tempo né i soldi per fare altrettanto. E poi, secondo me, quando il make-up diventa un mascherone, fa paura. Non che io sia una top model, nulla del genere, ma se non altro passo sempre per la ragazza carina che non deve sforzarsi troppo. Mascara, un tocco di eyeliner e sono a posto.

Controllo le email, gli occhi che bruciano per la stanchezza. L'Adderall mi ha fatto poco o niente. Stasera, alla cena di prova, sarò un disastro.

Melissa ci sgattaiola alle spalle senza nemmeno salutarci, ma non appena entra in modalità 'Sono-il-capo' tutta la sua timidezza si scioglie come neve al sole.

«Lucy, hai stampato l'ordine del giorno per la riunione?» chiede con voce squillante, distogliendo lo sguardo. Melissa è vittima di un delirio di onnipotenza ancora più grosso di quello di Alanna: il che, sommato alle sue inabilità sociali, crea una combinazione francamente terrificante.

Le porgo una cartellina contenente dieci fascicoli di fogli già spillati.

«Il cliente di Expedia arriva tra venti minuti. Alanna, vai a prendere qualche brioche da Financier. E anche un vassoio di frutta, se ce l'hanno».

«Certo». Alanna detesta essere spedita a fare commissioni, e freme di rabbia. Ecco una cosa che io e lei abbiamo in comune: a nessuna delle due piace Melissa, e a Melissa non sembra andare a genio nessuna di noi due.

«Lucy». Melissa si gira a guardarmi. «Ricordami l'ordine del giorno».

«Non è meglio aspettare Harry?» Harry è il vicepresidente del settore marketing, il capo di Melissa, e un tempo il *mio* capo, prima che lui e Melissa ottenessero una promozione. Harry è la persona che preferisco a *The Suitest*, la rivista digitale di media levatura per cui lavoro, nonché 'la più completa guida online ai migliori hotel del mondo'. Harry indossa sempre cravatte di Pucci e in pausa pranzo mi porta con sé alle vendite campionarie. Suo marito, Dominick, è un redattore di *Departures*, e i due vivono all'ottantunesimo piano del nuovo grattacielo che svetta su Park Avenue. Harry mi permette di nascondermi nel suo ufficio quando Melissa fa particolarmente la stronza. Non può licenziarla perché è brava – quello che fa lo fa bene, e anche in fretta – ma è d'accordo con me quando dico che ha un enorme palo ficcato nel culo. Harry dice che un sacco di gente nel nostro campo ha un palo nel culo, ma non possiamo prenderla sul personale.

«Harry non si occupa di Expedia» mi dice Melissa in tono secco, anche se lui era presente alla riunione della scorsa settimana.

«Ma partecipa sempre alle riunioni con i clienti».

«Non più» abbaia Melissa. «Di questo cliente mi occupo io, adesso. Sono io che l'ho ottenuto».

Resisto alla tentazione fortissima di alzare gli occhi al cielo.

Melissa non perde mai occasione per ricordare a tutti che Expedia ce lo ha fatto ottenere *lei*. A dire il vero, non ho proprio idea di come ci sia riuscita.

Ripercorriamo insieme l'ordine del giorno; Alanna ritorna con un vassoio di brioche appena sfornate; i clienti arrivano in orario, e la riunione ha inizio. I responsabili di Expedia prediligono le riunioni veloci, cosa che apprezzo, visto che la testa mi fa ancora male. Sono già al terzo caffè. Non tocco cibo, anche se ucciderei per un croissant al cioccolato. Fisso Alanna che fissa le brioche, e scommetto che lei ne vorrebbe una tanto quanto la voglio io. Magari si è già concessa un assaggio da Financier. Melissa affonda senza vergogna i denti in una frittella alle mele, ignara dei pericoli dei carboidrati in un modo che quasi mi porta a invidiarla: ma no, certo che non la invidio. Melissa ha trentun anni, è single, è parecchio strana e passa tutto il suo tempo libero da sola col suo gatto o pubblicando su Instagram selfie col suo gatto: se non fosse una stronza colossale, mi farebbe anche pena.

Quando il cliente se n'è andato, trascrivo il verbale della riunione per Melissa e le ricordo che oggi devo andarmene presto. Lei mi scocca un'occhiata come se non lo sapesse, anche se gliel'ho anticipato un mese fa e da una settimana glielo ricordo praticamente ogni giorno.

«Per il matrimonio della mia amica in New Jersey? Sono una damigella e oggi c'è il pranzo delle damigelle. Te l'ho ricordato ieri? Parto dalla Penn Station alle undici e due?» Tutto ciò che dico suona come una domanda. Quanto vorrei che Melissa non mi rendesse tanto nervosa.

«Bene». Melissa mi lancia un'occhiataccia e poi distoglie lo sguardo. Alanna si rovescia il caffè sulla manica della camicetta e lancia un'occhiataccia al disastro che ha combinato. Nel settore delle vendite, lanciare occhiatacce è un must.

«Prima di andartene, vieni nel mio ufficio». Melissa sfrutta ogni opportunità per ribadire che adesso che è direttrice delle vendite ha *un ufficio*, anche se la promozione risale ormai a un anno fa e 'l'ufficio' è in realtà un cubicolo senza porta, a un metro dalla mia scrivania.

«Adesso?» dico con un nodo allo stomaco.

«Adesso sarebbe perfetto» sogghigna Melissa, e sento Alanna ridacchiarmi alle spalle.

Seguo Melissa nel suo 'ufficio'.

«Mi dici, per favore, che cosa cavolo è questo?» Melissa gira verso di me il portatile, aperto alla pagina del sito *Departures.com* su un articolo intitolato 'Vale la pena? I rischi che corriamo pur di viaggiare', firmato Lucy Albright.

«È un articolo che ho scritto».

«Questo lo vedo». L'espressione di Melissa muta in un cipiglio furibondo, imbruttendola all'istante. Mi concentro sul suo fondotinta, su quanto è steso male, su come la pelle giallognola attorno alla bocca sembri quasi creparsi. Mi fa sempre uno strano effetto quando mi affronta di persona. Melissa adora usare la sua autorità per prendersela con me o Alanna, ma di solito lo fa nascondendosi, in relativa sicurezza, dietro lo schermo di un computer, da cui invia email passivo-aggressive, o dietro messaggi inviati da un metro di distanza, senza dover pronunciare una sola parola. Melissa è un buon elemento per *The Suitest* – Expedia è il nostro maggior cliente – ma si sente troppo a disagio quando deve intavolare conversazioni che non riguardino l'ordine del giorno delle riunioni.

«Non sapevo che avessi intenzione di diventare una giornalista esperta in salute». La faccia le si contorce in una smorfia irriconoscibile, forse per la rabbia, forse per il senso di disagio, non saprei dire quale dei due.

«È solo che ogni tanto faccio lavori da freelance. L'articolo è uscito due settimane fa. Come l'hai trovato?»

«È su internet, non è mica materiale secretato. Me lo ha fatto notare Alanna».

Alanna. Lo sapevo, cazzo.

«È un pezzo che ho scritto e consegnato mesi fa. Me l'ha suggerito Dominick».

«Il Dominick *di Harry*?»

«Sì».

«E *Harry* lo sa?»

«Sa che mi piace scrivere e che sto cercando di ottenere più incarichi da freelance, ecco perché mi ha messo in contatto con Dominick. Non vedo dove sia il problema».

«Il *problema*, Lucy, è che hai scritto un articolo su Cabo San Lucas e non hai nemmeno accennato al nostro *cliente* di Cabo San Lucas. Las Ventanas al Paraiso. Tu sei innanzitutto una dipendente di *The Suitest*. Hai una vaga idea di che figura ci stai facendo fare? E se lo vedesse Sonja? So che anche Harry sarebbe d'accordo se leggesse l'articolo, cosa che chiaramente non ha fatto». La bocca le si contrae in un ringhio, e mi rendo conto che si sta gustando ogni attimo: non le sembra vero di avere l'opportunità di farmi fare la figura dell'idiota. Sentire un tale disprezzo fuoriuscire dalla sua bocca anziché vederlo scritto in lunghi paragrafi puntati o in una chat di messaggistica istantanea è sconcertante. È ovvio che è fiera di sé per aver deciso di gestire la faccenda di persona.

«Non avrei potuto includere Las Ventanas nel pezzo, Melissa. Sono io che mi occupo di quel cliente. Sarebbe stata una scelta di parte e poco professionale».

«*Questo* è poco professionale». Punta un dito contro lo schermo del portatile. «Hai incluso Casa Dorada, uno dei principali concorrenti di Las Ventanas. Sei per caso impazzita? Ti prego, dimmi almeno che non è mai stato stampato».

«No».

«Oh, grazie a Dio» sospira lei, come se avesse appena sventato una guerra nucleare con l'Iran. «Devi farlo rimuovere immediatamente».

«Dici sul serio?»

«Sono serissima, Lucy». Melissa incrocia le braccia pallide e paffute e fissa lo sguardo imbarazzato su un punto indefinito oltre la mia spalla sinistra.

«Melissa, l'articolo è una riflessione sul virus Zika e sullo stato attuale delle vacanze ai Tropici. Non ha niente a che vedere con la mia opinione sugli hotel di Cabo. Anzi, non parla *proprio* di Cabo. Ho fatto cenno all'altro hotel solo perché lì c'è stato un focolaio. Per loro non è nemmeno una buona pubblicità».

«Non mi interessa. Se Sonja lo vedesse potremmo perdere il cliente. E se vuoi scrivere mi chiedo perché lavori alle vendite...»

«Melissa, è *un* articolo. Lo sai che mi piace scrivere: ho pubblicato qualcosa come freelance e l'anno scorso ho scritto anche un post per *The Suitest*. Però mi piace il mio lavoro alle vendite». Quando mi esce di bocca, quella bugia si lascia dietro un sapore sgradevole, metallico.

È una menzogna con cui convivo ormai da tre anni, sostenuta dal consiglio di Harry: «Vuoi diventare scrittrice di viaggio? Ecco un ottimo modo per iniziare, per farti conoscere, tesoro. Occupati di vendite per un anno, fatti qualche contatto, e poi fai il grande salto nell'editoriale. Facilissimo, no?»

Ma non è stato affatto facilissimo; trascorso il primo anno, l'unico posto che si è liberato nel settore editoriale è stato assegnato alla figlioccia dell'editore. Vance, il direttore editoriale di *The Suitest* nonché amico di Harry, mi ha accordato il permesso di scrivere post mensili in cui recensivo bar o ristoranti di hotel newyorkesi, ma la cosa non è durata a lungo. Quando Melissa ha saputo che sul sito di *The Suitest* era uscita una mia recensione del nuovo rooftop bar del The William Vale, ha subito informato Vance che io lavoravo per lei nel reparto *vendite*, e non avevo tempo per dargli una mano con i suoi progetti. Harry dice che non dovrei preoccuparmi tanto, che dovrei essere paziente. Che dovrei cercare di farmi apprezzare di più da Melissa. *Ah!* Melissa mi odia. Poco importa quanto mi impegni e quanto io venda, Melissa mi odierà sempre.

«Lucy» sbotta. «Stavolta hai davvero esagerato, l'articolo deve sparire subito. Chiama Dominick o chiunque ti abbia dato l'incarico per *Departures* e assicurati che per la fine della giornata non ci sia più».

«Penso che dovresti almeno chiedere a Harry, prima».

«Purtroppo per te, Harry non è più il tuo supervisore. Né gestisce Las Ventanas come cliente».

«Ma...»

«Abbiamo finito». Melissa gira il portatile verso di sé e finge di essere già impegnatissima. È questo il mio problema con le vendite: è un reparto pieno di egocentrici palloni gonfiati come Melissa e Alanna, convinti che i clienti siano semidei e che si eccitano a creare problemi dal nulla per poi comportarsi come se avessero salvato il cliente, e di conseguenza il mondo, risolvendoli. E nonostante gli incoraggiamenti di Harry, e una promozione che non ha avuto altro effetto che sostituire la parola *coordinator* con *executive*, non sono più vicina a fare il salto nell'editoriale di quanto non fossi tre anni fa, soprattutto finché sopra di me c'è Melissa. Però questo lavoro mi paga le bollette, e i centocinquanta dollari che ho avuto da *Departures* sono stati una goccia nell'oceano, in confronto.

Esco dall'ufficio di Melissa e raccolgo le mie borse, resistendo alla tentazione di farle finire sulla nuca di Alanna mentre mi avvio verso la porta. Essere pubblicata su *Departures* era stato un enorme passo in avanti per la mia carriera di freelance, soprattutto rispetto ai precedenti incarichi. Quando Dominick mi aveva suggerito di scrivere il pezzo, avevo passato un intero weekend facendo ricerche e scrivendo. Era *Departures*! Praticamente *Travel + Leisure* o *Condé Nast Traveler*, o quantomeno lo stesso livello. Non c'era verso che chiedessi a Dominick di cancellarlo.

Le strade sono fangose, e Madison Avenue è intasata, ma riesco comunque a fermare un taxi. Il colloquio con Melissa mi ha fatto fare tardi e temo di non riuscire ad arrivare in tempo, se uso la metropolitana.

La Penn Station in pratica è il rifugio per tossici dei trasporti newyorkesi. È un labirinto per topi con soffitti bassi, anonimo e privo di finestre, ed è sempre zeppo di gente, al punto che a malapena si riesce a muoversi. Con il trolley, la borsa, la borsetta e il sacchetto di Bergdorf Goodman che contiene il regalo di nozze per Bree ed Evan – ancora non ci credo che *Bree* ha fatto la lista di nozze da Bergdorf – è ancora peggio, e quando finalmente trovo posto a sedere sul treno delle undici e due minuti diretto a Tewksbury, New Jersey, sono sudata fradicia.

Il telefono comincia a vibrarmi in grembo.

Dane: Torna a casa, baby.

Santo Dio. Una delle mie migliori amiche *si sposa* domani e io esco con Dane: uno skater con la fissa del surf convinto che io mi chiami 'baby', che *dimentica* di continuo il portafogli e che, su una spalla bellissima e muscolosa, ha tatuato a caratteri cubitali 'MENO PAROLE, PIÙ AZIONI'. È questa la bizzarra realtà della vita a venticinque anni: all'improvviso scopri con terrore che tutto – lavori, persone, decisioni – adesso *conta davvero*, molto più di quanto contasse prima. Perdere tempo è un lusso che non posso più concedermi.

Guardo la città scivolare via dal finestrino del treno. Chiudo gli occhi, esausta, ma consapevole che non riuscirò a dormire. Non riesco mai a dormire sui mezzi di trasporto. Sono troppo agitata per leggere, perciò comincio ad ascoltare i Fleetwood Mac come un'invasata e a pregare che le occhiaie livide che ho sotto gli occhi spariscano per magia prima di arrivare a Tewksbury.

Adesso che sono sul treno, che sono in viaggio, sono troppo preoccupata per pensare a Melissa, all'articolo di *Departures* e a come risolverò la faccenda. Perché Bree sta per sposare Evan. Bree sta per sposare Evan, e ci sarà anche *lui*: *noi* saremo entrambi lì, senza accompagnatori, e io non so se ce la faccio. Il nodo allo stomaco peggiora di minuto in minuto, il dolore è tanto familiare da crearmi un nauseante déjà vu. Lo stesso terrore torcibudella con cui ho convissuto per anni.

La cena di prova sarà tra poche ore, e anche se Bree mi ha promesso di aver invitato solo le damigelle e la famiglia, magari si sbaglia. Quando me lo ha detto non aveva effettivamente consultato l'elenco degli invitati.

Ancora non riesco a pensare a lui senza pensare al sesso. Anche se, emotivamente, sono riuscita a lasciarmi alle spalle parecchie cose, l'attrazione fisica continua a riaffiorare. Chiudo gli occhi e mi ritrovo lì, a quattro zampe, lui dietro di me, e riesco quasi a vedere l'espressione famelica dipinta sulla sua faccia; questa visione non ha niente a che vedere con l'amarlo ancora o il sentirne la mancanza, è una cosa puramente animalesca, fisica, a cui adoro ripensare. C'è qualcosa, nel sesso fatto in quel modo, che mi corrode dentro, che di tanto in tanto mi travolge di nuovo con ricordi vividissimi, come una malattia cronica. Non è l'unico che mi abbia scopato in quel modo, ma è stato il primo.

Il telefono vibra di nuovo. È la chat di gruppo con Jackie e Pippa. Hanno preso un volo da Los Angeles questa mattina.

> **Pip**: Ci siamo quasi, credo, ma l'autista Uber è confuso. Come si scrive Tooksberry, Luce? Tooksbury? Non vediamo l'ora di abbracciarti fortissimo!!!

Tewskbury, le rispondo. Ansia a parte, l'idea di rivedere Jackie e Pip mi entusiasma. Bevo un po' d'acqua e mi ricordo di concedermi un momento di tregua. Se Bree stesse sposando chiunque altro, niente di tutto questo starebbe succedendo, e io sarei solo una buona amica, una damigella normale, anziché un fascio di nervi zuppo di sudore e semidelirante, che rischia di scoppiare nel suo vestito taglia trentotto di Self-Portrait. Non sono più una trentotto e, dopo tre anni di terapia e numerose conversazioni con il mio nutrizionista sui potenziali rischi per la mia fertilità, ho imparato a conviverci, ma per questo matrimonio la taglia del vestito doveva essere quella.

Il panico è dovuto in parte al fatto che Bree mi manca, questo lo so. E al fatto che l'ho guardata impacchettare metà del nostro appartamento dopo due anni insieme, mentre *Julie* prendeva il suo posto, coi suoi cuscini decorativi pieni di volant e il frullatore che fa un casino tremendo.

Il treno rallenta entrando nella stazione di Tewksbury, e quando frena la testa rischia di scoppiarmi. È agosto: fuori fa caldo, ma grazie a Dio l'aria è meno umida di quella di Manhattan. Ficco le valigie sul primo taxi disponibile e do al tassista l'indirizzo dei genitori di Evan. Hanno deciso di celebrare il matrimonio nella sua cittadina natale, in New Jersey, anziché a Darbydale, Ohio, dove è cresciuta Bree. «Una location più comoda, appena fuori città: più facile da raggiungere per tutti», ha spiegato Bree. E il sottinteso era: 'È Evan ad avere una casa enorme, bellissima, ammantata d'edera, in una delle contee più ricche del New Jersey residenziale'. O magari non hanno sottinteso nulla, l'hanno proprio detto esplicitamente: probabile. La famiglia di Bree non è ricca, e lei non ne fa certo segreto. Ma grazie ai buoni voti ha ottenuto prima una borsa di studio per frequentare le superiori nella scuola privata Choate Rosemary Hall, e poi la copertura totale della retta per il Baird College. A ogni modo, non è certo una cacciatrice di dote, anzi: Bree non sposa Evan per i soldi. È sempre stata decisissima a raggiungere l'indipendenza economica, e adesso lavora come associata da J.P. Morgan. Anche senza Evan se la caverebbe alla grande, economicamente parlando.

La casa di Evan si trova alla fine di un viale lungo e sinuoso, accoccolata sul versante rigoglioso di una collina. È magnifica, e grande almeno il doppio rispetto alla casa dei miei a Cold Spring Harbor. Passo al tassista la mia Visa e raduno tutte le borse, che mi danno l'aria di una vecchia senzatetto. Un maggiordomo, o qualcuno che somiglia a un maggiordomo, si affretta ad aiutarmi. L'ingresso è gigantesco, arioso e pieno di luce, e si estende fino al lato opposto della casa, dove, sul terrazzo, riconosco la silhouette di Bree. Sta chiacchierando con i genitori di Evan, che ho conosciuto alla festa di fidanzamento da Pierre. Bree porta i capelli biondo platino raccolti sulla nuca in uno chignon basso, e indossa occhiali scuri alla moda: devono essere un acquisto recente.

Mentre osservo questa nuova, sofisticata versione di Bree che parla amabilmente con i quasi-suoceri, non posso evitare di sentire una fitta di nostalgia per la ragazza che ho conosciuto il primo giorno di college, sette anni fa: la Bree combattiva, che non aveva mai fatto sesso né provato alcuna droga.

Non che mi manchi il college; appena mi hanno consegnato il certificato di laurea ero praticamente già in fila da U-Haul per noleggiare un furgone dei traslochi. Però la nostalgia, oggi, è come un pugno allo stomaco, perché ricordo bene, benissimo, quella prima notte.

*

Mia madre era in piedi sulla soglia della mia stanza, e spostava il peso da un piede all'altro, come se cercasse di farsi venire in mente qualcosa che aveva dimenticato. Papà era più calmo, e sorrideva con la sua solita espressione da 'io sto benone ovunque'. Mi misi seduta sul letto appena rifatto, perché la camera era minuscola e non c'era altro posto. La mia compagna di stanza al dormitorio, una tennista di nome Jackie Harper di Wilton, Connecticut, era seduta davanti a me, sul suo letto. I suoi erano andati via ore prima, e io speravo proprio che i miei genitori li imitassero e sparissero al più presto.

«Oh, quasi dimenticavo!» disse CJ. Tirò fuori dalla borsa un'enorme bottiglia di Diet Coke e una di vodka e le poggiò su una delle scrivanie. Mi guardò con espressione compiaciuta, irritante: era il suo regalo d'addio, il suo tentativo di mantenere la pace tra noi e di comunicare al mondo: 'Sono una mamma moderna'.

Jackie sembrò colpita. La smorfia che attraversò per un secondo la faccia di mio padre mi disse che lui non era affatto d'accordo con la moglie. Ma mio padre non contraddiceva mai CJ.

«Se proprio devi bere, meglio che sia qualcosa che hai portato tu» disse CJ. «Non bere *mai* da un bicchiere lasciato incustodito a una festa. È così che si finisce drogate e violentate. E se vuoi provare qualche droga, prima chiamami e chiedimi quello che vuoi. Non sono una vecchia bacucca. Lo so bene che gli anni del college servono a fare nuove esperienze».

Mio padre, la bocca ridotta a una fessura, guardò l'orologio. Erano secoli che non vedevo questo lato di CJ – di solito lei era un secondino, quando si trattava di alcol – ma cercare di decifrare il suo carattere imprevedibile era come cercare di ordinare la cena da un menù scritto in un alfabeto sconosciuto. Con tutta probabilità stava solo cercando di fare bella figura con Jackie, perché Jackie le sembrava carina, e perché la mamma di Jackie indossava mocassini di Gucci.

«Lucy». CJ incrociò le braccia magre e abbronzate, spalancando gli occhi color acquamarina. «È la tua ultima possibilità. Sei *sicura* di voler andare al Baird? Non è che per frequentare il college devi arrivare *fino in California*, sai? Se scegliessi un college della East Coast saresti comunque fuori casa, ma potresti vedere i tuoi amici e tua sorella ogni volta che ti va. Non pensi valga la pena rifletterci?»

CJ faceva sempre domande di questo tipo, prive tanto di logica quanto di risposte. Avevo già disfatto i bagagli; lei mi aveva già preparato il letto sistemando in maniera impeccabile gli angoli, come in ospedale. La settimana di orientamento era già cominciata. CJ ce l'aveva ancora con me perché avevo preferito il Baird a Dartmouth (una scelta che pareva lasciare parecchia gente interdetta), ma ciò che si rifiutava di capire è che se non me ne fossi andata via da casa il prima possibile, avrei finito per esplodere.

«CJ...» fece mio padre. Cominciava a innervosirsi. Era stata una lunga giornata.

«Okay. Okay. Uffa». CJ mi guardò. «È solo che mi mancherà tantissimo. Cazzo, Ben, adesso siamo rimasti solo noi due in casa».

CJ diceva un sacco di parolacce, il che era un bene, perché da piccole nessuno impediva a me e mia sorella Georgia di fare altrettanto. Quando eravamo fuori casa eravamo perfettamente in grado di regolarci, CJ invece no, e a volte tutto quel turpiloquio diventava imbarazzante.

Jackie era ancora seduta sul letto, tutta presa a ruminare una gomma da masticare e, all'apparenza, a leggere una brochure di orientamento, ma sapevo benissimo che stava ascoltando.

«Un'ultima cosa». CJ tirò fuori una scatolina bianca e me la porse. Dentro c'erano due orecchini dorati, uno a forma di L e l'altro di A, le mie iniziali.

«Per i secondi buchi alle orecchie» spiegò CJ. Quando me li ero fatti, l'estate precedente, aveva dato di matto, definendoli 'una pacchianata', ma adesso, a quanto pareva, aveva deciso che le andavano bene.

«Grazie, CJ. Mi piacciono un sacco».

CJ sussultò. Era abituata al fatto che non la chiamassi più mamma – non la chiamavo mamma ormai da anni – ma lo detestava ancora, soprattutto quando lo facevo davanti a degli estranei. «Penseranno che sono la tua matrigna» mi aveva detto una volta, e io mi ero stretta nelle spalle, perché dopo che lei aveva fatto la Cosa Imperdonabile, avevo smesso di preoccuparmi di ciò che pensava.

«Sono contenta. Ecco, provateli».

Mi aiutò a infilarli. Poi mi abbracciò così stretta che a malapena riuscivo a respirare. Per una donna tanto minuta c'è da dire che è fortissima; tutto merito del pilates. Annusai l'odore del suo shampoo, Fekkai, e deglutii il groppo che mi si era formato in gola. Non riuscivo a vederla in faccia, ma sapevo, dai suoi respiri brevi e irregolari, che stava piangendo. Mi morsi l'interno della guancia per impedirmi di piangere a mia volta.

Mio padre è meno complicato. Mi abbracciò come faceva sempre, sollevandomi da terra e solleticandomi la guancia con le sopracciglia. Come di consueto, la sua faccia odorava di Noxzema. Mi rimise giù e cercai di imprimermi la sua immagine nella mente: occhi grigio-azzurri gentili, capelli scuri spruzzati di grigio. Sentii un moto di gratitudine per la sua presenza lì che mi era impossibile provare per CJ.

«Fai la brava, Pepe». Mi fece l'occhiolino. I miei genitori mi chiamavano Pepe da quando avevo due anni e mi piaceva pavoneggiarmi in giro per casa con indosso occhiali da sole e boa di struzzo.

Quando finalmente i miei se ne furono andati, io e Jackie ci guardammo. La stanza era piccola, ma era tutta nostra. Sentii le farfalle nello stomaco all'idea di poter finalmente fare ciò che mi pareva. Nessun coprifuoco, nessuna fuga segreta, nessun permesso da chiedere. L'espressione sulla faccia di Jackie mi disse che stava pensando la stessa identica cosa. Eravamo elettrizzate e terrorizzate allo stesso tempo.

Decidemmo di approfittare subito della vodka di CJ. Jackie la versò assieme alla Coca in due tazze che si era portata da casa e per sbaglio ne fece cadere una, rovesciandone il contenuto su tutto il mio letto. La Diet Coke inzuppò con un sibilo le nuove lenzuola bianche e il piumino, scurendoli. CJ aveva comprato tutta la biancheria, di una qualche marca europea che lei adorava, da Sacks. CJ spendeva sempre troppo per cose tipo lenzuola e coperte. Mio padre non sembrava farci caso.

Jackie si portò una mano alla bocca. «Merda! Sono un'idiota. Scusami, Lucy».

Mi strinsi nelle spalle, indifferente. Mi faceva quasi piacere vedere che gli sforzi di CJ si erano, per così dire, annullati a vicenda. «Basta metterle in lavatrice».

«Dovremmo lavarle subito, per sicurezza. Sono un'idiota» ripeté Jackie.

«Non sei un'idiota».

Jackie tirò via tutto. Gli angoli non sarebbero mai più stati così perfetti: io non rimboccavo nemmeno il lenzuolo di sopra, quando rifacevo il letto, cosa che CJ detestava.

Mi resi conto che Jackie si sentiva in colpa, e avrei voluto che così non fosse. La guardai usare uno smacchiatore sulla chiazza. Era bellissima, di una bellezza idilliaca. Quel tipo di bellezza naturale delle bionde con gli occhi azzurri che tutti si girano a guardare: la stessa di CJ e Georgia. Mia sorella somiglia a CJ molto più di me. Io ho i capelli castani e gli occhi di mio padre, di un grigio-azzurro scuro, anziché della stessa incredibile sfumatura acquamarina, quasi trasparente, di CJ e Georgia. In genere mi dicono che sono carina, ma non sono bella come Georgia. La gente dice che sembro la versione castana di Georgia, ma nessuno dice mai che lei sembra la versione bionda di me.

Jackie insistette per lavarmi le lenzuola (era educata, se non altro) e io riempii di nuovo i bicchieri mentre lei andava in lavanderia. Quando tornò ci risedemmo sui rispettivi letti e cominciammo a chiacchierare, a giocare a *Tu lo conosci?* per una buona mezz'oretta, considerando che Wilton, Connecticut, non è poi così lontana dalla mia cittadina natale, Cold Spring Harbor, Long Island. La vodka rese la chiacchierata più spigliata e scorrevole, e ben presto ci ritrovammo tutte e due sdraiate, con la luce morente del sole che inondava la stanza, entrando dall'unica finestra. Da camera nostra si godeva di una bella vista sulle palme e, in lontananza, sulle San Gabriel Mountains, una catena montuosa che sembrava viola alla luce del crepuscolo. Le montagne erano una novità, per me, e rabbrividii, pensando alle loro infinite potenzialità, alle promesse che portavano con sé.

Parlare con Jackie era facile quasi quanto parlare con Lydia, la mia migliore amica a casa. Sapevo di aver avuto una bella fortuna, con la mia coinquilina. La compagna di stanza di Georgia al primo anno di Yale era una ragazza che veniva da una fattoria del Kansas e che, secondo mia sorella, parlava soltanto di polli e frutta biologica.

«Tua mamma è fantastica» disse Jackie, indicando la bottiglia di vodka ormai mezza vuota.

Come al solito, sentire quelle parole mi infastidì tantissimo. Ma non me la presi con Jackie, perché, se non avessi conosciuto bene CJ, forse anche io avrei pensato la stessa cosa.

Jackie aprì il portatile e fece partire *Rhiannon*. Era la conferma che era perfetta per me.

«Ti piacciono i Fleetwood Mac?» disse lei quando mi vide sorridere.

«Se potessi pranzare con chiunque al mondo, sarebbe Stevie Nicks». Spostai una ciocca di capelli dietro l'orecchio, sperando che quella risposta non suonasse troppo preparata. Era stata la domanda personale per il modulo di ammissione a Dartmouth (mi ero stupita di essere stata accettata: Stevie non è nemmeno lontanamente un'intellettuale degna di Dartmouth). Ero cresciuta ascoltando i Fleetwood Mac, e la passione aveva assunto presto i tratti di una vera e propria religione, soprattutto nell'anno terribile che seguì la Cosa Imperdonabile. Io e Lydia ascoltavamo *Rumours* dall'inizio alla fine, fumando sigarette fuori dalla finestra di camera sua. Be', io fumavo. Lydia non fuma mai.

Jackie sorrise: «Stevie è una dea».

La vodka mi aveva regalato un gradevole senso di pesantezza, e mi sentivo come se io e Jackie avessimo potuto starcene lì a chiacchierare per sempre. Lei cominciò a parlare di ragazzi, mi chiese se avevo un fidanzato, perciò le raccontai di quella porzione del mio passato che includeva Parker, facendo attenzione a suonare più coinvolta di quanto fossi in realtà. A dire il vero parlare di Parker mi annoiava – mi interessa molto di più la vita amorosa degli altri – perciò preferii cominciare a far domande a Jackie sulla sua situazione. Aveva rotto quell'estate col fidanzato del liceo, mi disse lei. Lui sarebbe andato al college in Virginia e a nessuno dei due andava di avere una storia a distanza, così si erano lasciati di comune accordo.

Volevo chiederle altro, ma la porta si aprì all'improvviso e una ragazza alta con lunghi capelli neri lucenti entrò in camera, seguita da una ragazza magra e bionda, coi capelli color cracker. Gli occhi di quella con i capelli scuri erano di un azzurro così cristallino da sembrare finti.

«*Era ora,* Bree» disse. «Abbiamo trovato delle persone normali, mi sa». Si passò le dita tra le ciocche e guardò prima Jackie e poi me. «Mi pareva di aver sentito *Rhiannon.* Ragazze, avete notato che su questo piano sembra di essere alla fiera dello studente internazionale o delle lesbiche coi dreadlock?»

«*Pippa,* non puoi dire certe cose» disse la bionda. Spostò il peso su un piede e poggiò un braccio pallido e sottile sul fianco inesistente.

«Perché no? Mica ce l'ho con le lesbiche. Mia cugina è lesbica. Per un po' ho pensato di essere lesbica anche *io.* Sto solo *dicendo* che non ho niente in comune con gente che sceglie di trattare in quel modo i suoi capelli».

«Non tutte le lesbiche hanno i dreadlock» puntualizzò la bionda.

«Questo *lo so,* Bree».

Poi si girò verso di noi e alzò gli enormi occhi al cielo. «Sono Pippa McAllister. E questa è Bree Benson».

Jackie e io ci presentammo.

«Siete compagne di stanza?» chiese Jackie.

«No» disse Bree. «Io ho una singola al Pitney. Mi piacerebbe essere al Kaplan, però. Questo dormitorio è molto più carino.

Ho conosciuto Pippa la scorsa settimana. Eravamo nella stessa *Orientation Adventure*».

Annuii. La *Orientation Adventure* era parte integrante della settimana di orientamento al Baird: si trattava di un campeggio organizzato, che aveva luogo una settimana prima dell'inizio del semestre. Era un'attività facoltativa, a cui io avevo deciso di non partecipare. A quanto pare, Jackie aveva fatto lo stesso.

«Io sono stata costretta da mio padre» sospirò Pippa. «Non vi dico che gente. Due delle ragazze non si depilavano nemmeno le ascelle. Grazie a *Dio* ho trovato Bree».

Capii all'istante, dal modo in cui si atteggiava, che a scuola Pippa doveva essere stata una delle ragazze popolari. Aveva l'aria di chi fa sempre ciò che gli pare, senza minimamente preoccuparsi delle conseguenze. Mi piacque subito, forse perché quella sua capacità di fregarsene a me mancava completamente. Anche se il più delle volte vorrei fregarmene, anche se cerco di convincere me stessa che me ne frego, alla fine non è mai vero.

«E vivo su questo piano» continuò Pippa. «La mia compagna di stanza è di Seattle; anche il suo ragazzo è iscritto qui, perciò in questo momento saranno *infrattati* da qualche parte. Poco fa lui è venuto nella nostra camera e si sono messi a limonare davanti a me, cioè, *che schifo*! Lui ha uno di quei buchi giganteschi alle orecchie».

«Ha un dilatatore» la corresse Bree. Si accomodò alla sedia della mia scrivania e accavallò le bacchette cinesi che si ritrovava al posto delle gambe. Era così magra che sembrava un ragazzino di tredici anni. «Avete già mangiato, ragazze? Vogliamo ordinare una pizza? Io sto morendo di fame».

«Pizza? Io *non posso*» si lagnò Pippa. «Oggi ho già mangiato un muffin *e* un panino. Mi rifiuto di prendere sette chili al primo anno, come fanno tutti».

«Pippa, quello di stamattina era un muffin senza glutine, e poi non hai mangiato un panino, hai solo dato un morso al mio. Tranquilla».

«Facile per te dire così, tanto tu mangi quello che ti pare e non prendi un grammo».

Lanciai un'occhiata a Pippa, che indossava un vestito nero di cotone. Non era affatto grassa, ma non era nemmeno ossuta come Bree. Avrei descritto il mio corpo allo stesso modo, finché Pippa si girò verso di me e disse: «E anche voi siete due fighe, cavolo! Non è giusto. Io invece più invecchio, più il mio metabolismo rallenta».

Abbassai lo sguardo sulle mie cosce, ancora abbronzate dall'estate appena passata, ma che all'improvviso risultavano, almeno ai miei occhi, paffute. Più di quelle di Jackie, e senza dubbio molto più di quelle di Bree. Non mi era nemmeno passato per la testa di ingrassare al primo anno. Avevo sentito Georgia che ne parlava, ma così, di sfuggita: «I magnifici sette, gli inevitabili sette chili che prendi al primo anno di college per colpa di tutte le birre e le pizze che mandi giù».

Qualche ora prima, al barbecue di orientamento, avevo preso un cheeseburger e una coppetta di gelato. CJ aveva piluccato un po' di insalata di patate. Non mi ero mai preoccupata più di tanto di ciò che mangiavo, ma forse era ora di cominciare.

«Comunque» disse Pippa. «Dobbiamo trovare gente da portare a una festa. Un tizio ci ha invitate e ci ha chiesto di portare altre ragazze del primo anno. 'Carne fresca', per la precisione, quindi potete immaginarvi il soggetto, ma è pur sempre una festa, no? Vi va di venire? È in una casa a Hutchinson Street».

«Certo» disse Jackie.

«Adesso? Dobbiamo cambiarci?» Io avevo ancora addosso gli shorts in denim e la canottiera bianca con cui ero arrivata, impolverati per via del trasloco. Pippa e Bree sfoggiavano due abitini estivi, e Pippa si era truccata con eyeliner e lucidalabbra.

«Se vi va» disse Bree stringendosi nelle spalle.

«Nah, andiamo così» disse Jackie. Sciolse i capelli biondi e li raccolse in uno chignon disordinato, alzandosi in piedi. La T-shirt blu scuro e i calzoncini sportivi le conferivano un'aria da maschiaccio sexy, il classico tipo di ragazza per cui gli uomini vanno pazzi. Io avrei voluto almeno cambiarmi la canottiera e mettere un po' di mascara, ma non dissi niente. Non volevo fare la figura della ragazzina leziosa e superficiale, che non mette piede alle feste se non è truccata di tutto punto.

«Prima però facciamoci uno shottino, che ne dite?» disse Pippa indicando la bottiglia di vodka. «Se la proprietaria è d'accordo».

«È mia» risposi io. «Servitevi pure».

La bottiglia passò di mano in mano. Quando venne il turno di Bree, lei esitò prima di dare un sorso, a cui seguì un'espressione di puro disgusto.

«Bleah!» Bree passò la bottiglia a Jackie.

«Poi ti ci abitui» disse Pippa.

«In che senso?» chiese Jackie.

«Alle superiori non ho mai bevuto granché». Bree sbatté le palpebre sugli occhi nocciola.

«Be', hai tutto il tempo per recuperare» sorrise Jackie.

«Ma che facevi a scuola, se non bevevi e non facevi sesso? Eri in una scuola privata, sesso e alcol non sono le attività principali, lì?»

«Pippa, sei irritante». Bree distolse lo sguardo prima di fissarlo su me e Jackie. «Sono andata alla Choate e ho passato quasi tutto il tempo a farmi il culo sui libri per ottenere una borsa di studio per il college. Non voglio farvi pena, ve lo sto solo dicendo» aggiunse subito, come se quella fosse una battuta preparata. Poi abbassò lo sguardo e sorrise mestamente. «Però sì, ancora non l'ho mai *fatto* con nessuno».

«Be', non accontentarti proprio adesso» disse Jackie.

Annuii, d'accordo con lei, anche se mi dispiaceva per Bree. L'idea di arrivare al college ancora vergine mi faceva rabbrividire.

«La aiuteremo noi a trovare un uomo, signore» sorrise Pippa. «E ne varrà la pena. Sei bellissima, Bree, puoi permetterti di essere schizzinosa».

Non avrei definito Bree *bellissima* – *carina*, piuttosto, col nasino all'insù e le lentiggini – ma capii che Pippa stava cercando di farsi perdonare per averla messa in imbarazzo. L'aspetto di Bree era sicuramente reso migliore dalla sua magrezza: la gente magra sembra sempre più bella, capii allora.

Jackie prese un sorso dalla bottiglia mentre io mi preparavo al mio turno, con lo stomaco un po' sottosopra. Stavamo andando a una festa e non ci sarebbe stato alcun coprifuoco. Probabilmente non avrei mai più avuto un coprifuoco. Mi accorsi che la bocca mi si incurvava in un sorriso. Toccai la chiusura degli orecchini, girandoli e rigirandoli mentre aspettavo un sorso di vodka ormai tiepida. Jackie me la passò e io ingollai con una smorfia – una sensazione non nuova, per me. Avevo bevuto parecchia vodka liscia al liceo, prima per divertimento e poi per cancellare la realtà. Ma adesso le cose sarebbero cambiate, me lo sentivo.

Mi alzai in piedi e sentii la testa piacevolmente leggera. Stavo ancora tastando gli orecchini quando li vidi riflessi nello specchio appeso sulla porta. *L.A.* Sembravano costosi: sicuramente erano d'oro. Mi piacevano molto, a dire il vero (mi fanno impazzire le cifre usate con buon gusto), ma tutto di loro diceva: 'Siamo un regalo di CJ'. Non sarebbero mai stati nient'altro che questo. Me li tolsi discretamente, gettandoli di nascosto nel cestino della spazzatura mentre uscivamo dalla stanza.

2
Stephen

Settembre 2010

Vidi per la prima volta Lucy Albright a una festa a casa di Wrigley, a Hutchins Street. Wrigley e i suoi coinquilini avevano dato un sacco di feste l'autunno del nostro terzo anno, e le matricole più carine si presentavano sempre già ubriache, con indosso jeans attillatissimi e top che non lasciavano niente all'immaginazione. Ma Lucy era diversa. Era bellissima, ma non era solo questo. Aveva quel tipo di bellezza che rende difficile distogliere lo sguardo, che bisogna imparare a *decifrare*. E la cosa migliore è che lei non ne aveva idea.

Quando la notai era in salotto, in piedi accanto al caminetto, con in mano un bicchiere di plastica rosso e indosso un paio di shorts; non ricordo di che colore fossero, ma sono sicuro che erano corti, perché notai subito le sue gambe, lunghissime, affusolate, non troppo magre: perfette. Abbronzate, dalla pelle vellutata, ricordavano un milkshake al caffè. Anche le braccia erano così, lunghe e sottili come fagiolini. Ogni sua mossa era calibrata, piena di grazia; era femminile e delicata in un modo che mi faceva venir voglia di prenderla per mano. Non riuscivo a toglierle gli occhi di dosso.

E poi il viso: incredibile anche quello. Non perfetto, magari – no, decisamente *non* perfetto – ma comunque stupendo. Occhi blu, naso dritto tra due zigomi ben definiti. I capelli castani le si rovesciavano sulla nuca, fino a metà delle scapole scoperte.

La guardai a lungo. Certe volte mi capita, di fissare qualcuno per un po' senza nemmeno accorgermene. È che sono curioso. Come ride quella persona? Coma parla? Che fa nella vita? Come si sente? Voglio saperlo.

Lucy sorrise, illuminandosi tutta. Era un bel sorriso, come il resto di lei. Bisogna fare attenzione alle ragazze troppo carine, però. Hanno un potere che non è costato loro nessuna fatica.

Avevo finito la settima birra della serata. Avevo già bevuto due shot di whisky, ma sentivo ancora un'ansia strisciante alla base del cranio, perciò raggiunsi Wrigley in camera sua e ne buttai giù un altro. Charlie tirò fuori una bustina bianca e sistemò una montagnetta di coca su uno specchio poggiato sulla scrivania di Wrigley. Usò la patente per dividerla in tre generose strisce, una per ciascuno di noi. Lunghe e sottili. 'Come le braccia di Lucy' pensai, mentre sniffavo e sentivo la botta arrivarmi immediatamente al cervello. Come una ventata d'aria fredda e frizzante, che metteva la realtà più a fuoco.

Non le parlai, quella sera. Non perché fossi nervoso – non mi innervosisce mai parlare con le ragazze – ma perché mi ritrovai, ubriaco marcio, in camera di Diana, a scoparmela per l'ennesima volta, per poi rimanere seduto sul letto fino alle tre di notte a sentirla lagnarsi di come ero diventato una persona orribile.

Però incrociai lo sguardo di Lucy, dall'altro capo della stanza, e lo agganciai per un paio di secondi. Lei mi guardò con un'espressione in cui si mescolavano interesse e paura, come se si aspettasse che le facessi qualcosa di terribile. Ma quando sorrisi, la sua espressione si ammorbidì. E fu allora che capii. Di solito non è difficile saperlo, ma con Lucy ne fui subito sicurissimo. C'era un non so che in lei, una convinzione tanto fragile quanto cieca. Sapevo che si sarebbe fidata di me.

3
Lucy

Ottobre 2010

Pippa cominciò a uscire con Mike Wrigley la seconda settimana del primo anno. Lo chiamavano tutti Wrigley, non Mike. Wrigley e i suoi amici erano i responsabili dell'organizzazione del viaggio annuale a Lake Mead il primo weekend di ottobre. Facevano parte della confraternita segreta chiamata Chops, abbreviazione di Lambda Chi Alpha, come ci spiegò Pippa. Il Baird aveva costretto Chops a sciogliersi qualche anno prima, a seguito di un blitz antidroga, ma Wrigley aveva preso il comando del suo ritorno clandestino. In teoria le matricole non erano ammesse al viaggio a Lake Mead, ma Pippa, grazie al suo status di neo quasi-fidanzata, riuscì a farci invitare tutte e quattro.

Partimmo un venerdì all'alba sulla Touareg di Pippa, seguendo Wrigley nella fioca luce grigia del mattino, il sole una sottile linea color arancio all'orizzonte. Pippa si offrì di guidare mentre le altre dormivano, ma io non sono una che dorme in macchina, perciò rimasi sveglia a chiacchierare mentre lei aggiungeva caffeina all'Adderalll appena preso, reggeva il volante con la mano non occupata dal caffellatte e la macchina procedeva in cruise control; dal Baird al confine col Nevada era tutto un rettilineo lungo la Interstate 15.

L'entusiasmo collettivo per quel viaggio in auto di cinque ore in direzione di un lago deserto e semisconosciuto mi aveva stupito, considerato che l'Oceano Pacifico era a meno di cento chilometri dal Baird. Ma quando, a metà mattina, arrivammo al porticciolo, il sole un gigantesco mandarino che spandeva i suoi raggi sull'acqua di velluto blu, capii. Il Mead era molto più che un semplice lago. Attorno alle sue sponde svettavano imponenti alture rossicce che sembravano uscite da un altro pianeta, e la superficie dell'acqua scintillava iridescente sotto la volta azzurra, tersa e purissima del cielo. Era un paesaggio completamente diverso da qualunque cosa avessi mai visto prima. Una nuova frontiera. Fui travolta da mille nuove possibilità. Guardai le altre macchine che parcheggiavano, vomitando fuori ragazzi con lo sguardo annebbiato che si stiracchiavano al sole, sbadigliando. Saremo stati una sessantina, forse settanta. Qualcuno stava già aprendo lattine di birra. Wrigley fece la sua comparsa, uscendo dagli uffici sul porticciolo con in mano due chiavi: ne lanciò una a un ragazzo con capelli neri più lunghi dei suoi. Un altro dei Chops, con tutta probabilità. Indossavano cappelli da capitano identici.

«Leviamo le ancore!» disse Wrigley, e tutti quanti seguimmo lui e il ragazzo con i capelli scuri fino a due case galleggianti ormeggiate alla fine del porticciolo.

Non avevo mai visto niente di così spettacolare, decisi dopo una giornata trascorsa a fluttuare sul lago interminabile, attraverso canyon che sembravano estendersi all'infinito. Era ottobre, ma faceva ancora caldo, anche più caldo della mia prima settimana in California, tanto che ripresi ad abbronzarmi. Nelle case galleggianti c'erano casse di birra sparse ovunque, e sulle nostre teste pendevano confezioni di plastica di vino rosé da due soldi. Wrigley alzò il volume della musica al massimo e nessuno protestò: non c'era anima viva, oltre a noi, per interi chilometri.

Quella sera ormeggiammo le imbarcazioni nei pressi di una spiaggia abbastanza grande. Quando Jackie, Bree e io ci rendemmo conto che non riuscivamo più a tenere gli occhi aperti né a bere un altro goccio, ci accoccolammo nel primo spazietto libero che riuscimmo a trovare e crollammo addormentate. Pippa dormì con Wrigley, nella tenda che aveva montato sulla spiaggia. 'La regina di Mead', così l'aveva soprannominata una ragazza quel giorno, dato che Wrigley era il re.

Non mi ero mai sentita tanto lontana da casa, ed ero felice come non ero più stata dopo l'anno terribile, dopo la Cosa Imperdonabile. I ragazzi del Baird sembravano divertirsi in modi a me sconosciuti, e lo facevano a mente aperta, con la voglia di sperimentare e una buona dose di consapevolezza, tutto l'opposto di ciò che avevo vissuto a Cold Spring Harbor, dove anche divertirsi implicava morigeratezza, abiti da cocktail e campi da golf, e dove divertimento era solo un altro modo per dire 'competizione': ogni serata fuori si trasformava in una gara a chi indossava l'abito migliore o a chi riusciva a conquistare il ragazzo più carino. Mi ero stufata di quella situazione proprio nel momento in cui le mie amiche del posto, come Lydia ed Helen, abbracciavano quel tipo di vita, rendendola parte della loro identità. Ci avrebbero anche costruito attorno il loro futuro: le ragazzine *preppy* di Long Island sarebbero diventate mamme *preppy* di Long Island. Io volevo scappare via; avevo paura di ciò che sarebbe successo se fossi rimasta. Quando poggiavo la testa sul cuscino, ogni sera, sognavo qualcosa di più, e quella brama mi scuoteva nel profondo.

Avevo cercato di spiegarlo a Lydia senza suonare accondiscendente, ma non ci ero mai riuscita. Sapevo di sembrarle viziata, supponente, critica nei confronti di una vita per la quale avrei dovuto provare solo gratitudine. Non che non fossi riconoscente – lo ero, o almeno ci provavo – ma all'inizio dell'ultimo anno avevo ormai capito che, se non me ne fossi andata presto, mi sarei rimpicciolita fino a scomparire. Quel problema era all'origine di parecchi litigi fra me e Lydia, almeno fino a che non ero partita per il Baird e lei per l'Amherst. Lei voleva che io desiderassi per me le stesse cose che voleva lei; io semplicemente mi rifiutavo.

A parte alcune ragazze più grandi che ci guardavano come se volessero buttarci in acqua, gli studenti del Baird erano tutti simpatici. Divertenti e appassionati e anticonvenzionali e in gamba, una raccolta di qualità che mi ispirava, che mi portava a scoprire una parte nascosta di me. Si drogavano senza battere ciglio, e non perché cercassero di far colpo su qualcuno; a nessuno importava, d'altro canto, se uno preferiva non farsi. C'erano circoletti informali, ma non gruppi chiusi; avevamo davvero l'impressione di poter fare come ci pareva, senza correre il rischio di essere giudicati. I ragazzi del Baird indossavano costumi interi di colori fluorescenti e shorts dorati e avevano uno slang tutto loro. Lydia ed Helen avrebbero detto che erano strambi.

Il terzo e ultimo giorno sul Lake Mead, mi appoggiai al parapetto del ponte superiore di una delle *houseboat*. Ero fisicamente esausta, ma la birra e l'adrenalina mi tenevano mentalmente su di giri. Pippa posò le mani sulle spalle baciate dal sole di Wrigley, che stava usando una carta di credito e uno specchietto per dividere una montagnetta di polverina bianca in piste ordinate. Pippa si era fatta di coca, insieme a Wrigley, per tutto il weekend. La guardai inalare la sottile strisciolina bianca su per una narice con una banconota da venti dollari arrotolata.

Pippa passò lo specchietto a Jackie, e io sentii la dolorosa fitta del tradimento quando lei sniffò. Fino ad allora non sapevo che Jackie si facesse di coca. Mi disse poi che non si 'faceva' (ovvero, non la comprava mai lei), ma se ce n'era, non si tirava certo indietro. Fu un sollievo quando Bree rifiutò, passandomi lo specchio, perché significava che potevo farlo anche io. Una parte di me avrebbe voluto provare, ma avevo sentito storie di gente che, la prima volta che aveva sniffato, aveva perso i sensi senza mai più riprendersi, ed ero sicura che sarebbe capitato anche a me.

Passai lo specchio al ragazzo che mi stava accanto e mi alzai. Strinsi le mani attorno al parapetto, mi girai e vidi i suoi occhi. Non dimenticherò mai i suoi occhi. Sono sicura che tra tantissimi anni, quando ormai avrò dei figli che avranno anche loro dei figli, ogni volta che mi metterò a letto, rivedrò ancora quelle iridi verde bottiglia che mi fissano, destinate a cambiare tutto. Erano occhi piccoli ma luminosi, tanto accesi che sembravano intessuti di fili di seta. Erano sull'altra *houseboat*, a sei metri buoni da me, ma mi inchiodarono comunque sul posto. La barca era affollata – gente in piedi, gomiti bagnati che si facevano strada tra i corpi, teste che si giravano, coprendomi la visuale ogni pochi secondi, come nubi che passano davanti al sole. Ma quegli occhi non smisero mai di fissarmi.

«Luce, è arrivato l'imbuto per la birra!» gridò Jackie. La coca era finita, e cominciava una nuova attività. «Vai tu per prima».

Jackie mi prese la mano, tirandomi verso il pavimento, mentre tutti, intorno, mi incitavano. Atterrai di schianto con le ginocchia sulla ruvida superficie di fibra di vetro del ponte, ma ero così ubriaca e mi stavo divertendo così tanto che non ci feci nemmeno caso.

Jackie mi passò il tubo di plastica e un flusso di birra tiepida mi si rovesciò in gola con tanta rapidità che quasi vomitai. Riuscii invece a trattenerla, e inghiottirla, in rapide sorsate, finché la lattina sopra la mia testa tintinnò, vuota. Jackie mi aiutò ad alzarmi, e la testa mi girava così forte che, disorientata dalla luce accecante del sole, persi l'equilibrio. Rischiai di precipitare all'indietro, ma un braccio muscoloso arrestò la mia caduta. Muscoloso ma morbido, come il sacco da boxe che mio padre teneva nello scantinato.

In tono brusco, urgente, qualcuno mi disse: «Attenta!»

Alzai lo sguardo, il cuore che mi martellava nel petto. Due occhi verde acceso mi fissavano. Ebbi l'impressione che mi scrutassero dentro, come se si fossero insinuati all'interno del mio corpo e adesso vagassero dentro la mia anima, prendendo appunti.

E poi lui mi lasciò andare. «Ci conosciamo?»

Lo riconobbi. Lo avevo già visto a una festa, era il tizio a cui Wrigley aveva lanciato l'altro mazzo di chiavi la prima mattina sul Lake Mead. Il secondo capitano dei Chops. Era più alto, da vicino, il torace ricoperto di peli ricci e scuri. Parker non aveva peli sul petto, per niente.

«Non credo» risposi. «Però ti ho visto... sull'altra barca? Come hai fatto ad arrivare tanto in fretta?»

«Magia» disse lui con una strizzata d'occhi. I capelli neri erano spessi e lucenti, e gli ricadevano in riccioli scarmigliati intorno al viso. Aveva la pelle olivastra.

Mi chiesi se fosse bello, e non seppi decidermi. Somigliava un po' a Christian Bale da giovane, ma più muscoloso. Mento più sfuggente. Non *bello* nel senso classico del termine. Ma c'era *qualcosa* in lui. Sentii lo stomaco annodarsi.

«Tu devi essere una delle matricole più esteticamente gradevoli che Wrigley abbia portato qui, che Dio lo benedica. Io sono Stephen DeMarco». Mi porse una mano, gli occhi ancora agganciati ai miei.

«Lucy Albright».

La vigorosa stretta di Stephen, che fino a un secondo prima teneva in mano una birra, era ghiacciata.

«Lucy. Come la canzone?»

«La canzone?»

«*Lucy in the Sky with Diamonds*». Sorrise, e sollevò una mano a indicare la volta celeste.

«Mio padre me la cantava sempre».

«'*Picture yourself in a boat on a river, with tangerine trees and marmalade skies...*' E noi siamo proprio su una barca. È sin troppo perfetto». Scoppiò a ridere. Mi accorsi che dalla cintola del suo costume rosso fuoriusciva un po' di pancetta.

«Però non siamo su un fiume. Questo è un lago».

Stephen inclinò la bottiglia nella mia direzione. «Ecco, vedi? Sei intelligente. Quelli del Baird hanno fatto benissimo ad accettarti».

Non mi venne in mente nessuna risposta adeguata. Presi un'altra birra da una cassa aperta ai nostri piedi. A quel punto mi pareva di non nutrirmi d'altro. Erano tre giorni che mangiavo a malapena. Mangiavo di meno in generale, a dire il vero, dopo i discorsi iniziali sui sette chili delle matricole. Lo stomaco prese a brontolarmi.

«Allora, che ne dici del Lake Mead, Lucy in the Sky with Diamonds?» riprese Stephen. Il sole era accecante, ma lui tenne gli occhiali da sole sulla fronte, e non smise di guardarmi negli occhi nemmeno per un secondo. Sentivo che, se avessi distolto lo sguardo, sarei sembrata maleducata.

«È fantastico» risposi.

«Il primo weekend sul Mead non si scorda mai».
«Non ne dubito. Bel cappello, a proposito».
«Grazie. Il vero capitano è Wrigley, ma l'ho convinto del fatto che anche il comandante in seconda merita un cappello».
«Ma certo. Apprezziamo i tuoi sforzi. Grazie per l'impegno con cui ci mantieni a galla».
«Figurati. Eseguo solo gli ordini, Lucy». Quando pronunciò il mio nome, sentii un brivido percorrermi la schiena. «È stato un piacere conoscerti».
«Anche per me». Rimasi lì sovrappensiero, momentaneamente folgorata da una sensazione mai provata prima. Quando Stephen si allontanò, agitando tre dita muscolose a mo' di saluto, mi sentii sollevata.
E poi lui si lanciò un'occhiata alle spalle, agganciando di nuovo il mio sguardo. «A proposito» disse. «Sei bella da star male, con quel bikini».

4
Stephen

Ottobre 2010

Posso dirvi qual è stato il momento esatto in cui Lucy cominciò a provare interesse per me. Eravamo al Lake Mead; ci mettemmo a parlare, e io lo sentii tutt'intorno a noi, come salsedine nell'aria.

L'unico problema era che Lucy era del tutto inconsapevole di provarlo, quell'interesse. Non era ancora pronta ad affrontare quel desiderio, che cozzava col suo candore e con la portata limitata delle sue esperienze sessuali. Non era vergine – impossibile – ma si comportava come una ragazza giovane, inesperta. Dovevo saperne di più. Dovevo sapere cosa si provava a scoparla.

Sapevo bene come catturare l'attenzione di ragazze come Lucy. Ci sarebbe voluto del tempo, e parecchia fatica, come per tutte le cose belle della vita, ma io non avevo fretta. Avevo un sacco di cose che mi tenevano impegnato, incluso il dilemma riguardante Diana Bunn.

Diana era la mia ragazza da quando mi ero iscritto al Baird. Ci prendevamo e lasciavamo di continuo; non avevo mai previsto di stare con la stessa ragazza per tutta la durata del college, ma ogni volta che rompevamo la mia vita si trasformava in una serie infinita di conversazioni sfiancanti, che in generale mi rallentavano. I nostri mondi erano ormai così strettamente intrecciati, nel piccolo universo del campus del Baird – stessi amici, stessi orari – che non riuscivo letteralmente a immaginarmi la vita senza di lei.

Diana si stava laureando in sociologia, perciò la maggior

parte delle sue lezioni si teneva all'Edmonds Center, mentre io, in quanto studente di scienze politiche, frequentavo perlopiù il Fielding Hall. Eravamo intrappolati nella nostra routine. Ogni giorno, alla fine delle lezioni, uscivo dalla Fielding Hall e attraversavo il cortile fino alla Edmonds Hall, dove Diana mi aspettava per andare insieme a pranzo. Charlie o Evan o uno degli altri laureandi in scienze ci tenevano un posto al tavolo d'angolo in mensa. Tutti gli edifici erano dello stesso grigio pallido dell'ardesia. Tutti i cortili interni erano quadrati ben tenuti di erba che si manteneva verdissima per tutto l'anno, grazie alla totale assenza di stagioni che caratterizza la California del Sud. Mangiavo sempre allo stesso tavolo, con gli stessi compagni. Prendevo sempre lo stesso schifoso panino con il roastbeef infilato tra due fette di pane gommoso. E avevo sempre la stessa, immutabile fidanzata.

Non c'è da stupirsi se divenni irrequieto. L'ultima volta che io e Diana ci eravamo presi una pausa, lei aveva dato di matto, coinvolgendo tutti i nostri amici: alla fine, quella storia mi aveva prosciugato. Quando ne sentivo il bisogno, scappavo in città e mangiavo in una rosticceria, il che aiutava, anche se pagare per ciò che mangiavo stava cominciando a pesare sulle mie finanze. Ma se avessi pranzato di nuovo in mensa, avrei trascorso tutto il tempo sotto lo sguardo indagatore di Keaton, Josie e le altre amiche di Diana (che sono anche le *mie* amiche, per giunta). Potevo chiedere a Wrigley di sedersi con me, ma poi tutte quante avrebbero odiato anche lui. Era un gran casino.

Perciò, rimanere con Diana era la soluzione più semplice. E poi andavamo abbastanza d'accordo, quando lei non decideva di odiarmi a morte. Certe volte l'amavo, anche. Non nel modo in cui la gente di solito si raffigura l'amore, il che mi va benissimo, perché quel tipo d'amore è una debolezza. Una palla al piede.

Diana non è certo Miss America, ma io l'ho sempre trovata attraente. Ha lunghi boccoli color caramello che le arrivano fino alle spalle e che sono quasi dell'esatto colore dei suoi occhi. Ha il mento un po' troppo pronunciato, ma questo le dà un certo carattere. Il fatto è che nemmeno io sono una star di Hollywood. Starei molto meglio se perdessi una decina di chili, ma quando ingrasso si nota più che altro sulla pancia, quindi non è difficile nasconderlo, e comunque a molte ragazze non dispiace. Ecco un'altra cosa positiva dello stare con Diana – lei non mi asfissiava per costringermi ad andare in palestra come faceva invece la mia ex degli anni delle superiori. E anche se sapeva di Nicole, era disposta a parlarne, il che significava, con ogni probabilità, che non sapeva delle altre. Da cui la melodrammatica rottura che mi impegnò quattro ore di un prezioso sabato settembrino.

Diana: So che sei andato a letto con Nicole Hart dopo il Luau hawaiano dell'anno scorso. Non provare a negare perché lo so.

Stephen: È stato un errore, ma è vero.

Era vero.

Diana: Sei uno schifoso pezzo di merda.

Stephen: Hai ragione.

Aveva ragione.

Diana: Dico sul serio, definirti egoista è poco.

Stephen: Lo so.

Lo sapevo.

Diana: Mi fai schifo, sei una persona ignobile e ti auguro di marcire all'inferno.

Stephen: Capisco perfettamente perché lo dici.

Lo capivo.

Diana: È finita.

Detesto quando è Diana a tenere le redini della nostra relazione. È passato un mese da quando mi ha scoperto, poco dopo la festa a casa di Wrigley. Non è nemmeno venuta a Lake Mead, per quanto era arrabbiata con me, nonostante il mazzo di gigli bianchi (i suoi preferiti) che le ho lasciato sulla porta assieme a una romantica lettera scritta a mano. Ma adesso che è passato un po' di tempo, è evidente che è pronta a perdonarmi e a tornare insieme. Diana è un'emotiva, e le persone emotive pensano che il tempo risolva ogni cosa. A loro serve *tempo* per riconquistare la cosiddetta serenità mentale. Diana mi metteva alla prova di continuo, chiedendomi del cosiddetto *tempo*, come se il *tempo* potesse bastare a salvare la nostra storia. Però alla fine tornava sempre. A dispetto delle sue minacce, non avrebbe mai chiuso in maniera definitiva: me ne ero assicurato.

Infatti, ieri pomeriggio è passata da me, mentre me ne stavo seduto sul divano a leggere articoli online. Mi piace starmene per conto mio di pomeriggio, finite le lezioni e dopo essermi fatto un bel pranzetto. Il mio compagno di stanza, Evan, di solito ha gli allenamenti di lacrosse fino all'ora di cena, perciò ho la stanza tutta per me.

Stavo leggendo l'elenco dei 'trenta under trenta' di *Forbes*, ovvero i giovani che ce l'hanno fatta, che hanno scalato il mondo aziendale con rapidità ed efficacia. Ho sempre saputo di voler diventare un avvocato, e so già che sarò anche bravo. Tutti dicono che bisogna fare ciò che si ama, e io amo la legge. Mi diverte: è come un gioco, cercare sempre nuovi modi per aggirare i limiti della Costituzione e piegare le regole a proprio favore. La gente si riempie la bocca della parola 'giustizia', parlandone come di un'idea astratta, di un metro invisibile di ciò che è 'giusto', ma la giustizia altro non è che la capacità di seguire un procedimento corretto, tutto qui. In questo senso, si può dire che gli avvocati di maggior successo danno forma alla giustizia. La plasmano. Ciò che tanti non capiscono è che il mondo è scolpito da leggi di natura, non da valori morali.

E poi, se c'è un'altra cosa di cui sono sicuro è che farò un casino di soldi. Mio padre non è mai stato un uomo di successo

– è un contabile mediocre, che ha sprecato un sacco di energie cercando di gestire quel caso psichiatrico che è mia madre. Le hanno diagnosticato un disturbo bipolare l'anno dopo la mia nascita, e pensavano tutti che sarebbe stato gestibile, ma lei ha sempre rifiutato di prendere le sue cavolo di medicine. A quel punto, uno si sarebbe aspettato che mio padre divorziasse, ma no, i miei hanno deciso di rimanere insieme e avere un terzo figlio – mia sorella Sadie – prima di lasciarsi, *finalmente*, quando lei aveva quattro anni. Quando i miei hanno divorziato, il giudice ha dato un'occhiata alla cartella clinica di mia madre, dove erano elencati i suoi numerosi episodi maniacali, e mio padre ha ottenuto la custodia esclusiva dei figli. Mia madre si è comprata una casa sull'acqua a Port Jefferson con la metà dei soldi ottenuti con il divorzio, cioè gran parte dei risparmi che papà aveva messo da parte per pagarci il college. La casa non è niente di che, ma è perfetta per una persona sola, e mio padre non si è nemmeno opposto. Si è fatto prestare i soldi da mio zio per pagare il nostro mutuo, e mio fratello Luke e io abbiamo chiesto un prestito studentesco. Non si può dire che siamo *poveri*, questo no, ma nemmeno navighiamo nell'oro, e quanto è vero Iddio io mi rifiuto di vivere così, una volta uscito da questo college.

Comunque, stavo fantasticando di veder comparire la mia foto nell'elenco dei 'trenta under trenta' di *Forbes*: ventinovenne associato di uno studio legale di altissimo livello, sulla buona strada per diventare socio, una villetta a più piani nel West Village e una moglie con un corpo da favola che gli cucina bistecche. E gli permette di metterglielo in culo una volta a settimana. Magari anche un pupo in arrivo, perché no. Ecco il mio sogno.

Tutte queste fantasie mi avevano eccitato parecchio, ed ero sul punto di mettere su un porno, quando la porta si spalancò e comparve Diana, i boccoli umidi di pioggia.

«Potevi bussare». Detesto quando la gente entra in camera mia senza bussare.

«Scusa» disse lei.

«Che c'è?» La guardai, cercando di intuire cosa pensasse. Lei rimase sulla soglia, il labbro inferiore che tremava appena. «Di? Vieni qui». Sapevo che si sarebbe messa a piangere.

Diana chiuse la porta e venne a sedersi con me sul divano, e poi aprì i rubinetti. Il porno avrebbe dovuto attendere, ma nessun problema. Una ragazza in lacrime seduta con te sul divano significa sempre sesso in arrivo: è una regola infallibile. Giuro. Chiedete a un uomo qualsiasi.

«Mi manchi» disse lei tra i singhiozzi.

«Lo so. Anche tu a me. Ma sei stata tu a lasciarmi, ricordi?» Le accarezzai i capelli umidi. Lo sapevo: stava valutando una riconciliazione. Probabilmente perché sapeva solo di Nicole, e ignorava gli altri tradimenti.

«Lo so, ma penso di aver preso la decisione sbagliata» farfugliò, gli occhi color caramella mou umidi e già arrossati. «Voglio solo che tutto torni come prima. Come all'inizio».

All'inizio. Io ricordo le cose solo quando qualcuno me le rammenta; non sono un tipo particolarmente riflessivo. Ma quando Diana disse così, me la rividi davanti: due anni prima, in piedi nel dormitorio Charles Rosen, con pantaloncini corti di jeans e una canottiera bianca, un bicchiere di plastica rossa in mano. I ricci morbidi le si annodavano all'altezza delle spalle, e aveva un ammasso intricato di braccialetti argentati al polso. Ne ammirai subito la figura, atletica e minuta, e pensai che era carina in modo un po' arruffato, da maschiaccio. C'era qualcosa nel suo modo di comportarsi che trovai subito attraente – penso fosse il modo in cui sorrideva solo alle cose per cui valeva la pena sorridere. Me ne accorsi subito, soltanto guardandola parlare. A fine serata la riaccompagnai a casa e la baciai davanti al Kaplan. Ero abbastanza sicuro che me l'avrebbe lasciato fare. Avevo ragione: dopo il bacio le chiesi il numero di telefono.

Quando decido che qualcuna mi piace, la mia prima mossa è raccogliere quante più informazioni possibili su ogni aspetto della sua vita, in modo da somigliare il più possibile al suo partner ideale.

Perciò scoprii quanto più potevo di Diana: nata e cresciuta nei sobborghi di Milwaukee, voleva laurearsi in sociologia, aveva due fratelli minori, andava sul Lake Winnebago ogni estate con la famiglia, aveva un cocker spaniel di nome Lola e un gatto di nome Madge, aveva frequentato dei campeggi estivi ogni estate fino ai quindici anni, adorava fare escursioni, andare in canoa, i Green Bay Packers, e il brie al forno. Suo padre era un insegnante di storia alle superiori, sua madre un'agente immobiliare; avevano un po' di soldi, ma non tantissimi; uno dei fratelli era celiaco, e lei cercava di mostrargli solidarietà evitando il glutine; aveva letto *La bestia umana* di Tom Wolfe l'estate precedente e adorava qualunque cosa scritta da lui; da bambina il suo personaggio letterario preferito era Stuart Little; preferiva l'argento all'oro, in fatto di gioielli; aveva avuto un ragazzo al terzo anno delle superiori ma fra loro era durata solo tre mesi.

Memorizzai i vestiti che indossava; gli orari, le aule, il nome dei corsi e quello dei professori di tutte le sue lezioni; dove viveva nel campus; il nome della sua compagna di stanza; chi erano le sue amiche; e dove e cosa mangiava per colazione, pranzo e cena quasi ogni giorno. Sapevo che prendeva il caffè con latte e due bustine di zucchero di canna, che le piaceva il whisky, odiava le sigarette e che quell'anno aveva limonato con due ragazzi, di cui uno, un tizio del secondo anno pelle e ossa che si chiamava Joel e faceva parte della squadra di atletica, era interessato a lei.

Non erano informazioni difficili da reperire. Alcune erano emerse dalla nostra prima conversazione, altre da persone che sapevo la conoscevano, e il resto, a spizzichi e bocconi, mi arrivò da un discreto numero di fonti: l'annuario universitario, Facebook, e un'approfondita ricerca su Google.

La seconda volta che la vidi la invitai a bere qualcosa a casa, prima di uscire, la settimana successiva. Lei sembrava esitante, perciò le dissi che avevo da poco finito di leggere *Un uomo vero* di Tom Wolfe. Mi era piaciuto? volle sapere lei.

«Mi sembra che colga bene lo spirito americano».

Diana sembrò colpita, perciò proseguii.

«Voglio dire, Tom Wolfe fa principalmente questo, critica sociale, e questo romanzo non fa eccezione. In genere evito gli autori moderni, perché i contemporanei mi sembrano tutti mediocri, ma questo libro è incredibile». (Lo confesso: la mia recensione entusiasta era quella di un lettore a caso, che avevo scovato su un sito web scelto altrettanto a caso).

«Ehi, Lady Diana, perché non ci facciamo uno shot di tequila per brindare al più grande romanziere americano, cioè, critico sociale, del nostro tempo?» suggerii.

«Lady Diana?»

«Come Diana, la Principessa del Galles, no?» Le toccai la punta del naso e lei sorrise a quel soprannome. Lo fanno tutte.

Non avevo tequila, perciò bevemmo Baileys. E quello shot di Baileys andò giù liscio come l'inizio della nostra relazione: cremoso e dolce, tanto che risultava impossibile percepire il sentore tossico che si nascondeva sotto.

Mi tornò tutto in mente mentre Di mi piangeva sulla spalla, inzuppandomi la camicia con le sue lacrime. Mentre contorceva il viso contro la mia ascella, le studiai la nuca. Mi mancava averla intorno. Magari potevo sforzarmi di versare qualche lacrima anche io, ma sapevo di non esserne capace. Ricordo di aver pianto una sola volta nella mia vita, quando avevo cinque anni e ho disturbato un nido di vespe in soffitta. Sono stato punto tipo quaranta volte e sono finito in ospedale. Mio padre era via per il weekend, perciò dovette portarmici mia madre, e per tutto il tempo strillò che le avevo rovinato la giornata, perché doveva andare in città con delle amiche. Non mi ricordo più se piangevo per questo o perché tutte quelle punture facevano un male del cazzo, ma da allora non ho pianto mai più. Nemmeno quando mia madre tornava a casa completamente fuori di sé durante una delle sue crisi, urlando a tutti quanti di stare zitti perché qualcuno 'la inseguiva', e lanciando piatti contro il muro a pochi centimetri dalla testa di mio padre se lui cercava di calmarla.

Visto che non potevo piangere, baciai Diana: il bacio è un gesto emotivo, dopotutto. Pochi minuti dopo, stavamo facendo sesso sul mio letto. Alla fine, il porno non mi era servito.

5
Lucy

Ottobre 2010

Era passata una settimana dal viaggio al Lake Mead, e io me ne stavo irrequieta nel mio letto; quello di Jackie era vuoto. Aveva conosciuto un ragazzo, una matricola di nome Stuart, e passavano sempre più tempo e più notti insieme. L'altro giorno l'aveva chiamato 'il mio ragazzo'.

Pippa e Wrigley si frequentavano ancora. Lei mi aveva raccontato che, mentre facevano sesso, lui aveva acceso una candela e le aveva fatto gocciolare addosso la cera bollente. Bree aveva limonato con due diversi tizi del secondo anno (ancora niente sesso), mentre io, da quando ero arrivata al Baird, non avevo ancora nemmeno *baciato* qualcuno.

Mi succede sempre così, coi ragazzi. Non sono esigente, non proprio; non sono il tipo che vuole solo ragazzi con determinate caratteristiche. Per lasciarmi andare, però, devo provare qualcosa, altrimenti non ce la faccio. Certe mie amiche andavano sul sicuro scegliendosi i ragazzi meno complicati, ma spesso poco complicato equivale a una condanna a morte, come avevo imparato dopo la Cosa Imperdonabile e dopo Parker. Con lo sguardo rivolto al sole morente fuori dalla finestra, desiderai che le cose fossero diverse, di essere diversa *io*. Ma mi ero fatta una promessa, dopo che io e Parker ci eravamo lasciati, mentre piangevo a letto, sepolta sotto al piumino, con il vestito del ballo di primavera ancora addosso e la faccia sporca di eyeliner sbavato e lacrime nere: mi ero ripromessa che non avrei più frequentato nessuno, a meno di non provare *quella* sensazione: la sensazione che tutto dentro di me si era ribaltato, ma in senso buono.

Ero rimasta con Parker Lines per un anno e mezzo perché dovevo. Ero in ritardo rispetto alle altre, non avendo mai avuto un fidanzato, e Parker era *carinissimo* e *dolcissimo* e io sarei stata *pazza* a non mettermici insieme. Sapevo di non essere attratta da lui, ma forse Lydia aveva (almeno in parte) ragione quando diceva che il vero motivo per cui Parker non mi interessava era che mi piaceva ancora Gabe Petersen.

Incontrai Gabe l'estate della fine delle medie (l'estate prima della Cosa Imperdonabile). So che suona ridicolo, ma me ne innamorai prima ancora di rivolgergli la parola, e quella è stata la prima e ultima volta che mi sarebbe capitata una cosa simile, ne sono sicura. È il tipo di cosa che può succederti solo a quattordici anni, quando sei nel mezzo della pubertà e in pieno delirio ormonale.

Sapevo chi era – i Petersen vivevano a Oyster Bay e la figlia, Macy, era al mio stesso anno. Sia i miei che i suoi erano soci del Cove Club, il country club dove avevo fatto amicizia con Macy da piccola, nelle lunghe estati passate tra centri estivi e gare di nuoto. Ma Gabe era parecchio più grande, quindi non stava mai con noi; lo conoscevo solo di vista, come fratello maggiore di Macy, e avevo un vago ricordo della sua faccia sui biglietti di auguri natalizi dei Petersen. Una volta Macy mi disse di essere sicura di essere stata un incidente di percorso, dato che i fratelli maggiori, Gabe ed Eleanor, erano tanto più grandi di lei.

La prima volta che vidi Gabe in carne e ossa, lui stava giocando a golf con il cugino di Lydia, Andrew Montgomery. Io e Lydia passavamo tutta l'estate a prendere il sole a bordo piscina, facendo mettere sul conto dei nostri genitori bicchieroni di tè freddo mischiato alla limonata e wrap ripieni di Caesar salad, e guardando i ragazzi che andavano a pranzo dopo le loro diciotto buche. Quel giorno Gabe indossava una polo bianca e bermuda di cotone a righe. Macy aveva i capelli rosso scuro di suo padre, ma Gabe somigliava di più alla madre, con capelli castano chiaro e pelle color del miele. Aveva un viso così perfetto che a malapena riuscivo a guardarlo. Occhi azzurri, naso dritto come quello di Macy e labbra piene e baciabilissime. Me ne innamorai all'istante.

«Quello è Gabe Petersen, vero?» chiesi a Lydia mentre guardavo lui e Andrew ordinare il pranzo allo snack bar.

«Sì» confermò lei sollevando lo sguardo per un secondo.

«Ed è dello stesso anno di Andrew?»

«Mi pare».

«E quanti anni ha Andrew?»

«Troppi» disse Lydia lanciandomi un'occhiata. «Del tipo 'tra poco vado al college'».

Quando Andrew ci riconobbe si avvicinò per salutarci, con Gabe al seguito. Ci presentarono. Lui mi lanciò uno sguardo che mi fece venire talmente tante farfalle nello stomaco che per distrarmi diedi un sorso al mio Arnold Palmer e presi a fissarmi le unghie. Gabe ci spiegò che al momento non stava lavorando, ma che avrebbe dato lezioni di tennis al Cove Club per tutta l'estate. Aveva giocato alla University of North Carolina.

«Lucy e io abbiamo vinto il campionato di doppio femminile per tre anni di fila» si vantò Lydia.

«Ah, sì? Be', allora mi pare di capire che a voi le lezioni non servano, ma se mai cambiaste idea sappiate che posso mostrarvi come fare un rovescio imbattibile». Gabe sorrise, e mentre parlava guardava solo me.

Era così che andavano le cose in terza media: vaghe insinuazioni che sembravano la cosa più romantica del mondo. Gabe era il ragazzo più perfetto che avessi mai visto. Andai a casa e dissi a CJ delle lezioni di tennis.

«Però dovrei prenderle da Gabe Petersen» dissi. «Il fratello di Macy. Ha giocato alla University of North Carolina, quindi è bravissimo. A quanto pare».

CJ si strinse nelle spalle e disse che giocavo già benissimo, ma che non le sarebbe dispiaciuto vedermi fare qualcos'altro a parte starmene a bordo piscina tutto il giorno.

Mi iscrissi a lezione con Gabe. Ogni giovedì pomeriggio andavamo in uno dei campi di argilla verde, dove rimanevamo soli. Stando tutto il giorno sotto al sole, Gabe era color cannella. Quando si lanciava in avanti per prendere la pallina gli si sollevavano i pantaloncini, e io intravedevo una striscia di pelle bianca sulle cosce. Ogni volta rischiavo di sciogliermi lì, in mezzo al campo. Quando provavo il servizio sentivo il suo sguardo su di me, e il suo corpo vicino, sempre più vicino del necessario. A volte mi si metteva alle spalle e posava la mano gigantesca sulla mia, correggendo la presa sulla racchetta.

«Così» diceva gentilmente, il suo alito che mi solleticava collo e spalle.

Quell'estate, agitata e distratta dalla presenza di Gabe, giocai male. Le nostre lezioni volavano via in un lampo, e io quasi non sopportavo di dover aspettare un'intera settimana per rivederlo, per stargli abbastanza vicina da sentire il suo profumo perfetto – un mix di sudore e palline da tennis nuove, appena uscite dal tubo.

Non avevo alcun controllo su ciò che provavo. Pensavo a lui di continuo: i capelli impeccabili e il viso bellissimo e il modo in cui mi sorrideva e la risposta magnetica del mio corpo al suo.

Raccontai tutto a Lydia, e lei disse che Gabe era troppo vecchio per me, *vecchissimo*, e che avrei fatto meglio a stare attenta perché se tra noi due fosse successo qualcosa, Gabe avrebbe rischiato di finire in prigione. Io le risposi che era pazza – e comunque non ero ancora pronta a fare sesso – ma volevo baciarlo. Volevo sentire le sue mani dappertutto.

Un giovedì, verso la fine dell'estate, a metà della lezione il cielo si riempì di nubi color ardesia, e poco dopo cominciò a piovere a catinelle. Gabe e io ci rifugiammo di corsa sotto la tettoia.

Lui si girò verso di me: «Non credo che smetterà di piovere presto, e sono quasi le cinque. Forse dovremmo finire qui la lezione» disse.

Annuii. La pioggia scrosciava sul soffitto sopra le nostre teste con un fragore incessante.

«Vuoi chiamare tua madre per farti venire a prendere?»

«Insegna pilates fino alle cinque. Aspetterò qui».

«Posso darti uno strappo io, se vuoi». Gli occhi di Gabe, dello stesso colore dei fiordalisi, scintillarono.

Salimmo sulla sua macchina, una Jeep blu scura. Era incasinatissima, disseminata di confezioni vuote di carne essiccata, ma profumava di Gabe e io me ne innamorai all'istante. Mi allacciai la cintura e mi sentii subito in imbarazzo per quella vicinanza eccessiva in uno spazio tanto ristretto.

Lui mi chiese dove abitavo e io glielo dissi, anche se casa mia distava appena dieci minuti dal Cove Club e avrei voluto inventarmi qualcosa, un indirizzo lontanissimo, pur di rimanere con lui un po' più a lungo. Con la coda dell'occhio gli osservai la guancia, che sembrava rasata di fresco. Quando cambiò marcia con la mano muscolosa e abbronzata, i peli sulle braccia gli si rizzarono.

«Mi piacerebbe imparare a guidare con le marce» dissi rompendo il silenzio.

«Brava, è mille volte meglio. Tu non sai guidare, però, vero?»

«No» ammisi. E poi, vergognandomi di quanto piccola sarei apparsa ai suoi occhi, confessai: «Ma la prossima estate prenderò il foglio rosa».

«Ah». La macchina accelerò, mentre la pioggia ticchettava sul parabrezza. Non avevo più molto tempo.

«Quanti anni hai?» chiesi, con improvviso coraggio.

«Oh, cavolo» disse Gabe. «Non te lo dico».

«Dai, dimmelo».

«Ventitré, Lucy».

«Io diciassette» mentii con un sorrisino.

«Non è vero. Hai l'età di Macy. Il che significa... quattordici».

«Una quattordicenne molto *matura*, però, non ti pare?»

«Eccoci nella tua via». Gabe rallentò, ignorando la mia domanda. «Qual è casa tua?»

Indicai una cassetta delle lettere verde, al numero 34, e Gabe raggiunse il vialetto e si fermò davanti alla casa dove avevo vissuto per tutta la vita, pietra calcarea contornata da cespugli di ortensie, i fiori preferiti di CJ.

«Carina» disse lui.

«Gabe». Lo fissai, sopraffatta da un sentimento intollerabile. Mi piaceva pronunciare il suo nome. *Gabe.*

«Non piove più».

«Grazie per il passaggio».

«Lucy» disse lui, e ogni centimetro della mia pelle fu percorso da brividi, mentre Gabe sollevava un indice e mi sfiorava la guancia. «Sei bellissima». Lo disse piano. Io assaporai ogni sillaba. Fluttuavo. Non esiste al mondo una sensazione simile a quando un ragazzo dice che sei bellissima.

Il mio desiderio di baciarlo doveva essere tanto forte da avverarsi ancor prima che potessi esprimerlo, visto che un attimo dopo lui si chinò verso di me e le sue labbra carnose toccarono le mie, soffici come una nuvola, mentre la sua mano si insinuava sotto la mia maglietta, sotto la fascia elastica del mio reggiseno taglia prima e sui bottoncini che avevo al posto del seno. Ma non durò affatto quanto avrei voluto, e quasi subito lui si ritrasse, il respiro affannoso, qualcosa di simile al rimorso che gli balenava nello sguardo.

«Io e Macy non siamo proprio amiche strette» dissi, nel panico, tremando. «Non andiamo nemmeno alla stessa scuola».

«Lucy, mi dispiace. Non avrei dovuto. Tu... tu sei bellissima, ma... sei troppo giovane».

Proprio in quel momento la Lexus di CJ accostò, e lo scricchiolio della ghiaia mi riportò alla realtà, mentre Gabe abbassava il finestrino e il momento magico evaporava. CJ scese dall'auto, in leggings sportivi neri, reggendo in mano diversi sacchetti della spesa.

«Salve, signora Albright» disse subito Gabe. «Pioveva a dirotto e abbiamo dovuto interrompere la lezione. A Lucy serviva un passaggio».

«*Ti prego*, Gabe, chiamami CJ. È stato un bell'acquazzone, vero? Io mi sono inzuppata per arrivare alla macchina. Comunque, Gabe, grazie: sei stato carinissimo a riportare Luce a casa. Salutami i tuoi, va bene? E di' a tua madre che la chiamo presto».

«Certo».

CJ sembrava aspettare che uscissi dall'auto, e, con riluttanza, mi costrinsi a separarmi dall'aria che aleggiava attorno a Gabe. Gli dissi che ci saremmo visti la settimana successiva.

«Giovedì prossimo sarà l'ultima lezione» disse CJ. «Andiamo a Cape Cod per dieci giorni e poi ricomincia la scuola. La scuola! Ci crederesti? L'estate vola, ogni anno».

Ma la settimana successiva Gabe non si presentò; a quanto pareva si era dato malato, e io dovetti starmene un'ora con un altro istruttore di tennis, di nome Hugh, basso e pelato e completamente diverso da Gabe. Aspettai la fine della lezione per correre nello spogliatoio femminile e scoppiare in lacrime.

Quell'autunno andai alle superiori, e molte mie amiche si trovarono un fidanzato. Era tutto un fiorire di mani intrecciate e tavoli da due a mensa, ma a quel punto la Cosa Imperdonabile era già successa, e ogni storia d'amore che mi si presentava davanti mi sembrava disonesta e inquinata da tradimenti in corso, o comunque dalla promessa di un tradimento. Erano relazioni troppo spensierate, troppo semplici. Non avevo alcun dubbio che sarebbero finite male: era una certezza cocente che mi sentivo fin nelle ossa.

Alla fine del secondo anno avevo abbastanza amiche che già facevano sesso per sapere che volevo farlo anche io. Non volevo far sesso per il gusto di farlo – avevo già capito da sola come darmi piacere, toccandomi nel punto giusto, l'immagine di Gabe che mi offuscava la vista finché il mondo svaniva del tutto. Era più facile con un vibratore, che avevo comprato con la mia amica 'ribelle' Antonia in un sexy shop in città (non pensavo che Antonia fosse una 'ribelle', ma Lydia e Helen la definivano così. Lydia e Helen non compravano mai vibratori).

Ma io volevo del sesso vero. C'erano alcuni ragazzi che mi venivano dietro, ma a me non piacevano. Ogni tanto permettevo a qualcuno di baciarmi, ma di solito pensavo a Gabe e speravo di poter provare di nuovo ciò che avevo provato con lui. Mi ero quasi arresa, quando il biondo giocatore di squash Parker Lines mi chiese di accompagnarlo a una fiera. Parker non era male, non aveva difetti evidenti di cui potessi lamentarmi con Lydia e Helen, a parte il fatto che mi sarebbe piaciuto che fosse dieci centimetri più alto. Le mie amiche mi dissero che non avrei trovato di meglio a Cold Spring Harbor, e io non trovai nulla da obiettare. Mi serviva una distrazione. Il padre di Antonia aveva trovato lavoro in Michigan e la famiglia si era trasferita all'inizio dell'anno scolastico, perciò non passavo più i fine settimana a ubriacarmi con lei. Parker era ammirato, attraente, atletico, e abbastanza intelligente: tutte cose ottime, sulla carta. Non ho idea del perché gli piacessi tanto, ma già in primavera mi aveva detto di amarmi, e io lo avevo detto a lui, sebbene per me fossero solo parole prive di significato.

Ad aprile andammo a letto insieme. Io ero pronta, ma l'esperienza fu deludente. Fece meno male di quanto mi aspettassi, ma anche dopo mesi continuai a non sentire niente di speciale; sapevo che lo stavo facendo tanto per farlo. Mi comportavo in tutto e per tutto come una che ha un fidanzato, senza davvero *averne* uno. CJ era al settimo cielo. Lei e la signora Lines giocavano a tennis insieme, e CJ la adorava. Pensava che Parker fosse *assolutamente perfetto* e lo invitava a cena a casa nostra più spesso di quanto non facessi io.

Ma durante l'inverno dell'ultimo anno ero così infelice con Parker che a malapena sopportavo di averlo attorno. Quando mi toccava, mi sembrava fosse la mano di un molestatore di bambini a farlo. Volevo lasciarlo prima del ballo di primavera che si sarebbe tenuto a maggio, ma Helen mi persuase a rimandare perché 'le foto, Lucy! Pensa alle foto'.

Avevo frequentato tutti i corsi avanzati proposti dalla nostra scuola, prendendo ottimi voti, perché studiare mi veniva facile e, se non altro, volevo avere diverse opzioni. Quando la scelta tra i vari college si ridusse al Baird, appena fuori Los Angeles, e Dartmouth, ad Hanover, New Hampshire, CJ mi promise che, se avessi scelto Dartmouth, mi avrebbe comprato una Range Rover. Capii benissimo che lo faceva solo per aumentare le probabilità che rimanessi con Parker, che era stato ammesso in anticipo per giocare a squash al Bowdoin. CJ temeva che la distanza ci avrebbe creato problemi; Maine e California, «Sarà dura» mi disse. Un po' le uscite di CJ mi preoccupavano, un po' avrei voluto riderle in faccia. Io non la volevo nemmeno, una macchina. Dartmouth era considerata una scuola migliore, ma io non vedevo l'ora di lasciare il Nordest, e inviai i moduli di iscrizione al Baird il giorno seguente. Quando CJ mi fece una scenata, le risposi che l'ambiente intellettuale, creativo e liberale del Baird era proprio ciò che faceva per me, e poi lì avrei trovato ottimi corsi di inglese, uno in particolare, dal titolo 'Scrittori in Costa Azzurra: da Hemingway a Fitzgerald', che si teneva su una barca che veleggiava nelle acque del Sud della Francia. Quel corso era la ragione principale per cui avevo fatto domanda al Baird: sei settimane di studio intensivo della letteratura ispirata dalla Costa Azzurra, in particolare le opere di Hemingway e Fitzgerald, che avevano entrambi vissuto e scritto in quella regione. C'erano pochissimi posti, ma io ero disposta a tutto pur di essere selezionata.

La sera del ballo di primavera mi misi il mascara con mani tremanti. CJ mi aveva comprato un vestito bellissimo e costosissimo – color crema, di Shoshanna, proprio quello che volevo – e io riuscii a malapena a infilarlo, tanto ero agitata. Parker sarebbe arrivato nel giro di mezz'ora. Saremmo andati dai Montgomery per farci le fotografie e bere un po' di champagne, e poi avremmo trascorso la serata insieme, ballando e mangiando torta, dopodiché ci sarebbe stato un after party a casa di Kelsey Nelson, seguito da dieci minuti di sesso clinico e meccanico in una stanza qualsiasi della casa. Era tutta una farsa, una trappola che ero stata troppo insicura per evitare. E la cosa peggiore è che era crudele nei confronti di Parker, il mio amico trasformatosi in fidanzato che adesso mi riempiva di disgusto. Tutta quella faccenda era ingiusta, ed era anche colpa mia.

Quando Parker suonò il campanello, andai ad aprire e lo vidi, bellissimo nel suo smoking, con in mano un *corsage* floreale che si abbinava alla perfezione al mio vestito. Sapevo cosa dovevo fare. Ma in circostanze del genere le mie emozioni avevano sempre la meglio sulla logica, perciò crollai lì, sulla soglia di casa, la faccia distorta in un fiume di lacrime e trucco colato. Recitai il discorsetto che mi ero preparata: che non lo meritavo, che era colpa mia, che mi dispiaceva così tanto che mi veniva da vomitare. Lui mi odiò comunque. Non capiva perché gli stessi facendo una cosa simile in quel momento, dandogli buca proprio la sera del ballo.

«Il mondo non gira intorno a Lucy Albright, lo sai, sì?» sbottò. «Non sei speciale, cazzo. E non capisco un cazzo di quello che ti passa per la testa». Fu una scena particolarmente dolorosa, perché Parker non imprecava mai.

Ma non potevo dargli torto. Nemmeno io capivo me stessa. Valutai se fosse il caso di raccontargli di CJ e della Cosa Imperdonabile; pensai che magari lo avrebbe aiutato a capire. Ma non avrei mai usato la Cosa Imperdonabile a mio vantaggio; quella vicenda non meritava tanto potere. E, in ogni caso, non avrei mai potuto dirlo a Parker. Avevo sempre saputo di non poterglielo dire. Non potevo dirlo a nessuno.

Perciò passai la sera del ballo di primavera rannicchiata sotto le coperte, a piangere, il *corsage* di Parker che avvizziva nel cesto della spazzatura. Rimasi lì ad autocommiserarmi, a desiderare di provare per Parker quello che avevo provato per Gabe, chiedendomi cosa ci fosse di sbagliato nel mio stupidissimo cuore. CJ era fuori di sé, ovviamente, ma io non riuscivo a trovare la forza di parlarle; le dissi solo che io e Parker avevamo litigato e non sarei andata al ballo con lui.

Ironia della sorte, fu mia sorella Georgia che mi aiutò a star meglio. Nei tre anni e mezzo che vennero dopo la Cosa Imperdonabile, io e Georgia eravamo diventate praticamente due estranee. Ma in quel periodo era tornata a casa per l'estate dopo il primo anno a Yale. Venne in camera mia, si sedette sul bordo del letto e mi accarezzò la testa. Io alzai lo sguardo sulla cortina dei suoi capelli biondi e sul suo viso impeccabile. La mia perfetta, quasi dottoressa, 'salviamo il mondo un bambino africano alla volta' sorella.

«Raccontami tutto» mi disse comprensiva.

E così le raccontai. Georgia non perdeva la testa come CJ, perciò parlare con lei era più facile. Le spiegai di Parker e di come mi ero sentita durante tutta la nostra storia, di quanto la pressione a cui mi ero sottoposta mi stesse uccidendo.

Georgia rimase in silenzio per un po': è il tipo di persona che pensa attentamente a ciò che vuole dire prima di dirlo, ecco perché poi se ne esce quasi sempre con la cosa giusta.

«Lucy, promettimi una cosa. Prometti a *te stessa* una cosa».

«Cioè?»

«Non accontentarti mai più. Che senso ha? Siamo tutti destinati a soffrire. E poi la vita è troppo breve. Aspetta di trovare qualcuno di cui sei pazzamente innamorata, anche se ci vorrà del tempo. È meglio così».

Sapevo che Georgia aveva ragione, ma mi chiesi se lei seguisse il suo stesso consiglio o se l'amore, semplicemente, le venisse facile, come avrei desiderato succedesse a me. Georgia era una fidanzata seriale: i suoi ragazzi erano tutti intellettuali seri e vagamente noiosi che si susseguivano senza soluzione di continuità.

«Te lo prometto» le dissi comunque, e lo pensavo davvero.

Quella promessa mi accompagnò fino al diploma. Avanzai a denti stretti sul palco per ricevere la mia pergamena e percepii, da un punto indistinto nella folla, lo sguardo della signora Lines che mi fulminava. *Non mi accontenterò.*

Sdraiata nel mio letto, al Baird, lanciai un'occhiata fuori dalla finestra, verso il profilo scuro delle montagne. Si vedevano bene anche di notte, svettanti, eterne. Infilai il dito in uno dei fori di Puff, la mia mezza coperta ormai logora, nonché storica compagna di letto. Georgia ha con sé l'altra metà. In origine Puff era sua, ma piaceva così tanto a entrambe che un giorno CJ la strappò in due, perché potessimo averne un pezzo ciascuna. Io piansi per quella mutilazione, invece Georgia no: anche a quattro anni, la decisione di CJ le parve assolutamente razionale.

Un'inattesa ondata di nostalgia di casa mi strinse il petto, affondandomi nel torace come piombo. Sentii il bisogno improvviso di chiamare Georgia, di ascoltare la cadenza melodiosa e misurata della sua voce, ma poi fui costretta a ricordarmi che, anche se ci eravamo riavvicinate per un attimo quando avevo rotto con Parker, non ci parlavamo praticamente più da anni, e una mia chiamata alle undici di un martedì sera le avrebbe sicuramente fatto pensare a una brutta notizia.

Il mio telefono, poggiato sul comodino in cima a una copia di *Anna Karenina*, che stavamo leggendo per il corso di letteratura russa del XIX secolo del professor Tittleman, cominciò a vibrare.

Vidi sullo schermo un numero che cominciava con 516, lo stesso prefisso di casa mia, nello stato di New York.

«Pronto?»

«Lucy?»

«Chi è?»

«Sei mai stata al nuovo ristorante giapponese in centro, Sakamoto?»

«No. Chi è?»

«Dicono sia buonissimo. Ti va di andarci domani?»

«Ma *chi* è?»

Mi raddrizzai, mettendomi seduta. Raggi di luna di un giallo paglierino filtravano attraverso le serrande, illuminandomi i piedi.

«Oh, scusami, sono Stephen DeMarco. Ci siamo conosciuti al Lake Mead».

Il tizio che sembrava Christian Bale. Con gli occhi verdi. Stephen era di Long Island, come me? Una scarica di elettricità mi percorse la pelle. Mi chiedevo che fine avesse fatto fin dall'ultimo giorno al Lake Mead, ma non perché mi piacesse. Era solo curiosità, la mia.

«Sì, Steve. Mi ricordo».

«*Stephen*. Non mi piace essere chiamato Steve».

«Stephen. Scusa».

«Ti starai chiedendo come ho avuto il tuo numero».

«Non me lo sono chiesto prima, ma adesso sì».

Sentii una risata roca esplodere all'altro capo del telefono. Dava una certa soddisfazione, farlo ridere.

«Allora, come?»

«Te lo spiego domani davanti a un sushi. Che ne dici? Pare che farà bel tempo».

«A me sembra che qui faccia sempre bel tempo».

«Non hai tutti i torti. Sole e palme e montagne, è impossibile non amare questo posto. D'inverno le temperature calano *un pochino.* Vedrai».

«Ah».

«Allora domani, sette e mezza?»

«Be'...» Mi morsi l'interno della guancia.

«Lucy. Ci vuoi venire a cena con me, o no?»

Non mi pareva il caso. Stephen non era proprio il mio tipo. E poi in lui c'era qualcosa di preoccupante, che mi dava una strana sensazione alla bocca dello stomaco.

«Non credo sia possibile. Mi dispiace».

«Che peccato! Come non detto». Non sembrava esserci rimasto male.

«Sicuro?»

«Sicuro».

«Come l'hai avuto il mio numero, però?»

«Be', il mio amico Wrigley si scopa la tua amica Pippa. Volevo il tuo numero e... voilà».

«Wrigley e Pippa fanno molto più di quello». Sapevo che a Pippa Wrigley piaceva parecchio, e mi sentivo in dovere di difenderla.

«Molto di più di cosa?» chiese Stephen.

«Più che...»

«Puoi dirlo». Mi sembrava quasi di sentirlo sorridere, e la voragine che si stava scavando nel mio petto si fece più profonda.

«*Scopare*» sbottai alla fine in un sussurro imbarazzato.

«Okay, scusami. Wrigley e Pippa *fanno l'amore*».

«*Non* è quello che intendevo».

«E cosa intendevi?»

«Intendevo... intendevo solo che escono anche insieme, fanno cose».

«Be', io sto cercando di uscire con *te*».

Un'immagine di Stephen DeMarco con addosso un costume

rosso si fece strada nella mia mente. Peloso, sovrappeso, rozzo. Certo, bello, in un modo un po' sinistro, ma non mi ero sentita attratta da lui. O sì? Non ricordavo.

«Non credo sia un buon momento» dissi.

«Non agitarti, Lucy in the Sky with Diamonds» replicò Stephen in tono neutro. «Ma non presentarti alla prossima festa in bikini, o potrei non riuscire a trattenermi».

Di nuovo quella sensazione alla bocca dello stomaco. Dette da Stephen, anche le frasi più innocenti sembravano sessualmente esplicite. Mi sentivo una bambina, parlando con lui.

«E perché mai dovrei indossare un bikini a una festa in casa?»

«Touché, bellezza» disse lui.

Chiusi la chiamata e mi sdraiai di nuovo. Mi sentivo un'incapace, pur avendo rifiutato l'invito di un ragazzo che non mi interessava. Non ero mai andata a un vero appuntamento; Parker non mi ci aveva mai portata. Di solito, cucinavamo qualcosa alla griglia nel giardino dietro casa, o facevamo brunch insieme nei weekend, ma quelli non erano veri appuntamenti. Oppure sì? Dovevo accettare gli inviti a uscire, giusto per godermi una serata, anche se il ragazzo che mi aveva invitata mi faceva annodare lo stomaco in modo strano? Era così che si faceva al college?

Per un breve istante, desiderai di poterlo chiedere a CJ: lei avrebbe avuto la risposta. Ma a quel pensiero mi ritrovai, per un minuto buono, con gli occhi sbarrati e i denti digrignati, che è quello che mi succedeva di solito quando pensavo troppo a lungo a CJ. Perché quando hai una madre che ha fatto una Cosa Imperdonabile, non puoi chiederle certi consigli.

6
Stephen

Ottobre 2010

Era sabato sera e stavo fissando il motivo cashmere del copriletto di Diana – tutto ghirigori arancioni, gialli e rosa – per rimanere concentrato sulla mia erezione. Adoro il sesso, ma io e Diana l'avevamo fatto talmente tante volte che il tutto mi era diventato familiare quanto farmi una sega. Era sempre *bello*, ma da un pezzo non era più *incredibile* – la parola che un tempo usavamo entrambi per descriverlo. Cercai di tirarla sopra di me, ma non le andava. Era troppo incazzata con me per provare a concentrarsi e avere un orgasmo. Per cui mi sbrigai a concludere, venni dentro di lei e rotolai via.

Sentivo l'avvicinarsi di una nuova lite. In questo consisteva ormai il mio rapporto con Diana: litigare, fare sesso, litigare, sesso, litigare, litigare, sesso, litigare. E nel mezzo nient'altro.

«Dobbiamo smetterla» mormorò, tirandosi su e poggiandosi su un braccio. Una ciocca spettinata di capelli le ricadeva sul viso, così gliela spinsi dietro l'orecchio.

«Magari, se non pensassi tutto il tempo a quanto sei incazzata con me, potresti addirittura divertirti». Scesi dal letto e mi misi a cercare i boxer.

«Fanculo, Stephen». Prese dal comodino la scatola dei fazzoletti e me la tirò in testa. «Magari, se tu la smettessi di infilare il cazzo in ogni cosa che respira, io non sarei così preoccupata di beccarmi qualche malattia schifosa e potrei *addirittura* divertirmi».

Diana si mise a piangere. Mi rivestii, presi la lattina di birra dalla scrivania e la svuotai in un unico sorso. Poi mi risedetti sul bordo del letto e con il pollice cercai di asciugarle le lacrime.

«Lady Diana, piantala. Nicole è stata un errore, te l'ho detto. Io amo *te*. Quante volte ancora devo ripetertelo? È con te che voglio stare».

«Non sono pronta».

«E allora perché vieni a letto con me?»

«Non lo so. Non faccio che chiedermelo anche io. Forse dovremmo prenderci una pausa».

«È questo che vuoi?»

«Sì». Il lenzuolo era sceso a scoprirle il seno e rimasi a fissarlo, piccolo e pallido, con quei capezzoli rosa chiaro, familiare come il palmo delle mie mani.

«Diana, non fare così. Stasera vado alla festa di compleanno di Wrig. Vuoi venirci con me? Tenerci per mano? Tornare a essere la mia ragazza?»

«E guardarti mentre fai il deficiente con tutte le puttanelle del primo anno?»

«Cristo, Diana». Mi strinsi il naso con le dita. Non avevo le energie per affrontare un'altra litigata di due ore, per cui presi la giacca e me ne andai. Che mi desse pure dell'egoista e passasse la serata a casa a compiangersi. Si sarebbe scolata una cassa di vino rosso insieme a Keaton e Josie, parlando tutta la sera di quanto mi odiavano. E poi, tempo una settimana, mi avrebbe chiamato di nuovo, scongiurandomi di vederci.

Lasciai che la porta sbattesse dietro di me, più forte del solito, e mi incamminai giù per Perry Street, verso casa di Wrigley. Faceva caldo quella sera, e accelerai il passo per raggiungere Wrigley e la sua aria condizionata. Il suo ventunesimo compleanno si preannunciava un festone. Infilai una mano in tasca per tastare la bustina di coca che gli avevo preso come regalo. Forse era meglio andarci da solo. Potevo farmi tutta la coca che volevo. E, stando a quello che diceva Wrigley, alla festa sarebbe venuta anche Lucy.

7
Lucy

Ottobre 2010

Pippa mi trascinò alla festa di Wrigley.

«Devi venire per forza. Wrigley ha un sacco di amici carini. Dovresti veramente prendere in considerazione Stephen DeMarco, Luce. È tornato single e Wrigley dice che gli piaci. Dicono *anche* che sia molto bravo a letto». Camminavamo in direzione del lato sud del campus, e Pippa torreggiava sopra di me con il suo paio di zeppe. Pippa non è tanto più alta di me, ma coi tacchi diventa una gigantessa.

Nonostante il sole fosse tramontato da ore il caldo californiano non dava tregua. Mi asciugai il sudore dalla fronte. Pippa mi allungò una borraccia piena di vodka.

«E tu che ne sai?» Buttai giù un sorso e il sapore mi fece rabbrividire. Compravamo sempre la roba più scadente.

«Me l'ha detto Wrigley. È una cosa risaputa. E poi ha la faccia di uno che è bravo a letto».

«E tu credi a Wrigley?»

«Dai, Lucy. Ma poi, da quant'è che...»

Non avevo intenzione di rispondere a quella domanda, per cui le chiesi se considerava Stephen attraente.

«Non in maniera convenzionale, però sì. Ha dei begli occhi verdi. E poi ha carattere, e questo lo rende ancora più attraente».

«È un po' grasso».

«Tutti i ragazzi sono grassi. E col tempo diventano sempre più grassi». Pippa pareva sapere sempre tutto.

«Wrigley non è grasso. Gioca a pallanuoto».

«Ma non hai visto che pancia che ha?»

Eravamo in ritardo, ma Pippa aveva insistito per arrivare tardi apposta perché lei e Wrigley avevano litigato e aveva deciso di farsi desiderare. Come la maggior parte degli alloggi studenteschi fuori dal campus del Baird, la casa di Wrigley sulla Hutchins era praticamente una bettola. C'erano bottiglie di birra per terra e pochissimi mobili, a parte un vecchio divano marrone e un enorme televisore a schermo piatto. Su una delle pareti era dipinto lo stemma dei Chops. Un fusto di birra era stato sistemato in un angolo vicino al bar, che consisteva in un tavolinetto pieghevole carico di liquori e bibite sgasate.

All'una di notte il fusto era ormai vuoto e così le bottiglie di liquore, eccezion fatta per una vodka al lampone che nessuno aveva osato toccare. Qualcuno sarebbe dovuto andare a fare scorta al più presto o la gente si sarebbe dispersa verso altre feste.

Pippa era in un angolo con Wrigley, stretti l'uno all'altro come due sardine. Evidentemente avevano fatto pace. Lei passò le dita tra i capelli biondi di lui. A volte era impossibile capire cosa le passasse per la testa – Wrigley le piaceva davvero o erano forse le attenzioni di uno più grande, uno nella squadra di pallanuoto, sempre fornito di cocaina a piacerle? Non avevo mai provato la coca, ma intuivo sempre quando Pippa aveva tirato, dal modo in cui digrignava leggermente i denti.

Desiderai che Jackie fosse lì, ma era a cena con la squadra di tennis, mentre Bree era in biblioteca a preparare l'esame di statistica. Anch'io avrei dovuto lavorare alla mia autocandidatura per il *Lantern*, il giornale studentesco del Baird, ma Pippa non voleva andare alla festa da sola – era convinta che tutte le ragazze del terzo anno la odiassero – e quindi mi ritrovai a mia volta al 404 di Hutchins Street, in una stanza piena di gente perlopiù sconosciuta.

Passai in rassegna tutte le bottiglie alla ricerca di un'ultima traccia di alcol – avevo bisogno di bere – quando sentii la sua voce, con quel suo tono immeritatamente sicuro di sé. «Cos'è, non ti piace la vodka al lampone?»

Mi girai e mi trovai faccia a faccia con Stephen. I suoi capelli erano scuri, folti e lunghi: gli ricadevano ben oltre le orecchie. Sul mento aveva un accenno di barba scura. Infilò una mano nella tasca dei jeans e ne tirò fuori una fiaschetta d'argento.

«Ne vuoi?» I suoi occhi incenerirono i miei.

Gli porsi il mio bicchiere vuoto e lui ci versò del liquido. Annusai il contenuto. «Tequila». Ne bevvi un piccolo sorso e sentii il bruciore in fondo alla gola.

«Ti piace la tequila?»

«Qualche volta».

Mi alzai in punta di piedi per controllare dove fosse Pippa. Era avvinghiata al braccio di Wrigley come una scimmietta. Ci scambiammo un'occhiata e lei sollevò i pollici.

«Cerchi qualcuno?» chiese Stephen.

Scossi la testa. Lui versò altra tequila nel mio bicchiere.

«Allora, Lucy in the Sky with Diamonds, che materie hai scelto?»

«Letteratura inglese. E giornalismo».

Sollevai gli occhi verso di lui, verso quella sua faccia che non aveva nulla di particolare, eppure riusciva comunque a essere stranamente accattivante. Le sopracciglia folte e nere, la bocca piccola e ben disegnata. Avvertii di nuovo quelle stupide farfalle nello stomaco, ma mi sentivo abbastanza ubriaca da ignorarle.

«Inglese e giornalismo. Sicura?»

«Certo. Voglio lavorare come scrittrice di viaggio. Perché?»

«Sembri molto convinta».

«Perché lo sono. Che c'è di male?»

«Nulla di male. È bello sapere cosa si vuole».

«Non intendevo dire che so sempre cosa voglio».

«Certo che no, ci mancherebbe. Hai solo, quanti, diciotto anni?»

«Esatto».

«Sei praticamente una bambina».

«Tu ne avrai al massimo un paio più di me».

«Ma sembro più vecchio».

«Questo è vero. Senza offesa».

«Non mi offendo. Scommetto che non hai mai nemmeno votato, ancora».

«Perché mi rompi tanto le palle con questa faccenda dell'età?»

«Dice le parolacce!» disse lui fingendosi sconvolto. «Non pensavo ne fossi capace».

«Ne dico molte più di quanto credi, invece».

«Mi sorprende» sogghignò Stephen. «Pensavo che con la tua giacchetta Barbour e questo bellissimo viso da principessina fossi, che ne so, più morigerata. Un po' Joey Potter, un po'... Blair Waldorf?» Inclinò la testa.

«Come sai che ho un Barbour?»

«Te l'avrò visto indosso. In una giornata più fresca, immagino. È una sauna là fuori. È tutta la sera che sudo».

«La giacca è un regalo di mia madre, va bene? E *non* ho una faccia da principessina». Detesto quando la gente dà per scontato che io sia ricca e di buona famiglia. Mio padre proviene da una famiglia così e, sì, magari alle medie mi piaceva indossare maglioni intrecciati e perle. Ma ora odio le perle. Non le indosserei nemmeno morta.

«Ho detto che hai un viso *bellissimo*, mi ascolti?» Si toccò l'orecchio con l'indice.

«Hai detto pure principessina».

«Sei incontentabile, lo sai?»

«I tuoi complimenti sono insulti mascherati. Non sono cretina».

«So che non lo sei». Mi versò un altro shot di tequila.

Avevo bevuto parecchio. Sentivo un formicolio alla base della spina dorsale. Parte di me voleva mollare lì il bicchiere e tornare di corsa al Kaplan. Ma avevo i piedi di piombo, incollati a terra, come risucchiati da un campo magnetico sepolto sotto al pavimento.

«Siamo entrambi di Long Island, lo sapevi?» riprese Stephen. «L'ho notato quando Pippa mi ha dato il tuo numero».

«E io l'ho notato quando mi hai chiamata. Che città?»

«Bayville».

«*Bayville?* Ma è a venti minuti da casa mia».

«Fammi indovinare. Oyster Bay?»

«Cold Spring Harbor».

«Ci sono andato vicino. Giants o Jets?»

«Giants, che domande. Ho il poster di Eli Manning in camera. È una cosa imbarazzante?»

«Solo se è appeso sul soffitto sopra il tuo letto e ti tocchi tutte le sere guardandolo. Oddio, ora che mi ci fai pensare, sarebbe fantastico». Schiuse le labbra e mi guardò fisso negli occhi. Non avevo mai conosciuto nessuno che facesse battute così smaccatamente sessuali.

Immaginare Stephen che mi immaginava intenta a masturbarmi pensando a Eli Manning mi rimescolò qualcosa dentro, giù in basso.

«Scommetto che ce l'hai anche tu, un poster di Eli Manning» sorrisi con aria ebete.

«Sì, ce l'ho. Ma non lo uso per masturbarmi. Ho il poster di Penelope Cruz per quello».

«Possiamo cambiare argomento?»

Stephen scoppiò a ridere e io sentii un'ondata di calore irradiarsi nel mio petto. Si passò le dita tra i capelli folti e lucidi.

«Ti serve un barbiere» dissi, sentendomi temeraria.

«Ci sono stato due settimane fa. I miei capelli crescono come se li lavassi col concime». Si tirò una ciocca.

«Dev'essere una noia». Accennai una risatina.

«Che dire, Lucy, è un peccato che tu non voglia uscire con me, considerando quante cose abbiamo in comune». Sembrava più divertito che dispiaciuto. «Noi newyorkesi a Los Angeles dobbiamo fare fronte comune, questi hippy fricchettoni non sono come noi».

Feci spallucce e sorrisi pensando a Pippa, che era di Pasadena. La conoscevo solo da sei settimane eppure avevo già l'impressione che lei fosse decisamente come me.

«Davvero non intendi uscire con me?» Stephen avvicinò il viso al mio. Odorava di tequila e acqua di colonia. I suoi occhi – quegli occhi! – si posarono sui miei.

Mi resi conto che tutti gli altri invitati alla festa erano scomparsi. Persino la musica si era interrotta. C'eravamo solo noi due, appoggiati al piano in fòrmica della cucina buia di Wrigley, con il ronzio del condizionatore in sottofondo.

«Che ore sono?» chiesi.

«Non ne ho idea».

«Dove sono finiti tutti?»

«Saranno andati a un'altra festa».

«Ah».

«Vuoi cercare anche tu un'altra festa?»

Ero improvvisamente nervosa. Non avevo previsto di ritrovarmi in questa situazione.

«Altrimenti possiamo starcene un po' in camera mia» aggiunse Stephen prima che potessi rispondere. «È al Copeland, proprio dietro l'angolo, sulla Carroll».

Era uno di quei momenti a cui avrei ripensato negli anni a venire: un'immagine sfocata, come se la guardassi attraverso una lente d'ingrandimento. Un ricordo distorto come dentro la boccia di un pesce rosso. Forse sarebbe stato tutto diverso se avessi ascoltato la parte di me che mi diceva di scappare via.

«O magari un'altra volta» cominciò a dire, ma io stavo già facendo sì con la testa, perché quell'altra parte di me era più forte, la parte che voleva scoprire cosa poteva accadere tra me e questo sconosciuto, che non era il mio tipo ma era capace di trasformare la mia spina dorsale in cera. Erano anni che non provavo quella sensazione – dai tempi di Gabe.

Seguii Stephen oltre la porta e giù in strada, fino al Copeland, una delle residenze studentesche più vecchie e più piccole del Baird. La scala di legno cigolò sotto i nostri passi man mano che salivamo i gradini fino al terzo piano.

«Eccoci» disse lui, aprendo la porta. «Sei fortunata. Ho lasciato il condizionatore al massimo».

Mi fermai sulla soglia della stanza. «Perché Wrigley vive fuori dal campus e tu no?»

«Perché lui è più fortunato di me». Stephen si chinò per baciarmi, così all'improvviso che mi prese in contropiede. La sua bocca era calda e umida, il suo bacio sorprendentemente piacevole. Mi sollevò da terra con un unico movimento fluido, chiudendosi la porta alle spalle con un calcio, e mi portò verso il suo letto.

«Hai un compagno di stanza?» chiesi, gettando uno sguardo verso l'altro letto. «Sì, Evan Donovan. Lo conosci?»

Scossi la testa.

«È un tipo a posto. Gioca a lacrosse e ha una ragazza, quindi non c'è mai».

«Non ti piace?»

«Sì che mi piace. Siamo solo diversi. E a volte è un po' intrattabile. Siamo amici, ma non era la mia prima scelta come compagno di stanza».

«E allora perché vivete insieme?»

«Abbiamo estratto lo stesso numero nel sorteggio degli alloggi ed è finita così».

«Come mai lo trovi intrattabile?»

«Lucy...» sussurrò Stephen. «Non ho voglia di parlare di Evan in questo momento».

Si piegò su di me, le sue labbra sfiorarono le mie. «Ho immaginato di baciarti sin dal primo momento in cui ti ho vista su quella barca». La sua bocca sapeva di tequila e di menta. Le sue mani scivolarono sotto il mio reggiseno, alla ricerca dei gancetti. Sentivo il calore della sua bocca sul collo, sull'addome, e poi più in basso.

«Non voglio fare sesso».

«Lo so».

«Come fai a saperlo?»

«Si vede» scoppiò a ridere. «Non c'è niente di male, non c'è motivo di avere fretta. Voglio solo assaporarti».

Non mi era mai piaciuta granché la sensazione di essere leccata, ma magari era perché Parker non era capace. A Pippa piaceva tantissimo. E anche a Jackie. Persino a Lydia piaceva. Eppure, non volevo che Stephen lo facesse, non in quel momento. Non sapevo ancora quasi niente di lui.

Feci no con la testa e d'improvviso mi resi conto di quanto ero ubriaca. La stanza pareva girare. Un sapore amaro di tequila vecchia mi riempì la gola.

«Ho bisogno di dormire».

Stephen rise: «Va bene. Sei tu il capo».

Mi baciò di nuovo, facendo scivolare con maestria la lingua tra le mie labbra, ma sentii un conato affiorarmi in gola e lo spinsi via.

Sapevo che non sarei arrivata al bagno in tempo. Mi coprii la bocca e indicai il secchio della spazzatura. Stephen lo afferrò e me lo avvicinò alla faccia appena in tempo.

«Merda» fu l'unica cosa che riuscii a dire, mortificata dalla puzza di vomito. «Mi dispiace tanto. Devo andare... a casa. Lascia che ripulisca questo schifo».

«Sei pazza? Non lascerò che una ragazza in evidente stato d'ebbrezza attraversi il campus da sola in piena notte. Potrebbero esserci degli stupratori in agguato nell'ombra».

Bofonchiai parole senza senso. Stephen uscì dalla stanza e tornò pochi minuti dopo con un secchio pulito e una boccetta di collutorio. Mi fece sciacquare la bocca e mi porse un bicchiere d'acqua.

«Resta a dormire qui questa notte. Prometto che terrò le mani a posto».

Le mie palpebre si erano fatte pesanti, bruciavano per la stanchezza. Potevo dormire da lui. Era solo per una notte, in fondo.

«Buonanotte, bellezza» lo sentii mormorare mentre scivolavo nel sonno.

Quando aprii gli occhi il mattino seguente, il dolore mi trafisse la testa come un lampo. In bocca avevo un sapore di rospi morti. Mi tirai su sollevandomi su un gomito e mi guardai intorno disorientata, man mano che riaffioravano frammenti della notte precedente. La stanza di Stephen era un porcile, puzzava di cibo thailandese andato a male e panni sporchi. Lui dormiva al mio fianco, emettendo gli stessi suoni di un tosaerba. La bocca aperta, il doppio mento, la fronte imperlata di sudore nonostante l'aria condizionata. Continuando a russare fragorosamente si girò verso di me. Avevo le mani umidicce e d'improvviso sentii una nuova ondata di nausea rimescolarmi lo stomaco. Pensai a come guadagnare l'uscita in silenzio. Cosa mi era saltato in testa? Non provavo alcuna attrazione per Stephen. Ero solo una stupida ubriacona che confondeva il voltastomaco con le farfalle. Pippa ne sarebbe stata di certo contentissima. Recuperai il telefono, miracolosamente ancora intatto, e mandai un messaggio a Lydia.

Lucy: Ho rimorchiato un tipo assurdo. E ho vomitato nel suo cestino della spazzatura.

8
Stephen

Ottobre 2010

Vidi Lucy in biblioteca, giù al secondo piano. Era china su un quaderno, indossava il suo Barbour verde oliva e una cascata luminosa di capelli castani le ricadeva sulla schiena. Rimasi a guardarla per diversi minuti mentre era intenta a scrivere sul suo quaderno finché non si alzò e si diresse verso le scale. Raggiunse a passo svelto il terzo piano sfiorando il corrimano con le dita e poi girò l'angolo, giungendo nel punto esatto in cui mi trovavo. Finì per sbattere dritta dritta contro di me.

«Ah, ciao» mi salutò. Si mordicchiò il pollice con sguardo sfuggente.

«Ciao» mi avvicinai a lei. Profumava di matite appena temperate. «La giacca con quasi trenta gradi?»

«Qui dentro sparano l'aria condizionata al massimo».

«Non ci avevo mai fatto caso».

«Sono in cerca di un libro».

«Di cosa?»

«Un libro».

«Ho capito. Intendevo, per quale materia?»

«Per una tesina del corso di letteratura russa».

«Ah, sì! È il corso del professor 'Tette-in-mano' o come si chiama?»

«Tittleman. Sì».

«È super puntiglioso. L'ho avuto anche io. Ha una fissazione per le note a fondo pagina perfettamente formattate».

«Lo so» sospirò Lucy. «È il flagello della mia esistenza».

«È uno stupido, ecco cos'è. Ho un manuale molto utile per la redazione delle note, se ti serve. Mi ha salvato la vita». Il manuale era di Diana, ma non sarebbe stato difficile trovare una scusa per prenderlo dalla sua stanza.

«Sarebbe fantastico in effetti» sorrise Lucy. Denti bianchi e perfetti. «Tu non sei uno specializzando di letteratura, vero?»

«Nemmeno per sogno».

«Immaginavo».

«Scienze politiche ed economia».

«Vuoi diventare avvocato?»

«Come lo sai?»

«Ho tirato a indovinare. Mio padre studiava scienze politiche e ora fa l'avvocato».

«Davvero? Interessante. Di che tipo?»

«Penalista».

«Difensore d'ufficio?»

«Adesso sì. Prima era in uno studio legale, ma si è stufato di lavorare solo su reati amministrativi».

«Interessante» dissi, ma dentro di me sogghignai. I difensori pubblici sono pagati di merda, il loro unico vero compenso è una coscienza pulita. Solo un pazzo investirebbe così tanto tempo e denaro per studiare legge per poi mettersi a fare il difensore d'ufficio. Tanto varrebbe risparmiare i soldi e diventare volontario dell'Unicef o qualcosa del genere.

A giudicare dal Barbour e dai gioielli costosi, ma anche da alcune mie ricerche su Google, la famiglia di Lucy i soldi li aveva, quindi immaginai che suo padre potesse permettersi il lusso di fare il cittadino modello.

«E tu non vuoi seguire le sue orme?» le chiesi.

«Non sarei brava come avvocato. E non potrei mai studiare scienze politiche. Non ho la testa per quel tipo di materie».

«Non ti biasimo. La letteratura è molto meno arida delle scienze politiche».

«Be', anche la letteratura può esserlo, a volte. Questo corso è durissimo. Quando studio Tolstoj mi pare di leggere la Bibbia al contrario».

Il paragone non era poi così divertente, ma risi lo stesso. Quando stai cercando di scoparti una ragazza ridi anche alle sue battute poco riuscite. Ridi a tutto quello che dice.

«Quello che mi interessa davvero è il giornalismo» continuò.

«Giusto» annuii. «Mi ricordo. Dovresti provare a scrivere per il *Lantern*».

«Buffo che tu lo dica». Piegò di lato la testa in maniera adorabile. «Hai davanti a te la nuova cronista del *Lantern*!»

«*Ma dai!*» mi finsi sorpreso, anche se avevo già notato il suo nome nell'ultimo numero del giornale. 'Piccola scuola, grande città: cosa pensano davvero di Los Angeles gli studenti del Baird' firmato Lucy Albright. «Lucy, è fantastico».

«Grazie». Si passò le dita tra i lunghi capelli. «Sto cercando di mettere insieme un buon curriculum. Spero tanto di essere ammessa a quel corso estivo che il dipartimento organizza per gli studenti del secondo anno, ma a quanto pare la competizione è spietata...»

«Fammi indovinare. È quello in cui si va tutti in barca in Costa Azzurra?»

«E si legge Hemingway! E Fitzgerald! *Muoio* dalla voglia di partecipare. È stato proprio quello a convincermi a fare domanda per il Baird, in effetti. Ho saputo del corso al liceo, quando ho letto *Addio alle armi*. Quel libro mi ha spezzato il cuore, ma l'ho adorato». Il viso di Lucy si illuminò, i suoi occhi brillavano di un entusiasmo che a me pareva a tratti eccessivo.

Cristo, come fa la gente a infervorarsi tanto per un romanzo? Io leggo solo saggistica.

«È il corso più ambito del Baird, credo» dissi. «Sembra fichissimo».

«Pare che per fare domanda si debba avere una media di almeno 3,7» continuò Lucy. «E anche così, selezionano solo dodici studenti».

«L'ho sentito dire» risposi. Era vero, la selezione era molto rigida. Diana frequentava letteratura come materia a scelta e per un solo punto non era riuscita a raggiungere la media richiesta. Si era disperata per settimane.

«Dio, sei settimane a veleggiare per Antibes, Cannes e Saint-Tropez, e tutto questo vale *come studio*!» Lucy si passò una ciocca di capelli dietro l'orecchio. «La vedo difficile, ma non si sa mai».

«Be', cara la mia Lucy in the Sky with Diamonds, se continui a impegnarti non vedo perché non dovresti riuscirci».

Lucy inarcò un sopracciglio. «Perché continui a chiamarmi così?»

«Per via della canzone, te l'ho detto. Penso che ti si addica».

«Lo sai che è una canzone che parla di LSD?»

«È una delle possibili interpretazioni, per via dell'acronimo». Corrugai la fronte. «Ma con tutta probabilità parla di un disegno realizzato dal figlio di Lennon all'asilo, che raffigurava una bambina di nome Lucy».

«Ma pensa. Come fai a saperlo?»

Come facevo? Avevo cercato la canzone su internet il giorno stesso in cui io e Lucy ci eravamo incontrati per la prima volta, nel caso mi servisse usarla in una conversazione come questa. Si capiva che Lucy si sentiva lusingata da quel soprannome, 'Lucy in the Sky with Diamonds'. È una bella canzone. È dei Beatles. Tutti amano i cazzo di Beatles.

«Continuo a pensarci da quel giorno al Lake Mead. Non ero riuscito a scoprire altro sul tuo conto» l'accusai scherzosamente. «Così, siccome ti sei rifiutata di venire a cena con me, mi sono messo a fare ricerche sulla canzone».

Lucy lanciò uno sguardo oltre la ringhiera, poi sollevò gli occhi su di me.

«Sei una persona molto interessante» disse. «A proposito, scusa se non ho risposto ai tuoi messaggi».

«Cristo, così mi fai sembrare un disperato. Potevi dire anche solo 'messaggio', al singolare».

«E invece erano svariati» disse Lucy sollevando un angolo della bocca.

«Non sarei stato un gentiluomo se non mi fossi informato su come stavi dopo tutta quella faccenda del vomito».

«Hai ragione. Mi dispiace. Non è stato uno dei miei momenti migliori».

«Non ti scusare, succede. Sono io il bastardo che continuava a versarti la tequila. Insomma, spero ancora di poter uscire con te. Niente tequila, te lo prometto. Cosa ti piace? Sushi? Cucina francese? Italiana? Dello Zimbabwe?»

«Zimbabwe?»

«Nello Zimbabwe la gente mangia».

«Stephen, non ne sono sicura. Ti faccio sapere, okay? Ora devo davvero tornare a...»

Mi piegai su di lei e la baciai senza lasciarle finire la frase. Molti uomini non sanno sfruttare il vantaggio del bacio a metà frase. Le ragazze lo adorano, lo trovano romantico.

La spinsi leggermente verso l'angolo, dietro uno degli scaffali. Sfiorai con le mani il retro dei suoi jeans e dovetti sforzarmi di visualizzare mentalmente le palle cadenti di Wrigley per non eccitarmi troppo. Non vedevo l'ora di scoparla. Sapevo che sarebbe successo. Lo sentivo da come si arrendeva al mio bacio. Schiuse le labbra un po' di più della volta scorsa. Il suo cuore mi batteva forte contro il petto. Si lasciò baciare per un intero minuto prima di allontanarsi, un'espressione sorpresa negli occhi grigio-azzurri. Non le era dispiaciuto affatto.

9
Lucy

Novembre 2010

Stavo aiutando Jackie a comporre un messaggio per il suo ex – lui le aveva proposto di vedersi durante le vacanze per la festa del Ringraziamento, ma lei non gli aveva ancora detto di Stuart – quando il mio telefono squillò. Era sul letto, accanto a Jackie.

«'CJ cell' ti sta chiamando» disse Jackie passandomi il telefono. «Ancora non capisco perché chiami tua madre col suo nome di battesimo».

«È solo un'abitudine». Evitai lo sguardo di Jackie perché sentivo che mi stava fissando, come se avesse capito che era una bugia. «La richiamo dopo».

Lo sguardo di Jackie tornò sul suo telefono, al messaggio formulato con tanta cura. «Puoi richiamarla anche ora, se vuoi. Penso che questo vada bene per Matt, non credi?»

«È perfetto» annuii. «La richiamerò più tardi, ora ho troppo da studiare. Letteratura russa mi sta *uccidendo*».

«Va bene». Jackie tirò fuori i suoi libri e non disse più nulla a riguardo, ma sapevo che ci stava rimuginando.

Mia madre si chiama Cornelia Jane Clifford Albright, ma detesta il nome Cornelia e si fa chiamare CJ sin dai tempi del liceo, quando scappò a San Francisco e andò a vivere con una sua zia di nome Marilyn. CJ è cresciuta in un tipico quartiere borghese a Rhode Island (una discarica, lo definisce lei), un posto che ha sempre odiato. Era molto affezionata a Marilyn, la sorella di suo padre, che non aveva figli suoi e adorava CJ come fosse la figlia che non aveva mai avuto. Marilyn era anche molto più ricca dei genitori di CJ (grazie a una sostanziosa buonuscita ottenuta dopo il divorzio dal suo ex marito multimilionario). Marilyn morì di cancro quando io avevo quattro anni e quindi quasi non me la ricordo, ma ho visto un sacco di sue fotografie. Aveva i capelli castano scuro e un gran sorriso. Non era bella come CJ, ma quasi. Io ho ereditato uno dei suoi maglioni. Aveva dei vestiti molto belli e, quando morì, la maggior parte andarono a CJ, inclusa la famosa collezione di gioielli della zia. Dopo il divorzio, Marilyn aveva girato il mondo e non si era mai risposata – disse a CJ che la vita era troppo breve per sprecarla stando appresso agli uomini. Di solito questi viaggi venivano intrapresi per portare aiuti ai Paesi in via di sviluppo nella lotta contro l'AIDS: era questa la sua vera passione. CJ diceva che Marilyn spesso dormiva nelle capanne insieme alle famiglie malate e si occupava dei pazienti gay degli ospedali dell'Est Europa. Da ogni viaggio, Marilyn riportava a casa un gioiello come souvenir. Capitava che Marilyn portasse CJ con sé durante le vacanze scolastiche (perché i genitori di CJ non potevano permettersi vacanze), e insieme le due continuarono ad ampliare questa collezione di gioielli dal mondo. Tanti pezzi erano semplice bigiotteria – chincaglieria stravagante trovata su delle bancarelle in Africa o nel centro-America, o nei banchi dei pegni della Romania, che io e Georgia saccheggiavamo quando giocavamo a travestirci. E poi c'era la roba di valore – un bracciale in oro e avorio intrecciato comprato in Sudafrica, un collier di acquamarina dal Brasile, orecchini di diamanti gialli dal Kenya, collari celtici dall'Irlanda, un anello di giada dal Guatemala, una fascia da polso in oro e cuoio da Firenze, veri *kamarband* dall'India, perle di fiume dal Giappone e orecchini di smeraldi e diamanti del Madagascar.

Quando Marilyn morì, CJ sparpagliò tutti i gioielli sul suo letto e ci dormì insieme, convinta di poter ancora sentire il profumo di Chanel N° 5 di Marilyn provenire dalle gemme. Dormì così per una settimana, poi rimise tutto a posto nel grande portagioie di legno di teak. Mio padre non protestò: non lo fa mai, del resto.

Quando avevo dodici anni, mi misi a frugare tra i vestiti di Marilyn appesi nell'armadio di CJ e mi provai un bellissimo maglione di cashmere color avorio, soffice come una nuvola. CJ mi sorprese mentre mi rimiravo allo specchio ma non mi sgridò per aver messo le mani tra le sue cose. Disse solo che se lo volevo potevo averlo. Puzza un po' di antitarme ma è l'indumento più bello che possiedo. Lo tengo in cima all'armadio per indossarlo ogni volta che ho bisogno di sentirmi più forte. Non ricordo Marilyn, ma ho sentito tante storie su di lei e so che mi sarebbe piaciuta. Guardare la sua esuberante collezione di gioielli e ascoltare i racconti della sua vita avventurosa mi accendeva qualcosa dentro. Sin dall'infanzia cominciai ad appropriarmi delle sue riviste di viaggio, pile e pile di *Travel + Leisure* e del *National Geographic*. Rimanevo incantata davanti ai servizi fotografici dedicati alle destinazioni più esotiche del mondo – le sabbie rosa delle spiagge e le catene montuose dall'aspetto primordiale, i sontuosi monumenti e le regioni tribali – e soprattutto mi affascinavano le storie che vi erano dietro. Dissi a CJ che da grande sarei diventata una scrittrice di viaggi, che avrei esplorato gli angoli più nascosti del pianeta e ne avrei scritto. Lei mi rispose che a Marilyn sarebbe piaciuto molto, e questo voleva dire che approvava.

Quando CJ si trasferì a San Francisco non chiese il permesso ai suoi genitori: riempì una valigia e comprò un biglietto di sola andata per la California. Diceva che suo padre era sempre in ufficio e sua madre troppo occupata a fumare e giocare a bridge per accorgersene (ogni volta che insisto su questo argomento, sospira: «Lucy, mia madre non è stata per me una madre come lo sono io per te e Georgia. Era diversa. E io dovevo uscire da quella casa»).

CJ rimase a San Francisco. Uscì con buoni voti dal liceo e ottenne una borsa di studio a copertura parziale per l'università di Berkeley; Marilyn pagò il resto. L'anno dopo la laurea, CJ incontrò mio padre al Cow Palace, a un concerto dei Fleetwood Mac. O sarebbe meglio dire che mio padre *la trovò*, così dice sempre lui. Era a San Francisco per il fine settimana, era andato a trovare degli amici. CJ stava attraversando una fase hippy, era lì che ballava con la sua gonna lunga e una ghirlanda di fiori in testa, imitando lo stile un po' gitano di Stevie Nicks, ed era così fumata che andò a sbattere dritto contro mio padre, versando la birra sulla sua bella camicia bianca. Detesto il fatto di essere cresciuta amando i Fleetwood Mac quanto li ama CJ, ma quell'amore deve aver attecchito nel mio inconscio. CJ dice che quando ero piccola metteva sempre su *Dreams* per farmi smettere di piangere.

CJ aveva avuto molti ragazzi, ma con Ben Albright aveva fatto tombola. Quando lo vide per la prima volta, pensò che somigliasse un po' a John F. Kennedy. Soprattutto, veniva da una famiglia ricca, era cresciuto nella Locust Valley, nello stato di New York, con una casa vacanze a Chatham, nel Massachusetts, ed era destinato a un promettente futuro da avvocato dopo essersi laureato con lode alla Columbia. In più, voleva prendersi cura di lei. Era ricco ma non viziato, sapeva tagliare l'erba e se la cavava nelle classiche faccende da uomo che richiedono manualità, come montare una libreria o aggiustare un rubinetto che perde.

Era una combinazione ideale. CJ era un po' stufa della California, ma determinata a fare ritorno sulla East Coast solo alle sue condizioni, potendo fare un certo tipo di vita, la vita dei ricchi: niente a che vedere con la sua infanzia a Rhode Island. Per cui barattò la sua ghirlanda di fiori con un golfino di Ralph Lauren, e Ben le comprò un biglietto di sola andata per New York. Andò a prenderla all'aeroporto LaGuardia tenendo in mano un cartello che diceva: 'La più bella ragazza del mondo'. CJ adora raccontare quella parte della storia. Sei mesi dopo erano fidanzati.

CJ aveva ventiquattro anni quando nacque Georgia; venticinque quando nacqui io.

CJ era 'Mammina' quando ero molto piccola, e versava acqua calda sui miei capelli sottili nella vasca da bagno, o mi avvolgeva nell'asciugamano. Poi è diventata 'Mamma', nel periodo in cui mi preparava il cestino del pranzo e mi faceva lo chignon per il saggio di danza. 'Mamma' si assicurava che finissi il mio bicchiere di latte ogni sera; 'Mamma' portava me e Georgia a comprare i pantaloni a zampa da *Limited Too*; 'Mamma' mi mostrò come radermi le gambe quando in prima media tornai a casa piangendo perché tutte avevano cominciato a depilarsi e io mi sentivo una bestiolina pelosa.

Finché un giorno di settembre, il secondo giovedì del primo anno di liceo, 'Mamma' morì per sempre. E divenne CJ.

10
Stephen

Dicembre 2010

Vidi Lucy che piangeva nel cortile della palestra, la notte della festa di Natale a tema maglioni brutti. Era seduta sugli scalini, infagottata in un grosso maglione rosso, fumava una sigaretta – cosa che mi sorprese perché non sospettavo fosse una fumatrice – che le tremolava tra le dita. Si asciugò gli occhi su una manica. Erano passati due mesi dalla notte in cui era rimasta a dormire da me dopo il compleanno di Wrigley, e un mese dal nostro bacio in biblioteca, ma questa era la mia occasione d'oro.

«Lucy?» Mi piazzai davanti a lei, con indosso un maglione verde con delle renne di feltro sul davanti. «Prendi questo». Tirai fuori un fazzoletto dalla tasca. Ho sempre un fazzoletto con me.

«Non fa niente». Scosse la testa. «Grazie, però».

«E dai, mica vorrai rovinare quel bellissimo maglione?»

L'ombra di un sorriso comparve sulle sue labbra. «Grazie, eh».

Mi sedetti accanto a lei. Mi sentivo parecchio ubriaco dopo aver giocato cinquanta partite di beer pong, e anche un po' stranito per via dei brownies all'erba che avevo mangiato di sopra con Wrigley.

«Non ci posso credere che fumi sigarette» dissi.

«Quasi mai». Esalò uno sbuffo di fumo, e lo guardai dissolversi nel buio della notte.

«Quelle ti ammazzano, lo sai, sì?»

«Te l'ho detto, non fumo quasi mai». La sua voce tradiva un'irritazione che mi incuriosì.

«Fammi indovinare. Solo quando hai avuto una brutta giornata?»

«Non ho voglia di starmene seduta qui» disse lei, ignorando la mia domanda.

«Hai voglia di camminare un po'?»

«Voglio tornare a casa». Si alzò in piedi.

«Ti accompagno».

«Non vuoi restare alla festa?»

«Mmh, no. Non sono un grande fan delle feste post-partite di football». Era vero – le feste della squadra di football erano infestate da eserciti di ragazzine che facevano le puttanelle con quei bestioni dei giocatori. Non mi sono mai piaciute.

«Ah».

«Posso camminare con te?»

«Se ti va».

«E a te va di parlarne?» chiesi di nuovo.

«Non tanto».

«Lucy, ti ascolto».

«Credimi, non ti interessa».

«Fammi indovinare. Un ragazzo?»

«No». Mi lanciò un'occhiata divertita.

«Litigio tra amiche? Le ragazze sanno essere un po' melodrammatiche».

«No, non è questo».

«Famiglia?»

Lucy rimase in silenzio. Camminavamo verso il Kaplan senza fretta, nonostante facesse parecchio freddo.

«Aha! Ci ho azzeccato. Guai in famiglia. Be', sei fortunata. Si dà il caso che la mia sia la famiglia più disfunzionale che esista. Il che mi rende la persona ideale con cui sfogarti. Vuota il sacco».

«Non posso, Stephen».

«Ma certo che puoi».

«Allora diciamo che non voglio».

«Va bene. Non insisto. Volevo solo essere d'aiuto».

«Lo so» sospirò lei. «Ma è una faccenda troppo complicata».

«Lo immagino. In famiglia le cose tendono a esserlo».

Lucy si fece di nuovo silenziosa. Alcune lacrime le erano rimaste attaccate alla pelle arrossata delle guance.

«Tanto per farti un esempio» continuai, percependo una leggera apertura da parte sua, «mia madre è bipolare. Mio padre ha finito per buttarla fuori di casa quando avevo undici anni, dopo che era sparita con la mia sorellina di quattro per un'intera settimana senza dare notizie. Mio padre aveva paura che mia sorella fosse morta, finché la polizia non le trovò in un hotel a Charleston. Uno degli episodi maniacali di mia madre: ne aveva avuti a centinaia. Si vede che per mio padre quello fu l'ultima goccia».

«Cristo» rispose Lucy, voltandosi a guardarmi negli occhi per la prima volta in tutta la sera. «Mi dispiace tanto».

«Non ti dispiacere. È storia vecchia, ormai. Sono solo contento che sia uscita di scena. È meglio per tutti».

«Tuo padre si è più risposato?»

«No, anzi. Questa è la cosa peggiore – è ancora fissato con mia madre. Dopo più di *dieci* anni. Nonostante lei gli abbia ripulito il conto in banca. Dopo tutti i guai che ha combinato. È ancora lì che tenta di stabilire un contatto, come se esistesse ancora una benché minima possibilità di aggiustare tutto e trasformarla per magia in una moglie e madre affidabile. Continua a illudersi».

«Mi dispiace così tanto, Stephen».

«Te l'ho detto, non devi dispiacerti. Davvero».

«Non riesco a immaginarmi una situazione simile».

«Posso chiederti se i tuoi sono divorziati?»

Lucy scosse la testa. «No, non lo sono. Ma probabilmente dovrebbero».

«Capito».

«Purtroppo dubito che accadrà mai».

«Quindi speri che divorzino?»

«È complicato».

«Scusami, non mi volevo impicciare. Sono fatti tuoi».

Si fermò e si voltò verso di me sul marciapiede, un'espressione severa sul viso. «Se te lo dico, devi promettermi che non ne parlerai ad anima viva».

«Giuro su Dio» risposi, mimando il gesto di sigillarmi le labbra.

«Non so nemmeno perché te lo sto raccontando, visto che quasi non ti conosco e non l'ho mai detto a nessuno. *Nessuno*».

«So tenere un segreto».

Lucy si strofinò le braccia attraverso le maniche del maglione. «Che tempaccio» disse. Una folata di vento gelido le scompigliò una ciocca di capelli sulla fronte.

«Fa freddo, è vero. Ti offrirei la mia giacca, ma non ce l'ho».

«Pensavo che in California facesse caldo tutto l'anno».

«D'inverno può rinfrescare parecchio, la notte» dissi. «Specialmente qui, che siamo così vicini alle montagne. Vuoi che entriamo da qualche parte? Per parlare?»

«Non lo so. È tardi». Lucy distolse lo sguardo e aggiunse: «Va bene. Ma solo per qualche minuto».

Ci incamminammo verso il mio dormitorio. Evan dormiva quasi sempre dalla sua ragazza, quindi dubitavo fosse a casa. Quando entrammo nella mia stanza, Lucy si sedette sul divano e io tirai fuori una bottiglia mezza vuota di vino bianco dal minifrigo. Ero già parecchio ubriaco, ma la presenza di Lucy mi aveva fatto venir voglia di bere ancora. Controllai il telefono mentre versavo il vino in due tazze. Nessun messaggio di Diana, nonostante proprio quella mattina le avessi lasciato sulla porta un *altro* mazzo di gigli bianchi, ancora più bello del primo, e un'*altra* lettera scritta a mano, ancora più lunga delle precedenti.

«Coraggio liquido» dissi, porgendole il vino. «E ora vuota il sacco».

Mi lasciai cadere sul divano, sentendomi completamente stordito, come se stessi affondando tra i cuscini. L'aria nella stanza si fece d'improvviso languida e sfocata. L'erba mi affatica parecchio.

Lucy bevve un sorso di vino e mi guardò, un sorriso che cominciava ad allargarsi sulla metà inferiore del suo viso. «È strano a dirsi, ma mi sento meglio. Non ti ho ancora raccontato niente, ma mi sento già meglio».

«Raccontami tutto e ti sentirai anche meglio di così».

«Fa caldo qui dentro».

«Pensavo avessi freddo e ho acceso il riscaldamento, scusami».

«Va bene, figurati». La guardai mentre si toglieva il maglione rosso e lo gettava per terra. Riuscivo a intravedere i suoi capezzoli attraverso la stoffa sottile della maglietta. Una spallina nera del reggiseno era visibile sulla parte esposta della scapola. Sentii un brivido caldo tra le gambe.

«Parlami, Lucy».

Lei disse: «Va bene» e cominciò a raccontare una storia lunga e contorta su sua madre, una storia che non riuscii più di tanto a seguire, perché le sue guance erano troppo rosse e i suoi capezzoli troppo turgidi e io non desideravo altro che strapparle di dosso quella magliettina inconsistente usando solo gli occhi, dato che ero troppo fumato per muovere un muscolo.

Era la madre di Lucy il 'cattivo della storia', fu tutto quello che riuscii a capire del suo racconto mentre le labbra si muovevano veloci e la rabbia le incrinava la voce man mano che spiegava. Non colsi tutti i dettagli ma capivo cosa si provasse a disprezzare un genitore, per cui risposi con un altro aneddoto su quella psicotica di mia madre, mostrandole una certa affinità nelle nostre situazioni che parve consolarla un po'. Feci del mio meglio per tenere gli occhi fissi su Lucy – se guardi qualcuno negli occhi, quel qualcuno avrà l'impressione che lo stai ascoltando con attenzione. Era facile guardare Lucy, e ancora più facile, ma allo stesso tempo una tortura, immaginare il suo corpo sotto quell'impalpabile magliettina.

«Stephen» stava dicendo adesso. «Devi davvero promettermi che non racconterai niente di tutto questo a nessuno. Nessuno sa queste cose di mia madre. Non l'ho mai detto nemmeno a mia sorella o alla mia migliore amica o al mio ragazzo. *Ex* ragazzo».

«Sono il primo a conoscere il tuo segreto? Ne sono onorato. E no, non lo dirò a nessuno. Te lo prometto».

«Non ho idea del perché te l'ho raccontato. Forse perché sei così estraneo alla situazione, non ci sono rischi».

«O forse perché ti ho attirato nella mia stanza con lo Chardonnay?»

«Oddio, lo so». Lucy guardò accigliata la sua tazza. «È quello che beve sempre CJ. Chardonnay».

«CJ?»

«È il nome di mia madre. È così che la chiamo ora».

«Quindi per colpa di tutta questa... faccenda, l'hai declassata al suo nome di battesimo?»

«È successo e basta. Lei lo odia, ovviamente, ma io odio lei».

«Mossa audace, approvo. Forse anche io dovrei cominciare a parlare di mia madre chiamandola Nora».

«Oh, sì. Dovresti». Inclinò la tazza verso di me. «È molto terapeutico».

«Scommetto che riesco a convincere pure i miei fratelli a farlo».

«Quanti ne hai?»

«Due. Un fratello più grande e una sorella più piccola».

«Dio, mi dispiace per la situazione con tua madre, Stephen. Dev'essere dura per tutti voi. Quello che hai passato tu è molto peggio».

Mi resi conto che l'atteggiamento di Lucy nei miei confronti si stava ammorbidendo. Percepivo una nuova premura nella sua voce e la sua espressione si era fatta compassionevole. La verità è che non me ne importava granché dei disturbi mentali di mia madre; era raro che avessi a che fare con lei e quando uno dei suoi episodi maniacali coinvolgeva la famiglia trovavo il suo comportamento più imbarazzante che emotivamente doloroso. Ma si stava rivelando utile: Lucy aveva cominciato a percepire un legame tra noi, un'empatia condivisa che si traduceva in confidenza. E iniziava a fidarsi di me. Sapevo che sarebbe successo, prima o poi.

«Non importa quale delle due esperienze sia peggiore»

dissi lentamente, sforzandomi di dare coerenza ai miei ragionamenti nonostante l'erba, soprattutto considerando che non avevo tanto chiare le specifiche del racconto di Lucy. «Il punto è che le azioni di Nora non mi definiscono. E tu non dovresti lasciare che le azioni di CJ definiscano te».

«Lo so. Hai ragione».

«E smetti di tenerti tutto dentro».

«Parli come il mio psicologo».

«Il tuo psicologo?»

«I miei mi hanno costretto a vederne uno quando ho cominciato a chiamare mia madre CJ».

«Ah! Mio padre ha provato un sacco di volte a mandarmi in terapia per via di mia madre. Mi rifiuto».

«È una scemenza».

«È uno spreco di soldi. Preferisco sfogarmi con un amico piuttosto che parlare a un vecchiaccio sconosciuto con la sua laurea fasulla. Tu però... tu preferisci non sfogarti con nessuno».

«Non potevo. Non so spiegarti il perché. Sentivo che... se l'avessi detto ad alta voce...»

«Sarebbe diventato vero?»

«Sì!» I suoi occhi incontrarono i miei. «Esattamente».

«Ma che mi dici del tuo ragazzo, nemmeno a lui potevi dirlo?»

«*Ex* ragazzo. Non lo so, non credo avrebbe capito. La sua è una di quelle famiglie modello. Non avrebbe saputo cosa fare, avrebbe cominciato a comportarsi in modo strano».

«Ne conosco di gente così. È per questo che avete rotto?»

«No». Lucy sbadigliò e posò la sua tazza sul tavolino da caffè. «Abbiamo rotto perché non ero innamorata di lui».

«Ah». Un attimo di silenzio rimase sospeso tra noi. Mi mette sempre a disagio sentire la gente parlare d'amore come se fosse un'emozione tangibile, qualcosa che si prova o non si prova. Il fine ultimo dell'esistenza umana. Come se altrimenti la vita fosse priva di valore.

«Stephen?»

«Sì?»

«Sono stanchissima».

«Posso accompagnarti a casa». I brownies avevano prodotto una sorta di distorsione spazio-temporale: avevo l'impressione di essere rimasto incollato al divano a parlare con Lucy per ore. Ma l'effetto stava finalmente scemando e mi costrinsi ad alzarmi in piedi.

«Magari potrei restare qui» disse Lucy. «A dormire e basta».

«Certo» annuii, sorpreso – la mia mente aveva preso la rincorsa, e il mio cazzo già si vedeva tagliare il traguardo. «Vuoi una T-shirt?»

«Grazie».

Andai verso l'armadio e presi una T-shirt dei New York Giants pulita. «Ecco qua».

«Eli Manning. Numero dieci». Sorrise.

«Sapevo che avresti apprezzato».

La guardai mentre si girava di spalle per togliersi maglietta e reggiseno, mostrandomi la lunga schiena magra. La sua pelle pareva soffice come il caramello e morivo dalla voglia di allungare una mano e toccarla.

Ma resistetti, trattenendo il respiro e imponendomi di visualizzare nuovamente le palle di Wrigley. Quando si sistemò la T-shirt, si tolse i jeans e si infilò sotto le coperte, sapevo che non avrei dovuto aspettare a lungo. Una volta che una ragazza si infila di propria volontà nel tuo letto, il resto è storia.

SECONDA PARTE

11
Lucy

Agosto 2017

«Che ne dite?» Bree si volta per mostrarci il vestito da sposa bianco avorio di Monique Lhuillier, un modello attillato che le aderisce perfettamente al corpo. È di pizzo delicato con una profonda scollatura a V, che accentua la sua figura longilinea. Bree è uno stecchino, lo è sempre stata, ma in fatto di cibo non si fa mai mancare nulla. È una di quelle ragazze che non mente quando dice che è magra per via del suo metabolismo. Dire che sono gelosa sarebbe quantomeno riduttivo. Circondata dalle sue damigelle in una delle stanze degli ospiti dei Donovan, Bree si prova il vestito per l'ultima volta.

«Mah». Pippa fa spallucce. «Puoi trovare di meglio».

«*Pippa*» risponde Bree rabbuiata. «Il matrimonio è *domani*».

«Scherzo! Stai calma. Sei una favola». Pippa si getta dietro le spalle i lucenti capelli scuri, lunghi da far invidia come sempre. Le altre damigelle, la cugina di Bree e due amiche d'infanzia arrivate dall'Ohio, si voltano verso Pippa con occhi pieni di disapprovazione. Non la conoscono e quindi non capiscono il suo senso dell'umorismo. Pippa non è per tutti.

«È perfetto, B». Annuisco. Bree è veramente una favola. Il vestito è insieme femminile, delicato e seducente. Proprio come lei.

«Ti rispecchia molto» dice Jackie, leggendomi come al solito nel pensiero.

E poi c'è Lauren, la wedding planner iperattiva che pare perennemente fatta di ecstasy.

«Sei... sei... incredibile!» La faccia di Lauren fa una cosa strana, come se stesse per piangere. La conosciamo a malapena e il suo entusiasmo è del tutto fuori luogo. Non mi piace Lauren.

Il mio telefono prende a suonare nella borsa e Lauren mi guarda come se fossi la persona più molesta su cui abbia mai posato gli occhi.

Do giusto una sbirciatina al messaggio.

Dane: Mi manchi, baby. Di che colore sono i tuoi slip? :-)

Lauren mi sta ancora guardando male. Ricaccio il telefono in borsa e tento di soffocare uno sbadiglio.

«Lucy, sei stanca?» chiede Bree mentre Pippa l'aiuta a sfilarsi il vestito. Inizia a cambiarsi per il pranzo: pantaloncini a culotte bianchi e un top di seta blu scuro. Anche se siamo state compagne di stanza per tre anni, non riesco a smettere di ammirare il corpo di Bree. Le sue cosce sono così sottili che potrei stringerne una con una mano.

«Un po', sì» dico. «Avrei dovuto dormire in treno».

«È impossibile dormire in treno». Bree mi guarda con aria compassionevole. «Ti direi di riposarti un po' prima di pranzo, ma non credo ci sia tempo».

«Infatti non ce n'è». Pippa controlla l'orologio. «È quasi l'una».

«Sto bene». Stringo la mano di Bree. «Non preoccuparti».

Il pranzo delle damigelle è allestito sulla terrazza dei Donovan, che affaccia sulla piscina e su ettari ed ettari di prato verdeggiante. Lauren e la sua squadra hanno sistemato dei tavoli rotondi sotto la pergola, apparecchiati con tovaglie di lino bianco, mazzi di ortensie lilla e decorazioni in tinta. Su un angolo di ciascun tovagliolo è stampato, nell'identica sfumatura violetta, 'Bree & Evan: 26 Agosto, 2017'.

«Non l'ho mai vista così fottutamente felice» dice Pippa, lasciandosi cadere in una delle confortevoli sedie di vimini. «E non ho mai visto così tanto fottuto lilla».

«Se lo merita». Jackie le si siede accanto, arrotolandosi una ciocca di capelli chiara come il burro intorno al dito indice.

«Cos'è che merita?»

«La felicità?»

«Certo che se la merita» concorda Pippa. Afferra una bottiglia di Veuve Clicquot dal secchiello del ghiaccio del tavolo accanto e fa saltare il tappo, riempiendo le nostre flûte. La cugina di Bree le scocca un'altra occhiataccia; nessuno agli altri tavoli ha ancora stappato lo champagne. Ma io le sono grata, avevo davvero bisogno di bere qualcosa e con un sorso svuoto metà del mio bicchiere. Pippa me lo riempie di nuovo.

«Sono solo sorpresa che tra tutte le mie amiche Bree sia la prima ad accasarsi». Jackie cerca di rimuovere un grumo di mascara che le è rimasto intrappolato tra le ciglia. Detesta truccarsi.

«Io no» dice Pippa. «È quello che ha sempre voluto. Quando è arrivata al college era ancora *vergine*. È una brava ragazza. È naturale che voglia mettere su famiglia il prima possibile».

«Ma Bree ama davvero Evan» dice Jackie.

«Certo che lo ama» concorda Pippa. «Anche io adoro Evan. È quello che si suol dire 'un buon partito'. Non sto dicendo che si sta *accontentando*. Penso solo che fosse impaziente di sistemarsi. Pensaci – stanno insieme solo da tre anni».

«Meno di tre anni» rispondo, perché ricordo esattamente, quasi al minuto, quando hanno cominciato a frequentarsi.

«Giusto» Pippa annuisce. «E nemmeno un anno e mezzo dopo erano fidanzati!»

«Pensavo saresti stata tu la prima, a dire il vero» dico a Pippa.

«Io?»

«La prima del nostro gruppo a sposarsi».

«Ma sei pazza? Ho appena compiuto ventisei anni. Non voglio certo *sposarmi* ora» risponde, la sua voce un'ottava più alta del solito. Lauren guarda verso di noi con espressione accigliata. «L'ultimo ragazzo con cui sono uscita si faceva di analgesici» continua Pippa, ignorando le occhiatacce di Lauren. «Mi ha rubato gli antidepressivi e mi ha detto che ero grassa».

«Derek ti ha detto questo?» chiedo. Pippa era uscita per qualche mese con un ex giocatore di lacrosse con evidenti manie autodistruttive e un problema di droga-barra-cleptomania.

«Ebbene sì. Che cosa carina, non trovate? Detto ciò, considerando i tipi che mi scelgo di solito, direi che non c'è proprio nessun matrimonio all'orizzonte».

Come antipasto, ci vengono servite delle mini-quiche. Il mio stomaco sta brontolando all'impazzata, nonostante l'Adderalll che ho preso. Addento un boccone croccante e saturo di carboidrati, e mi ci vuole tutta la forza di volontà di cui dispongo per mettere giù la forchetta. Mi verso dell'altro champagne.

«Lucy, tutto bene?» sussurra Jackie. Non posso fare a meno di notare che ha già mangiato metà della sua quiche. Non riuscirò mai a smettere di controllare cosa mangiano gli altri.

«Tutto a posto. Perché?»

«Non hai quasi toccato cibo».

«Ho mal di pancia».

Jackie alza i suoi grandi occhi azzurri al cielo e si gira verso una delle amiche dall'Ohio di Bree. Ho rifilato a Jackie tante di quelle bugie sul cibo, negli anni, che ovviamente non mi crede neanche per un secondo. In realtà mangio molto di più adesso – ma indossare un abito da damigella senza spalline davanti a duecentocinquanta persone è un'emergenza dietetica.

A ogni modo, la mia è solo una mezza bugia, perché è vero che non mi sento bene. Sono mesi che ho la nausea da stress per colpa di questo matrimonio. Mi mordicchio un angolo del pollice, un vizio, come mi dice sempre CJ, disgustoso.

Dall'altra parte della terrazza intravedo i pantaloncini bianchi di Bree, che si gira verso di noi. Ci sorride e poi si siede al suo tavolo, accanto alla madre di Evan. La quasi-*suocera*. Sul matrimonio mi trovo d'accordo con Pippa. Non credo che potrei essere la moglie di qualcuno in questo momento.

Dato che vivevo con Bree quando lei ed Evan si sono messi insieme e lui le ha fatto la proposta, posso dire di aver assistito a tutto lo svolgimento della loro storia. Ho visto Evan entrare nella sua vita e renderla luminosa proprio nel momento in cui la mia stava andando in pezzi.

«Stai bene?» sussurra di nuovo Jackie. «È per Stephen, vero?» La sua capacità di leggermi nel pensiero sta diventando fastidiosa.

Stephen. Sentir pronunciare il suo nome non mi fa formicolare la pelle come un tempo ma ha ancora una certa presa su di me. Riesce ancora a evocare l'immagine nitida del suo braccio intorno alla vita di *Jillian* due mesi dopo la nostra rottura. Bree era riuscita a trascinarmi alla festa di Natale degli ex alunni del Baird al Princeton Club e lui era lì, fresco come una rosa.

«Ne parliamo dopo» sussurro a voce bassissima a Jackie. Questo fine settimana è il grande momento di Bree, e io ho promesso a me stessa che non l'avrei rovinato facendo la melodrammatica per cose che riguardano il passato.

Guardo di nuovo i tovaglioli lilla. 'Bree & Evan'. Non erano previsti, Bree ed Evan. Mi lascio scappare un sospiro un po' troppo rumoroso, sforzandomi per l'ennesima volta di non paragonare quello che ha Bree a tutto quello che io invece non ho avuto. Tutto accade per una ragione e storie del genere.

Una cameriera porta via le quiche e mette a tavola delle insalate che mi concedo di mangiare in libertà. Poi indica la bottiglia vuota.

«Signore, desiderate altro champagne?»

«Sì!» esclamiamo io e Pippa all'unisono.

*

La prima volta con Stephen non l'avevo pianificata, anzi. Se CJ avesse smesso di punto in bianco di farsi i colpi di sole sarei stata meno sorpresa.

Era successo la mattina dopo la festa dei maglioni natalizi brutti in palestra, quando avevo passato la notte nella sua stanza. Doveva essere una cosa del tutto innocente, davvero. CJ mi aveva telefonato diverse volte, anche se io continuavo a non risponderle e quando mi scrisse per dirmi che era una cosa urgente fui presa dal panico, temendo che fosse successo qualcosa a mio padre o a Georgia, oppure al nostro labrador, Hickory. Ma quando andai in cucina per richiamarla, fu solo per sentirla sproloquiare sulla vacanza a sorpresa che stava organizzando per il cinquantesimo compleanno di mio padre. Cosa ne pensavo? Era meglio Antigua o Lyford Cay, perché sì, Lyford è più accessibile, ma i Pratt e i Delano sarebbero andati ad Antigua, e quindi...

Avrei voluto dirle la verità, ovvero che non aveva alcuna importanza se fossero andati a bere punch al rum al Lyford Cay Club o al Mill Reef Club, e che se anche non ci fossero stati i Pratt e i Delano seduti accanto a loro sulle chaise-longue imbottite, ci sarebbe comunque stata un'altra identica coppia di biondi ossigenati in tenuta da golf a tener loro compagnia. La mia famiglia andava spesso in vacanza, ma sempre in luoghi come Lyford e Mill Reef o le Bermuda e Caneel Bay – piccole roccaforti del privilegio, presidiate da gente identica a noi. Questo tipo di vacanze mi è piaciuto fino a che non ho iniziato le medie, quando una parte di me ha cominciato a intuire che era un po' inquietante fare migliaia di chilometri solo per raggiungere un posto dove tutti indossavano lo stesso identico vestito di Roberta Freymann. Trovavo orripilante l'idea che le persone potessero girare il mondo senza mai davvero *andare* da nessuna parte. Fu in quel periodo che decisi che un giorno sarei stata una vera viaggiatrice e avrei visitato luoghi esotici, primitivi, non civilizzati.

CJ non era così prima di incontrare mio padre e diventare una Albright. Da adolescente aveva dormito negli ostelli, aveva visitato ashram e capanne indiane insieme a Marilyn. Marilyn, pur essendo ricca, aveva capito che i soldi non possono comprare un'esperienza di vita, anzi, in qualche modo la precludono.

Ho provato a parlarne a Georgia una volta. «Perché CJ e papà non vanno mai in posti fichi?»

Georgia capì perfettamente cosa intendessi, ma si limitò a sospirare e dire: «Lucy, lasciagli fare quello che più gli piace».

Ero quindi seduta sugli scalini della palestra, fumante di rabbia dopo la mia conversazione telefonica con CJ. La rabbia mi travolge sempre in questo modo, lancinante e improvvisa come un'emicrania. È raro ormai che mi senta ancora così in collera per la Cosa Imperdonabile, il tempo ha aiutato, ma ogni tanto succede qualcosa che mi fa vedere rosso. Quella sera credo fosse colpa dell'entusiasmo con cui CJ continuava a cianciare dei pro e i contro di ciascuna destinazione da ricconi. Mi pareva quasi di vederla, la faccia di mio padre che si illuminava ricevendo il suo viaggio-regalo, emozionato e pieno di gratitudine verso la sua moglie devota. Dissi a CJ che l'avrei richiamata. Le lacrime avevano già cominciato a scorrere prima ancora che riuscissi a raggiungere la porta posteriore e seppellirmi il viso tra le ginocchia. Tirai fuori la sigaretta che avevo rubato da un pacchetto abbandonato su un tavolo alla festa.

Stephen mi trovò che piangevo sugli scalini. Aveva addosso un buffo maglione con Rudolph la renna sul davanti, si avvicinò e si sedette accanto a me. Non avevo voglia di rimanermene ferma lì, per cui cominciammo a camminare, mentre lui continuava a chiedermi cosa fosse successo. Poi iniziò a parlarmi dei problemi mentali di sua madre e di come questi avessero distrutto la sua famiglia, e c'era una tale empatia nella sua voce che per la prima volta non riuscii a pensare a nessuna buona ragione per non dire a qualcuno il motivo per cui stavo piangendo. E così mi ritrovai a raccontare la Cosa Imperdonabile a Stephen DeMarco, praticamente un estraneo, sorpresa da me stessa mentre sentivo le parole uscirmi di bocca.

Ricordo ogni dettaglio di quel giorno, il giorno in cui accadde la Cosa Imperdonabile, tutti gli odori e i suoni e le sensazioni. Non andranno mai via. Indossavo la gonna di velluto di Georgia, una polo bianca e le Dansko verdi, tutto in linea con il codice di abbigliamento della Friend's Academy. Era settembre e nella provincia di Nassau pareva ancora estate. L'aria di mezzogiorno era così calda che si poteva tranquillamente nuotare e l'acero nel nostro giardino era verde e rigoglioso. Non c'era traccia d'autunno, che è il periodo peggiore per ricominciare la scuola visto che è il momento in cui la promessa dell'estate successiva sembra più lontana che mai. Davanti a te hai le foglie gialle e le zucche, i compiti e il tacchino, e poi ancora il Natale e gli spazzaneve, San Valentino, il fango, le uova di Pasqua e i narcisi gialli che sbocciano dalla terra in disgelo. E nessuna di queste cose è in sé un male, ma niente è bello come l'estate, per questo sono sempre un po' triste in quelle prime settimane di settembre, specialmente quando il tempo è bello.

Georgia era agli allenamenti di hockey, e io sarei dovuta andare a quelli di calcio ma erano stati annullati, perché la nostra allenatrice aveva dovuto portare sua figlia, caduta da un'altalena all'asilo, al pronto soccorso. Le misero tredici punti di sutura sul sopracciglio sinistro.

Lydia chiamò sua madre per chiederle di venirci a prendere. Dal momento che abitavamo così vicine, non mi venne in mente di avvisare CJ. Non pensavo nemmeno che fosse in casa, perché aveva sempre una doppia lezione di pilates il giovedì. Quando la signora Montgomery mi lasciò davanti a casa, vidi che delle nubi grigie avevano coperto il sole e sentii che l'aria iniziava a odorare di gesso, come quando sta per piovere. Fui sorpresa di vedere la Lexus nera di CJ parcheggiata nel vialetto.

La casa pareva vuota quando entrai. Mi tolsi le scarpe e chiamai CJ. La televisione in cucina era accesa su una pubblicità di un detersivo per il bucato. Hickory dormiva nella sua cuccia. Capii che qualcosa non andava quando vidi un sacchetto della spesa ancora da sistemare sul piano della cucina. Un cartone di latte nuovo era ancora fuori dal frigo, e così una confezione di carne. Un'ondata di terrore mi gelò le ossa, perché questo non era affatto un comportamento da CJ: di solito, quando faceva la spesa si precipitava subito in cucina per mettere via i latticini e i prodotti freschi.

Due bicchieri di vino bianco mezzi vuoti, di cui uno macchiato di lucidalabbra rosa, erano stati lasciati sul bancone accanto al latte.

In quel momento non riuscivo a pensare in maniera razionale, non stavo facendo una rassegna mentale di tutti i possibili scenari. Volevo solo scoprire dove fosse CJ, perché tutto faceva supporre che fosse in casa.

Corsi su per le scale. Sentivo dei rumori provenire dal fondo del corridoio, dalla stanza dei miei genitori. Non ricordo cosa pensai di quei rumori né cosa mi aspettassi di vedere. Continuai ad avanzare e alla fine aprii la porta di uno spiraglio.

Darei qualsiasi cosa per non aver visto quello che invece ho visto, per lavare via quell'immagine dalla mia memoria. La schiena nuda di mia madre, madida di sudore, le cosce avviluppate intorno a un uomo dai folti capelli scuri. Lui aveva gli occhi chiusi e le sue mani erano strette intorno ai fianchi di CJ, ma avrei riconosciuto quella faccia tra mille. Era Gabe Petersen.

Indietreggiai verso il corridoio il più silenziosamente possibile: i miei piedi non fecero alcun rumore calpestando la soffice moquette di lana italiana. Una forza invisibile mi bloccava l'aria nei polmoni. Nella mia testa si era scatenato un tornado, troppe emozioni tutte insieme. Gabe fu il mio primo pensiero. Il *mio* Gabe. E poi mio padre. Dov'era mio padre? Era a Londra per un processo, e non sarebbe tornato fino alla sera successiva. Era via da più di una settimana e CJ gli avrebbe cucinato il suo piatto preferito, il filetto di manzo. Pensai a quella confezione di carne che stava lì a guastarsi sul piano cucina.

Provai una sorta di nausea che non avevo mai sperimentato prima, come se qualcuno mi stesse pugnalando lo stomaco con mille lame. Una parte di me voleva spalancare la porta di quella camera da letto e gridare, pretendere una spiegazione, mentre l'altra era così terrorizzata che voleva solo correre giù per le scale e uscire di casa, scappare in strada il più velocemente possibile. Aveva incominciato a piovere forte, e io ero a piedi scalzi, con indosso solo la gonna e la polo. Chiusi gli occhi, ma continuavo a vedere la schiena arcuata di CJ, i suoi capelli sudati e quella porzione di pelle bianca sopra l'abbronzatura della coscia di Gabe, il suo corpo atletico disteso sul copriletto bianco monogrammato sotto cui mio padre dormiva ogni notte. Quando aprii gli occhi di nuovo, i capelli grondanti di pioggia, piangevo così forte che quasi non riuscivo più a vedere.

Corsi lungo la strada a testa china, diretta verso casa di Lydia, ma mi fermai prima di raggiungerla. Sentivo il bisogno di raccontarle tutto – era sempre stata la mia roccia, un'altra sorella – ma non potevo. Non potevo dirlo a nessuno. D'improvviso fui terrorizzata da quello che sarebbe potuto succedere se l'avessi detto a voce alta.

Non avevo nessun posto dove andare ed ero quasi arrivata a casa dei Montgomery, quindi mi intrufolai nel loro giardino sul retro e mi nascosi sotto la tettoia nella zona delle altalene per ripararmi dalla pioggia. Mi abbracciai le ginocchia e piansi il più silenziosamente possibile, pregando che nessuno mi avesse vista entrare. Dovevo essermi addormentata e quando ore dopo mi svegliai era buio, aveva smesso di piovere e io stavo tremando come una foglia. Strisciai giù dall'altalena e ripresi la strada di casa, mentre quella che era sempre stata la mia realtà continuava a infrangersi in mille pezzi. Era un dolore che colpiva ogni cellula del mio corpo con ondate strazianti: pensai che non lo avrei mai superato.

Perché era *Gabe Petersen*, il ventitreenne Gabe Petersen, il ragazzo che amavo alla follia. E perché era 'Mamma', mia madre, quella che mi preparava il latte caldo e mi faceva i grattini sulla schiena quando ero piccola e non riuscivo a dormire; quella che mi leggeva *Nelle pieghe del tempo* e tutti i libri delle cronache di Narnia, facendo voci diverse per i vari personaggi; quella che mi baciava ogni volta che le comparivo davanti, anche se ero andata nell'altra stanza solo per dieci minuti. «Perché mi stai baciando di nuovo, mamma?» le chiedevo, infastidita, pulendomi la guancia. «Perché ti voglio bene, Pepe!» rispondeva sempre lei, prendendomi in braccio e facendomi girare in tondo.

Avevo i piedi gelati mentre camminavo verso casa. Mi imposi di non piangere più, perché di lì a poco avrei visto CJ. Ogni mio singolo pensiero, emozione, o esperienza vissuta fino ad allora non era stata altro che una menzogna.

I miei genitori avevano sempre avuto quel tipo di rapporto che, ne ero certa, è una fortuna avere. Avevo notato che i Montgomery non si baciavano mai in pubblico, e la signora Montgomery andava sempre a dormire molto prima di suo marito. I miei avevano gli stessi orari. Persino quando mio padre doveva lavorare fino a tardi e avvisava che non sarebbe tornato prima delle dieci e mezza, CJ lo aspettava per cenare. A volte mangiavano quasi a mezzanotte, dividendosi una coperta sul divano. Mia madre aveva giurato sulla vita di Hickory che lei e mio padre non avrebbero mai divorziato, che lo amava quanto amava Georgia e me: cosa che, col senno di poi, non è tanto rassicurante.

Quando arrivai a casa le luci erano accese. Fissai le finestre illuminate, un'immagine che in altre circostanze mi sarebbe apparsa allegra e confortante. Una volta entrata niente sarebbe più stato lo stesso. Ma non avevo un altro posto dove andare.

Quando entrai, bagnata fradicia e infreddolita, CJ si precipitò ad abbracciarmi e mi strinse forte. Mi sgridò per averla fatta preoccupare e prese a chiedermi freneticamente che fine avessi fatto. Indossava un accappatoio e profumava di crema idratante. Riuscii a divincolarmi. Non sapevo cosa sarebbe potuto succedere se l'avessi guardata in faccia. Bofonchiai una qualche giustificazione, dissi di aver fatto tardi agli allenamenti di calcio e di essere tornata a casa a piedi. CJ stava ancora facendo domande mentre mi trascinavo su per le scale. Trovai Georgia nella stanza dei giochi.

«Luce? Che ti è successo?» Georgia sapeva che avevo pianto. Georgia sa sempre tutto.

Guardai mia sorella. Era distesa sulla poltrona a sacco davanti alla televisione, gli occhi lucidi e colmi di preoccupazione. Avevo le parole sulla punta della lingua, potevo quasi sentirle sfuggirmi di bocca in un unico respiro. Bramavo il sollievo che avrei provato dicendole la verità, potendola condividere con lei. Georgia aveva appena undici mesi più di me, era la mia 'gemella irlandese', e avrebbe saputo esattamente cosa fare. Ma guardando il suo viso angosciato ebbi la certezza che non sarei mai stata capace di raccontarle tutto. Non aveva senso rovinare anche la sua vita. Per cui mentii, le dissi che avevo litigato con Lydia – la prima di una serie di bugie.

Quando mio padre tornò a casa la sera seguente, rimasi a guardare dalla cima delle scale mentre CJ gli andava incontro con un Gin tonic ghiacciato in mano e affondava il viso nel suo collo. «*Filet mignon pour vous ce soir*» aveva sussurrato nel suo pessimo francese.

Corsi in camera mia e vomitai. I miei pensarono che avessi preso l'influenza e mi lasciarono dormire senza fare domande.

Mi infilai gli auricolari e ascoltai i Fleetwood Mac a tutto volume. Mi avvolsi nel maglione di Marilyn e decisi che Marilyn avrebbe odiato CJ se avesse saputo chi era davvero. Poi feci degli incubi da cui mi svegliai madida di sudore. Andò avanti così ogni notte, per mesi.

Macy Petersen morì in un incidente d'auto quasi due anni più tardi, l'estate del mio secondo anno di liceo. Stava guidando la Jeep di Gabe, era sola e uscì di strada. Guardai CJ piangere a dirotto. Tentò di convincermi ad andare al funerale ma dissi che non mi sentivo bene. Poi mi toccò guardare CJ che si imbellettava, indossava un vestito nero attillato e le perle di Marilyn. CJ, che con i capelli freschi di messa in piega e un trucco decisamente troppo pesante usciva per andare al funerale scortata da Georgia e da mio padre. Ero affranta per quello che era successo a Macy – lo erano tutti – ma non avevo intenzione di presentarmi al funerale per vedere mia madre che faceva la cretina con il suo ex amante, il fratello della ragazza morta, mentre mio padre se ne stava lì, ignaro di tutto come un povero cucciolo.

Quando finalmente terminai di raccontare a Stephen della Cosa Imperdonabile, mi piacque il fatto che non prese il tutto troppo sul serio. Non ne fece un dramma come avrebbero fatto gli altri. Fu molto carino, ma non insistette più di tanto sulla vicenda né mi guardò come se trovasse la cosa inconcepibile. Fece anche un paio di battute, ma c'era vera empatia nelle sue parole.

Parlando con Stephen, il dolore allo stomaco passò. Mi sentii finalmente meglio, dopo non so quanto tempo. La Cosa Imperdonabile era stata parte di me così a lungo, una situazione che dovevo gestire, un evento che inconsciamente contrapponevo a tutte le mie esperienze passate. Ma parlarne con Stephen mi fece capire per la prima volta che la stavo facendo molto più complicata del necessario. Forse non era un peso che dovevo caricarmi sulle spalle per forza. CJ non doveva necessariamente essere un mio problema. Bruciava ancora, ma forse col tempo avrei potuto superarlo.

Provai una profonda calma, seduta lì sul divano accanto a Stephen; mi sentivo piena di gratitudine per la sua sensibilità.

Il vino mi aveva disteso i muscoli, ma c'era qualcosa di eccitante nel ritrovarmi vicino a lui. Quando i ragazzi parlano con te, danno quasi sempre l'impressione di essere distratti, che non gli importi nulla di quello che dici. Parker era così, con un occhio sempre al televisore o al cellulare. Ma quando Stephen mi guardava, mi vedeva davvero. Non stava con il pensiero rivolto alle decine di cose che accadevano nella sua vita. Lui ascoltava, ascoltava *davvero*, e si vedeva che gli faceva piacere. Nessuno ascolta a quel modo.

Una sensazione di gratitudine immensa mi scaldò il cuore. Volevo che si prendesse cura di me, che mi proteggesse e mi fosse amico, e nei suoi occhi leggevo che sarebbe stato così.

Sbadigliai. «Sono stanchissima».

«Posso accompagnarti a casa».

Ma il pensiero di tornare alla mia stanza vuota mi parve deprimente. Se ci fosse stata Jackie forse sarebbe stato diverso, ma era il fine settimana, di sicuro era da Stuart.

«Magari potrei restare qui» dissi. «A dormire e basta».

«Certo. Vuoi una T-shirt?»

«Grazie».

Mi diede una maglietta dei New York Giants. «Ecco qua».

«Eli Manning. Numero dieci». Sorrisi.

«Sapevo che avresti apprezzato».

La maglietta odorava di buono, di sapone per il bucato. Scivolai sotto le coperte, insonnolita per via del vino ma ormai quasi del tutto lucida. Sentii Stephen premere l'interruttore della luce e infilarsi nel letto accanto a me. Percepii che si girava, dandomi le spalle, e d'improvviso desiderai disperatamente che si voltasse verso di me. Anche se ci eravamo baciati in passato, niente di quello che era successo tra noi quella sera aveva un che di erotico: ci eravamo comportati da semplici amici. Avevo detto che sarei rimasta solo per dormire, ed era questa la mia intenzione. Stephen probabilmente si stava solo comportando in maniera rispettosa. Oppure non gli piacevo più in quel modo. Magari lo infastidiva avermi lì a occupare spazio nel suo letto.

Studiai la sua nuca, la porzione tenera di pelle tra il colletto della maglia e i capelli. I miei sentimenti per Stephen, se ben ricordo, cambiarono quella notte proprio mentre osservavo la sua nuca. Il moto quasi impercettibile dei muscoli a ogni suo respiro, e il modo in cui i capelli parevano dividergli perfettamente in due l'avvallamento che si formava alla base del collo.

Inspirai il profumo della sua colonia. Desideravo così tanto che si girasse e mi baciasse da non riuscire ad addormentarmi. Lo struggimento mi inghiottì completamente, non riuscivo a pensare ad altro. Ero imbarazzata dal modo in cui mi agitavo sotto le coperte, dal rumore che producevo a ogni movimento. A un certo punto non ce la feci più e lo strinsi a me, tirandolo dalla mia parte del letto. Il suo corpo era solido e caldo.

Quando mi svegliai quella mattina, la stanza era avvolta in una luce giallo limone e le braccia di Stephen mi stringevano, i polpastrelli premuti con leggerezza sulla mia pancia. Provai un'inspiegabile sensazione di completezza e benessere. Baciarci fu naturale, come se svegliarci insieme fosse una cosa che avevamo già fatto mille volte. Sollevò la mia maglietta di Eli Manning, e io volevo che lo facesse: provai le stesse sensazioni che avevo provato quel giorno, in macchina, quando Gabe mi aveva toccata. Avevo atteso così tanto di tornare a sentirmi in quel modo, che quasi non mi pareva possibile. Ero così sorpresa e sollevata che mi veniva da ridere. Ci spogliammo. Il suo corpo era premuto contro il mio, i suoi occhi verdi e affamati. L'attrazione tra noi era palpabile e strana, mi impauriva e inebriava allo stesso tempo. Ogni molecola del mio corpo tremava di desiderio.

«Sei sicura di volerlo fare, Lucy?» Il suo fiato era caldo e umido. «Non dobbiamo per forza».

«Sì». Annuii con il viso sepolto nella sua spalla. Avevo fatto sesso con una sola persona in vita mia, ma avevo bisogno che quello che stava succedendo continuasse a succedere. «Ce l'hai un preservativo?»

Allungò una mano verso il comodino e rovistò finché non ne trovò uno. Lo guardai mentre se lo infilava, poi lo sentii divaricarmi le gambe con le ginocchia. Affondò il viso nel mio collo e quando finalmente entrò dentro di me rimasi quasi senza fiato.

Non mi aspettavo di venire – non ero mai venuta facendo sesso con Parker – ma successe, i suoi gemiti profondi mi fecero eccitare sempre di più e il suo grido finale mi fece perdere la testa. Fu così bello che, dopo, non riuscii a muovermi o parlare per minuti interi. Crollai sul petto di Stephen con il cuore che batteva all'impazzata mentre lui mi accarezzava la schiena con le dita.

«Cazzo se sei incredibile, Lucy».

Ero euforica e sbalordita. Il sesso era stato grandioso, ma non era solo quello. Lui mi piaceva. *Mi piaceva.* Cos'era successo? Le emozioni più belle sono così, inaspettate. Mi ero svegliata e quelle emozioni erano semplicemente lì, come neve in una mattina d'inverno.

12
Stephen

Dicembre 2010

Il problema principale di giostrarsi due ragazze contemporaneamente in un campus così piccolo, persino per un giocoliere esperto come me, sono i parametri geografici. Lo spazio è poco e non sai mai chi possa nascondersi dietro una finestra dall'altro lato della strada o passarti accanto nel momento sbagliato.

Keaton Banks, una delle migliori amiche di Diana, si trovò per l'appunto a passare per Carroll Street proprio mentre io e Lucy uscivamo dal dormitorio. Diedi a Lucy un bacetto veloce davanti all'ingresso principale: un errore da principianti, ma Lucy è così bella che è difficile resistere all'impulso di baciarla di continuo. In più, era certamente il tipo di ragazza che si aspetta di essere salutata se non altro con un bacio dal ragazzo con cui ha appena scopato.

Quella sera, una Diana furente fece irruzione nella mia stanza con una luce folle negli occhi, come se mi volesse castrare. Cominciò a urlare e urlare riguardo a ciò che Keaton le aveva riferito. Non voglio nemmeno sapere a cosa deve aver pensato il poveretto che ha la stanza singola accanto alla mia (quante volte si era dovuto sorbire le urla isteriche di Diana?).

Presi una birra dal minifrigo e l'aprii. Ero determinato a non lasciarle vincere questo round.

«Diana» esordii in tono calmo. «Tu e io non stiamo più insieme. Mi hai detto *chiaramente* di non voler più stare con me».

Mi sedetti su un lato del divano, sperando che si calmasse e venisse a sedere vicino a me.

Ma lei rimase in piedi, gesticolando furiosamente con le mani. «Sì, perché non mi fido di te. Ma andiamo ancora a letto insieme. Tu non fai che dirmi che vuoi tornare con me e ora ti fai addirittura una *matricola*?»

«Diana, tu e io siamo stati a letto insieme sì e no tre volte da settembre, sempre e solo quando e come decidevi tu. Io voglio stare con te, ma se non sei disposta a darmi un'altra occasione, allora è legittimo che io veda altre persone. Tra un paio di giorni cominciano le vacanze di Natale. Perché non ti prendi un po' di tempo per pensare e ne riparliamo a gennaio?»

«Oh, sarebbe perfetto per te, giusto?» sbottò. «Così puoi continuare a scoparti quella sgualdrinella per un altro mese. Lo so che è di Long Island, vive a due passi da te. Certe cose le capisco, Stephen, non sono un'idiota».

«Ma Cristo, Di. Non sarò nemmeno a casa per le vacanze. Devo andare in Florida con la mia cazzo di famiglia a trovare mio nonno».

Diana incrociò le braccia al petto, ancora accigliata. «Perché? È successo qualcosa?»

«No, è tutto a posto».

«Come sta tuo padre?»

«Depresso».

«E tua madre?»

«È da parecchio che non la sento. La smetti di torchiarmi?» Presi un lungo sorso della mia birra.

Finalmente Diana venne a sedersi sul divano. «La tua stanza fa davvero schifo». Raccolse una fetta smangiucchiata di pizza dal tavolino e la gettò nel cestino stracolmo.

Fissai lo sguardo nei suoi occhi castani. «Non sei più la mia ragazza. Non hai più il diritto di farmi prediche sul disordine».

Diana sospirò. Si stava scrocchiando le nocche, un gesto che faceva sempre quando era stressata.

«Io voglio stare con te» disse infine. «Pensarti insieme a quella ragazza mi sta facendo impazzire».

«Quindi vuoi stare con me solo per impedirmi di vedere Lucy? Che atteggiamento maturo».

«*Non* pronunciare il suo nome, Stephen. Finirò per vomitare su questo tavolino».

«E tu non fare la melodrammatica, Diana. Vuoi qualcosa da bere?»

Diana affondò la testa tra le ginocchia, senza rispondere alla mia domanda.

«So di voler stare con te» mormorò. «Ma sono terrorizzata».

«Non ti tradirei mai di nuovo, Di. Mai e poi mai e poi mai».

«Come faccio a esserne sicura?»

«Perché te lo *prometto*. Non è evidente quanto ti amo? Ti mando fiori e biglietti in continuazione, ma niente di quello che faccio è mai abbastanza per te».

«I fiori e i biglietti non compensano il fatto che sei stato a letto con qualcun altro. Hai scopato con Nicole sotto il mio naso. Non riesco nemmeno a pensarci, tanto mi fa stare male».

«Quello che è successo in primavera è stato il più grande errore della mia vita. Mi ha aiutato a rimettere tutto in prospettiva. Tu sei la donna che amo, Diana. Amo te, solo te». Ah. Il magico potere della parola 'amore'.

Diana sollevò la testa e mi guardò, gli occhi umidi di lacrime. «Ti amo anch'io» disse infine. «Ma non sono pronta a tornare insieme. Ho... ho bisogno di tempo».

«Tempo».

«Sì».

«Va bene. Prenditi tutto il cazzo di tempo che ti serve».

«Solo, smetti di vederla, okay? Per la mia pace mentale. E già che ci sei, puoi smetterla di scoparti Nicole Hart? Quasi mi dispiace per quella povera matricola. Probabilmente pensa di piacerti davvero».

«Diana...»

«Non ci provare nemmeno a dirmi che non vai a letto con Nicole».

«Ma non ci vado a letto. Cazzo, Diana!»

«Sarà. Ma quest'anno ci sei andato».

«Sono stufo marcio di litigare con te. Non facciamo che girarci in tondo. Non stiamo insieme. Ho tutto il diritto di vedere altre persone». Allungai una mano verso la sua, ma lei la allontanò.

«Voglio che tu smetta. Non potrò mai tornare a fidarmi di te, se non la smetti».

«Ti stai comportando in maniera ridicola. Non puoi avere entrambe le cose».

«Dimmi almeno che ci penserai».

«Va bene. Ci penserò». Alzai le mani in segno di resa.

Diana indugiò sulla porta, una mano tremante stretta attorno alla maniglia. Si voltò di scatto e mi baciò con violenza, come in preda al panico. Riuscivo a percepire la sua indecisione mentre scopavamo sul letto e sapevo che non appena avessimo finito lei sarebbe andata via, incazzata con se stessa.

«Non succederà di nuovo» disse poi, recuperando i vestiti dal pavimento e rimettendoseli freneticamente addosso. «Giuro su Dio che non succederà».

«Sei tu quella che conduce il gioco, Diana. Se vuoi scopare, scopiamo. Se vuoi che stiamo insieme, stiamo insieme».

«Tu fai sesso con altre persone. Io non posso certo stare con uno che FA SESSO CON ALTRE PERSONE!» Adesso stava urlando davvero.

«Puoi abbassare la voce, per cortesia? Le pareti qui a Copeland sono sottili. E non farò sesso con nessun'altra se ti decidi una volta per tutte a tornare con me» sibilai.

«Come posso esserne sicura? Come faccio a saperlo? Dopo quello che è successo, mi viene difficile». Aveva di nuovo le guance rigate di lacrime. Sentivo un gigantesco mal di testa in arrivo.

«Mi rifiuto di affrontare questa discussione per l'ennesima volta. O ti fidi di me oppure no, ma ti scongiuro almeno di provarci. Per favore. Per favore, Diana». Mi inginocchiai per terra davanti a lei e avvolsi le braccia intorno alle sue gambe magre, premendo la faccia nella stoffa dei suoi leggings.

«Ti odio per quello che ci hai fatto» rispose lei allontanandosi. Prese la sua giacca e feci appena in tempo a notare che si era messa la camicetta al contrario prima che uscisse sbattendosi la porta alle spalle e facendo tintinnare l'attaccapanni di Evan.

La testa mi stava esplodendo. A volte mi chiedevo perché perdessi tempo a tentare di far funzionare il rapporto con Diana. Forse il danno ormai era fatto. Ma l'idea di perderla mi rendeva inquieto. Il pensiero di continuare a frequentare il Baird senza di lei, sapendo che aveva avuto la meglio su di me, mi faceva ribollire il sangue.

Lucy bussò alla mia porta verso le dieci. Avevamo già deciso di vedere un film e nonostante il mal di testa incipiente pensai che sarebbe stato maleducato disdire. Lucy era bellissima nel suo maglione bianco e attillato, i lunghi capelli lucidi e profumati.

Ero stanco dopo la visita di Diana, ma Lucy mi si sedette in braccio e subito mi divenne duro; anche il mal di testa cominciò a scemare. Giocherellai con il bottone dei suoi jeans.

«Guardiamo prima il film» sussurrò lei, ma la mia mano si era già insinuata dentro i suoi pantaloni. La testa di Lucy ricadde all'indietro.

«Mmh... se vuoi guardare il film, perché sei così bagnata?» La spinsi giù sul divano e le tolsi i pantaloni. Premetti le labbra contro la stoffa sottile del suo minuscolo perizoma e la conversazione finì lì.

Guardai Lucy venire, con gli occhi chiusi, la bocca aperta, le unghie affondate nella mia schiena. Poi rimanemmo sdraiati a riprendere fiato, e io sfiorai con le dita la sua schiena liscia e calda, gli occhi fissi sul suo sedere perfetto.

«Potrei stare qui a guardarti nuda per sempre» dissi.

«Sai» disse lei, sollevandosi su un braccio. «Sei il primo ragazzo con cui... vengo... durante il sesso».

«Ma sei seria?» chiesi, anche se in realtà non ero sorpreso. La maggior parte dei ragazzi è completamente incapace.

«Sì». Adagiò la testa sul mio petto.

«Be', sono onorato, Luce. E, per la cronaca, sei la ragazza più bella che abbia mai avuto il piacere di attirare nel mio letto».

«Sei molto dolce. Mi dispiace averci messo tanto a darti una possibilità».

«Non è un problema. Sei una matricola. Capisco che tu volessi guardarti un po' intorno».

«No, Stephen. Non è quello il motivo».

Lo sapevo che non era quello il motivo. Per le ragazze come Lucy, il numero di partner sessuali si conta sulle dita di una mano. Questa era l'unica conseguenza negativa del fare sesso con Lucy: che adesso, considerati anche tutti gli orgasmi epifanici che le stavo procurando, lei si sarebbe aspettata che io diventassi il suo ragazzo. Questo non era possibile ovviamente, perché in quel caso avrei dovuto chiudere in maniera definitiva con Diana.

C'era stato un momento in cui avevo davvero adorato Diana, ma la fase dell'adorazione non dura mai a lungo. Quello che ho capito è che la gente, perlopiù, non si rende conto che amare qualcuno è una scelta. Se misuri il valore di una relazione solo sulla base dell'intensità dei tuoi sentimenti, quella relazione probabilmente fallirà, o se non altro durerà poco. Non puoi provare tutti quei 'sentimenti' per sempre. Con le ragazze, la parte eccitante è il momento della conquista. Lì sta il divertimento. Poi devi decidere chi amerai, e devi scegliere sulla base di ragioni valide. Tutto questo può sembrare un bieco calcolo, ma in tutta onestà io detesto essere single, ho sempre avuto l'impressione che la vita scorresse in maniera molto più piacevole e tranquilla con una ragazza al fianco.

È sempre stato così, sin dalla mia prima storia, con la mia fidanzatina del liceo, Jenna Landry. Jenna era figlia di uno dei nostri insegnanti di chimica. Aveva una folta criniera di capelli e una naturale propensione per lo sport, che la portava a primeggiare nelle squadre di atletica leggera e di pallavolo della scuola. Quando conobbi Jenna, avevo abbastanza esperienza con le ragazze da sapere che, se mi giocavo bene le mie carte, poteva essere mia. Non sono mai stato il tipo per cui le ragazze sbavano a prima vista; certo, ho gli occhi verdi e una folta chioma di capelli che crescono troppo velocemente, ma non sono doti particolarmente eccezionali rispetto alla media.

Ma il fascino no, il fascino lo potevo coltivare. Mi veniva naturale flirtare con una certa sicurezza, capire cosa gli altri volevano sentirsi dire ed esprimermi con apparente convinzione. Ero bravo a sedurre, ed essere seducente mi dava molta più soddisfazione dell'essere considerato bello. Sperimentando un po', il fascino divenne presto la qualità su cui potevo contare per portarmi a letto le ragazze, quella che mi fece perdere la verginità al campeggio estivo all'età di quattordici anni – e quella che mi aiutò a conquistare Jenna.

Sessualmente parlando, Jenna era curiosa e aperta alla sperimentazione. Mi permise di sverginarla sul divano del suo sottoscala il primo anno delle superiori, in primavera, la notte che le dichiarai il mio amore. Nei primi mesi passavo molto tempo con Jenna, solo per evitare di stare a casa con mio padre e la sua depressione, ma presto capii i vantaggi dell'avere una ragazza: qualcuno che è sempre lì per te, a offrirti il suo appoggio e darti affetto costante, qualcuno da presentare alla famiglia così che si convincano che sei normale, che sei amato. Jenna e io ci lasciammo diverse volte durante il liceo, sempre per colpa di litigi e screzi vari che, secondo lei, erano puntualmente colpa mia. Rompemmo definitivamente la settimana prima di partire entrambi per il college, tre settimane dopo l'incidente, due settimane prima che incontrassi Diana Bunn.

L'incidente. Non riesco a pensare a Jenna senza ricordare l'incidente di quel maledetto 16 agosto del 2008. E ogni volta il ricordo mi penetra sottopelle, causandomi nuovo dolore. Chiudo gli occhi e rivedo quella lunga ciocca di capelli rossi, lucenti, quasi indistinguibili dal colore del sangue. L'odore penetrante della gomma da masticare Big Babol.

Le persone tendono a rimuginare troppo sul passato. È molto meglio concentrarsi su quello che invece è lì, proprio davanti a te. Nel mio letto, nella mia stanza, Lucy mi accarezzava la peluria sul petto. Le diedi un bacio sulla tempia, fiero di me per essere riuscito a rimorchiare una ragazza del suo calibro. Wrigley era convinto che non ce l'avrei fatta, ma dimenticava quanto fossi bravo a questo gioco.

'Lucy ha qualcosa di speciale' pensai. Decisi che avrei continuato a scoparla finché fosse stato possibile. E questo, con le dovute accortezze, poteva rivelarsi un tempo molto lungo.

13
Lucy

Dicembre 2010

Questa volta fu Bree ad ammonticchiare la polvere bianca sullo specchio posato sul tavolo della cucina di Wrigley. Poi tirò fuori la carta di credito e la immerse nella polvere, cercando di suddividerla in strisce regolari e sottili, come faceva sempre Pippa. Ma Bree era una principiante e Pippa finì per prendere il comando delle operazioni, anche se non in maniera autoritaria. Era questo che mi piaceva di Pippa: era decisa ma mai dispotica. Era semplicemente Pippa.

Bree e io avevamo deciso di provare la coca, ma non per conformarci – ci eravamo promesse l'un l'altra – solo per curiosità. Il college era fatto per sperimentare, l'aveva detto persino CJ. Avevo visto Pippa tirare di coca un sacco di volte, come anche Jackie, persino Stephen ora che passavamo più tempo insieme. Tutti, dopo aver sniffato la loro pista, rialzavano la testa con la stessa espressione beata, entusiasta. Pippa diceva che non era per niente come l'erba, una droga che non mi era mai piaciuta perché mi rendeva paranoica. Secondo Pippa, tirare di coca era come bere un sacco di caffè. In più, diceva, sopprimeva l'appetito.

Era la notte del 'Wild West party', e stavamo facendo il pieno di alcol a casa di Wrigley. Ero seduta sulle ginocchia di Stephen, le sue mani poggiate sulla mia pancia, sotto la camicetta. C'erano Pippa e Wrig, e anche Bree, Jackie, più alcuni amici di Wrigley e Stephen. Jackie invitava sempre anche

Stuart quando andavamo da Wrigley a fare il pieno prima di una festa, ma lui non veniva mai con noi. A Stuart non piacevano le droghe, ed era comprensibile che non avesse voglia di stare con Jackie quando era fatta.

Quando venne il mio turno, Jackie fece scivolare lo specchio verso di me.

«Non devi farlo per forza» mi sussurrò Stephen all'orecchio.

«Ma io la voglio provare. Dico davvero».

Jackie mi porse una banconota da venti dollari arrotolata stretta. La presi tra le dita. Avrei preferito che non fossero tutti lì a guardarmi. Infilai la banconota nella narice destra, tappando l'altra con l'indice. Poi inspirai forte, come mi aveva detto di fare Jackie. Non riuscii a sniffare l'intera pista, ma la maggior parte sì. Stephen si leccò un dito e tirò su quello che ne rimaneva.

«Fammi vedere le gengive» disse, e poi vi strofinò il resto della coca. «Brava la mia cowgirl».

Sentii la bocca diventare piacevolmente insensibile, e la testa leggera ma lucida. Sapevo che sarei rimasta sveglia tutta la notte.

«Ti è piaciuta la coca?» mi chiese Stephen più tardi, quando stavamo lasciando casa di Wrigley per andare alla festa.

«È divertente» annuii, incapace di controllare l'ampiezza del mio sorriso.

«Sei la cowgirl più carina di tutto il Far West». Si piegò su di me e mi baciò, facendo scivolare indietro la falda del mio cappello da cowboy. Dopo aver dato una tiratina alle mie trecce, fece scivolare le mani più in basso, verso il retro dei miei jeans, e mi strinse a sé. «Sei magrissima. Hai un corpo sexy da morire».

'Magrissima': come amai quella parola. Il complimento accese una fiammella calda nel mio petto. Avevo perso cinque chili da quando era cominciato il semestre. Non l'avevo fatto apposta, almeno all'inizio – stavo solo cercando di evitare i proverbiali *magnifici sette* della matricola – ma una volta che i chili iniziarono a dileguarsi, non riuscii più a smettere. Volevo lo spazio tra le cosce, proprio come lo aveva Bree. Perdere peso non era difficile. Quattro chilometri di corsa la mattina, sessioni di hot yoga nel pomeriggio. Saltavo la colazione e per i restanti due pasti andavo in un posto che faceva insalate – lattuga e ceci con la vinaigrette senza grassi, una mela come spuntino. Imparai ad addormentarmi ignorando i brontolii del mio stomaco. Il cibo non è poi così importante, in fondo. Il corpo umano può sopravvivere intere settimane senza mangiare. Gandhi è sopravvissuto a un digiuno totale di ventuno giorni, ed è una leggenda.

14
Stephen

Gennaio 2011

'Manipolazione' non dovrebbe essere considerata una brutta parola. Manipolare non equivale ad avere una mentalità cinica, è un approccio proattivo mirato a sfruttare al meglio le opportunità. Questa era una cosa a cui pensavo spesso da quando quella scema della ragazza di Wrigley, Pippa, mi aveva teso un agguato in biblioteca per dirmi che stavo 'manipolando' Lucy, per poi ingiungermi con la sua vocetta lamentosa di stare alla larga da lei. Cristo santo. Le ragazze del primo anno sono talmente succubi dei loro ormoni che non puoi prenderle sul serio. Sono davvero convinte che tutto quello che dicono sia di vitale importanza. È veramente assurdo. In generale, le ragazze sono tutte psicotiche.

Pippa arricciò il naso. «Lucy *sa benissimo* che sei andato a letto con Nicole Hart domenica, subito dopo che è andata via dalla tua stanza. Ti rendi conto di quanto fai schifo? Sarai un calderone di malattie veneree».

«Vacci piano! Calmati, Pippa». Pippa. Ma che nome assurdo è Pippa?

«Non mi *calmo* per niente. Lucy è la mia migliore amica. E so che è vero. Non provare a negarlo».

Pippa se ne andò infuriata prima che potessi dire una parola. Ma santo cielo. Io vengo in biblioteca per lavorare in santa pace alla mia tesina di relazioni internazionali, e mi tocca subirmi le persecuzioni di matricole in piena tempesta ormonale. La biblioteca dovrebbe essere un porto sicuro.

Trovai una scrivania ben nascosta dietro l'ultima fila di scaffali per evitare altre grane.

E quindi Lucy sapeva. Ero consapevole che con il tempo l'immagine di eroe senza macchia che Lucy si era fatta di me sarebbe finita a gambe all'aria. A ogni modo, era vero che dovevo smettere di scoparmi Nicole Hart. Era già stato dimostrato che non ne valeva la pena, Nicole neanche mi piaceva. Ero solo assuefatto a quel brivido proibito. La segretezza. Il farla franca. Il venire beccati e farla franca lo stesso. E poi tradire mi fa bene, mi dà stabilità, mi tranquillizza. La monogamia non è naturale.

In realtà non avevo affatto pianificato di vedere Nicole. Era successo la domenica precedente. Lucy e io ci eravamo svegliati, avevamo fatto il caffè e visto la prima metà della partita dei Giants, poi avevamo fatto sesso. A Lucy piaceva molto fare sesso la mattina e io non avevo certo niente in contrario. Fare sesso con Lucy è la parte migliore di Lucy.

Quando Lucy andò via, Nicole mi telefonò chiedendo se poteva passare a riprendersi la coca che aveva lasciato da me il venerdì precedente. Dieci minuti dopo era in camera mia. Nicole e io non ci frequentavamo regolarmente – in pratica ci vedevamo solo per pippare – ma lei aveva una specie di cotta per me ed era sempre disponibile, nonostante facesse quasi parte della cricca di Diana e sapesse che non ci saremmo mai messi insieme. Nicole era spesso irritante e a volte era difficile liberarsene, ma cosa importava? Il sesso è sesso. Ci facemmo un paio di piste e poi scopammo contro il letto, nello stesso posto in cui l'avevamo fatto il venerdì prima. Per fortuna, Lucy aveva scoperto solo di quella mattina. Per fortuna, Diana non aveva scoperto nessuna delle due volte, per quanto scoparmi Nicole rientrasse appieno nei miei diritti per quanto concerneva Diana e la nostra inesistente relazione di coppia.

Sarebbe un errore giudicarmi come il classico stronzo. Non è così. Sono consapevole che secondo gli standard 'morali' imperanti sto facendo un casino. Non è che io sia senza cuore, ma so che situazioni come queste possono essere aggiustate. Si dice sempre che non puoi avere la botte piena e la moglie ubriaca, ma in realtà non è vero, puoi averle benissimo entrambe. So cosa vogliono sentirsi dire le ragazze nella posizione di Lucy, e io posso dirglielo. L'adulazione non rende felice una ragazza, ma crea dipendenza, e quando questo succede lei è tua, perché continua a bramare quel tipo di attenzioni.

Quando avevo otto anni mio fratello Luke e io ci mettemmo a giocare a pallacanestro nel vialetto di casa dei miei zii, e io calpestai per errore la tartaruga di mia cugina Christina, uccidendola. Il guscio e le budella erano tutti sparsi sul cemento del vialetto. Christina, che all'epoca aveva sei anni e adorava quella stupida tartaruga, pianse per settimane. L'aveva chiamata Marvin e aveva fatto tante di quelle storie che la sua maestra le aveva dato il permesso di portarla a scuola tutti i giorni. E Marvin se ne stava lì in un angolo della sua gabbietta mentre Christina disegnava coi pastelli o faceva Dio sa cos'è che si fa di solito in prima elementare.

Ricordo che mio padre quel giorno mi prese da parte per spiegarmi che avrei dovuto chiedere scusa, anche se era stato un incidente. Disse che sapeva quanto ci stavo male e che gli incidenti succedono, con il tempo mi sarebbe passata. E io non capii cosa intendesse dire, perché io non stavo affatto male. L'unica cosa che mi turbava era la paura che Christina mi odiasse, per cui mi comportai in modo gentile e le chiesi mille volte scusa per assicurarmi che non succedesse. Sapevo che era disperata, e sapevo che Marvin era ora un ammasso di poltiglia, ma la cosa in sé non mi faceva soffrire. Non mi faceva nessun effetto.

Questo è solo un esempio. Situazioni di questo tipo continuarono a ripresentarsi durante tutta la mia infanzia e adolescenza; eventi in cui mancai di manifestare le reazioni che gli altri si aspettavano da me. Ogni volta, l'empatia che tutti attendevano non arrivava, sostituita dalla mancanza della prevedibile tristezza al funerale di mia nonna, dall'assenza di rimorso quando Jenna mi beccò insieme a Mackenzie Mills a casa del mio amico Carl, dall'indifferenza che provai quando mia madre andò via di casa, sotto lo sguardo disperato dei miei fratelli. Imparai quali fossero le reazioni appropriate e imparai a simularle quando le circostanze lo richiedevano. E fu così che compresi di essere diverso. Non volevo ferire le persone, ma avrei potuto, e quando succedeva ci trovavo un che di catartico e liberatorio, soprattutto perché il danno inflitto era quasi sempre rimediabile. So cos'è il senso di colpa e so che su di me non ha alcun effetto: non ne porto il peso. E questo torna quasi sempre a mio vantaggio.

Chiamai Wrigley di ritorno dalla biblioteca, l'aria fredda che mi schiaffeggiava la faccia.

«Cosa cazzo...?» esclamai non appena rispose.

«Che c'è?»

Potevo quasi vederla, l'espressione innocente sulla sua faccia. Quel ragazzo è stupido come un sasso, per questo non ero davvero arrabbiato.

«Hai detto a Pippa che sono stato a letto con Nicole. Ti sei forse dimenticato che Pippa e Lucy sono tipo amiche del cuore?»

«Merda, sì, scusami. Mi è uscito così, io e Pippa stavamo litigando, non so. Volevo ferirla e mi è sfuggito».

«Risolvi questo casino, Wrig. Risolvilo e basta».

«E come?»

«Chiama Pippa e dille quello che hai appena detto a me. Dille che eri arrabbiato e l'hai detto tanto per dire. Dille che non ho scopato con Nicole».

«Ma tu hai scopato con Nicole».

«*Wrigley*».

«Non ho voglia di chiamare Pippa» bofonchiò Wrigley. «Abbiamo chiuso».

«Wrigley».

«Okay, va bene».

«Wrigley?»

«DeMarco, che altro vuoi?»

«Chiamala *subito*».

15
Lucy

Marzo 2011

Mi passai con attenzione la matita intorno agli occhi, come mi aveva insegnato Pippa. Mi ci voleva sempre un sacco a prepararmi per le uscite con Stephen. Jackie e Pippa mi osservavano, sorseggiando birra sul letto della mia compagna di stanza.

«State davvero andando a mangiare italiano di sabato sera?»

Feci spallucce, senza riuscire a nascondere un sorriso. «Ha insistito per portarmici». Il fatto che Stephen mi portasse a cena fuori era così romantico. Stuart non portava quasi mai Jackie a cena in ristoranti carini.

«Ma è sabato sera» disse Pippa. «C'è la mega festa delle Delta Gamma».

La Delta Gamma era l'unica confraternita femminile passabile del Baird, tutte le altre erano solo gruppi di femministe secchione che organizzavano raccolte fondi a cui non partecipava mai nessuno. La vita sociale delle confraternite al Baird era abbastanza da sfigati, si salvavano giusto le DG e alcune di quelle maschili.

«Lo so». Mi ravviai i capelli. «Vi raggiungeremo più tardi».

Jackie mi guardò accigliata. «*Vi* raggiungeremo? Siete quindi ufficialmente un *voi*, ora?»

«Non ho detto questo». Incrociai le braccia, avevo la pelle d'oca. Avevo sempre freddo in quel periodo. Sapevo che le mie braccia erano troppo magre e sentivo che le altre mi giudicavano per questo. Ero in una fase 'yogurt a oltranza', perché avevo letto su una rivista che una donna aveva perso quattro chili in due settimane mangiando solo yogurt greco senza grassi.

«Non lo so, Lucy. Non mi fido di lui» disse Jackie.

«Perché? Nemmeno lo conosci».

«Be', per quella cosa con Pippa a gennaio. Mi è sembrata strana».

«Quale cosa con Pippa a gennaio?»

«Penso si riferisca a quella volta in cui Wrigley mi ha detto che DeMarco era andato a letto con Nicole Hart» spiegò Pippa.

«Ecco, sì» annuì Jackie. «Proprio quella».

«È successo mesi fa, e non era nemmeno vero. Wrigley ha ammesso che non era vero. Lui e Pippa stavano litigando».

«Confermo» disse Pippa. «E Wrigley è uno psicopatico. Non sa nemmeno lui quello che dice».

«Lo so, lo so». Jackie sospirò, ricacciando una ciocca bionda dietro l'orecchio. «Ma allora che dire di Diana? Quella del terzo anno, la Delta Gamma con cui Stephen usciva?»

«Che c'entra Diana? Non è una DG. È solo amica di alcune di loro. Keaton Banks e le altre».

«Hai ragione» disse Pippa. «E poi Diana non potrebbe mai essere una Delta Gamma. È troppo... 'abbraccia-alberi'».

«Che significa 'abbraccia-alberi'?» chiese Jackie.

«Come, non lo sai?»

«Jackie? Che c'entra Diana?» insistetti.

«Eh?»

«Diana. Perché l'hai tirata in ballo? Che c'entra?»

«Ah. Non lo so. Ogni tanto la vedo parlare con Stephen alle feste».

«Davvero?» Il mio stomaco sprofondò di colpo, anche se avevo la sensazione che Jackie stesse tirando fuori un problema qualsiasi solo perché Stephen non le piaceva.

«Anche io li ho visti, di tanto in tanto» disse Pippa. «Wrigley diceva che il loro era un rapporto molto strano».

«Ma probabilmente non sarà niente» si precipitò ad aggiungere Jackie.

«Che intendi per rapporto *strano*?»

«E chi lo sa» sospirò Pippa. «Non mi starei a preoccupare, Lucy. È ovvio che gli piaci molto se ti porta fuori a cena il sabato sera. Nessuno qui al Baird fa uscite romantiche».

Lanciai un'occhiata a Jackie. «Però a te non piace, non è così?»

«Non ho mai detto questo» rispose lei. La guardai mentre stappava un'altra birra e con una mano frugava nel sacchetto dei Cheetos. Jackie mangiava sempre tutto quello che voleva. Era tutto così semplice per lei.

«Pensi che posso trovare di meglio, lo so» dissi. «E forse è vero. Lo so che non è il più *figo* di tutto il Baird, ma non me ne importa».

«Lucy, non ha nulla a che vedere con questo. Cosa vuoi che me ne freghi se è bello o no?»

«Quindi ammetti che qualcosa c'è?»

«Lucy...» sospirò ancora Jackie.

«Non vuoi che io sia felice?» La guardai dritto negli occhi dello stesso colore del mare.

«Certo che sì. Scusami». Dalla sua espressione vedevo che le dispiaceva sul serio.

Sulla scrivania il mio telefono cominciò a vibrare, lo presi. «Devo andare».

Pippa sbadigliò. «Divertiti. Fai la brava. Usate il preservativo eccetera eccetera».

«Grazie, Pip».

«Ci vediamo dopo alla festa?»

«A dopo». Presi la giacca e corsi fuori. D'improvviso ero troppo eccitata per concentrarmi su quanto fossi arrabbiata con Jackie.

Stephen mi stava aspettando fuori dal dormitorio. Era una serata calda, le palme che costeggiavano la strada per il Kaplan ondeggiavano dolcemente nella brezza. Stephen indossava una polo bianca e il berretto dei New York Giants. Gli strinsi le braccia al collo e respirai l'aroma familiare del suo dopobarba.

«Ciao». Lo baciai. Adoravo baciarlo dopo una giornata passata a fantasticare di baciarlo.

«Dio come mi sei mancata» sussurrò lui avvicinando il viso al mio, occhi negli occhi. «E sono passati solo, quanti? Due giorni? Due giorni e stavo impazzendo dalla voglia di vederti. Sei diventata la mia droga, piccola Lucy in the Sky with Diamonds?»

«Se io sono la tua, allora tu sei la mia». Poggiai la testa contro il suo petto e lasciai che mi stringesse a sé.

Il nostro ristorante, a Claremont, distava solo una ventina di minuti ma era bellissimo ritrovarsi per una volta fuori dal campus, da sola con Stephen in un posto diverso.

La cameriera voleva darci un tavolo da due, ma Stephen chiese se potevamo avere il séparé nell'angolo.

«Così possiamo stare più vicini» sussurrò, scivolando accanto a me sul divanetto, la sua mano sulla mia coscia.

Il ristorante, Giuliana's, era in stile contemporaneo con luci soffuse. «Perché hai scelto un ristorante italiano?» chiesi.

«Non so. Perché è romantico?» Arricciò le labbra. «E da Giuliana's si mangia la pasta migliore. Ho sempre voglia di pasta, forse perché sono italiano».

«Giusto» annuii. «DeMarco è un cognome italiano».

«Mio padre non è un immigrato» spiegò Stephen, intingendo un pezzo di pane abbrustolito in una ciotola di olio d'oliva. «Il mio bisnonno è nato in Sicilia. Venne a New York con la famiglia quando aveva otto anni».

«Parli italiano?»

«Per niente». Stephen ridacchiò. «Ricordo che mio nonno tentava di insegnarci qualche parola, ma non abbiamo mai imparato».

Presi una fetta di pane dal cestino e lo intinsi nell'olio anch'io. Mi ero concessa di mangiare tutto quello che volevo per una sera. Ero con Stephen, ed ero felice. Un po' di carboidrati non mi avrebbero certo ucciso.

Stephen prese un altro pezzo di pane. «Sono contento che siamo venuti qui, Luce» mi disse.

«Anche io. Le mie amiche invece per niente».

«E perché?»

«In realtà solo Jackie. Dice che non ci si può fidare di te perché pensa che tu sia davvero andato a letto con Nicole Hart».

«È assurdo». Stephen si irrigidì e io mi pentii di aver parlato. Mi sentivo una stronza per aver rivangato un argomento di mesi e mesi prima.

«È quello che ho detto anche io» risposi. La tensione abbandonò il mio corpo non appena lui allungò una mano per intrecciare le sue dita con le mie.

«Volevo solo passare un sabato sera con te a bere vino e mangiare qualcosa. Spero che Jackie possa tollerarlo».

Arrivati a fine cena, avevamo ormai bevuto un'intera bottiglia di vino rosso e Stephen cominciò ad armeggiare con il bottone dei miei jeans bianchi. «Avresti dovuto mettere una gonna» mi sussurrò all'orecchio.

«Ora ho capito perché volevi il séparé». Gli allontanai scherzosamente la mano. La cameriera ci guardò come a dire 'prendetevi una stanza' e ci lasciò il conto. Ero al settimo cielo. Volevo che tutto il mondo invidiasse l'attrazione che c'era tra noi.

Fermammo un taxi e dissi all'autista di portarci dalle Delta Gamma in Logan Street.

Stephen si voltò verso di me. «Non ho voglia di andare a quella festa».

«Perché no?»

«Non lo so. Ho voglia di stare da solo con te». Tirò giù la lampo dei miei jeans e fece scivolare le dita sotto l'elastico degli slip. Guardai il tassista, che teneva gli occhi fissi sulla strada.

«È perché c'è Diana alla festa?» Non ero riuscita a trattenermi. Ero un po' ubriaca, e le parole di Jackie mi riecheggiavano nella testa.

«Che?» Stephen ritrasse la mano e mi guardò senza capire.

«È perché non vuoi essere visto con me? Perché Diana sarà lì?»

«Cosa ti fa pensare che ci sarà anche Diana?» Non c'era più ombra di desiderio nei suoi occhi verdi, il suo sguardo era freddo come mai prima.

«Non è una Delta Gamma?» chiesi, pur sapendo che non lo

era. Se avessi detto che Diana era amica di molte delle DG sarei sembrata una stalker. Sapevo di aver passato il limite.

«No, non lo è, e tu ti stai rendendo ridicola». Stephen si allontanò da me e io desiderai disperatamente di non aver detto niente. Era tutta colpa di Jackie. «Scusami. Non so perché l'ho detto». Posai una mano sul suo ginocchio e tentai di tornare a essere Lucy in the Sky with Diamonds, la sua ragazza, anche se sapevo benissimo perché avevo tirato fuori quelle cose. Non era solo colpa di Jackie. Stephen e io non andavamo mai alle feste insieme. A volte ci andavamo in gruppo, ma mai come coppia. Non eravamo mai palesemente insieme quando nei paraggi c'era anche Diana.

Stephen coprì la mia mano con la sua, e sentii la tensione allentarsi pian piano. Probabilmente stava solo cercando di mostrarsi rispettoso verso i sentimenti di Diana dopo la loro rottura. Era naturale che non volesse ostentare la nostra relazione davanti a lei e alle sue amiche.

«Lucy». Si voltò verso di me, la faccia illuminata dalla luce della luna che filtrava dal finestrino. «Tutti sanno di noi. Non sto cercando di nascondere un bel niente. Solo che non ho voglia di andare a una festa piena di gente a sfasciarmi di birra, quando invece potrei stare da solo con te in un letto comodo e caldo. Tutto qui».

«Lo so. Scusami. È quello che voglio anche io» dissi, anche se una parte di me voleva andarci a quella festa, voleva fare la sua entrata a effetto al braccio di Stephen, alla faccia di Diana, di Jackie e di tutti gli altri. Ma non avevo intenzione di insistere. Infilai le dita sotto la cinta dei suoi pantaloni per fargli dimenticare quel litigio stupido, infantile, che avevo causato.

Quando arrivammo alla sua stanza, Evan era sul punto di uscire.

«Rimanete a casa stasera?» chiese. Lo conoscevo appena, anche se era il coinquilino di Stephen. Aveva i capelli biondo scuro molto corti e una faccia gentile.

«Siamo stati da Giuliana's» disse Stephen con una punta di irritazione nella voce. Stephen non faceva che lamentarsi di Evan, per mille ragioni.

«Buono! Io vado dalle Delta Gamma, pare che si stiano divertendo parecchio. Buonanotte».

Evan lasciò la stanza e senza dire una parola Stephen mi buttò sul letto, più bruscamente del solito. Si tolse i vestiti e poi prese a strapparmi di dosso i miei. Le sue mani mi afferrarono in maniera quasi famelica, stringendomi il seno, divorandolo con la lingua e le labbra, come se non potesse averne abbastanza.

«Succhiami il cazzo. Mi fai impazzire quando me lo succhi». Si lasciò cadere sul letto. Ero contenta di farlo. Mi eccitava più di qualsiasi altra cosa sentire che lo stavo facendo godere, una cosa che non avevo mai provato con Parker. Lo presi in bocca finché non sentii la sua erezione premermi contro il fondo della gola e poi cominciai a stuzzicargli la punta con la lingua, come mi aveva insegnato Antonia al liceo.

I suoi gemiti si fecero più intensi. Non mi venne in bocca: raramente lo faceva, succhiarglielo era quasi sempre un preliminare. Mi girò e mi fece piegare sulle ginocchia, dopodiché iniziò a scoparmi da dietro così forte che pensai di svenire. Mi afferrò i capelli e li tirò con ferocia, e io sentii che non era solo sesso, ma che Stephen era terribilmente in collera, con me forse; per quanto avessi la sensazione che mi stesse strappando i capelli dalla testa, a una parte di me piaceva. La parte di me che era inferocita tanto quanto lui era eccitato.

Alla fine rimasi distesa a pancia sotto, il mio cuore che batteva forte, mentre lui mi puliva via lo sperma dalla schiena.

«Comincia a prendere la pillola» mi disse, sdraiandosi ancora ansimante al mio fianco.

«Perché?»

«Perché non sopporto i preservativi e non ho voglia di venire fuori ogni volta. Voglio venirti dentro. E sappiamo entrambi che questa cosa fra noi non finirà in tempi brevi».

«Va bene» sussurrai, ma non avrei preso la pillola. Non ne avevo bisogno. Avevo smesso di avere le mestruazioni a dicembre.

Affondai il viso nella sua spalla calda, godendo del tocco delle sue dita sulla mia schiena. Avrei fatto qualsiasi cosa per lui.

16
Stephen

Maggio 2011

Diana mi trovò in una stanza al piano superiore durante il Luau hawaiano, l'ultima mega festa dell'anno, che si teneva il sabato prima dell'inizio degli esami. Il Luau era sempre stata la festa dei Chops, prima che si sciogliessero nella primavera del mio secondo anno, quando qualche deficiente andò in overdose da cocaina e diede la colpa a loro per averlo convinto a prenderla. La scuola fece una perquisizione della Slug, la casa dei Chops, e quando furono trovati quindici grammi di coca, quella fu la fine dei Chops. Un gran peccato. Avrebbero trovato droga in una residenza studentesca qualsiasi del campus, che si trattasse di LSD, funghetti, anfetamine, ecstasy: la lista è infinita. Quelli dell'amministrazione vivevano fuori dal mondo.

Gli hippy non partecipavano mai al Luau, ma chiunque facesse parte di una squadra sportiva o di una confraternita ci andava, e così tutti quelli che erano in cerca di droga o a cui piacessero gli LCD Soundsystem.

Diana aprì la porta – senza bussare, ovviamente – e mi trovò che stavo sniffando insieme a un gruppo di sodali, affiatati consumatori di anfetamine.

«Stephen, hai un secondo?»

Tutti mi guardarono come a dire: 'Merda, la tua ex ti vuole parlare, buona fortuna'. Ma dall'espressione di Diana era chiaro che era di buon umore.

Mi condusse giù per il corridoio, verso un angolo più tranquillo.

Sorrise. «Ciao» mi salutò. Era molto carina, con un fiore rosa dietro l'orecchio e una ghirlanda intorno al collo. Indossava un gonnellino di paglia e un top bianco che le lasciava scoperto l'addome. Diana ha sempre avuto una bella pancia, ma quel rettangolo di pelle nuda mi turbò. Le ragazze sono sempre particolarmente carine al Luau – in quest'occasione si fanno sempre un sacco di foto – ma quella sera Diana mi colpì in modo particolare. Forse era per via del suo sorriso, così calmo e tollerante. E dello sguardo che, per una volta, non sembrava dire 'voglio ucciderti'.

«Ehi, tu» risposi. Non avrei mai smesso di flirtare con lei.

«Mi fa piacere vederti, Stephen».

«Non vuoi dirmene quattro perché stavo tirando di coca?»

Fece spallucce. «La vita è la tua».

Annuii, ma parte di me sperava quasi in uno dei suoi soliti sermoni sui danni della cocaina. Mi eccita quando Diana mi fa la predica.

«Ne è passato di tempo, Di. Sei bellissima».

«Grazie. Non mi fa impazzire il fatto che il Luau si tenga nella casa dei Sigma Chi quest'anno...» Non faceva che dondolare sui tacchi. Era nervosa?

«Lo so, non sono i Chops».

«Però ho sentito dire che vivrete tutti alla Slug l'anno prossimo. Congratulazioni».

«Dove l'hai sentito?»

«Ne parlano tutti».

«Già. Ma sarà solo la Slug. Non ci sarà nessuna affiliazione con i Chops».

«È comunque una notiziona».

Annuii. Dopo che l'amministrazione aveva messo sotto sequestro la Slug per condurre una sorta di indagine informale, la location delle più grandi feste del Baird era rimasta disabitata per un intero anno. E ora che 'l'indagine' si era conclusa, la Slug era di nuovo sul mercato degli alloggi off-campus e io, Wrig, Charlie ed Evan eravamo riusciti ad accaparrarcelo.

«Non vedo l'ora» dissi.

«Come avete fatto?»

«Non è che la gente morisse dalla voglia di abitarci» dissi scoppiando a ridere. «L'edificio è un rudere».

«È una catapecchia. Ma lo sanno che siete Chops?»

«Certo che no. E non siamo Chops perché i Chops non esistono più, Di». Le strizzai l'occhio.

«Fate attenzione».

«Grazie, mamma».

Ancheggiò nel suo gonnellino di paglia e io morivo dalla voglia di baciarle la bocca scarlatta. «È da tanto tempo che non ti vedo, Diana. Mi manchi». Lei sorrise.

«È proprio di questo che ti volevo parlare». Fece un passo verso di me. Guardai in basso, in direzione dei suoi piedi avvolti nei sandali. Le unghie erano dipinte di un rosa intenso. «Ci ho pensato parecchio».

«Hai pensato?» Mi accasciai contro la parete. La coca non mi aveva dato molta energia. Doveva essere quella merda che Wrigley aveva riportato da Los Angeles.

«Il fatto è che ti amo ancora» disse Diana.

Sorrisi, quasi sorpreso dal sollievo che provavo. Non l'avevo persa. Ero stato troppo precipitoso nel darmi per vinto. Ero sempre stato in vantaggio. D'improvviso mi sembrò buffo sentirla dichiarare il suo amore, come se fosse chissà quale incredibile scoperta. Era ovvio che Diana non avesse mai smesso di amarmi.

«Non fare quella faccia compiaciuta». Diana incrociò le braccia. «Anche tu mi ami».

«Davvero?»

Si avvicinò ancora di più, tanto che potevo sentire il profumo della sua crema idratante. «Lo so che stai frequentando quella matricola, Lucy. E dire che ti avevo chiesto di non farlo! Ma vuoi sapere una cosa? Non importa. Anche io devo prendermi le mie responsabilità per la piega che ha preso la nostra storia. Non ero pronta, ma non avevo il diritto di pretendere che tu mettessi la tua vita in pausa. Ma adesso lo sono. Ci ho pensato a lungo e sono pronta».

«Pronta per cosa, Diana?» Stavo sorridendo. Sapevo che la stavo facendo impazzire con quelle mezze frasi ambigue, ma ero più ubriaco del previsto e non del tutto sicuro di come gestire la cosa. Era ormai da un bel po' che scopavo con Lucy, forse da troppo. L'avevo lasciata al piano di sotto, alla festa, a bere Jungle Juice con indosso un gonnellino che somigliava parecchio a quello di Diana. Invece di rispondere, Diana mi baciò, e il suo bacio mi era familiare anche se erano passati mesi dall'ultima volta. Era un bacio che doveva ricordarmi che era Diana la mia ragazza, e Lucy solo la matricola che mi portavo a letto, che questa era semplicemente la realtà dei fatti, niente poteva cambiarla, neanche il tempo che avevamo passato separati.

«Sono davvero pronta a rimetterci insieme, è questo che ti sto dicendo» disse Diana, una volta staccatasi da me. Questa era una delle cose che mi avevano sempre attratto di Diana: la sua incrollabile fiducia in se stessa. Non era la più bella ragazza del mondo, ma si comportava come se lo fosse. Non aveva paura della mia opinione o di quella di chiunque altro.

«Bene» annuii con la testa. D'improvviso mi sentii ubriachissimo. «Sai bene che è quello che ho sempre voluto».

«Avremo tutta l'estate per trovare una soluzione. So che sarai a Washington per il tuo stage, giusto? È confermato?»

«Sì».

«E allora verrò a trovarti, faremo funzionare le cose. È questo che voglio, finalmente ne sono sicura. Mi ci è voluto tempo per imparare a perdonare, tutto qui».

«Sarebbe bello».

«Non sembri contento».

«Sono contento, *molto* contento. Sono solo ubriaco, Di. Sono completamente fuori uso, scusami. Perché hai voluto parlarmi proprio stasera? Non possiamo discuterne da sobri?»

«Io non sono ubriaca».

«Non ti credo».

«Non saprei». Gettò in aria le mani. «So che non è il momento ideale per fare questa conversazione. Avevo deciso di chiamarti domani ma poi ti ho visto qui. *Con lei*».

«Ah». Lucy.
«È molto carina. Non so come ci sei riuscito».
«Però non è te».
«Ma è troppo magra. Fa un po' impressione». Diana fece una smorfia.
«Lo so».
«Ti amo, Stephen».
«Ti amo da sempre, Lady Diana. Andiamo via. Sono troppo fatto per restare qui».
«Va bene». Posò le mani sul mio petto. «Non pensi che dovresti parlarle, prima?»
«Non ho intenzione di parlarle stasera. Può aspettare». Sbadigliai. «Tra me e lei non c'è niente di serio. Voglio solo andare a casa con te».
«Va bene, ma andiamo da me. Non ho intenzione di dormire nelle lenzuola in cui avete fatto sesso».
Non mi misi a discutere. La sentii lamentarsi di quanto fosse distante la sua residenza, e la guardai mentre chiamava la navetta per farci venire a prendere.
«Sarà qui tra cinque minuti» sussurrò, premendo le labbra contro il mio collo.
Era di nuovo mia. Avevo Diana, tutto d'un tratto, dopo mesi passati a tentare di riconquistarla. E non l'aveva fatta franca con la sua pretesa di lasciarci alle sue condizioni. Mi sentivo contento e al tempo stesso stranamente deluso mentre lasciavo che mi prendesse per mano e mi conducesse fuori. Fissai il suo viso così familiare, il fiore rosa che ora le pendeva un po' stropicciato dall'orecchio. La trovai meno carina e seducente di pochi istanti prima, quando avevamo cominciato a parlare. È buffo: non appena ottieni quello che vuoi, perde automaticamente di valore.

17
Lucy

Maggio 2011

Mi tenne per mano sotto le palme finte. I nostri piedi nudi però affondavano nella sabbia vera che ricopriva l'intero primo piano della casa dei Sigma Chi per il Luau hawaiano, l'ultima festa dell'anno. Invece dei soliti fusti di birra, bevevamo Jungle Juice; invece della solita musica house, dalle casse usciva la voce di Bob Marley.

«Vuoi fare un altro tiro?» Le sue dita sfiorarono la mia pancia nuda. Mi ero messa il pezzo di sopra di un bikini nero e un gonnellino di paglia sui pantaloncini di jeans, e mi accorgevo benissimo di come mi stavano giudicando le amiche di Diana. Sentivo che mi odiavano per via della mia magrezza e di come la ostentavo: parte di me si odiava per lo stesso identico motivo. Ma c'era un'altra parte, dominante, semi-consapevole di me, che aveva fatto la fame, che voleva ridursi a un niente, e ora non riusciva a smettere. Non provavo nemmeno più a nasconderlo.

Stephen e io entrammo in bagno e lasciai che mi avvicinasse la coca al naso, anche se in realtà non sentivo alcun bisogno di sniffare ancora. Era solo una scusa per stare sola con lui. Mi tirò su a sedere sul lavandino e fece per aprirmi le gambe con le sue, e io avrei voluto fermare il tempo perché era tutto assolutamente perfetto.

«Non dovremmo...» sussurrò, quando qualcuno prese a bussare alla porta. C'era una fila di gente fuori dal bagno. C'era sempre la fila fuori dal bagno.

«Non dovremmo» convenni. Tutto il mio corpo era piacevolmente intorpidito.

«Sei bellissima, Lucy. Cazzo». Le sue dita giocherellarono con l'orlo dei miei slip, mentre qualcuno da fuori riprese a bussare.

«Stephen...»

«Okay, okay. Cazzo, Luce». Mi baciò la fronte. «Mi toccherà aspettare».

Tornammo al chiasso della festa e deglutii una goccia amarognola di cocaina che mi scorreva in gola. Bob Marley aveva ceduto il posto a Calvin Harris e la pista da ballo cominciava a riempirsi.

«Vado a salutare un po' di gente» mi sussurrò Stephen all'orecchio. Era il segnale che dovevamo separarci. «Torno tra poco».

Io sarei voluta rimanere al suo fianco tutta la notte, ma sapevo che non era possibile. Non era così che funzionava con lui. La sua attenzione esclusiva non poteva essere data per scontata come quando stavo con Parker. Ma questa era una cosa buona: avere tutta l'attenzione di qualcuno era terribile, dovetti ricordare a me stessa.

Trovai le mie amiche sedute al bancone di un bar improvvisato, che sniffavano coca senza curarsi di chi le vedeva. Tutti si stavano facendo di coca, inclusa Jackie; Stuart, che le stava accanto, alzò gli occhi al cielo.

«Potresti anche smettere di fare il bambino e *provarla,* Stu» disse Jackie a voce troppo alta, porgendogli la piccola busta trasparente. «Oppure puoi continuare a guardarmi con disapprovazione per tutto il cazzo di tempo, come fai sempre».

Stuart bofonchiò qualcosa a bassa voce, del tipo che era stufo di stare a sentire le sue stronzate. Scivolò giù dal bancone e scomparve tra la folla. Per quanto strafatta, anche io avevo capito che Jackie aveva esagerato. Ultimamente aveva preso a comportarsi da vera stronza con lui, specie quand'era ubriaca, salvo poi fare l'offesa il giorno dopo perché lui era arrabbiato.

Presi il posto di Stu al bancone, sistemandomi tra Jackie e

Bree. Feci dondolare le gambe guardando verso la gente che ballava, felice di potermene stare seduta. Lo sballo che era in arrivo sarebbe stato il mio terzo, o forse quarto della serata, e mi andò subito alla testa. Bree mi allungò il suo bicchiere di Jungle Juice e ne bevvi un sorso. Le sere in cui c'era la cocaina non mangiavo mai, quindi potevo concedermi qualche bevanda zuccherata. Era così dolce che l'alcol quasi non si sentiva.

«Che è successo?» chiesi a Jackie.

«Stuart ha deciso di comportarsi anche stasera come se fosse mio padre. Guarda, lasciamo perdere». Sapeva che stavo per dirle che avrebbe fatto meglio a scusarsi, quindi si voltò per parlare a una ragazza seduta di fianco a lei, una sua compagna di tennis, prima che potessi rispondere.

Bree mi posò la testa sulla spalla. «Non ci posso credere che questa è l'ultima festa. Sono triste».

«Non è l'ultima festa, Bree. Torneremo in autunno».

«Hai ragione, però uffa».

«Sentirai la mancanza di Walter?» Scoppiai a ridere. Bree si era finalmente liberata della sua verginità con uno del secondo anno di nome Walter. Si frequentavano, ma senza impegno.

«*No*». Mi diede una gomitata tra le costole. «Però non ho voglia di passare tre mesi *a casa*».

«Capisco che vuoi dire» dissi, anche se io, per una volta nella vita, ero quasi contenta di tornare a casa. Anche Stephen sarebbe tornato a casa sua, a Bayville, nel mese di giugno – a soli venti minuti da Cold Spring Harbor – prima di cominciare il suo stage a Washington. Mi avrebbe portato sulla barca di un suo amico nel Long Island Sound, e mi aveva anche invitato ad andarlo a trovare a Washington per il fine settimana del 4 luglio. Avevamo cominciato a fare dei veri progetti, come una vera coppia. Il solo pensarci mi faceva sorridere.

«Dov'è il tuo amante?» chiese Bree, leggendomi nel pensiero.

«Sta salutando un po' di gente».

Con la coda dell'occhio, avevo avvistato Diana in fila per il Jungle Juice. A ogni festa a cui andavo, non potevo fare a meno di notarla e osservare ogni suo minimo dettaglio, i suoi capelli ricci, le sue gambe affusolate e la sua sicurezza. Ero ossessionata, volevo capire esattamente cosa ci fosse in lei che Stephen aveva trovato tanto attraente. Aveva gli occhi truccati e indossava un gonnellino di paglia con un crop-top bianco. La studiai mentre chiacchierava con qualcuno in fila, le braccia conserte sulla pancia. I suoi addominali scoperti mi turbarono – era più magra e più tonica di quanto avessi immaginato. Anche se Jackie e Pippa dicevano che secondo loro Diana era abbastanza ordinaria, sapevo che era carina, doveva per forza esserlo. Aveva grandi occhi scuri e un'aria atletica e graziosa, oltretutto dava l'idea di essere assolutamente impavida, come se non gliene fregasse niente di nessuno. L'avevo sorpresa più volte a fissarmi di rimando, senza vergogna, il suo odio nei miei confronti evidente e pienamente giustificato. Se fossi stata in lei, anche io mi sarei odiata.

Vidi Stephen emergere dalla cucina e farsi strada tra la folla, superando la fila dove si trovava Diana. Lo guardai mentre con la mano le sfiorava la schiena, un gesto impercettibile ma allo stesso tempo impossibile da non notare. Il mio stomaco fece una capriola, chiusi gli occhi. Un istante dopo, Stephen stava salendo le scale insieme a Wrigley e Diana stava riempiendo il suo bicchiere di plastica. Ero ubriaca e forse avevo semplicemente immaginato quella carezza. Oppure no. Forse Stephen pensava che Diana fosse la donna della sua vita, d'altronde era bella e affascinante, e quindi era ovvio che l'amasse ancora. Oppure quello sfioramento era stato del tutto involontario e causato dalla massa di gente. Perlustrai con gli occhi la sala, dove in effetti tutti si urtavano e spingevano a vicenda.

Vidi Stephen sparire in cima alle scale e quando tornai a guardare Diana mi accorsi che anche il suo sguardo lo stava seguendo. Odiai il fatto che entrambe lo stessimo tenendo d'occhio. Odiai avere questo in comune con lei.

Qualcuno al bar stava facendo circolare una bottiglia di Fireball e quando venne il mio turno diedi una lunga sorsata: il Fireball era sin troppo facile da mandare giù. Poi qualcuno cominciò a scattare delle foto di noi seduti sul bancone del bar con le gambe penzolanti e io feci del mio meglio per tirare in dentro la pancia, sperando che le mie cosce non sembrassero grosse, perché sapevo che quelle foto sarebbero finite su Facebook. La bottiglia passò di mano in mano fino a quando delle ragazze dell'ultimo anno non ci cacciarono dal bancone, perché il bar a quanto pare era il loro territorio, e qualcuno cominciò una partita di beer pong con i bicchieri di Jungle Juice.

Il tempo passava e io ero sempre più ubriaca. Aspettai che Stephen ricomparisse, ma lui non ricompariva.

«Hai visto Stephen?» chiesi agli altri giocatori di beer pong, ma nessuno mi dava ascolto. Guardai l'orologio ed erano le due del mattino, per cui abbandonai senza vergogna la partita, perlustrando la stanza alla ricerca della sua camicia rossa sgargiante. Ero un fascio di nervi. Ma tutti alla festa indossavano sgargianti camicie hawaiane e Stephen non era da nessuna parte. Poi nella mia nebbia alcolica ricordai che era salito al piano di sopra.

«Lucy!» Topher Rigby mi intercettò alla base delle scale e si offrì di riempirmi il bicchiere. Jackie e Topher erano cresciuti insieme nel Connecticut e lei mi aveva detto un centinaio di volte che a lui piacevo molto, ma era troppo basso e, comunque, stavo con Stephen. Mi infastidiva il modo in cui Jackie cercava continuamente di affibbiarmi Topher quando era *evidente* che stavo con Stephen.

Topher afferrò il mio bicchiere prima che potessi rispondere. Cominciò a parlarmi della squadra di lacrosse. Non faceva che vantarsi del suo ruolo nella squadra, forse per compensare la sua bassa statura. Rimasi a guardarlo mentre blaterava, la cima dei suoi capelli crespi mi arrivava sì e no alla fronte. Aveva una faccia tutto sommato decente, se fosse stato più alto sarebbe stato anche carino.

«Devo andare» dissi, interrompendolo. «Ci vediamo, Topher».

Mi precipitai su per le scale. Avevo una missione. Poggiai il mio bicchiere di Jungle Juice per terra perché sapevo che se avessi bevuto anche solo un altro sorso avrei vomitato.

*

Controllai ciascuna delle stanze da letto finché non ne trovai una occupata: vidi la testa bionda di Wrigley china su un libro coperto di coca. Guardai in giro per la stanza, perché se Wrigley e la coca erano lì, di sicuro da qualche parte nei paraggi ci sarebbe stato anche Stephen. Ma nessuna delle tante facce che affollavano la camera era la sua. Sconcertata, controllai meglio. Wrigley mi chiese se volevo tirare e io scossi la testa. Gli chiesi se aveva visto Stephen, ma disse di no.

«Era qui, prima».

Tornai in corridoio e avvertii l'effetto combinato del Fireball e del Jungle Juice, mescolati nel mio stomaco vuoto, desiderando per una volta di essere capace di mangiare qualcosa perché forse, se avessi mangiato, non sarei stata così *ubriaca*, senza contare la coca. Continuai a camminare lungo il corridoio, per poi fermarmi di colpo una volta svoltato l'angolo: eccolo lì, con la camicia rossa. Le sue braccia erano strette intorno alla vita di una ragazza dai capelli ricci con un top bianco e un gonnellino di paglia. La strinse forte e poi la baciò. La baciò in quel modo perfetto in cui aveva baciato me, solo poche ore prima.

La mia vista si annebbiò come quando, a otto anni, ero caduta dal grande albero di noce del nostro giardino. Ero atterrata sulla schiena, di peso, e per un minuto buono ero rimasta lì, a fissare il cielo azzurro tra i rami, incapace di respirare. Georgia, che era ancora sull'albero, aveva cominciato a gridare e CJ si era precipitata fuori di casa in accappatoio. Aveva urlato a mio padre di chiamare un'ambulanza, ma all'improvviso un soffio d'aria miracoloso mi aveva nuovamente riempito i polmoni, proprio mentre CJ si chinava su di me, stringendomi le mani tra le sue, bagnandomi il viso di lacrime.

Per tutta la vita ho pensato di essere una tosta – una persona dotata di coraggio – ma quando aprii la bocca per dire qualcosa a Stephen, per gridare, insultarlo, dalle mie labbra non uscì alcun suono. Le mie corde vocali erano annodate come il filo di un palloncino. Così mi trovai a riattraversare in punta di piedi il corridoio e a scendere le scale, il cuore congelato nel petto, finché una sorta di déjà vu non mi colpì con la forza di un treno in corsa: stavo guardando CJ che cavalcava Gabe Petersen, le mani di lui affondate nella curva della schiena sudata di lei, e mi sentii paralizzata dal dolore, come se qualcuno mi avesse ficcato un coltello in pancia. Ancora una volta, avanzavo giù per le scale cercando di non far rumore, solo che questa volta le scale non erano ricoperte da costosa moquette italiana, erano solo vecchie assi di legno, su cui i miei piedi slittavano, e capii che stavo cadendo prima ancora di percepire il mio corpo che scivolava, picchiando con un colpo sordo su ciascun gradino finché non atterrai come un fagotto in fondo alla scalinata. Sentii il brusio della stanza spegnersi di colpo, e tutti che mi fissavano; non ero certa di riuscire ad alzarmi in piedi.

Delle braccia maschili – credo fossero di Stuart – mi sollevarono da terra. Pippa disse: «Ci penso io, grazie» e mi risistemò quello stupido pezzo di sopra del bikini.

«Lucy, dove sono le tue scarpe?»

Non ne avevo idea e non me ne importava niente. Mi veniva da vomitare. Provai a dire a Pippa di Stephen e Diana, ma sapevo che non si capiva niente di quello che dicevo.

«Ti porto a casa. Andiamo a casa e ne parliamo».

«Devo vomitare, Pip».

«È tutto okay, stiamo tornando a casa».

Scossi la testa e sentii le gambe farsi molli. Non riuscivo a scacciare l'immagine di Stephen e Diana che si baciavano e dovevo davvero, davvero vomitare...

Pippa mi tenne indietro i capelli mentre vomitavo dentro un cespuglio fuori dalla casa dei Sigma Chi. «Va meglio?» mi chiese dopo.

Annuii. «Penso di sì».

«Ho chiamato la navetta. Arriverà presto».

«Ma siamo vicinissime al dormitorio».

«Non ti reggi in piedi, Lucy. E ho anche ordinato la pizza».

«Non ho fame».

«L'unica cosa che ti è uscita dallo stomaco è Jungle Juice. Per cui ora ti mangerai una cazzo di pizza».

«Non posso ancora crederci, Pip».

«A cosa non riesci a credere?»

«Stephen e Diana».

«Si stavano davvero baciando?»

«Sì».

«Merda».

«Già».

«Magari era molto ubriaco. Tipo, fuori di testa».

«Forse. Cosa farò adesso?»

«Non lo so. Ci penseremo». Pippa mi allungò una bottiglietta d'acqua. Era più carina del solito, con un vestito bianco fluente e i capelli neri sciolti sulle spalle. Era un'amica meravigliosa, e questo mi faceva sentire anche peggio.

«Non serve che lasci la festa anche tu, Pip. Resta, starò bene».

«Non dire sciocchezze, ti porto a casa. Tanto è tardi, e Wrigley è completamente fatto e mi sta dando il tormento».

Fissai le crepe del selciato e sentii gli effetti della coca che andavano esaurendosi. Non appena la serotonina avesse abbandonato le mie sinapsi, mi sarebbe venuto un mal di testa pazzesco.

Dopo quelle che sembrarono mille ore, la navetta finalmente arrivò. Io e Pippa salimmo a bordo, sistemandoci sui sedili posteriori. L'odore di deodorante al pino mi stava facendo venire di nuovo la nausea. D'improvviso, lo sportello laterale si spalancò.

Accadde tutto così in fretta che non riuscii a reagire. Stephen e Diana salirono a loro volta sulla navetta e si sedettero nella fila centrale, davanti a me e Pippa.

«L'angolo tra la Logan e la Grove, per favore» disse Diana con una voce che non riconobbi, perché non l'avevo mai sentita.

Aprii la bocca per dire qualcosa, ma le mie corde vocali si erano di nuovo pietrificate e non ne uscì alcun suono. La navetta partì.

Dal modo in cui le tempie di Pippa stavano pulsando capii che stava per fare qualcosa – era piuttosto rissosa in situazioni come queste.

«Ma mi prendi per il culo?» esclamò alla fine a voce alta, quasi urlando.

L'autista ci guardò dallo specchietto retrovisore. Diana lanciò a Pippa un'occhiataccia, ma Stephen continuò a voltarci le spalle. Trattenni il respiro, troppo sbalordita per muovere un muscolo. Com'era possibile? Nemmeno due ore prima io e Stephen eravamo in quel bagno insieme. Aveva avvicinato la droga al mio naso, mi aveva messo la lingua in bocca e una mano – quella stessa mano che ora era in questo van – dentro di me. Nemmeno quindici ore prima eravamo nel suo letto, le gambe nude intrecciate dopo una scopata mattutina, mentre mi raccontava della barca del suo amico Carl, la *Kiss me Kate*, un motoscafo ormeggiato nel canale del Long Island Sound. 'Carl non la usa mai, so dove tiene le chiavi. Faremo un giro e un po' di sci nautico e ci prenderemo una birra – il primo weekend che siamo entrambi a casa'.

La navetta si fermò davanti a casa di Diana. Lei aprì il portellone e scese per prima, e la nuvola castana dei suoi capelli mi sfiorò il viso. Quando Stephen fece per seguirla, Pippa si piegò verso di lui e cominciò a sferrargli pugni sulla schiena con tutta la forza che aveva. Gli prese la testa e la spinse contro il sedile e con le unghie gli artigliò il collo. «Fanculo! Fanculo!» gridò. «Pezzo di merda!»

Anche l'autista prese a urlare, intimando a Pippa di calmarsi. Stephen non disse niente: teneva lo sguardo fisso altrove mentre schivava i pugni di Pippa e scendeva dall'auto.

'Farai meglio a metterti il tuo bikini nero. Sono serio, Lucy, è un appuntamento. Il primo di tanti appuntamenti estivi, spero'.

Arrotolai intorno all'indice il laccio del mio bikini nero, quello che avevo indossato al Luau per Stephen. Tante cose possono cambiare in quindici ore, scoprii quella notte. Restai a guardarlo mentre entrava in casa di Diana, chiudendo la porta dietro di sé.

18
Stephen

Luglio 2011

Mia zia Amy – la sorella di mio padre – aveva insistito per organizzare un pranzo esagerato per festeggiare il cinquantottesimo compleanno del fratello. Avrei capito se si fosse trattato del sessantesimo o di un qualche altro anniversario importante ma, secondo Amy, dovevamo fare tutti uno sforzo perché 'tuo padre sta vivendo un momento difficile' – e questo a dispetto del fatto che erano passati dieci cazzo di anni dal divorzio e che continuare a incoraggiare il vittimismo di mio padre era controproducente e pure un po' patetico. Ma ho imparato che in famiglia è meglio tenersi certe opinioni per sé, per cui non dissi una parola quando Amy annunciò che aveva invitato venticinque persone a casa *nostra*, senza curarsi di chiedere il permesso a mio padre, nonostante lei abiti a dieci minuti di distanza.

Stavo trascorrendo l'estate a casa di mia cugina Vivian (la figlia di Amy) e del suo fidanzato Rod a Washington, dandomi da fare col mio stage alla Steptoe & Johnson, stage che avevo ottenuto grazie a Vivian e per tramite di un amico avvocato di Rod che lavorava per lo studio. Era un lavoro di merda, ma la Steptoe era oro sul curriculum.

Per cui Rod, Vivian e io eravamo andati a Long Island da Washington per il fine settimana, nonostante il traffico mortale, e io avevo passato tutto il viaggio ad ascoltarli discutere della loro lista di nozze. Sei ore di disamina di tutti i tipi esistenti di portacandele mi fecero desiderare di gettarmi giù dall'auto in corsa. Quando finalmente mi lasciarono davanti casa a Bayville era così tardi e io avevo assorbito talmente tante informazioni sui servizi di piatti che quasi non riuscivo a tenere gli occhi aperti.

Mi risvegliai in una di quelle perfette mattine d'estate piene di sole, in cui prima ancora di aprire gli occhi percepisci un bagliore rossastro dietro le palpebre, senti gli uccelli cantare e sai che il tempo sarà bello tutto il giorno. Rimasi a letto per un po', appoggiato sui cuscini, e contemplai la camera della mia infanzia. Tutto era esattamente uguale a com'era quando avevo nove anni: i trofei di plastica dorata delle partite di calcio in fila su uno scaffale polveroso, le tende bianche e azzurre dei New York Yankees, il poster incorniciato di Eli Manning sopra la testiera del letto. Avevo detto a mio padre di liberarsi di tutta questa roba, di trasformare la stanza in una palestra o uno studio, qualcosa di utile, ma lui si era rifiutato, e quindi pareva ancora la cameretta di un bambino prepubescente fanatico degli sport. Immagino che lo rendesse felice cercare di fermare il tempo, fingere che fossimo ancora tutti e tre nelle nostre stanze, con nostra madre al piano di sotto intenta ad ascoltare jazz a tutto volume ed esercitarsi per diventare una concorrente di *Jeopardy*!, bevendo gin e ignorandolo. Avere quella donna dentro casa lo aveva fatto sentire completo, anche se mai davvero felice. È curioso come tanta gente finisca per trovare conforto, forse persino soddisfazione, nella propria tristezza.

Mi alzai infine dal letto, feci una doccia tiepida e scesi in cucina dove trovai mio padre chino sui fornelli; stava friggendo delle striscioline di bacon, per cui tutto il piano di sotto profumava di paradiso. Mio padre è un omone robusto. «Ha le ossa grandi» diceva mia madre quando stava attraversando la fase 'maniacale e schietta', per poi di solito arricciare le labbra e aggiungere: «Come te, Stephen».

Anche zia Amy era in cucina, e aveva già cominciato a preparare il pranzo. Li abbracciai entrambi e augurai buon compleanno a mio padre, dopodiché mi versai una tazza di caffè e uscii sul portico a gustarmi il calore del sole sulla faccia.

Skipper, il nostro golden retriever, mi gironzolò intorno annusandomi le caviglie.

«Buono, Skip» lo allontanai. Non mi piacciono granché i cani e, a essere sincero, non capisco come faccia la gente a impazzire per loro. Skipper è più che altro un fastidio perenne, sempre a caccia di attenzioni.

Alzai il viso verso il sole. Dio, che caldo faceva. Ebbi un'improvvisa voglia di fare un giro sulla barca di Carl, come ai vecchi tempi in cui portavamo la *Kiss me Kate* sul canale e ci bevevamo insieme un paio di birre.

Il pensiero di Lucy mi balenò d'improvviso nel cervello, probabilmente perché avevo questa fantasia di fare sesso con lei su una barca. Non so perché, in realtà; forse perché è il tipo di ragazza che avrebbe un'aria molto sexy su una barca.

La città di Lucy, Cold Spring Harbor, distava appena venti minuti da Bayville. Mi domandai se fosse a casa. Considerai l'opportunità di mandarle un messaggio, commentare il tempo bellissimo e magari aggiungere qualche complimento. E forse un cenno alla barca. Lucy era una drogata di complimenti. Non ci eravamo più parlati dalla notte del Luau, dallo sfortunato incidente della navetta, e per quanto ne sapevo era molto probabile che mi odiasse a morte. Non era il caso di cercare rogne con lei durante l'estate: meglio aspettare che ricominciasse il college per valutare l'entità del danno.

Sorseggiai il mio caffè, nero come sempre, e contemplai il cielo senza nubi. Il mio flusso di coscienza fu interrotto dalla voce di Luke, che aveva varcato la soglia di casa insieme a quella bomba sexy della sua ragazza, Kathleen.

«Ti va di fare un giro sulla barca di Carl?» chiesi alla mia sorellina, Sadie, sulla sdraio accanto alla mia.

«Non c'è tempo!» gridò Amy dalla cucina. Quella donna è come Dio, cazzo, sente tutto.

«Ma sono le undici e mezza!» gridai in risposta.

«Gli ospiti arriveranno tra due ore, Stephen. Puoi renderti utile aiutando in cucina, non spassandotela con la barca di Carl».

La zia Amy sa essere una vera stronza quando è stressata, ed è pure peggiorata da quando mia madre è uscita di scena. Non aveva alcun senso invitare venticinque persone per il compleanno di mio padre, quando l'unica cosa di cui mio padre aveva davvero bisogno era una bella scopata.

A quanto pare, il fatto che fossero trascorsi dieci anni esatti da quando mia madre se ne era andata di casa marcava una ricorrenza di fronte alla quale dovevamo dimostrarci sensibili, secondo Amy, anche se non capivo in che modo potesse giovare sottolineare quanto mio padre fosse ancora disperato dopo tutto quel tempo.

Mia madre non è mai stata particolarmente brava a fare la madre: la sua patologia finiva sempre per avere la meglio. Un paio d'anni prima di ricevere la diagnosi lasciò 'accidentalmente' Luke ai giardinetti di Bayville, e lui aveva appena un anno. Lo lasciò lì e basta. Salì in macchina e sfrecciò via, convinta di aver visto un suo amico d'infanzia morto anni prima. Scomparve per ventiquattr'ore. Una signora trovò Luke seduto nel suo passeggino al parco e chiamò la polizia.

Mio padre sapeva a cosa andava incontro quando decisero di fare un terzo figlio, per questo non provo pena per lui. Ma lei diventava sempre più pazza. Se avesse preso le sue medicine forse le cose sarebbero state diverse, ma lei non lo fece, perché diceva che la facevano sentire 'spenta'. Quando sparì insieme a Sadie per una settimana, qualcosa in mio padre finalmente si spezzò; per la prima volta diede retta agli altri e chiese il divorzio. Ma da quel momento viveva in un mondo di fantasia, un mondo nel quale mia madre sarebbe tornata a essere quella segretaria non bipolare dagli occhi verdi di cui si era innamorato nel 1982, e avrebbe restituito i nostri risparmi per il college. Ed è così che ogni sera, quando la realtà gli ricorda che tutto questo non accadrà mai, che mia madre sarà sempre una pazza conclamata per niente interessata a gestire la sua malattia, e che lui è sovrappeso, invecchiato, intrappolato in un impiego da contabile senza sbocchi, scivola un po' più a fondo nella sua depressione. Per tutti questi motivi, i momenti in famiglia tendevano a essere un po' una palla. Era meglio cominciare a bere.

Finii con un sorso il mio caffè e rientrai per salutare Luke e Kath. Conoscevo Kathleen da cinque anni, da quando lei e mio fratello si erano messi insieme. È assurdo, lui non l'ha mai tradita.

Kath mi baciò su entrambe le guance – forse pensava di essere in Francia – e io cercai di non lasciar cadere lo sguardo sulla sua profonda scollatura.

Mi preparai un forte Bloody Mary prima che zia Amy mi costringesse a disporre un mucchio di minuscoli tramezzini al cetriolo portati da Kathleen su un vassoio. Non capirò mai il senso di quei cosi, sembrano fatti d'aria. Potrei mangiarne un centinaio e rimanere con la fame. Versai altra vodka in quel che rimaneva del mio Bloody Mary e poi me ne preparai un altro, approfittando di un momento di distrazione di Amy.

Alle due erano già arrivati quasi tutti. Perlopiù erano parenti, c'era poi qualche coppia ancora felicemente sposata della provincia di Nassau, mentre le restanti erano le amiche divorziate di zia Amy, i cui figli avrebbero passato il fine settimana con i loro ora ex mariti e le loro nuove e giovani matrigne. Queste sono le donne con cui Amy spera da anni di accasare mio padre, ed è facile riconoscerle: sono tutte sulla cinquantina abbondante e hanno un'aria triste e un po' sbiadita. Indossano vestiti ampi che non gli donano e hanno smesso da tempo di tingersi quei covoni crespi e ingrigiti che hanno in testa. Non c'è da stupirsi che i loro mariti abbiano preferito scoparsi una trentacinquenne sexy, piuttosto che continuare a mandare giù una pasticca di Viagra e chiudere gli occhi. Per quanto pazza, mia madre è molto più bella di queste befane, e sapevo che mio padre non sarebbe stato interessato.

Ci stringemmo tutti intorno al lungo tavolo apparecchiato a regola d'arte che Amy aveva affittato e fatto sistemare sul patio. Decisi di passare al vino rosso. Anche nelle giornate d'estate più calde, resto un tipo da rosso.

Sadie aveva realizzato degli stupidi segnaposto su cui aveva incollato varie foto di mio padre, e mi aveva messo a sedere tra una delle divorziate e mio zio Daniel, il marito di Amy, uno che ti intrappola in tediose conversazioni su cose come la guerra di secessione o i motivi per cui ha mandato i suoi figli a una scuola privata.

Luke e Kathleen erano seduti di fronte a me, all'ombra dell'acero, mentre io mi stavo squagliando le palle sotto il sole. Luke insiste sempre perché Kathleen sia seduta accanto a lui alle riunioni di famiglia. Vuole che si senta a proprio agio. È stranissimo: pare le stia appiccicato con la colla. Non riesce a prendere una sola decisione senza coinvolgerla. Se gli chiedessi come preferisce le uova, probabilmente avrebbe bisogno di consultarsi con Kathleen. L'estate precedente mi aveva confidato che intendeva sposarla. Io gli chiesi come faceva a esserne così sicuro e lui mi aveva risposto, testuali parole: «Perché so che darei la vita per lei» come se questa fosse una cosa normale da dire. Sono del tutto a favore dell'avere una ragazza, ma chi mai darebbe *la vita* per qualcun altro? Io non morirei per una ragazza più di quanto mi scoperei la nonnetta divorziata seduta accanto a me. So bene che se dicessi questo a Luke lui non farebbe altro che darmi una pacca sulla spalla e dire: 'Stephen, è perché non hai ancora incontrato quella giusta'. E a quel punto sorriderei cordialmente e risponderei: 'Sì, probabilmente hai ragione. Grazie, Luke'.

La verità è che non proverò *mai* per una ragazza quello che Luke prova per Kathleen. Nemmeno per quella che finirò per sposare. Scommetto che la maggior parte della gente in realtà la pensi come me, che finga il 'grande innamoramento'. Ma Luke no. *So* che Luke non finge, e questo è al tempo stesso folle e un po' triste. È facile vedere come i nodi emotivi di qualcuno si riflettono nelle convinzioni a cui sono più ciecamente aggrappati. Luke è il tipo di persona che giudica se stesso sulla base dei suoi sentimenti e su cosa significano per lui quei sentimenti. Misura il suo valore a partire dalle scelte che considera morali. Ha accettato un lavoro mediocre nel settore finanziario appena uscito dal college, un impiego a cui probabilmente rimarrà legato per tutta la vita mentre Kathleen innaffia le piante. Faranno un paio di figli, e lui pulirà i loro culi e raccoglierà gli spaghetti che rovesceranno per terra. Non vivrà mai una vita più grande di questa.

Mentre aspettavamo tutti di mangiare, colsi l'occasione per osservare Luke e Kathleen, che parevano essersi dimenticati della presenza di altre persone nella stanza. Trovo istruttivo studiare il modo in cui le coppie interagiscono tra loro.

Avevano entrambi bevuto un paio di bicchieri di vino prima di mettersi a tavola, e ora erano praticamente avvinghiati. La mano di Luke era posata sulla nuca sottile di Kathleen, infilata tra i capelli di lei, mentre Kathleen non faceva che strofinare il naso e le labbra intorno all'orecchio di Luke, stringendogli una coscia. 'La mano dietro il collo: tutto chiaro. Ben fatto, Luke. Una mossa di classe, ma comunque sexy. Affettuoso ma senza esagerare. Siete chiaramente affiatati. Vi amate profondamente'.

Kathleen è minuta, ha i capelli corvini ed è bella da morire: tanto bella che pare un'ingiustizia. È patetico che alcune persone, persone che sono felici perché sono belle, siano invece convinte che la loro felicità sia dovuta a come sono interiormente. Sono felici solo perché tutti non fanno che dire loro che sembrano top model. Tutti vogliono essere belli come top model.

La gente non fa che dire a Luke quanto sia stato fortunato a trovare Kathleen, cosa che probabilmente è vera. Però anche Luke è un bel ragazzo. Più bello di me. E decisamente più in forma.

A un certo punto Kathleen smise per un attimo di leccare il collo di Luke e si girò verso di me, salvandomi da un'atroce conversazione con lo zio Daniel sulla battaglia di Fredericksburg. Non sto scherzando, è ossessionato dalla guerra di secessione.

«Scusami un momento» dissi a Daniel. «Dicevi, Kathleen?»

«Stevie, volevo sapere della tua vita amorosa. Frequenti ancora... Diana, giusto?» Sbatté le ciglia. Kathleen è il tipo di donna che sa di essere sexy e si impegna sempre affinché lo sappiano anche tutti gli altri, persino il fratello minore del suo ragazzo.

«Sì, Diana» risposi. «In pratica stiamo insieme».

«In pratica?» Kathleen si impiccia sempre.

«Intendo che ci siamo rimessi insieme un mesetto fa, ma abbiamo avuto un anno complicato. È una di quelle storie così, capisci, in cui ci si ama molto ma qualcosa si mette sempre di mezzo». Rivolsi a Kathleen un sorriso triste.

«E *cos'è* che si mette di mezzo, Stevie?» chiese lei, comprensibilmente incuriosita. Le avrò chiesto di non chiamarmi Stevie almeno un centinaio di volte.

«Non saprei. È complicato».

«Ma tu la ami?»

Sentii la gola stringersi e farsi secca. Il residuo di vino che avevo sulle labbra mi fece venire d'improvviso una gran sete. Ma perché Kathleen doveva immischiarsi nella mia vita sentimentale?

«Sì, certo. La amo moltissimo».

Kathleen si illuminò come se avessi appena dichiarato il mio amore a lei.

«E allora fai tutto ciò che è in tuo potere per far funzionare le cose» disse, gli occhi che luccicavano. Strinse forte la mano di mio fratello e lo guardò come se fossero Romeo e Giulietta, la personificazione dell'amore vero.

«Farò del mio meglio, puoi giurarci». Mi contorsi sulla sedia e presi un altro sorso di vino.

«Bene!» Sorrise, allontanando con un gesto un'onda di capelli neri dalla spalla abbronzata.

«Voi due sembrate molto felici. Siete d'ispirazione». Lo dissi solo per alimentare il suo ego, e il suo affetto, per me. Non può certo nuocermi il fatto che Kathleen mi trovi un cognato fantastico.

«Tuo fratello è così dolce, Lukey».

Luke mi sorrise calorosamente.

Per fortuna fummo interrotti da mio nonno, che non cammina quasi più ma era volato qui dalla sua residenza per anziani in Florida pur di non perdersi il cazzo di cinquantottesimo compleanno di mio padre. Si schiarì la voce per dire una preghiera, nonostante questa non fosse affatto una ricorrenza religiosa. Dopo che il vecchio ebbe finito di recitare un Padre Nostro e benedire una cinquantina di amici 'che non sono più tra noi' citandoli per nome uno a uno (in sintesi: mia nonna e un mucchio di vecchi morti che nessuno aveva mai sentito nominare), finalmente iniziammo a mangiare.

Adoro il cibo tanto quanto amo il sesso. Persino quando sono sazio, quasi non sopporto di non poter averne ancora. Il mio appagamento non mi appaga mai fino in fondo. È un insopportabile circolo vizioso, senza fine, che io bramo sempre e comunque. A volte quando mangio sono così assorto nell'atto del mangiare che dimentico il mio nome, perso nel piacere che sto provando. Inoltre, mangiare non implica il dover gestire i sentimenti altrui alla fine.

Era un tipico pranzo in stile DeMarco, e devo riconoscerlo ad Amy: quella donna sa cucinare. Mi servii generose porzioni di tutta la roba migliore: spaghetti al ragù, braciole, lasagne con le polpettine, melanzane alla parmigiana, insalata caprese e il famoso, burrosissimo pane all'aglio di Amy. Kathleen si ingozzò con i suoi tramezzini al cetriolo – il piatto meno appetitoso dell'intero menù – probabilmente perché ciascuno conteneva circa una caloria.

Cantammo tutti insieme *Tanti auguri a te*, e Luke tagliò la torta al cioccolato, preparata da una delle divorziate. Fu un bel banchetto, considerando anche tutto il vino, e alla fine mi sentii così pieno che quasi non riuscivo a muovermi.

Come dopo il sesso, dopo una grande mangiata tendo a sentirmi spossato. Sorseggiai il mio vino e, facendo vagare lo sguardo tra la gente seduta intorno al tavolo, cominciai a sentirmi un po' strano. Ogni tanto mi succede di provare questa tristezza un po' ansiosa, per cui ho imparato a riconoscerne l'arrivo. È un'irrequietezza le cui radici sono impossibili da identificare. Quel giorno in particolare ero disturbato dalla visione di Luke e Kathleen di fronte a me. Per cui guardai oltre loro due, verso Vivian e Rod, le loro mani intrecciate sul tavolo, un sorriso ebete dipinto sulle facce. Vivian e Rod erano un'altra coppia che stava insieme da una vita.

Rod ha insegnato a me, Vivian e Luke a fare surf circa otto anni fa a Westhampton. Mio nonno ha una casa lì, sull'oceano, e da piccoli ci andavamo ogni estate. È la classica casa al mare, del tipo che non ha mai abbastanza posti letto per tutti, dove zie e zii e cugini e amici stanno tutti ammucchiati, e qualcuno finisce sempre col dover dormire sul divano o su un materasso gonfiabile e a volte tocca pure piantare qualche tenda in giardino. Avevo tredici anni la prima volta che Rod venne al mare insieme a Viv. Me lo ricordo ancora, in piedi accanto a me mentre ero sdraiato sulla tavola, ricordo come la teneva ferma mentre le onde dell'oceano lambivano la liscia superficie di fibra di vetro. Non appena vedeva avvicinarsi un'onda buona, diceva: «Okay, questa è quella giusta. È ora di nuotare, Stephen!» per poi spingermi dentro l'onda un istante prima che si infrangesse e gridare: «Nuota, nuota, nuota!» Ripetevamo la procedura fino a che non riuscivo a cavalcarne una, mentre Luke e Viv ne avevano già prese moltissime.

Il pensiero che mia cugina fosse stata con lo stesso ragazzo per più di otto anni intensificò quel senso di agitazione che mi aveva preso allo stomaco. Continuavano a tenere le mani intrecciate sul tavolo mentre Vivian chiacchierava con la zia Barbara seduta alla sua destra, e Rod parlava con Christina, la sua futura cognata. Era la loro posizione di default, così chiaramente istintiva nel modo in cui le loro dita se ne stavano poggiate su quelle dell'altro. 'Dev'essere questo' pensai 'che intende la gente quando parla di intimità'.

A quel punto cominciai a non sentirmi affatto bene. Il nervosismo si era irradiato dallo stomaco verso la testa, e oltre all'ansia sentii che la mia mente stava scivolando verso un luogo oscuro. Un languido tunnel. La stanza in cui mi trovavo si fece annebbiata e distante. Desiderai che tutta quella gente se ne andasse e basta.

Ma il peggio venne subito dopo, quando l'immagine di quella chioma di capelli rossi e lucenti tornò a occupare il centro dei miei pensieri, come fa sempre. I capelli, di un rosso intenso, lucente, vividissimo, ammassati contro la pelle scura del sedile della Jeep. La sua Jeep. La cerniera dei miei pantaloni abbassata. Il sangue intorno alla sua bocca. Il dente di un bianco perlaceo che le giaceva in grembo, sepolto tra i frammenti di vetro. La radio che ancora suonava *Zombie* dei Cranberries. Il lavorio meccanico delle mie mandibole. L'odore dolciastro di gomma da masticare alla fragola. Non mi piace ripensare all'incidente, ma ogni volta che il ricordo torna a impossessarsi della mia mente, non c'è modo di mandarlo via.

Avevo bisogno di aria fresca. Bevvi un lungo sorso di acqua fredda e sperai che questo umore cupo mi lasciasse al più presto. A un certo punto se ne andava sempre, ma a volte durava per ore, come se qualcuno bussasse ripetutamente a una porta dentro la mia testa, per farmi una domanda a cui non avrei mai saputo rispondere perché non capivo quale fosse.

Per un attimo pensai di andare al piano di sopra e chiamare Diana, magari mi avrebbe fatto sentire meglio. Era finalmente tornata a essere la mia ragazza. Ma sapevo che chiamare Diana non mi avrebbe fatto sentire proprio niente.

Guardai mio padre, il festeggiato, seduto a un capo di questa lunga e vivace tavolata. Mille chiacchiere si levavano intorno a lui, scoppiavano risate, i piatti passavano di mano in mano, le forchette tintinnavano. Indossava una camicia tutta spiegazzata, i suoi capelli grigi si stavano diradando. Un palloncino rosso e deprimente era stato legato allo schienale della sua sedia. La fetta di torta che aveva nel piatto non era quasi stata toccata. Stava facendo finta di ascoltare una conversazione ma non disse una parola, la sua bocca una linea dritta e stretta, gli occhi vuoti e persi. Sospirai di sollievo. Per una qualche ragione, vederlo così mi fece sentire un po' meglio.

19
Lucy

Luglio 2011

CJ mi stava aspettando nel parcheggio della stazione ferroviaria di Cold Spring Harbor, a bordo della sua gigantesca Lexus nera, con indosso giganteschi occhiali da sole e sorseggiando caffè freddo da un bicchiere gigantesco. Avevo passato la notte in città con Lydia, Helen e tutta la compagnia di amici fighetti del liceo per festeggiare il compleanno di Kelsey Nelson al Dorrian's. Non sopporto il Dorrian's, ma gli altri vogliono sempre andare lì.

«Io e papà andavamo sempre al Dorrian's!» cinguettò CJ mentre tornavamo a casa.

Ovvio che ci andassero. Dorrian's è il bar più *preppy* dell'Upper East Side. Mugugnai una risposta: la notte prima avevo bevuto troppo per trovare la forza di immaginarmi i miei genitori ventenni che se la spassavano in giro per Manhattan.

«Ti sei divertita, Lucy?»

«Mah».

«C'era anche Parker con voi?»

«Già».

«E com'è andata?»

«Sono abbastanza certa che mi odi».

«Be', non si può dire che tu abbia gestito al meglio la situazione, Lucy. Era davvero sconvolto. Ne ho parlato a lungo con sua madre».

«È venuto con la sua nuova ragazza, per cui penso che se la stia cavando benissimo». Appoggiai la fronte al finestrino.

«Ha una nuova *ragazza*? Del Bowdoin? Non sapevo che avesse una ragazza».

«Nemmeno io».

«Oh, tesoro. Dev'essere stato spiacevole».

«No, CJ. Non me ne importa niente di chi frequenta Parker».

«Un po' *dovrà pur* importarti, no?»

«Per niente».

«E lei com'era?»

«Non so. Bionda. Bassina. Molto CK Bradley».

La nuova ragazza di Parker non poteva essere più prevedibile: capelli biondi tinti che le arrivavano alle spalle, chiaramente lisciati con la piastra, e uno spesso strato di fondotinta in faccia per coprire l'acne. Sfoggiava grosse perle finte e un vestito rosa a portafoglio di Diane von Furstenberg. Era la quintessenza del conformismo e della pretenziosità. Mi fulminò con gli occhi mentre discuteva con Helen della gente noiosa di Trinity, incollata al fianco di Parker come un cane guida per ciechi. Le uniche parole che Parker mi aveva rivolto in tutta la serata furono un commento sul fatto che ero dimagrita troppo, secondo lui, e a quel punto sia Lydia che Helen avevano annuito concordi.

CJ tamburellò con le dita sul volante. «Insomma, non è stata una bella serata? Non ti sei divertita per niente?»

«È stata una serata normalissima, CJ. Non so che dirti». La serata era stata una noia. L'intera estate era stata una noia. Avrei dovuto dar retta ai miei genitori e procurarmi uno stage, invece di lavorare allo studio di pilates di CJ e pensare a Stephen, a come stava, e chiedermi se fosse pentito e in quel caso perché non mi aveva mai chiamata.

CJ sistemò il suo bicchiere ormai vuoto nel comparto portavivande. «Be', Georgia è a casa! E ha portato il suo ragazzo».

«Lo so».

«Si chiama Elliot e fa canottaggio a Yale».

«So anche questo. La leggo anche io, la chat di famiglia».

«Non c'è bisogno di fare la sarcastica, Lucy. È fantastico. Non sei impaziente di conoscerlo?»

«Certo».

«Perché sei così di cattivo umore?» Si girò per guardarmi. «So che non faccio che ripeterlo, ma sei così magra». Mi strizzò l'avambraccio. «Hai mangiato qualcosa ieri sera?»

«Sì. Io e Lydia siamo andate a mangiare una pizza prima della festa».

«Ma tu l'hai *mangiata,* la pizza?» CJ parlava proprio come Jackie.

«*Sì,* CJ. Possiamo ascoltare la radio e basta?»

Alzai il volume e fissai oltre il finestrino il paesaggio familiare della East Coast, le colline basse che fiancheggiavano l'autostrada, gli alberi enormi i cui rami fronzuti parevano abbracciare la Lexus. Sulla West Coast tutto pareva più distante. C'era più cielo e più spazio per respirare. Chiusi gli occhi fino a che non sentii il rumore delle gomme di CJ che scricchiolavano sulla ghiaia.

Fuori dall'auto, l'aria di Long Island era calda e afosa. Potevo quasi sentire l'umidità entrarmi nei polmoni. Mentre entravamo in casa, CJ fece scivolare la mano nella cintura lenta dei miei pantaloncini.

«Lo vedi? I vestiti ti stanno tutti larghi. Quanti chili hai perso?»

«Solo un paio. Questi pantaloncini mi andavano già grandi». Mi divincolai dalla sua presa. Sapevo che non mi credeva, ma entrai prima che potesse aggiungere altro. Mio padre stava sciacquando i piatti in cucina.

«Papà!» Gli strinsi le braccia al collo, l'odore familiare della sua schiuma da barba mi fece venire gli occhi lucidi mentre mi dava uno dei suoi consueti bacetti volanti.

Georgia era seduta al tavolo della cucina, stava giocando a carte con Elliot. Fece uno dei suoi grandi e spensierati sorrisi. Come sempre, era bella senza alcuno sforzo. I lunghi capelli biondi le ricadevano morbidi intorno al viso a forma di cuore. Una spruzzata di minuscole lentiggini abbelliva il naso già invidiabile, con la punta leggermente all'insù, come mi sarebbe piaciuto fosse il mio. Somigliava sempre di più a CJ.

Georgia si alzò in piedi e mi raggiunse, gli occhi fissi nei miei, a pochi centimetri dalla mia faccia. Vederli fu come ricevere una coltellata: gli stessi occhi turchini che conoscevo da tutta la vita. Ripensai a com'eravamo sei anni prima, quando avevamo rispettivamente tredici e quattordici anni, quando facevamo i pigiama party a casa dei Montgomery e mangiavamo panini col burro d'arachidi e i marshmallow nel cuore della notte. Era difficile immaginare di essere le stesse sorelle di prima.

Ci abbracciammo, cosa che non ci veniva più così naturale, o almeno non a me.

«Hai i capelli lunghissimi». Prese una ciocca tra le dita.

«Lo so. Dovrei tagliarli».

«Com'è andata in città?»

«Bene» mentii.

«Questo è Elliot» disse Georgia, facendosi tutta rossa sul collo. «Elliot, questa è mia sorella, Lucy».

Elliot mi salutò con una robusta stretta di mano e il classico sorriso da ragazzone viziato dell'Ivy League. «È un piacere conoscerti, Lucy. Georgia mi ha raccontato grandi cose su di te».

Mi costrinsi a sorridere e lo guardai per bene. Non era alto, uno e settantacinque al massimo, con i capelli biondo cenere tagliati corti e una faccia da ragazzino. Indossava una polo rosa salmone e pantaloni beige, notai che portava al dito quegli anelli delle confraternite esclusive dell'Ivy League.

«Bell'anello» mentii. Dal modo in cui Elliot mi guardava, sapevo che lui sapeva che ero sarcastica.

«Grazie. È l'anello della mia squadra di canottaggio».

«Giusto. CJ mi ha detto che ti piace remare».

Strinse gli occhi, perplesso. Georgia si intromise. «Intende mamma. Lucy chiama sempre 'CJ' nostra madre». Si strinse nelle spalle e mi guardò con aria innocente.

«Si dice vogare» mi corresse Elliot.

«Vado a fare una doccia». Avevo già voglia di dare un pugno a entrambi.

Sapevo di essere stata maleducata. Di solito odiavo essere

sgarbata – mi faceva sentire piccola e squallida – ma in quella circostanza mi diede piacere. Volevo che Georgia sapesse che consideravo il suo ragazzo uno sfigato senza essere costretta a dirglielo.

«Ancora piacere, Lucy». Quando Elliot sorrideva, i suoi incisivi enormi lo facevano sembrare un castoro.

«Una doccia veloce!» disse CJ mentre correvo su per le scale. «Papà vi sta preparando i granchi!»

Fui quasi eccitata all'idea, prima di ricordare che non mangiavo più roba fritta. Avevo deciso di mangiare solo verdure e proteine fino a che non fossi scesa a quota quarantanove chili. Me ne mancavano solo tre per arrivare all'obiettivo, ma più dimagrisci e più è difficile continuare a dimagrire. Sapevo però di potercela fare. Sarei tornata al Baird più magra che mai e abbronzatissima dopo tutto il sole preso ad agosto a casa dei nonni a Cape Cod. E Stephen sarebbe stato costretto a guardarmi.

Entrai nella doccia e lasciai che l'acqua mi si riversasse sulle spalle, lavando via tutto il lerciume della città. Indossai un paio di leggings e una maglia larga, per non dar modo a CJ di fare altri commenti sulle dimensioni delle mie braccia. Il mio peso non era affar suo.

Tutti erano già seduti a tavola in sala da pranzo quando scesi al piano di sotto.

Mio padre mi notò sulla porta e sorrise. «Indovina che c'è per cena, Pepe? Ho fatto i granchi per te e per Georgia Peach».

«Sono buonissimi» disse Georgia, prima di addentare il suo secondo granchio. Georgia era magra – sarà sempre magra – ma a me essere solo magra non bastava più. Sapevo che ora pesavo meno di lei. Georgia mangiava tutto quello che voleva, entrambe lo facevamo, prima. Ci preparavamo dei panini col burro d'arachidi e il miele dopo la scuola – due a testa – e li mangiavamo mentre aspettavamo la cena, guardando una puntata di *Settimo Cielo* in tv. Avevamo il metabolismo di due squali.

«Sapete una cosa?» dissi, mentre la bugia prendeva forma nel mio cervello malato. «È successa una cosa terribile, questo semestre ho scoperto di essere allergica ai crostacei. Facevano dei test gratuiti all'ambulatorio del campus. A quanto pare mi rendono letargica». Mi servii dell'insalata in uno dei piatti di ceramica blu, insieme a un paio di patate arrosto che non avrei toccato. Le patate sono piene di amido, carboidrati inutili.

«Ma è terribile» si accigliò mio padre. «Tu adori il pesce».

«Posso mangiare il pesce, solo non i crostacei».

CJ mi guardò, i suoi occhi due fessure azzurre contornate di mascara. «Non mi pare possibile. Ti fisserò un appuntamento con il dottor Williamson. Quelle infermiere del campus non sanno un cazzo».

Georgia trasalì. Elliot spalancò quei suoi occhi bovini.

«Be', da quando ho smesso di mangiare crostacei ho molta più energia, quindi forse qualche cazzo lo sanno».

A volte non riuscivo proprio a evitare di comportarmi come la figlia peggiore al mondo. Persino mio padre aveva la delusione dipinta in faccia. Se solo avessi potuto dirgli la verità, pensai per la milionesima volta.

Ma non potevo. Avevo provato la scena nella mia testa infinite volte, cosa avrei fatto, cosa avrei detto. Avrei parlato prima con CJ. L'avrei fatta sedere, magari in soggiorno, e avrei esordito dicendole cosa avevo visto quel giorno. Chi l'avevo vista scoparsi nel letto di mio padre. Ma dopo la parte in cui glielo dico, questa scena ipotetica si interrompe sempre. Mentalmente, non riesco ad andare oltre. Non riesco a vedere la risposta di CJ. Come la morte, è un evento impossibile da immaginare. La natura umana mi impedisce di figurarmela.

Piluccai l'insalata, masticando le foglie di spinaci a una a una. Mi brontolava lo stomaco e il mal di testa da post-sbornia mi pugnalava il cervello. Elliot cominciò a parlare del suo amato canottaggio e spiegò che lui e Georgia si erano incontrati a una delle sue regate. Lei era lì a vendere torte per beneficenza sulla riva del fiume. La storia era talmente cliché che volevo vomitare. Giocherellai con la mia forchetta senza ascoltarli, finché non udii Elliot pronunciare il mio nome.

«E tu stai con qualcuno, Lucy?»

«Perché?» chiesi. «Voglio dire, no. Al momento, no».

«Al liceo Lucy stava insieme a Parker Lines» disse Georgia. «Non è che magari conosci i Lines da quando stavi in Maine, Elliot? Lucy, sbaglio o la famiglia di Parker frequenta Northeast Harbor?»

«Già».

«Mi pare un nome già sentito» cinguettò Elliot tutto contento. «I figli sono tutti maschi, vero?»

«Quattro fratelli».

«Lucy ha visto Parker ieri sera» disse CJ con aria cospiratoria, sollevando il suo bicchiere di Chardonnay. «Ha una nuova ragazza».

Mio padre sollevò gli occhi dal piatto. «Di già?»

«È passato più di un anno» risposi. «Non che me ne importi qualcosa».

«Sai, penso davvero che voi due potreste trovare un modo di rimanere amici. Magari potremmo andare a pranzo tutti insieme al Cove Club. Parlerò con Patricia».

«Per favore, non chiamare Patricia». Sospirai. CJ adora i Lines perché il signor Lines è vicepresidente della Morgan Stanley. Hanno donato loro il nuovo campo di gioco alla mia scuola.

«Insomma, nessun potenziale amore in California?» chiese Elliot di punto in bianco, i suoi dentoni sporgenti come quelli di un castoro. «Qualche esploratore montanaro? Scommetto che laggiù la fauna maschile è ben diversa».

«Purtroppo non abbastanza» risposi acida. Percepii lo sguardo di CJ posarsi su di me.

«C'era un tizio che le telefonava spesso durante le vacanze di Natale» disse CJ a Elliot. «E anche durante la pausa di primavera, a pensarci bene. Forse la cosa è evaporata. Ricevo pochissime informazioni. Lucy?»

Il mio stomaco sprofondò al sentir menzionare Stephen, e questo mi azzerò completamente l'appetito. Avrei preferito essere affamata piuttosto che triste.

«Be'...» attaccò Elliot, voltandosi verso di me. «Ho un sacco di amici single che stanno facendo i loro stage a Manhattan quest'estate. Se sei interessata» e sorrise di nuovo con quei denti da roditore.

«Lucy incontrerà sicuramente qualcuno» disse Georgia. «È solo il suo primo anno». Mi chiese scusa con gli occhi per l'invadenza di Elliot. Non capivo perché fosse ancora così carina con me nonostante il modo in cui mi ero comportata. Era proprio questo che adoravo di Georgia, anche quando facevo del mio meglio per detestarla: la sua bontà innata. Non c'erano molte persone a questo mondo così autenticamente *buone*, senza orgoglio o pretese di reciprocità, o anche solo la consapevolezza di quanto fossero buone. Una volta anche io ero un po' così. Non buona come Georgia, ma meglio di come sono diventata.

Il fatto di voler così bene a Georgia per la sua innata bontà mi fece pensare che magari non tutto era perduto, che non ero destinata per forza a un cinismo senza speranza, che forse un giorno, in circostanze diverse, sarei stata capace di comportarmi con quella stessa grazia disinteressata. Non in questa casa, certo, e non con CJ seduta davanti a me, con quel diamante da tre carati al dito che mi stava bruciando le cornee.

Per questo sarebbe stato meglio che fosse toccato a Georgia vedere quello che vidi io quel pomeriggio. Non lo dico perché le auguravo di soffrire – non avrei mai potuto – ma lei l'avrebbe affrontato nel modo giusto. Georgia è più compassionevole di me, e molto meno impulsiva. Lei non avrebbe permesso a questa cosa di rovinare tutto.

*

Un mese e mezzo dopo, la mattina prima del mio volo di ritorno per la California, CJ mi obbligò a salire sulla bilancia del suo bagno. Poggiai i piedi nudi sulla plastica fredda e il piccolo ago rosso salì, oscillando su un paio di tacche sopra al numero cinquantadue.

Cinquantatré chili? Ma com'era possibile?

CJ sedette sul bordo della vasca da bagno. La sua faccia era accartocciata come se fosse sul punto di piangere.

«Lucy». La sua voce ebbe un tremito. «Devi riprendere qualche chilo. Promettimelo».

«Sono ingrassata di due chili dall'inizio dell'estate. Mi avete ingozzato di carboidrati».

«Due chili non bastano. Hai ancora un'aria malaticcia. Penso che dovresti vedere un nutrizionista quando torni al Baird».

«È assurdo. Stai esagerando».

«Esagerando? Hai perso dieci chili da settembre! Ed eri già magra».

«Non ero *magra*» dissi, e fu un errore, perché vidi subito la preoccupazione sul viso di mia madre farsi più intensa. «Ingrasserò un po'» mi precipitai ad aggiungere.

«Hai ancora le mestruazioni?»

«Certo che sì». Un'altra bugia.

«Ho paura che tu abbia un disturbo alimentare».

«Non essere ridicola».

«Sei alta uno e settanta, e col tuo peso il tuo indice di massa corporea è diciotto. Diciotto è un valore troppo basso».

«E tu che ne sai?»

«Perché lavoro nel settore della salute».

«Sei un'insegnante di pilates».

«*Lucy!*» Gli occhi azzurri di CJ, lucidi e fissi, d'improvviso si riempirono di collera. Si alzò in piedi. «Mi sono rotta le palle del tuo atteggiamento. Per tutta l'estate ti sei comportata come una bambina viziata. È così che sei con i tuoi amici?»

CJ continuò a lamentarsi del mio comportamento, e io fissai le lisce piastrelle bianche del bagno dei miei genitori. Le fissai così a lungo che mi si annebbiò la vista. Desiderai che mi risucchiassero nel loro mare di indistinto candore.

CJ mi stava chiamando viziata, ingrata, apatica e, per una volta, sapevo che aveva ragione.

Non avevo niente da controbattere. Tornai a guardare le piastrelle bianche. Chiusi le palpebre e il pensiero di Stephen inondò l'oscurità che c'era dietro, come aveva fatto per tutta l'estate.

Sentii la presa delle sue mani sui fianchi quella sera nel bagno al Luau.

'Sei bellissima, Lucy. Cazzo'.

'Non vedo l'ora di portarti fuori in barca quest'estate. Ti piacerà'.

'Vado a salutare un po' di gente. Torno tra poco'.

E poi le sue labbra premute contro quelle di Diana, proprio davanti a me. Le loro mani intrecciate sulla navetta, come in una realtà parallela. Come se mi fossi sognata tutto.

Perché, perché, perché doveva riempirmi così la testa? E il corpo? Tutto il tempo. Fino all'orlo. Una persona così, poi. Perché? Era finita. Se anche avessi deciso di chiudere un occhio sul fatto che era uno stronzo manipolatore, non è che stesse esattamente bussando alla mia porta per scusarsi. Da allora non l'avevo mai più sentito. Era tutto così patetico.

Sentii CJ che usciva dal bagno, la sua voce che si allontanava. Stava ancora gridando che si sarebbe assicurata che vedessi un nutrizionista una volta tornata al college, come se avesse una qualche autorità sulla mia vita in California. Quando andò via chiusi la porta, mi tolsi tutti i vestiti ed esaminai attentamente il mio riflesso nel grande specchio. Il mio corpo era appena un frammento di quello che era prima. Riuscivo a intravedere le ossa delle spalle e del petto. Avevo perso una taglia di reggiseno e avevo cominciato a prendere in prestito quelli di Bree che, nonostante fosse magrissima, continuava a mangiare quello che le pareva. La mia pelle era dorata dal sole preso in spiaggia a Chatham per tutto il mese di agosto, i segni bianchi del costume da bagno appena sopra i capezzoli. I miei capelli erano striati di biondo. Ero magra ma non magra da far schifo. Ero in forma. Più in forma di Diana. E lui l'avrebbe notato per forza.

Sul tragitto per LaGuardia, CJ guidò veloce sulla Long Island Expressway e continuò a parlare senza sosta di sua cugina Linda e della sua terribile battaglia contro l'anoressia.

«È una cosa che non ha mai superato, Lucy. Ancora oggi mette solo latte scremato nel caffè. Guai se è solo parzialmente scremato. Pensa quanto è messa male qui dentro». CJ tamburellò il dito indice sulla tempia.

Fermò la Lexus sul ciglio della strada davanti all'ingresso del terminal e mi aiutò a tirare fuori le borse dal portabagagli. Mi strinse forte a sé.

«Ti voglio bene, Pepe». Quando mi lasciò andare aveva gli occhi lucidi.

Sentii anche io di essere sul punto di piangere e inforcai gli occhiali da sole. «Ciao. Ci vediamo a novembre».

«Per favore, mangia bene. Tante proteine e *carboidrati*. E chiamami quando arrivi a Los Angeles».

Trascinai il mio trolley attraverso le porte automatiche, sul pavimento nero e lucido che conduceva ai banchi del check-in. L'aeroporto odorava di chiuso. Quando raggiunsi la fila per la United mi guardai indietro: potevo ancora scorgere CJ attraverso la vetrata, in piedi sul marciapiede che mi guardava, le mani giunte davanti al petto.

20
Stephen

Settembre 2011

Ero lì che sudavo come un porco mentre studiavo il capitolo cinque del manuale d'esame per la Scuola di Legge, dedicato ai problemi di logica: 'Raggruppare problemi lineari e combinati', aspettando Diana sul patio di Giuliana's. Mancavano solo sette settimane al test d'ingresso e non potevo permettermi di perdere nemmeno un minuto di studio. Avevo già divorato due manuali preparatori durante l'estate: il mio piano era andare lì e spaccare il culo a tutti.

«Scuola di Legge?» chiese il piccolo cameriere di origini asiatiche che mi stava versando l'acqua nel bicchiere.

«Questo è il piano. Posso avere uno Scotch e Soda con ghiaccio?» Diana era *sempre* in ritardo.

«Mi hanno detto che è un esame molto difficile. Buona fortuna, bro». Da quando gli asiatici dicono 'bro'?

«Grazie. Posso avere quello Scotch e Soda, per favore?»

«*Scusa* il ritardo!» Diana era tornata abbronzatissima dalla sua estate al Lake Winnebago, dove aveva lavorato come istruttrice di canoa. Alcune ciocche dei suoi capelli castani erano schiarite dal sole e la pelle dorata le metteva in risalto gli occhi. «Io vorrei un bicchiere di Merlot. E per lui uno Scotch e Soda con ghiaccio». Diana sorrise, gli occhi luminosi.

«L'ho già ordinato, tesoro». Le presi la mano. Ero contento: io e Diana di nuovo insieme al Baird, fuori per una piccola uscita romantica in città. Lei che indovinava quello che avrei preso da bere come ai vecchi tempi.

«Sono così contenta che hai scelto Giuliana's, Stephen. Ti ricordi che siamo venuti qui una delle prima volte che siamo usciti?» chiese, inclinando quell'adorabile testolina.

«Certo che mi ricordo. Penso a quella sera continuamente».

«Chiudi quel libro. Hai studiato anche troppo». Mi accarezzò con il pollice il palmo della mano.

«Lo so, ma l'esame è vicino, Di. È una mole di informazioni enorme».

«Sarai bravissimo». Si tolse il cardigan. Era una sera afosa di settembre e io avrei preferito sedere dentro dove c'era l'aria condizionata, ma Diana adorava questo cazzo di patio.

«Sono così felice di averti al mio fianco». Studiai la pelle nuda e liscia che usciva dalla sua canotta. «Penso che questo sarà un grande anno per noi, Di».

«Speriamo che non somigli all'anno scorso». Ritrasse la mano e mi lanciò uno sguardo severo. Sentii avvicinarsi una lite, dovevo stare attento. Con Diana, c'era sempre qualche tipo di problema.

«Lady Diana». La guardai negli occhi. «Non mettiamoci a rivangare il passato. Io ti amo».

«Lo so».

«Dimmi che mi ami anche tu».

«Lo sai che è così».

«Voglio sentirtelo dire».

«Ti amo anch'io».

Allungai una mano per prendere di nuovo la sua e il cameriere arrivò con i nostri bicchieri.

«Cerchiamo di non litigare, okay? Proviamo semplicemente a stare bene insieme».

«Lo so. Hai ragione».

«Al primo sabato sera del nostro ultimo anno». Sollevai in alto il bicchiere, smaniavo dalla voglia di bere un sorso. «E ai nuovi inizi». Posai un piccolo astuccio bianco sul tavolo davanti a lei.

Diana fece del suo meglio per non sorridere mentre apriva l'astuccio. Esaminò la collana, una catenina d'argento con un ciondolo di turchese. Era riciclata, un vecchio regalo ricevuto da mia madre anni prima. L'avevo trovato in cantina, ancora nella sua scatola, in un bidone di roba che mia madre aveva lasciato a casa nostra quando andò via. Diana adora i turchesi, e quindi me l'ero intascata.

«Stephen! È bellissima!» Toccò la pietra incastonata nell'argento. «Cosa si festeggia?»

«Niente. Volevo solo fare una cosa carina».

«Grazie» disse, raggiante. «Questo sembra un turchese vero. Dev'essere costato parecchio. Dove l'hai trovato?»

«In una boutique a Washington» mentii.

«L'adoro. Ti ha aiutato Vivian a sceglierla?»

«Ma no. Conosco i tuoi gusti. Provala». Spostai la sedia per avvicinarmi a lei e le allacciai la collana intorno al collo, notando lo strato di peluria chiara sulla nuca.

«È perfetta» dissi, posizionando il ciondolo nella fossetta tra le clavicole.

«Non dovevi».

«Sono contento che ti piaccia».

«Non mi piace. La amo».

«E *tu* non piaci a me. Io ti amo». Era un vecchio gioco tra noi, cominciato il primo anno del college.

Era stata la prima volta che le avevo detto che l'amavo, una mattina di gennaio prima di andare a lezione.

Ci eravamo svegliati entrambi arrabbiati dopo una stupida lite sul mio aver flirtato con un'altra ragazza a una festa, un'accusa ridicola da parte di Diana.

«A volte ho l'impressione di non piacerti nemmeno» aveva sbuffato, prendendosi tutte le coperte, cosa per niente facile in un letto singolo.

«E infatti non mi piaci!» avevo gridato. Ero stanco, infastidito e ancora ubriaco, per cui quello che avevo detto in parte era vero ma, a ogni buon conto, aggiunsi: «Io ti amo».

«Cosa?» Diana si era tirata su poggiandosi su un gomito.

«Non mi piaci. Io ti amo, Lady Diana».

E anche lei mi aveva amato, ovviamente. Anche ora mi

amava. Il suo far riferimento a questo vecchio scambio di battute, un momento di intimità che risaliva agli inizi della nostra storia, mi dava la conferma che mi amava più che mai.

Dopo cena, mentre passeggiavamo per il centro di Claremont, in direzione del campus, sentii la promessa dell'inizio di un nuovo anno farsi strada nell'aria ferma e ancora estiva; sentii tutte le possibilità che avrebbe portato con sé.

«Penso che andrò a casa» disse Diana, indicando la sua nuova residenza all'angolo tra la Cutler e la Hutchins.

«A casa? Ma è sabato sera. Il primo sabato sera dell'anno. Lo sai che facciamo una festa alla Slug».

«Lo so che è da sfigati, ma sono stanchissima, Stephen. Il vino rosso con questo caldo non è stato una buona idea. E devo essere in forma domani per cominciare a lavorare alla tesi. Oltretutto, Keaton e quasi tutte le altre ragazze torneranno tra un paio di giorni. Vai a divertirti con i tuoi amici. Tanto sarei noiosa e stanca tutta la sera».

«Oh, Di». Le circondai la vita con le braccia. «Sei sicura?»

Fece di sì con la testa, trattenendo uno sbadiglio. «Fatti una birra anche per me».

«Puoi scommetterci». Una birra? Mi sarei fatto quattro shot, due piste e mezzo fusto solo per lei. Fui d'improvviso molto felice che Diana avesse deciso di rimanere a casa. Era la nostra prima mega festa dell'anno, e a Diana non piaceva quando mi drogavo e mi sfasciavo troppo.

«Ti verrai a infilare nel mio letto più tardi?» Si toccò la pietra turchese della collana.

«Ovvio».

«Non troppo tardi. Prometti?»

«Prometto. Quella collana ti sta benissimo».

«A dopo». Mi strinse le braccia intorno al collo. «Non divertirti troppo senza di me».

«Impossibile». Le diedi uno schiaffetto sul culo mentre se ne andava. Poi si girò e mi mandò un bacio. Tra me e Diana le cose andavano alla perfezione.

Di ritorno alla Slug, vidi che la nostra prima festa stava decollando. Il condizionatore era al massimo e tutto il piano terra era pieno zeppo di facce vecchie e nuove. Troppo zeppo, in realtà: una volta che arrivi all'ultimo anno di college ti rendi conto che le feste dove non riesci nemmeno a muoverti non sono poi così divertenti. E tuttavia, il fatto che così tanta gente fosse eccitata per la riapertura della Slug – la *mia* casa – mi rendeva euforico.

La cercai immediatamente con lo sguardo. Dall'istante in cui avevo lasciato Diana a casa sua, ma ancora da prima – da quando ero tornato al Baird – non riuscivo a pensare ad altro che a Lucy. Era tornata al campus, avevo visto su Facebook qualche foto di lei e Pippa con tutta la loro cricca a una cena, con la didascalia 'Facce da #secondoanno'.

Era troppo affollato e buio per vederci bene, quindi corsi al piano di sopra e trovai Wrigley e Charlie nascosti nella stanza di Wrigley, chini intorno a un tavolino da caffè tutto pieno di coca.

«Roba da pazzi». Chiusi la porta a chiave. «Al piano di sotto c'è il delirio».

«Non è assurdo? Come ai tempi gloriosi della Slug. Siamo tornati, stronzi!» Wrigley ululò la sua risata di quando era completamente fatto.

«Ma dov'eri finito?» chiese Charlie.

«Cena fuori con Diana».

«Cena fuori con Diana» ripeté Wrigley. «Com'è andata?»

«Molto bene in realtà. Stiamo bene».

«Sono contento, Stephen». Wrigley si sedette accanto a me e mi porse una banconota da venti arrotolata. «Diana è una tipa a posto».

«Vero» annuii, sniffando la mia pista.

«È venuta anche lei?»

«Era stanca. È andata a casa».

«Ah».

Sprofondai nei cuscini, assaporando l'effetto meraviglioso della cocaina. Questo sarebbe stato un anno grandioso.

Un'ora dopo, completamente ubriaco per via dello scotch ma lucido grazie alla coca, mi avventurai al piano di sotto. C'era ancora un sacco di gente e quando Nicole Hart mi bloccò e cominciò a raccontarmi della sua estate fui *molto* contento che Diana non fosse venuta.

E poi la vidi, il suo viso di profilo balenò dietro la spalla di Nicole mentre lei continuava a parlare di Nantucket o Sun Valley o Dio sa cosa. Mi defilai e tentai di farmi largo tra la calca, ma c'era una ressa incredibile, Drake era sparato a tutto volume dalle casse e la gente cominciava a spintonarsi: raggiungere Lucy era impossibile. Andai in cucina e trovai Charlie che preparava dei nachos.

Ero completamente fuori ma mi versai comunque altre due dita di scotch in un bicchiere. La porta sul retro era aperta e un po' di gente cominciava ad avventurarsi fuori, grazie a Dio. Erano le tre di notte. Vidi un gruppo di ragazze raggiungere barcollando il portico. Lucy era tra loro. La mia Lucy, avrei riconosciuto quelle gambe da gazzella a un chilometro di distanza. Lunghe e nude e di un bruno dorato. Camminai verso la porta, perlustrando tutto il suo corpo dalla testa ai piedi. Era abbronzata e indossava un vestito bianco aderente, le braccia magre piene di braccialetti colorati. Dio com'era bella. Troppo magra, forse. Uscii nel patio proprio mentre lei raggiungeva il fondo delle scale. Aveva le braccia conserte. Sembrava stesse aspettando che la sua amica, una biondina molto magra anche lei, smettesse di parlare con Evan.

«Lucy». La salutai con la mano.

I suoi occhi incontrarono i miei, ma lei non disse nulla. Non sorrise, ma nemmeno mi guardò male. Era così bella che me la sarei mangiata, e nello spazio di dieci secondi ripensai al sesso tra noi in tutte le sue gloriose declinazioni: Lucy sdraiata sulla schiena, Lucy a quattro zampe, le mie dita dentro di lei, sempre più a fondo, mentre i suoi occhi color mare erano fissi su di me, proprio come ora. Sentii un rimescolarsi tra le gambe. Volevo toccarla.

Lucy ricambiò il mio sguardo per una quantità di tempo sufficiente a farmi intuire che se avessi voluto tradire Diana, avrei potuto farlo. Infine, distolse lo sguardo. Rimasi a fissarla mentre portava via la sua amica e poi le vidi attraversare la strada, probabilmente dirette verso l'Adler, il dormitorio principale degli studenti del #secondoanno.

Divorai i nachos di Charlie e mi trascinai di nuovo al piano di sopra, tanto fatto che parevo uno zombie. Mi ero dimenticato di aver detto a Diana che sarei andato a dormire da lei ed ero troppo sfasciato per sentire il cellulare che suonava. Mi venne quasi un infarto quando Diana piombò lì alle sette di mattina, gli occhi che frugavano la stanza alla ricerca di indizi di colpevolezza.

Non c'era nessuno, era chiaro che non ci fosse nessuno, le dissi, mezzo addormentato e ancora ubriaco ma anche tanto sollevato di non aver fatto niente di stupido. Ma non ero andato da Diana come avevo promesso e non avevo risposto al telefono, e c'erano ancora questioni irrisolte, questioni di 'fiducia' tra noi, per cui il fragore della porta che si chiudeva dietro di lei mi disse che all'orizzonte c'era una nuova litigata.

21
Lucy

Ottobre 2011

«Su le gambe, su le gambe, su le gambe!» gridò la mia istruttrice di YogaLab in un indefinibile accento sudamericano.

Sollevai le gambe. I glutei mi stavano andando a fuoco, ma le lezioni di YogaLab erano anche più intense di quelle di Hot Vinyasa, perciò avevo cominciato ad andarci tutti i giorni, certe volte con Jackie o Pippa, ma in genere da sola. Bree non faceva mai sport: il suo metabolismo continuava a lasciarmi interdetta. L'istruttrice passò agli affondi con i pesi, e io mi feci forza, perché sapevo che sarebbe stata dura. I bicipiti già mi tremolavano.

Dopo la fine della lezione, mi feci una doccia e mi pesai nello spogliatoio. Per perdere i chili che avevo messo su durante l'estate per colpa di CJ, assumevo meno di settecento calorie al giorno, ma rimanevo comunque ferma a cinquantadue chili e mezzo. Com'era possibile?

Mi avviai verso il campus e l'Adler Quad, dove le mie amiche stavano sdraiate su una coperta distesa sotto una palma e si passavano uno spinello. Il quadretto era così tipico del Baird che mi venne da sorridere.

«Com'è andato l'allenamento?» mi chiese Jackie con un sorriso, sgranocchiando Doritos.

«Molto bello».

Sapevo cosa si stava chiedendo in realtà: 'Perché ti alleni così tanto? Perché mangi insalata a ogni singolo pasto? Su chi stai cercando di far colpo?' Ma Jackie aveva già fatto quel tipo di commenti un milione di volte, e io avevo imparato a ignorarli. Mi offrì la busta di Doritos e presi due patatine, per puro orgoglio, calorie vuote e saporitissime che gustai fino alla fine. Erano deliziose, ovviamente, ma il pensiero dei danni che avrebbero potuto fare al mio corpo reso tonico dallo yoga e alimentato a broccoli mi fece pensare, come sempre, che non ne valeva la pena.

Mi lasciai cadere sulla coperta e spostai la testa verso il sole, allontanandola dall'ombra della palma. La vicinanza all'Adler Quad era probabilmente il maggior vantaggio di vivere all'Adler, la residenza per studenti del secondo anno dove noi quattro condividevamo una delle ambitissime suite: un alloggio stile appartamento con il nostro corridoio privato, due camere da letto, un bagno e un salottino.

Come sempre, l'Adler Quad era verdeggiante, variegato e brulicante di studenti: gli intellettuali che fumavano le sigarette rollate a mano, le Delta Gamma che prendevano il sole, i ragazzi che giocavano a frisbee golf, gli hippy che si rilassavano all'ombra delle palme, gli iscritti al corso di arte che dipingevano, gli appassionati di musica che suonavano la chitarra in circolo, e gli altri, come noi, che si collocavano all'incrocio tra due o tre di quei circoli sociali ben definiti. Era quella la scena che si presentava quasi tutti i giorni agli studenti del Baird che, finite le lezioni, non si precipitavano subito in biblioteca. In California il sole sembrava perenne, e la temperatura, che si aggirava sempre intorno ai ventisei gradi, incentivava a stare all'aperto. Lanciai un'occhiata verso il lato opposto del Quad, dove i residenti della Slug giocavano a badminton, come quasi sempre nel pomeriggio.

Jackie mi passò lo spinello e io aspirai, attenta a non esagerare. Troppo fumo mi rendeva ansiosa e inerte. E affamata.

«Evan Donovan è troppo bello» stava dicendo Bree, sdraiata sulla pancia alla luce del sole che andava affievolendosi, il mento poggiato sulle mani. «Non vi pare, ragazze?»

«Meh». Pippa fece un tiro dallo spinello. «Non è il mio tipo».

«Troppo secco» dissi io.

«Perché a te piace Stephen, e Stephen è *grasso*» disse Pippa.
«Non mi piace Stephen, e comunque non è *grasso*».
«È enorme» disse Jackie.
«In realtà, capisco cosa ci vedi in Evan, Bree» disse Pippa lanciando un'occhiata alla partita di badminton. «Di sicuro è il tuo tipo».
«E questo che vorrebbe dire?»
«Dico solo che sareste carinissimi insieme!»
Bree prese lo spinello dalle mani di Jackie. «Be', ha una fidanzata, quindi c'è poco da fare».
«Magari si lasciano».
«Meh. Ne dubito».
«Che mi dici di *Walter*?» Pippa diede a Bree una gomitata sul torace ossuto. «Il famigerato sverginatore».
«*Mai più*» disse Bree, e scoppiammo tutte a ridere. Dopo un mese di incontri erotici, Walter aveva scritto a Bree un sonetto in cui le dichiarava tutto il suo amore, e lei era scappata a gambe levate.
Il sole si abbassò all'orizzonte, e i ragazzi della Slug interruppero la partita. Li guardai raccogliere gli zaini e attraversare il Quad. Wrigley ci vide e ci salutò con la mano, mentre Stephen non si girò nemmeno a guardarci. Magari non ci aveva notate. Lo vidi attraversare Carroll Street, la T-shirt bianca tesa sulla schiena ampia. L'incavo alla base della nuca scintillava di sudore ai raggi bassi del sole.
Mi accorsi che le mie amiche mi guardavano come se facessi loro pena. Non volevo la loro pietà, e l'erba mi faceva sentire peggio, più in guardia del solito.
«Potrebbe almeno salutare» borbottò Bree.
«Non c'è problema. Sa di non essere la mia persona preferita».
«Comunque».
«Chissene». Mi strinsi nelle spalle. «Adesso sta con Diana».
A parte quel primo party alla Slug, Stephen e Diana facevano tutto insieme: camminavano per il campus mano nella mano, mangiavano allo stesso tavolo a mensa, partecipavano in cop-

pia ai tornei di beer pong, si baciavano sdraiati sul ponte della *houseboat* al Lake Mead (mi sarei volentieri risparmiata la gita al lago quell'anno, ma le mie amiche avevano insistito). Vederli insieme mi faceva venire la nausea ogni volta, e mi sembrava di impazzire di rabbia e desiderio e gelosia e frustrazione e tristezza, tutti mescolati insieme in una dose massiccia di nostalgia devastante.

'Sei bellissima, Lucy. Cazzo'.

'Non vedo l'ora di portarti fuori in barca quest'estate. Ti piacerà'.

'Vado a salutare un po' di gente. Torno tra poco'.

Un attimo prima era mio, e quello subito dopo era andato. Basta un solo secondo perché una cosa tanto perfetta svanisca nel nulla: una rampa di scale che conduce a una scena inimmaginabile e irreversibile, la bocca di Stephen premuta su quella di Diana, le mani di Gabe che stringevano i fianchi di CJ. Ogni convinzione si infrange e una linea immaginaria viene tracciata, separando ciò che era da ciò che è.

«È tornato con Diana, però si rifiuta di darti una spiegazione, nonostante la stronzata che ha fatto al Luau dell'anno scorso? Odio i ragazzi» disse Pippa spegnendo il mozzicone dello spinello.

«Verissimo» concordò Jackie. «Odio il fatto che i ragazzi non si assumano mai la responsabilità di ciò che fanno. Non pensano mai di dover pagare per le loro azioni».

«Non sono tutti così» la corresse Bree.

«Be', i ragazzi come Stephen. Gli stronzi come Stephen».

«Devi solo trovarti un altro con cui avere una tresca, Luce» disse Pippa. «Ti sentiresti un milione di volte meglio».

«Lo so, lo so». Mi strinsi le ginocchia al petto. «Tipo chi?»

«Il mondo è pieno di maschi» disse Bree. «Che ne dici dell'amico di Stuart, Clay?»

«Sta con una matricola» disse Jackie.

«Quale matricola?» chiese Pippa.

«Una Delta».

«Uffa. Stupide Delta Gamma».

«E Kevin Bianco?»

«Uhm, Kevin Bianco non è uno dei tizi che ha partecipato allo stupro di gruppo di quella ragazza mentre veniva filmata?» disse Jackie.

«Era lui? Che schifo. Oddio! Lasciamo perdere».

«E quel tizio del terzo anno, Riley? Quello altissimo che sta nella squadra di calcio?»

«Fidanzato».

«Mmh. Wes Davenport?»

«Sono abbastanza sicura che Wes Davenport sia gay» rispose Bree.

«Lo so io!» disse Jackie con un sorriso a trentadue denti. «Topher Rigby. È carinissimo e Lucy gli piace già».

«Topher Rigby è più basso di me» obiettai. «Ve l'ho già detto».

«Vero, Topher è un tappo» concordò Pippa con una smorfia.

«Non è un tappo, Pippa» disse Jackie. «È alto quasi quanto Lucy».

«Ecco, quindi non va bene» disse Pippa. «Lei non potrebbe mai più mettere i tacchi».

«E allora rinuncia ai tacchi per due mesi e fattelo per un po'. Topher è adorabile! Frequentavamo tipo la stessa ludoteca, da piccoli. È molto dolce e divertente e con te sarebbe carinissimo. E magari alla fine scopri che ti piace».

«Immagino sia vero» disse Pippa. «Magari è bravo a letto per compensare la cosa dell'altezza. Tipo la sindrome di Napoleone».

«La sindrome di Napoleone è quando un uomo si comporta in modo aggressivo e arrogante perché il fatto di essere basso lo rende insicuro» spiegò Bree. «Non ha niente a che vedere con l'essere bravi a letto».

«Grazie, Nostra Signora So-tutto-io». Pippa alzò gli occhi al cielo e si girò a guardarmi. «Lucy, tesoro mio. Sei una ragazza bellissima e, nonostante ciò che questa conversazione farebbe pensare, ci sono un sacco di ragazzi in questa università dimenticata da Dio che non vedono l'ora di infilarsi nei tuoi minuscoli leggings».

«Rientriamo, dai» disse Bree. «Devo farmi una doccia».

«Anche io» disse Jackie. «Andiamo a casa, facciamoci una doccia, prepariamo qualcosa da bere e stasera usciamo a divertirci. Una serata diversa, però. Niente ragazzi della Slug».

«Amen. Quelli della Slug fanno schifo». Pippa si alzò in piedi e si ripulì i jeans dai fili d'erba.

«Io dovrei proprio studiare latino» disse Bree.

«E io devo scrivere il pezzo per il *Lantern*» aggiunsi io.

«Lo farete domani mattina» disse Pippa. «Mi sveglio presto anche io. Devo studiare quella rottura di analisi».

Sei ore, cinque Vodka soda e una generosa pista di coca dopo, mi ritrovai nella stanza di Topher Rigby. Jackie gli aveva mandato un messaggio chiedendogli di raggiungerci a non so quale festa, e lui si era presentato con una polo pulita e il viso rasato di fresco. Jackie aveva ragione: Topher aveva davvero un viso bellissimo, e più bevevo più mi sembrava alto. A fine serata, gli stavo praticamente aggrappata al braccio mentre parlavamo a manetta di *Breaking Bad*: poi ricordo solo di essermi ritrovata nella sua camera, che odorava vagamente di deodorante Axe.

La singola di Topher all'Adler era tappezzata di poster di lacrosse e trofei di lacrosse e fotografie della sua squadra di lacrosse alla Wilton High School e diversi primi piani tredici per diciotto di lui in campo.

«Insomma, giochi a lacrosse?» Era una battuta stupida e ovvia, ma Topher scoppiò in una risata fragorosa infilzandomi le costole con l'indice, e la parte ancora sobria del mio cervello si chiese se non fosse il caso di darsela a gambe.

«Sei divertente». Topher si sedette sul letto. «Non ci credo che ho Lucy Albright in camera mia, di mercoledì sera».

Era insopportabile: non so se a infastidirmi fosse la sua altezza, i capelli neri e gonfi, o semplicemente il fatto che non era Stephen. Sapevo che, se non mi fossi seduta subito sul letto, avrei finito per andarmene, anche di corsa, diretta al 7-Eleven in fondo alla via per una busta d'emergenza di popcorn.

«Puoi sederti, se vuoi» disse lui.

Mi sedetti.

Lui si chinò verso di me e mi baciò, schiudendo piano la bocca contro la mia, la lingua che mi si insinuava viscida tra i denti. Aspettai che usasse i suoi bicipiti da giocatore di lacrosse per gettarmi sul letto e darci davvero dentro, ma il bacio rimase verticale, gentile, meccanico.

Dopo qualche minuto in quella posizione rigida cominciò a farmi male il collo, perciò fui io a sdraiarmi sui cuscini, e Topher prese quel gesto come un invito a infilarmi la mano sotto la maglietta. Mi toccò i seni con cautela, come se si trattasse di manufatti antichi e preziosi. Allungò la mano verso il bottone dei jeans e ci vollero ore, o così almeno mi parve, prima che riuscisse a sbottonarli, tirare giù la zip e abbassarmeli fino alle ginocchia. Quando mi infilò la mano negli slip non ero eccitata, lui non aveva idea di cosa stava facendo e io non riuscivo a pensare ad altro che a Stephen, a quanto avrei voluto che la mano di Topher fosse la mano di Stephen, e la nostalgia per Stephen si fece così intensa che gli occhi mi si riempirono di lacrime mentre Topher ficcava le dita nei posti più improbabili. Ero abbastanza sobria da sapere che quell'incontro era fallimentare, ma abbastanza ubriaca da decidere lo stesso di rimanere, anche solo per poter dire a Jackie che ci avevo provato. Che mi ero rimessa in gioco.

«Baciami più forte» dissi infine, perché mi sembrava che Topher mi stesse baciando alla velocità di una tartaruga da un'ora.

«Eh?» Topher alzò la testa e mi rivolse uno sguardo strano. I suoi capelli neri e folti erano tutti spettinati.

«È che mi stai baciando molto delicatamente». Mi pentii di quell'affermazione nel momento esatto in cui mi usciva di bocca, ma ormai non c'era modo di tornare indietro.

«Ah. Okay». Fece una risatina, ma mi accorsi che era confuso, o offeso, o tutt'e due le cose.

«Lascia perdere». Mi misi seduta di scatto e strattonai i vestiti per coprirmi. «Meglio che vada».

«Puoi rimanere a dormire qui» disse lui. «Possiamo anche solo parlare, o guardare un film. Magari una puntata di *Breaking Bad*?»

«Grazie, ma la mia stanza è proprio qui dietro». Mi infilai i sandali, e quando lui si alzò per baciarmi lo superavo di cinque centimetri buoni.

«Scusa» dissi. «Sono stanchissima».

«Non ti preoccupare» disse lui, anche se con ogni probabilità pensava fossi matta. Mi chiese comunque il numero di telefono, e io glielo diedi perché sapevo di non avere scelta.

Mentre camminavo verso la nostra suite, all'estremità ovest dell'Adler, con Stephen che mi riempiva ogni anfratto del cervello e le luci dei corridoi ancora accese alle due di notte, mi detestai. Erano passati mesi e Stephen non si era mai fatto sentire – *mesi* – e adesso si era rimesso con Diana. Cos'è che speravo di ottenere, esattamente?

Magari gli mancavo. Quella prima sera alla Slug mi ero accorta che mi fissava; mi fissava, senza dubbio. E poi mi aveva salutato con la mano... doveva pur significare qualcosa, no? Ma se anche gli mancavo, non mi aveva mai esplicitamente *detto* che gli mancavo, e anche ipotizzando che mi dicesse che gli mancavo, come potevo anche solo degnarlo di uno sguardo dopo quello che mi aveva fatto? Era una domanda inutile e la risposta che avrei dato era sbagliata, e l'unica spiegazione plausibile era che mi ero innamorata di lui: era per quello che i mesi passati erano stati così orribili. La gente pensa che ci si accorga di essere innamorati quando le cose vanno bene, invece io credo che succeda quando vanno male. Quando senti crollare il terreno sotto ai piedi e hai paura e capisci che poco importa quanto tu sia razionale: non è ciò che hai in testa, ma ciò che hai nel cuore a fare tutta la cazzo di differenza.

22
Stephen

Novembre 2011

> Il soggetto interessato ha mai subìto arresti, mandati di comparizione, accuse o incriminazioni, condanne o processi, o si è mai dichiarato colpevole di un qualsiasi reato o reato minore, o della violazione di qualsivoglia legge (fatta eccezione per i casi in cui la documentazione sia stata posta sotto sigillo o il reato sia stato cancellato dalla fedina penale)? In caso di risposta affermativa, si prega di fornire i dettagli e di includere un elenco esaustivo delle accuse, della eventuale conciliazione stragiudiziaria, dei fatti relativi.

Fissai il modulo per la milionesima volta, la fronte madida di sudore. La scadenza per la domanda di accettazione anticipata alla Scuola di Legge della Columbia incombeva ormai vicinissima. Solo altri otto giorni.

'In caso di risposta affermativa, si prega di fornire i dettagli'.

Cazzo cazzo cazzo cazzo cazzo.

La situazione era tanto ironica che non potei fare a meno di ridere. Il mio 'reato minore' non c'entrava nemmeno nulla con la notte dell'incidente. Il mio 'reato minore' era la condanna per guida in stato di ebbrezza che avevo ricevuto un mese e mezzo prima dell'incidente. Che posso dire? Quell'estate mi era andata male ogni volta che mi ero messo al volante.

Due mesi dopo il mio diciottesimo compleanno mi avevano fermato per guida in stato di ebbrezza, così la condanna era finita sul registro dei carichi pendenti, e la documentazione non era stata posta sotto sigillo né il reato era stato cancellato dalla fedina penale.

Ero andato a bere a casa di Carl con degli altri amici; i genitori di Carl erano sempre fuori città e noi andavamo da lui a sfondarci nel garage. Mentre tornavo a casa chiamai Macy Petersen, perché a quel punto tradire Jenna era diventata un'abitudine, e Macy, sexy e remissiva, era la ragazza il cui corpo occupava in quel momento i miei pensieri. Aveva un paio d'anni meno di me, frequentava una scuola privata di Portledge, e ci eravamo conosciuti a una festa poco dopo il mio diploma. Era stato fin troppo facile nascondere la nostra frequentazione; Jenna era tutta presa dagli allenamenti con la squadra di pallavolo della Emory, e io vedevo Macy tutte le volte che potevo. Macy si faceva scopare in tutti i modi possibili. Da come veniva quando era con me, era evidente che il suo ragazzo era uno sprovveduto. Ce ne andavamo in giro e scopavamo in macchina o sul campo da golf, dovunque ci andasse.

«Sto arrivando da te» le dissi al telefono quella sera. «Esci e aspettami nel fienile».

I genitori di Macy vivevano in una enorme proprietà di Oyster Bay, con un fienile-barra-casa-per-gli-ospiti dove io e Macy ci incontravamo spesso a notte fonda. Di solito parcheggiavo sulla strada alla fine del vialetto di ingresso e lo raggiungevo a piedi.

Ma quella volta non andò come previsto. Ero abituato a guidare dopo aver bevuto: non era ciò che preferivo, in termini di trasporti, ma ero stato ubriaco al volante abbastanza spesso e mi consideravo un guidatore prudente e vigile anche da sbronzo. Ecco perché il lampeggiante rosso e blu che vidi nello specchietto retrovisore mi colse di sorpresa. Accostai, terrorizzato.

E la cosa peggiore è che non stavo correndo né sbandando: mi avevano fermato perché la Subaru di mio padre aveva un cazzo di fanalino rotto. Insomma, questa poliziotta si avvicinò al finestrino e cominciò a dirmi del fanalino, ma sentì puzza di whisky: quegli stronzi hanno nasi da segugio. Agente Gonzalez, si chiamava, non me lo scorderò mai. Una messicana con la faccia da lesbica obesa, che con ogni probabilità disprezzava tutti gli uomini.

Il danno era fatto. Mi fecero il test del palloncino e mi trovarono un livello di alcol dello 0,9 percento: ero rovinato. Multa di cinquecento dollari, patente sospesa per un anno, un mese di lavori socialmente utili, e una macchia indelebile sulla fedina penale.

Mentre tornavamo a casa dalla stazione di polizia, mio padre mi urlò in faccia per tutto il tempo, e io riuscivo solo a pensare che non ero così ubriaco, e che stavo guidando alla grande, e semmai il problema lo aveva creato lui perché era un depresso di merda troppo rimbambito anche solo per accorgersi che aveva un fanalino fuori uso.

Nel mondo legale, le condanne per guida in stato di ebbrezza sono alla base di tutto, perché in ogni schifoso modulo della vita c'è sempre una domanda che ti chiede dei precedenti, e se sei mai stato condannato per un reato minore, e io dovrò per sempre barrare la casella del 'sì', perché ho avuto sfortuna.

Ma ho scelto di guardare al lato positivo, dato che un mese e mezzo dopo, il 16 agosto, la notte dell'incidente, la fortuna è stata dalla mia. I casini in cui mi sarei ritrovato se 'un'agente Gonzalez' fosse stata al posto giusto nel momento giusto quella notte avrebbero fatto sembrare la condanna precedente una cosa da ridere. Se pensate che non sia consapevole delle mie fortune, vi sbagliate.

Fissai di nuovo il modulo.

In caso di risposta affermativa, si prega di fornire i dettagli e di includere un elenco esaustivo delle accuse, della eventuale conciliazione stragiudiziaria, dei fatti relativi.

Stavo giusto cominciando a 'fornire i dettagli' quando Diana irruppe in camera mia.

«Non sei ancora vestito? Faremo tardissimo». Aveva il fiatone e indossava un abitino Charleston argentato e una fascia per capelli abbinata, in pieno stile anni Venti.

«Oh, merda. La festa a tema Gatsby. Che ore sono?»

«Le *dieci*, Stephen. Che stavi combinando?»

«La domanda per la Columbia. Scusami. Ho preso un Adderall e mi sono messo al lavoro. Ho perso la cognizione del tempo».

«Va bene. Però sbrigati. Sono usciti tutti due ore fa e io ti ho aspettato, ma non rispondi mai a quel cavolo di telefono».

«Scusa, scusa. Ero concentratissimo e avevo tolto la suoneria». Presi il telefono poggiato sul letto. «Ecco! Lady Diana, quattro chiamate perse. Mmh. Cozza all'ultimo stadio?»

«Sono la tua ragazza» disse lei mettendomi le braccia al collo. «Sono autorizzata a chiamarti tutte le volte che voglio. Adesso vestiti». Mi baciò.

«E cosa dovrei mettermi?»

«Un completo? Questo!» Diana tirò fuori dal mio armadio uno smoking.

«Col cavolo. Quel coso mi blocca la circolazione».

«Be', forse dovresti smettere di bere tutte quelle birre». Mi infilò un indice nello stomaco. «Perché ce l'hai, comunque?»

«È per il matrimonio di Vivian e Rod. Dovevo portarlo dalla sarta a far sistemare, ma non ho avuto tempo».

«Mettitelo e andiamo».

«*Va bene*». Quando Diana faceva la prepotente, mi eccitavo sempre. «Sei bellissima, per la cronaca» le dissi, anche se sembrava un tantino ridicola nel suo outfit luccicante. Se un decennio del passato si addiceva a Diana Bunn, di sicuro non era quello degli anni Venti.

Mezz'ora più tardi entravamo nella sede della Kappa Sig a Perry Street. La confraternita ospitava una festa a tema *Il grande Gatsby* ogni anno, ed era sempre una figata perché si entrava solo se si era in lista, quindi non c'era mai troppa gente. Io e Diana fornimmo i nostri nomi all'ingresso, le cui pareti avevano la vernice che veniva via in scaglie. Tutte le case delle confraternite del Baird erano delle topaie.

Giravano vassoi di calici di Martini in plastica, e da un vero giradischi usciva musica jazz dei ruggenti anni Venti: Duke Ellington, Eddie Condon, Louis Armstrong... le cazzate che metteva sempre mia madre. Diana si allontanò non appena vide le sue amiche, e quella era una delle cose buone di Diana: non mi stava mai appiccicata alle feste.

Presi un secondo Martini e lanciai un'occhiata alla stanza semipiena, lasciando che la combinazione di melodioso jazz e gin forte mi scaldasse il petto.

Vidi Nicole Hart, se possibile ancora più ridicola di Diana; Megan Lewis, una ragazza che mi ero scopato un paio di volte al primo anno, quando io e Diana litigavamo di continuo; Evan e la sua noiosissima fidanzata, allacciati stretti in un lento; Pippa McAllister, la spocchiosa ex di Wrigley, che parlava con una ragazza con indosso un miniabito nero di paillettes e tacchi neri che slanciavano due gambe così lunghe e perfettamente tornite da poter appartenere solo a Lucy. Girò appena il viso, e metà della sua bocca truccata di rosso si allargò in un sorriso in risposta a una qualche battuta. Se c'era qualcuno lì dentro che sarebbe stato benissimo negli anni Venti, quella era Lucy: il suo abitino nero era così perfetto, e il suo viso truccato bello in un modo così classico che per un attimo avrei potuto giurare di essere entrato a casa di Jay Gatsby in persona.

Presi un terzo Martini.

«Hai le gambe più lunghe che abbia mai visto» dissi, ritrovandomi all'improvviso accanto a lei e inspirando a fondo il suo profumo zuccherino. Aveva i capelli raccolti in uno chignon a conchiglia castano, e mentre spostava lo sguardo per capire da chi arrivasse quel complimento, ammirai la curva del suo collo, simile a quello di un cigno. «Lucy». Quando i nostri occhi si incrociarono lei avvampò, e io mi resi conto che era passato parecchio tempo dall'ultima volta che ci eravamo visti, e non sapevo come avrebbe reagito.

«Ehi». Aveva una voce fin troppo infantile per quel tipo di abbigliamento.

Percepii lo sguardo di Pippa che mi trafiggeva, ma la ignorai.

«Come stai?»

«Sto bene» disse lei, girandosi facendo perno su uno dei tacchi a spillo. Una canzone di Duke Ellington riempì la stanza.

«Ti piace questa musica?»

«Jazz. Non male».

«*In a Sentimental Mood.* Duke Ellington. Grande composizione. Ma è degli anni Trenta, non Venti. Non lo dirò a nessuno».

«Conosci il jazz?» Nella sua voce si era fatto strada un mix di cinismo e sorpresa.

«Un po'. Mia madre lo ascoltava spesso. Alzava il volume al massimo e ballava con mio padre in cucina. Prima che le cose... peggiorassero. È passato tanto tempo». Ressi lo sguardo di Lucy.

«E ti ricordi ancora i titoli delle canzoni?»

«Di qualcuna sì. Ho una buona memoria».

Lucy mi guardava come se volesse dirmi qualcosa, le labbra socchiuse; poi, però, le serrò senza dire niente. Pippa si allontanò, grazie al cielo.

«Sei stato bene?» mi chiese Lucy alla fine, anche se a me il silenzio non dispiaceva. Mi piaceva guardarla, ed ero contento che non se ne fosse andata con Pippa.

«Sì. Molto preso. Quest'inverno ho la tesi da consegnare e devo fare domanda per la Scuola di Legge. È stato un periodo incasinato, a dire il vero».

Lei annuì, e oltre la sua spalla nuda scorsi Diana che mi fissava dal capo opposto della stanza, accigliata, le braccia incrociate.

«Lucy» dissi, tornando a guardarla. «Volevo dirti che mi dispiace. So che avrei dovuto farlo prima, ma mi dispiace veramente un casino. Okay?»

Lucy si strinse nelle spalle, gli occhi velati da un'espressione triste. «Sei un po' fuori tempo massimo, non trovi?»

Mi piaceva che non la imbarazzasse farsi vedere dispiaciuta. Non faceva l'orgogliosa e non se ne vergognava come avrebbero fatto tante altre persone, e Dio solo sa quanto sono attraenti le donne così fragili. Registrai ogni dettaglio del suo viso, travolto da una voglia irresistibile di baciarla. Se non avessi avuto gli occhi di Diana puntati addosso, l'avrei fatto.

«Io e Diana... è solo che stavamo insieme da tanto» dissi. «Dovevo risolvere questa faccenda, immagino. Ma tu non c'entri niente». Era la verità, e all'improvviso sentii l'impulso di essere sincero con Lucy. È così che si dà a qualcuno l'impressione di valere, di essere amata: con la sincerità.

«Lascia stare, Stephen. Ormai non ha più importanza». Prese un sorso del Martini.

«Già» dissi, accorgendomi della contraddizione, perché sapevo che non era vero. Il modo in cui mi guardava, la tristezza e il desiderio che trasparivano dai suoi occhi blu scuro, i muscoli del viso che guizzavano sottopelle, rivelavano che per lei era tutt'altro che finita, che le importava eccome, invece, che si sarebbe portata quella conversazione a letto e ci avrebbe ripensato il giorno dopo e quello dopo ancora, cercando di decifrarne il significato, come fanno tutte le ragazze. Non stava frequentando nessuno; i social media e il circolo incestuoso dei pettegolezzi del Baird me lo avevano confermato.

«Grazie per esserti scusato» disse alla fine.

«È stato bello rivederti» risposi io, agganciando il suo sguardo più a lungo che potei, prima che lei si allontanasse, lasciandosi alle spalle una scia di profumo costoso.

«Ma che cazzo fai?» ringhiò Diana quando la raggiunsi in cucina, dove era andata a cercare altro gin per rabboccare il suo bicchiere.

«Calmati, Diana» bisbigliai, prendendo la bottiglia di gin e riempiendo anche il mio. «Non stavo facendo niente di male. L'ho incrociata per caso e ha cominciato a chiedermi della mia tesi».

«E *perché mai* dovrebbe chiederti della tua *tesi*?»

«Non saprei, Diana. Perché non lo chiedi direttamente a lei?» Sapevo benissimo che non avrebbe mai parlato con Lucy. Non aveva alcuna remora a urlarmi addosso, ma affrontare un'altra donna era fuori questione.

«È scheletrica, e pensa di essere, che ne so, la reginetta del secondo anno. Non capisco come hai fatto ad andarci a letto».

«Non pensa di essere la reginetta del secondo anno, Diana».

«E adesso perché la difendi?»

«Non la sto *difendendo*. Solo che non penso si ritenga la reginetta del secondo anno. Ho l'impressione che sia molto diversa da come la vedi tu». Mi strinsi il naso tra due dita, pentendomi subito di essermi infilato in quella discussione sterile.

«Stephen». Diana alzò lo sguardo su di me, sugli occhi uno scintillio di ombretto argentato. «Ti amo, e voglio che questa storia funzioni». Abbassò la voce fino a un bisbiglio. «Ma se tocchi di nuovo quella ragazza, ti ammazzo».

TERZA PARTE

23
Lucy

Agosto 2017

La cena di prova di Bree ed Evan si tiene al Parsonage Club, il country club di Tewksbury di cui i Donovan sono membri. La sala ricevimenti è enorme, con soffitti alti e portefinestre che si aprono su una terrazza affacciata sulle verdi e dolci colline del loro campo a diciotto buche.

Dopo una lunga giornata di commissioni dell'ultimo minuto, seguita da ben due prove in chiesa, ho la pancia vuota come un tamburo, perciò ingurgito la piccata di pollo, il riso selvaggio e il pane a lievitazione naturale prima di avere anche solo il tempo di sentirmi in colpa. Chi se ne frega. Avrò bisogno di tutte le energie possibili.

Bree mi strizza una spalla mentre torna al suo tavolo.

«Te l'avevo detto che non sarebbe venuto» bisbiglia.

«Che ha detto?» chiede Pippa con la bocca piena.

«Niente». Prendo un sorso di champagne. Mi arriva una notifica sul telefono che tengo in borsa: un messaggio di Melissa.

Melissa (lavoro): Perché l'articolo di Departures è ancora online? Ti avevo detto di risolvere la questione. RISOLVILA. Ho parlato con Harry e lui è d'accordo con me, ovviamente.

«Cazzo» borbotto. Valuto l'ipotesi di chiamare Harry, ma potrebbe non valerne la pena.

«Che c'è che non va?» mi chiede Jackie.

«È solo quella pazza della mia capa». Le racconto della disfatta di *Departures*.

Un secondo messaggio lampeggia sullo schermo.

Dane: Come va la cena, baby? Scommetto che sei la damigella più figa. Mi mandi una tua foto nuda? Il tuo culetto meraviglioso in un perizoma minuscolo? :-)

«Oddio» dice Jackie, quasi strozzandosi con lo champagne, dopo averlo letto. «È veramente questo il tizio che frequenti?»

«Non fa ridere. L'attività principale di Dane è chiedermi foto del culo» dico, il che fa ridere Jackie ancora più forte.

«Jackie! Mi servirebbe proprio un consiglio».

«Okay, okay, scusa. Be', a te piace, giusto?»

«Sì, cioè... è sexy. Uno dei ragazzi più sexy con cui sia mai stata».

«Più di Billy?»

«È diverso».

«Allora il problema è...?»

«Non so se abbiamo molto in comune... a livello intellettuale».

«Spiegati meglio».

«Non facciamo mai conversazioni particolarmente profonde. Per la metà del tempo non capisco cosa stia dicendo. Sta in fissa con lo skateboard, Ariana Grande, e... hai presente quell'account Instagram, ButtSnorkeler?»

«ButtSnorkeler... no. O forse sì?»

«Be', lui ne è ossessionato. È tipo una raccolta di foto di culi, che lui mi mostra di continuo. Non capisco che ci faccio con lui».

«Ti diverti?»

«Sì, ma non può durare».

«Ma perché dovrebbe durare?»

«Non saprei. Magari hai ragione. Anche a me sembra che certe cose siano solo una perdita di tempo, arrivati a un certo punto. Bree si sta *sposando*. Georgia e Lars si fidanzeranno tra poco».

«Almeno non si fidanza con Elliot».

«Grazie a Dio! Però adesso lei ha la strada tracciata, mentre io? Vado a letto con uno che nemmeno mi restituisce i soldi per il suo *pad thai*. Mi dovrà almeno trecento dollari».

«Eh?»

«Siamo andati a Montauk per il weekend a inizio giugno e non mi ha mai ridato i soldi per la sua metà della camera d'albergo, senza contare la cena al Surf Lodge, o il vino e i superalcolici. Gliel'avrò ricordato un milione di volte. E lui dice sempre: 'Sì, certo, baby, ti faccio un Venmo', ma poi non lo fa. Dane non mantiene *mai* quello che promette».

«Lucy». Jackie prende un sorso di champagne. «Se fa così con i soldi devi assolutamente chiudere. Sono passati tre mesi da giugno».

«Lo so».

«Nessun uomo dovrebbe farsi pagare una camera d'albergo da una donna. Che sfigato».

«Immagino che Travis paghi per tutto?»

Travis è il nuovo ragazzo di Jackie a Los Angeles. Si occupa di marketing per i Lakers e le ha organizzato una festa a sorpresa per il venticinquesimo compleanno. Jackie trova sempre i fidanzati migliori.

«Quasi tutto». Un sorriso irrefrenabile le si allarga in faccia, e capisco che lui le piace davvero tanto.

Lancio un'occhiata a Pippa, immersa in una conversazione con il tizio seduto alla sua destra, uno dei testimoni di Evan, molto carino.

«Il problema non è Dane» sospiro. «Cioè, potrei anche lasciarlo e non risolverei comunque niente».

«E il vero problema sarebbe invece...?»

«New York in generale» dico onestamente. «Lo penso da un po'».

«Sul serio?» Jackie poggia il mento su una mano e si china verso di me, gli occhi sgranati. Ecco una cosa che adoro di lei: quando ti ascolta, ti ascolta davvero. Io e Jackie potremmo parlare per ore e ore.

«Hai presente la canzone degli LCD Soundsystem, *New York, I Love You but You're Bringing Me Down*? O il pezzo di Joan Didion, *Goodbye to All That*? Al momento mi ci rivedo tantissimo».

«La famosa citazione di Mary Schmich: 'Vivi a New York almeno una volta, ma vattene prima che ti indurisca'...»

«Esatto. La gente a New York è sempre arrabbiata».

«È vero». Jackie annuisce. «Perché poi?»

«Mancanza di cieli aperti? Cocktail da venti dollari?»

«Appartamenti grossi come scatole da scarpe?»

«Però la città la adoro».

«Anche io» concorda Jackie. «Siamo cresciute lì».

«Mi piace correre a Central Park, e amo le stagioni e l'odore dei taxi».

«Niente taxi, Lucy! La metropolitana è meglio».

«In questo sono stata un disastro. E il mio lavoro è uno schifo» continuo, sorseggiando altro champagne. «La mia capa mi odia. Guadagno pochissimo. E *Bree* se n'è andata di casa». Lancio un'occhiata a Bree, seduta al tavolo accanto. Indossa un abito di seta verde chiaro e gli orecchini di diamanti che Evan le ha regalato come dono di nozze, giusto questo pomeriggio. Ha il viso affondato nel collo di Evan, e lo guarda sorridendo, con uno di quei sorrisi enormi, sciocchi, che non avevo mai visto sul viso di Bree finché non ha cominciato a frequentare lui.

«Devi cambiare aria, senza dubbio» dice Jackie, riportandomi all'argomento principale. «New York prosciuga chiunque, alla lunga. Vieni a Santa Monica. Puoi stare un po' con Pippa e me».

«Magari». Il solo pensiero di tornare a vivere in California mi fa sorridere.

«Il nostro quartiere ti piacerebbe *da morire*, Luce. Ci sono un sacco di negozietti e bar carinissimi, e siamo a soli due isolati dall'oceano. Potresti scrivere, e poi andare a correre sulla spiaggia quando vuoi ricaricarti».

«Certe volte mi viene voglia di riprendere gli studi e diventare una giornalista. Sul serio però, stavolta. Basta uffici vendite».

«Secondo me andresti alla grande. È quello che hai sempre

voluto. E ho sentito dire che la University of Southern California ha un corso di giornalismo fantastico». Jackie solleva le sopracciglia. «Dico così per dire, eh».

«Vivere di nuovo a 'La-la-land'...» dico sorridendo a mia volta. «Non mi dispiacerebbe mica».

«Uhm, se ti trasferissi a Los Angeles per me sarebbe un anno magnifico. Non per essere egoista, ma mi manchi davvero tanto. Lo sai che adoro Pippa, ma io e lei non parliamo come facciamo io e te».

«Lo so. E a proposito, scusa se ti ho torturato con tutte le mie lamentele. Avevo bisogno di sfogarmi. Grazie per avermi ascoltata».

«Non devi scusarti» sorride Jackie. «Insomma, glielo mandi o no, questo nudo a Dane?»

«Dio! No. Gliene ho mandato uno la settimana scorsa: solo delle tette, però. Niente faccia».

«Bella pensata, Luce» dice Jackie sarcastica, perché lei non farebbe mai una cosa tanto stupida come mandare a qualcuno foto di nudo.

«È tutta colpa di Stephen. È lui che mi ha fatto credere che inviare foto di nudo fosse una cosa sexy e privata. Mandarle a Dane invece mi fa sentire come se fossi una specie di distributore di contenuti pornografici».

«A Stephen hai mandato molto più delle tette» sottolinea Jackie.

«Ero un'idiota, a diciannove anni». Un cameriere porta via i nostri piatti e subito dopo ci posa davanti il dessert: torta di carote con glassa al formaggio. Affondo la forchetta sul pezzo con più glassa.

«E a venti, ventuno, ventidue?»

«Touché».

«Sono piena». Jackie si poggia all'indietro sullo schienale della sedia e allontana il piattino del dolce.

Perché io ho ancora fame dopo questa cena infinita? È questo il problema: quando comincio a mangiare, non mi fermo più. Lascio che quel pensiero si allontani, finisco la mia fetta di torta e chiedo al cameriere di riempirmi di nuovo il bicchiere di Veuve Clicquot.

«Sei nervosa all'idea di rivederlo?»

«Chi, Stephen?»

«E chi altri?»

«Lo ero» dico, ricordandomi che quella mattina, in treno, avevo quasi avuto un attacco di panico. «Il matrimonio in generale mi innervosiva, perché ogni volta che pensavo a Bree ed Evan non potevo fare a meno di pensare anche a Stephen e me. Ma adesso che sono qui e so che sto per vederlo, sto bene. È passato tanto tempo».

«Sì, infatti» sospira Jackie. «Non l'hai più visto dopo quella festa di Natale per ex allievi al Baird?»

«No. Dio, che serata tremenda è stata quella. Bree mi ha chiesto di accompagnarla, e l'ultima persona che mi aspettavo di incontrare era lui. Stephen detesta quelle cazzate per ex allievi. Ma ovviamente c'era, con quella stronza di *Jillian*».

«Gesù».

«Non mi manca più, davvero, però detesto che abbia un'altra nuova ragazza».

«Ma certo che ha un'altra nuova ragazza, Lucy. È un fidanzato seriale. Non riesce a stare da solo. Lo sappiamo».

«Lo so, lo so. Solo che...»

«Be', se non altro Jillian non sarà al matrimonio» dice Jackie. «Nessuno può portare nessuno, a meno che non si sia sposati o fidanzati ufficialmente. Niente anello, niente accompagnatore». E così dicendo agita le dita nude per aria.

«Grazie a Dio. Ne morirei».

All'improvviso un tintinnio di metallo su vetro riempie la stanza, e tutti ci giriamo a guardare il signor Donovan, il padre di Evan, che sta per fare il primo brindisi. Si alza in piedi e dice un sacco di cose carine su Bree, su quanto lei abbia reso felice suo figlio, e poi brinda ai genitori di Bree, allegra ma inconsapevole coppia del Midwest, completamente ignara del fatto che la loro unica figlia indossa un anello di diamanti di Tiffany che costa più di un'utilitaria.

Poi viene il turno di Evan, che si alza in piedi, bellissimo, davanti alla portafinestra ad anta doppia, il sole arancio che ancora indugia sulla linea dell'orizzonte alle sue spalle.

«Sarò breve, dato che sapete già tutti perché siete qui» dice, sollevando il calice e abbassando lo sguardo su Bree. «Bree, tu mi togli ancora il fiato. La tua grazia, la tua gentilezza, la tua intelligenza e la tua bellezza, che risplende in egual misura dentro e fuori, mi lasciano senza parole. Quando mi sono accorto di amarti, mi sono arrabbiato con me stesso per non averti incontrata prima. Eri stata al Baird con me, per due anni. Proprio sotto il mio naso!» Qualcuno scoppia a ridere. «Ma una delle lezioni più importanti che mi hai insegnato è che le cose accadono quando devono accadere, e non possiamo affrettare i tempi. Perciò, anche se, a mio avviso, non è successo presto quanto avrei voluto, non passa giorno che io non mi senta l'uomo più fortunato del mondo ad averti incontrato. Grazie per aver organizzato in ogni dettaglio questo bellissimo matrimonio». Evan alza il calice, lo sguardo rivolto ai presenti. «E, naturalmente, un enorme ringraziamento ai miei genitori, che ci hanno aiutato a mettere a punto ogni cosa, e a Lauren, la nostra instancabile wedding planner». Lancio un'occhiata a Lauren, che sembra sul punto di scoppiare dalla soddisfazione. «E grazie a tutti *voi* per essere intervenuti. Il vostro affetto e il vostro sostegno sono la cosa più importante per noi. E, infine, grazie ai Benson: Cindy, Gordon, Gordie e Ian – la mia meravigliosa famiglia acquisita, grazie per essere qui e per avermi permesso di condividere la vita con vostra figlia, vostra sorella, che amo ogni giorno di più. Non vedo l'ora che sia domani. Non credo che riuscirò a dormire, stanotte». Evan sfoggia un sorriso raggiante, e gli ospiti ridacchiano e fanno versetti deliziati quando si china a baciare Bree.

«Che cazzo» dice Pippa. «A me nessuno dirà mai una cosa del genere».

«E non stava nemmeno leggendo dagli appunti» aggiunge Jackie ammirata.

Lancio un'occhiata a Evan e Bree e all'improvviso mi sento mancare, incapace di comprendere come siamo arrivati fin qui.

Mi sembra passato solo qualche giorno da quando io e Stephen ce ne stavamo sul divano beige, una pigra domenica mattina, lui con la testa poggiata sul mio grembo, mentre Bree lo tormentava di domande su Evan, che si era appena trasferito a Manhattan.

«Lo sai che mi è sempre piaciuto» aveva ammesso lei, perché Bree è così, onesta fino alla sfacciataggine.

Allora Stephen le aveva detto che Evan era single, e io l'avevo tormentato a mia volta per organizzare un incontro con Bree, perché l'idea di poter fare delle uscite a quattro tra di noi mi sembrava la migliore al mondo. E allora Stephen li aveva fatti incontrare, ed eravamo andati tutti insieme da Schiller, nel Lower East Side, e quella era stata l'unica volta che ci eravamo visti tutti e quattro insieme, e non perché Bree ed Evan non si fossero piaciuti, tutt'altro. Ed eccoci qui: quasi quattro anni volati, e io li guardavo promettersi di amarsi per sempre.

Meno di ventiquattro ore e sarà tutto finito. So di apparire patetica e forse narcisista, e mi detesto per questo. Non voglio che Stephen sia al centro dei miei pensieri in quest'occasione, eppure è così. Come starà? Non so se ha ottenuto l'abilitazione da avvocato, ma probabilmente sì. È in gamba. Sta con Jillian. Mi chiedo cosa gli passerà per la testa quando mi vedrà. Cosa mi dirà? Sarà ben rasato, o avrà un velo di barba? Ben rasato, probabilmente, se lavora in un ufficio. Sono passati secoli dall'ultima volta che ho pensato a lui in maniera così ossessiva, ma è la consapevolezza che domani lo vedrò che mi porta a farlo. È quel barlume di possibilità che filtra dall'inconscio alla mente razionale, e anche se so che è sbagliato e che ho la forza di volontà per *capire* che è sbagliato e per decidere attivamente di *non* volerlo... mi chiedo ancora come sarebbe.

*

Stephen DeMarco rientrò nella mia vita il secondo venerdì di gennaio del mio secondo anno. Mi ricordo la data esatta perché era un venerdì 13.

Erano le undici ed ero già a letto. Quella sera eravamo andate a una festa e Jackie aveva cercato di farmi mettere con un amico di Stuart, Cameron Qualcosa, ma parlare con Cameron Qualcosa era stato come masticare legno, e dopo una lattina di Miller Light tiepida mi ero avviata verso l'uscita. Jackie si sarebbe incazzata e me ne avrebbe dette di tutti i colori per essere sparita in quel modo, ma non mi importava. Negli ultimi mesi, sforzarmi di vedere gente e ubriacarmi era diventato intollerabile, quasi un obbligo.

E poi, quella sera tutti sarebbero finiti a una festa della Slug, e io non avevo nessuna intenzione di andarci. Vedere Stephen avvinghiato a Diana mi faceva venire il vomito, e l'alcol peggiorava solo le cose. Già mi vedevo scivolare in un luogo buio e spaventoso: era decisamente più semplice cercare di gestire la mia vita fallimentare dal mio letto.

Il telefono, poggiato sul comodino, mi avvisò di una notifica.

Jackie: Che fine hai fatto?

Lo spensi, ancora abbastanza sobria da rimettermi in pari con le letture per il corso di letteratura americana. In quel periodo stavamo leggendo *Il giovane Holden*, ed ero arrivata al punto in cui Holden ripensa al suicidio di James Castle, che si è buttato dalla finestra a Elkton Hills. Avevo sempre detestato quel brano, perché mi faceva tornare in mente una ragazza del mio liceo che si era uccisa nel suo garage. Si chiamava Suzanne Heath, e frequentavamo insieme le lezioni di inglese al primo anno. Non parlava mai molto, ma ero la sua compagna di banco e sapevo che prendeva sempre ottimi voti. Alla fine dell'anno era morta. Si era uccisa nel garage, avvelenandosi col monossido di carbonio in una sera di maggio in cui i suoi erano usciti. Pensare a Suzanne mi fece ricordare anche di Macy Petersen, perché anche se la morte di Macy era stata un incidente, era l'unica altra mia coetanea di mia conoscenza che fosse morta.

La cosa che mi inquietava di più della morte di Macy Petersen era il fatto che, la sera dell'incidente, io l'avevo vista. A quel punto ci incontravamo molto di rado, a parte qualche rara occasione al Cove Club. Ero andata con Antonia a una festa organizzata a casa di non so chi a Lattingtown, o forse Bayville – non ricordo con esattezza, ma so che era fuori dal nostro solito circolo, verso la parte della contea di Nassau che CJ definiva 'dozzinale'. Era un sabato sera di fine estate, ed ero particolarmente infastidita da CJ: la sola vista di lei e mio padre che sfogliavano insieme vecchi album fotografici sul divano mi dava il voltastomaco. Ero in camera mia, a bere vodka nascosta in una bottiglietta d'acqua per cercare di spegnere il cervello, e volevo andare da qualche parte – ovunque – quindi Antonia mi aveva proposto di unirmi a lei, suo fratello e la fidanzata di lui. Sgattaiolai fuori dalla porta sul retro dopo che i miei erano andati a dormire e aspettai che arrivassero alla fine del vialetto.

Non ricordo granché della serata in sé: dopo la Cosa Imperdonabile, ogni volta che andavo a una festa finivo completamente ubriaca. Però ricordo piuttosto bene lo scambio di battute con Macy, come una chiazza limpida nella tenebra fangosa di quella sera. Forse è perché il giorno dopo avevo saputo che era morta; magari la memoria funziona così, ed era stata la notizia a farmi tornare in mente i dettagli della nostra conversazione. Comunque, me ne stavo da sola accanto a un focolare da esterni e mi girava la testa, o forse barcollavo, perché rammento che Macy Petersen comparve dal nulla, mi prese un braccio e mi accompagnò dentro. Mi portò in bagno e mi disse di vomitare.

«Butta fuori tutto» ordinò reggendomi i capelli dietro la testa. «Poi ti sentirai meglio».

Quando lo stomaco si fu svuotato, mi passò un bicchiere d'acqua e io le chiesi che ci facesse lì, perché era tardi e Macy non era il tipo di ragazza che sgattaiolava fuori casa di notte, e non era possibile che non avesse un coprifuoco. La signora Petersen era più severa persino di CJ.

«Non dirlo a nessuno» disse Macy incrociando le lunghe braccia. «Perché ho appena rotto col mio ragazzo e so che è presto, ma ho incontrato questo tipo che mi piace un sacco, e sono qui con lui, più o meno. Cioè, non proprio. Lo riaccompagno a casa, perché stavo facendo la baby-sitter in zona e lui abita da queste parti. Comunque, sono uscita un attimo e ti ho vista fuori e mi sei sembrata ubriaca. Ubriaca della serie 'adesso vomito'».

«Dio santo. Ero messa così male?»

«Stavi barcollando. Niente di troppo imbarazzante, però».

«Adesso mi sento molto meglio». Dal pavimento del bagno, dove mi trovavo, alzai lo sguardo verso di lei e mi dissi che era bellissima, ed elegante, e che mi ricordava tanto la Sirenetta. Mi ricordo di aver pensato che era stata così *carina*, e di aver avuto la tentazione di raccontarle di CJ e Gabe, ma sapevo che sarebbe stata una cosa del tutto gratuita, e che non avrebbe avuto senso. «Grazie, Macy» dissi invece. «Mi dispiace che tu mi abbia vista vomitare. Non deve essere stato un bello spettacolo».

Lei era davanti allo specchio e si metteva il mascara. «Non c'è problema».

«Allora, chi è questo ragazzo con cui sei venuta?» chiesi.

«Non lo conosci» rispose lei subito. «È uno più grande, di Bayville. E non sono *con* lui, cioè, non stiamo insieme. Non avrei dovuto dire niente. Preferirei non si sapesse in giro, per ora. Visto che io e Zach ci siamo lasciati da poco».

«Non lo dirò a nessuno».

«E poi il fatto è che lui ha una ragazza, più o meno». Gli occhi tondi di Macy incontrarono i miei nello specchio. «Dice sempre che lei non gli piace, che stanno per lasciarsi, ma per ora preferiamo che non si sappia. E poi anche io stavo ancora con Zach quando l'ho incontrato. È una schifezza, lo so. Vorrei che non mi piacesse così tanto. Mi sento una sgualdrina».

«Tu non sei affatto una sgualdrina, Macy».

«Sarà meglio che vada». Macy gettò il mascara nella borsa e mi aiutò ad alzarmi in piedi, salutandomi con un abbraccio. «Ce la fai a tornare a casa?»

«Sì, ci accompagna il fratello della mia amica Antonia». Non appena fui in piedi, la testa prese a girarmi di nuovo. Raccolsi la birra che stavo bevendo prima di vomitare.

«Non bere più, Lucy» mi disse Macy, scartando una gomma da masticare.

«Hai ragione. Prendila tu».

«Non posso» disse lei dalla soglia, gli occhi che scintillavano azzurrissimi. «Devo guidare, ricordi?» Si mise la gomma in bocca e scomparve.

La mente vorticava tra i ricordi di Macy e di quella notte di secoli fa; stranamente, e in modo vago, sentii la mancanza di Macy. Non ci conoscevamo bene, a parte quando eravamo molto piccole, e mi aveva sempre colpito come un dettaglio tragico e un po' inquietante che il nostro momento di maggiore intimità avesse avuto luogo proprio quella sera, pochi minuti prima che lei si mettesse al volante. A volte mi coglieva il pensiero bizzarro di aver avuto un ruolo nella sua morte, ma Lydia mi diceva sempre che era un'idea ridicola. Non so. Mi è sempre sembrata una cosa priva di senso, che Macy fosse finita fuori strada subito dopo aver accompagnato quel ragazzo che le piaceva tanto. Era completamente sobria. Che ingiustizia, cazzo. Magari, se Macy non fosse morta, saremmo diventate amiche. Magari alla fine le avrei raccontato di Gabe e CJ.

Ero completamente immersa in quei pensieri quando sentii la porta aprirsi con un cigolio, e la luce del corridoio penetrare nella stanza. Quando intravidi una figura maschile il cuore prese a battermi più forte. Ma poi mi dissi che doveva essere Stuart, magari lui e Jackie erano tornati a casa presto e avevano deciso di dormire nella camera di lei, per una volta.

Una voce bassa e roca pronunciò il mio nome. «Lucy?»

«Sì?»

«Possiamo parlare un attimo?»

Chiusi il libro e mi misi a sedere dritta, la schiena percorsa da un brivido.

«Chi è?»

La porta si aprì ancora e la luce illuminò il viso dell'intruso; fu allora che mi accorsi che era Stephen.

«Lucy?»

«Sei ubriaco?» D'un tratto fui dolorosamente consapevole di indossare il pigiama con i fiocchi di neve che mia nonna mi aveva regalato per Natale. La mamma di CJ aveva gusti pacchiani, ma se non altro il pigiama era caldo.

«Possiamo parlare un attimo?» Stephen accese la luce. Aveva una T-shirt del Baird e un'ombra di barba scura sulle guance e sul mento sfuggente.

«Che vuoi?» Sentivo ogni nervo del mio corpo risvegliarsi.

«Bel pigiama» disse lui. «Non fa un po' troppo caldo per la flanella?»

«Stasera avevo freddo».

«Così tanto da ricorrere alla flanella?»

«Non mi aspettavo di avere compagnia».

«Altrimenti ti saresti messa qualcosa di sexy?»

Sentii uno sfarfallio allo stomaco. Non riuscivo a credere che fosse in camera mia. «Perché sei qui?»

«Come stai, Lucy in the Sky with Diamonds?» Quando usava quel soprannome, mi scioglievo completamente. Le labbra di Stephen si aprirono in un sorrisino. Mi accorsi della lieve abbronzatura a forma di occhialoni da neve che sfoggiava sul viso; probabilmente era andato a sciare per il fine settimana a Bear Mountain, che distava un'ora e mezza da Claremont. Un sacco di studenti del Baird andavano a sciare a Bear Mountain, e sapevo per sentito dire che Keaton Banks, l'amica di Diana, invitava sempre quelli dell'ultimo anno a casa dei genitori a Big Bear Lake.

«Sei ubriaco?» ripetei.

«Non direi». Sedette sul bordo del mio letto. «*Il giovane Holden*, eh? È un libro troppo sopravvalutato, secondo me. Un tizio che se ne va in giro per New York perdendo tempo per tre giorni? Bella storia, Hansel».

«È uno dei miei preferiti».

«Mi piace questo studentato» disse Stephen guardandosi intorno. «L'Adler è fico. Ci ho vissuto anche io al secondo anno».

«Come sapevi che vivo qui?»

«Quasi tutti quelli del secondo anno vivono all'Adler».

«Sai che intendo. Qui. In questa stanza».

«Me lo ha detto Pippa».

«Non lo farebbe mai».

«Be', non è che mi abbia dato le indicazioni precise. Però

stava parlando del fatto che voi ragazze vivete nella stessa suite al terzo piano dell'Adler, e ci sono solo due suite per piano. Perciò, sai com'è. Sono andato per esclusione».

Stava ancora sorridendo, e teneva gli occhi fissi nei miei. Odorava di birra e della sua solita colonia. Non sapevo dove mettere le mani, perciò le infilai sotto le coperte.

«Quindi tu entri senza permesso nei dormitori della gente in piena notte?»

«Solo di certa gente».

«Inquietante».

«Perché non sei venuta alla nostra festa, stasera? Le tue amiche c'erano. Sono secoli che non ti vedo alla Slug».

«Perché dovevo studiare». Ripresi in mano *Il giovane Holden.*

«Che palle! È venerdì. Trovati un riassunto su SparkNote».

«A dire il vero ci tengo, a questo corso».

«Oh, certo, perché è letteratura. E tu vuoi partecipare a quel viaggio in Costa Azzurra. La signorina aspirante giornalista di viaggio. Non sarà facile, ma io ho fiducia in te».

«Perché sei venuto?»

«Chi ci dorme nell'altro letto?» chiese lui, ignorando ancora una volta la mia domanda.

«Jackie».

«Ah, la bionda che mi odia. Ma come ci siete riuscite, a ottenere una suite? Sono richiestissime».

«Non saprei. Forse avevamo buoni numeri alla lotteria per l'assegnazione degli alloggi. No, sul serio, che ci sei venuto a fare qui? È quasi mezzanotte». Mi pentii immediatamente di quella domanda, perché in realtà non volevo che andasse via.

«Volevo solo parlarti un attimo. Va bene per te?»

Annuii, sollevata che non avesse deciso di andarsene. Mi sentivo debole, come se la sua sola presenza rallentasse ogni mia singola funzione vitale.

«Non qui» dissi.

Uscii dal letto, presi la vestaglia e lo portai nel salottino. Era piccolo, ma eravamo riuscite a farci entrare un divano, una poltrona, un tavolino da caffè e la tv di Pippa.

«Bella vestaglia» disse Stephen.

«Smettila di prenderti gioco di tutto quello che ho addosso». Mi sedetti sul divano.

«Ho detto che è bella, Luce».

Mi sentii avvampare. Adoravo il fatto che mi chiamasse ancora 'Luce'.

Incrociai le braccia. «Di cosa volevi parlare?»

Lui si sedette al lato opposto del divano e osservò con tutta calma le pareti, che avevamo decorato con la tappezzeria che Jackie si era portata dietro dalla scuola privata.

«Volevo solo dirti che ti penso» disse infine, gli occhi verde chiaro fissi nei miei. «Tanto».

«Davvero?» Ero così emozionata da non preoccuparmi nemmeno di essermi lasciata sfuggire una risposta tanto patetica. Lui e Diana si erano lasciati, finalmente. Lo sapevo. Dopo che si era scusato alla festa a tema Gatsby, e dopo aver notato il tono ammiccante con cui mi parlava, sapevo che sarebbe tornato da me.

«Sì, Lucy in the Sky with Diamonds».

«Ma pensavo stessi con Diana».

«Infatti è così».

«Oh». Sentii le viscere contrarsi, e la speranza fu rimpiazzata all'istante dalla delusione.

«Ho incasinato tutto. Sono proprio un deficiente».

«Non capisco cosa stai cercando di dirmi».

Lui cambiò posizione, poggiando una caviglia sul ginocchio, una posizione strana visto che non era particolarmente flessibile. Rimise quasi subito il piede sul pavimento.

«Provo ancora qualcosa per te, Lucy. Volevo che funzionasse, con Diana, ma non sta accadendo. Mi manchi».

'Mi manchi'. Gli mancavo! Stava ancora con Diana, ma gli mancavo. Assaporai quelle parole. Erano mesi che non desideravo sentire altro.

«Però stai ancora con lei. Lo hai appena detto».

«Manca pochissimo alla laurea». Si strinse nelle spalle. «Tanto vale aspettare, prima di lasciarci».

«Non è esattamente 'pochissimo'. Mancano cinque mesi».

«Giusto». Aveva gli occhi fissi sulla moquette.

«Fai come ti pare». Spostai lo sguardo verso la finestra, al cielo nero inchiostro. Ci sono regole da rispettare, strategie che devi imparare ad adottare, quando hai a che fare con uomini come Stephen, uomini che non vogliono le cose troppo facili. Mi ricordai che tra me e Stephen le cose funzionavano meglio quando facevo un po' di resistenza.

«Non volevo che uscisse così» disse lui. «Sembro uno stronzo».

«Sai che novità».

«E dai, Lucy».

«Cosa? Cos'è che volevi dire, allora?»

«Volevo dire che Diana mi renderebbe la vita un inferno se la lasciassi adesso. Frequentiamo lo stesso gruppo di amici. È difficile da spiegare».

«No, lo capisco». E lo capivo davvero. Gli amici di Parker, alcuni dei quali erano stati anche miei buoni amici, avevano praticamente smesso di parlarmi dopo che l'avevo mollato la sera del ballo di primavera.

«Sei bellissima. È una cosa che mi sconvolge ogni volta che ti vedo». Mi prese il mento tra pollice e indice.

Sapevo che avrei dovuto dirgli di fermarsi, di alzarsi e andarsene, ma non ci riuscii. Mi sentivo la testa pesantissima. Era così bello stargli di nuovo così vicina, che a malapena riuscivo a pensare.

«Ci vieni a Bear Mountain il prossimo weekend?» riprese Stephen. «Io ci sarò. Saremo soprattutto maschi, ma le ragazze del secondo anno sono ammesse». Fece un sorrisino.

«Forse» dissi io, già eccitatissima. Alcuni dei Chops sarebbero stati ospiti di un tizio di nome Jared a Bear Mountain per un weekend di sci e festini, e Pippa e Jackie avevano proposto di andare. Tutt'a un tratto, quell'idea mi sembrava magnifica. «Anche se» aggiunsi, ricordandomi dell'appartamento di Keaton «preferirei non trovarmi a stretto contatto con il vostro gruppetto di ragazze dell'ultimo anno».

«Le ragazze dell'ultimo anno a cui ti riferisci non ci saranno, il prossimo weekend» rispose lui con una strizzata d'occhio. «Altrimenti te l'avrei detto».

Annuii, una forza misteriosa che mi scuoteva nel profondo: la subconscia realizzazione, forse, che stavo di nuovo tradendo me stessa.

«Mi manchi tanto». I piccoli occhi verdi di Stephen agganciarono i miei.

«Anche tu mi manchi». Dirglielo era come immergermi in un bagno caldo.

«Non so esattamente cosa sia, Luce. Ma noi ci siamo sempre... presi. Emotivamente. E fisicamente». Incurvò un angolo della bocca in un sorrisetto. Scivolò sul divano, un po' più vicino.

Lo ascoltai parlar male della sua storia con Diana per un altro po'. Mi disse che le voleva bene, ma non era più innamorato, e non pensava di esserlo mai stato. Mentre diceva tutto questo, io lo osservavo. Sul suo viso era dipinto quel tipo di compiacimento sfacciato che la gente come Jackie detestava, ma per qualche ragione io no. Sapevo che Stephen mi giudicava una ragazza facile, un'illusa; non è che non capissi certe cose. E a quanto pare ero effettivamente una facile e un'illusa, o almeno mi ero spinta a esserlo con le mie stesse mani. Non avrei dovuto accettare la sua offerta, ma lo feci, perché avevo capito nel momento esatto in cui aveva aperto la porta della mia camera che gli avrei permesso di venire di nuovo a letto con me, a dispetto delle circostanze. Non c'era via d'uscita. Avevo immaginato quella scena milioni di volte. Non c'era niente che desiderassi di più. Non capivo se avevo una dipendenza dal dolore, o se l'amore fosse in sé un dolore che era necessario attraversare per accedere finalmente a qualcosa di più grande, a un risultato finale impossibile da cogliere a priori ma in cui si riponeva una fede cieca.

Ci sono ragazze, come Georgia, che non permetterebbero mai a un uomo di trattarle così. È solo quando permetti a cose del genere di succedere, che ti rendi conto che il tuo senso morale non è più allineato alle tue azioni come speravi. Magari le cose sarebbero andate diversamente se quel giorno non avessi visto CJ e Gabe insieme, ma li avevo visti, e sapevo ciò che sapevo. Desiderio e amore cancellano i parametri etici, è così che funziona e basta.

Per farlo, tornammo a casa sua. Non potevo rischiare che le ragazze rientrassero prima, ed era altamente improbabile che Diana venisse alla Slug: si trovava a casa di Keaton per un weekend sulla neve. Mi sfilai il pigiama coi fiocchi di neve e indossai dei vestiti normali, con le mani di Stephen che mi toccavano ovunque già mentre mi spogliavo e rivestivo, ansimandomi nell'orecchio con l'alito che sapeva di birra. Entrammo alla Slug da un ingresso laterale, visto che la festa era ancora in corso. La camera di Stephen era in disordine e puzzava di sudore. Guardai la sua espressione farsi vuota mentre mi scivolava dentro. Sdraiata su di lui, mi godetti ogni grugnito, ogni spinta carica di desiderio, sentendomi sazia per la prima volta dopo un'infinità di tempo. Io nemmeno venni: ero troppo distratta dall'eccitazione e dal sollievo di essere di nuovo insieme. Mentre veniva, Stephen chiuse gli occhi con espressione estatica e gemette, stringendomi i fianchi. Vederlo venire era una delle cose che mi piacevano di più in assoluto. Mi riempiva di un potere segreto, la consapevolezza che il suo piacere supremo era tutto merito mio. Era la stessa sensazione che mi pervadeva quando riuscivo a resistere un'intera giornata senza mangiare, e mi svegliavo la mattina dopo con i morsi della fame.

Stephen doveva svegliarsi presto per incontrare il suo consulente.

«Ci vediamo presto». Si chinò a baciarmi, la barbetta di tre giorni che mi graffiava il mento. «E penserò a te nuda per tutto il giorno».

Mormorai un saluto, già infelice all'idea che se ne andasse.

«Oh e, Luce?» disse quando era già sulla soglia. «Detesto dirtelo così, ma magari usa le scale sul retro quando te ne vai. Cerca di non farti notare. Charlie e Wrig sono tranquilli, ma se Evan ti vede... quel ragazzo ha una bussola morale grossa come una casa ficcata su per il culo».

Annuii, digerendo a fatica le implicazioni di ciò che mi aveva appena detto ma consapevole di non avere il diritto di protestare. Sapevo ciò che stavo facendo. Avevo accettato io quella situazione, e comunque al momento mi sentivo infinitamente meglio di quanto mi fossi sentita seduta a letto da sola o fingendo di divertirmi a feste o sopportando le dita sudaticce e inesperte di Topher Rigby che mi si infilavano in tutti i buchi sbagliati.

«Ti mando un messaggio quando torno» aggiunse Stephen prima di chiudersi la porta alle spalle. Quel pomeriggio avrebbe raggiunto Diana e i suoi amici a Bear Mountain.

Non provai nemmeno a dormire quando se ne andò: sapevo di non poter più rimanere in camera sua. Mentre uscivo vidi sul pavimento un reggiseno rosso, senza dubbio di Diana. Lo raccolsi e lo tenni sotto al cappotto mentre scendevo le scale e uscivo dall'edificio; quando fui abbastanza lontana dalla Slug, lo gettai nel primo cassonetto che incontrai.

24
Stephen

Aprile 2012

Fissai il foglio di carta che avevo davanti.

> **La ringraziamo per l'interesse dimostrato per la University of Virginia School of Law. Ci rincresce informarla che, dopo un'attenta valutazione della sua domanda di ammissione e della documentazione relativa, abbiamo stabilito di non poter accettare la sua richiesta.**

Era l'ennesima lettera di rifiuto, e quella che mi colpì con maggior violenza, perché la University of Virginia era l'ultimo ateneo da cui attendevo risposta. Ero già stato rifiutato da Stanford, Harvard, Berkeley, Yale, Penn e Northwestern, dopo il rifiuto iniziale della Columbia, a cui avevo inviato la domanda di ammissione anticipata a dicembre. Il consulente alla carriera mi aveva detto che era da pazzi non fare domanda a qualche ateneo di riserva, ma non l'avevo ascoltato. Non solo avevo ottenuto una A per la mia tesi 'Regolamenti interni nel settore dei servizi di sicurezza finanziaria: rischio sistemico e ricerca della precisione', ma i miei punteggi al test di ammissione alla facoltà di giurisprudenza erano nel novantacinquesimo percentile, e mi meritavo una scuola dell'Ivy League. Era quella *cazzo* di condanna per guida in stato di ebbrezza che mi stava rovinando la vita.

Feci a brandelli la lettera e rimasi immobile, livido di rabbia. Non aveva alcun senso andare in una Scuola di Legge mediocre, ricordai a me stesso, ma avrei potuto aggiungere all'elenco la Washington University o la Notre Dame o la Boston University: non proprio sul podio, ma comunque tra le trenta migliori del Paese. Avevo dato per scontato che alla Northwestern sarei entrato senza problemi, però.

Fui tentato di sferrare un pugno nel muro, invece mi lasciai cadere sul letto. Fissai le pale del ventilatore a soffitto che giravano e giravano, smuovendo l'aria viziata della stanza. Cercai di concentrarmi su una di quelle pale finché la vista mi si fece annebbiata. In testa mi martellava un unico pensiero: non ero entrato a legge. Non ero entrato a legge ed ero completamente, assolutamente fottuto. Ormai era troppo tardi per fare domanda come *paralegal*; tutti gli studi anche solo minimamente decenti avevano sicuramente già chiuso quelle posizioni mesi fa.

Presi il telefono e chiamai Luke, con un abbozzo di piano che mi si faceva strada in un angoletto della mente.

Luke rispose al primo squillo. Probabilmente non riceveva tante telefonate, a parte quelle di Kathleen.

«Ho cambiato idea, Luke» gli dissi. «Voglio aspettare un anno prima di iscrivermi a legge. Voglio prima tirar su qualche soldo. Mi serve un lavoro».

Il lavoro di Luke, quello di mediatore obbligazionario, era una mezza schifezza, ma era ottimo per farsi qualche buon contatto nel mondo della finanza, e gli studi legali erano sempre a caccia di succhiasoldi appena usciti dal college.

«Come? Pensavo volessi frequentare legge. Lo so che ormai la Columbia è andata, ma che mi dici delle altre? Ti hanno già risposto?»

«Non ancora» mentii. «Ma ho accumulato un debito studentesco spaventoso con il Baird e non mi va proprio di averne altri. Tu guadagni bene, no? Posso parlare col tuo capo, vedere se conosce qualcuno che assume? Non alla tua compagnia, ma magari qualcun altro. Sono specializzato in scienze politiche e ho una formazione in economia, sono il migliore della classe. Diglielo».

Quando chiudemmo la telefonata, Luke mi mise in contatto

col suo capo, che rispose praticamente subito alla email e mi disse che conosceva un tizio che conosceva un altro tizio che cercava disperatamente un analista azionario per una società chiamata BR3 Group. Inviai la documentazione necessaria e l'amministratore delegato della società, un tale di nome Doug Richter, mi richiamò meno di un'ora dopo.

«Ai test di ingresso per giurisprudenza hai ottenuto dei voti davvero notevoli, Stephen DeMarco» disse. «Sicuro che non ti interessa entrare a legge?»

«Era il mio obiettivo iniziale, ma poi sono rinsavito» mentii, ancora ansioso. «A conti fatti mi sono accorto di avere la mente giusta per occuparmi di finanza, ed è in questo campo che voglio crescere. La mia materia complementare al Baird è economia, mi laureo il mese prossimo. Se tutto va bene, avrò una media di 3,8».

«Vedo» disse Doug. «Sto giusto leggendo il tuo curriculum universitario. Un ragazzo sveglio».

«Grazie, signore».

«E perché vorresti occuparti di analisi azionarie?»

«Perché sono curioso, sono portato per la matematica, e ci so fare con la gente. E per i soldi, ovviamente. I soldi mi piacciono, e so che potrei farne parecchi, per me e per la sua società, signor Richter».

«È esattamente ciò che volevo sentirmi dire, DeMarco. Invio subito la tua documentazione al responsabile delle assunzioni. Ci faremo sentire».

«La ringrazio, signor Richter».

«Per favore, chiamami Doug. Stammi bene, DeMarco».

Lo ringraziai di nuovo e chiusi la chiamata. Detesto quando la gente mi dice 'stammi bene'. Ma che significa? Perché, se non glielo ricordi tu la gente si impegna a star male?

Feci un respiro profondo e provai a mantenermi ottimista. Se fossi riuscito a ottenere quel posto – o qualcosa di simile – me la sarei cavata. Avrei lavorato per un anno e poi avrei ripresentato domanda per le Scuole di Legge, anche di secondo livello, se necessario. L'agente 'Testa-di-cazzo' Gonzalez non mi avrebbe impedito di diventare un avvocato: un avvocato ricco da far schifo, che avrebbe fatto sembrare lo stipendio da trader di Luke come un bonus di fine anno nemmeno troppo generoso. Non mi serviva laurearmi nelle scuole migliori per avere successo. Anzi, fanculo alla Columbia e Stanford e Harvard e la Penn e Northwestern e la University of Virginia e tutti gli stronzi ricchi e ipocriti del consiglio di ammissione, che probabilmente facevano giusto fare un giro alle loro Corvette vintage, ubriachi, due volte a settimana.

Mi misi seduto sul letto, fissando lo schermo del portatile in attesa che succedesse qualcosa, magari l'arrivo dell'email con la proposta di assunzione da parte del BR3 Group. Non mi ero ancora liberato del tutto della stizza. Mi serviva una distrazione, e sapevo anche che tipo di distrazione avrebbe funzionato al meglio. Presi il telefono e inviai un messaggio a Lucy.

Stephen: Che fai, bellezza?

Lei lo ricevette subito, ma aspettò una mezz'oretta per rispondere. Le ragazze aspettano sempre un po' prima di rispondere, come se questo cambiasse chissà che.

Lucy: Sono appena uscita da lezione, vado dal mio consulente tra poco, poi biblioteca, tu?

Stephen: Sono tutto solo in camera mia. Vuoi fare un salto qui? Mi mancano le tue gambe sexy.

Lucy: Va beeene. Dammi venti minuti.

Diana era andata a Long Beach per pranzare con la zia, perciò era il pomeriggio perfetto per far venire Lucy da me. Lucy e io avevamo ricominciato ad andare a letto insieme quasi tre mesi prima. Non succedeva spesso, perché stavo quasi sempre con Diana, ma dalla notte in cui avevamo ripreso, non ero più riuscito a smettere.

Dopo una mezz'ora, Lucy aprì la porta di camera mia.

«Puoi chiudere a chiave?» le dissi.

Lei, un'espressione finto-esasperata in viso, fece come le avevo chiesto. Mi alzai in piedi e la sollevai, lanciandola, leggera com'era, sul materasso.

«Mi sono rotta di usare la scalinata sul retro» disse mentre cercavo di baciarla. «Mi sembra di essere una prostituta».

«Non sei una prostituta». Mi sdraiai sul letto accanto a lei, la mano posata sulla sua pancia. Lucy non era molto brava con il sesso occasionale e senza impegno: sapevo che le modalità dei nostri incontri la infastidivano, ma sapevo anche che non avrebbe messo fine alla storia. Però mi lanciava continue frecciatine sul fatto che continuassi a vedere Diana e di tanto in tanto faceva scoppiare piccoli litigi sciocchi. Ovviamente era tutta colpa *mia*, anche se lei aveva capito benissimo i termini dell'accordo e, bene o male, li aveva accettati.

«Luce». Le misi una ciocca di capelli dietro l'orecchio. «Lo sai che non sarà così per sempre».

«Devi avermi preso per un'idiota».

«Non ti ho preso per un'idiota».

«E che mi dici dei tuoi amici? Se Evan mi vedesse salire quelle scale...»

«Non succederà».

«Ma se mi vedesse?»

«Mi inventerei qualcosa. Non preoccuparti».

Lei sospirò e socchiuse gli occhi blu. Niente trucco.

«Mi piaci struccata».

«Ho appuntamento col consulente tra mezz'ora». Mi pizzicò il lobo dell'orecchio con pollice e indice.

«Allora meglio toglierti subito quei vestiti di dosso». Feci scorrere le mani sul suo interno coscia, e sui leggings lunghi fino al polpaccio. «Hai un corpo da urlo».

«Stephen. Dimmi una cosa, sinceramente».

«Tutto ciò che vuoi».

«Quando dici che le cose non saranno così per sempre, fai sul serio? Se no, non importa. Ma voglio comunque saperlo». Si morse il labbro, in attesa.

«Lo dico sul serio» dissi in tutta onestà. Era fuori discussione che io e Diana continuassimo a stare insieme dopo la laurea. Ne avevamo parlato. Lei sarebbe tornata a Milwaukee per uno stage estivo e poi si sarebbe trasferita a Saint Louis per riprendere gli studi in autunno, e io non sopporto il Midwest: è pieno di gente fin troppo allegra, ha un mercato del lavoro mediocre e gli stipendi sono ridicoli. «Anzi, Luce» proseguii, seminandole bacetti lungo il collo. «Ci sono buone probabilità che venga a New York quest'estate».

«Perché? La Columbia?» Sgranò gli occhi. «Pensavo non ti avessero accettato».

«Infatti. Però ho deciso di rimandare di un anno l'iscrizione a legge e cercarmi un lavoro nella finanza. E molte delle compagnie per cui ho fatto domanda sono a New York».

«Wow. E che mi dici delle altre università? Hai saputo qualcosa?»

«Non ancora, ma ormai ho deciso. Ho capito che mi farebbe comodo farmi un'esperienza lavorativa prima di ricominciare a studiare. E poi mi servono proprio un po' di soldi per iniziare a ripagare il debito studentesco». Mi ero già preparato la risposta a quella domanda, visto che tutti me l'avrebbero fatta.

«Mi sembra una decisione ragionevole, Stephen» disse Lucy. Secondo lei, tutto quello che facevo io era ragionevole.

«Il che significa» proseguii, «che quest'estate possiamo vederci. Se anche tu torni a casa, si intende».

«Oh, davvero?» disse lei con un sorrisino sardonico. «Sai com'è, dici sempre cose del genere, ma sono solo parole. È facile per te fare certe promesse, anche se non ci credi».

«Lucy». Mi misi seduto e la fissai, completamente vestita ma sdraiata nel mio letto. Cominciavo a infastidirmi. Mi tornarono in mente le lettere di rifiuto e sentii la rabbia che riemergeva in superficie. Lottai per contenerla, concentrando tutta l'attenzione su una striscia di pancia nuda di Lucy. «Farò una festa di laurea a casa mia, a Bayville, il 14 giugno. Una cosa in piccolo, ma dovresti venire». Mi accorsi che cercava di non sembrare troppo emozionata, ma non poté fare a meno di incurvare le labbra in un sorriso.

«E che mi dici di Diana?»

«Per allora io e Diana avremo vite separate».

«Interessante». Di nuovo quell'espressione esasperata.

«Smettila di alzare gli occhi al cielo! Le cose cambieranno davvero dopo la laurea, non sto dicendo bugie».

«E tu smettila di dirmi cosa fare».

«Lucy in the Sky with Diamonds». Mi misi a cavalcioni su di lei e le poggiai le mani sulle spalle, spingendola sul materasso. Potevamo essere così intimi solo in privato, e sapevo che lei assaporava ogni secondo di quei momenti. «Lo so che vorresti litigare, ma hai solo venticinque minuti prima di quell'incontro, e io odio quando sei nel mio letto tutta vestita. Ce l'ho duro da mezz'ora al pensiero che mi avresti raggiunto qui. Perciò, puoi stare zitta un attimo così posso scoparti?»

I suoi occhi scintillarono di desiderio, e in effetti smise di parlare, mentre le sfilavo i vestiti di dosso in meno di dieci secondi. Con la coda dell'occhio scorsi la lettera della University of Virginia che faceva capolino dal cestino della carta straccia e scopai Lucy con forza, quasi con furia. Avevo la testa piena di dubbi e ansia, e volevo sostituirli con qualcos'altro. Le afferrai i capelli e lei mi affondò i talloni nella schiena. Scopammo così: arrabbiati. Lei era quasi sempre arrabbiata con me, e io, quel giorno, ero arrabbiato con quella stronza dell'agente Gonzalez. Perché che sarebbe successo se non avessi ottenuto il lavoro per il BR3 Group, o se non fossi riuscito proprio a trovare un impiego? Mi sentii invadere dal panico, ma poi fui colto da una sensazione di tensione perfetta, e percepii il piacere concentrarsi sulla punta del mio membro, ma non volevo venire e il giorno dopo avrei chiamato Doug Richter e se necessario gli avrei detto che il weekend successivo mi sarei presentato a New York per un colloquio e Dio, era bellissimo! Avrei fatto qualsiasi cosa. *Qualsiasi.* Dentro il corpo di Lucy mi sentivo pieno e caldo e dorato, e avevo ottenuto dei voti a dir poco eccellenti per i test di ammissione e seppi in quel momento che sarebbe andato tutto bene. Anzi, benissimo. Mi sdraiai a pancia in su e Lucy mi si mise a cavalcioni e mi sembrò di impazzire. La sentivo pulsare sopra di me, sentivo la sua schiena che si inarcava sotto le mie dita e in quegli ultimi secondi la consapevolezza esplosiva di ciò che stava per succedere mi invase completamente. Chiusi gli occhi con la mente beatamente svuotata, quasi in trance, lasciando che quella sensazione mi riempisse e poi fuoriuscisse da me in un flusso bollente e paradisiaco, lasciandomi senza fiato, nemmeno consapevole che le ero venuto dentro.

«Cazzo» dissi. «Non sono uscito in tempo».

«Merda» disse lei rimettendosi in piedi e rivestendosi in fretta. «Farò tardi!»

«Te l'avevo detto che non avremmo dovuto parlare tanto».

Mi lanciò un'occhiataccia.

«Lucy, non voglio sembrarti stronzo, ma potresti prendere la pillola del giorno dopo? Ti ridò i soldi».

«Non ti preoccupare, non c'è problema» rispose lei, già sulla soglia.

«La prendi, sicura?» insistetti. «Su certe cose meglio non rischiare».

«Ho detto di sì».

«Grazie, Luce. Stasera qui ci sarà una festa anni Ottanta. Magari ci vediamo».

«Magari».

«Che c'è?» Era evidentemente incazzata, irritata, o qualcosa del genere.

«Dov'è Diana? Tanto vale chiedere».

«Torna oggi da Long Beach» risposi in tono neutro.

«Capito».

«Sono io che capisco» aggiunsi. «Se non ti va di venire stasera».

«Vedrò se fare un salto». Si avviò, dandomi le spalle.

«Non mi dai neanche un bacio per salutarmi?»

«È veramente tardissimo. Ci vediamo» disse lei chiudendosi dietro la porta.

La sentii correre lungo le scale e aspettai che la porta d'ingresso sbattesse prima di aprire il portatile e controllare le email. Doug Richter non mi aveva ancora scritto, né, se è per quello, lo aveva fatto qualcun altro della sua società. Mi preparai a una lunga attesa, l'ansia che tornava a tormentarmi.

25
Lucy

Aprile 2012

Il professor Levy mi chiese di andare nel suo studio un venerdì pomeriggio di aprile. Era il mio consulente, nonché il docente che teneva il corso su Toni Morrison, che seguivo per ottenere crediti in studi interculturali.

Il suo studio si trovava al terzo piano della Foster Hall, l'edificio che ospitava le lezioni delle materie umanistiche, e affacciava a nord con grandi finestre con vista sulle Saint Gabriel Mountains.

«Accomodati, Lucy» mi disse quando entrai.

Sedetti su una sedia di legno, indolenzita per aver fatto sesso con Stephen poco prima. Erano passate quasi due settimane dall'ultima volta, e detestavo l'idea che probabilmente ce ne sarebbero volute altre due prima che trovassimo il tempo per farlo di nuovo. Odiavo l'idea che avesse sempre lui il coltello dalla parte del manico.

«Lo sai perché ti ho convocata qui?» mi chiese il professor Levy, grattandosi la barba sale e pepe.

Mi sentii a disagio. Sapevo che quello stupido corso su Toni Morrison non stava andando granché bene, ma non pensavo che stesse addirittura andando *male*.

«Lo so, la mia ultima tesina non era tra le migliori» cominciai. «Stavo giusto per parlargliene. Se potessi avere un paio di giorni per riscriverla...»

«Lucy, Lucy». Il professor Levy alzò una mano e sorrise. «La tesina andava bene! Certo, non è la miglior cosa che tu abbia scritto, ma non è per questo che ti ho chiesto di venire».

«Oh».

«Nel complesso hai ottenuto voti eccellenti durante i tuoi primi due anni al Baird. Teoria della letteratura ti ha un po' abbassato la media, e con ogni probabilità il voto per il corso su Toni Morrison non sarà al pari degli altri, ma hai comunque una delle medie migliori tra gli studenti di letteratura inglese del tuo anno. Hai appena superato un punteggio di 3,7».

«È una buona notizia». Cercai di sorridere, ma la bocca si rifiutava di muoversi.

«È un'ottima notizia! Il dipartimento di inglese è felice di offrirti un posto per il corso 'Scrittori in Costa Azzurra' che si terrà il prossimo mese. Sei uno dei dodici studenti selezionati. Congratulazioni, cara!» Il professor Levy sembrava deliziato. Il suo entusiasmo cronico poteva essere sfinente.

Quando risposi, lo feci con una voce roca e incerta. «Wow».

«Al comitato è piaciuto tantissimo il tuo saggio di presentazione, quello in cui spiegavi le ragioni per cui vuoi diventare scrittrice di viaggio: di come sei cresciuta leggendo le sezioni dedicate ai viaggi nelle riviste di tua madre quando facevi il bagno. Era molto originale! Tantissimi studenti parlano della loro passione per Hemingway o per *Il grande Gatsby*, sai com'è, qualcosa che possa poi andar bene come spunto per una potenziale tesi. Il che va benissimo, per carità, ma alla lunga diventa un po' ripetitivo. Abbiamo trovato il tuo lavoro veramente innovativo. E poi sono contento che ti interessi il giornalismo. Magari mentre sei in Francia potresti scrivere un pezzo per il *Lantern*».

Annuii e mi sforzai di sorridere, ancora incapace di parlare. Non dissi al professor Levy che la mia collaborazione con il *Lantern* era probabilmente conclusa, dato che non scrivevo per il giornale da tantissimo. Non prendevo più incarichi da ottobre, ora che ci pensavo, e i redattori sono tenuti a scrivere almeno due pezzi al mese.

«Sei contenta, voglio sperare?» riprese il professor Levy.

«So che l'idea di partecipare a questo corso ti entusiasmava. È un'esperienza davvero fenomenale. Robin Murphy è fantastica; hai già fatto lezione con lei, vero? Comunque, ora ti do tutta la documentazione. Tu dacci un'occhiata, firma dove è indicato e poi riportami tutto per la fine della settimana. Ci penserà il dipartimento a prenotare i tuoi voli aerei, *et voilà*. Sono contentissimo per te, Lucy. Hai lavorato sodo per meritartelo».

Mi ricordai di quanto, nei mesi precedenti, avessi desiderato partecipare a 'Scrittori in Costa Azzurra', e feci del mio meglio per assumere un'espressione compiaciuta. La verità è che mi ero ormai dimenticata di quel corso, del modulo di richiesta che avevo compilato l'autunno precedente, nonché del fatto che il dipartimento di letteratura inglese avrebbe comunicato l'esito delle selezioni proprio ad aprile. Mi sentivo la mente annebbiata, come se un pezzo di cervello mi fosse scivolato via da sotto i piedi e io non fossi più in grado di ragionare in modo lucido.

«Mi ricorda quali sono le date?»

«Partirete il 15 di maggio, subito dopo la fine del semestre, e ritornerete il 20 giugno». Il professor Levy sorrise di nuovo. Non smetteva mai: quando provavo a sorridere altrettanto a lungo, dopo poco i muscoli intorno alla bocca mi facevano male.

«Ho qualche giorno per decidere?» chiesi. «Se voglio partecipare al viaggio, intendo».

«Oh, credevo che tu fossi già convinta». Il professor Levy mi guardò con espressione confusa.

«Voglio dire, cioè... Devo solo parlarne con i miei genitori e chiedere conferma a loro. Ma sono sicura che non ci saranno problemi. Grazie. È un grande onore».

«Ma certo. Dillo ai tuoi e fammi sapere cosa hai deciso per la fine della settimana. Ma Lucy, credimi sulla parola quando ti dico che questa è un'opportunità assolutamente da non perdere».

Lasciai la Foster Hall e tornai verso il dormitorio facendo il giro lungo, quello che percorreva il perimetro del campus anziché tagliare per il cortile. Tirai fuori il telefono dalla tasca e lo fissai, ricordando la sensazione che avevo provato quando solo un paio d'ore prima Stephen mi aveva inviato il messaggio con cui mi chiedeva di raggiungerlo: l'ondata di calore nel petto, l'eccitazione che bloccava ogni altra sensazione, soprattutto l'inevitabilità di *quella* sensazione, la solitudine e la tristezza che ora mi avviluppavano, dopo la mezz'ora trascorsa a letto insieme. Desiderai disperatamente che mi mandasse un nuovo messaggio per chiedermi di tornare in camera sua. Una nuova ondata di puro desiderio emerse, quasi intollerabile. Quanto avrei voluto che le cose cambiassero.

Ma le cose *sarebbero* cambiate. Era solo una questione di tempo, e di sicuro potevo aspettare ancora un paio di mesi.

Il 14 giugno. Il 14 giugno. Il 14 giugno. Continuavo a ripetermi la data in testa: la data della festa di laurea di Stephen a Long Island, la festa a cui mi aveva invitata e che si sarebbe tenuta a casa sua a Bayville. Niente più Diana, solo io e lui. Di nuovo nello stato di New York. Un nuovo inizio.

Faceva caldo, quel giorno, e un paio di ragazze del primo anno prendevano il sole in cortile, con indosso solo il costume da bagno. Ultimamente ero così giù di corda che quasi non mi ero accorta che l'estate era imminente. Tutt'a un tratto, però, mi sentii rinvigorita. Il 14 giugno.

Poi però mi tornò in mente 'Scrittori in Costa Azzurra', il Sud della Francia e l'incontro appena concluso con il professor Levy, e mi resi conto che avrei dovuto sentirmi entusiasta all'idea di partire, anche se sarei tornata *dopo* il 14 giugno.

No. Non potevo andare. Non potevo perdermi la festa di Stephen. In Francia ci sarei andata più avanti, coi miei tempi.

Mio padre e CJ sarebbero stati felicissimi se avessero saputo che ero stata ammessa al corso, quindi non potevo dirglielo. Erano anni che ne parlavo incessantemente, e se avessi detto loro che ero stata selezionata ma non volevo più partecipare avrebbero capito che c'era qualcosa di grosso che non andava.

Superando la Slug, fui colta da un'immancabile fitta di ansia. Una parte di me aveva voglia di correre dentro l'edificio e gridare a squarciagola: 'HO APPENA FATTO SESSO CON STEPHEN DEMARCO IN QUESTA CASA UN'ORA FA! E FACCIO SESSO CON STEPHEN DEMARCO IN QUESTA CASA DA GENNAIO. CERTE VOLTE LO FACCIAMO IN CAMERA MIA O NELLA SUA MACCHINA O NELLA DOCCIA SE DA ME NON C'È NESSUNO, MA IN GENERE QUI IN CAMERA SUA. LO SAPEVI, DIANA?'

Però non avevo nemmeno la metà del fegato necessario, e sapevo che facendo una cosa del genere avrei rovinato tutto, quindi mi limitai a camminare più in fretta, socchiudendo gli occhi per il sole accecante, pentendomi di non essermi portata dietro gli occhiali scuri. Camminai molto più a lungo di quanto avessi avuto intenzione di fare. Camminai fino a raggiungere Carroll Street, in città. Solo allora feci marcia indietro, e quando arrivai all'Adler era ormai il tramonto, e il cielo violetto sfumava nel rosa e nel blu che si intravedevano dietro le montagne. Mi feci una doccia, che mi calmò un po'. Infilai un paio di boxer e una T-shirt e mi misi a letto con il libro *Amatissima*, per quello stupido corso su Toni Morrison. A me Toni Morrison non diceva granché, ma il resto del mondo sembrava adorarla.

Trascorse qualche tempo prima che sentissi la porta della suite aprirsi, e un coro di voci sollevarsi dalla zona giorno. Le ragazze erano tornate dalla cena di compleanno della nostra amica Ella. Ella aveva un anno più di noi ed era nella stessa squadra di tennis di Jackie. Per evitare quella cena avevo raccontato di dover scrivere l'ennesima tesina (ne avevo in effetti una da finire, ma andava consegnata solo la settimana successiva). Mi preparai ad affrontare le mie coinquiline. Ultimamente mi capitava spesso di desiderare di vivere da sola. Vivere con altre tre persone, anche se nel mio caso si trattava delle mie migliori amiche, è difficile.

Jackie spalancò la porta della nostra camera condivisa, accigliandosi quando mi vide. «Sei già a letto? Ma non sono nemmeno le nove!»

«C'è la festa anni Ottanta!» Pippa si infilò nell'armadio di

Jackie, riemergendone con manciate di vestiti. Bree armeggiava con le casse nell'altra stanza, e ben presto la voce di Michael Jackson invase l'appartamento, facendo evaporare ogni minima possibilità che io potessi finire di leggere; era pur vero che non sarei comunque riuscita a concentrarmi.

Jackie sfilò qualcosa di rosa shocking dal suo cassettone e poi mi lanciò un'occhiata. «Tu vieni, vero?»

Ma la festa anni Ottanta era alla Slug. Sentii lo stomaco annodarsi al pensiero di entrare in quella casa e vedere Stephen avvinghiato a Diana, sapendo che poche ore prima era stato dentro di me.

«Sono stanchissima» dissi in tono lamentoso. «E l'ultima tesina è andata male. Stavolta devo fare meglio».

«Fai come ti pare». Jackie aveva un'espressione così infastidita che per un attimo temetti che mi avrebbe dato uno schiaffo. Fece dietro front e si avviò verso la porta; poi si fermò, girandosi di nuovo verso di me. «Così, giusto per chiarire, c'entra qualcosa Stephen?»

«No...»

«Fammi capire bene, in sostanza tu vai da lui e te lo scopi ogni volta che lui schiocca le dita, ma poi ti rifiuti di andare alle feste per non doverlo vedere con la sua fidanzata?»

«Jackie...»

«Perché se è così è ridicolo» continuò lei barcollando sui tacchi. «Non capisco nemmeno perché ti piaccia. È uno di quei bugiardi di professione. Come fai a non vederlo? Cosa ti è successo? Sei diventata un'altra persona. Non fai altro che allenarti, cincischiare fingendo di dover studiare e piangerti addosso».

Marciò fuori dalla stanza, attraversò il salotto ed entrò in camera di Bree e Pippa.

Pippa venne a sedersi sul bordo del mio letto. «Ha bevuto sei Margarita stasera a cena».

«Non c'è problema». Chiusi *Amatissima.* Avrei voluto scomparire.

«Però dovresti davvero venire, Luce» continuò Pippa. «Ci divertiremo. Lo so che detesti vedere DeMarco alle feste alla Slug, ma chi se ne frega di lui. È un cazzone. E la sua fidanzata è una stronza che va in giro vestita come una lesbica».

«Non è per lui, dico sul serio. Ho un sacco di roba da studiare. Mi dispiace di essere così lagnosa, Pip».

Ovviamente non avrei mai raccontato alle mie amiche di aver trascorso il pomeriggio a casa di Stephen. Di solito lo ammettevo, quando ci vedevamo per fare sesso, come quando scomparivo durante una festa o rientravo di mattina presto con i capelli tutti arruffati e addosso i vestiti del giorno prima. Mi ero ripromessa di non diventare mai il tipo di ragazza che mente alle sue amiche a proposito degli uomini, ma c'era qualcosa nello sguardo che Jackie mi aveva appena rivolto che mi faceva stare peggio del solito, e che mi impediva di confessare.

Pippa fece una faccia delusa, ma poi tornò a prepararsi per la serata, e a me parve quasi di percepire fisicamente il suo entusiasmo. Aveva cominciato a uscire con un nuovo ragazzo, che le piaceva 'tanto, anzi tantissimo', uno del terzo anno di nome Nick, che sarebbe stato anche lui alla festa. Si mise a riferirmi i dettagli della loro ultima conversazione via messaggio, ma io l'ascoltavo solo per metà.

«Questo lo chiudo, così puoi concentrarti» disse Pippa quando ebbe finito di frugare nell'armadio di Jackie.

Feci finta di leggere, mentre le sentivo bere e farsi nella stanza accanto. Udii le voci dei ragazzi che erano venuti a prenderle e quella di Jackie che urlava: «*Stuuuuuuuu!*» Me la figurai mentre si lasciava cadere in grembo a Stuart sul divano, ubriaca ed eccitata perché lui era lì. Qualcuno stava probabilmente preparando delle piste di coca sullo specchio grande. La musica cambiò, passando da Michael Jackson a Pretty Lights, e poi tutti fecero un giro di shot; quando se ne andarono, infilai il maglione di Marilyn, spensi le luci e rimasi sdraiata al buio. Mi infilai gli auricolari e misi un disco dei Fleetwood Mac, selezionando *Gipsy* e alzando il volume al massimo.

'*Lightning strikes... maybe once, maybe twice*'.

Chiusi gli occhi e lasciai che l'oscurità mi inghiottisse. Ancora una volta, la mia mente fu invasa da immagini confuse: gli occhi smeraldo di Stephen agganciati ai miei e la voce di CJ che mi leggeva favole della buonanotte e la mano di Gabe premuta contro la schiena lucida di sudore di CJ e il filetto di manzo abbandonato sul bancone della cucina e le labbra di Gabe contro le mie e il modo in cui Stephen mi scopava e l'entusiasmo del professor Levy per un viaggio in Francia a cui non avrei mai preso parte e il profumo di Stephen e la fossetta alla base del suo collo e le sue braccia attorno alla vita di Diana e il 14 giugno e lo sguardo giudicante di Jackie e gli occhi scintillanti di Macy la notte in cui si era schiantata con la macchina e io e Georgia coi pigiami identici e mio padre che baciava CJ accanto al lavandino della cucina, tenendo in ostaggio le mani di lei, ancora umide di acqua saponata. Ogni immagine lottava per convincermi di essere giusta o sbagliata; ma era tutto così confuso che mi veniva da ridere e allo stesso tempo avevo le guance bagnate di lacrime mentre, al buio, iniziava la traccia successiva della playlist, e Stevie Nicks continuava a cantare.

'Tell me lies, tell me sweet little lies'.

26
Stephen

Maggio 2012

Quando Diana mi invitò ad andare con lei alla baita della sua famiglia sul Lake Winnebago la settimana dopo la laurea, dovetti rifiutare. Doug Richter alla fine si rivelò la mia salvezza: il BR3 Group mi assunse a partire dal 30 maggio, con uno stipendio di sessantamila dollari l'anno. Un compenso da schifo, ma era pur sempre un lavoro, e il mio sollievo era palpabile.

Dire addio a Diana fu piuttosto imbarazzante, perché quel giorno c'erano anche i suoi genitori e io avevo fretta di andare all'aeroporto per tornare a casa.

Era il giorno dopo la laurea, e avevo appena finito di fare un picnic sull'Adler Quad con la famiglia di Diana al completo. Mio padre e i miei fratelli se ne erano andati la sera prima, perciò a pranzo c'eravamo solo io e i Bunn.

«Mi dispiace molto di non poter venire al lago con voi» stavo dicendo alla signora Bunn mentre ce ne stavamo seduti sull'erba, il sole quasi estivo che ci scaldava il viso.

«Oh, non preoccuparti, Stephen. Ci mancherai, ma è incredibile che tu sia riuscito già a ottenere un lavoro, visto che l'economia al momento è quello che è».

Annuii. La gente non fa che incolpare l'economia per tutto. Perché è tanto difficile trovare un lavoro? Per colpa dell'economia. Dov'è il mio bonus di fine anno? Questo è stato un anno pessimo per l'economia. Perché devo pagare sei dollari per un vasetto di yogurt? Per via dell'economia. Perché mia moglie non mi succhia più il cazzo? Perché l'economia fa schifo.

«Grazie. Di sicuro lei mi mancherà parecchio, però». Strinsi in modo affettuoso la spalla di Diana. La signora Bunn si illuminò. Mi aveva sempre adorato.

«Be', adesso vi lasciamo soli per salutarvi in pace. Diana, ci vediamo in hotel». La signora Bunn mi stampò un enorme bacio umidiccio sulla guancia e il signor Bunn mi strinse la mano. Salutai i fratelli minori di Diana dando loro il cinque.

«Non posso credere che devi andartene proprio adesso, Stephen» disse Diana col muso lungo.

«Lo so. Ma ho il volo alle cinque e mezza».

«È solo che... È finito tutto troppo in fretta, immagino».

«Il college?»

«Il college. La laurea. Noi». Alzò gli occhi enormi, color caramello, verso i miei.

«Lo so».

«Cioè, staremo facendo la cosa giusta? Siamo arrivati sin qui. Magari potrei provare a venire a New York».

«Di, sei già stata accettata alla Washington University a Saint Louis. Il tuo master sta per cominciare».

«Hai ragione, ma ci saranno pure dei buoni corsi per diventare assistente sociale a New York».

«Di, a me piacerebbe tantissimo, ma ne abbiamo già parlato. La Washington University ha uno dei migliori corsi del Paese, e poi tu detesti New York. Non ti piace neanche venirci in visita. Immagina quanto odieresti *viverci*».

«Però io...» Fece un'espressione affranta, e mi preparai alle lacrime che sarebbero senza dubbio arrivate. «È che voglio stare con te. Tu non vuoi stare con me?»

«Ma certo che lo voglio». Era una mezza verità. Le presi la mano e sentii la sua tensione allentarsi nella mia stretta. Sono bravo a leggere le persone. Scorsi il futuro di Diana nelle sue sopracciglia non ritoccate e nei capelli spettinati, nel modo in cui si divertiva con i ragazzi e rideva sfrontata e a bocca aperta, carina, senza dubbio, ma del tutto inconsapevole di ciò che non andava in lei. Come studentessa dell'ultimo anno poteva anche risultare intimidatoria; in una città come New York sarebbe stata insignificante, se non addirittura sconcertante. Diana sarebbe tornata nel Midwest. Avrebbe frequentato il suo master a Saint Louis e poi si sarebbe trasferita in un'altra città, come Chicago, o magari sarebbe tornata a casa sua a Milwaukee, comunque in un posto a ovest di Cincinnati e abbastanza vicino alla sua famiglia. Avrebbe usato il suo stipendio da assistente sociale per comprare pinte di birra locale a quattro dollari e avrebbe trascorso la sua intera vita limitandosi a esistere ai confini del mondo finanziario e culturale; e le sarebbe andata bene così.

«Cioè, non sto dicendo che ho intenzione di trasferirmi a New York domani» continuò Diana, «mi sono già iscritta alle lezioni alla Washington University per questo autunno e ho comunque quello stage estivo a Milwaukee che comincia la prima settimana di giugno. Dico solo...»

«Cosa?» Mi avvicinai a lei ancora di più.

«È solo che... Ti amo, Stephen».

«Anche io ti amo, Lady Diana».

«Ma allora ci vuoi provare a stare insieme, o no? Di' qualcosa». Adesso sembrava infastidita.

«Ma perché ti arrabbi?»

«Non sono arrabbiata. Penso solo che questo sia il momento buono per essere davvero sinceri l'uno con l'altra».

«Va bene, siamo sinceri». Le presi le mani tra le mie e fissai lo sguardo nei suoi occhi già umidi di lacrime.

«Forse dovremmo lasciarci una porta aperta e non prendere decisioni affrettate, almeno per l'estate? Potrei venirti a trovare alla fine del mio stage, prima di trasferirmi a Saint Louis. Per rivalutare la situazione».

Valutai quella possibilità. Non era una brutta idea. Non mi dispiaceva sapere di poter vedere Diana alla fine dell'estate, prima di salutarla per sempre. E comunque, non sarebbe stato come averla a New York con me, a impedirmi di fare ciò che volevo o frequentare altre donne. Diana aveva ragione; non eravamo obbligati a prendere una decisione definitiva proprio in quel momento.

«Mi sembra l'idea migliore del mondo» dissi chinandomi a baciarla.

*

Due settimane più tardi cominciai a lavorare a Liberty Street, New York. Adoro Manhattan e l'immensità dei suoi edifici: di quel quartiere mi piacciono anche i marciapiedi. Ogni singolo odore e rumore di quella città evoca la potenza e l'energia di un luogo in cui il commercio è una religione.

Gli uffici del BR3 Group erano in compenso piccoli e disorganizzati. Il mio cubicolo era a malapena un cubicolo: piuttosto, una minuscola scrivania con divisori laterali, incastrata tra decine di altre simili. Il mio capo era un ultraquarantenne in sovrappeso, un cretino di nome Gary Kubina che era diventato vicepresidente senza aver trascorso nemmeno un giorno alla scuola di specializzazione. Aveva le tempie brizzolate e un diploma di laurea triennale in Business Administration conseguito alla Pace University appeso al muro del suo ufficio, che mi faceva provare un profondo imbarazzo per lui ogni volta che lo vedevo.

Subaffittai una stanza nell'appartamento che Luke condivideva a Chelsea con il suo amico Geoff. Non che mi andasse granché di vivere con mio fratello; Luke è un pignolo insopportabile, soprattutto quando ha Kathleen attaccata alle costole ogni santo giorno. Ma la stanza era abbordabile e il viaggio per arrivare in ufficio non era tremendo.

La sera del venerdì della mia prima settimana mi fiondai a casa e finii per scolarmi sei lattine di birra e guardare *I Griffin* da solo. Geoff lavorava per una società che amministrava fondi speculativi e faceva orari impossibili, quindi non era praticamente mai a casa, invece Luke era andato con Kathleen da Bath, Bed and Beyond a cercare delle aste per tende: non sto scherzando.

Mi sentii solo da far schifo, a dire il vero. Dovevo recuperare i contatti con gli amici del liceo; non li avevo cercati granché negli anni del college. Alcuni sarebbero venuti alla mia festa di laurea, ma mancavano almeno due settimane. Provai a chiamare Carl, ma dopo qualche squillo venni rimandato alla segreteria telefonica.

Spensi la televisione e mi feci una doccia. Provai a masturbarmi, ma avevo la testa ovattata per via di tutte quelle birre. Dopo essermi asciugato, mi misi a letto e tirai fuori il telefono. Non parlavo con Lucy da quando ero tornato a New York, e mi resi conto di non sapere nemmeno con certezza se lei fosse tornata a casa per l'estate. L'avevo invitata alla mia festa di laurea, e dubitavo che se ne fosse dimenticata. Le inviai un messaggio.

Stephen: Luce, sei tornata a casa? Spero che riuscirai a venire alla mia festa di laurea del 14... Però non credo di riuscire ad aspettare altre due settimane per vederti. Se sei in zona, ti va di cenare insieme questo weekend? È passato troppo tempo.

Aspettai, immaginando già il corpo nudo e sexy di Lucy sdraiato sopra il mio. Ma lei non rispose, e io mi addormentai col telefono in mano. Quando mi svegliai, la mattina dopo, Lucy non aveva ancora risposto. La cosa mi innervosì un po' – detestavo sentirmi nervoso per via di Lucy – ma dissi a me stesso che era solo una questione di tempo, che sicuramente mi avrebbe scritto a breve. Ormai avevo capito come ragionava; più emotivamente che razionalmente. Usando il cuore, insomma. Lucy era innamorata di me; l'avevo vista sacrificare così tanto di se stessa per stare insieme, pur sapendo che io non le avrei mai dato quello che lei voleva, da non avere dubbi.

Ma le cose stavano per cambiare. Era estate a New York, il Baird College era ormai storia vecchia, ed era giunto il momento di ricompensare Lucy per aver aspettato con tanta pazienza.

27
Lucy

Giugno 2012

Era il 1° giugno, e io ero a bordo piscina a casa dei Montgomery, mentre ascoltavo Helen e Lydia scambiarsi pettegolezzi su un qualche scandalo del Trinity. Avrei voluto che Helen se ne andasse, per poter rimanere sola con Lydia, ma a dispetto dei loro caratteri opposti, le mie due amiche avevano legato tantissimo durante i primi due anni di college, perché Lydia usciva con un giocatore di golf, e nella bolla del mondo sportivo dei college del New England le loro vite erano diventate inestricabili.

Ero tornata a Long Island già da due settimane e Stephen non si era ancora fatto sentire; nonostante l'intollerabile senso di vuoto che questo mi provocava, avevo lottato disperatamente per non scrivergli per prima, perché se le cose dovevano cambiare, stavolta doveva essere *lui* a cambiarle. O se non altro così diceva Lydia, e su queste cose aveva spesso ragione.

Avevo anche sfruttato tutte le conoscenze possibili e immaginabili dei miei genitori per ottenere uno stage a *Vanity Fair*, in modo da avere qualcosa che mi tenesse impegnata durante l'estate, ma quel lavoro non sarebbe cominciato prima di altre tre settimane e stavo impazzendo di noia e frustrazione; fissavo di continuo il cellulare, quasi potesse farsi spuntare le ali all'improvviso e volare via.

Non so quante volte ero stata sul punto di inviargli un messaggio scritto con attenzione maniacale, il pollice in bilico sul tasto 'invia'. Ma mi ero obbligata ad aspettare, o quantomeno a considerare il suo silenzio una risposta già di per sé. Lui mi aveva detto che voleva che le cose fra noi cambiassero. Ma se non era vero, perché avrei dovuto voler frequentare un bugiardo manipolatore? Lydia la vedeva così, e mi sforzavo di essere d'accordo con lei.

Perciò quando, quel giorno di giugno, il mio telefono trillò e, abbassando lo sguardo sullo schermo, vi lessi il nome di Stephen, il sollievo che mi pervase fu così totalizzante che mi parve di essere proiettata in aria e di fluttuare su un cuscino di nuvole. Mi rilassai sulla sdraio imbottita e mi accorsi del sorriso beato che mi illuminava il viso; il tipo di sorriso che avevo dimenticato di poter sfoggiare perché era troppo tempo che non succedeva.

Stephen: Luce, sei tornata a casa? Spero che riuscirai a venire alla mia festa di laurea del 14... Però non credo di riuscire ad aspettare altre due settimane per vederti. Se sei in zona, ti va di cenare insieme questo weekend? È passato troppo tempo.

Sarebbe andato tutto bene, e quella consapevolezza mi regalò un sollievo che mi fece sobbalzare il cuore. Stephen non si era dimenticato di avermi invitato alla sua festa di laurea. Stephen non si era dimenticato di me.

«Che hai da sorridere tanto?» Helen si allungò a sbirciare dalla sua sdraio.

Le mostrai il messaggio. Una cosa buona di Helen e Lydia è che loro non mi tormentavano mai per via della storia di Stephen, come facevano invece Jackie e le mie amiche al Baird. Non lo conoscevano, e non sapevano nel dettaglio tutto ciò che era successo tra noi, perciò era più facile per loro essere indulgenti, ma comunque... Era piacevole poter mostrare i suoi messaggi alle mie amiche senza ricevere in cambio occhiate che erano in egual misura giudicanti e impietosite.

«Okay» disse Helen raddrizzandosi a sedere. «È una buona

notizia, ma devi aspettare *almeno* ventiquattro ore per rispondergli». Si sistemò i Ray-Ban sul naso.

«Sono d'accordo» aggiunse Lydia, la bocca piena di patatine. Aveva preso almeno cinque chili da quando aveva cominciato il college, ma la cosa non sembrava turbarla. «E se accetti di andare a cena con lui, devi *per forza* chiarire ciò che è successo, e assicurarti che la vostra storia stia davvero evolvendo verso un futuro insieme. Perché se non lo fai, che senso ha uscirci?»

«Giusto. Ma perché devo aspettare ventiquattro ore per rispondergli?»

«Perché, Lucy» mi spiegò Helen con la sua voce da 'adesso frequento la Ivy Society quindi so tutto', «non si fa sentire da quanto, un mese, ormai? È normale buonsenso tenere i ragazzi un po' sulle spine, altrimenti pensano che sei disperata».

«Sono andata a letto con lui in segreto per quattro mesi mentre era fidanzato con un'altra. Penso che l'abbia già vista, la mia vena disperata». Lanciai uno sguardo alla piscina e all'acqua turchese dei Montgomery che scintillava al sole.

«Hai ragione». Helen poggiò di nuovo la schiena contro lo schienale della sdraio e si esaminò le mani dalle unghie curatissime. «Devo ammettere che hai fatto una figura un po' patetica».

«Ma ci siamo passate tutte, Helen» si intromise Lydia. «Ti ricordi quando tu sei corsa dietro a Connor Steadman per *un anno* mentre lui stava in fissa con Emily Novak?»

«Finiscila di mangiare quelle patatine» la rimproverò Helen afferrando il sacchetto dalle mani di Lydia e infilandosene una manciata in bocca. Fissai le sue braccia paffute e mi chiesi se fosse il caso di dirle che anche lei avrebbe fatto meglio a finirla di mangiare quelle patatine.

«Secondo me il punto è» continuò Lydia, l'espressione ferita per via del commento antipatico di Helen, «che questo potrebbe essere un nuovo inizio per voi, Luce. Permettigli di vedere la persona che sei davvero: una ragazza intelligente, divertente, bellissima, magra, stupenda, e non la sua amante sempre a disposizione».

Magra. Sorrisi a Lydia che, come Georgia, come Bree, era sempre gentilissima con tutti.

«A proposito di magrezza». Helen mi lanciò il sacchetto di patatine in grembo. «Finiscile tu. Quando siamo insieme mi sento sempre un beluga, e in effetti dovrei smetterla di ingozzarmi; a colazione mi sono già fatta un bagel».

«Ma gli avevano tolto la mollica» disse Lydia.

«Vero». Helen incrociò le braccia, accigliata. Helen è il tipo di ragazza che ordina bagel senza mollica e poi si lamenta di non riuscire a perdere peso. Non capisce che non si dimagrisce ordinando bagel senza mollica. Si dimagrisce non ordinandone affatto.

Helen tornò all'attacco. «Dico sul serio, Lucy. Sei sempre stata in forma, ma adesso fai quasi impressione».

«Ciò che voleva dire è» intervenne Lydia con un'occhiataccia a Helen, «sei sicura di non avere un disturbo? Se così fosse, non ci sarebbe nulla di male a dirlo. Un sacco di ragazze all'Amherst hanno disturbi alimentari».

«Oddio, nella Ivy League sono tutte quante anoressiche» disse Helen. «Io ho provato a non mangiare, ma non ce la faccio proprio. Se salto la colazione e il pranzo, poi a cena mi faccio come minimo sei panini. Magari è la coca, Lucy? Dimmi la verità».

«No! Non ho una *dipendenza* da cocaina, Helen. Mi faccio solo nel weekend».

«Però *tutti* i weekend, vero? Cioè, tutti i venerdì e tutti i sabati? Non ti sto giudicando. Praticamente anche io mi faccio tutti i weekend, ormai. Alla Ivy è come se uscisse fuori dalle pareti».

«Direi che circola quasi tutti i fine settimana, sì. Anche se lo scorso semestre non sono uscita così tanto» risposi con sincerità, ben consapevole della presenza di Lydia, che a quanto ne sapevo aveva provato la coca solo una volta in vita sua.

Abbassai lo sguardo sul telefono, e il messaggio di Stephen mi inviò una nuova ondata di eccitazione per tutto il corpo.

«Non rispondere ancora» disse Helen guardandomi.

Io annuii. «Ventiquattro ore».

Srotolai il sacchetto di patatine e scelsi le tre più piccole, anche se avevo lo stomaco che praticamente ruggiva dato che quella mattina a colazione, dopo una corsa di otto chilometri, avevo mangiato appena un vasetto da centoquaranta grammi di yogurt bianco non zuccherato; se fosse dipeso da me avrei divorato il sacchetto intero.

Rinunciare alla Francia era stata la miglior decisione che avessi mai preso, pensai sei giorni dopo, mentre mi vestivo per uscire con Stephen. E questo nonostante CJ avesse minacciato di chiamare la scuola per protestare per la mia esclusione dal corso (avevo fatto l'errore di dirle della mia media molto alta).

Mi asciugai i capelli, e mi feci la piega, praticamente in trance. Riuscivo solo a pensare a Stephen e alla nostra cena: un ristorante affollato, una bottiglia di rosso, i suoi modi possessivi e allo stesso tempo stuzzicanti. Come sarebbe stato baciarlo di nuovo. Riportai alla mente ogni dettaglio della sua faccia mentre scivolavo in un vestito di Ella Moss giallo pallido; l'outfit che avevo scelto quel lunedì quando (dopo ventiquattro ore di attesa) gli avevo mandato un messaggio e lui mi aveva richiamata per metterci d'accordo. Ero così emozionata che per tutta la settimana avevo a malapena dormito, e avevo trascorso intere giornate a prendere il sole con Lydia a bordo piscina, in modo da abbronzarmi il più possibile.

Stephen aveva proposto di cenare vicino a casa sua a Bayville, dato che, in ogni caso, sarebbe stato dai suoi per il weekend, e poi c'era un ristorante che voleva proprio che provassimo insieme. Insistette per venirmi a prendere a Cold Spring Harbor, e sebbene io feci tutto ciò che era umanamente possibile per non coinvolgere CJ, lei non cedette. Le avevo detto che sarei andata a cena con un amico, ma CJ non era tipo da farsi ingannare così facilmente.

«Quello che ti piaceva al tuo primo anno? Quello con cui avevi avuto una storia? È più grande di te, vero?» Mentre mi truccavo in bagno lei, in piedi a braccia conserte sulla soglia, il caschetto biondo ravvivato di fresco da colpi di sole da cinquecento dollari in un salone Serge Normant, mi fissava. Se pensavo a come spendeva i soldi di mio padre mi veniva la nausea.

«È di poco più grande. Non tanto».

«È quello di Bayville?» CJ aveva sempre detto che Bayville era una città pacchiana come poche.

«Sì, CJ».

«Gesù, sei abbronzatissima» disse poi fissandomi ancora. «Ti sei scurita così dopo una sola settimana a casa dei Montgomery? Almeno l'hai messa la protezione solare?»

Sentimmo il campanello e CJ corse fuori dal bagno e giù lungo le scale per andare a rispondere prima ancora che io avessi finito di mettermi il mascara.

La sentii aprire la porta. La immaginai mentre esaminava Stephen da capo a piedi. Mi sembrava di percepire, telepaticamente, la sua disapprovazione. Stephen era l'anti-Parker, e CJ era convinta che Parker fosse la reincarnazione di Gesù Cristo.

Mi rimirai allo specchio un'ultima volta e decisi che ero abbastanza carina. Avevo tanto di quel nervosismo e di quell'eccitazione in corpo che mi veniva da vomitare. Mentre scendevo le scale mi pareva che la pelle mi andasse a fuoco, da quanto formicolava.

'Stephen DeMarco è in piedi sulla soglia di casa mia e sta parlando con mia madre'.

«Lucy in the Sky with Diamonds». Quelle parole mi tolsero il fiato. Il suo atteggiamento nei miei confronti non cambiò in presenza di CJ, e questo mi fece sorridere. Lei lo fissò intensamente, quasi gelandolo con lo sguardo, la testa piegata da un lato. «È un soprannome che ho inventato per Lucy» spiegò lui.

«La canzone dei Beatles. La conosco». Non sembrava particolarmente impressionata.

Lui invece era bello, con una camicia Oxford bianca e bermuda verdi che si abbinavano ai suoi occhi, le guance rasate di fresco. Insolitamente *preppy* per uno come Stephen, ma mi accorsi subito dall'espressione di CJ che lei non approvava comunque: la conoscevo troppo bene, la sua faccia non aveva più segreti per me. A ogni modo, si comportò in modo educato, perché le ricche altoborghesi di Cold Spring Harbor sono sempre educate, e anche se CJ non è nata qui non permetterebbe a nessuno di dimenticare che ha sposato uno tra gli uomini più ricchi e altoborghesi della zona.

«È un piacere conoscerti, Stephen». Gli rivolse un sorriso splendente. Tutto merito del dentista.

Li osservai mentre si stringevano la mano. Lui sostenne il suo sguardo con sicurezza, come al solito.

«Avete una casa bellissima, signora Albright. Pietra calcarea, vero? Magnifica». Wow. CJ è a dir poco fissata con il fatto che la nostra casa è di pietra calcarea.

«Grazie». Sorrideva ancora, un sorriso di plastica. L'avevo capito benissimo che lui non le piaceva per niente. Poco importava.

«Ciao, CJ» dissi interrompendo quell'incontro prima che lei potesse trovare qualche altro sistema per mortificare implicitamente Stephen.

«Divertitevi, ragazzi».

Evitai accuratamente di incontrare lo sguardo di CJ mentre lei chiudeva la porta di casa. Finalmente ero sola con Stephen. Lui mi guardò intensamente, e io pensavo che fosse sul punto di chinarsi a baciarmi sulla guancia, ma non lo fece. Invece, mi aprì lo sportello dal lato del passeggero. Mi sembrava anche un po' nervoso. Forse perché, adesso che eravamo fuori dalle mura del Baird, la dinamica tra di noi era cambiata. Non poteva più contare sulla bolla privata che si era creato all'interno della sua camera da letto alla Slug. Adesso eravamo in territorio neutrale.

«Stai molto bene» mi disse mentre usciva dal vialetto con la sua Ford Explorer e si immetteva in strada.

Mi sforzai di non sorridere. Non riuscivo a credere di essere veramente in macchina con lui, e che insieme stavamo sfrecciando lungo la Long Island Expressway.

Stephen si diresse a ovest, i finestrini abbassati. I capelli mi sventolavano attorno alla faccia, ed ebbi la sensazione di essere fuggita da una gabbia e di essere finalmente libera.

«Non c'era bisogno che mi venissi a prendere» dissi. «Potevo arrivare a Bayville in macchina».

«Nessun problema. Mi piace guidare».

Reggeva il volante con una mano sola, ma non allungò l'altra a prendere la mia. D'un tratto mi chiesi se non avessi frainteso lo scopo di quella serata: magari Stephen stava solo cercando di comportarsi da amico. Magari si sentiva in colpa per ciò che era successo al college e voleva chiedermi scusa di persona. Quel pensiero mi innervosì, ma poi la macchina rallentò fino a fermarsi e lui mi sorrise. Avevamo parcheggiato in un vialetto privato.

«Ho una sorpresa per te. Non andiamo al ristorante per cena».

«E dove andiamo allora?»

«Se te lo dicessi non sarebbe una sorpresa. Però dobbiamo prima fare una sosta. Mi sono dimenticato una cosa». Aprì la portiera e scese dall'auto. «Vieni».

«Ma dove siamo?» dissi socchiudendo gli occhi nella luce del sole che andava affievolendosi.

«A casa mia. Devo prendere una cosa, ma tu entra. Ti faccio conoscere mio padre».

Conoscere suo padre.

Mentre salivamo i gradini di ardesia sentii un esercito di grilli frinire tutt'attorno. La casa di Stephen, col tetto bianco, non era grande, ma era accogliente. Un piccolo ingresso portava in cucina, dove fotografie di famiglia incorniciate abbellivano le pareti in una galleria ordinata. I banconi erano occupati da pile di documenti. Calamite a forma di lettere dell'alfabeto e altre fotografie affollavano il frigorifero. Secondo CJ, appendere foto al frigo rendeva la casa disordinata, quindi la nostra cucina era praticamente sterile, come appena uscita da un catalogo. Quella dei DeMarco, invece, sembrava vissuta.

Il padre di Stephen stava lavando i piatti.

Stephen gli diede un colpetto sulla spalla. «Papà, volevo presentarti Lucy».

Il signor DeMarco chiuse il rubinetto e si asciugò con uno

strofinaccio prima di stringermi la mano. Somigliava moltissimo a Stephen, ma era più robusto e non altrettanto alto.

«Ti prego di scusarmi» mi disse. «Sono impresentabile, come la mia casa, d'altronde».

«La sua casa mi piace moltissimo» risposi io.

«Be', di solito ha un aspetto migliore, ma ieri mia figlia ha invitato degli amici e non hanno pulito a fine serata. Ecco cosa fanno adesso i miei figli, mi distruggono casa e mi bevono tutta la birra».

«Io no» disse Stephen.

«Ah, vero». Il signor DeMarco sorrise gentilmente. Un golden retriever ci raggiunse scodinzolando. L'uomo gettò un pezzo di carota cruda sul pavimento, e il cane si affrettò a triturarla con i denti.

«Questo è Skipper» disse il signor DeMarco quando mi avvicinai ad accarezzare le orecchie del cane. «Allora state uscendo, ragazzi?»

«Già. Andiamo a mangiare fuori» disse Stephen.

«Bello». Quando il signor DeMarco sorrise di nuovo, lo fece con uno sguardo assente.

«Devo prendere una cosa in garage. Luce, mi aspetti in macchina?»

Annuii. «È stato un piacere conoscerla, signor DeMarco».

«Anche per me, Lucy».

Fuori s'era fatto quasi buio, e una brezza fresca mi carezzò la pelle. Un acquazzone pomeridiano aveva spazzato via l'afa eccessiva, ma era ancora abbastanza caldo da non dover indossare un maglione sopra al vestito. Mi ero dimenticata quanto mi piacesse giugno: giugno è il mese migliore di tutti. È la promessa, credo, di tutto ciò che l'estate potrebbe portare con sé.

Stephen riemerse dal garage con una tanica di benzina e due sacchetti di carta.

«Okay, cosa sta succedendo? Hai intenzione di ammazzarmi e bruciare le prove?» Stare in compagnia di Stephen mi aveva fatto recuperare il mio senso dell'umorismo.

«Cavolo, cosa mi ha tradito?»

«Dimmi qual è la sorpresa».

«È una *sorpresa*. Forza, andiamo».

Guidammo fino in città. Ci dirigemmo poi verso l'acqua, superando un cartello con scritto 'Porticciolo di Goose Point – Privato'. L'aria era densa e pungente, profumava di olio di motore e salsedine. Seguii Stephen fuori dalla macchina, lungo la riva e fino alla fine di un ampio molo bianco. La luna scintillava sull'acqua nera e lucente.

Un uomo con la barba sedeva scomposto su un gommone con la parola 'Lounge' scritta su un lato, e leggeva un libro alla luce di una torcia.

«Ehi, ciao» lo salutò Stephen. «Ce lo dai un passaggio? Il cognome è Hardman. La barca è una *center console*, la *Kiss me Kate*».

«Stiamo per salire sulla tua barca?» chiesi.

«Ti ho raccontato della barca di Carl, vero?» bisbigliò lui. «È praticamente mia; lui non la usa mai. Ho sempre desiderato portarti sulla mia ragazza».

Mi guardò dolcemente. Era così adorabile che pensai che sarei esplosa per la troppa tenerezza. Ogni volta che mi sentivo travolta da un'altra ondata di felicità mi imponevo di ricordare a me stessa che avrei dovuto odiarlo per il modo in cui mi aveva trattato, che ogni ragazza dotata di un minimo di rispetto per se stessa l'avrebbe istintivamente disprezzato. Invece io non lo odiavo affatto. Lo amavo, adesso lo capivo più chiaramente che mai, e non era una scelta. Era semplicemente la verità.

Stephen mi poggiò una mano alla base della schiena e il gommone salpò rapido, immergendosi nel nero della notte e nel Long Island Sound, il motore che ronzava come un calabrone, e raffiche di vento caldo che ci investivano la faccia. La mano di Stephen era adagiata abbastanza in basso da dirmi che quella notte non sarebbe servita solo per scusarsi. Non era per quello che mi aveva portato là.

Il responsabile ci fece scendere al punto di attracco, affrettandosi a tornare a riva con il suo gommone. Era tutto buio, fatta eccezione per la luna e le stelle, e tutto tranquillo, fatta eccezione per lo sciabordio dell'acqua. Io e Stephen eravamo completamente soli. Non eravamo mai stati così soli.

«Perché *Kiss me Kate*?»

«I nonni di Carl gli hanno regalato questa barca quando ha finito le medie – loro vivono a Centre Island e sono ricchi da fare schifo – e Carl aveva questa gigantesca cotta per una ragazza di nome Ashley che interpretava Kate in *Kiss me Kate*, il musical che quell'anno gli studenti dell'ultimo anno avevano scelto per la recita scolastica» spiegò Stephen, mentre svitava il tappo dalla tanica di benzina e cominciava a versare il liquido nel serbatoio. «Perciò l'ha chiamata così per fare colpo su di lei. Quel ragazzo è un cretino».

«E ha funzionato?»

«Assolutamente no. Conosceva a malapena Ashley, e quando lei ha scoperto della barca credo che si sia più che altro spaventata». Stephen scosse la testa, ridacchiando. «Povero Carl».

Stephen accese il motore e la *Kiss me Kate* fendette la superficie dell'acqua, mentre i leggeri spruzzi d'acqua salata mi colpivano le gambe nude. Le luci delle case che sorgevano lungo la riva si fecero sempre più lontane e le stelle sempre più luminose man mano che avanzavamo nel Sound. Quando arrestammo la *Kiss me Kate*, in giro non si vedevano altre barche né punti d'attracco. L'immensa volta del cielo stellato si estendeva infinita su di noi.

«Allora, quasi-festeggiata, che te ne pare della tua sorpresa?» Stephen sedette più vicino a me sulla panca rivestita di pelle bianca, ormai inumidita dagli spruzzi salati.

«Come?» Scoppiai a ridere, travolta da una felicità indescrivibile. Mancavano quattro giorni al mio ventesimo compleanno, che cadeva il 10 giugno, e io stessa non ci avevo quasi pensato. Anzi, segretamente ne temevo l'arrivo, e speravo che quella giornata passasse in fretta e senza troppo clamore. «E tu che ne sai del mio compleanno?»

«Io so un sacco di cose». I suoi occhi verdi trafissero i miei. «Ah, quasi dimenticavo». Aprì il sacchetto di carta e tirò fuori due fette di pizza avvolte in un foglio di alluminio e un sacchetto per alimenti pieno d'erba. «È meglio che starsene seduti in un ristorante, dico bene?»

«È incredibile». Non riuscivo a smettere di sorridere. «Sono sollevata che tu non voglia ammazzarmi».

«Chi può saperlo? La notte è ancora giovane».

Mi passò una delle fette di pizza, ancora tiepida. Non avevo mangiato niente per tutto il giorno ed ero troppo emozionata per aver fame, ma mi obbligai a mandarla giù. Non volevo che Stephen pensasse che ero una di quelle ragazze che non mangiano mai, anche se era esattamente ciò che ero diventata. Una di quelle stronze pelle e ossa di cui io e Lydia dicevamo peste e corna mentre ci ingozzavamo di patatine e salsa al formaggio al centro commerciale. Salsa al formaggio! Sulle patatine! Da non credere.

Non mangiavo pizza da mesi, e avevo quasi dimenticato quanto fosse buona: mi gustai ogni singolo boccone di impasto lievitato, mozzarella, olio, e sugo di pomodoro fresco, dimenticandomi almeno per un attimo dell'esistenza delle calorie. Stephen aprì la bustina con l'erba, e lo guardai rollare con cura uno spinello. Lo strinse accuratamente e poi leccò il bordo della cartina, di un bianco lattiginoso, per sigillarlo. Io non ero mai riuscita a rollare uno spinello decente, anche se Pippa aveva cercato in più occasioni di insegnarmi. Gli occhi di Stephen scintillarono mentre faceva scattare l'accendino con gesto consumato. La punta dello spinello prese fuoco e si accartocciò.

Quando me lo passò inspirai più a fondo di quanto avessi preventivato, e la piacevole sensazione di essere fatta mi colse all'istante. Mi parve che il mio corpo si fosse incollato al sedile imbottito.

Alzai lo sguardo verso la volta stellata e non riuscii più a distoglierlo. «Sono bellissime, tutte quelle stelle».

«Sai cos'altro è bellissimo?»

Mi misi a ridere, e quando riabbassai lo sguardo mi accorsi che mi stava fissando.

«Questa è buona» gli dissi.

«Sto solo dicendo la verità».

Ammirai nuovamente il cielo, ma dentro di me scoppiavo di gioia.

«Lucy in the Sky with Diamonds». Stephen allargò un braccio come a indicare tutto il panorama intorno a noi. «Proprio come te».

Fui invasa da un paralizzante senso di pura beatitudine. Il tempo si era fermato. Ne era valsa la pena soffrire così tanto. Per avere questo, ne era valsa la pena.

«Com'è stato tornare a casa?» mi chiese Stephen. «Come vanno le cose con CJ? Mi è sembrata un po' suscettibile. Oppure sono io che non le piaccio».

«Non sei tu» mentii.

«Quindi le cose non vanno meglio?»

«Non direi. Vanno bene. Come al solito». Ero troppo fatta per formulare una risposta migliore. Non riuscivo a smettere di fissare le stelle. Desiderai saperne di più sulle costellazioni. Georgia era praticamente un'esperta.

«E di te che mi dici?» chiesi. «Raccontami del lavoro. Non sapevo neanche che ne avessi trovato uno».

«Già». Si interruppe per un attimo. «Lo so che non... Non abbiamo passato molto tempo insieme prima della laurea. È stato un periodo infernale. Mi dispiace molto, ma il lavoro è stata un po' una cosa dell'ultimo minuto. È un posto da analista azionario per una piccola società a New York».

«Sembra fico».

«Non dovrebbe essere male. E devo racimolare qualche soldo».

«Quindi hai già un appartamento?»

«Mi sono trasferito da mio fratello. Ma lui è *sempre* con la sua fidanzata, quindi sono spesso solo oppure faccio il terzo incomodo».

«È per questo che sei tornato qui per il fine settimana?»

«Nah. Volevo solo prendere un po' d'aria fresca e aiutare mio padre a organizzare la festa di laurea del prossimo weekend. Tu ci vieni, vero?»

«Stephen» cominciai, nervosa all'idea di avviare la conversazione che secondo Lydia e Helen era imprescindibile, soprattutto adesso che ero fatta. «Dobbiamo parlare».

«Di che cosa?» Lui si avvicinò ancora di più. Tenevo lo sguardo fisso davanti a me, ma sentivo il suo alito sulla guancia.

«Dell'elefante nella stanza».

«Non siamo in una stanza. Siamo su una barca. Ci sono forse elefanti, su questa barca?»

«Sì, e rischiano di affondarla».

Stephen scoppiò a ridere di cuore, e una sensazione di calore mi si irradiò nel torace.

«Va bene, Lucy. Facciamo come vuoi. Parliamo di quanto sono stronzo».

Sapevo che avrei dovuto dire qualcosa in sua difesa; doveva pur essersi fatto una mezza idea di come le cose sarebbero andate, di cosa ne sarebbe stato di *noi* al di fuori delle mura del Baird. Non era spontaneo, non proprio, non come mi era sembrato all'inizio. La sua impulsività era costruita; mascherava intenzioni più profonde. Avevo trascorso mesi ad arrovellarmi sul modo in cui funzionava, passando un pettine a denti fittissimi nell'ammasso confuso dei miei sentimenti e delle sue azioni e dichiarazioni. Capivo che ogni sua scelta era il frutto di un obiettivo da raggiungere, di un desiderio da appagare. Ogni sua mossa era calcolata, a volte leggermente impetuosa, ma sempre raffrontata con le eventuali conseguenze.

«So che ho fatto un sacco di cazzate» disse infine. «Un sacco».

«Sì, be'. Non che io sia completamente innocente. Ho scelto di continuare a venire a letto con te. Sapevo che stavi con Diana».

«Quindi me la cavo così, senza punizioni?»

«In che senso? Nessuno ha mai voluto punirti, qui».

«Forse è vero. È solo che mi sono sempre sentito così attratto da te» sospirò soffiando in aria una nuvoletta di fumo.

«Lo so. Anche io da te. In modo quasi ridicolo».

«Era un po' ridicolo» concordò lui ridendo. «Non so cosa ci sia in te. E in noi due insieme».

'Noi due insieme'.

«Il Baird è un casino assoluto» continuò. «E non mi ha sempre fatto bene. Sono dell'idea che mi sono dovuto laureare per recuperare un po' di salute mentale. Mi mancherà da morire, ma non ce l'avrei fatta a resistere un altro anno».

«So cosa intendi. Non è uno stile di vita gestibile, a lungo termine».

«Assolutamente no. È una figata mentre ci sei, ma a un certo punto...»

«Diventa insostenibile».

«Sì. Mi ha cambiato. Tutti quei casini... Un sacco di gente probabilmente si guarda indietro e ride pensando agli anni del college e a ciò che ha fatto, convinta magari che si trattasse di esperienze che doveva fare per poter poi crescere, ma io non ne vado fiero. È una delle ragioni per cui volevo vederti. Ci sono alcune cose che devo dirti».

Mi poggiai all'indietro, incollata al sedile, troppo fatta per ragionare. Avrei voluto tornare sobria per godermi quella nottata in tutta la sua perfezione.

«Ah sì?» Risi. «Sono completamente fatta. Ma dimmi pure».

«Anche io sono fatto». Sorrise, gli occhi che brillavano. «Però sappi che sono sincero, okay? Voglio che tu mi creda. Non darmi retta quando sono ubriaco, ma quando sono fatto sono anche più lucido che da sobrio».

«Okay. Dimmi».

La *Kiss me Kate* oscillò sull'acqua. Ero così felice da avere la sensazione che tutta quella gioia mi avrebbe sollevata dalla barca e proiettata nel cielo del Long Island Sound.

«Lucy». Stephen prese la mia mano tra le sue. «Mi piaci davvero. Ti ricordi quante volte ti ho chiesto di uscire la prima volta che ci siamo incontrati?»

«Mi ricordo. Un paio». Sorrisi.

«È che... Avevo questa storia con Diana che pensavo fosse finita, e poi invece non era finita per niente. Il fatto che sia tornato da lei non aveva niente a che vedere con te. Voglio che tu lo sappia. È solo che stavamo insieme da così tanto. E tutti i miei amici e tutte le sue amiche non facevano altro che dirci che dovevamo 'sistemare le cose, sistemare le cose, sistemare le cose' e sentivo quasi di avere *l'obbligo* di sistemarle. Non so. Ma voglio assicurarti che ci siamo lasciati subito dopo la laurea».

Sentivo le dita bollenti; ritrassi la mano.

«Luce». Sentivo i suoi occhi su di me, ma non so perché non riuscivo più a guardarlo in faccia. Posai lo sguardo sul mare scuro. Sapevo cosa stava per succedere, e nella condizione alterata e paranoica in cui mi trovavo la parte di me che non scoppiava di gioia era terrorizzata. Avrei solo voluto non essere così fatta.

«Non sapevo neanche se venire, stasera» dissi. «Ho quasi annullato». Era una bugia così plateale che mi venne voglia di scoppiare a ridere.

«Guardami» mi ordinò lui.

«Non ci riesco».

«Guardami».

«Dammi un secondo».

Stephen mi sollevò il mento con una mano e girò il mio viso verso di lui. Un fiotto caldo mi attraversò.

«Lucy». La sua bocca era a pochi centimetri dalla mia. «Mi manchi, e giuro su Dio che parlo sul serio. Mi dispiace un casino per tutto quanto. Possiamo concederci un'altra possibilità? Pensi di riuscirci?»

Ecco qui. Tutto ciò che avevo sempre desiderato sentire servito su un piatto d'argento. Sapevo che, non appena l'erba avesse esaurito il suo effetto, mi sarei sentita ottimista, e avrei finalmente intravisto tutte le possibilità offerte dai mesi a venire, avrei potuto abbandonarmi completamente all'attrazione che provavo per lui, senza sentirmi una persona orribile e debole, avrei potuto godere appieno della nostra felicità.

«Posso dirti la verità, Stephen?» Oltre a rendermi paranoica, l'erba mi trasformava in una persona incapace di tenersi qualcosa per sé.

«Certo che sì».

«Andare a letto con te è stato difficilissimo. Andare a letto con te e vederti poi con lei. Mi ha fatto a pezzi».

«Lo so».

«Lo sai?»

«Sì, lo so. Perché ti conosco e so che non l'avresti fatto se non avessi tenuto davvero alla nostra storia. A me. Ma sto cercando di farti capire che anche io ci tenevo a te. Ci tengo. Dovevo solo liberarmi di quel casino di Diana e mi dispiace per questo. Posso continuare a chiederti scusa all'infinito, se vuoi».

«Il casino di Diana. Carino. Penso che lei apprezzerebbe».

«Dai, su. Parli proprio come lei, lo sai?»

«Non sminuire la tua storia con Diana solo perché ora vuoi me». Mi alzai in piedi sentendomi stranamente forte. Come se avessi potuto dire qualsiasi cosa senza rischiare di perderlo.

«Non è quello sto facendo. Ti voglio perché ti voglio. Sono due cose diverse». Anche lui si alzò in piedi e agganciò il mio sguardo. «Penso... ho sempre pensato... che potrei innamorarmi di te, Lucy. Che potrei amarti più di quanto abbia mai amato Diana. Magari abbiamo solo avuto un tempismo di merda».

Rimasi paralizzata sul posto, e quelle parole si incisero su ogni pensiero che avrei potuto opporre loro: 'Che potrei innamorarmi di te'...

Sentii i suoi occhi cercarmi nel buio. L'aria della notte profumava di erba e salsedine e benzina. Il semplice desiderio fisico mi costrinse a spingere il petto in avanti, verso di lui, come se una corrente magnetica mi attirasse verso il suo corpo.

Stephen era di almeno una decina di centimetri più alto di me. Studiai i contorni del suo viso nel buio, i ciuffi disordinati dei capelli che gli coprivano le orecchie. Era bello. Non potevo certo negarlo.

«Devi tagliarti i capelli» dissi.

«Tu, con quel bikini nero, a Lake Mead...» riprese lui ignorandomi. «La prima volta che ci siamo visti. Lo sai quante volte ho ripensato a quel giorno? Mi ricordo di te in ogni dettaglio. Avevi questa strana espressione sul viso, come se pensassi che parlavo con te solo per prenderti in giro».

Mi sentivo a disagio, e cominciai a tornare in me. Inspirai a fondo, e mi sentii un passo più vicina all'essere sobria.

Stephen fece un passo avanti e mi baciò, tenendomi le mani sulle guance; schiusi le labbra per lasciarlo entrare e con lui lasciai entrare anche la felicità, e mi sentii di nuovo completa.

Facemmo sesso sul sedile della *Kiss me Kate*, perché noi facevamo sempre sesso, poco importava dove ci trovassimo. Era una cosa che adoravo di lui: la sua perenne attrazione nei miei confronti, assurda, intossicante.

Quando finimmo, gli passai le dita sul torace e lui mi posò le mani sulla schiena nuda. Avrei voluto rimanere così per sempre.

«Ti ho preso una cosa per il tuo compleanno» sussurrò lui. Ci separammo, e lui allungò una mano sotto al sedile. Mi porse l'altro sacchetto di carta, che frusciò quando lo aprii. Dentro c'era un poster di *Lucy in the Sky with Diamonds* dei Beatles, con i bordi rovinati dal tempo. Raffigurava l'immagine viola e arancione di una ragazza, Lucy, i cui lunghi capelli si trasformavano in un ritratto dei quattro Beatles.

«E questo dove l'hai preso?»

«Al mercatino delle pulci di Brooklyn. È un bel posto; ti piacerebbe. Un giorno ci andiamo».

Accarezzai la superficie imperfetta del poster. Poi alzai lo sguardo su di lui, travolta da una sensazione di assoluta beatitudine.

«È perfetto. Grazie».

Lui mi baciò di nuovo, e sentii i suoi capelli solleticarmi la guancia. Mi attirò ancora a sé. Il suo corpo era solido e familiare, ma sapevo che non me ne sarei mai stancata. Lo volevo anche quando era con me. Troppo non era comunque abbastanza. Facemmo l'amore di nuovo, sul sedile della barca che ondeggiava, sotto le stelle, l'odore di pelle e sale e sudore che si librava nell'aria notturna tutt'attorno a noi.

28
Stephen

Agosto 2012

Avevo dimenticato che in agosto Manhattan è afosa da morire. Mi pareva di avere un fuoco costantemente sfrigolante sotto il sedere; il caldo mi attraversava letteralmente il corpo da capo a piedi. Già sudo parecchio di mio, ma ad agosto, a New York, in giacca e cravatta, ero praticamente un pupazzo di neve che si scioglieva sul marciapiede: e per uno che è andato all'università nella Southern California, è tutto dire. Il fatto che in ufficio ci fosse l'aria condizionata era una delle poche cose che mi faceva venir voglia di alzarmi la mattina. Luke aveva rotto il nostro condizionatore e poi era scappato da Kathleen per rifugiarsi nel gelo artico di casa sua, lo stronzo.

Quando Lucy era venuta a dormire da me non se n'era lamentata, ma a lei probabilmente tutto quel caldo piaceva, considerando che pesa sì e no cinque chili e ha sempre freddo. Io, al contrario, soffrivo così tanto da avere difficoltà a farmelo rimanere duro. Era come cercare di scopare dentro a una sauna. Ma poi avevo posato gli occhi su Lucy, che mi stava sopra a cavalcioni, e con Lucy riesco sempre a venire.

Presto se ne sarebbe andata per tornare al Baird, e la preoccupava l'idea che non trascorressimo abbastanza tempo insieme: la preoccupazione standard di ogni ragazza. Ma quel weekend doveva arrivare Diana per l'incontro che avevamo organizzato all'inizio dell'estate. Non la vedevo dal giorno della laurea, e anche se tecnicamente non era più la mia ragazza, il progetto di passare insieme quel fine settimana rimaneva in piedi. Avevamo prenotato un ristorante per cena e sua madre ci aveva persino regalato due biglietti per vedere *Wicked* a Broadway: perciò, darle buca era fuori questione. E poi dovevo ammettere che l'idea di rivederla mi eccitava un po'. Sebbene non avesse molto a che fare con la mia vita newyorkese e non amasse la città in generale, Diana mi conosceva meglio di chiunque altro; e la familiarità che avevo con lei era un conforto di cui sentivo la mancanza.

Feci un giro sulla sedia girevole. Un altro monotono lunedì nel cubicolo. Fuori, una pioggerella umida precipitava dal cielo grigio; non che io riuscissi a vederla dalla mia scrivania, ma quella mattina l'avevo sentita molto bene durante la camminata verso l'ufficio. Sono il tipico cretino che dimentica sempre di portare l'ombrello e poi deve comprare un aggeggio che non vale niente pagandolo cinque dollari da uno dei cinesi che li vendono agli angoli delle strade. Però la pioggia era un buon segno. Speravo che avrebbe messo fine all'ondata di caldo.

Studiai meglio il report che avevo quasi finito. La noia diventò insopportabile. Mi facevano male gli occhi a forza di fissare numeri sullo schermo di un computer. Abbassai lo sguardo sul cellulare. Probabilmente, dopo la nostra ultima conversazione, Lucy mi riteneva uno stronzo. Non è che non mi andasse di vederla prima che facesse ritorno in California: Lucy, Diana e il lavoro esistevano in universi paralleli; semplicemente, non avevo abbastanza tempo per tutto, perciò mi destreggiavo tra una cosa e l'altra come se fossero tre tapis roulant affiancati a cui mi dedicavo quando potevo, dando il mio massimo. Sollevai la cornetta del telefono fisso. Amava quando la chiamavo dal lavoro: diceva che le piaceva immaginarmi alla scrivania, in un bel completo stirato, mentre svolgevo le mie ricerche da uomo adulto e serio lavoratore.

«Ehi» mi rispose quella mattina con voce roca.

«Stavi dormendo?»

«Mi sono appena svegliata».

«Sono le dieci passate».

«E allora? Sto bevendo il caffè a letto».

«Alzati, pigrona. Non vai da *Vanity Fair* oggi?»

«Lo stage è finito la scorsa settimana, ricordi? Finiscila di farmi la predica».

«Che cosa indossi?»

«Stephen». Lucy fingeva sempre di essere esasperata da me, ma sapevo benissimo che apprezzava i miei continui e sottili sottintesi a sfondo erotico. Mi parve di vederla, con indosso una T-shirt troppo grande e un paio di slip, le gambe magrissime distese sotto le lenzuola stropicciate. Le labbra affondate nel caffè bollente.

«Va bene, scusami se ti ho disturbato, Luce. Ti lascio stare».

«Mmmm... non attaccare».

«Perché? Vuoi forse qualcosa?»

«*Tu* che cosa indossi?»

«Un completo praticamente zuppo perché sto sudando come un maiale». Aspettai di sentirla ridere, e lei lo fece, subito e in maniera genuina.

«Be', facciamo qualcosa questo weekend. Passo venerdì. Possiamo andare a sentire la band del fidanzato di Lydia che suona nel West Village».

Lucy cercava di continuo di farmi uscire con i suoi amici, ma con loro intorno mi sentivo molto a disagio. Come un outsider che non aveva mai abbastanza accessori di Vineyard Vines addosso.

«Il golfista del Trinity suona in una band?»

«Se non vuoi possiamo rimanere a casa tua» sospirò lei. «Cucino io».

«Tu non cucini».

«Va bene, allora usciamo».

«Non riesci prima di venerdì? Questo weekend sarà un massacro, temo».

«Devo fare la baby-sitter tutta la settimana».

«Baby-sitter per chi?»

«Un'amica di amici di CJ, che è qui in vacanza per qualche giorno. Per i suoi figli. Le ho già detto di sì e non ho una serata libera fino a venerdì. Ma perché, tu lavori di venerdì *sera*?»

Venerdì sera. Diana sarebbe atterrata alle sei con il suo borsone da viaggio verde fosforescente e sarebbe rimasta in città fino a domenica sera. Due notti. Le battute di Diana e i capelli di Diana nello scarico del lavandino e le coccole di Diana e le chiacchiere facili di Diana e il sesso con Diana.

«Be', sì. Devo consegnare un report importante. Te l'ho detto».

«Perché adesso stai facendo lo stronzo?»

«Non sto facendo lo stronzo».

Borbottò qualcosa.

«Ti chiamo dopo. Una soluzione la troviamo. Finisci il caffè, dormigliona». Chiusi la chiamata e mi strinsi il naso tra le dita, già infastidito da quella storia.

Mi ero sinceramente goduto la compagnia di Lucy per tutta l'estate. Strano a dirsi, ma eravamo diventati una coppia effettiva, in un certo senso. Lei rimaneva spesso a dormire a casa mia durante la settimana dopo la fine dello stage, e quasi sempre il venerdì e il sabato. Facevamo lunghissime cene seguite da ore passate a impigrirsi a letto. L'avevo portata due volte alla casa sulla spiaggia di West Hampton, in uno dei rari weekend in cui non c'era nessuno a occuparla.

Lucy e io bisticciavamo per poter poi far pace; a volte se la prendeva con me, ma mai per ragioni serie come Diana, spesso comunque solo per potermisi accoccolare in grembo una volta risolto. Scottata dal passato, aveva un costante bisogno di rassicurazioni. Giocavamo al gatto e al topo perché era una routine ormai assodata che ci regalava una vicinanza fisica maggiore.

Lucy era una cosina bellissima da tenere tra le braccia, lo dicevano tutti, lei compresa. Era senza dubbio consapevole di quanto fosse attraente, considerando gli abitini succinti che si metteva addosso e i sorrisini leziosi che rivolgeva ai camerieri dopo aver fatto troppe domande riguardo al menù. A volte il suo comportamento mi ricordava quello di Kathleen; erano i modi universali delle belle ragazze, e cominciavo a trovarli fastidiosi.

La giornata lavorativa si trascinò lentissima. Proprio nel momento in cui pensavo che fosse abbastanza tardi per potermene andare, Gary infilò il faccione sudato nel mio cubicolo.

«Come va quella relazione, DeMarco? Lasciamela sulla scrivania oggi prima di andartene. Oki?»

Gary non faceva che usare espressioni da deficiente come 'oki' e ridacchiare tra sé.

Annuii sfoggiando un sorriso falsissimo, e resistendo alla tentazione di fargli notare che sarebbe stato utile conoscere la deadline in anticipo. Con certa gente non valeva la pena.

Mi ci vollero altre cinque ore per finire, e quando mi alzai dalla scrivania alle undici avevo due chiamate perse da parte di Diana. Le mandai un messaggio, dicendole che l'avrei chiamata nel viaggio verso casa. Faceva ancora troppo caldo per prendere la metropolitana, quindi corsi a chiamare un taxi. Le luci del Fairway accanto a casa mia erano ancora accese, perciò entrai a comprarmi una lasagna surgelata, di quelle che basta riscaldare. Magari Luke aveva fame. Mi aveva scritto poco prima per dirmi che quella sera sarebbe rimasto a casa e non sarebbe andato a fare il bucato di Kathleen, una volta tanto. Disse che aveva delle novità.

Purtroppo, quando aprii la porta mi resi conto che c'era anche Kathleen. Sentii il suo profumo prima ancora di mettere piede nella stanza: sembrava ci si facesse il bagno, in quella roba. Come al solito, l'appartamento era un forno. I due piccioncini sedevano uno accanto all'altra sul divano, bevendo rosé e guardando quel film in cui Diane Lane se ne va in giro per i vigneti della Toscana da sola e piange in continuazione. Luke lo mise in pausa non appena mi vide, ed entrambi mi fissarono con occhi sgranati ed espressioni deliziate, come se fossero fatti di ecstasy a un rave e non seduti sul divano a guardare una commedia romantica da due soldi prodotta per donne divorziate di mezza età.

«Che c'è?» farfugliai. Non volevo suonare antipatico, ma era stata una giornata lunghissima e non me ne fregava un cazzo di stare ad ascoltare la solita tiritera di Kathleen sull'ultima ricetta che aveva trovato per una salsa di carciofi a basso contenuto calorico o sul giaccone da cinquecento dollari che aveva comprato a Luke, in saldo al cinquanta percento.

Avevo appena poggiato a terra la valigetta quando lei sollevò il braccino snello e mi accorsi che aveva qualcosa che le scintillava su un dito.

Mi si strinse lo stomaco. *No.*

«Ci sposiamo!» squittì Kathleen, mentre Luke rideva con espressione beota.

Ebbi la tentazione di girarmi e uscire di corsa, ma fui invece costretto a fingermi contento. «Wow! Kath! Luke!» Mi abbassai a baciare lei sulla guancia, e la zaffata di profumo che mi travolse quasi mi fece vomitare. «Congratulazioni, ragazzi. Ma ditemi com'è andata».

Frustando l'aria tra me e Luke con la coda di cavallo scura e lucidissima, Kathleen mi raccontò del fidanzamento, senza risparmiarmi nemmeno un dettaglio. Mi versai un whisky e infilai la lasagna in freezer: alla luce della drammatica informazione che avevo appena ricevuto, mi era passata la fame. Capisco perché la gente voglia sposarsi: non sono contrario al matrimonio in sé. Anche io prevedo di sposarmi, tra cinque o sei anni, sicuramente. Ciò che mi dava fastidio di Luke e Kathleen, però, era la veemenza con cui ribadivano il bisogno di avere l'altro nella loro vita, come se fossero certi che, se non si fossero mai incontrati, la loro vita sarebbe stata infelicissima. Perché loro 'si completavano'. Ma la verità è che, nella vita, serve solo qualcuno con cui fare squadra. Il matrimonio non è altro che un accordo economico. Sposandosi, si risparmia su cose come le tasse e l'assicurazione sanitaria, si ottiene una certa sicurezza e una normalità sociale da ostentare, e, ovviamente, agli uomini serve una donna che porti in grembo i loro figli. Probabilmente, io finirò per sposare la ragazza che mi capiterà di frequentare a ventisette o ventotto anni, niente di più: davvero, non conta poi tanto chi sia, se uno ci pensa bene. Si tratta solo di avanzare in modo naturale nel percorso della vita. Non ho nessuna intenzione di fare la fine di quegli sfigati che arrivano a trenta anni e sono ancora single.

Ingollai lo scotch fin troppo velocemente mentre Kathleen elencava tutti i motivi per cui aveva sospettato che Luke avesse un anello con sé; però, continuò mentre io ascoltavo solo a metà, era stato bravissimo a nasconderle la verità, e poi, quando si erano incontrati al ristorante preferito di lei, lui si era inginocchiato e le aveva fatto la proposta.

«Voleva farmela nel fine settimana, ma ha detto che non è riuscito ad aspettare!» pigolò abbassando lo sguardo sulla gemma che le abbelliva la mano sinistra.

Luke intrecciò le dita a quelle di lei e sorrise. «È vero. Non potevo aspettare un secondo di più, e poi volevo che questo fosse un lunedì migliore degli altri».

Mi venne da vomitare. Dissi che dovevo andare in camera mia a fare una telefonata, il che era anche vero.

Accesi il ventilatore al massimo e mi sistemai con la faccia proprio davanti al getto di aria fresca. Diana rispose al secondo squillo.

«Finalmente!»

Il suono familiare della sua voce fu di conforto. Guardai la sveglia sul comodino. Era quasi mezzanotte, il che significava che a Milwaukee erano quasi le undici. Diana, con tutta probabilità, stava leggendo a letto. Me la immaginai, in calzoncini corti e T-shirt logora, un bicchiere di Seltzer che frizzava sul comodino.

«Scusa. Oggi in ufficio è stato un delirio e poi quando sono tornato a casa Luke mi ha detto che si è fidanzato».

«Wow. Con Kathleen?»

«E chi altri?»

«Pazzesco».

«Lo so».

«Non sembri felice».

«Sono solo stanco».

«Mi dispiace. Giornataccia in ufficio?»

«Più o meno. Tu come stai? Non vedo l'ora di vederti».

«Io sto bene...» Aveva la voce stranamente distante, distratta.

«Sono contento di sentirtelo dire».

«Stephen, a dire il vero volevo parlarti di una cosa».

«Okay, che cosa?» Raggiunsi l'unica finestra della stanza e scostai la tenda, prima di ricordarmi che l'unica vista di cui godevo era quella sulla parete di mattoni dell'edificio di fronte. New York del cazzo.

Dall'altro capo del telefono, Diana era ancora in silenzio.

«Di?» la incalzai. Era tardi. Non avevo tempo per l'ennesima conversazione lagnosa che si trascinava per ore. Volevo solo svenire sul letto.

«Non posso venire da te questo weekend. Ho annullato il volo».

La frustrazione che avevo accumulato durante la giornata minacciò di esplodere. «Mmm, e come mai? Cosa è successo?»

«Sto frequentando una persona qui».

«Scusami?» Fui travolto dalla rabbia, una furia cieca che mi vorticò come fumo nel torace.

«Ascolta, Stephen, io e te non siamo più insieme. Lo so che sei andato a letto con Lucy per tutta l'estate, quindi non fingere di cascare dalle nuvole solo perché non me ne sono stata seduta ad aspettarti. Non abbiamo mai detto che non saremmo usciti con altri». Sembrava schietta. La sua mancanza di tatto era preoccupante.

«Sì, non abbiamo mai detto che non avremmo *scopato* con altri. Ma *mettersi insieme* ad altri è una faccenda diversa».

«Ma ti senti quando parli? Lo so che stai con Lucy. Katy Kopecky vi ha visti insieme negli Hamptons».

«E chi cazzo sarebbe Katy Kopecky?»

«Era in classe con noi al Baird, Stephen. È di New York».

«Diana» dissi espirando a lungo e cercando di digerire ciò che mi aveva appena detto. «Lucy sta per tornare all'università. È stata solo un'avventura estiva».

«Come ti pare. Sinceramente non mi importa più di quello che fai, è questo che sto cercando di dirti. Provo qualcosa per un altro uomo. Cioè, è... successo. Lui non è come te».

«E questo che cazzo vorrebbe dire?»

«Vorrebbe dire che di lui posso fidarmi». Non l'avevo mai sentita usare un tono di voce così gelido.

Una parte di me c'era rimasta male. Una parte di me ci teneva genuinamente, voleva genuinamente chiudere la chiamata, prendere un taxi fino a LaGuardia, comprare un biglietto di sola andata per Milwaukee, presentarsi alla porta di Diana e combattere per lei. Ripensai alle sue ginocchia nodose, ai seni pallidi, al modo in cui mi guardava con quell'espressione peculiare che era allo stesso tempo fanciullesca e sexy. Era mia, e non volevo che uno stronzo qualsiasi le mettesse le mani addosso.

Ma non conoscevo il suo nuovo indirizzo a Milwaukee, e a un tratto mi sentii così esausto che mi si chiusero le palpebre, come se fossero fatte di piombo. Mancavano solo sei ore alla sveglia. E poi c'era quest'altra parte di me a cui non fregava proprio niente. Per me si trattava solo di vincere, e non si possono combattere tutte le battaglie, indistintamente.

Avevo sempre saputo che io e Diana non saremmo rimasti insieme per sempre. Lo sapevo. Perciò forse era meglio così. Io e Diana avremmo chiuso definitivamente, Lucy sarebbe tornata al college una settimana dopo e io mi sarei trovato un'altra ragazza, una newyorkese. Una nuova.

«Pronto? Stephen?» urlò Diana, riscuotendomi.

Spalancai gli occhi. «Scusa. Stavo riflettendo».

«Mi spiace di doverlo fare» sospirò, e capii che si era messa a piangere.

«No, va bene. Capisco».

«Potresti prenderti parte della responsabilità di questa situazione, sai?»

«Infatti. Capisco che le mie azioni hanno influenzato le dinamiche di questo rapporto».

«Sembri un robot. Te ne importa qualcosa, almeno?»

«Sì, mi importa. Santo Dio, Diana, sei tu che mi stai lasciando. Pensi sia facile per me sentirti dire che stai con un altro? Abbi un po' di cuore».

«Mi dispiace tanto, Stephen» bisbigliò lei, abbassando man mano la voce. E poi cominciò a singhiozzare. L'immancabile fiume di lacrime.

«Dimmi solo lui chi è».

Tirò su col naso. «Non lo conosci».

«Grazie al cazzo. Non conosco nessuno a Milwaukee».

«Me l'hanno presentato degli amici in comune. Anche lui è un assistente sociale. Anzi, frequenterà il mio stesso master alla Washington University».

«Quindi vi trasferite a Saint Louis insieme?»

«Non *proprio* insieme, però...» Lasciò cadere la frase.

«Be', magnifico».

«Oh, Stephen». Diana scoppiò in un nuovo scroscio di lacrime.

Trovavo l'idea di un tizio sconosciuto che si scopava Diana in parte offensiva, in parte eccitante. Sentii un rimescolamento tra le gambe.

«Devo andare a dormire, Diana».

«Stephen, ti prego. Ti prego, non odiarmi».

«Non ti odio. Sono solo stanco. È passata la mezzanotte qui e domani devo svegliarmi alle sei».

«Puoi tenere i biglietti per *Wicked*, ovviamente. Te li manderà mia madre».

«È ridicolo. Dille di restituirli».

«Non sono rimborsabili».

«Oh».

«Ti amerò per sempre, Stephen» disse Diana prima di chiudere la chiamata. «È solo che non posso più stare con te».

Inviai a Lucy un messaggio in cui le dicevo che mi ero liberato per il weekend, e che avevo addirittura ottenuto due biglietti per la matinée di domenica di *Wicked*, se le andava di venirci con me. Poi misi in carica il telefono. Ce l'avevo ancora duro, quindi radunai le ultime energie per masturbarmi – se c'è una cosa che mi placa sempre, è venire.

29
Lucy

Agosto 2012

La sera prima del mio ritorno al Baird CJ preparò la pizza; sentii l'odore di lievito e pomodoro non appena misi piede in casa. Ero appena tornata dal mio ultimo weekend in città con Stephen: avevo pianto in treno, quindi avevo gli occhi tutti rossi.

«Devi sbrigarti a fare i bagagli, Lucy» disse CJ in tono antipatico. «Te l'avevo detto di farli prima di andare in città. Domani mattina dobbiamo partire per l'aeroporto alle sei».

«Lo so. Ho quasi finito».

Mi accomodai su una delle poltrone beige del salotto e cercai di imprimermi nella mente ogni singolo dettaglio di casa: le tende color pesca, le fotografie nelle cornici argentate, la coperta di cashmere bianco che CJ aveva accuratamente ripiegato sullo schienale del divano. Chiusi gli occhi, che bruciavano per la stanchezza. Le ultime tracce del doposbronza mattutino tornarono a farsi sentire.

CJ si avvicinò a darmi un bacio sulla fronte e arricciò il naso. «Puzzi come una distilleria. Hai bevuto?»

«Non da ieri sera».

«Be', per cena c'è la pizza. Il rimedio migliore per il doposbronza».

Il giorno prima io e Stephen avevamo mangiato da Motorino dopo essere stati a Broadway a vedere *Wicked*, e la pizza era l'ultima cosa di cui avevo voglia, ma mi sentivo troppo in colpa per protestare. CJ se ne stava in piedi accanto a me, con un paio di leggings e una T-shirt ormai logora, e guardarla mi fece sentire dispiaciuta e triste. Gli occhi azzurro chiaro erano sottolineati da cerchi color antracite. I capelli biondi e corti mostravano le prime avvisaglie di una ricrescita grigia. Le studiai il viso; le prime rughe ammorbidivano lineamenti un tempo affilati, definiti. I miei genitori erano ancora belli, ma avevano cominciato ad avere l'aspetto sciupato di un vecchio cappotto segnato dai troppi inverni.

Mio padre mise un album di Frank Sinatra, e una vecchia versione di *The Way You Look Tonight* riempì la stanza.

«Oh, Ben!» esclamò CJ. «La canzone del nostro matrimonio».

«Ma tu lo sai di avere la madre più bella del mondo?» mi chiese papà cingendo la vita di CJ. Lei scoppiò a ridere e i due si lasciarono andare a un lento, piroettando in cucina. Con il suo metro e ottantacinque, mio padre era di venti centimetri buoni più alto di lei. Quando la musica rallentava, lui si chinava in avanti e affondava la faccia nei suoi capelli.

Mi venne da vomitare. Desiderai che ci fosse almeno Georgia con noi, ma lei era già tornata a Yale.

La pizza aveva un sapore strano, come se la salsa di pomodoro fosse andata a male. CJ non era mai stata una gran cuoca. Mi bombardò di domande sui corsi del terzo anno e sui miei compagni che avrebbero studiato all'estero per un semestre.

Dopo cena riuscii finalmente a scappare in camera mia e ripensai a ciò che io e Stephen ci eravamo detti. Eravamo nel suo letto, quella mattina, e bevevamo caffè, le gambe allacciate sotto le coperte.

«Allora ci vediamo al Ringraziamento?» Mi rendevo conto di comportarmi come il perfetto stereotipo della ragazza appiccicosa, che cerca disperatamente la conferma dell'ufficialità del suo rapporto. Stephen, al contrario, era criptico in modo a dir poco fastidioso.

«Mi trovi qui. Sei sempre la benvenuta in camera mia».

Non sapevo come interpretare quelle parole, e cercai di vederci una qualche risposta definitiva.

«Quindi hai intenzione di andare a letto anche con altre?» *Dio*, ero patetica.

«Non credo sarà la mia priorità» disse lui guardando lo schermo del portatile.

«Che significa?»

«Significa esattamente ciò che ho detto».

«Quindi c'è *la possibilità* che tu vada a letto con altre». Mi sentivo come una bambina lagnosa. Quando non mi toccava dappertutto, avevo spesso la sensazione che l'unica cosa che facevo era irritarlo.

«Lucy». Stephen chiuse il portatile e finalmente mi guardò. «Stai tornando al college. Rimarrai al Baird per altri due anni. E io adesso vivo a New York».

Sentii lo stomaco precipitare. «Lo so». Non potevo credere di averlo costretto a dire qualcosa che io stessa non volevo sentire.

«Quindi non ho idea di che cosa succederà» continuò lui. «Cerchiamo di parlarne quando sarà il momento. Se arriveremo a un punto in cui sentirò il bisogno di frequentare un'altra, te lo dirò».

«Grazie tante, eh».

«Scusa, cosa vorresti che ti dicessi, Lucy? Ascoltami bene. Al momento sono concentratissimo sul lavoro e sulla domanda per la Scuola di Legge. Mi dispiace, ma le mie priorità sono queste. Non mi interessa andare in giro per la città per cercare ragazze con cui andare a letto. Ma ora come ora non posso nemmeno impegnarmi in una relazione a distanza».

Non sapevo cosa volessi sentirmi dire. Ma all'improvviso sentii la gola che si stringeva e gli occhi che mi si riempivano di lacrime. Mi sentivo fragile e impotente e detestavo quella sensazione. Non volevo, non volevo *assolutamente*, che mi vedesse piangere.

«Lucy...» Mi attirò a sé, mi fece sdraiare sul suo petto e mi passò le mani tra i capelli, in quel modo speciale che usava solo lui. 'Ancora due anni interi al Baird'. Non ce l'avrei fatta. Non volevo rimanere altri due anni al Baird, non se questo significava perdere Stephen.

Facendo sesso un'ultima volta, nella luce della tarda mattinata, trattenni le lacrime mentre lui mi attirava la faccia verso la sua, fronte contro fronte, gli sguardi allacciati, i movimenti più in sincrono che mai. Durammo più del solito, e fu un addio prolungato e triste.

Dopodiché, riempii il borsone e lui mi accompagnò alla fermata della metro, l'aria di agosto iniziava a farsi più pungente. L'autunno incombeva. La fine dell'estate era sempre stata un momento doloroso per me, ma quell'anno era peggio che mai. Quando fummo davanti alla stazione sulla ventitreesima, Stephen mi avvolse in un abbraccio.

«È stato incredibile, prima» mi bisbigliò all'orecchio.

Annuii, incapace di parlare. Avevo la sensazione che se mi avesse lasciato andare mi sarei infranta in mille pezzi.

«Mi mancherai» disse. «Magari posso venire a trovarti un weekend di questi, sempre che il lavoro non diventi ingestibile. Altrimenti ci vediamo per il Ringraziamento?»

Annuii di nuovo, un pizzico di speranza che si faceva strada nella tristezza.

«Luce. Di' qualcosa».

«Ciao» fu tutto ciò che riuscii a dire. Lo baciai e corsi dentro la fermata della metropolitana, passando la tessera sul tornello prima di cambiare idea e fare qualcosa di folle, tipo ripercorrere la scalinata, rincorrerlo e dirgli che volevo lasciare il college e rimanere a New York con lui.

In camera mia mi costrinsi a finire di preparare la valigia e poi feci una lunga doccia, mi avvolsi in un accappatoio e crollai sul letto. Affondai con la schiena nei cuscini e riportai la mente al viso di Stephen: i suoi occhi verdi, intensi e inquisitori, la bocca piccola ma ben definita, un'ombra di barba lungo la linea della mascella. Già mi mancava, più di quanto riuscissi a sopportare. Quell'estate era stata un sogno, fin dal primo bacio sulla *Kiss me Kate*. Non potevo credere che fosse finita. Il giorno dopo sarei tornata in California. Pippa e Bree avrebbero trascorso il primo semestre a Madrid, perciò io e Jackie ci saremmo trasferite da sole in una casa fuori dal campus. Pensai che avrei dovuto avere la lungimiranza di chiedere anch'io di fare un semestre all'estero, ma non ci avevo proprio pensato. Forse mi ero detta che la mia esperienza fuori dal Paese sarebbe stata 'Scrittori in Costa Azzurra', o magari ero semplicemente priva di motivazione, un problema che cominciava a farsi sempre più serio.

Mi sarebbe piaciuto provare almeno un po' di gioia all'idea di tornare a scuola, di disfare le valigie e arredare casa insieme a Jackie, e invece temevo il momento in cui tutto questo sarebbe successo. Anticipavo già la tristezza dei mesi a venire, la stessa tristezza che avevo provato per tutta l'estate. Un'estate perfetta, ma che era ormai finita.

Sentii i passi inconfondibili di CJ salire le scale e pregai che non entrasse in camera mia; la porta, invece, si aprì, anche se appena di uno spiraglio. Hickory entrò saltando subito sul mio letto, dove si fermò, raggomitolandosi in una palla bionda. Accarezzai le sue orecchie vellutate. CJ sistemò una tazza di tè fumante sul mio comodino, e l'odore di vaniglia e cardamomo mi riempì le narici.

«Grazie, CJ».

«Ho pensato che poteva servirti un aiuto per preparare le valigie». Non sembrava nervosa come prima, grazie al cielo.

«Ho quasi finito, ma grazie».

«Sei emozionata all'idea di tornare al college?» Sedette sul bordo del letto e mi lisciò la fronte con la mano, calda quasi quanto il tè.

«Sì, credo».

«Com'è andato il weekend? Vi siete salutati?»

«Sì». La voce mi si incrinò, e gli occhi mi si riempirono di lacrime. Sentire la voce di mia madre quando sono triste mi fa sempre piangere. «Ma non so che cosa succederà».

«Luce». Mi accarezzò la guancia con la mano tiepida. «Andrà tutto bene. Lo so che è difficilissimo, ma devi fidarti del fatto che se sei destinata a vivere qualcosa, la vivrai. Dai tempo al tempo».

«Lo so».

«C'è qualcosa che non mi stai dicendo?»

«In che senso?»

«Non lo so. È solo che... Mi fa uno strano effetto quel ragazzo, se devo essere onesta. Non saprei definirlo esattamente, ma...»

«CJ. Smettila».

«Non ti apprezza abbastanza».

«Non lo conosci nemmeno. Vi siete visti per tipo cinque secondi».

«È solo una sensazione».

«Per favore, vattene dalla mia camera, CJ».

«Pepe». La voce di CJ era appena un bisbiglio ma le parole erano inconfondibili. «Io ci sarò sempre, lo sai. Se mai avessi bisogno di me, io ci sono».

Tenni gli occhi serrati; lacrime bollenti e silenziose presero a scendermi lungo le guance. CJ mi strinse la mano e quando finalmente riaprii le palpebre, mi accorsi che anche lei stava piangendo.

«Cosa ci è successo?» bisbigliò, la voce rotta, e io cercai di rispondere, ma quando aprii la bocca non uscì alcun suono, e CJ era già in piedi e lisciava con le mani il piumino sul letto. Quando ebbe finito, se ne andò.

30
Stephen

Ottobre 2012

Lucy se ne era andata, Diana mi aveva lasciato per sempre, il lavoro mi stava risucchiando ogni energia, le giornate si facevano sempre più corte, e a me sembrava di impazzire. Dovevo trovare una nuova fidanzata, e in fretta anche.

Essere single a New York era parecchio spiacevole, soprattutto adesso che l'inverno incombeva, così come la mia domanda per la Scuola di Legge. Perciò, quando Carl mi invitò a una cena organizzata dalla sua fidanzata perché nel loro gruppo servivano più maschi, accettai di buon grado.

La fidanzata di Carl era una ragazza alta, che assomigliava un po' a un cavallo e si chiamava Beth. A me sembrava una guastafeste, e non capivo che cosa ci trovasse Carl, ma d'altro canto Carl somigliava a Seth Rogen e non aveva molta scelta, in fatto di donne.

Immaginai che neanche Beth avesse molti amici, dato che non c'era tanta gente, alla cena. Ci radunammo tutti quanti in salotto, con i drink in mano, come un gruppetto di yuppie noiosi, mentre Beth ci passava in mezzo porgendoci vassoi di stuzzichini.

Quando suonò il campanello, Beth corse a rispondere con una tale fretta che si sarebbe detto aspettasse il Presidente degli Stati Uniti. Invece fece il suo ingresso una ragazza con le guance arrossate dal freddo. La sentii scusarsi per il ritardo e borbottare qualcosa a proposito di un tassista impazzito. La vidi togliersi il cappotto e poggiare sul tavolo il vino che aveva portato. Qualcuno le passò un bicchiere, il cui contenuto proveniva da una delle bottiglie già aperte.

«Questa è Alice» mi disse Carl quando la ragazza mi sedette accanto, occupando l'unica sedia rimasta libera. «E conosce Beth per... lavoro?»

Alice annuì e io le strinsi la mano, studiandola senza dare nell'occhio. Era carina. Capelli biondi, sicuramente con le mèches – la ricrescita castana era ben visibile – che le ricadevano in ciocche setose appena oltre le spalle. Aveva gli occhi truccati pesantemente e un vestito bordeaux aderente, dalla cui scollatura tonda fuoriusciva un seno decisamente abbondante.

La cena preparata da Beth era ispirata alla cucina mediorientale, e mentre Alice masticava un boccone di insalata di lenticchie, mi versai dell'altro vino e mi girai verso di lei, avviando la conversazione standard che tutti i ventenni di New York portano avanti quando conoscono qualcuno di nuovo. Che lavoro fai? Da dove vieni? Dove hai studiato? Quali amici abbiamo in comune?

Non ci volle molto per scoprire che Alice si era laureata il maggio precedente proprio come me, e da giugno lavorava in ambito assicurativo. Era cresciuta nei sobborghi di Pittsburgh e aveva studiato alla Penn State, dove aveva fatto parte di una confraternita femminile a cui si era dedicata con impegno. Aveva un carattere effervescente, del tipo che non si può fare a meno di notare e che consente un botta e risposta facile e piacevole. Mi feci l'idea che fosse una ragazza molto femminile, proveniente da una famiglia unita, che fino a quel momento aveva vissuto un'esistenza priva di complicazioni e che vedeva in New York la tanto attesa opportunità di trasformare la sua vita in un film di Nora Ephron. Mi pareva proprio il tipo che si infastidiva se si sporcava un po' di fango.

Finimmo una prima bottiglia e Alice mi chiese se ne volessi ancora. Risposi di sì e lei si alzò per andare a recuperare in cucina il vino che aveva portato, il che mi diede l'opportunità di studiarne la figura per intero. Era più bassa di quanto pensassi e aveva delle curve incredibili. Mentre tornava al tavolo con il Pinot nero tra le mani, mi sorpresi a immaginarla nuda.

Non so perché, ma quella cena aveva cominciato a farmi sentire a disagio e fui contento quando tornò a sedersi accanto a me. La osservai mentre stappava la bottiglia con abilità.

«Ho fatto la cameriera per tipo tre estati» mi spiegò. Sorrise sfoggiando gengive spaziose e denti un po' sporgenti, ma che non la rendevano certo meno attraente.

«Allora, dov'è che abiti, qui a New York?» ripresi.

Lei riempì i nostri bicchieri.

«Hell's Kitchen, con la mia migliore amica dei tempi del college». 'Poco più a nord di me, a una fermata di treno espresso. Comodo'.

«Io vivo tra la Ventiduesima e l'Ottava» dissi. «Abbastanza vicino».

Mi chiese del mio lavoro e dei miei progetti di frequentare la Scuola di Legge. C'era un non so che di disperato nella sua voce, come se la nostra conversazione fosse una sorta di colloquio. Riconobbi il vago sottinteso che si celava sotto tutte quelle domande: era a caccia di un ragazzo.

Continuammo a chiacchierare amabilmente per tutta la cena. Era facile flirtare con Alice, visto che rideva a tutte le mie battute, gettando la testa all'indietro senza trattenersi.

Quando uscimmo da casa di Beth ce ne andammo in un paio di locali, di quelli dall'atmosfera sterile e deprimente e musica dei Journey in sottofondo. Carl ordinò shot di tequila a ripetizione, e dopo averne mandati giù tre o quattro smisi di concentrarmi su Alice, la mente ovattata dall'alcol; mi sentivo la lingua felpata, ricoperta da una patina acidula. A fine serata Alice era scomparsa, e Carl e Beth mi proposero di dividerci un taxi per tornare a casa.

Ero così sbronzo che quasi dimenticai di chiedere a Beth il numero di Alice. Mi tornò in mente proprio mentre uscivo dal taxi, perciò bussai sul finestrino chiuso. Non avevo idea di che ora fosse, ma la Ventiduesima era immersa nella tangibile foschia grigia che precede l'alba. Io e Carl ci eravamo fatti una pista di coca qualche ora prima a casa di Beth, e poi un'altra nel bagno di uno dei locali.

Beth abbassò il finestrino, un'espressione irritata sul viso cavallino.

«Beth, mi sono dimenticato di chiederti: sarebbe un problema per te se chiamassi Alice un giorno di questi e le chiedessi di uscire? Sta per caso con qualcuno?»

Beth si strinse nelle spalle. «Chiamala pure. Non si vede con nessuno».

«Ottimo. Me lo dai il suo numero?»

«Certo. Aspetta...»

«Te lo mando io per messaggio» intervenne Carl, in un tono che sembrava dire: 'Levati dalle palle così posso tornare a casa e scopare quel mostro della mia fidanzata'.

Guardai il taxi che si allontanava, svoltando sulla Ventitreesima, i fanalini di coda che scintillavano nel grigio fumoso della notte. Ero ancora gasato per via della coca, ma percepivo, con ansia crescente, l'arrivo imminente di un attacco di depressione, come una sanguisuga attaccata al cervello.

Non appena fui in casa, chiusi le tende e mi infilai a letto. Al buio, la mia mente si attivò all'istante. Non sono sicuro di aver dormito, ma se dormii fu solo per un'ora o due. Quando la luce del giorno si fece strada tra le pieghe delle tende mi alzai per preparare il caffè, la mente vuota e immobile. Bevvi l'intera caraffa e guardai vecchie puntate dei *Griffin* fino a metà mattinata, quando Carl mi inviò per messaggio il numero di Alice e mi sentii vagamente rincuorato. Decisi di provare a chiamarla subito. Chiamare una ragazza è un gesto più genuino che mandarle un semplice messaggio, almeno agli inizi. Alice rispose al terzo squillo e sembrò emozionata di sentirmi. Chiacchierammo un po' della serata trascorsa insieme. Le chiesi se le andava di cenare insieme, e ci accordammo per vederci quel mercoledì.

Quando chiusi la chiamata mi venne in mente che non ero mai stato a un vero appuntamento. Certo, ero uscito a cena con le ragazze che frequentavo al liceo e al college, ma non ero mai andato al ristorante con una ragazza con cui il sesso dopo cena non fosse una garanzia. Di sicuro Alice si aspettava che offrissi io, e dovevo anche scegliere un locale.

Quel mercoledì, quando staccai dal lavoro e mi diressi verso Hell's Kitchen e un ristorante italiano non lontano dall'appartamento di Alice, mi accorsi di essere agitato. Il sole era basso all'orizzonte, l'area ottobrina pungente.

Arrivai qualche minuto prima delle sette e ordinai uno Scotch e Soda al bar. Alice mi raggiunse dieci minuti più tardi, ben truccata ed elegante in un top nero che evidenziava le sue curve e rivelava una striscia di pelle chiara all'altezza della scollatura.

«Sei bellissima». La baciai sulla guancia.

«Grazie. Scusa se ho fatto un po' tardi. Vivo a quattro isolati da qui, perciò non ho scuse».

Mentre la cameriera ci accompagnava al nostro tavolo, fui improvvisamente travolto dall'eccitante consapevolezza che avrei potuto essere chiunque. Per la prima volta in oltre quattro anni non ero la concretizzazione fisica del mio passato; non portavo traccia di nessuno dei miei errori o delle mie cantonate. Alice non nutriva preconcetti sul mio carattere o sulle scelte che avevo compiuto.

La cameriera si avvicinò e ci recitò il lungo elenco dei piatti del giorno. Cominciammo ordinando una bottiglia di Pinot nero.

Alice sorrise e si spostò sulla sedia, regalandomi così una visione più generosa del suo seno florido. «Sono contenta che tu abbia suggerito di vederci a cena».

Dietro la sua espressione amabile si poteva intravedere una certa ansia: contava sul fatto che la serata andasse bene. Non mi sembrava il tipo che andava a molti appuntamenti, non perché non fosse carina ma perché apparteneva alla foltissima schiera di ventenni disperate, disponibili, sufficientemente attraenti che affollavano New York. Si trattava di ragazze non abbastanza belle per permettersi di essere schizzinose; erano sempre a caccia di uomini decenti, sempre in parte consapevoli del ticchettio inesorabile dell'orologio biologico.

Alice ordinò il salmone e io una bistecca con l'osso. La guardai sistemarsi la spallina del reggiseno (nero) e mi chiesi quanto tempo fosse passato dall'ultima volta che aveva fatto sesso.

La conversazione fu facile e piacevole, soprattutto quando il vino cominciò a fare effetto. La voce a tratti infantile di Alice, le sue unghie lunghe laccate di smalto lucido color prugna e l'ombretto metallico un po' sbavato la rendevano il tipo di ragazza che Diana e le sue amiche del Baird avrebbero detestato, definendola 'rozza' o 'anonima'. Io invece ero quasi incantato da lei. Era proprio ciò di cui avevo bisogno: una boccata d'aria fresca.

Quando il vino finì ordinammo dei cocktail, e mi accorsi, dal modo in cui le guance le si erano arrossate, che Alice era già brilla. Si chinò in avanti sostenendosi sul tavolo con un gomito. Osservai una ciocca di capelli biondi scivolare nella curva tra i seni.

«Mi sto divertendo, Stephen».

«E io ti trovo davvero attraente, Alice». Guardai la sua corazza sbriciolarsi di fronte a quel complimento, e un sorriso incontenibile illuminarle il viso.

Quando ci portarono il conto tirai fuori il portafogli.

«Sei sicuro? Possiamo dividere». Era evidente, dal modo in cui distolse lo sguardo mentre lo diceva, che non era un'offerta davvero genuina.

«Non ci penso nemmeno. Questo è un appuntamento». Sorrisi, consapevole di aver segnato un altro punto.

«Sei dolce».

«Vado un attimo in bagno».

«Certo» disse lei. «Ci vediamo fuori».

Firmai la ricevuta della carta di credito e trovai il bagno. Pisciai in un orinatoio e feci un tiro di coca. Solo una bottarella; ero stanco per via di tutto quel vino rosso e lo spacciatore con cui Carl mi aveva messo in contatto aveva roba buonissima. Sentii il telefono che mi vibrava in tasca e sullo schermo comparve un messaggio di Lucy.

Lucy: Come stai?

Cazzo. Non ero stato granché bravo a mantenere i contatti con Lucy da quell'estate. Non volevo trascurarla, ma sentirla stava cominciando a sembrarmi più un obbligo che un piacere. Digitai una risposta veloce.

Stephen: Ehi, tu. Avevo proprio intenzione di chiamarti. Al lavoro ci fanno impazzire. Sentiamoci questo weekend.

Trovai Alice che fumava una sigaretta fuori dal locale. Aveva un'aria sofisticata, lì in piedi con i tacchi alti, riccioli di fumo che le si avvolgevano attorno al viso, e all'improvviso mi sentii travolto dalla stessa sensazione che avevo provato la sera in cui avevo capito che Diana mi piaceva. Sentii l'impulso e il diritto di rivendicarla, l'assoluta certezza che doveva essere mia.

«Casa mia non è lontana da qui» disse Alice, spegnendo il mozzicone con un piede.

«Davvero?» Mi finsi sorpreso, anche se avevo scelto il ristorante proprio per quella ragione. «Allora ti accompagno a casa».

Dopo una breve camminata, ci trovammo all'angolo tra la Cinquantaquattresima e la Nona. Torreggiavo su di lei; Alice era piccolina anche con i tacchi alti.

«Ti inviterei a salire ma sai com'è...»

«Com'è...?»

Alice ridacchiò spostando il peso su un'anca. «Ci conosciamo appena».

«Alice, capisco benissimo. Non sei quel tipo di ragazza. Se mi facessi salire da te, sarei per così dire costretto a farmi un'idea sbagliata».

«Esatto».

«Posso almeno baciarti?» Fissai lo sguardo nei suoi occhi scuri e mi chinai in avanti, lentamente, premendo le labbra sulle sue. Erano soffici e cedevoli. La spinsi contro la parete dell'edificio, con una certa forza.

Alice si ritrasse dopo diversi minuti di baci intensi, il viso accaldato. «Meglio che vada...»

«Cavolo. Okay».

«Grazie per la cena, Stephen».

«Prego, Alice nel Paese delle Meraviglie. Dormi un po'. Ci sentiamo presto».

«Alice nel Paese delle Meraviglie?»

«Non so» risposi ridendo. «Ti si addice». Nell'eventualità che l'appuntamento andasse bene, mi ero preparato in anticipo un soprannome.

«Sei troppo divertente». Scoppiò in una risata genuina avvicinandosi per baciarmi ancora una volta.

La mattina seguente cercai su Google l'indirizzo dell'ufficio di Alice e le feci recapitare dei fiori alla scrivania. Scelsi dei garofani rossi, perché a cena aveva detto che li adorava e che ne aveva portato un mazzolino quando aveva fatto la damigella per il matrimonio della cugina il mese precedente.

Inclusi anche un bigliettino, che il disponibile commesso pakistano dell'Ava's Florist Shop trascrisse per me: 'Alice nel Paese delle Meraviglie, spero tu abbia una giornata meravigliosa. Sono davvero felice di averti conosciuto'.

31
Lucy

Febbraio 2013

C'era qualcosa di sgradevole nell'aria. Lo sentivo ormai da mesi, ma adesso era quasi tangibile, come una pellicola che ricopriva ogni cosa.

«E invece ci vieni» disse Jackie.

Una lama di luce attraversò il pavimento in legno della casetta che io e Jackie condividevamo a Carroll Street. Me ne stavo seduta sul divano, ascoltando i rumori di lei che si vestiva, lo stomaco stretto in una morsa. Una forma di resistenza. Qualcosa di impercettibile che mi stava aggrappato addosso, che mi portava a fondo con sé ogni giorno di più. Sentivo la testa inerte.

«Non mi va di bere, davvero».

«Ma è *Domenica Spassodì*! Ella ha preso un fusto». Ultimamente, Jackie voleva sempre uscire con Ella.

Mi fissai le mani.

«Lucy, *dai.* Ho bisogno di te. Si vede che ho pianto?» Si scostò i capelli arruffati dal viso.

Jackie aveva pianto tutta la mattina. Stuart l'aveva lasciata un mese prima. Ormai litigavano di continuo; e alla fine lui aveva dichiarato di voler vivere gli anni del college senza legarsi a un'altra persona, ma sapevamo tutti qual era la verità. Jackie aveva dato Stuart per scontato, e lui si era rotto di avere a che fare con le sue trovate.

«Un po'. Sciacquati il viso».

«È che mi manca così tanto». Si lasciò cadere sul divano accanto a me e mi poggiò la fronte sulla spalla. «Se dovessi vederlo oggi, con quella *puttanella* del secondo anno...»

«Natalie?»

«*Non* pronunciare il suo nome».

Le asciugai le lacrime dal viso con il pollice e fissai lo sguardo nei suoi desolati occhi azzurri. «Be', se c'è una donna che può far tremare le ginocchia a una nuova fiamma, quella sei tu. E poi, perché dovrebbe esserci? È una festa per studenti dell'ultimo anno, non si presenterà senza invito».

«Questo è vero». Jackie si lasciò sfuggire un sospiro esasperato. «Però se si presenta con lui, chiedo a Ella di cacciarla fuori a calci».

«Jack, non preoccuparti. Non verranno alla festa insieme. Natalie non conta niente per lui, te lo posso assicurare».

«E tu come lo sai?»

«Lo so e basta. Una volta ero io l'altra, ricordi?»

«Lucy, non farti questo. Nel suo modo malato, Stephen ci teneva a te. È solo che è un cazzone. Incasina tutto con qualunque ragazza frequenti. Forza. Andiamo e cerchiamo di passare una serata divertente».

«Oggi volevo andare a yoga».

Jackie alzò gli occhi al cielo. «Ma se ci vai tutti i giorni».

«Be', ho anche i compiti di analisi».

«E perché frequenti analisi?»

«Per i crediti in matematica».

«Ah, a proposito. Ti ricordi che sto seguendo 'Introduzione a Shakespeare'? Per i crediti in materie umanistiche?»

«Sì».

«Be', la docente se n'è andata per il congedo di maternità, quindi da domani la sostituisce il professor Levy. Com'è?»

«Il professor Levy? L'ho avuto anche io per 'Introduzione a Shakespeare', a dire al vero. È simpatico. Ed è anche il mio consulente».

«Lo so, è per questo che te lo chiedo. Non dicevi che è un po' una lagna?»

«Non è una lagna. È solo imbranato. Simpatico. Ti piacerà. E ho ancora tutti gli appunti del corso, se ti servono».

«Sarebbe fantastico». Jackie diede un'occhiata all'orologio. «Va bene. Non sprechiamo questa giornata. Tanto tu ormai non fai più niente».

«Non c'è bisogno di criticarmi solo perché non mi va di ubriacarmi di continuo».

«Non ti sto criticando perché non ti ubriachi. Si chiama 'socializzare'».

«Io socializzo».

«Non più. Non sei venuta nemmeno ieri sera».

«*Va bene.* Ti accompagno».

«Evviva! Ci divertiremo, te lo prometto».

«Aspetta che mi cambio».

«Ti scongiuro, non metterci un secolo».

«Certo che no».

Mi infilai un paio di jeans e una canotta bianca, mi scurii le ciglia con un po' di mascara e mi sciolsi i capelli. Stavano crescendo. Mi esaminai nello specchio a figura intera fissato sul retro della porta di camera mia. Non facevo cardio fitness da tre giorni e la sera precedente avevo accidentalmente mangiato un po' della pizza di Jackie. La canottiera mi faceva le braccia grosse. Mi cambiai, scegliendo una maglietta bianca con le maniche.

Jackie non si era mossa dal divano, e se ne stava ferma immobile, con lo sguardo fisso nel vuoto. Era messa malissimo, e ne aveva tutte le ragioni. Io, d'altro canto, avevo esaurito la scorta di solidarietà concessami quando avevo scoperto della nuova fidanzata di Stephen a novembre. Erano passati ormai tre mesi da quando qualcuno con cui non stavo nemmeno ufficialmente mi aveva spezzato il cuore. Ma era passato solo un mese da quando Jackie era stata mollata dal suo devoto fidanzato, dopo due anni e mezzo di relazione. Era Jackie quella che aveva il diritto di essere triste. Io non meritavo di star male, e feci del mio meglio per tenere per me il mio dolore.

Si chiamava Alice Edwards, e aveva capelli biondi tinti e piastrati, come scoprii da Facebook un paio di giorni dopo aver saputo della sua esistenza. Pippa si era infilata tra Jackie e me sul divano e aveva aperto il portatile, dichiarando che l'unica cosa logica da fare era avviare un'operazione di stalking ai suoi danni. Jackie e Pip concordavano sul fatto che Alice avesse gengive insolitamente grandi e una ricrescita a dir poco vergognosa. Anche Stuart fu interpellato («Luce, lei è uno zero: tu invece sei fichissima»). In una foto, Stephen e Alice erano in un bar e reggevano in mano cocktail alla frutta. Lei indossava un abito senza maniche che metteva in evidenza le braccia paffute. Se non altro, io ero più magra: era l'unica cosa che mi faceva stare un pochino meglio.

Avevo saputo di Alice per colpa mia, quando stupidamente avevo chiamato Stephen durante le vacanze per il Ringraziamento. Non sapevo neanche cosa volessi dirgli. A quel punto lui non mi cercava già da un po', il che avrebbe dovuto essere una risposta sufficiente alle mie domande, ma il suo silenzio era smentito dalle parole di addio che mi aveva rivolto quando ci eravamo salutati, e che io avevo imparato a memoria: 'Magari posso venire a trovarti un weekend di questi, sempre che il lavoro non diventi ingestibile. Altrimenti ci vediamo per il Ringraziamento?'

Mi tremavano le mani mentre componevo il numero. Gli chiesi se gli andasse di cenare a Long Island.

«Mi piacerebbe incontrarti, ma è giusto che tu sappia che ho cominciato a frequentare una persona, Luce. Mi dispiace. Immagino dovesse succedere prima o poi, di vedere altre persone, intendo». La sua voce era intrisa del solito, immutabile fascino. Andai in bagno e vomitai: caffè e latte scremato, ovvero l'intero contenuto del mio stomaco.

L'autunno era stata una macchia confusa di angoscia, una collezione di giornate cariche d'ansia. Non avevo frequentato altre persone, anche se sapevo che avrei dovuto. È solo che non mi andava. Qualche ragazzo ci aveva provato, ma nessuno di loro era Stephen DeMarco.

«Sto bene così?» chiese Jackie. Non si era data il disturbo

di sistemarsi più di tanto. Aveva i capelli raccolti in uno chignon arruffato e il trucco della sera prima sbavato dalle lacrime. Come al solito, aveva un'aria devastata. E stupenda.

«Sei bellissima».

Raggiungemmo a piedi casa di Ella. Era un pomeriggio temperato, c'era gente nel cortile e musica che fuoriusciva a tutto volume dalle casse. Il sole, luminosissimo, era alto nel cielo terso. Jackie riempì due bicchieri di carta con della birra schiumosa e me ne porse uno. Tutte calorie inutili. Avevo già voglia di andarmene.

Ella si avvicinò a noi e strinse Jackie in un abbraccio feroce, come se non la vedesse da anni. Un po' mi infastidiva quanto fossero diventate amiche. Ella era il capitano della squadra femminile di tennis, ed era una ragazza chiassosa ed esuberante; quando c'era lei, riuscivo a malapena a dire una parola ogni tanto. Si accorgeva della mia presenza solo perché ero la coinquilina di Jackie.

«Lucy!» disse girandosi ad abbracciarmi con molto meno entusiasmo. «Indovina? C'è Billy. Mi ha chiesto se saresti venuta».

«Dovresti cercarlo». Jackie mi diede una piccola gomitata.

Lanciai un'occhiata in giro cercando Billy Boyd, uno studente del terzo anno nonché il fondatore del BORP (Baird Outdoor Recreation Project), un gruppo gestito da studenti che organizzava escursioni nella natura, come campeggi nel Parco Nazionale di Joshua Tree e surf a Santa Barbara e arrampicate a Mount Baldy. Ella conosceva Billy perché conosceva chiunque fosse coinvolto nelle attività extracurricolari del Baird, e aveva detto a Jackie, che l'aveva riferito a me, che a Billy piacevo. A gennaio, alla festa anni Ottanta, avevamo limonato da ubriachi.

«È super carino» dissi.

«E bacia anche bene» aggiunse Ella. «Vero?»

«Verissimo» concordai, anche se tutto ciò che ricordavo del bacio con Billy era di essermi ritrovata momentaneamente avvinghiata a lui sotto la luce nera della pista da ballo a casa delle Kappa Sig e di essere poi scappata a casa a ingozzarmi di popcorn cotti al microonde. Con il burro fuso.

«Facciamoci uno shot» propose Ella, e io e Jackie la seguimmo dentro casa. In cucina trovammo Pippa e Bree, ed Ella riempì cinque bicchierini di tequila mentre ci raccontava un aneddoto parecchio esplicito e imbarazzante che riguardava il suo fidanzato, uno dell'ultimo anno di nome Owen. Smisi presto di ascoltarla, ma le altre scoppiarono tutte a ridere mentre lei ci versava un altro giro; buttai giù anche quello, sentendo il sapore acidulo della tequila che mi bruciava in gola e gli occhi che mi si riempivano di lacrime. Probabilmente strizzai gli occhi per un attimo, perché Ella mi passò uno spicchio di limone e mi chiese: «Tutto bene?» con una voce di qualche ottava più alta del normale, come se stesse parlando a una bambina piccola.

«Benissimo» risposi, decidendo una volta per tutte che Ella non mi piaceva granché, con i suoi racconti ostentati, l'enorme massa di capelli raccolta in una coda di cavallo e le sue finte premure materne.

«Bree. Pipsquick. Raccontatemi *tutto* di Madrid». Ella rivolse di nuovo l'attenzione al gruppo: «Non mi avete ancora detto niente».

Io, invece, ero già a conoscenza di ogni dettaglio relativo al semestre che Bree e Pippa avevano trascorso in Spagna, quindi sgattaiolai fuori mentre Pippa raccontava della sua avventura con Eduardo, un uomo d'affari spagnolo di trent'anni, con un conto in banca senza fondo e una seconda casa sulla costa di Maiorca, che aveva portato Pippa e Bree a Ibiza con il suo yacht privato.

In giardino il sole era abbagliante, anche più di prima. Mi poggiai alla parete del garage riparandomi sotto l'ombra di una palma, già un po' brilla.

Sentii un braccio sfiorare il mio, e quando mi girai vidi Billy accanto a me. Mi tornò alla mente la prima volta in cui avevo posato gli occhi su Billy Boyd, l'autunno del primo anno. La prima settimana di college, lui era nel mio stesso *Orientation Group*. Ricordo che ci eravamo seduti tutti in un grande cerchio e io continuavo a fissargli i capelli, stranamente setosi, chiedendomi che shampoo usasse per mantenerli così. Aveva enormi occhi nocciola e ricordo di aver pensato che era attraente, ma che in lui c'era anche qualcosa di spericolato che mi piaceva parecchio, come le caviglie sporche di fango e la borraccia ammaccata ricoperta di stickers. Quando venne il suo turno di raccontarci il suo primo ricordo, Billy sorrise e su entrambe le guance comparvero delle fossette.

Sapevo che avrei dovuto scegliere uno come Billy già all'epoca, invece di diventare l'amante di Stephen. Immaginai che fosse giunto il momento di rimediare.

«Ehi, Lucy» disse Billy con voce leggermente roca. Mi chiesi se si sentisse poco bene. Un ciuffo di capelli castano chiaro gli ricadeva sulla fronte, e lui lo spinse indietro con un palmo. Gli occhi color bronzo erano della stessa tonalità dei suoi bermuda della Carhartt.

Gli restituii il sorriso e cercai di apparire più sobria di quanto fossi in realtà. «È un sacco che non ci si vede, Billy Boyd».

«Davvero. Dove ti eri nascosta?»

La sera in cui io e Billy ci eravamo baciati ero ubriaca marcia, sicuramente più di lui.

Mi strinsi nelle spalle. «Non sono uscita granché, questo semestre».

«E come mai?»

«Non so. Non riesco più a bere come un tempo. I miei postumi della sbornia sono diventati all'improvviso insopportabili».

Billy scoppiò a ridere. «Ed è per questo che sei qui a farti shot a metà giornata? In effetti sembra proprio che tu non riesca a bere».

«Allora mi spiavi?»

«Ti ho vista in cucina. È difficile non notarti, sai com'è».

«Be', quegli shot ce li ha offerti Ella. E lei è la padrona di casa». Assunsi involontariamente il tono di chi cerca di flirtare, e la cosa mi infastidì.

«Oh, allora dovevate accettarli per forza». Billy si abbassò gli occhiali da sole sugli occhi. Guardai il suo pomo d'Adamo fare su e giù mentre beveva un lungo sorso di birra. Non riuscii a ricordare se avevo mai fatto caso al pomo d'Adamo di Stephen. Mi chiesi se ne avesse uno. Tutti gli uomini ce l'avevano? Più tardi avrei controllato.

Billy svuotò il bicchiere e tornò a fissare lo sguardo su di me. Era decisamente bello, ma non provavo niente per lui.

«Non sapevo che tu ed Ella foste amici» dissi, tanto per non far morire lì la conversazione.

«Ella ha partecipato ad alcuni dei nostri viaggi».

«Intendi quelli del BORP?»

«Sì. Dovresti venire anche tu. Tra un paio di settimane andiamo nella Death Valley. Ci sei mai stata?»

«No, ma ho sentito dire che è bellissima».

«È incredibile. Ti mando le informazioni se ti va. Porta le tue amiche. Fate qualcosa di diverso».

«Magari, perché no. Mi sono giusto ripromessa di sperimentare più cose del genere».

«Cose del genere tipo andare in campeggio e in mountain bike?»

«Esatto: avere una vita avventurosa, sai com'è. Scegliere il sentiero meno battuto. Approfittare veramente del fatto che vivo in California, anziché ammazzarmi soltanto di shot di tequila». Ebbi la sensazione di star dicendo le cose giuste, e sentii la tensione sulle spalle abbandonarmi un pochino. Billy scoppiò a ridere.

«Non ti stavo prendendo in giro» disse.

«Ti ricordi di quando ci siamo baciati?» gli chiesi all'improvviso. Il secondo shot mi era arrivato al cervello e adesso mi sentivo molto più sicura. Erano secoli che non flirtavo, e Billy aveva una cotta per me.

«Ovvio. È stata tipo la cosa più bella della mia vita». Sorrise. Quelle fossette! Magari *avrei potuto* provare qualcosa per lui.

«Ah ah».

«No, scherzi a parte, ricordo benissimo il nostro bacio, Lucy».

«Anche io».

«Davvero? Pensavo fossi completamente andata».

«Be', di certo non ero sobria. Ma nemmeno tu, se è per questo».

«Ero più sobrio di te».

«Me ne serve un altro». Scossi il bicchiere vuoto. Non ne potevo più di bere birra, ma se proprio dovevo continuare a bere, tanto valeva ubriacarmi.

«Il fusto è finito» disse Billy. «Però stavo giusto tornando nella mia stanza, i miei coinquilini hanno fatto scorta di lattine. Magari tu e le tue amiche volete venire e giocare a beer pong?»

«Adesso?»

«Perché no?»

«Certo. Vado a cercarle».

Billy tirò fuori l'iPhone dalla tasca. «Mi dai il tuo numero? Ti mando l'indirizzo per messaggio» mi disse poi, e si girò andandosene con un gran sorriso.

Tornai dentro, per cercare le mie amiche e invitarle ad andare da Billy. Non sapevo in quale stanza mi trovassi, ma c'era un orologio che ticchettava in un angolo. *Tic-toc, tic-toc,* lentissimo e velocissimo allo stesso tempo: una cosa inquietante. Il mio umore civettuolo all'improvviso venne meno, e a un tratto mi parve di sentire di nuovo qualcosa di strano nell'aria; era praticamente ovunque adesso, inconfondibile come la puzza di fumo. Ebbi l'irrazionale certezza che qualcosa di terribile stesse per succedere, o fosse appena successo, o stava succedendo in quel momento. Ondate di calore mi sollevavano il torace, e l'attrazione e la speranza che avevo appena visto personificate in Billy erano già evaporate, lasciandomi nel posto in cui tanto spesso mi ero ritrovata nell'ultimo periodo: al centro esatto della mia disperazione, in procinto di affogare. *Perché, perché, perché* continuava a succedermi? Mi sentivo malissimo, terrorizzata. Non sopportavo l'idea di rimanere a quella festa neanche un altro secondo.

Incespicai verso la porta mentre nessuno guardava. Quando arrivai a casa, sentii il telefono vibrare: un messaggio da un numero sconosciuto che immaginai fosse quello di Billy.

Sconosciuto: Ci vediamo presto, l'indirizzo è 404 Hutchins.

La ex casa di Wrigley. Sentii un nodo allo stomaco. Cancellai il messaggio. Sapevo che non gli avrei mai più scritto. Non avrei mai partecipato al suo viaggio nella Death Valley e non avrei mai provato il disperato desiderio di averlo accanto a me. Due shot di tequila e una birra a stomaco vuoto mi avevano confermato ciò che già sapevo: l'unico che volevo era Stephen. Con ogni fibra del mio essere, volevo Stephen. Poco importava che non potessi averlo. Non c'era comunque spazio per nessun altro.

Trovai gli avanzi della pizza di Jackie in frigorifero e la divorai tutta, fredda, direttamente dal cartone. Poi mi svuotai in bocca due confezioni intere di Ritz.

Quando ebbi finito, ero ricoperta di briciole e andai in bagno per farmi una doccia. Mi tolsi i vestiti e mi studiai allo specchio. Mi sentivo così gonfia di cibo da provare disgusto; avevo la pancia enorme, come quella di una donna incinta, una palla ripiena di birra e carboidrati e formaggio.

Aprii il rubinetto della doccia e aspettai che l'acqua scrosciasse abbastanza forte da cancellare ogni altro rumore, in caso Jackie tornasse a casa. Chiusi a chiave la porta e mi inginocchiai di fronte alla tazza, la testa chinata in avanti, gli occhi pieni di lacrime. Mi infilai indice e medio in gola, spingendoli più a fondo che potevo, finché sentii il vomito emergere in superficie. E poi lo feci di nuovo, e ancora un'altra volta, finché non arrivai a vomitare solo succhi gastrici, finché non fui sicura che tutto il cibo avesse abbandonato il mio corpo.

Entrai nella doccia, aprii l'acqua calda al massimo e mi strofinai la pelle con il sapone fin quasi a strapparmela via. Mi lavai i denti e mi infilai sotto le coperte. Erano solo le sette di sera. Presi il vibratore che tenevo in una pochette nel comodino e me lo misi tra le gambe. Chiusi gli occhi e aumentai la velocità. Pensai a Stephen, m'immaginai mentre scopavo Stephen e pensai a quanto lui trovasse bello scoparmi, perché ormai era l'unico modo per venire. Venire era forse l'ultimo tipo di fuga che mi era rimasta per evadere dalla mia mente contaminata, e quindi lo feci più e più volte, finché fece quasi male e non avevo più niente da dare.

Quando finalmente mi addormentai, feci un sogno molto realistico. Era metà giugno ed ero a bordo della *Kiss me Kate* con Stephen; il sole ci baciava la pelle e schizzi d'acqua salata ci arrivavano addosso mentre la barca sfrecciava lungo il Long Island Sound. Lui indossava un berretto da capitano blu scuro, come quello che portava a Lake Mead, e mi sollevava, quindi io avvolgevo le gambe attorno alla sua vita, poggiandogli le dita nell'incavo alla base del collo. Ci baciammo a lungo, scivolando giù sui sedili della *Kiss me Kate*. Sentivo la sua lingua dentro la bocca; sentivo il suo sapore, caldo e reale.

Mi svegliai ore dopo, zuppa di sudore. L'orologio segnava la mezzanotte. Quando iniziai a ricordare, fui di nuovo travolta dal dolore. Rividi gli occhi di Stephen, di un verde cristallino, e nella mia testa risuonò ciò che mi aveva detto sulla barca l'estate precedente: 'Ti voglio perché ti voglio. Sono due cose diverse. Penso... ho sempre pensato... che potrei innamorarmi di te, Lucy'.

Ma lui non mi amava. Non era mai successo. Quel poco che mi aveva dato non bastava. Precipitai ancora, chiedendomi disperatamente cosa fosse andato storto, cosa avrei potuto fare perché le cose andassero diversamente.

Jackie non tornò a casa quella notte, e non c'era neanche la mattina dopo, quando uscii per andare al corso di analisi. Si fece vedere solamente a metà pomeriggio, parecchio dopo la fine delle lezioni.

«Dove sei stata? Ho provato a chiamarti». Ero seduta al tavolino da caffè, di fronte alla mole improbabile dei miei compiti di analisi, ancora esausta e sbronza dal giorno prima.

Quando non rispose mi alzai e la raggiunsi in cucina, dove la vidi riempire un bicchiere di acqua del rubinetto.

«Dove hai dormito ieri sera? Ti sei trovata da scopare?»

La bocca di Jackie si serrò, gli occhi si ridussero a una fessura e lei si girò, piantandomi gli occhi nei miei.

«Jackie, mi dici che succede?» Incrociai le braccia, un vago senso di minaccia che si faceva strada dentro di me, perché anche se non avevo idea del motivo per cui fosse tanto arrabbiata, non ero sicura di riuscire a gestirla in quelle condizioni. «È per ieri? Mi dispiace di essermene andata presto, è solo che ho bevuto troppo e con Billy le cose non stavano andando...»

«'Introduzione a Shakespeare' è molto interessante» mi interruppe lei, posando il bicchiere sul bancone.

«Eh?»

«Il professor Levy è simpatico».

«Sì, te l'avevo detto».

«Gli ho accennato al fatto che la mia coinquilina Lucy Albright è una delle studentesse a cui fa consulenza, e indovina un po' cosa mi ha detto lui?» mi chiese, ma conoscevo già la risposta.

«Jackie...»

«Dice che ti stima tantissimo» proseguì lei. «Che eri una delle più brillanti tra le sue studentesse. Mi ha anche raccontato di quanto c'è rimasto male che tu *avessi deciso di non andare in Francia,* visto che eri stata una delle poche persone *ammesse* al corso».

«Jackie...» Non riuscii a dire altro: avevo un groppo in gola e gli occhi pieni di lacrime che cercavo disperatamente di trattenere.

«Tu mi hai detto – anzi no, hai detto a tutti – che non ti avevano accettata e che eri *devastata.* Mi vuoi dire che cazzo ti sta succedendo?»

«Jackie, mi dispiace non averti detto la verità. Mi dispiace tantissimo. Solo che...»

Disperata, rimuginai in cerca di una qualche difesa o spiegazione, ma la mente mi si era svuotata, e all'improvviso mi sembrava impossibile accedere alla parte più profonda di me. Non riuscivo a pensare ad altro, se non al fatto che non mi pentivo minimamente di aver rinunciato alla Francia per trascorrere l'estate con Stephen; anche se avessi voluto pentirmene, e sapevo che sarei stata una persona migliore se l'avessi fatto, non potevo evitare di sentirmi orgogliosissima della mia decisione e quella sensazione, se non altro, mi dava un piccolo conforto.

«Non è solo per la bugia». Jackie si asciugò una lacrima dalla guancia. «Non vedevi l'ora di partecipare a quel viaggio. Non capisco, Lucy. Che cosa ti è successo? Sei la brutta copia di te stessa. Non so più chi sei. Davvero». La rabbia nella sua voce si era trasformata in un'intollerabile tristezza.

Jackie mi guardava con gli stessi occhi impietositi con cui mi aveva guardato Lydia nella mia camera da letto a Cold Spring Harbor, a Natale, quando mi aveva sorpresa a cercare su Google le calorie degli spinaci alla panna. I dolci occhi castani di Lydia si erano fatti lucidi.

«Sei già così magra».

«Non ho perso peso» avevo detto io, il che, tecnicamente, era vero.

«Lo so, sono un paio d'anni ormai che hai questo aspetto» mi aveva risposto, una nota timorosa nella voce familiare. «Ma sei così magra che certe volte mi spaventi. Non mi sembra che tu stia bene». Avevo visto Lydia piangere un milione di volte, ma non so perché quella mi sembrò peggiore di qualunque altra. «Voglio dire, non prenderla a male, Lucy. Sei bellissima. Sei la persona più magra e bella che conosca. Ma stai bene? Voglio dire, stai *davvero* bene?»

Non avevo saputo rispondere, e non avevo voluto mentire proprio a lei, la mia più vecchia amica, mia sorella: avevo fame da così tanto tempo che mi ero ormai abituata ad avere sempre la testa ovattata, tanto da non riuscire mai a pensare lucidamente.

In quel momento, davanti a Jackie, mi accorsi di provare la stessa cosa. Era forse quello il problema? Avevo così tanta fame da non riuscire più a pensare? Tentai di dire qualcosa, ma un peso invisibile mi schiacciò lo sterno. Volevo con tutta me stessa spiegarmi, ma non c'era spiegazione possibile. Ero come una lattina, cava e vuota all'interno.

32
Stephen

Febbraio 2013

«Buon compleanno, Stephen!» Mio padre aprì la porta e mi accolse con un abbraccio lento e affaticato.

«Questa è Alice» dissi. «Alice, questo è mio padre».

Papà strinse la mano ad Alice, che lo guardò raggiante.

Il 24 febbraio, il giorno del mio ventitreesimo compleanno, cadde in una scialba domenica d'inverno, e decisi che era il momento giusto per portare Alice a casa a conoscere la mia famiglia. Ci sarebbero stati anche Luke e Sadie, e ovviamente Kathleen si sarebbe accodata. Io e Alice eravamo usciti insieme la sera precedente e avevamo preso un treno più tardi del previsto. Avevo un brutto doposbronza e un gran mal di testa.

Luke e Kath erano già arrivati; visto che il sabato sera andavano a dormire alle dieci, la domenica non facevano fatica a svegliarsi presto. Mi diedi un'occhiata nello specchio del corridoio e mi accorsi di avere un'aria molto stanca: grosse occhiaie scure mi erano comparse sotto gli occhi, e non mi facevo la barba da mercoledì.

«*Adoro* i tuoi orecchini, Alice» disse Kathleen, la solita lecchina. Kathleen era sensazionale, in jeans scuri aderenti e una camicetta di seta arancione. Aveva gambe snelle ma forti, e non potei evitare di studiarle con discrezione il culo perfetto. Non riuscivo a credere che sarebbe diventata mia cognata. Era inappropriato aver voglia di scoparsi la propria cognata, detestandola al contempo?

Luke se ne stava lì, coi suoi pantaloni kaki, una cinta con una fantasia di *balene* (Cristo!) e l'aria da coglione coi soldi. Un tempo non si vestiva così da fighetto, ma adesso Kathleen lo addobbava come se lui fosse il suo Ken personale. Stare con loro ormai era diventato insopportabile. Non vedevo l'ora che arrivasse agosto, quando il nostro contratto d'affitto sarebbe scaduto e i due piccioncini si sarebbero finalmente cercati una casa tutta per loro.

«Ecco il festeggiato!» esclamò Kathleen, strangolandomi quasi. «Complimenti! Ho saputo della New York University».

Sorrisi, ringraziandola, mentre una zaffata del suo profumo mi faceva venire un conato. Ero stato accettato alla facoltà di legge della New York University la settimana precedente, il che era un sollievo, anche se non si trattava di Harvard o Yale o della Columbia. L'agente Gonzalez e il fermo per guida in stato di ebbrezza mi avevano comunque incasinato, perché le università della Ivy League erano ormai fuori questione. Ma in quanto all'essere incasinati, non era il peggio che poteva capitarmi, quindi ero tutto sommato contento. Ripensai a quella chioma rossa e setosa, alla pelle chiara come neve, gli occhi immobili, tutto quel sangue, a '*Zombie zombie zombie*' che usciva dalla radio... e fui contento. Davvero.

«Se vuoi sapere come la penso, mi sono stupita di sentire che avevi deciso di continuare a insistere con la facoltà di giurisprudenza» continuò Kathleen, anche se nessuno le aveva chiesto un parere. «Avevo immaginato che, una volta iniziato a lavorare nella finanza, saresti rimasto lì. Come ha fatto Luke».

'Certo. Io sono esattamente come quel palloso allergico ai rischi del tuo fidanzato Luke'.

«Be', quel lavoro non era nei miei progetti» risposi cercando di risultare più gentile possibile, perché Luke mi stava guardando. «Ho sempre saputo che avrei presentato una nuova domanda per entrare a legge. L'unica ragione per cui mi sono preso un anno di pausa è che volevo mettere da parte un po' di soldi, ripagare in parte il debito». 'E non rimarrei in quell'ufficio di merda a fare l'analista azionario come diecimila altre persone neanche per un altro mese, neanche se questo significasse una vita di pompini segreti da parte tua, Kathleen'.

«Hai assolutamente ragione, Stevie» rispose lei raggiante. «Ed è magnifico che tu voglia seguire le tue passioni. Siamo tutti orgogliosissimi di te».

Per fortuna Luke cambiò argomento e chiese ad Alice del suo lavoro; in quel modo riuscii a sgattaiolare in cucina, dove aiutai mio padre a preparare gli aperitivi.

«Congratulazioni per la New York University, Stephen. Sono orgoglioso di te».

«Grazie, papà».

«La mamma ti ha chiamato?» Mi lanciò un'occhiata e notai la profonda ruga che gli attraversava la fronte, e quelle, comunque più marcate di un tempo, che gli erano comparse attorno agli occhi. Aveva i capelli più grigi e radi di quanto ricordassi. Sembrava esausto e vecchio da morire.

«No» dissi, mescolando un Gin tonic per Alice mentre Skipper mi leccava il retro delle gambe. «Dai, Skip».

«Be', non sono neanche le sei» sospirò papà. «Magari chiamerà in serata».

«Non ci conterei troppo».

La sua espressione si fece ancora più mesta. «Oh, Stephen. Mi dispiace».

«Per che cosa?»

«Per la mamma».

«Papà, è tutto a posto. Dico davvero». Avrei voluto fargli capire che non me ne fregava veramente un cazzo che quella pazza di mia madre mi chiamasse il giorno del mio compleanno.

«Sicuro di non volerne parlare con qualcuno? Uno psicologo? Anche Luke c'è andato, un paio d'anni fa».

«Sono sicuro, papà. Mamma si dimentica del mio compleanno ogni cazzo di volta. Non è una novità. Non ci rimango più male».

«Va bene. Be', Alice sembra una ragazza in gamba».

«Sì, è fantastica». Mescolai il mio Scotch e Soda, rinfrancato all'idea di un bel cocktail fresco e alcolico.

«Sono contento che tu sia felice». Tirò fuori dal forno una teglia di pane all'aglio e il familiare odore burroso mi riempì le narici.

«Grazie, papà».

«Come sta Diana? Siete rimasti in contatto?»

«Diana? Non so, non la sento da mesi».

«Oh».

«Forse dovrei farle uno squillo» aggiunsi, perché mio padre stava lì a guardarmi con un'espressione vacua.

«E che mi dici di Lucy? La ragazza che frequentavi la scorsa estate?»

«Che devo dirti? Non era niente di serio».

«Però ti piaceva, no?»

«Papà» sospirai. «Lucy è ancora al Baird. È solo al terzo anno. Non è mai stata una cosa seria. Adesso perché non ce ne andiamo in salotto e vai a conoscere *Alice*? La mia ragazza? L'ho portata qui apposta».

«Okay». Mio padre si leccò il pollice, bagnato di succo di lime. «Aiutami a portare questi drink di là».

Ci sedemmo tutti quanti in salotto. Gli ultimi raggi di sole si rovesciavano nella stanza dagli ampi bovindi, illuminando le fodere dai toni neutri di divani e poltrone, un'insalatiera di vetro piena di mele finte, l'intricato e variopinto disegno di un tappeto orientale.

«Allora, Alice, Stephen mi ha detto che lavori in ambito assicurativo». Mio padre diede un sorso al suo Stella. Mi parve quasi di percepire un certo sforzo nella sua voce, come se si stesse impegnando al massimo per risultare allegro.

Alice annuì e i due si lanciarono nella conversazione più noiosa del mondo, intervallata dagli occasionali interventi di Kathleen e Luke, che se ne stavano accoccolati su un divanetto come leoni in calore. Sadie non disse molto, perché cosa si può avere da dire sulle assicurazioni a sedici anni?

«Sono felicissima di aver ottenuto un lavoro a New York e non a Pittsburgh» proseguì Alice. «In confronto, Pittsburgh è una noia mortale. Voglio dire, la città in sé è carina. È pulita.

Ma in termini di opportunità lavorative, ristoranti e tutto il resto, NYC è ineguagliabile». Alice aveva già preso il vizio di riferirsi a New York chiamandola 'NYC': era una cosa che trovavo detestabile, e che richiamava l'attenzione sul fatto che lei non fosse affatto nata lì.

«Hai fatto molti colloqui a Pittsburgh?» chiese mio padre.

«Qualcuno. Ma sapevo di volermi trasferire a New York, quindi ne ho fatti un po' ovunque. E quando mi è stato offerto un lavoro a NYC, ho accettato subito. Anche se non volevo... Cioè, non voglio rimanere in ambito assicurativo per tutta la vita». Alice incrociò le mani in grembo, il viso lievemente arrossato. Sembrava nervosa.

«Sai, anche io mi sono ritrovata nella stessa situazione dopo la laurea» disse Kathleen, frustando l'aria con i lucidi capelli nero corvino. «Pensavo di voler fare l'insegnante, ma poi ho trovato un lavoro come consulente e l'idea di essere disoccupata mi spaventava così tanto che l'ho accettato. Adesso faccio la consulente da quattro anni e mi piace *tantissimo*. Ma ho anche amiche che hanno lavorato in un certo campo per un anno e poi hanno cambiato per fare qualcosa di completamente diverso. Quindi vuoi un consiglio? Non preoccuparti del fatto che il tuo primo lavoro influenzerà la tua carriera. Non sai mai dove ti porterà la vita».

Alice rivolse a Kathleen un sorriso di apprezzamento. «Sì, non sei la prima a dirmelo. Ed è un sollievo saperlo».

Presi un gran sorso di scotch. Il problema con Kathleen e Alice, e anche con Luke, era che la carriera non li interessava particolarmente. Non hanno mai saputo ciò che volevano in termini professionali, quindi si sono inventati delle belle storielle per sentirsi meglio nei confronti della loro totale mancanza di ambizione. Se qualcuno vi puntasse una pistola alla tempia e vi chiedesse: «Cosa vuoi fare nella vita?», *quello*, la prima cosa che vi viene in mente, è ciò che dovreste fare. Poi uno si deve fare un po' il culo, per far succedere le cose. Se si vuole diventare un dottore, si studia medicina. Se si vuole fare lo scrittore, si scrive. Se si vogliono girare film, si va a Hollywood e si tenta il tutto per tutto. Ma bisogna pur *fare* qualcosa. Prendete me, per esempio. Fin da piccolo, ho sempre saputo di voler essere un avvocato. Perciò sto *perseguendo* questa carriera. Non è una passeggiata. Non è che mi sia divertito, gli ultimi due autunni, ad ammazzarmi di fatica sulle domande per le Scuole di Legge mentre facevo un lavoro schifoso e noiosissimo; non è stato certo *facile* ricevere tutte quelle lettere di rifiuto. Ma erano sacrifici necessari per un'ambizione più grande, uno scopo più vasto.

La storia di Kathleen era abbastanza comune. Si era convinta di essere felice lavorando come consulente, ma in realtà la sua felicità era determinata dalla vita che si era costruita *attorno* a quel lavoro. Andava forse in ufficio, ogni mattina, animata da pura passione, dall'entusiasmo, dal desiderio bruciante di far bene? Certo che no. Probabilmente, se ne stava seduta alla sua scrivania e, come gran parte delle persone nel mondo, aspettava che la giornata finisse. Mi è sempre parso incredibile come la gente sia capace di star ferma per anni a subire il susseguirsi di un evento dopo l'altro: insomma, ad aspettare inconsciamente la fine della propria vita. Kathleen usciva dal lavoro e andava a una qualche lezione di spinning dove sudava per un'ora, di certo divertendosi molto meno di quanto le piacesse ammettere. Dopo spinning tornava a casa, dove preparava la cena e beveva un bicchiere di vino con Luke, ed era quello il motivo per cui credeva di essere felice: la conclusione della giornata. L'intervallo di due o tre ore in cui riusciva a rilassarsi e trascorrere un po' di tempo col fidanzato rendeva la sua intera esistenza a dir poco deprimente, degna di essere vissuta, a detta della sua mente semplice. Kathleen avrebbe dovuto fare l'insegnante, se era questa la sua vera ambizione. O magari non ce l'aveva affatto, una vera ambizione, il che vale per un sacco di gente. Alice inclusa, a quanto mi è parso di capire.

«Vogliamo mangiare?» chiese infine mio padre alzandosi in piedi. «Non sono il cuoco migliore del mondo ma ho preparato il piatto preferito di Stephen, il roast beef. E tofu per Kath, ovviamente».

Ovviamente Kathleen era vegetariana.

«Oh, John non dovevi! Mi sarei accontentata dei contorni».

«Mi fa piacere. Sei la mia futura nuora, dopotutto».

Il bellissimo viso di Kathleen si illuminò di un sorrisone a trentadue denti.

Andammo in cucina per servirci e preparai un secondo giro di drink per me e Alice, versando nel mio bicchiere una dose extra di scotch.

Mio padre era scomparso in bagno, probabilmente per prendere qualcosa di più forte dell'alcol.

Gli altri si accomodarono in sala da pranzo, lasciando me e Alice soli in cucina. Lei mi venne accanto e mi strofinò il naso su una spalla.

«Come sto andando?» mi chiese.

«Alla grande».

«Tuo padre è dolce».

«Sta uno schifo».

«Eh?»

«Ed è molto depresso». Ero già un po' ubriaco, dunque più sincero del solito. *In vino veritas.*

«Dici?»

«Sì».

«Per via di tua madre?»

«In gran parte. Ma ne parliamo dopo».

«Mi dispiace, amore». Mi premette il viso sul petto e sentii il calore del suo fiato attraverso la camicia di cotone; quella sensazione mi eccitò all'istante.

Dopo cena mangiammo torta al cioccolato con glassa al burro comprata nella mia pasticceria preferita di Bayville. Tutti cantarono *Tanti auguri a te* mentre io me ne stavo seduto, sorridendo come uno scemo.

Aiutammo papà a lavare i piatti, e poi Luke, Kathleen, Alice e io prendemmo il treno delle nove e trentasei per Manhattan. Quando raggiungemmo la Penn Station, i piccioncini presero un taxi per andare a casa di Kathleen a Murray Hill mentre io e Alice la metropolitana per le due fermate necessarie a raggiungere casa mia.

Avevamo a malapena superato la soglia che la spogliai, la buttai sul letto e la scopai da dietro. Era tutta la sera che aspettavo quel momento. Dopo, Alice mi si accoccolò addosso, il braccio poggiato sul mio torace, mentre il cuore ancora mi martellava e le sensazioni dell'orgasmo pian piano si affievolivano.

«Ti amo» dissi ad alta voce. Mi sembrava il momento giusto. Anche lei lo disse a me, come previsto, e per un attimo mi chiesi come sarebbe stato dirlo perché davvero lo *provavo*, come facevano Luke e Kathleen e Alice e Diana. Anche se si trattava di un sentimento falso, avrei comunque voluto sapere cosa significava esserne sicuri, anziché dire 'ti amo' a una donna solo perché la sua compagnia non mi dispiaceva. Quella domanda continuò a rimbalzarmi in testa, e non si era ancora dissolta quando chiusi gli occhi e mi arresi al sonno.

33
Lucy

Giugno 2013

«Io e papà usciamo tra dieci minuti» gridò CJ, sovrastando il rumore dell'acqua corrente. Stava lavando i piatti nel lavandino della cucina, con tanta energia da farli stridere.

«Okay». Mi versai una tazza di caffè, ancora poco reattiva, dato che erano le sette e mezza di mattina e non avevo quasi chiuso occhio. Georgia si stava preparando una tazza di Earl Grey, perché lei è il tipo di persona che preferisce il tè al caffè.

«E torniamo tardi stasera» continuò a blaterare CJ, come se la cosa mi interessasse. «Stamattina ho un sacco di lezioni private una dopo l'altra e poi grazie a Dio vado a tagliarmi i capelli e a farmi la tinta in città – a Serge verrà un colpo quando vedrà la ricrescita. Poi, sul tardi, pranzo con vostra nonna e a seguire io e papà andiamo al compleanno di Rand Petersen al Cove Club...»

«Il signor Petersen?» la interruppi risputando inavvertitamente un sorso di caffè nella tazza.

«Sì. Te lo ricordi, il padre di Macy? Povera Macy». CJ fece un'espressione affranta. «Avrebbe avuto la tua età. Aveva quei capelli rossi lunghissimi... Non me la dimenticherò mai».

«Voi andate al compleanno del signor Petersen?» non riuscii a trattenermi, e mi accorsi che Georgia mi stava osservando.

«Sì. Ci sarà un sacco di gente. Penso proprio che ci divertiremo, sempre che Serge riesca a dare una sistemata a questi capelli. Ben, *sbrigati*!» gridò poi verso il piano di sopra. «Altrimenti perdiamo il treno!»

«Pensi che ci saranno anche i suoi figli più grandi? Eleanor e Gabe?»

«Penso di sì. Il padre festeggia sessant'anni! Gabe vive in città, questo lo so per certo, quindi mi stupirebbe se se lo perdesse. Ma non so dove sia Eleanor, di questi tempi».

«Come fai a sapere dove vive Gabe?» Non riuscivo proprio a stare zitta, e sentii una voragine spalancarmisi sul fondo dello stomaco.

«Be' ho incontrato Teresa Petersen l'altro giorno e mi raccontava del lavoro di Gabe. Si occupa di marketing per *BuzzFeed*. Non è fichissimo?»

«E stasera papà viene con te?»

«Alla festa? Sì, certo. Ma che ti prende, Lucy?» CJ mi fissò per un momento e scrutai i suoi occhi verde acqua alla ricerca di una traccia, anche minima, di senso di colpa o sospetto, ma non ci trovai niente. Sospirò e riprese a pulire il piano della cucina: era evidente che il suo segreto era, almeno per lei, ancora tale.

«Lucy». CJ strizzò la spugnetta. «Ti ricordi che oggi hai appuntamento con il dottor Wattenbarger, alle tre e un quarto?»

«Si chiama davvero *Wattenbarger*?»

«Sì, ed è molto stimato».

«Sembra un nome inventato di sana pianta».

«Non è un nome inventato, Pepe. È tedesco».

«Perché mi chiami ancora in quel modo?» Istintivamente le lanciai un'occhiataccia; vidi la sua espressione cambiare, come se fosse intimidita.

«Secondo me Wattenbarger è un nome austriaco» si intromise mia sorella.

«E tu che ne sai, Georgia?» le dissi.

«Ascolta» riprese CJ. «Poco importa da dove venga. Barry Wattenbarger è un ottimo medico. Maura Littlehale dice che è stato lui a salvare il suo matrimonio. Perciò, Lucy, ricordati di uscire dal lavoro prima oggi, d'accordo? Li hai avvisati? Devi prendere il treno al massimo per le due, e pensavo che Georgia potrebbe poi darti un passaggio dalla stazione».

«Perché? Posso guidare benissimo da sola».

«Non credo sia una buona idea che tu guidi in queste condizioni».

«Mi prendi in giro?»

«Mamma» intervenne Georgia dal tavolo della cucina. Era ancora in pigiama e sbatté le palpebre sugli occhi assonnati, identici per colore a quelli di CJ. «Lasciala andare da sola dallo psicologo. Gesù!»

Era una delle cose più sprezzanti che le avessi mai sentito dire a CJ, o a chiunque, se è per questo.

«Benissimo» disse CJ cedendo subito alle richieste di Georgia, come di consueto. Chiuse il rubinetto e si sfilò i guanti. «Puoi prendere l'Audi di papà. Le chiavi sono nell'aletta parasole. Georgia, se a te serve una macchina...»

«No, grazie».

«Mamma mia che ricrescita...» CJ spinse indietro i capelli davanti allo specchio del corridoio. Mi venne voglia di prenderla a schiaffi. «Vi voglio bene, ragazze. Se avete bisogno di me, chiamatemi sul cellulare». Gridò di nuovo a mio padre di sbrigarsi; lui ci salutò e poi li sentii chiudere la porta.

«Quindi CJ te l'ha detto» dissi a Georgia, mentre si riempiva una tazza di cereali zuccherati. Con latte intero.

«Della seduta? Ho sentito che ne parlava con papà. Chi se ne importa? Conosco un sacco di ragazzi a Yale che vanno dallo psicologo».

«Io vado da uno psichiatra».

«L'unica differenza è che gli psichiatri possono anche prescrivere medicinali».

«Già. CJ pensa che io sia pazza».

«Non è vero. E tu non sei pazza».

«Sarà. Magari invece lo sono davvero».

Andai al piano di sopra a vestirmi – un abitino anonimo blu marino per lo stage, che in realtà stava per 'due mesi di lavoro non retribuito per la campagna elettorale del candidato sindaco Bill de Blasio, perché ero stata troppo giù di morale e distratta per ricordarmi di fare domanda per altri stage estivi e mio padre conosceva de Blasio dai tempi della Columbia'. Si era trattato di un 'favore' dell'ultimo minuto, e io detestavo essere il tipo di ragazza che riceveva favori dell'ultimo minuto. Avrei dovuto impegnarmi per ottenere qualcosa e non l'avevo fatto. Georgia, invece, sarebbe andata in Svizzera per tutto il mese di luglio e metà agosto, per un tirocinio di medicina altamente competitivo.

Preparai la borsa e guardai la Lexus di CJ allontanarsi lungo il vialetto, finché non fu uscita dal mio campo visivo.

Quel che feci dopo fu del tutto involontario: non successe perché CJ mi aveva preso appuntamento da uno psichiatra, anzi a quello non mi ero opposta, perché mi rendevo conto di non esserci più tanto con la testa. Quando avevo lasciato il Baird alla fine del terzo anno ero completamente nel pallone. Il professor Levy mi aveva detto che dovevo rinunciare a fare del giornalismo la mia materia complementare, dato che avevo dei corsi obbligatori ancora in sospeso per letteratura, e già così il mio calendario per il quarto anno era pienissimo. Io e Jackie ci eravamo lasciate non proprio amichevolmente, perché lei non mi aveva ancora perdonato di averle mentito a proposito di 'Scrittori in Costa Azzurra', anche se avevo poi confessato tutto a Pippa e Bree e mi ero scusata più e più volte con tutte loro. Non avevo avuto il coraggio di rivelare la vera ragione per cui avevo rinunciato alla Francia, e ogni volta che ripensavo a quei tre mesi magici – Stephen e la *Kiss me Kate* e West Hampton e la City e le cene lente e pigre e il suo appartamento e tutto quel sesso – dentro di me sentivo un dolore così acuto che quasi non riuscivo a respirare, figurarsi riuscire a difendere la mia decisione. L'idea che fosse di nuovo estate mi faceva orrore; tutto mi ricordava che quell'anno le cose sarebbero state molto diverse. Sapevo che avrei dovuto essere felice, ma l'estate mi sembrava un evento magnifico che succedeva solo agli altri. L'ultima cosa che mi andava di fare era prendere treni che percorrevano la Long Island Railroad per arrivare alla Penn Station e trascinarmi per infinite giornate al quartier generale della campagna di de Blasio, mentre Stephen respirava e camminava ed esisteva in quella stessa città. Il vuoto che sentivo dentro sembrava volermi inghiottire.

Perciò non fu l'appuntamento con il dottor Wattenbarger a spingermi a entrare nella cabina armadio di CJ quella mattina. No, l'ultima goccia fu l'immagine di mia madre che andava alla festa per il sessantesimo compleanno del padre di Gabe al braccio di mio padre; l'immagine di lei che sfoggiava il suo fisico scolpito dal pilates in un abitino da cocktail costosissimo e la sua testa di capelli biondo limone freschi di parrucchiere. E Gabe sarebbe stato presente – non poteva certo mancare – e CJ gli avrebbe fatto l'occhiolino e avrebbe flirtato con lui e Dio solo sa cos'altro, mentre mio padre se ne stava lì a chiacchierare con quei vecchi insignificanti del Cove Club. La odiavo così tanto che mi sembrava di esplodere. A parte la mancanza di Stephen, l'odio per CJ era l'unica altra emozione che riuscivo veramente a provare.

Mi assicurai che Georgia fosse ancora in cucina e poi entrai in punta di piedi nella camera da letto padronale. La temperatura dell'aria condizionata sembrava più bassa in camera dei miei, e il piumino bianco ricamato era steso in maniera ordinata e senza pieghe sopra il letto a due piazze. Anche le federe dei cuscini erano impeccabili. Una strana energia, quasi fossi posseduta, mi pervase mentre attraversavo la moquette beige diretta alla cabina armadio. Per terra, accanto a stivali Stuart Weitzman e sandali alla schiava di Jimmy Choo, c'era un enorme portagioie in legno di teak. Lo aprii per essere sicura che fosse quello giusto. Hickory, accoccolato in una palla bionda in un angolo della stanza, sollevò la testa e io incrociai il suo sguardo, pregandolo in silenzio di capirmi, mentre caricavo il portagioie giù per le scale e poi nella Audi di mio padre.

Era troppo pesante per portarmelo sul treno, e d'altro canto la mia missione aveva preso una piega che rischiava di arrestarsi, se mi fossi fermata a cambiare mezzo di trasporto. Ero come dominata da una forza irresistibile: non ero più io a controllare la mia mente. Misi in moto l'Audi e uscii dal vialetto, e mentre sfrecciavo lungo le vie di Cold Spring Harbor ebbi come l'impressione di non stare guidando, bensì di essere sul punto di dissolvermi nelle chiazze degli alberi verdeggianti che mi passavano accanto, come una pennellata su una tela.

Le strade erano stranamente vuote, e arrivai a Lower Manhattan in meno di un'ora. Parcheggiai in un garage sulla Houston e mi incamminai in direzione est, verso il banco dei pegni che avevo trovato su Google Maps, Sal's, trascinandomi dietro a fatica il portagioie nel caldo estivo già intenso. Non erano neanche le nove e il negozio non aveva ancora aperto, perciò presi un caffè da un venditore ambulante e mi misi ad aspettare sulla soglia. Delancey Street era sporca e puzzava di urina. Il caldo aumentava di minuto in minuto, e quando finalmente il proprietario fece la sua comparsa e alzò la serranda del negozio, mi sentii sollevata.

Lo seguii oltre la soglia, e lui mi scrutò da sotto le sopracciglia cespugliose. Poggiai il portagioie a terra.

«Sono Sal. Come posso aiutarla?» mi chiese con un accento inequivocabilmente straniero mentre sbloccava il registratore di cassa. Aveva le guance butterate e ruvide, e continuò a studiarmi attentamente, a denti stretti.

«Ho alcune cose che mi piacerebbe vendere». Tirai fuori i gioielli di Marilyn dalla scatola, uno alla volta. Il bracciale intrecciato in oro e avorio; gli orecchini di topazio e quelli con le piume; il *kamarband* indiano che CJ mi aveva prestato quando, in quarta elementare, mi ero mascherata da Jasmine per Halloween; le perle di acqua dolce che CJ riservava alle cene eleganti; gli orecchini di smeraldo e diamante; le collane di perline colorate, vivaci e divertenti, che io e Georgia saccheggiavamo quando giocavamo a mascherarci da adulte. Ricordi provenienti da tutto il mondo, che avevano alimentato i miei sogni infantili. Fissai il mucchietto che campeggiava sul bancone davanti a Sal. Non provai nulla.

Sal tastò i gioielli di Marilyn con le dita grosse e pelose.

«Gran parte di questa roba non vale niente». Esaminò un filo di perline da preghiera tibetane, poi una massiccia collana color corallo, chiaramente di plastica.

«Vero» risposi. «Ma il resto invece vale parecchio».

Lui annuì, studiando attentamente gli orecchini di smeraldo. «E questi gioielli sono tuoi, tesoro?»

«Erano di mia madre. È morta».

«Alcuni sono molto belli» disse lui, dividendo il mucchio in due pile. «Questi non li voglio». Fece un gesto in direzione della bigiotteria e dei gioielli meno costosi. «Ma per questi posso farti un'offerta». Indicò la seconda pila, quella delle gemme preziose e delle pietre semipreziose, i pezzi che CJ adorava e che teneva da parte per gli eventi speciali.

Scrisse una cifra su un pezzo di carta e me lo porse.

«Va bene» dissi io. Non sapevo quanto valesse in realtà l'insieme, ma l'offerta di Sal era più alta di quanto avessi anticipato. Molto più alta.

«Vanno bene contanti?»

«Sì» dissi, sentendomi improvvisamente, e per la prima volta in quella giornata, scossa, perché non avevo nemmeno idea di quante banconote potevano essere, e non sapevo con certezza cosa ne avrei fatto.

Sal scomparve sul retro del negozio e riemerse cinque minuti più tardi. Mi porse una busta di carta marrone.

«È tutto qui dentro. Contali, se vuoi».

Sbirciai nel sacchetto, scorgendo le mazzette di banconote nuove di zecca. Mi sembrava quasi di essere in un film.

«Mi fido. Grazie». Radunai il resto della collezione di Marilyn – la roba 'che non valeva niente' – nel portagioie, che adesso era decisamente più leggero.

Uscii dal negozio, nella calura sempre più intensa, e camminai in direzione del fiume. Avevo la mente ovattata da una sostanza vischiosa pesante come catrame; in mezzo a quella nebbia vorticavano vivide immagini che non avrebbero mai smesso di tormentarmi: CJ e Gabe Petersen, i miei piedi che camminavano all'indietro, l'odore della pioggia sul marciapiede e ogni microscopico, infimo dettaglio di quella giornata... poi comparvero anche l'incavo morbido dietro al collo di Stephen e i suoi occhi verde bottiglia, l'ampio sorriso di Marilyn e Marilyn che dormiva in capanne di legno in Africa insieme ai malati di AIDS e i suoi gioielli abbandonati al buio, nel retro dell'orribile negozio di Sal, perduti per sempre, come Macy e i suoi capelli da Sirenetta, e tutto ciò che non sarebbe mai tornato.

Non mi fermai finché non raggiunsi la FDR Drive, che fiancheggiava l'East River. Il sole mattutino scintillava sull'acqua davanti a Brooklyn, e un intenso odore di salsedine si librava dal fiume. Jogger con indosso pantaloncini dai colori fluorescenti mi sfrecciarono accanto, troppo presi dalla loro attività per accorgersi di me, che stavo sganciando la cerniera del bellissimo portagioie di teak per gettare ciò che rimaneva dei gioielli di Marilyn, la robaccia che Sal non aveva voluto accettare, oltre il parapetto e nell'acqua scura e torbida che vi scorreva al di sotto. Quando fu vuoto, mi liberai anche del portagioie stesso, e lo guardai galleggiare per un attimo, ondeggiando piano alla luce del sole, prima di scomparire sotto la superficie oleosa.

Mentre osservavo pezzi della vita di Marilyn affondare nell'East River, ebbi la sensazione di affondare anch'io, come se le parti più vitali e sature del mio cervello si fossero riversate fuori di me e dentro l'acqua, trascinandosi dietro anche il resto del mio corpo. La tristezza che provavo si era trasformata in qualcos'altro, qualcosa che oscillava tra intorpidimento e terrore. Era tutto ciò che mi rimaneva: dentro di me, non esistevo più.

Negli interstizi che frammezzavano il vuoto che minacciava di inghiottirmi comparvero alcune immagini: la voce di CJ che diceva «Sveglia, è tardi!» ogni mattina per tredici anni, seguita dal rumore delle tapparelle che si alzavano di colpo; io e Georgia in calzoncini rossi da calcio, che mangiavamo spicchi d'arancia nell'intervallo della partita; il suono che facevano i pancake di mio padre quando lui, dopo avergli dato la forma a G e a L, li lasciava sfrigolare in padella; l'odore di terra e di pino sulla sua pelle dopo che aveva finito di tagliare legna in giardino; noi quattro che portavamo Hickory a fare passeggiate a Caumsett; io e Georgia sdraiate su teli da mare a Cape Cod; io in piedi, in equilibrio sulle spalle forti di mio padre, che mi tuffavo nell'oceano tra spruzzi d'acqua salata; i lecca lecca realizzati versando lo sciroppo d'acero sulla neve raccolta in tazze blu; la sensazione del pollice e indice di CJ che mi pizzicavano dolcemente il lobo dell'orecchio («Le ho fatte io queste orecchie, Pepe»).

Ero troppo triste per presentarmi allo stage, più triste di quanto mi fossi mai sentita in vita mia. Tornai a Delancey Street, chiamai un taxi e dissi all'autista di portarmi nell'unico posto che mi venne in mente, la Saint Thomas Church all'incrocio tra la Cinquantatreesima e la Quinta.

Unirsi alla chiesa episcopale era stato un compromesso tra i miei genitori. Mio padre era cattolico per nascita, CJ era cresciuta senza una religione, e diceva sempre che l'espressione 'chiesa cattolica' le lasciava in bocca un saporaccio, più di quello delle altre denominazioni. Ma Marilyn era stata episcopale, e mio padre garantì a CJ che quella era la variante di Cristianesimo più permissiva, perciò CJ si arrese e io e Georgia frequentammo la chiesa per un numero sufficiente di domeniche, e per una quantità sufficiente di lezioni di catechismo, per poterci definire membri di quella fede. I miei genitori ci portavano alla Saint Thomas, la chiesa episcopale preferita di mio padre in città, per la messa serale la settimana prima di Natale. CJ, Georgia e io prendevamo il treno da Cold Spring Harbor e andavamo allo studio di mio padre. Ci vestivamo a strati: io e Georgia in *caban* abbinati e CJ nel suo cappotto di lana elegante color crema. Andare in chiesa non mi è mai piaciuto granché, ma adoravo quando andavamo tutti e quattro alla Saint Thomas e ci stringevano in un unico banco, sotto il soffitto gotico alto quasi trenta metri. L'altare era sontuosamente decorato con stelle di Natale e altre composizioni floreali, e le letture erano sempre magnifiche, ma la cosa migliore era la musica: gloriose melodie natalizie che riempivano ogni centimetro di quel luogo sacro, mentre il suono dell'organo riverberava tra le mura di pietra, fino a raggiungere il soffitto con le volte a vela. In certi momenti, gli occhi di mio padre si riempivano di lacrime, e poi anche quelli di CJ, perché ogni volta che lui piangeva lei, involontariamente, lo seguiva a ruota. In quegli istanti non avevo dubbi che lei lo amasse più di chiunque altro al mondo.

Dopo la messa andavamo sempre a mangiare da Balthazar, il ristorante francese preferito di mio padre; io e Georgia facevamo il gioco dell'impiccato con dei pastelli colorati sulle tovagliette di carta e ordinavamo bistecca, patatine fritte e uno Shirley Temple con ciliegina al maraschino extra. Ma erano anni che non andavamo a mangiare da Balthazar, e non riuscivo a ricordare quando avevamo smesso di farlo o perché non andassimo più alla Saint Thomas per Natale. Sapevo solo che quella tradizione non esisteva più, era diventata un ricordo, e quel pensiero mi fece sentire strana e vecchia.

All'incrocio tra la Cinquantatreesima e la Quinta, pagai il taxi e uscii nel caldo soffocante. Per essere un venerdì mattina, il quartiere era tranquillo. Entrai in chiesa, immergendomi in quell'atmosfera familiare e lessi, nell'orario affisso all'entrata, che la messa sarebbe cominciata alle dieci e mezza.

Presi una pila di buste da lettera dall'ingresso, poi entrai nell'enorme cappella e mi sedetti ad aspettare su uno dei banchi in fondo. Mi inginocchiai e giunsi le mani in preghiera. Non entravo in una chiesa dalla Pasqua precedente – ormai ci andavamo solo per la Vigilia di Natale e per Pasqua – e nonostante fossi cresimata non ero mai stata granché religiosa, ma decisi di pregare comunque. Il mio senso di colpa, congelato da qualche parte dentro di me, intuiva che avevo appena commesso il peccato più grave della mia vita, reso anche peggiore dal fatto che commetterlo era stato facile, lineare e, con mia grande delusione, del tutto insoddisfacente.

Ma presto le ginocchia presero a farmi male, e a ogni modo non riuscivo a ricordare come si pregasse, quindi mi alzai in piedi, tirai fuori il sacchetto di carta di Sal e mi misi all'opera. Quando la brava gente pia di Manhattan iniziò a riempire i banchi rimasti vuoti attorno a me, avevo già sistemato venti banconote da cento dollari in ciascuna delle dieci buste per le offerte, ridistribuendo così i ventimila dollari totali che avevo ottenuto da Sal quella mattina in cambio degli insostituibili preziosi di Marilyn.

La messa cominciò, con l'inno di apertura, la lettura del Vangelo, le lettere agli apostoli, e infine la lettura del Salmo 22, che riconobbi come il preferito di mio padre mentre lo sentivo recitare ad alta voce:

«Il Signore è il mio pastore; nulla mi manca!
In erbosi pascoli mi fa posare,
presso refrigeranti acque mi nutre,
ristora l'anima mia.
Mi guida per retti sentieri a motivo del suo nome».

Presi in mano la Bibbia e sentii qualcosa smuoversi dentro di me, forse la Grazia, se non addirittura una presenza divina. O magari, ero solo diventata una di quelle persone che in chiesa scambia qualunque emozione provi per Dio; non lo sapevo per certo. Ciò che sapevo era che in quel momento avevo bisogno di star meglio e che nessuno all'infuori di me poteva aiutarmi a guarire, perciò quando il grosso vassoio d'argento passò davanti al mio banco durante il momento delle offerte vi posai le dieci buste. L'usciere mi guardò con espressione incuriosita ma non giudicante e io gli feci cenno di proseguire; un inno risuonò allora in tutta la chiesa, roboante e grandioso, e per la prima volta in tutta la mattina stavo finalmente piangendo, grosse lacrime che mi scivolavano giù per le guance in un flusso senza fine. Seppellii la faccia in grembo e non mi importava di essere vista da chi mi stava attorno, perché va bene piangere in chiesa, e per la prima volta dopo tanto tempo provai il momentaneo sollievo di non sentirmi giudicata, né dagli altri né tantomeno da me stessa, e mi concessi di crogiolarmi in quella sensazione, così bella che piansi ancora, lacrime terapeutiche, finché la musica cessò e il prete disse una preghiera per chiudere le offerte.

Sgattaiolai via prima della comunione, prima che chiunque potesse anche solo sospettare del denaro. Ripercorsi a piedi tutta la strada fino al garage sulla Houston, cinquantatré isolati per schiarirmi le idee, le lacrime che continuavano a scendere senza sosta. Ripresi l'Audi e uscii dalla città più veloce che potei, ascoltando Stevie Nicks a tutto volume mentre correvo a casa, con la sensazione, vaghissima, di essere già un po' più lucida. Appena arrivata a Cold Spring Harbor andai dritta allo studio del dottor Wattenbarger, un'ora prima del mio appuntamento, finalmente pronta a parlare.

34
Stephen

Novembre 2013

Dopo alcuni mesi che ci frequentavamo, Alice cominciò a infastidirmi in mille modi diversi. Ad esempio, una mattina mi stavo facendo la doccia e notai un enorme grumo di capelli che intasavano lo scarico. L'acqua non scorreva più, e mi ritrovai coi piedi immersi in cinque centimetri di acqua sporca, per cui dovetti rimuovere mucchietti umidicci dei suoi capelli con le mani. Fu disgustoso.

Il primo semestre alla facoltà di legge fu una tortura, in termini di quantità di cose da studiare, e una sera Alice venne da me mentre cercavo di finire la bozza per un compito di procedura civile. Mi si accoccolò accanto sul divano, spiegazzando tutti gli appunti che avevo sistemato con estrema cura. Le chiesi per favore di spostarsi, e lei mi guardò come se l'avessi presa a calci in faccia. È questo il problema delle ragazze come Alice: sono come i cani, così insicure da aver bisogno di continue dimostrazioni d'affetto per tutta la loro cazzo di vita.

La mia irritazione era una diretta conseguenza dell'essere in una relazione stabile, come ho imparato negli anni. Della noia che si accumula inesorabile. Dopo un po' che sto con una ragazza la vita mi sembra un film già visto, ogni giorno identico al precedente.

Le cose stavano prendendo questa piega anche stavolta, ormai da un mese o due, e continuavo a fare avanti e indietro tra il bisogno costante di avere Alice nella mia vita e il desiderio di liberarmene. In genere mi piaceva averla intorno. Ma poi c'erano giornate, molto più frequenti nell'ultimo periodo, in cui l'unica cosa che avrei voluto era starmene da solo, ma immancabilmente Alice mi chiamava e piagnucolava che dovevamo ordinare la cena a domicilio e che non trascorrevo abbastanza tempo con lei. Allora ordinavamo qualcosa, e quando il cibo arrivava lei se ne lamentava, ma lo mangiava comunque, tanto che adesso aveva le braccia molto più grasse di quando ci eravamo conosciuti. Mi chiedevo perché non se ne andasse in palestra.

Era in periodi come questi che mi saliva la voglia di fare sesso con altre persone. Il pensiero mi si insinuava pian piano nella mente, come una lumaca, e si piazzava lì, rimanendoci per un po'.

L'avevo tradita solo una volta, ad agosto, a Miami, durante il weekend per l'addio al celibato di Luke. Eravamo tutti strafatti ed ero finito a farmi piste di coca con una ragazza che si chiamava Gabrielle o Gabi o una cosa del genere, che avevo incontrato in uno dei locali in cui eravamo stati durante la serata. Era il tipo che Luke avrebbe scartato definendola 'rozza', ma a me non pareva tanto male. Capelli decolorati, corpo magrissimo. Quando ripenso a quella notte in hotel, mi viene in mente solo un'immagine sfocata. Perlopiù avevo avuto voglia di fare sesso con qualcuno che non fosse Alice, e non perché fossi arrabbiato, o anche solo irritato, con lei. Anzi, quello era stato un buon fine settimana, perché ricordo di averci parlato nel bagno della camera d'albergo di Gabrielle, e di averle detto che mi mancava tanto; dopo aver chiuso la chiamata, ero tornato da Gabrielle e me l'ero sbattuta fino alle cinque della mattina. Non so perché, a dire il vero. So solo che in seguito mi ero sentito molto meglio, come se mi fossi finalmente liberato di qualcosa che mi stava torturando da mesi.

La mattina seguente ero rientrato in punta di piedi nella camera che dividevo con Luke, ma lui era già sveglio, seduto sul letto, e parlava al telefono con la sua amata promessa sposa. Ovviamente Luke aveva trascorso tutto il fine settimana al telefono con la fidanzata; l'antitesi stessa di un addio al celibato. Non so nemmeno perché mi fossi preso il disturbo di organizzarglielo.

«Sei andato a letto con quella tipa?» mormorò Luke dopo aver chiuso la chiamata con Kathleen. «Non per giudicarti, eh» aggiunse con la fronte aggrottata.

«Macché. Ci stavamo facendo di coca e mi sono addormentato».

«La cocaina non è passata di moda? E la frase che hai appena detto non è forse un ossimoro?»

Chiusi gli occhi, che mi bruciavano per la stanchezza. «Non fare lo stronzo, Luke. Ho un doposbronza da far paura».

«Non ti sto giudicando, Stephen. So che con Alice non è una cosa seria».

Se c'era un modo in cui Luke riusciva a infastidirmi ogni singola volta, era lanciandomi critiche indirette come questa. Luke era perfettamente consapevole del fatto che considerassi seria la mia storia con Alice. L'unica spiegazione plausibile che trovava per giustificare la mia infedeltà era sminuire la nostra relazione. Il mio presunto fallimento era un'altra medaglia per lui, che era l'emblema del fidanzato leale e devoto; l'unico *vero* uomo nella famiglia DeMarco.

Afferrai una bottiglietta d'acqua mezza vuota dal comodino e la tracannai.

«Alice e io facciamo sul serio eccome, invece» lo informai, il cuore che batteva più forte. «Anzi, forse andiamo a vivere insieme».

«Mi prendi in giro?» Luke mi fissava con la bocca spalancata.

«No».

Era stata un'idea di Alice, di cui mi aveva parlato l'estate precedente durante un brunch. Mi stavo lamentando di quanto ci costasse andare a mangiare fuori, e la conversazione si era spostata su quanto fosse costosa New York in generale, e di come le cose fossero anche peggiorate, se possibile, ora che ero uno studente di legge disoccupato. Eravamo seduti vicini, dietro un séparé da Freemans, e Alice cominciò ad accarezzarmi la schiena e mi parlò dell'appartamento di suo nonno, un bilocale con l'affitto calmierato a Kips Bay. Mi spiegò che suo nonno, che viveva a Myrtle Beach, aveva dato ad Alice il permesso di usare l'appartamento non appena l'affittuario attuale se ne fosse andato a gennaio. Le avrebbe fatto pagare un affitto molto basso, al massimo un migliaio di dollari al mese.

«Comunque» aveva detto Alice quella mattina, «so che è passato appena un anno, quindi probabilmente sto facendo il passo più lungo della gamba, però pensavo...»

Allungai la mano per prendere la sua. «Che cosa pensavi?»

La sua espressione si rilassò in un sorriso. «Pensavo che magari, se anche tu sei d'accordo, potremmo andare lì a vivere insieme. Pagheremmo solo cinquecento dollari di affitto a testa, e risparmieremmo un sacco. E poi tu sei in subaffitto al momento, quindi non è che devi aspettare che il contratto scada. Sarebbe un buon modo per essere sicuri di continuare a vederci. Lo sai cosa si dice delle coppie in cui uno dei due si iscrive a legge...»

Annuii. Avevo già sentito storie del genere da alcuni dei miei compagni di classe; non c'era dubbio, la Scuola di Legge mandava parecchie relazioni a gambe all'aria, soprattutto durante il primo anno. Gli iscritti che avevano intenzione di prendere buoni voti non avevano tempo per il loro compagno o compagna, perché avevano fin troppo da fare con lo studio.

«Sicuramente vale la pena pensarci» le avevo risposto, un embrione d'idea che mi si faceva strada in mente, gli occhi che cercavano quelli di Alice. Li vidi inondarsi di gioia e capii che mi amava davvero. Le persone più difficili da conquistare sono una sfida, ed è proprio quella sfida che le rende più facili da amare. Non fornendo mai risposte precise ma scegliendo deliberatamente di lanciare insinuazioni, mettevo in discussione ciò che Alice pensava di sé, il suo giudizio e le sue convinzioni. L'avevo portata ad amarmi; avevo visto il suo amore per me prendere forma sotto i miei occhi.

Perché non avrei dovuto trasferirmi con lei? In generale era un'ottima fidanzata. Stare con Alice mi ricordava spesso i bei vecchi tempi con Diana, prima che lei scoprisse dei tradimenti, prima che Lucy entrasse nella mia vita.

L'autunno scivolò via. Durante le feste per il Ringraziamento rivalutai attentamente lo stato in cui versava la mia vita. Sebbene fossi contentissimo di aver chiuso con quello schifo di lavoro al BR3 Group, i primi tre mesi a legge si erano rivelati i più impegnativi di tutta la mia carriera accademica. Avevamo lasciato l'appartamento quando Luke si era trasferito con Kathleen, e Geoff ne aveva trovato uno più vicino al suo ufficio. Io avevo preso un monolocale in subaffitto sulla Waverly, vicino alla New York University. Costava tantissimo, ma era una soluzione temporanea: l'offerta di Alice si era rivelata troppo buona per non accettarla, e poco dopo Capodanno ci saremmo trasferiti a casa del nonno. Luke si era sposato a settembre, ma questo non sembrava aver cambiato nulla, a parte il cognome di Kathleen. Adesso che Vivian e Luke erano entrambi sposati, i miei parenti impiccioni avevano trascorso l'intero Ringraziamento a tormentare me con la mia vita amorosa.

«Allora Stephen, sei tu il prossimo?» cinguettavano.

«Vedremo» replicavo. «Domani vado a trovare la mia fidanzata a Pittsburgh, e a gennaio andiamo a convivere». Mi piaceva come suonava; guardavo i miei parenti che annuivano soddisfatti e sapevo di aver detto la cosa giusta.

Alice mi aveva regalato dei biglietti aerei per Pittsburgh in occasione del nostro primo anniversario: voleva che conoscessi la sua famiglia e che vedessi la casa in cui era cresciuta. Venne a prendermi all'aeroporto aspettandomi fuori nonostante il freddo, con indosso un cappotto di lana grigio oversize che la invecchiava parecchio. Quando la vidi qualcosa mi fece pensare a Lucy, e mi chiesi dove fosse in quel preciso istante.

La casa degli Edwards non era enorme, ma non era neanche piccola. Alice preparò due Whisky Ginger in cucina prima di farmi fare un giro. Il lampadario di cristallo dell'ingresso e il tappeto zebrato nel corridoio del piano di sopra suggerivano sia che il padre di Alice avesse fatto fortuna lavorando in banca, sia che gli Edwards erano un po' *nouveau riche*.

Quando entrammo in camera sua, Alice mi mostrò delle fotografie, sistemate in belle cornici lucidate: Alice che sciava, Alice in tutù da ballerina, Alice e suo fratello Duncan a Disney World, in piedi tra Topolino e Minnie. Un tempo aveva i capelli più scuri, un biondo sporco di una sfumatura indefinita, e all'improvviso capii perché andava dal parrucchiere così religiosamente. Mentre Alice scovava altre reliquie del passato, la abbracciai da dietro e sentii la familiare attrazione risvegliarsi.

«Alice nel Paese delle Meraviglie, possiamo?» bisbigliai nei suoi boccoli profumati di shampoo alla mela. Non facevamo sesso da settimane, e mi sentivo il corpo teso e irrigidito.

«Non *adesso*, Stephen. I miei sono al piano di sotto che ci aspettano. Dopo».

Ci ritrovammo tutti attorno al tavolo della sala da pranzo. Gli Edwards erano persone estremamente banali. Fu la signora Edwards a condurre gran parte della conversazione, mentre suo figlio e suo marito erano tutti concentrati sulle loro bistecche.

A metà del pasto mi alzai per andare in bagno; il whisky era arrivato al capolinea. Mentre uscivo dalla sala da pranzo, quasi inciampai in un cane sdraiato sulla soglia, il vecchio collie degli Edwards.

«Ah non farci caso, Nellie ormai non si muove più tanto» disse la signora Edwards in tono mesto. «Ha il cancro; l'abbiamo scoperto da poco».

«Mi dispiace, non lo sapevo». Lanciai un'occhiata ad Alice, e vidi che cominciava a tremarle il labbro inferiore.

Il cane mi guardò con espressione speranzosa, gli occhi neri lucidi come biglie, e sentii l'impulso improvviso di dargli un calcio in pieno muso.

Sul muro del bagno era appesa una foto incorniciata di Alice e Duncan da piccoli, con indosso salopette e dolcevita identici, seduti uno accanto all'altra sul portico di una casa, probabilmente quella in cui mi trovavo. E all'improvviso pensai che tutti, alla fine, diventano uno stereotipo: è raro che qualcuno si costruisca una vita di cui rimane qualcosa di più che una vecchia fotografia appesa a una parete. Alla fin fine la gente si preoccupa soltanto di uno stupido cane o di un qualche stupido ritratto che il figlio ha fatto a lezione d'arte. E la cosa che davvero non capisco è come si possa essere *soddisfatti* di un tale risultato, di come si possa essere *felici* trasformandosi nella perfetta copia di qualunque cretino del vicinato, che monta un'altalena in giardino e pensa che sia una cosa straordinaria.

Dietro al water, accanto a un cestino pieno di pot-pourri, la signora Edwards aveva meticolosamente sistemato dei tovagliolini di carta decorati in una scatola di bambù: come ogni altra cosa in quella casa, anche quella disposizione di cose sembrava forzata. Ma che cavolo ci facevo io lì, in quella villetta di merda uguale a tante altre nella cazzo di Pennsylvania? Mi sentii smarrito e riconobbi, alla bocca dello stomaco, una sensazione che conoscevo bene, in cui si mescolavano disgusto e desiderio per lo stesso oggetto indefinibile.

Dopo cena dissi ad Alice che avevo bisogno di una boccata d'aria, perciò uscimmo sul portico e ci sedemmo sui gradini. Inspirai a fondo la fresca aria autunnale. Alice si accese una sigaretta.

«Ai tuoi non dispiace che fumi?»

«Non ne sono certo felici». Si strinse nelle spalle. «Stai bene?»

«Sì».

«Sicuro?»

«Ho solo un po' di mal di testa».

«Mi dispiace, amore».

Mi posò la guancia sul braccio e prese a cianciare, raccontandomi del cane Nellie, di quanto e perché fosse triste per Nellie, e io feci del mio meglio per fornirle risposte consolatorie. Anche dopo aver ringraziato i suoi per la cena, essere andati al piano di sopra, e averla scopata nella doccia, non mi sentii molto meglio. Guardavo il retro delle gambette di Alice attraverso i rivoli d'acqua, e tutto ciò che vedevo erano le gambe di Lucy, snelle e lunghissime. Il modo in cui si incurvavano nel suo bellissimo culo. Il suo corpo perfetto. Il pensiero di Lucy mi fece venire, intensamente ma fin troppo rapidamente. Guardai Alice, nuda e bagnata davanti a me.

Quella notte dormii da solo nella camera degli ospiti (gli Edwards non erano granché favorevoli ai pigiama party prematrimoniali) e decisi che dovevo mandare un messaggio a Lucy, anche se era passato un sacco di tempo e nemmeno mi ricordavo più perché avessimo smesso di scriverci; solo perché abitavamo così lontani non voleva dire che non dovessimo più neanche *parlare*. All'improvviso salutarla, chiederle come stava e come stava andando il suo terzo anno, mi parve la cosa giusta da fare.

Presi il cellulare dal comodino.

Stephen: Ehi Lucy, ne è passato di tempo. Come stai? Felice Ringraziamento.

Premetti 'invio' e aspettai, con le palpebre che quasi si chiudevano.

A mezzanotte non aveva ancora risposto, perciò spensi la luce, esausto. Ma anche dopo aver chiuso gli occhi, il sonno non voleva arrivare. Mi girai e rigirai per tutta la notte, la testa affollata da un mucchio di pensieri fuori controllo. Ero ancora sveglio quando uno spiraglio di luce giallo-grigia si fece strada in una fessura tra le tende e lungo la moquette, e a me sembrò intollerabile l'idea di dover affrontare un'intera giornata con gli Edwards senza aver chiuso occhio tutta la notte. Mi misi su un fianco per controllare di nuovo il telefono. Volevo una risposta, o anche solo la certezza che lei c'era, che aveva letto. Ma Lucy non mi aveva scritto.

All'alba riuscii in qualche modo ad appisolarmi, e alle nove e mezzo mi svegliai di soprassalto, con Alice che mi scuoteva chiedendomi di andare al piano di sotto per mangiare pancake con i mirtilli.

Mi vestii e controllai un'altra volta il telefono, col desiderio disperato di scoprire che lei voleva ancora parlare con me, un desiderio così prepotente che non potevo ignorarlo. Ma non c'erano messaggi di Lucy, e lei non rispose per tutto il giorno, e nemmeno il giorno seguente, il successivo, o quello dopo. Non rispose affatto.

35
Lucy

Gennaio 2014

«Ti trovo bene» disse Jackie mentre raggiungevamo a piedi la casa nella nostra stessa via che ospitava una festa quella sera. «Anche meglio del primo semestre, intendo». Il sole si era nascosto dietro una spessa coltre di nubi, ma l'aria era tiepida.

«Mi sento meglio» confermai. «Mi sento come se fossi tornata me stessa. A parte il fatto che ho mandato completamente all'aria ogni prospettiva professionale della vecchia me».

«In che senso? Non sceglierai più giornalismo come materia secondaria?»

«Considerando che ho frequentato solo *due* corsi di giornalismo durante i miei quattro anni qui, no. Ero così fuori di testa che non ho nemmeno frequentato i corsi giusti. Come cavolo è successo? Avrei potuto scrivere di più per il *Lantern,* e invece no. E non è che possa cominciare a lavorare come giornalista senza aver mai studiato per fare la giornalista. Non mi prenderebbero nemmeno per uno stage».

«Puoi sempre continuare gli studi, fare un master. Dico bene?»

«Immagino di sì. Mi sembra di aver fatto tutte le scelte sbagliate».

«Non puoi vederla così, Lucy».

«Lo so, lo so. Dovrei pianificare una telefonata col dottor Wattenbarger e parlarne con lui. Quell'uomo è molto saggio».

«Dovrei parlarci *io,* col tuo psichiatra. Sono io che do di matto ogni cinque minuti per Stuart».

«È difficile lasciarsi».
«Sì, ma è passato un anno».
«Il Baird è troppo piccolo, è quello il problema».
«Infatti, guarda oggi. La festa doveva essere proprio a casa di *Stuart*? Voglio andarci perché ci saranno tutti i nostri amici e non voglio *non* andarci per colpa sua, non mi va di farne un dramma».
«Giusto. Come fai a dimenticarti di Stuart se lo incontri di continuo? Se non fossi al Baird, se fossimo nel mondo reale, lui sarebbe già storia vecchia». Presi Jackie sottobraccio. Ero felice che mi avesse confermato ciò che sentivo anch'io: che stavo bene, anzi *anche meglio*. Il mondo intorno a me sembrava luminoso e assolato e del tutto nuovo. Il Baird brulicava di studenti felicissimi di essere tornati dopo le vacanze natalizie, e l'aria vibrava di aspettative che mi davano una carica pazzesca. 'Dio, che bello portare pantaloncini e canottiera a gennaio' pensavo, sorridendo alle palme esotiche e slanciate che fiancheggiavano Carroll Street con le loro bellissime foglie a ventaglio, che non avevo mai veramente notato prima di allora.
Nei primi quindici minuti della prima seduta con il dottor Wattenbarger a giugno, lui mi aveva diagnosticato una depressione clinica.
«Tu sei depressa, Lucy» mi aveva comunicato, un'espressione allegra negli occhi grigi, come se fosse una bellissima notizia.
«Già, ha senso».
«*Clinicamente* depressa. L'ho capito nel momento stesso in cui sei entrata nello studio» aveva continuato, passandosi una mano tra i folti capelli grigi. «Faccio questo lavoro da tanto tempo. Lo intuisco dalla faccia, dai movimenti, dal modo in cui parli. È una cosa positiva».
«In che senso è una cosa positiva?» Era ovvio che CJ mi avrebbe mandato da un dottore pazzo che pensava che essere depressi fosse fantastico.
«Nel senso che posso aiutarti. Hai uno squilibrio chimico nel cervello: è quello che ti procura sentimenti di disperazione così violenti. Ed è sempre quello che ti provoca quella sensazione

che tu descrivi come di 'muoversi nella melassa'. Ma posso prescriverti un antidepressivo che ti farà sentire molto meglio nel giro di breve tempo».

«Che intende con 'squilibrio chimico'?»

«Pensa alla depressione come a un'infezione. Uno streptococco alla gola. Se hai lo streptococco ti danno gli antibiotici. La depressione è come un'infezione al cervello, ma è una questione chimica. I livelli dei tuoi neurotrasmettitori sono bassi. I neurotrasmettitori sono le sostanze chimiche che trasportano i messaggi da neurone a neurone: al momento i tuoi funzionano a rilento, ed è per questo che ti senti letargica e abbattuta».

Il dottor Wattenbarger mi fece una ricetta per il Prozac mentre continuava a spiegarmi come funziona la depressione, aggiungendo che in America ne è affetta una persona su dieci.

«Probabilmente è genetica» disse. «Ma è difficile dirlo, perché circa due terzi di chi ne è affetto non riceve mai una diagnosi. Soprattutto i più anziani, che sono meno propensi ad accettare una terapia».

Annuii, pensando che probabilmente l'avevo ereditata dal lato della famiglia di CJ. Sua mamma era un caso clinico, una donna infelice che non faceva che lamentarsi di tutto e che urlava sempre dietro a mio nonno anche se lui era quasi completamente sordo.

«È importante che accompagni il Prozac con una psicoterapia regolare, però» proseguì il dottor Wattenbarger. «È vero che la depressione nasce da uno squilibrio chimico, ma ci sono dei fattori esterni che possono peggiorare la tua condizione».

«Fattori esterni?»

«Sì. *Trigger*, come li chiamo io. È per questo che la psicoterapia è tanto efficace. Cercheremo di capire cosa c'è che non va, quali difficoltà stai affrontando nella tua vita quotidiana che possano avere innescato il tuo episodio depressivo».

Annuii di nuovo.

«Perciò torna da me tra una settimana» mi disse. «Porta questa in farmacia e inizia a prendere una pillola al giorno, dopo colazione». Colazione. Dovevo cominciare a fare colazione.

CJ aveva avuto ragione sul dottor Wattenbarger, dopotutto: era un ottimo psichiatra, perché il Prozac fece effetto quasi subito. Dopo qualche giorno mi sentii come se qualcosa dentro di me, in profondità, fosse stato liberato e avesse finalmente abbandonato il mio corpo. Mi sentivo più leggera. Cominciai ad accorgermi delle cose, come se la nebbia si stesse diradando o il parabrezza si stesse sbrinando o i miei occhi si stessero abituando al buio. La vita diventò sempre più nitida, finché all'improvviso mi accorsi di poter vedere tutto.

Continuai a frequentare lo studio del dottor Wattenbarger una volta a settimana per il resto dell'estate. Più mi sentivo a mio agio con lui, più cose rivelavo. Ero andata da lui con l'intenzione di parlargli della Cosa Imperdonabile, ma il Prozac mi fece sentire così bene che, anche se sapevo che avrei dovuto raccontargli tutto, quella confessione cominciò a sembrarmi non necessaria, e le poche volte in cui aprii bocca non dissi niente: il dottor Wattenbarger si limitò a fissarmi con i suoi curiosi occhi grigi.

Il dottore e io parlammo di Georgia e di mio padre, dei miei genitori e di Gabe, Parker e Lydia, delle mie amiche del college, di alcune cose riguardanti CJ e persino dei miei 'disturbi alimentari', come li chiamò lui. Di solito finivamo col parlare di Stephen. Il dottor Wattenbarger disse che Stephen non era necessariamente la ragione per cui ero diventata depressa, ma che i miei sentimenti per lui (anzi, per la precisione, i sentimenti che lui suscitava in me) erano stati per me motivo di preoccupante sollievo, perciò Stephen poteva essere identificato come *trigger*.

Non gli risparmiavo certo i dettagli, perché più riascoltavo i fatti raccontati ad alta voce più mi sembrava che tutta quella storia acquistasse un senso.

«Che tipo è?» aveva chiesto il dottor Wattenbarger il primo giorno.

Nella mia mente ovattata era comparsa un'immagine chiarissima di Stephen – mi pareva quasi di averlo davanti – e una stretta invisibile mi aveva agguantato il petto.

«È difficile da spiegare».

«Provaci».

Avevo lottato contro la gabbia che mi comprimeva il torace finché avevo trovato le parole, che si erano riversate fuori senza più nulla a opporvi resistenza.

«È alto. Ha i capelli scuri e occhi verdi intensissimi. È uno con cui è facile parlare. Sa sempre cosa dire. Fa conversazione con chiunque. È divertente. Quando sono con lui, rido di continuo. Ma rido davvero, non faccio solo finta. È intelligente. Sa esattamente ciò che vuole e se lo va a prendere. E poi mi capisce. Capisce parti di me che nessun altro sembra cogliere. Mi fa sentire bene con me stessa, più di quanto non abbia mai fatto, come se fossi la cosa più preziosa del mondo. È diverso dagli altri, ma in senso positivo. E poi c'è questa *cosa* tra noi, un'attrazione fisica, ma allo stesso tempo qualcosa di più tangibile. Non ho mai incontrato nessuno che mi facesse quest'effetto. Neanche lontanamente».

«Però c'è un problema?» L'espressione del dottor Wattenbarger si era fatta pensierosa.

«Sì».

«Quale?»

«Tutto il resto» avevo detto, smettendo di cantarne le lodi e raccontandogli dei tradimenti sfacciati, delle bugie, del lato oscuro di quell'uomo irresistibile e fascinoso che avevo messo su un piedistallo troppo a lungo.

«Il fascino va trattato con cautela» aveva commentato il dottor Wattenbarger. «Sai come si dice: il fascino è l'abilità di far pensare a qualcuno che siete entrambi meravigliosi». Dopo qualche seduta mi aveva detto che le motivazioni usate da Stephen erano in linea con dei tratti *sociopatici* e *narcisistici.*

«Tipo Patrick Bateman in *American Psycho*?»

«Non proprio. Esiste uno spettro, Lucy. I serial killer come Patrick Bateman sono a un estremo di quello spettro. Stephen è con tutta probabilità più vicino all'altro estremo, quello meno grave».

Poi aveva preso un gigantesco glossario psichiatrico e aveva cercato entrambi i termini.

SOCIOPATICO: Persona con disturbo antisociale di personalità, il disturbo di personalità più riconosciuto e studiato; si tratta di un disturbo cronico che porta chi ne è affetto a pensare, percepire situazioni esterne, e relazionarsi con gli altri in modi disfunzionali e distruttivi. Le persone con questo disturbo hanno di solito una morale distorta e spesso un'incapacità di rispettare i diritti, i desideri e i sentimenti altrui. I sociopatici sono però spesso apprezzati per via del loro fascino e del loro carisma, pur non ricambiando genuinamente l'interesse nei loro confronti. Sebbene alcune persone sociopatiche arrivino a uccidere, di solito chi è affetto dal disturbo presenta sintomi molto meno estremi.*

NARCISISTA: Persona con disturbo narcisistico di personalità, un disturbo che porta chi ne è affetto a sviluppare un esagerato senso della propria importanza, un profondo bisogno di ammirazione e una mancanza di empatia verso gli altri. Dietro questa maschera di estrema fiducia in sé si nasconde un'autostima molto fragile, vulnerabile anche alla più lieve critica. Si stima che questa condizione colpisca l'uno percento della popolazione, soprattutto maschile.

* La Harvard Medical School stima che fino al quattro percento della popolazione sia composta da sociopatici privi di coscienza, che non sono in grado di provare empatia né affetto per esseri umani o animali. Questa patologia colpisce gli uomini in un rapporto di tre a uno rispetto alle donne.

«Un sacco di persone mente e tradisce, però» avevo detto durante una seduta successiva, pensando a CJ.

«Dici?»

«Penso che capiti più spesso di quanto dovrebbe».

«Forse. Ma non si può attribuire ogni episodio di tradimento a una sociopatia conclamata. Molti di questi sono casi isolati, o sono legati a un contesto che in parte li giustifica. Il tradimento seriale invece è una faccenda diversa. Quando si tradisce e si mente con regolarità, come fa Stephen, mi è parso di capire, be', allora non stiamo più parlando di semplice natura umana. Perché il comportamento non va di pari passo con il senso di colpa, capisci? E qualcuno che provoca sofferenza agli altri senza provare rimorso... è un sociopatico in azione».

«Tutto chiaro». 'Come me', non avevo potuto fare a meno di pensare, dato che l'assenza di rimorso era stata una delle caratteristiche principali del giorno in cui avevo venduto metà dei gioielli di Marilyn e gettato il resto nell'East River. Pensavo che mi sarei pentita, che avrai provato almeno un po' di rimorso nel vedere CJ che piangeva fuori di sé al telefono con la polizia e nell'assistere al licenziamento di Gloria, la colf che ci aveva assistito per dieci anni. Guardavo a me stessa con un vago senso di orrore, vero, ma non mi sentivo veramente in colpa. Al contrario, avevo l'impressione di essermi liberata. Non provavo alcuna vergogna per ciò che avevo fatto, il che, agli occhi del dottor Wattenbarger, faceva anche di me una sociopatica.

«Stagli lontana, Lucy» aveva detto il dottor Wattenbarger durante la nostra ultima seduta di quell'estate. «Promettimi che lo taglierai completamente fuori».

«Lo prometto. Non ci parliamo da mesi. E comunque lui non va più al Baird».

«Lo so. Ma vale anche se ti chiama, o ti manda un messaggio. Cercherà di contattarti. La gente come Stephen non cambia. Torna sui suoi passi finché sa di poter ottenere qualcosa in cambio. Non mollerà finché non sarà costretto a farlo».

Il dottor Wattenbarger aveva ragione. Stephen mi aveva contattata una volta, a novembre, a notte fonda.

Stephen: Ehi Lucy, ne è passato di tempo. Come stai? Felice Ringraziamento.

Io non avevo risposto. Ero stata sul punto di farlo un milione di volte, avrei voluto disperatamente rispondere, ma avevo resistito alla tentazione. Mi ero ripetuta in testa le parole del dottor Wattenbarger e avevo sentito la sua voce calma e saggia: 'La gente come Stephen non cambia. Torna sui suoi passi finché sa di poter ottenere qualcosa in cambio. Non mollerà finché non sarà costretto a farlo'.

'Non mollerà finché non sarà costretto a farlo'. Che significava? Quando sarebbe successo?

«Lucy?» La voce di Jackie interruppe i miei pensieri sul dottor Wattenbarger, la terapia e il fatto che Stephen fosse un sociopatico. 'Stephen è un sociopatico'. Non mi ero mai davvero fermata a rifletterci, o a pensare a lui. Se l'avessi fatto, mi sarebbe mancato da morire. E avrei combattuto con le unghie e coi denti per dimostrare che non era vero.

«Eh?»

«Sei un po' assente. A che pensi?»

«Riflettevo sul fatto che mi dispiace» dissi sincera, perché chiedere scusa a Jackie era una cosa che avevo già intenzione di fare.

«Ti dispiace? E per che cosa?»

«Non sono stata una buona amica per te. In alcuni periodi, durante tutti questi anni, voglio dire».

«Se parli del viaggio in Francia te l'ho già detto, l'ho superata. L'ho capito che stavi attraversando un momento difficile».

«Non è solo quello. Mi riferisco al secondo e al terzo anno in generale. Non ero al mio meglio, e certe volte mi chiedo perché voi ragazze mi siate rimaste vicine».

«Lucy, tu non sei mai stata una cattiva amica. Penso che sia questo a renderti così speciale, il fatto che nemmeno te ne rendi conto. Sei fatta così. Anche al tuo peggio mi hai sempre accettata, molto più di quanto tante altre persone abbiano mai fatto. Non mi stupisce che Stuart mi abbia lasciato, dato come mi sono comportata. Dio, sono pazza da legare».

«Jackie». Le strinsi la mano. «Non sei pazza da legare».

«Forse sì, invece».

«Forse siamo tutte pazze. Ti voglio bene».

«Anche io te ne voglio. Forza, siamo arrivate».

Salimmo di corsa le scale scricchiolanti del portico ed entrammo al 622 di Carroll Street, dove fummo accolte da Topher Rigby, che ora era uno dei coinquilini di Stuart.

«Salve, signore».

Sia io che Jackie eravamo più alte di Topher. Lui ci salutò e ci precedette lungo il corridoio, il cui pavimento in parquet era reso appiccicoso dalla birra.

«Adesso ogni volta che vedo Topher ripenso a quando ha cercato di farti un ditalino al secondo anno» mi bisbigliò Jackie all'orecchio.

«Bleah! Non ricordarmelo. Mi vengono i brividi».

«Non aveva proprio idea di quello che stava facendo? Cioè, cos'è che stava facendo *esattamente*?»

«Dio, finiscila». Feci una smorfia mentre attraversavamo il salotto, che non era arredato, fatta eccezione per un tavolo da ping pong in un angolo.

Come molte case che ospitavano feste al Baird, quella al 622 di Carroll Street faceva schifo, e, come le altre, era piena zeppa di invitati. Stuart stava giocando a beer pong e alzò lo sguardo non appena notò Jackie. Sembrava sempre accorgersi di lei all'istante. Lo guardai mentre incrociava il suo sguardo e la salutava con la mano.

«Oddio, è bellissimo» disse lei mettendo il broncio.

In effetti Stuart era bello; attirai Jackie nella cucina piena di gente che si faceva strada verso il fusto.

«Avremmo dovuto portarci delle birre» dissi. «Sarà impossibile».

E poi sentii una voce alle mie spalle. «Lucy, Jackie. Prendete queste».

Mi girai e incontrai due occhi color bronzo disseminati di pagliuzze dorate. Era Billy Boyd. Ci offrì due lattine ghiacciate e, quando sorrise, sulle guance comparvero le sue irresistibili fossette.

«Billy!» esclamò Jackie. «Ci salvi la vita».

«Stavo uscendo» gridò lui per sovrastare il brusio della folla. «C'è troppa gente qui».

«E cosa c'è fuori?» Sapevo benissimo cosa c'era fuori: un altro tavolino da beer pong, il focolare da esterni, e un giardinetto; era una domanda stupida che mi suggerì che, forse, Billy mi piaceva.

«Spazio per respirare» replicò lui. «Volete unirvi anche voi?»

«Voi due andate» mi disse Jackie con uno sguardo d'intesa. «Io vado a salutare Stuart».

Billy si stava già avviando verso l'uscita, e a me sembrò di non avere altra scelta se non seguirlo.

«Come te la passi, Billy?» gli chiesi aprendo la lattina. Non ero sicura che gli facesse piacere avermi lì con lui: magari ci aveva chiesto di uscire solo per gentilezza.

«Benone. Sai com'è». Mi fece un mezzo sorriso e l'attrazione che provai per lui fu così intensa e sorprendente che dovetti mordermi un labbro per impedirmi di scoppiare a ridere. «Ti ho visto a yoga l'altro giorno» continuò lui.

«Davvero? A me non pare di averti visto. Non sapevo che facessi yoga». Presi un sorso di birra e cercai di mantenere la calma. Ero sempre stata terribile a flirtare.

«Già. Non sei l'unica».

«Allora deve essere stato a YogaLab. Ormai vado solo lì».

«Sì. Ma non mi piace YogaLab. È troppo commerciale».

«Non è commerciale!»

«Hanno palestre in tutto il Paese, Lucy».

Il modo in cui disse il mio nome mi fece rabbrividire di piacere. Studiai i suoi bicipiti ben definiti sotto le maniche della T-shirt, la pelle dorata per via dei giorni trascorsi facendo surf e arrampicata con il BORP.

«A dire il vero mi sono divertito l'altro giorno» proseguì Billy. «Tu hai mai fatto lezione con Heather? È fantastica».

«Tutti i maschi sono fissati con Heather».

«'Fissati' è una parola grossa».

«Dai, su! È praticamente una modella. Lo sai che è bellissima».

«È bella» ammise Billy. «Ma non bella quanto te».

Mi sforzai di non sorridere troppo, ma senza successo: sentii le labbra sollevarsi a dispetto di me stessa. Alle spalle di Billy, le fitte nubi stavano finalmente cominciando ad aprirsi sopra le montagne. Il sole era basso nel cielo e sprigionava un barlume aranciato sull'orizzonte.

«È un bel tramonto» dissi.

Lui alzò lo sguardo. «Voglio farti vedere una cosa».

«Che cosa?»

«È una sorpresa».

Mi riportò dentro casa. Si fece strada tra la folla in cucina e poi cominciò a salire la scalinata sul retro. Al secondo piano c'era un bovindo che dava sul tetto. Billy aprì la finestra e ci si infilò.

Ero già stata sul tetto del 622, con Stuart e Topher e i loro amici, ma seguii Billy al livello più alto.

«Vieni». Allungò il braccio e mi aiutò con un unico gesto fluido.

«Wow». Rimasi in piedi, quasi senza fiato, ad ammirare il panorama. «Non sono mai salita fin quassù».

Il Baird si estendeva sotto ai nostri occhi. Le San Gabriel Mountains, ammantate di bianco, svettavano da un lato, e dall'altro si vedeva fin oltre la superstrada, dove la punta occidentale di Clermont si allungava per miglia verso Los Angeles. Il quarto inferiore del sole baciava la terra, un bagliore infuocato che avvampava all'orizzonte e si fondeva in cielo in un caleidoscopio di sfumature color sorbetto.

«È tranquillo qui». Billy si mise seduto. Mi sedetti accanto a lui, e l'aria tiepida mi si posò sulle braccia nude come un cappotto di velluto.

«È bellissimo».

«Hai caldo?» chiese lui. «Possiamo rientrare».

«No» dissi scuotendo la testa. «È perfetto».

Billy mi si avvicinò, e sentii il cuore accelerare i battiti quando il suo braccio sfiorò il mio.

«Come hai trovato questo posto?» gli chiesi. «Non sapevo neanche che si potesse arrivare così in alto, sul tetto».

«Non mi ricordo. L'ho scoperto al primo anno con alcuni amici, credo».

Billy e io guardammo il sole affondare all'orizzonte, e a me sembrò di conoscerlo per la prima volta. Non disse nulla dell'anno precedente e del modo strano in cui le cose erano andate tra noi e ne fui felice, perché non volevo ripensare alle pessime condizioni in cui mi trovavo in quel momento o alla ragione per cui lo avevo rifiutato; volevo solo lasciare che il passato rimanesse passato e che non tornasse più. E poi lui si chinò verso di me e io sapevo che mi avrebbe baciata, e quando lo fece mi sentii al sicuro, come una nave che rientra finalmente in porto.

36
Stephen

Marzo 2014

Il treno usciva sferragliando da Manhattan; ero seduto in mezzo a una marea di pendolari stanchi in giacca e cravatta. Molti, almeno quelli che riuscivo a vedere, avevano gli occhi chiusi. Una donna sovrappeso con un'orribile camicetta a fiori, seduta dall'altro lato del corridoio, mangiava con un fastidioso rumore di risucchio una zuppa cinese dall'aspetto rivoltante. Il bordo della ciotola di polistirolo bianco era sporco di rossetto color pesca.

Chiusi gli occhi e lasciai che la settimana appena trascorsa mi scivolasse addosso. Era solo giovedì, ma era stata una settimana lunghissima e infernale. Sentii un odore stantio, di vecchio, soporifero, come di inchiostro. Come di un cretino che faceva le parole crociate del *New York Times* ogni santo giorno per cinquant'anni, seduto su uno di questi sedili puzzolenti. Dio, quant'era deprimente prendere il treno. Pensai che tutte quelle persone, che sfrecciavano fuori città assieme a me, il giorno dopo ci sarebbero rientrate per trascorrere un'altra giornata esattamente identica a questa.

Grazie al cielo, io non sarei stato uno di loro. Mi ero preso un giorno libero perché dovevo accompagnare Sadie in California per un weekend lungo. Sadie stava cominciando a presentare le domande per i college e il Baird era uno dei candidati.

Quando avevo proposto di farle io da guida al campus, mio padre aveva accettato con gioia. Non vedevo l'ora di passare qualche giorno lontano dal caos e dalla sporcizia di Manhattan, dallo stress della Scuola di Legge, e dalla mia sempre più irritante fidanzata. Alice e io eravamo andati a vivere insieme a gennaio, e le cose non stavano andando come previsto. A livello economico ero sicuramente più tranquillo, ma l'appartamento del nonno di Alice era molto più piccolo di quanto avessi capito, e io e lei ci stavamo praticamente sempre addosso, pronti ad azzannarci per mezzo metro quadro di spazio libero. Mi serviva una pausa.

E poi mi aveva parecchio infastidito il prolungato silenzio stampa di Lucy: mi ignorava da mesi. Io, invece, non riuscivo a smettere di pensare a lei, e la cosa non mi piaceva per niente. Sentivo quasi disperatamente il bisogno di rivederla, e non solo perché Alice aveva cominciato a darmi sui nervi. È che in Lucy c'era qualcosa di speciale; qualunque cosa ci legasse, mi sembrava al contempo insostenibile e incompiuto. Forse mi sarebbe sempre sembrato così.

Quella visita al Baird era la scusa perfetta per rivederla. Poteva anche ignorare le chiamate e i messaggi, ma in un campus così piccolo le sarebbe stato impossibile evitarmi. Mentre il treno ruggiva dirigendosi a est, guardai fuori dal finestrino, in direzione delle chiazze di alberi spogli e dei parcheggi vuoti, e in un angolo di tutto quello squallore vidi le cosce soffici di Lucy, le sue braccia snelle che mi accarezzavano ovunque. L'idea di fare sesso con lei durante quel weekend era diventata quasi un'ossessione, e più ci pensavo più sapevo che *dovevo* fare in modo che accadesse. Il sesso con Alice era diventato una routine, ed era difficile apprezzarlo, a meno che non stessimo minimo una settimana senza vederci, il che accadeva molto di rado. Pensate come sarebbe guardare *Top Gun* ogni sera per il resto della vita: è un bel film, anzi, è un gran film, ma sapete esattamente come va a finire, e col tempo, a forza di riguardarlo mille volte, perde fascino.

Chiusi gli occhi e richiamai alla mente il viso di Lucy. Era passato così tanto tempo che quasi non riuscii a evocare un'immagine definita. Ciò che avevo in testa era una sensazione più che un quadro compiuto. Errore mio. Una barriera di tremila chilometri mi impediva di fare chiarezza su una faccenda rimasta in sospeso.

Il telefono vibrò. Un nuovo messaggio.

> **Alice**: Già mi manchi.

Le risposi che anche lei mi mancava. Se non rispondevo subito ai suoi messaggi faceva sempre una scenata.

Aprii la schermata per un nuovo messaggio e ne composi uno da inviare a Lucy.

> **Stephen**: So che non vuoi avere più niente a che fare con me ma devo parlarti. Sto accompagnando Sadie al Baird per farle visitare il campus questo weekend. Stasera prendiamo un volo da Los Angeles. Arrivo domani. Mi manchi.

Sadie venne a prendermi alla stazione. Salii sull'Explorer e abbassai subito il volume alla canzone di Kesha che usciva dalle casse.

«Non mi abituerò mai all'idea che hai già l'età legale per guidare» le dissi. «E nemmeno mi sentirò mai al sicuro al posto del passeggero se guidi tu».

Mi lanciò una classica occhiata alla Sadie, di quelle che insinuavano che le mie battute erano più noiose che irritanti. «Guarda che guido meglio di te, cretino».

«Come va la scuola, Sade?»

«Parecchio stressante. Papà mi dà il tormento per i test attitudinali».

Ci fermammo a un semaforo e lei rivolse gli occhi chiarissimi verso di me. Tra le sopracciglia le comparve una ruga, e mi resi conto che era davvero spossata. Mi dispiacque per lei, perché pensava che la vita scolastica fosse una cosa per cui valeva la pena stressarsi, quando il peggio doveva ancora venire.

«Però sono *gasatissima* all'idea di vedere il Baird» continuò. «Penso che mi piacerebbe vivere sulla West Coast come hai fatto tu. Tu invece? Come vanno gli studi?»

«Una mazzata come sempre. Però mancano solo due anni e mezzo alla fine di quest'inferno».

«Ehi, Ih-Oh». Sadie mi diede un pugnetto sulla spalla. «Finiscila. Dici di voler frequentare legge da tipo una vita».

«Lo so».

«E adesso te ne penti?»

«No, certo che no. Sono solo un po' abbattuto».

«Come sta Alice?»

«Il solito».

«Che problema c'è?»

«Nessuno».

«La tua non mi sembra una faccia da 'nessun problema'».

La verità era che i miei problemi con Alice non potevano essere riassunti in un'unica frase coerente. Non c'era nulla che andasse platealmente male; era solo un'insoddisfazione generalizzata che avevo avuto troppo da fare per valutare seriamente.

«Mi serve una piccola pausa da lei, forse» dissi, consapevole che la mia irritazione era dovuta anche al fatto che non riuscivo a smettere di fare pensieri lascivi su Lucy.

Due ore dopo eravamo sull'aereo, ancora fermo sulla pista di decollo del LaGuardia. Sadie si era già addormentata, la testa poggiata contro la mia spalla. Le avevo sempre invidiato quella capacità di crollare ovunque e in qualunque circostanza.

Mi sistemai meglio sul sedile, con la schiena già indolenzita. Non appena decollati, avrei chiamato l'assistente di volo per farmi servire uno scotch o due. Mi avrebbe aiutato a star meglio.

L'altoparlante diffuse la voce del capitano, che annunciava che i prossimi a decollare saremmo stati noi e che dovevamo spegnere tutti i dispositivi elettronici.

Sentii il motore dell'aereo avviarsi sotto di noi. La forza di gravità mi spinse contro il sedile mentre caracollavamo in avanti. Mi piaceva da impazzire il momento appena prima del decollo; il modo in cui si viene risucchiati all'indietro, privi ormai di ogni controllo. Il motore ruggì, mentre le ruote scivolavano fluide sulla pista e io mi rilassavo abbandonandomi alla magnifica sensazione dell'aereo che impennava, e all'improvviso ci ritrovammo in aria, tra le nubi, immersi in una gran calma.

Da piccolo avevo la fobia degli aerei. Non mi fidavo. Quando i miei prenotarono un viaggio in Messico per le vacanze di primavera quando ero in terza elementare, non avevo mai volato. Protestai come un matto e mi rifiutai di partire, perché pensavo che gli aerei fossero una cretinata, che non c'era verso che un gigantesco attrezzo fatto di metallo che pesava tonnellate potesse rimanere sospeso nel cielo con a bordo centinaia di persone, attraversando interi Paesi e addirittura oceani. Mia madre mi urlò contro e mi disse che ero un ingrato, e che molti bambini non avevano l'opportunità di farsi delle belle vacanze a Cancún, quindi era meglio che la facessi finita (come scoprii più tardi, Cancún faceva schifo).

Allora decisi di trovare da solo la risposta, la logica concreta che stava dietro al miracolo del volo. Lessi dei fratelli Wright, dell'ingegneria meccanica, degli aeroplani e dei princìpi fisici che governavano la navigazione aerea: pinna caudale, moto laminare, antenne ad anello, resistenza aerodinamica, corrente indotta ascendente, convertitori di coppia, stallo accelerato. Quando ebbi capito la faccenda in termini scientifici, volare non mi fece più paura.

Detestavo l'idea che ci fosse qualcosa di inconsistente dietro; il mio bisogno di tangibilità e concretezza veniva da un luogo sepolto molto in profondità dentro di me. Non c'era mai stato un momento in cui avessi creduto a Babbo Natale o al coniglietto pasquale; semplicemente, non ero abbastanza ignorante. C'erano sempre delle risposte, dunque perché non conoscerle? Perché vagare senza meta in una foschia di domande ed emozioni e fragili credenze, quando sono numeri concreti e verità matematiche a permettere alla Terra di girare sul proprio asse?

Tantissime persone sono terrorizzate dalla scienza, dalla sua spietatezza, invece io la trovo consolante. È l'unica verità di cui disponiamo. 1 + 1 fa 2. A pensarci bene, il mondo è di una semplicità sconcertante.

37
Lucy

Marzo 2014

Mi svegliai con una fitta al petto, la mazza di un gong che mi si schiantava sulla clavicola. Avevo la bocca come carta vetrata, e la pelle umidiccia e fredda. Mi rannicchiai sotto il piumino, la luce color tuorlo d'uovo che filtrava attraverso le tapparelle.

Volevo che tutto fosse normale, privo di ostacoli, ma qualcosa nell'aria era cambiato durante la notte. Billy era seduto sul bordo del letto, con i piedi infilati in un paio di sandali Chacos. Sollevai il collo per guardare la sveglia e vidi che erano le sette e quarantacinque.

«Perché sei già in piedi?» gli chiesi. L'ampia schiena di Billy mi stava proprio davanti e la sfiorai con una mano, che posai sopra la sua morbida T-shirt grigia.

«Oggi ho l'esame, ricordi? Mi vedo con Greg a colazione per ripassare ancora qualcosa». Si girò verso di me e mi diede un rapido bacio sulla fronte, poi si alzò e prese lo zaino poggiato sulla sedia della mia scrivania.

«Ti chiamo dopo» mi disse.

«In bocca al lupo».

«Ah! A che ora vuoi partire oggi?»

«Eh?» La mia testa era un alveare impazzito e mi ci volle un minuto buono per capire di che cosa stesse parlando. «Ah, dici per Bear Mountain?»

«Sì, che altro se no?»

«Intorno all'una e mezza? Dopo pranzo?»

«Okay». Mi sorrise. «Ciao».

Dopo che se ne fu andato, mi raggomitolai in posizione fetale sotto le coperte. Una parte di me desiderava che Billy fosse ancora a letto, e un'altra era sollevata che fossi sola, perché così potevo pensare.

Billy era diventata una presenza familiare; mi ero abituata a svegliarmi assieme a lui al mattino, all'odore di pulito e di sapone della sua pelle, alle sue fossette mozzafiato e al modo in cui il suo corpo mi faceva sentire. Mi portava spesso in campeggio con il BORP, che non era proprio il mio ideale, ma stavo facendo uno sforzo. Jackie diceva sempre che era importante fare sforzi quando stavi con qualcuno. E io cercavo di ascoltarla. Avevo capito di essere terribile in fatto di storie d'amore, considerando che le mie si erano sempre trasformate in piccoli disastri.

Non riuscii a riaddormentarmi, perciò alle otto e un quarto mi arresi e mi misi seduta. Non avevo lezione fino alle nove e mezza; sbirciai il sole accecante dalla finestra, mentre un pensiero insistente si faceva strada a fatica dentro di me.

'Stephen è in California. Oggi Stephen arriva al Baird'.

Presi il telefono dal comodino e rilessi il suo ultimo messaggio per la miliardesima volta.

Stephen: So che non vuoi avere più niente a che fare con me ma devo parlarti. Sto accompagnando Sadie al Baird per farle visitare il campus questo weekend. Stasera prendiamo un volo da Los Angeles. Arrivo domani. Mi manchi.

Scesi dal letto e andai in cucina a prepararmi un caffè. Nell'attesa che fosse pronto mi trascinai in bagno per lavarmi la faccia.

L'odore della caffeina mi calmò, e riempii un'enorme tazza che mi riportai in camera. Volevo parlare con Jackie, ma lei non aveva lezione il venerdì e mi avrebbe uccisa se l'avessi svegliata così presto. Rimasi in piedi al centro della stanza e sorseggiai il caffè bollente, cercando disperatamente di schiarirmi le idee. Non ero certo obbligata a vederlo solo perché lui voleva vedere me: di sicuro non glielo dovevo. Avevo fatto un ottimo lavoro nei mesi precedenti, ignorando ogni suo tentativo di contatto; potevo benissimo ignorarlo per un altro weekend.

Strinsi le mani sulla tazza calda, nel momento esatto in cui il campanello suonava. Nessuno suonava mai alla porta principale; i nostri amici sapevano che dovevano entrare dal retro.

Quando sulla soglia comparve Stephen rimasi di sasso, momentaneamente senza fiato.

«Be'» disse lui. «Se la montagna non va da Maometto...» I suoi occhi verdi si strinsero nella luce fioca del mattino. Aveva la punta delle orecchie arrossata. Le orecchie di *Stephen*.

Senza nemmeno chiedere, si accomodò in casa.

«Cazzo se picchia oggi, il sole». La sua fronte era imperlata di sudore. «Credo di essermi già ustionato, solo venendo fin qui».

Ancora incredula davanti a quella scena (Stephen di nuovo al Baird, a casa mia), mi accorsi che riuscivo a stento a rimanere in piedi, tanto mi tremavano le ginocchia. Il cuore si fermava e ripartiva in un modo che cominciava a spaventarmi.

«Non ti ho detto che potevi entrare». Erano mesi che non usavo un tono così implorante. Addosso avevo un paio di boxer di Billy e una T-shirt senza reggiseno. Incrociai le braccia sul petto.

«Lucy» disse Stephen con dolcezza. Fece un passo verso di me e poi mi circondò con le braccia. Sentii la sua T-shirt calda e umida di sudore contro la guancia.

Mi ritrassi. Dovevo sedermi. Andai in camera mia e infilai il maglione di cashmere di Marilyn, la mia armatura. Poi sedetti sul bordo del letto. Stephen mi sedette accanto.

«Luce...»

«Stephen». Non sapevo cosa fare. Sapevo che se Pippa o Jackie si fossero trovate al mio posto l'avrebbero cacciato fuori a calci, ma io non ero Pippa né Jackie. Non ero capace di cacciarlo fuori a calci.

«Mi dispiace impormi in questo modo. Però ho provato a chiamarti e a mandarti dei messaggi...»

«Lo so. Avrei dovuto risponderti. Ho avuto da fare».

«Da fare, eh?»

«Faccio tardi a lezione». Mi alzai in piedi. La sua presenza mi fece sentire il letto come un oggetto estraneo, come se non fosse lo stesso su cui avevo dormito ogni notte per i sette mesi precedenti.

«Che lezione?»

«Letterature comparate».

«Che palle!»

«Non è così male».

«Hai una bella stanza, Lucy in the Sky with Diamonds».

«Non chiamarmi in quel modo».

«Perché no?» Aveva un'espressione divertita.

«Perché non siamo amici».

«No, immagino di no». I suoi occhi incontrarono i miei. «È bellissimo rivederti».

La sua pelle olivastra era più pallida di quanto ricordassi, ma i lineamenti erano gli stessi; le sopracciglia fitte, la bocca piccola a forma di cuore. Come al solito, i suoi capelli scuri e lucidi avevano bisogno di una spuntatina.

«Guarda, non è un buon momento» dissi. «Devo vestirmi. Devo andare a ritirare la posta prima di arrivare in classe».

«Posso guardare mentre ti vesti?» Sorrise. Avrei voluto dargli un pugno per quel commento inopportuno, ma allo stesso tempo sentii riaffiorare un'ondata del vecchio affetto che provavo per lui, per i suoi commenti sfacciati su quanto eravamo attratti l'uno dall'altra. Il desiderio mi rimescolò le viscere. «Era solo una battuta, rilassati». Si lasciò cadere all'indietro sui cuscini del mio letto.

«Come hai saputo dove vivo?»

«Me lo ha detto Jared». Jared era un ragazzo di un anno più grande di me, un ex membro dei Chops. Non si era ancora laureato e viveva ancora al campus.

«Oh».

«Io e Sadie stiamo da lui. Stasera andiamo a casa sua a Big Bear Lake».

Un'ondata di panico. «Vai a Big Bear Lake?»

«Sì, questo pomeriggio, dopo che Sadie avrà finito con la sua visita. Ci sei stata a casa di Jared, vero? Bellissima. Dice che questo weekend ci sarà un bel concerto. Ci vediamo lì anche con Wrigley e altri ex allievi».

«Sì, suonano i Paper Diamond. Vengo anche io».

«Davvero?» Stephen sgranò gli occhi. «Fantastico. E dove dormi?»

«Abbiamo affittato un appartamento vicino al locale». Lo fissai, spaventata dalla consapevolezza che il mio panico si stava rapidamente trasformando in eccitazione. Mi sentivo la pelle vibrare.

«Fico». Stephen agganciò il mio sguardo. «È un problema per te se ci sono anch'io?»

«No» mentii. «Perché dovrebbe?»

«Volevo solo assicurarmene. Sarà bello passare un po' di tempo insieme questo weekend».

Lo guardai starsene sdraiato comodo sul mio letto, le mani intrecciate tranquillamente sul torace e deglutii, travolta da un'ondata di odio e amore che si azzuffavano dentro di me, lottando disperatamente per il predominio.

«Devo davvero prepararmi per andare a lezione. E tu dovresti uscire. Se Jackie si sveglia e ti trova qui...»

«Non aggiungere altro. Non posso rischiare di incontrare Jack prima del caffè».

«L'ho fatto, il caffè. È in cucina, se lo vuoi» proposi senza alcuna ragione apparente. «Nell'armadietto ci sono alcuni bicchieri di carta».

«Un caffè sarebbe la mia salvezza. Sei la migliore, Luce. Allora ti chiamo più tardi quando arrivo al Bear? Che ne dici di rispondere, stavolta, tanto per cambiare?»

«Ci proverò». Sorrisi, rendendomi conto della silenziosa frustrazione che il mio silenzio gli aveva procurato. Ero orgogliosa di me stessa per averlo ignorato così a lungo.

Quando se ne andò mi vestii e mi diressi a lezione alla Foster Hall. Superai l'Adler Quad e la vecchia rete del campo di badminton e mi travolse la netta sensazione che tutto fosse allo stesso tempo completamente diverso e uguale a prima. Ero sospesa a metà tra sollievo e orrore, tra rabbia e affetto, tra pulsioni che si annullavano a vicenda, con il cuore appeso a una cordicella che oscillava nel mezzo. Il fatto che fossi ancora così intensamente attratta da Stephen non avrebbe dovuto sorprendermi, ma lo fece: mi sentivo bruciare dentro, mi sembrava che la mente mi si fosse offuscata e che tutto ciò che avevo trascorso mesi a riparare, rattoppare, aggiustare, stesse per crollare miseramente.

E poi ero eccitata, più di quanto fossi stata nei mesi precedenti: era questa la cosa peggiore. Le ore trascorse a sviscerare la mia anima nello studio del dottor Wattenbarger l'estate precedente mi sembravano lontane e irrilevanti. Nelle due ore successive sentii il professor Sterling parlare del Postmodernismo solo a metà, perché continuavo a pensare a Stephen. 'È qui. Di nuovo al campus. Verrà a Bear Mountain questo weekend. Vuole trascorrere un po' di tempo con me'.

Ero un'illusa, stupida e ingenua e irresponsabile e autodistruttiva e lo sapevo benissimo. Ma niente contava, in confronto al modo in cui mi sentivo. È meglio seguire la testa o il cuore? Quale dei due? Il cuore, sempre. Giusto? Non pensavo che avrei mai smesso di crederci. Ero abbastanza grande per sapere che capita molto di rado di incontrare qualcuno che ci piace così tanto. Chiunque sarebbe stato fortunato a sentirsi come mi sentivo io in quel momento.

38
Stephen

Marzo 2014

Jared mi disse dove viveva: nella casetta verde con le imposte bianche di Carroll Street. Tra l'essere romantici e l'essere inquietanti c'è una sottile linea di separazione, ma in genere si finisce col sembrare romantici quando la ragazza (A) prova o ha provato forti sentimenti nei tuoi confronti, e (B) è emotivamente fragile. Con Lucy erano vere entrambe le cose, e sapevo che avrebbe interpretato la mia improvvisata come un atto di puro romanticismo.

Aveva un bell'aspetto, sano, migliore di come la ricordavo, persino con indosso quei boxer e una vecchia maglietta. Non era più scheletrica. Intravidi i suoi capezzoli attraverso la stoffa, e dovetti distogliere lo sguardo per non impazzire.

Quando il mio amico Jared mi aveva detto che Lucy e le sue amiche sarebbero andate a Bear Mountain per il concerto dei Paper Diamond gli avevo chiesto di includere anche me e Sadie. Jared è come Wrigley: non giudica. È un bravo ragazzo. Suo padre è un produttore importante di Los Angeles, e ha una casa enorme a Big Bear Lake, dove i suoi non vanno praticamente mai: sapevo che unirci al gruppo non sarebbe stato un problema.

Dopo che Sadie ebbe finito di fare il giro del campus ed ebbe assistito a una lezione di storia dell'arte, salimmo tutti sul pick-up di Jared e ci avviammo. Wrigley viveva a Venice, in quel periodo; lo chiamai mentre eravamo per strada e gli dissi di muovere il culo, che lo aspettavamo quella sera.

La gigantesca villa di Jared sorgeva proprio sul lago, alla fine di un vialetto lungo e tortuoso. L'aria fresca odorava di pini e legna bruciata. Jared assegnò le camere: io e Sadie avremmo dormito insieme al piano di sopra.

Wrigley arrivò da Los Angeles mentre stavamo finendo di cenare. Ero così felice di rivedere la sua stupida faccia che quasi gli saltai al collo: quel cazzone mi mancava più di chiunque altro avessi mai frequentato negli anni del college. Wrigley e io ci capivamo; era sempre stato così. Quella sera, ci radunammo tutti davanti al caminetto per fare dei giochi alcolici. C'era un non so che nell'aria di montagna e di lago che mi purificava la mente, e mi sentii bene, come non mi sentivo da settimane.

Non vidi Lucy fino al giorno seguente. Pippa McAllister aveva affittato un appartamento al centro del Big Bear Village non lontano da dove si sarebbe tenuto il concerto, perciò Wrigley e io ci fermammo lì per bere qualcosa. Lucy aveva in effetti risposto al mio messaggio e mi aveva chiesto di passare, un segnale decisamente positivo.

Io e Wrigley avevamo cominciato a bere durante il brunch, e quando arrivammo a casa di Pippa ero già piacevolmente brillo. L'appartamento aveva delle finestre a tutta parete che affacciavano sulle montagne, il che lo faceva apparire arioso e più grande di quanto non fosse in realtà. Dalle casse poggiate sulla mensola del caminetto usciva della musica e una porta socchiusa conduceva al balcone, dove un gruppetto di persone si passava uno spinello. La casa era piena di gente; setacciai con lo sguardo la stanza per cercarla. Individuai subito le sue gambe sottili che penzolavano dal piano della cucina, gambe che conoscevo benissimo. Alzò gli occhi e la vidi di profilo, che rideva, il collo allungato all'indietro, i capelli lucidi e scuri che si riversavano su un maglione color panna. Wrigley mi passò una birra e strinsi la lattina fredda tra le dita.

«Vieni, Sadie, andiamo a salutare Lucy».

«Lucy?»

«Te la ricordi, Lucy? Di un paio di estati fa?»

Sadie alzò gli occhi al cielo. «Era quella secca, castana? Con tutte le fidanzate che hai, ogni tanto mi perdo».

Mi feci strada tra corpi e facce che non riconobbi, ragazzi più giovani che non conoscevo, e mi piazzai davanti a lei.

«Ehi».

«Ehi».

I suoi occhi blu scintillavano.

«Hai sciato oggi?»

«Nah. La neve fa schifo».

«Bear Mountain non è un granché a marzo, in effetti» concordai.

«Ciao» cinguettò Sadie.

«Ciao, Sadie!» rispose Lucy entusiasta, ricordandosi subito di lei. «Com'è andata la visita al Baird?» Lucy era gentile praticamente con chiunque, cosa che alla lunga poteva essere irritante.

Sadie e Lucy cominciarono a chiacchierare della lezione di storia dell'arte a cui Sadie era andata il giorno prima. Fingevo di ascoltarle, ma in realtà guardavo Lucy; il suo profilo mentre sorrideva, le rughette all'angolo degli occhi, le sopracciglia scure. Si era truccata. Era stupenda. Jackie, con cui Lucy stava parlando prima che ci avvicinassimo, mi lanciò un'occhiata glaciale prima di allontanarsi.

«Volete bere qualcosa?» stava dicendo Lucy. «Vi prendo un drink. Tanto ne voglio un altro anche io».

Aveva i jeans strappati sulle ginocchia, e studiai la chiazza di pelle visibile sotto lo strappo. Fu troppo. Sentii la schiena percorsa da un brivido: standole tanto vicino, il suo odore era perfettamente riconoscibile. Volevo ubriacarmi: scossi la lattina di birra che tenevo in mano e mi accorsi che era quasi vuota.

«Sì, preparaci lo stesso che bevi tu».

«Whisky Ginger?»

«Perfetto».

Una parte di me avrebbe voluto farla finita subito, allontanarmi semplicemente con lei e andare da qualche parte a sbattermela. Intendo proprio sbattermela: per bene, con forza, almeno un paio di volte, e poi tornare alla mia vita. Perché Lucy mi aveva sempre fatto sentire così: distratto. In un modo che non sopportavo. C'erano lunghi periodi in cui a malapena pensavo a lei, e poi all'improvviso, per una ragione o per l'altra, mi tornava in mente. E allora l'idea di lei metteva radici nella mia testa e mi risucchiava enormi sacche di tempo: nella metropolitana, nella doccia, in ascensore, a letto la sera. Una tortura indesiderata. Lucy era un prurito, un tormentone estivo che mi rimaneva in testa, un film che volevo riguardare, un cibo di cui mi veniva improvvisamente voglia. Ma non potevo togliermi lo sfizio, perché in quei momenti non era presente.

«Ecco a voi». Porse a me e a Sadie un bicchiere di whisky e ginger ale con ghiaccio. Presi un sorso; era freddo e non troppo dolce. Perfetto.

Chiacchierammo per un po', facemmo un altro giro e poi un ragazzo alto che sembrava appena uscito da un catalogo di attrezzi per la pesca chiamò Lucy per nome, e lei balzò giù dal bancone.

«Torno subito».

La guardai raggiungere il ragazzo alto e vidi che lui le poggiava le mani sulle spalle e si chinava avvicinandosi fin troppo a lei. Abbassai lo sguardo sul mio bicchiere e lo scoprii di nuovo vuoto. Lanciai un'occhiata a Sadie: speravo non si stesse ubriacando troppo.

«Tutto bene, Sade?»

«Sì, perché?»

«Controllavo soltanto. Magari smetti di bere per un po', okay?»

«Lucy è *troppo dolce*» disse lei in tono sognante, barcollando appena.

«È vero».

«E poi è bellissima».

«Vero anche questo». I miei occhi tornarono istintivamente al luogo in cui si trovava Lucy: stava salendo le scale, seguita a ruota dal pescatore. Presi la bottiglia di Jameson dal bancone e me la svuotai nel bicchiere.

«Ci stai provando con lei» cinguettò Sadie.
«Non direi».
«Tu e Alice avete litigato, per caso?»
«No. Andiamo a cercare Wrigley».
Non sono sicuro di quanto tempo passò, ma il sole era ormai tramontato dietro le montagne e nell'appartamento qualcuno accese le luci. Wrigley era diventato ben presto il re della festa, sebbene non conoscesse praticamente nessuno. Aveva sistemato un mucchietto di coca sul tavolino da caffè, suddividendola in strisce uguali con la carta di credito. Così, tutte una vicina all'altra, sembravano piccoli millepiedi.
«Niente droghe, Sadie» bisbigliai all'orecchio di mia sorella. «E non dire a papà niente di ciò che vedrai, okay?»
Sadie alzò gli occhi al cielo. «Non sono mica una ragazzina, Stephen».
Lucy ricomparve dal piano di sopra. «Ehi Luce, vuoi una pista?» le chiese Wrigley.
«Certo».
La vidi prendere la banconota da venti arrotolata dalle mani di Wrigley e stringerla tra le dita; quindi si chinò sul tavolino di vetro e sniffò.
«Ehi» le sussurrai tra i capelli.
Quando si girò di nuovo stava sorridendo. All'improvviso mi sembrò più vecchia, ma in senso buono. Matura. Sicura di sé.
«Oh, ehi». Mi rivolse uno sguardo intenerito.
«Lucy» la chiamò qualcuno dalla soglia. «Vieni, stiamo andando».
Era il pescatore, che ci guardava accigliato. Si passò una mano sulla zazzera di capelli castani.
«Vado al concerto» bisbigliò Lucy, rivolgendosi solo a me. «Ci vediamo lì?»
«Certo».
La guardai infilare le braccia in un lungo cappotto di finta pelliccia. E guardai il pescatore coprirle la testa con un cappello con un grosso pon pon bianco. Li vidi andarsene, la porta che si chiudeva alle loro spalle. La stanza era piena di fumo e di caos.

Perché qualcuno non abbassava quella cazzo di musica? Sentii con terrore qualcosa scardinarsi dentro di me.

Wrigley mi chiese se volessi una pasticca di ecstasy.

«Ma sì». Allungai la mano. «Quando sei a Big Bear...»

Ingoiammo le pasticche blu in un momento in cui Sadie non ci stava guardando.

«Lucy sta una favola» disse Wrigley.

«Già». Mi ero già rotto le palle di sentirmelo dire, come se quell'informazione dipendesse in parte da me.

«Hai intenzione di fartela?» chiese Wrigley, le pupille dilatate.

«Non dovrei» risposi io stringendomi nelle spalle.

«Come sta... ehm... Alice, giusto?»

«Sta bene». Non avevo nessuna voglia di parlare di Alice. Mi aveva già chiamato due volte da quella mattina, e dovevo ancora richiamarla.

Wrigley si accorse, come sempre, che ero infastidito.

«DeMarco, queste pillole sono magiche. Non preoccuparti, fratello mio. Tra venti minuti starai volando».

Aveva ragione. Venti minuti dopo, quando lasciammo l'appartamento per raggiungere a piedi il luogo in cui si teneva il concerto – un locale in città che si chiamava The Goldmine – ero beatamente calmo, il cervello pervaso da un'euforia elettrizzante. Non c'era paragone con poco prima. Cazzo, quanto mi piacciono le droghe.

I Paper Diamond facevano musica elettronica, genere che di norma non amavo molto, ma che, ascoltata sotto ecstasy, era vibrante, stupenda. Wrigley ci portò delle birre gelate e a me sembrava di non aver mai assaggiato niente di più buono. Il Goldmine era pieno da scoppiare e animatissimo, con le luci al neon che rimbalzavano tra la folla come scie di jet variopinte. Mi sentivo alla grande.

Mandai un messaggio a Lucy.

Stephen: Vieni a stare qui con me.

Lei rispose quasi istantaneamente.

Lucy: Dove sei?

Stephen: Davanti al palco, sulla destra.

Lucy: Dammi cinque minuti.

Comparve pochi minuti dopo, un'effervescenza quasi onirica che l'avvolgeva come un'aureola. Sulle guance le scintillavano glitter azzurrini.

«E tutti quei brillantini da dove vengono?» Le misi un braccio attorno alla vita e l'attirai a me. La baciai sulla cima della testa. Non mi importava se Sadie o Wrigley o chiunque altro poteva vederci.

Lucy si sciolse nel mio abbraccio. Mi posizionai in piedi dietro di lei e le premetti le mani sulla pancia, sentendo i muscoli del suo addome contrarsi appena sotto la maglietta. Aveva i capelli che profumavano di fiori e cominciammo a ondeggiare a ritmo di musica.

«Ho bisogno di te, Luce» le sussurrai all'orecchio.

«Pensavo avessi una ragazza». Si girò a guardarmi, il bianco degli occhi che brillava nella semioscurità.

«Non me ne importa».

«Non te ne importa?»

«Non è te».

Era così facile dire la cosa giusta. Chinai la testa e la baciai; avrei voluto fondermi con lei.

«Non dovrei, Stephen».

«Per via di quel tizio?»

«Anche». Aveva un viso così bello che a malapena riuscivo a guardarla.

«Dio, quanto mi sei mancata. Sei bella da morire, lo sai, vero?»

La baciai e lei rispose al bacio, stringendomi la nuca con una mano, facendomi scivolare la lingua in bocca. La feci girare di nuovo verso il palco e avvolsi la sua pancia calda in un abbraccio: infilai le mani sul davanti dei suoi jeans, sotto gli slip, al sicuro dagli sguardi altrui grazie alla giacca lunga che indossava. Spinsi due dita contro di lei, muovendole in cerchio nel modo che sapevo le piaceva. Non ci volle molto; dopo un paio di minuti Lucy inarcò la schiena e fu scossa da un brivido. Le luci esplosero sul palco, la musica che rimbombava a ritmo col mio cuore, e il mondo scomparve.

Dopo il concerto tornammo a casa di Jared con un taxi; il fatto che sarebbe venuta via con me era sottinteso. Sadie si appoggiò alla mia spalla, gli occhi semichiusi. Lucy intanto armeggiava col cellulare. Vidi arrivare una chiamata da parte di Billy Boyd, ma lei si infilò il telefono in tasca.

Una volta arrivati da Jared portai Sadie in camera nostra. Quando spensi le luci era già sotto le coperte.

«Spero tu ti sia divertita, Sade».

«Mmm. Tantissimo» rispose con voce impastata. «Sei il migliore».

Lucy mi aspettava in fondo alle scale. Erano già le tre di notte. Si era fatto molto tardi troppo velocemente e senza che io me ne accorgessi, come spesso capita quando si è drogati. La casa ronzava con l'immobilità tipica dell'ora tarda. Non ero più strafatto di ecstasy, ma mi sentivo ancora sereno e appagato. Alcuni dei ragazzi bevevano il bicchiere della staffa in salotto, ma io volevo soltanto stare da solo con lei. Intrecciai le dita alle sue e ci incamminammo lungo il corridoio. Ci affacciammo a ogni stanza del piano inferiore, ma erano tutte occupate, perciò tornammo di sopra. Ma anche lì tutte le stanze erano occupate, vuoi da persone svenute sul letto vuoi da bagagli lasciati lì a marcare il territorio.

«Merda» dissi. «Non mi ero reso conto che qui ci fossero tante persone stanotte».

«Potremmo farci una doccia». Lucy mi si avvicinò di un passo e sentii il sangue rimescolarmisi tra le gambe.

«È che ho davvero voglia di infilarmi in un letto con te» ansimai.

Lei mi premette le labbra sul collo. «Anche io. Sei così sexy».

«Vieni». Ci incamminammo di nuovo lungo il corridoio e aprii di uno spiraglio la porta della stanza che condividevo con Sadie. «Qui c'è un altro letto».

«Stephen, no». Lucy indicò mia sorella, svenuta sul lettino singolo, ancora vestita.

«Sadie è completamente andata. E lei dorme anche con le bombe. Dico sul serio. Faremo pianissimo». Avvicinai l'inguine al suo. «Dai, Luce. Non ce la faccio più».

Presi il suo gemito per un sì. Chiusi la porta e procedemmo a tentoni al buio fino a toccarci. Le sfilai i vestiti. Trattenni il respiro quando lei mi slacciò la cintura. Sentire la sua pelle liscia a contatto con la mia fu come prendere un'altra pasticca di ecstasy e non riuscii più a trattenermi. La spinsi all'indietro contro i cuscini e mi infilai dentro di lei, fino in fondo.

Venni più silenziosamente possibile, cosa decisamente non facile. Ero così euforico che avrei voluto ululare alla luna, a qualunque potenza divina mi avesse ridato la possibilità di portarmi Lucy a letto.

Lei mi rimase sdraiata addosso, ancora ansimante. Le passai i capelli tra le dita. Man mano che gli effetti dell'orgasmo svanivano, cominciai a sentire le dolorose fitte della realtà che mi sferragliavano in testa: il terrificante doposbronza con cui mi sarei svegliato, il faticosissimo viaggio fino all'aeroporto, il volo di ritorno per New York, le telefonate insistenti di mio padre che mi chiedeva come fosse andata, e quelle inferocite di Alice che mi rimproverava per non essermi fatto sentire.

Lanciai un'occhiata a Sadie, che ancora russava tranquilla.

«Mi manchi, Luce» dissi a bassa voce.

«Anche tu mi manchi. Allora, hai cominciato la Scuola di Legge?»

«Già. È una faticaccia».

Trascorsero alcuni secondi di silenzio e poi Lucy mi chiese: «Com'è la tua ragazza?»

«In che senso?»

«È solo che voglio saperlo».

«È a posto» sospirai. «Ma non è stato facile. Anzi, siamo andati a vivere insieme da poco. Non è esattamente la situazione ideale».

«Siete andati a *vivere insieme*?» Il sussurro di Lucy si alzò di un'ottava, e mi pentii immediatamente di averne parlato.

«Ssst. Sì. A gennaio».

«Cristo».

«Ma sto cominciando a capire che è stato un errore».

«Un errore? Come si fa a firmare un contratto d'affitto per errore?»

«Perché questa notizia ti fa tanto arrabbiare?» le domandai, anche se lo sapevo. Non avrei dovuto chiedere.

«Non sono arrabbiata. È che non riesco a credere che tu possa parlare così male di una ragazza disposta a venire a vivere con te».

«La sai una cosa?» sussurrai irritato. «La gente sbaglia a volte, okay? Sto frequentando la facoltà di legge, non ho un cazzo di soldo, e il nonno di Alice ci permette di vivere nel suo appartamento vuoto per due spicci. Pensavo fosse la cosa giusta da fare, ma non lo era. Dammi tregua».

Nel buio quasi totale della stanza riuscivo comunque a vedere la sua espressione inferocita. Lucy si sdraiò di nuovo e si avvolse nelle coperte, girandosi dall'altra parte.

«Mi dispiace, Luce. Sono solo stanco».

«Però hai ragione» disse lei piano. «Puoi vivere dove ti pare. Non so nemmeno perché la notizia mi abbia stupito».

Dio, quanto odio quando le ragazze fanno le passivo-aggressive, cioè praticamente sempre. Per fargliela passare mi tocca rassicurarle per ore.

«Lucy, la vuoi sapere la verità? Quando te ne sei andata da New York per tornare qui, ero devastato. Ma non sarei riuscito a portare avanti un rapporto a distanza. Non con il mio lavoro, o i test di ingresso a legge. Poi ho conosciuto Alice e mi sono ritrovato fidanzato. Il fatto che abbia incontrato lei... Non implica che tra noi fosse finita. Tra me e te, intendo. Quella storia non ha mai significato la fine di ciò che c'era tra noi».

«Parli sempre di tutto come se fosse solo una questione di convenienza».

I raggi perlacei della luna si rovesciavano nella stanza dalla finestra. Mi sembrò di intravedere, oltre l'oscurità color antracite del cielo, i primi segni di un'alba imminente.

«Ti vedi con quel ragazzo?» le chiesi. «Quello che ho visto oggi al vostro appartamento?»
«Sì. Ma dubito che mi rivolgerà più la parola dopo stanotte».
«Potresti dirgli una bugia».
«Perché? Perché è quello che fai tu di solito?»
«Dai, Lucy. Voglio solo che tu sia felice».
«No, non è vero».
«Perché dici così?»
«Perché vuoi sempre portarmi a letto? Qual è il punto?»
«E tu perché vieni a letto con me? Perché trascorri la notte con me invece che con il tuo ragazzo? Non sei mica obbligata».
«Sei veramente uno stronzo».
Ormai non bisbigliavamo più. Lei fece per scendere dal letto, ma le rispinsi la spalla sul materasso.
«Scusami, Luce. Non dovevo dirlo, sono andato nel panico. Mi manchi, non so che cosa fare».
«Parli di lei come se non esistesse nemmeno».
«Scusami. È solo che non ne sono innamorato. Su, non ho voglia di litigare».
Lucy smise di divincolarsi.
«Stephen».
«Hai intenzione di trasferirti di nuovo a New York?» le chiesi. «Dopo la laurea?»
«Non lo so».
«Come non lo sai? E la Scuola di Giornalismo?»
«Non ho fatto domanda. Non ci sarei entrata, in ogni caso. Ho frequentato a malapena qualche corso, di giornalismo».
«Ma pensavo fosse la tua materia complementare».
«La mia materia complementare l'ho mandata a puttane».
«Oh».
«Jackie mi ha chiesto di andare a Los Angeles con lei».
«Non andartene a Los Angeles».
«Perché?»
«Ma non ti sei stufata della California? E poi Los Angeles non ti si addice. Tu sei una newyorkese».
«Forse Los Angeles mi si addice più di New York».

«Non ci credo».

«Non l'ho ancora esclusa del tutto, New York».

«Bene. Ho bisogno che tu ritorni, Luce».

«Perché? Così posso essere la tua puttanella quando la fidanzata con cui vivi è in giro a far compere?»

«Me ne vado da quella casa entro giugno, che tu torni o no. Ho già deciso».

Lei rimase in silenzio per un attimo. «Davvero, Stephen?»

«Sì, e non voglio lei quanto voglio te. Non sarai mai la mia puttanella». Mi strofinai gli occhi e studiai il suo corpo nudo, le curve del suo seno. «Ti sono cresciute le tette».

«Un po'».

«Mi piacciono».

«Grazie».

«Lucy in the Sky with Diamonds?»

«Sì, Stephen DeMarco?»

«Ci tengo davvero a te. Non dimenticarlo mai». Le percorsi la spina dorsale con le dita. Eravamo entrambi stanchissimi.

«Anche io tengo davvero a te» sussurrò lei. «Più di quanto immagini».

E nel mezzo di quella conversazione, con l'alba che si faceva strada fuori, ci addormentammo.

QUARTA PARTE

39
Lucy

Agosto 2017

Non sono stata a un numero sufficiente di matrimoni per sapere se sono o no il tipo che piange ai matrimoni, ma mentre guardo Bree, calma e composta, un attimo prima che si incammini lungo la navata, mi sento gli occhi pieni di lacrime. Un fiotto di luce si riversa in chiesa dalle finestre, ed è una giornata estiva perfetta, senza nemmeno una nuvola nel cielo blu fiordaliso. Pippa, la damigella d'onore, liscia con cura il velo di Bree e le sistema lo strascico intorno ai piedi. Bree ci rivolge un sorriso e un cenno.

Bree ed Evan hanno scelto il *Canone* di Pachelbel per l'ingresso in chiesa, anziché la più tradizionale *Marcia Nuziale*. È una scelta bellissima e di classe; pianoforte e violini creano una melodia purissima, sacra, che si diffonde in tutta la chiesa. Le damigelle si avvicinano agli accompagnatori dello sposo e insieme, a coppie, si avviano lungo la navata. Io sono la penultima, e vengo appena prima di Pippa e del testimone di Evan. L'unico amico di Evan del Baird, Charlie Rosen, è il mio compagno per la marcia fino all'altare, e quando ci avviamo lui mi prende sottobraccio come abbiamo imparato a fare durante le prove. Mi sento le farfalle nello stomaco che svolazzano impazzite, perché so che c'è anche *lui*.

Mi giro a guardare Bree un'ultima volta. «Sei perfetta» le dico.

«Tocca a noi, Lucy». Charlie si incammina e all'improvviso

il mio abito di raso lilla mi sembra troppo stretto, ma prendo un bel respiro e metto un piede avanti all'altro. Procediamo, le note di Pachelbel che mi si riversano nelle orecchie. 'Un passo alla volta, un passo alla volta'. Il mio corpo sembra anestetizzato e in fiamme allo stesso tempo, anche se in chiesa c'è l'aria condizionata, e mi costringo a mantenere lo sguardo dritto verso Evan e il prete e le altre damigelle e i rispettivi accompagnatori. La navata mi sembra molto più lunga che durante le prove.

Charlie e io ci separiamo e prendo il mio posto accanto a Jackie; solo allora mi concedo di dare un'occhiata agli invitati. Ci sono ben duecentocinquanta persone tra i banchi, ma io ne vedo solo una: e la vedo immediatamente perché è l'unica che mi guarda, con gli occhi color smeraldo fissi su di me. Non è seduto troppo indietro, è in quarta fila, e accanto a lui c'è una ragazza che riconosco subito perché ho visto le sue fotografie su Facebook un numero infinito di volte, e davanti a quelle fotografie ho pianto. Mi capita ancora di guardarle, di tanto in tanto: non spesso, ma capita. Riconosco subito il viso a forma di cuore, la frangia lunga, le spalle larghe; tiene una mano sulla gamba di lui e prima che possa chiedermi che ci faccia qui, visto che era proibito portare altre persone, lei solleva l'altra mano per coprirsi la bocca durante uno sbadiglio e vedo il diamante all'anulare, che scintilla sotto un raggio sottile di sole.

Come mi è già successo tutte le volte in cui c'era di mezzo lui, quella rivelazione è una pugnalata al cuore: sono tanto affranta che mi sembra che le gambe stiano cedendo. Solo che non posso permettere alle gambe di cedere, considerato che in questo momento sono una damigella, all'altare per il matrimonio di una delle mie migliori amiche, e Bree si sta avvicinando con suo padre; devo darmi una regolata. Se c'è una cosa che ho capito negli ultimi anni, è che la vita è molto più dei miei problemi, e che indugiare solo su me stessa è un atto di estremo egoismo, soprattutto in una giornata come questa, quando la mia attenzione dovrebbe essere totalmente rivolta a Bree. Ma sono comunque riconoscente quando Jackie mi prende la mano e la stringe, comunicandomi che anche lei ha visto l'anello, così come ha visto che, sebbene tutti gli altri si siano girati a guardare la sposa, Stephen fissa ancora me.

*

Dopo la laurea mi trasferii di nuovo a New York, perché non potevo evitarlo. Perché le parole 'Ho bisogno che tu ritorni, Luce' e 'Quella storia non ha mai significato la fine di ciò che c'era tra noi' mi risuonavano nella testa decine di volte al giorno.

«Quanto vorrei che rimanessi in California con noi» disse Jackie guardandomi fare i bagagli. Era seduta sul bordo del mio letto disfatto, i capelli legati con una vecchia bandana rossa che aveva comprato al primo anno, per la festa a tema Far West. La vista di quella bandana e il ricordo di quella notte non così distante mi riempirono gli occhi di lacrime. Jack e Pippa si sarebbero trasferite a breve a Los Angeles. Bree aveva già un lavoro a New York, e se io ne avessi trovato uno abbastanza in fretta saremmo andate a vivere insieme.

«Voglio solo vedere come va l'estate. Se per agosto non ho trovato lavoro, magari torno qui». Era una mezza verità.

«È per lui, vero?» chiese Jackie con una smorfia.

«Lui chi?»

«È per Stephen. Pensi ancora che possa funzionare. Pensi che lascerà la sua ragazza e che voi due vivrete per sempre felici e contenti».

I rimproveri di Jackie mi facevano ancora male, ma ormai ci ero abituata. Quel tono amareggiato non era più una costante, ma ogni tanto faceva capolino, un po' a scoppio ritardato, dopo che ero andata a letto con Stephen a Big Bear Lake. Pippa era stata più comprensiva («L'attrazione è irritante, quando succede succede»), ma anche se Jackie mi assicurava di averla superata sapevo che non sopportava ciò che avevo fatto quella notte. All'inizio mi aveva detto che era delusa perché avevo tradito Billy; gli avevo confessato di essere andata a letto con Stephen e non mi ero opposta né avevo protestato quando lui, comprensibilmente, mi aveva detto che non voleva più avere niente a che fare con me.

Ma sapevo che Jackie era ancora arrabbiata, così come sapevo che non si trattava solo di Billy, perciò l'avevo tormentata, finché un giorno aveva ceduto.

«È solo che non riesco a credere che tu sia disposta a rinunciare a tutto ciò per cui hai lavorato così duramente. Tutto quello che ti ha detto il tuo psicologo... Tutte cose con cui *tu stessa* eri d'accordo. Come fai a non vederlo? Pensi che ti renderà felice, ma non è così. *Players only love you when they're playing.* Stevie Nicks l'aveva capito: chi si prende gioco di te ti ama solo finché sta giocando».

«Lui non era la ragione per cui ero depressa, Jack» mi difesi. «La depressione è uno squilibrio chimico. È genetica».

«Fingi di non capire ciò che sto cercando di dirti» aveva borbottato Jackie. «È inutile. Dovrai arrivarci da sola».

Non sollevai più l'argomento 'Stephen', non le dissi ciò di cui io e lui avevamo parlato a letto la notte del concerto dei Paper Diamond né le confessai che avevamo continuato a sentirci, o che lui mi implorava di inviargli foto di nudo perché Alice non lo eccitava, e aveva promesso di lasciarla e andarsene di casa entro la fine di giugno. Ma Jackie aveva comunque intuito tutte queste cose; se n'era accorta dal modo in cui ogni tanto fissavo lo schermo del mio telefono e sorridevo. Ciò che non riusciva a capire è che io e Stephen eravamo stati vittime di un pessimo tempismo al Baird. Non c'era ragione di non credere che, con le giuste circostanze, le cose potessero funzionare. Ciò che condividevamo non era un'avventuretta che poteva essere riassunta nel testo di una canzone dei Fleetwood Mac. Ma non cercai di spiegare tutto questo a Jackie, perché sapevo che chi non vive una situazione in prima persona, spesso non riesce neanche a comprenderla.

Tornai quindi sulla East Coast e feci domanda per qualunque lavoro possibile. Un impiego a New York era la mia unica possibilità di pagare un affitto a New York, e avere un affitto a New York era la mia unica possibilità di avere Stephen tutto per me: be', quantomeno di riavvicinarmi a lui. Bree si era garantita un posto da J.P. Morgan fin dall'estate precedente, ma i miei erano stati chiarissimi: non potevo prendere casa con lei finché non avessi trovato un lavoro. «Non abbiamo intenzione di finanziarti mentre gironzoli per Manhattan, Lucy» furono le esatte parole usate da CJ mentre mio padre annuiva, perché dirsi d'accordo con CJ era l'unica cosa che sapesse fare bene.

Mio padre mi disse che un suo amico che lavorava al *New York Times* poteva procurarmi uno stage dell'ultimo minuto, ma non sarebbe stato retribuito, perciò rifiutai. Continuare a insistere per ottenere un lavoro nel giornalismo – la carriera che i miei ancora pensavano volessi perseguire – non valeva la pena. Non mi importava ciò che avrei fatto, purché avesse anche solo un minimo a che fare con la disciplina in cui mi ero laureata e mi desse abbastanza soldi per mantenermi in città. Volevo solo essere assunta il più rapidamente possibile, perciò cominciai a pescare a strascico, abbozzando innumerevoli lettere di presentazione e aggiustando il curriculum in base a chi l'avrebbe ricevuto.

Ovviamente alla fine fu CJ a farmi avere un lavoro, perché *ovviamente* era CJ che conosceva tutte le donne trendy e rifatte con i contatti giusti nei ricettacoli di laureati in letteratura come Edelman e Hearst e Condé Nast.

«Francesca può farti avere un colloquio per una testata che si chiama *The Suitest*» mi disse CJ, studiandosi le unghie rosa pastello fresche di manicure.

Francesca era una delle sue allieve di pilates, quella con più botox in assoluto. Veniva a fare lezioni private a casa nostra. Aveva le labbra così gonfie che sembravano canotti.

«È una testata online che si occupa di hotel» continuò CJ. «L'ex-ex-marito di Francesca, Harry, è il direttore delle vendite. Perciò anche il tuo impiego sarebbe nelle vendite, ma è comunque nell'industria del turismo, perciò ho pensato che potesse interessarti. Sono sicura che lo otterrai: Francesca sa benissimo quanto sei in gamba e lei e Harry sono rimasti in ottimi rapporti, anche se lei l'ha sorpreso a letto con il suo personal trainer. Maschio».

L'ex-ex-marito di Francesca mi assunse dopo un colloquio di

venti minuti, durante il quale parlammo quasi solo della mania di Francesca di iniettarsi qualunque cosa – e più nello specifico delle condizioni del suo labbro inferiore – sganasciandoci dalle risate. Un responsabile delle risorse umane mi comunicò che il mio ruolo sarebbe stato quello di *account coordinator* e il mio stipendio annuale avrebbe ammontato a trentaduemila dollari. Quasi meno del salario minimo, secondo Lydia, ma io accettai comunque, perché chissà quando avrei ottenuto un'altra offerta di lavoro, e prima cominciavo a lavorare prima potevo trasferirmi.

Quel weekend io e Bree trovammo un appartamento a un prezzo ragionevole su Third Street, nell'East Village. Firmammo il contratto d'affitto e decidemmo di occupare la casa a partire da giugno. Quella notte, mentre Alice era a un evento di lavoro e io ero sola a letto a Cold Spring Harbor, io e Stephen ci chiamammo su Facetime, completamente nudi, per festeggiare.

40
Stephen

Maggio 2014

Alice mi passò un piatto di uova strapazzate fumanti, pane tostato imburrato e due strisce di bacon moscio e gommoso. Si infilò a letto accanto a me reggendo il proprio piatto che, come al solito, era stato riempito con le stesse identiche pietanze. Strofinò le gambe contro le mie, prese il telecomando e accese il televisore: sullo schermo balenò *Il grande Lebowski*, uno dei miei film preferiti di sempre, ma Alice cambiò subito canale, facendo zapping finché approdò su uno dei suoi tanto amati reality show, nello specifico una replica di *The Real Housewives of New Jersey*. Una donna con i capelli scuri abbaiava contro una bionda, e la bionda rispondeva abbaiando a sua volta.

Le uova erano acquose e sciape; fu una fatica mandarle giù. Alice non era una brava cuoca, e i suoi tentativi di vestire i panni dell'angelo del focolare erano patetici. Poggiai a terra il piatto ancora mezzo pieno, presi la mia copia del manuale di contrattualistica, chiedendomi se non fosse il caso di spararmi, e attaccai col quattordicesimo capitolo.

«Ah, ti stai mettendo a leggere?» Masticando una fetta di bacon, Alice mi lanciò un'occhiata: non si era nemmeno presa il disturbo di lavarsi i denti.

«Magari stamattina non mi va di fare colazione a letto. Okay?» Avevo voglia di fare un po' lo stronzo. Non so perché.

«Fa' come ti pare». Rivolse di nuovo l'attenzione al televisore.

Sentii l'arrivo imminente di un litigio.

«Senti, Al, venerdì ho un altro esame. Forse è meglio che me ne vado in biblioteca e comincio a studiare».

Lei si strinse nelle spalle, con gli occhi ancora incollati alle ragazze che si abbaiavano contro sullo schermo. «Come vuoi».

«Le uova erano buone».

«Non le hai nemmeno toccate».

Mi chiesi come facesse a saperlo, visto che non aveva mai distolto gli occhi dalla tv.

Scesi dal letto e portai il piatto nel cucinino minuscolo, a due passi dalla nostra camera, e gettai i resti della colazione nel secchio della spazzatura. Lungo la strada per la New York University mi sarei fermato alla mia gastronomia preferita per prendermi un sandwich al roast beef.

«Tu che fai oggi?» chiesi, sforzandomi di fare conversazione.

Alice scrollò le spalle, sempre senza guardarmi. Aveva indosso la mia vecchia T-shirt del Baird College, un po' allentata e logora ai bordi per via dei troppi lavaggi. Aveva i capelli raccolti in uno chignon disordinato, e ciocche bionde che le ricadevano sul collo. Per un secondo mi chiesi se non fosse il caso di tornare da lei e provare a sbattermela prima di uscire, ma poi decisi che non ne valeva la pena.

«Magari pulisco casa» disse lei alla fine. «E faccio la spesa per la settimana. Che vuoi mangiare stasera?»

Desiderai all'improvviso che Alice uscisse con le sue amiche, che andasse a farsi un brunch o a bere un paio di Bloody Mary al Frying Pan. In quei giorni non faceva altro che stare a casa ad aspettarmi, come un cagnolino fedele.

«A che ora torni?» mi chiese, senza nemmeno aspettare che rispondessi alla sua prima domanda.

«Non lo so. Forse faccio tardi». Non avevo ancora progetti per la giornata, ma potevo sempre improvvisare. Se avessi deciso di non voler rimanere in biblioteca, magari avrei potuto chiudere la serata con un compagno di studi e qualche birra: qualunque cosa pur di non tornare prima del necessario in quell'appartamento.

«Okay, più o meno?»

«Non preoccuparti per la mia cena, va bene, Al?»

«Bene» sbottò lei, e capii che era di nuovo incazzata. A dire il vero, ultimamente era sempre incazzata, come Diana gli ultimi tempi. Si infilò in bocca una forchettata di uova.

«A proposito, quand'è che scade il contratto, Al?» le chiesi cauto. «Il 1° luglio, vero?»

«Quale contratto?»

«D'affitto».

«Questa è casa di mio nonno. Non abbiamo firmato un contratto. Perché?»

Mi lanciò un'occhiata minacciosa.

«Pensavo che avessi firmato qualcosa. Non avevamo concordato sei mesi?»

«Non era un contratto d'affitto. Era solo l'accordo con cui ci impegnavamo a pagargli una certa somma ogni mese».

«Oh».

«Perché?» Gli occhi scuri di Alice si rimpicciolirono.

«È solo che non sapevo se dovevamo rinnovarlo» mentii.

«No» disse lei tornando a guardare il televisore. «Possiamo stare quanto vogliamo. La casa è sua».

'La topaia', avrei voluto correggerla.

Sapevo che era arrabbiata con me, ma non avevo la forza di provare ad aggiustare le cose in quel momento, perciò la salutai. Quando fui all'aperto, lontano dai palazzoni schifosi di Chips Bay e diretto alla fermata della metropolitana, esalai il solito sospiro di sollievo: non durò molto, però. Le parole 'possiamo stare quanto vogliamo' mi davano un senso di soffocamento. Non riuscivo a identificare il momento esatto in cui ero passato dall'adorare Alice al sentirmi intrappolato e infastidito praticamente da qualunque cosa dicesse o facesse.

Però ero quasi sempre eccitato, e se non altro Alice in questo andava ancora bene; a dispetto del mio crescente disinteresse nei suoi confronti, facevamo ancora sesso. Credo lo interpretasse come un segno che la nostra storia funzionava ancora, ma la verità è che in quel primo anno di Scuola di Legge avevo bisogno di fare sesso più che mai. Era l'unico prezioso momento della giornata in cui potevo finalmente dimenticare i libri di testo, le scadenze imminenti, quella relazione fallimentare e spegnere il cervello.

Presi la linea 6 verso il centro e la New York University. I vagoni sporchi erano poco affollati, per essere domenica mattina; mi chiesi quante volte avevo percorso quella tratta avanti e indietro, avanti e indietro. Non sarebbe durata ancora a lungo. Che miracolo il fatto di non aver mai firmato un contratto, cazzo! Una volta concluse le correzioni delle tesine a luglio, sarei scappato via, più veloce del vento.

41
Lucy

Giugno 2014

Il lunedì dopo aver traslocato nel nostro nuovo appartamento tra Third Street e Avenue B, Stephen mi chiese di incontrarci per un aperitivo dopo il lavoro. Mi ero stabilita nella casa nuova durante il weekend; Bree non sarebbe arrivata prima di mercoledì.

> **Stephen**: Buongiorno, bellezza. Ci vediamo alle sette per un aperitivo, stasera? L'indirizzo del bar è 135 Avenue A. Devo dirti una cosa.

I messaggi di Stephen – anzi, il solo fatto di vedere il suo nome comparire sullo schermo del telefono o il suo indirizzo di posta elettronica nella casella delle email in entrata – mi procuravano sempre un brivido di eccitazione, anche nei periodi in cui ci sentivamo spesso.

Quando mi avviai verso il bar pioveva a dirotto. Camminavo spedita sotto l'ombrello, soddisfatta di me perché ciò che stava accadendo l'avevo reso possibile *io*, e prima del previsto. Il lavoro, la casa, e adesso Stephen. L'avevo già visto qualche volta da quando ero tornata a New York, per prendere un caffè o bere qualcosa, ma non potevamo certo avere chissà quali incontri erotici, visto che facevo ancora la pendolare da Cold Spring Harbor e lui viveva con *Alice*. Il solo suono del suo nome mi dava fastidio.

Dopo Bear Mountain avevamo fatto sesso una sola volta, nella tromba delle scale di casa di Lydia, una sera in cui ero rimasta a dormire lì, perché non c'era nessun altro posto e stavamo già praticamente scopando per strada dopo la cena da Tacombi. Quell'attrazione... Dio, non c'era niente di anche solo vagamente paragonabile.

Ma adesso avevo casa mia, e Stephen era sul punto di lasciare Alice: era tutto nuovo, e bello, e anche gli impegni più insignificanti della giornata, come andare a comprare l'acqua al minimarket o passare la tessera della metropolitana al tornello, mi sembravano carichi di senso e di nuove possibilità.

Quando raggiunsi l'indirizzo convenuto non potei fare a meno di sorridere; la facciata del bar era tutta nera, e sull'ingresso campeggiava un'enorme insegna, con su scritto, in corsivo magenta: 'Lucy's'.

Aprii la porta, e avanzai nel locale con la sensazione che l'aria mi si muovesse intorno, riempiendo lo spazio lasciato libero dal mio corpo. Stephen era seduto a uno dei tavolini sul retro, le mani intrecciate sulla superficie di legno lucidata, l'espressione soddisfatta. I nostri sguardi si incrociarono e fui invasa all'istante da un ricordo lontano: rividi quegli stessi occhi che mi guardavano dalla casa galleggiante al Lake Mead, al primo anno di college.

È buffo quanto poco la gente cambi. Fisicamente, intendo: nessuno cambia davvero. Ad esempio, nelle foto scattate a due anni, Georgia aveva già le orecchie appuntite, da elfo; le stesse che adesso facevano parte del suo corpo di ventitreenne.

Gli occhi di Stephen erano dello stesso incredibile verde di sempre. Mi parve di rivedere la luce del pomeriggio che inondava il ponte della casa galleggiante, tre anni e mezzo prima. Rammentai il fascino di quelle prime settimane al Baird, provai di nuovo l'assoluta meraviglia per tutto ciò che mi accadeva intorno. La ragazza che ero stata all'epoca mi sembrava una versione di me stessa ormai perduta da tempo, qualcuno che non conoscevo più; non riuscivo a capire come fossi arrivata al punto in cui mi trovavo adesso. Da quando ero tornata a New York ero tormentata da pensieri ricorrenti: che cavolo stavo facendo? Perché lo rincorrevo ancora? Almeno mi *piaceva*, umanamente? Come potevo voler costruire un futuro con qualcuno di cui non mi fidavo? C'era una parte di me, testarda, schietta in modo irritante, che sapeva che desiderare Stephen era un errore. Se le zone grigie non fossero esistite, se avessi voluto essere veramente sincera con me stessa, se tutto nel mondo fosse stato suddiviso in bianco e nero, in buoni e cattivi, Stephen sarebbe ricaduto nella categoria dei cattivi. Per un attimo fugace fui pervasa da una sensazione sconosciuta ma irresistibile: pensai di girarmi, uscire dal locale e non guardarmi più indietro. Potevo percorrere di corsa i sei isolati che mi separavano dalla mia nuova casa e chiudermi dentro a chiave; lui non conosceva nemmeno l'indirizzo, comunque.

Ma le mie gambe continuarono ad avanzare rapide, e più mi avvicinavo al tavolo più mi pareva di essere pervasa da un'energia estatica. Ed eccola lì la mia risposta. Magari non mi piaceva sempre come persona, ma c'è una differenza tra qualcuno che ti piace e qualcuno che ami, e il potere di quella distinzione è abbastanza grande da cambiarti la vita.

Inalai l'odore di Old Spice. Gli osservai il labbro inferiore, umido di scotch. Studiai la sua mano, il modo in cui stringeva il bicchiere, le unghie come mezze lune.

«Lucy's, eh?» Mi diedi un'occhiata intorno.

«Mi sembrava adatto, no?» Curvò un angolo della bocca in un sorriso. «Accomodati. Rimani un po'. Ti ho ordinato un bicchiere di Pinot nero. Vino per Lucy da Lucy's».

«Ottima battuta». Sorrisi e mi sedetti. Avrei dovuto essere arrabbiata con lui? Non riuscivo a ricordarmene. Assaggiai il vino. Era proprio ciò di cui avevo bisogno.

«Hai un bell'aspetto, Luce» riprese Stephen. Studiai i suoi occhi, e per un attimo mi assalì il sospetto che il mio aspetto fisico fosse tutto ciò che gli interessava. Non era la prima volta che quel pensiero mi sfiorava.

«Anche tu» risposi sinceramente. Nel suo bel completo elegante, e rasato di fresco, Stephen era davvero bello. Sfiorai la sua cravatta rossa. «Come stai?»

«Oh, io sto bene. Il tirocinio è un bel cambiamento rispetto al college. L'unico aspetto negativo è che devo vestirmi così ogni giorno».

«A me piaci in giacca e cravatta».

«Il tuo lavoro come va? Ho cercato *The Suitest* su Google. Sembra fico».

«Non male. Un sacco di bassa manovalanza».

«Be', sei un'assistente. È così che funziona».

«Coordinatrice, a dire il vero».

«Quello è gergo aziendale per dire assistente, Luce. Mi dispiace dirtelo».

«Credimi, lo so bene». Alzai gli occhi al cielo. «Però il mio capo è magnifico. Harry. È sulla cinquantina, gay e divertentissimo».

«Avere un capo che ti piace è importante».

«Sì, non posso lamentarmi. È un buon lavoro».

«Infatti. Ora hai un lavoro. E un appartamento. Sei finalmente una vera newyorkese, Luce. Ce l'hai fatta».

Il pensiero di avere l'appartamento tutto per me per quella notte mi emozionava più di quanto avrebbe dovuto, considerando che Stephen viveva ancora, tecnicamente, con Alice, a una trentina di isolati di distanza. Lo guardai di nuovo. Era davvero bello.

«Grazie per aver accettato di vedermi» disse lui allacciando le dita affusolate alle mie sul tavolo. «So che questa situazione non ti fa impazzire».

«Quale situazione?»

«Sai, il fatto che vivo con Alice...»

«Mentre noi scopiamo?» bisbigliai. Sapevo che si eccitava sempre quando lo dicevo.

«Lo sai che non è così. Dammi un po' di tregua, Luce».

«Ti sto dando tregua. È solo che sono stanca di fare tutto di nascosto. Voglio stare con te».

«E io voglio stare con te» disse lui tranquillo, guardandomi intensamente.

«Ancora un paio di settimane». Tamburellai con le dita sulla superficie di legno del tavolo.

«A dire il vero c'è una cosa...»

«Che cosa?» Le mani presero a sudarmi.

Lui fece un gran sospiro. «Devo rimanere nell'appartamento un po' più a lungo del previsto. Le correzioni delle tesine saranno alla fine di luglio, e ho bisogno di impegnarmi su questa cosa prima di...»

«Cosa stai dicendo, esattamente?» Sentii lo stomaco annodarsi.

«Con tutta probabilità dovrò rimanere lì fino alla fine di luglio, massimo i primi di agosto».

«Agosto. *Agosto?*» Il mio miraggio si infranse, e le parole mi uscirono senza che riuscissi a controllarle. «Avevi detto che ti saresti trasferito a giugno! Prima si parlava di inizio giugno, poi della fine di giugno, e adesso siamo arrivati ad *agosto*? Come puoi rimanere lì un altro mese e mezzo? Parli malissimo di lei. Sei un tale stronzo che quasi ci sarebbe da ridere. No, *noi due* facciamo ridere. Mi chiedi foto di me nuda ogni cazzo di giorno perché non riesci ad addormentarti senza: sono una pornostar di quarta categoria, ecco tutto. La ragazza di una fotografia che ti tiene sveglio così puoi andare a scoparti la tua fidanzata». Mi ritrassi sulla sedia, livida di rabbia.

«Lucy...»

«Non credo più a niente di quello che mi dici. Non fai che mentire. Tutta questa storia – di qualunque cosa si tratti – era solo un'enorme, merdosa bugia».

Mi obbligai ad alzarmi in piedi. Sapevo che la gente ci guardava ma mi avviai comunque verso l'uscita, gli occhi fissi sul pavimento. Pensai al dottor Wattenbarger, a quanto sarebbe stato deluso se avesse saputo che mi ero infilata di nuovo in quella situazione. Erano mesi che non facevo una seduta con lui.

Non appena fui uscita, l'aria si compattò in un muro di nebbia, fitta e bianca. In quella foschia non riuscivo a vedere a un metro di distanza. Mi ritrovai le braccia ricoperte da una pellicola umidiccia e mi resi conto di aver lasciato la giacca nel bar. Rabbrividii sotto la pioggia, lo stomaco che si contorceva e un pozzo di disperazione che mi si spalancava dentro.

Stephen uscì di corsa dal bar, e lo vidi aguzzare la vista per cercarmi. Volevo solo salire su un taxi, arrivare alla Penn Station, prendere un treno che mi riportasse a casa, rifugiarmi tra le braccia di CJ e chiedere finalmente a mia madre cosa cavolo avrei dovuto fare. Sentii un disperato bisogno di lei, talmente disperato che il ricordo del suo tradimento mi travolse di nuovo, devastante, e ricordai che non potevo tornare a casa perché quel luogo di amore sicuro e incondizionato che erano le braccia di mia madre aveva cessato di esistere da tempo. Ormai non potevo fare altro che rimanere immobile e guardare negli occhi Stephen, che mi aveva individuato e adesso camminava nella mia direzione, la mia giacca ripiegata sotto il braccio. Sapevo che avrebbe detto qualcosa per farmi star meglio – e a quel punto non mi importava nemmeno più che fosse vero. Mi sistemò la giacca sulle spalle e con il pollice mi asciugò una lacrima dalla guancia.

«Lucy». La sua voce mi inondò. «Ascolta, so che vorresti sentirmi dire che me ne andrò domani. E se potessi lo farei: su questo hai la mia parola. Ma ci sono quelle tesine e non posso rimanere senza casa per più di un mese...»

«Senza casa?» Mi sentii sconfitta; mi stupiva la quantità di rabbia, dolore e scetticismo che mi usciva ormai dalle labbra. «Se davvero sei così infelice puoi sempre tornare a Long Island e fare il pendolare».

«Okay, hai ragione. Non sono *infelice*. Non sono nemmeno felice, però, ma non va così male da non poterlo sopportare finché non ho finito l'anno accademico. Al momento non posso permettermi di pagare una casa tutta mia – dovrei versare l'anticipo, la caparra, e magari anche la percentuale all'agenzia, e tutto senza avere un soldo. Se tornassi a Long Island, mi ci vorrebbero tre ore al giorno per fare avanti e indietro e di sicuro gli studi ne risentirebbero. Mi rendo conto che secondo te mi sto comportando da egoista, ma al momento la Scuola di Legge deve essere la mia priorità. Ci ho investito un sacco di soldi e di tempo, e non posso permettermi di prendere decisioni che mettono a rischio il mio futuro».

Sembrava proprio un avvocato: aveva appena fornito alla giuria la sua arringa migliore. Lasciai che la logica insita nel suo discorso mi si insinuasse pian piano nel cervello. Sulla carta aveva senso. E Stephen era il tipo di persona che vedeva il mondo in termini di ciò che poteva dargli, in termini di ciò che poteva *prendersi*. Tradimento, vergogna, amore erano tutte seccature secondarie, neanche veri sacrifici.

«Lo capisco». Lanciai un'occhiata oltre la sua spalla, non dimenticando neanche per un attimo che era la *sua* spalla.

«Lucy, non voglio lei quanto voglio te. Almeno questo devi averlo capito». Sembrava quasi preoccupato mentre chinava la testa e muoveva le labbra alla ricerca delle mie. Sul suo viso balenavano le ombre proiettate dalle auto di passaggio.

«Te l'ho già sentito dire».

«Perché è vero. Con Alice... Mi sento come se stessi guidando una Honda. Ma io voglio una BMW».

«Eh?»

«È una metafora. E tu, Lucy in the Sky with Diamonds, sei decisamente una BMW».

«È una pazzia».

«Lo sappiamo tutti e due che sono pazzo».

Lo guardai negli occhi. Un milione di pensieri mi attraversarono la testa, come invisibili passeggeri aggrappati a migliaia di invisibili catene. Sapevo solo che lì ero più felice di quanto fossi mai stata – e per *lì* intendo negli insensati, arbitrari, indiscriminati tre centimetri dalla sua faccia – e sapevo anche che questo significava che era amore. E sebbene avessi sempre saputo di essere innamorata di lui, quella sera permisi a me stessa di scoprirlo di nuovo, in parte anche perché così avrei potuto attribuire tutti i miei errori alla follia della situazione.

Mentre Stephen mi avvolgeva in un abbraccio, all'improvviso compresi un altro pezzo di verità: io e lui eravamo uguali. Avevo sufficiente intelligenza emotiva da capire che Stephen non era buono, non oggettivamente, ma se avevo il coraggio di guardare a me stessa, nella luce più sincera, nemmeno io lo ero. Per ciò che avevo fatto a CJ e al ricordo di Marilyn, per il modo in cui avevo trattato Georgia e mio padre e Lydia e praticamente tutte le persone che mi avevano voluto bene: ricadevo anche io, senza dubbio, nella categoria dei cattivi. Avevo giustificato tutti i miei comportamenti perché nascevano da CJ, dalla Cosa Imperdonabile. Ma adesso, mentre mi arrendevo all'abbraccio di Stephen, riuscivo finalmente a vedere che poco importava quante buone scuse avessi avuto all'epoca: quelle scuse non facevano di me una brava persona. Magari neanche CJ era buona, ma di sicuro non lo ero io e non lo era Stephen, e il mio amore per Stephen finalmente mi apparve sensato, completamente, magnificamente, assolutamente sensato e, se possibile, lo amai ancora di più.

«Quindi io sarei una BMW, giusto?» sorrisi.

Non dovevo più provare disprezzo per me stessa per aver accettato le parti di lui che trovavo offensive o persino crudeli. Immaginai Alice sul divano di casa loro, che faceva zapping sulla tv e magari beveva un bicchiere di vino. Aspettava che lui tornasse a casa, dopo la cena con i colleghi, che si sarebbe trasformata in un dopo cena con qualche cocktail e poi in importanti discussioni legali che lui non poteva permettersi di saltare. In realtà io ero 'i colleghi di lavoro', e stasera lei sarebbe stata una Honda e la sua storia con Stephen una bugia.

«Tu sei la *mia* BMW». Stephen premette la bocca sulla mia, e non ebbi più dubbi.

Percorremmo a piedi i sei isolati che ci separavano dal mio appartamento. Si trovava al quarto piano ed era stato appena ristrutturato; era buio e vuoto e odorava di vernice fresca. Chiazze di luce si rovesciavano all'interno dall'edificio di fronte.

«Questo posto è magnifico» disse Stephen facendo un giro. «Avete la *lavastoviglie*?» esclamò quando arrivò in cucina, la voce che rimbombava perché ancora non c'erano mobili. «Ma quanto cavolo ti pagano in questo sito per gli hotel, milioni?»

«A sentire Lydia, il minimo sindacale». Mi scrollai di dosso la giacca, ancora umida di pioggia. «Ma ad Alphabet City gli affitti sono ragionevoli».

Gli feci vedere il salottino e la stanza di Bree, e infine camera mia. Raggiunsi la finestra accanto al letto, che si affacciava su Third Street.

«Non è malaccio, come vista» commentò Stephen, in piedi alle mie spalle, mentre poggiavo la fronte contro il vetro. «La finestra del mio primo appartamento newyorkese dava su un muro di mattoni».

«Me lo ricordo».

Mi posò le mani sui fianchi e cominciò a darmi piccoli baci sul collo; mi voltai. Gli accarezzai le guance lisce. Io e Stephen non eravamo da soli in una vera camera, con un vero letto, da non so più quanto tempo. Mi baciò. Sentii le ginocchia che cedevano.

«Stephen».

«Sì?»

«Dovremmo aspettare. Non dovremmo farlo. So che l'abbiamo già fatto quella volta nella tromba delle scale, però...»

«Ti prometto che stavolta sarà molto meglio che nella tromba delle scale». Fece scivolare una mano sotto la mia maglietta.

«Stephen».

«Luce. Se vuoi che me ne vada, me ne andrò. Basta che lo dici».

«È solo che... Alice. Non ti senti in colpa?» Forse lo stavo mettendo alla prova. Non volevo certo che se ne andasse sul serio.

«Non mi sento in colpa. Non per questo».

Le parole rimasero sospese in aria come fumo. Non sapevo bene come interpretarle. Ma poi Stephen mi sfilò la maglietta e non ci fu più niente da interpretare. Ci gettammo sul materasso spoglio, l'unico pezzo di arredamento già presente nella stanza. Odorava ancora di nuovo, della stessa plastica dentro cui i facchini di Sleepy's lo avevano portato quella mattina.

Dopo, lui mi strinse forte a sé, e guardammo la pioggia scendere in rivoletti sul vetro della finestra, illuminata dal bagliore vermiglio dei lampioni sulla strada. Stephen mi baciò i capelli e lasciò la bocca lì: il calore del suo fiato mi solleticò la nuca.

Andai in cucina a prendere due bottiglie di Amstel Light.

Non c'era altro in casa; Bree aveva comprato quelle due birre per noi, il giorno in cui avevamo ricevuto le chiavi.

Io e Stephen ci sedemmo sul letto a bere.

«Vedi, è questo che intendevo» disse lui.

«Questo cosa?»

«Questo». Allargò una mano a indicare lo spazio che ci separava. «Noi due. A letto. Che beviamo una birra. Nudi. È magnifico. È... la cosa giusta».

Sorrisi. «È vero».

«So che te lo dico sempre, Lucy in the Sky with Diamonds, ma sei davvero bellissima. Diventi più bella ogni volta che ti vedo».

Mi sentii travolgere da un'ondata di affetto. Anche se era solo a pochi centimetri di distanza da me, sentivo disperatamente il desiderio di averlo più vicino. Ero insaziabile. «Stavi veramente una favola, in giacca e cravatta».

«Mi sa proprio che eri ubriaca».

«Avevo bevuto un calice solo».

Poggiai la testa sul suo petto, e rimanemmo così per un'ora intera.

Poi Stephen mi accarezzò un ginocchio. «Sono le due passate. Devo andare».

Gli afferrai una caviglia. Pensai che sarei morta se se ne fosse andato. Volevo che rimanesse tutta la notte, ma sapevo di non poterglielo chiedere. Sapevo quale sarebbe stata la risposta e non sopportavo l'idea di sentirglielo dire ad alta voce.

Mi sdraiai supina e lo guardai vestirsi, assaporando ogni secondo. Lui mi diede un bacio sulla fronte.

«E questa?» Raccolsi la cravatta rossa ancora gettata sul materasso.

«Non posso mica dimenticarmela».

«Ecco. Fatti aiutare».

CJ aveva insegnato a Georgia e a me a fare il nodo alla cravatta quando eravamo piccole. Aveva detto che era un'abilità che prima o poi ci sarebbe tornata utile.

Mentre stringevo il nodo, Stephen sfiorò il retro delle mie

cosce nude, e sentii di nuovo il desiderio bussare all'anticamera del mio cervello.

«Cosa fai questo weekend, festeggiata?»

«Vado negli Hamptons, a casa di Lydia. Vuole dare una festa per il mio compleanno». I nonni di Lydia avevano una casa a Sagaponack, ma quell'estate erano in Europa per un lungo viaggio. Lydia e i suoi cugini avevano il permesso di usare la casa a loro piacimento.

«Ma non mi dire. Io sarò a casa dei miei a Westhampton. Se per te non è un problema mi piacerebbe venirti a trovare». Stephen mi fece scorrere la mano sulla schiena e io annuii, la faccia affondata nella sua spalla.

«Sì» bisbigliai.

Mi baciò ancora una volta, poi fece per andarsene. Quando fu sulla soglia si girò di nuovo, avvolto nella penombra color argento. «Lucy?»

«Sì?»

«Ti amo».

Ti amo. TI AMO. MI AMAVA. L'avevo sempre saputo! Erano le parole che avevo sempre sognato di sentirgli dire.

«Anche io ti amo, Stephen». Finalmente potevo dirglielo.

Quando se ne fu andato mi raggomitolai in posizione fetale, sul mio nuovo materasso, nella mia nuova casa. Ero così felice che pensavo sarei esplosa. Avevo la sensazione che niente sarebbe mai stato più lo stesso.

42
Stephen

Giugno 2014

Se ne stava seduta su una panchina di legno di Washington Square Park, la testa china sulle pagine di un libro. Il cielo era ancora di un azzurro uovo di pettirosso, anche se mancava un quarto d'ora alle sette e un sacco di gente aveva lasciato il lavoro per tornare a casa. Una combinazione eterogenea di yuppie, studenti, hipster e senzatetto popolava la scena. In confronto agli altri parchi di New York, Washington Square Park è piuttosto affollato, ma era vicino alla New York University e al centro estetico di Soho dove Alice si era appena fatta fare una pulizia del viso post-lavoro.

Alice aveva i capelli raccolti in una coda di cavallo stretta, che evidenziava al massimo la ricrescita castana, il viso chiazzato per via del trattamento, e una canottiera che faceva sembrare le sue braccia più grasse che mai. Se avesse saputo in anticipo il motivo per cui avevo organizzato quell'incontro, forse si sarebbe vestita decentemente e avrebbe spostato l'appuntamento dall'estetista.

Non avevo voluto farlo a casa nostra; così il messaggio mi sembrava più netto e definitivo, il contesto lasciava meno spazio ai fraintendimenti. La studiai da lontano e mi sentii più determinato che mai. Non ce la facevo più; aspettare fino alla fine di luglio non era un'opzione praticabile.

Alice alzò lo sguardo: mi vide, mi salutò con la mano e si spostò per farmi spazio sulla panchina. Mi baciò sulle labbra, e per puro spirito d'abitudine ricambiai. Poi mi venne in mente che quello era probabilmente l'ultimo bacio che ci saremmo mai scambiati.

«È bellissimo qui». Chiuse il libro e sorrise, allungando lo sguardo verso la fontana e un gruppo di bambini che giocavano a schizzarsi. «Questa città d'estate cambia completamente faccia».

Cercai di restituirle il sorriso, ma si trasformò in un ghigno, una cosa che mi capitava sempre più spesso ultimamente. Volevo solo farla finita con quella storia.

«La pulizia del viso è stata fantastica» trillò lei, anche se non glielo avevo chiesto. «Era proprio ciò che mi serviva».

«Bene. Bene». Lo dissi due volte, accidentalmente.

«Oggi mi sei mancato tanto, tesoro». Alice mi posò una mano sulla gamba.

'Strappa il cerotto'.

Spostai la mano di Alice e la poggiai sulla panchina. Lei mi guardò accigliata.

Accanto a noi alcuni senzatetto stavano disponendo delle coperte sudicie su una chiazza d'erba, e dal gruppetto si levava una puzza tremenda.

Alice si sventolò la faccia con una mano. «Magari è meglio andare a prendere una cosa da bere da qualche parte, tesoro. Andiamo al B Bar e ci sediamo a un tavolino all'aperto?»

La scrutai attentamente, soffermandomi su ogni dettaglio del suo viso. Gli occhi scuri a mandorla, il mento arrotondato.

«Alice» dissi con cautela. «Dobbiamo parlare».

«Parlare? Perché? Che succede?» Impallidì, al punto che anche le chiazze rosse sparirono.

«Non sono stato molto felice ultimamente, con te. Credo sia ora di voltare pagina».

Le parole rimasero sospese nell'aria. L'espressione di Alice mi disse che forse erano state un tantino troppo brusche. Gli occhi le si riempirono di lacrime; erano già arrossati ai bordi, come se non avesse dormito granché bene. Quando finalmente parlò la sua voce era uno squittio.

«Come?»

«Mi dispiace. Vorrei che le cose non stessero così. Mi dispiace».

La guardai crollare, piegarsi in avanti come se fosse stata colpita allo stomaco. Quando finalmente sollevò la testa aveva la faccia così umida di lacrime che, se non avessi già visto decine di ragazze piangere in quel modo, mi sarei spaventato.

All'improvviso mi sentii esausto; non vedevo l'ora di salire sul treno per Long Island, bere uno scotch e perdere i sensi. Avevo già messo qualche vestito, il portatile e una bottiglietta di Dewar nello zaino, e mio padre mi aspettava. Sarei rimasto da lui, e nel fine settimana avrei portato lì tutte le mie cose. Fare il pendolare sarebbe stato uno schifo, ma all'occorrenza mi sarei potuto fermare ogni tanto da Luke o Carl, o magari da Lucy.

«Perché mi fai questo?» chiese Alice con voce rotta, disperata. «Ti rendi conto di cosa stai dicendo?»

«Sì, Al, e ti assicuro che ci rifletto già da un po'. Cioè, non puoi certo dire che fra noi andava tutto bene».

«Abbiamo qualche problema, è vero, ma non puoi semplicemente arrenderti così. Viviamo insieme. Ci amiamo. Non sai quello che dici. Sei andato a letto con un'altra? È di questo che si tratta?» Adesso stava praticamente urlando.

«*No*. Dio... Abbassa la voce».

«Io devo *abbassare* la voce? È per questo che mi hai portato qui? Per evitare che facessi una scenata in pubblico? Che pezzo di merda».

Una nuova ondata di lacrime: il solito flusso inesauribile. Le carezzai la schiena. Mi sembrava un gesto gentile.

«Ti prego, non farlo» disse lei tra i singhiozzi. «Ti prego. Possiamo far funzionare le cose. Qualunque cosa io stia sbagliando posso lavorarci. Possiamo lavorarci».

Abbassai la testa e fissai i fili d'erba tra le mie infradito. Il problema con le ragazze è che pensano sempre che ci sia qualcosa che possono fare per sistemare le cose, ma non c'è mai. La fine è soltanto la fine; non significa niente e non è necessariamente il risultato di qualche loro azione. Non è tanto una decisione, quanto una variazione di rotta, che avviene naturalmente. Un cambiamento inevitabile.

«Ti sei sbattuto quella, vero? Lucy 'Come-cazzo-si-chiama'. Quella che ti manda messaggi di continuo».

«No. Te l'ho detto, Lucy è una compagna di università con cui mi scambio appunti».

«Non ti credo. Non hai nessuna Lucy tra le amiche di Facebook».

«Magari perché lei non è su Facebook!» urlai, anche se Lucy invece un profilo ce l'aveva eccome: mi aveva semplicemente rimosso dagli amici durante una delle litigate degli anni precedenti. «Cristo, Alice. Ti stai comportando come una pazza».

«*Io* mi starei comportando come una pazza? Tu sei completamente fuori di testa, e la cosa peggiore è che nemmeno te ne rendi conto».

La frustrazione ebbe la meglio su di me. Sapevo che Alice avrebbe cercato in tutti i modi di farmi apparire come un bastardo senza cuore, esattamente come avevano fatto Jenna e poi Diana prima di lei. Esattamente come faceva Lucy ogni tanto. Feci un enorme sforzo per rispondere in modo corretto.

«Alice, non sarebbe giusto per te rimanere con qualcuno che non è convinto al cento percento della vostra relazione. Tu meriti di più, molto di più. Mi dispiace se ti sto facendo soffrire, ma so che presto vedrai le cose sotto una luce diversa». Ma dopo quel discorsetto lei pianse ancora più forte. Si mise a singhiozzare sulla mia spalla.

Rimanemmo seduti su quella panchina per un'altra ora, o forse due, fino a quando il sole fu scomparso oltre il West Side e il Washington Square Park cominciò a svuotarsi.

Ripetemmo quella stessa identica conversazione in una decina di varianti. Per una volta, avrei voluto essere capace di piangere, per poterle dimostrare che la sua teoria secondo cui ero un bastardo senza cuore era una sciocchezza, ma come al solito i dotti lacrimali rimasero asciutti.

Tirai fuori dalla tasca una lettera scritta a mano. Era stata

Diana a insegnarmi il potere delle lettere scritte a mano, e per questo la ringrazierò sempre, perché funzionano a meraviglia.

«È difficile per me spiegare a parole tutto ciò che provo». Le porsi il foglio ripiegato.

Alice continuava a piangere a secchiate. Non pensavo fosse possibile produrre così tante lacrime. I passanti ci fissavano: la ragazza che singhiozzava disperata e il coglione con gli occhi asciutti seduto accanto a lei.

«Credo dovresti leggerla dopo che sarò andato via» le dissi.

«Immagino che tu abbia già fatto le valigie, dico bene?» Mi guardò, la faccia arrossata e gonfia.

«Ho preparato uno zaino. Starò a Bayville per un po'».

«Non riesco a crederci» mugolò lei. «E non capisco come tu faccia a non starci male».

«Ma io ci sto male».

«Non quanto me. Non hai il cazzo di cuore completamente a pezzi!» Le labbra presero a tremarle. Decisi che era arrivato il momento di andarmene. Erano più di due ore che quella scenata andava avanti e stavo cominciando a innervosirmi sul serio.

«Leggi la lettera» le dissi. «Tra qualche giorno torno a prendere le mie cose e se vuoi possiamo parlarne. Adesso devo andare. Non posso perdere il treno».

Alice si rifiutava di guardarmi e non si mosse quando cercai di abbracciarla per salutarla, perciò finii per metterle un braccio sulle spalle con gesto imbarazzato, mentre lei teneva lo sguardo fisso sulle sue gambe.

Attraversai l'enorme arcata sul lato nord del parco e mi avviai, le ciabatte che schioccavano contro il marciapiede asciutto. Ero arrabbiato. Alice era un'ingenua se voleva far finta che ciò che era avvenuto fosse del tutto inaspettato, se dava per scontato che io sarei rimasto accanto a lei a tempo indeterminato, come una specie di cagnolino da compagnia. Mi aveva guardato allo stesso modo in cui le ragazze venute prima di lei mi avevano guardato in passato: devastate e tristi per la mia partenza, come se quella separazione avesse cambiato per sempre la traiettoria delle loro vite. Ciò che nessuna di loro capiva e che a me infastidiva tantissimo era che non era colpa mia: quel tipo di sofferenza era il rischio insito nell'affidarsi completamente a un'altra persona. La fiducia è sempre una scelta.

Un tizio barbuto che distribuiva volantini religiosi mi prese praticamente d'assalto mentre camminavo, e lo scacciai con un gesto. Fanatici del cazzo. D'un tratto mi passò la voglia di prendere la metro per raggiungere la Penn Station e andare a Bayville da mio padre. Lui mi avrebbe solo tormentato facendomi domande su domande e l'ultima cosa che volevo era trascorrere anche solo un altro secondo a parlare di questa faccenda.

Feci marcia indietro all'angolo tra la Waverly e la Sesta, sapendo finalmente, e con certezza assoluta, dove sarei andato. Tirai fuori il cellulare e inviai un messaggio a mio padre.

Stephen: Troppo lavoro stasera. Rimango a dormire da un amico. Arrivo domani.

Mi fermai in un alimentari e comprai ciò che mi serviva. Accelerai il passo e proseguii svelto finché raggiunsi l'angolo tra Third Street e Avenue B. Suonai il citofono dell'appartamento 4C. Lei mi aprì e, quando mi accolse sulla soglia di casa, capii che era sola.

Aveva i capelli più lunghi di due settimane prima. Le ricadevano appena sotto le spalle, le punte lisce e scalate. Aveva la pelle baciata dal sole dopo diversi weekend trascorsi in spiaggia, e gli occhi grigio-azzurri spiccavano nel viso: era da mozzare il fiato. Con indosso una canottiera bianca e dei pantaloncini Levi's era più perfetta di quanto ricordassi, anche se erano passati solo quindici giorni da quando l'avevo vista a Sagaponack per il suo compleanno. All'epoca avevo cercato di scoparla di nuovo, ed ero riuscito a dare più o meno tre spinte prima che lei mi fermasse e mi dicesse: «No. Basta, almeno finché non sarai fuori da quella casa».

'Be', adesso sono fuori da quella casa, tesoro'.

Mi scrutò con sospetto: «Che ci fai qui, Stephen?»

«Posso entrare?»

Lucy esitò ma alla fine aprì la porta, che poi mi si richiuse alle spalle con uno scatto metallico.

«Dov'è Bree?»

«A San Francisco per lavoro».

«Oh. Allora sei a casa tutta sola?»

«Stephen, che cos'è che vuoi?» Riconobbi il suo inconfondibile tono di voce, infastidito ma intrigato allo stesso tempo. Arretrò fino alla cucina e poggiò i gomiti sul bancone di marmo nero. Sul tavolino da caffè bruciava una candela, che dava all'intero appartamento un profumo delizioso, come di vaniglia e patchouli.

Posai a terra il sacchetto con i miei acquisti e mi strinsi nelle spalle. «Ho comprato gamberi, bok choi e vino bianco. Vorrei prepararti la cena, se me lo permetti».

Lei sgranò gli occhi: mi sembrava quasi di vedere gli ingranaggi del suo cervello che correvano all'impazzata.

«Ne abbiamo già parlato» disse Lucy. «Lo so che la scorsa settimana ci siamo rivisti, ma come ti ho detto a Sagaponack voglio aspettare finché non te ne sarai andato di casa. Dico sul serio. Altrimenti per me è troppo complicato, non potresti solo...»

«È finita, Lucy».

«Come?»

«Ho parlato con Alice. Non ce la facevo davvero più. Ricordi quando ti ho detto che ti amavo? Be', dicevo sul serio. Mi trasferisco di nuovo a Bayville; farò il pendolare finché non riuscirò a trovare un altro posto dove stare. E ho pensato che magari ogni tanto potrei rimanere a dormire qui... Se per te va bene».

La vidi assorbire quella notizia, e il secondo 'ti amo', come una spugna immersa nell'acqua; un sorriso si fece strada sulle sue labbra perfette Mi venne duro nei pantaloni, ed ebbi la netta sensazione che non avremmo cucinato gamberi e bok choi, almeno non subito.

L'attirai a me e l'abbracciai.

«È per questo che sono qui» le dissi dolcemente. «Adesso siamo solo io e te, Luce. E voglio che funzioni, stavolta dico sul serio».

43
Lucy

Agosto 2014

Stephen spinse il pedale dell'acceleratore e la Ford Explorer corse più veloce lungo la Montauk Highway. Era il penultimo weekend di agosto e gli Hamptons davano il meglio di sé. Affollati ma comunque magici, soprattutto durante la *golden hour* intorno alle sette di sera, quando i campi verdi di mais si allungavano in lontananza e la luce si affievoliva danzando sulla cima dei fusti, annunciando la fine di un'altra perfetta giornata estiva.

Dal sedile del guidatore, Stephen allungò la mano e mi strinse una coscia. Due mesi e mezzo dopo averlo accolto a pieno titolo nella mia vita, ero ancora incredula all'idea di essere con lui; ogni momento condiviso, anche il più semplice, mi incantava. Stare insieme non era mai stato tanto bello.

Il vento mi agitava i capelli. Indossavo un abitino bianco che avevo rubato dall'armadio di Georgia il weekend precedente, quando ero stata a casa per la prima volta da giugno. Mi ricordavo il giorno in cui Georgia lo aveva ricevuto, perché CJ me ne aveva preso uno uguale ma blu scuro. Era l'estate prima che andassi al Baird, e CJ ci aveva portato a fare spese a Cold Spring Harbor. Cercai di non pensare a CJ, perché pensare a lei faceva solo tornare a galla il senso di colpa che mi portavo dentro.

CJ e papà mi avevano chiamato la sera prima, mentre facevo le valigie, dicendomi che Hickory stava morendo. Quindici anni erano tanti per un labrador, e le sue zampe posteriori non funzionavano più bene da quella primavera. Per mesi, CJ e mio padre gliele avevano sollevate aiutandosi con un lenzuolo, una sorta di bardatura improvvisata, con cui riuscivano a farla zoppicare fuori per fare la pipì. Ma negli ultimi tempi non passava notte che Hickory non si sporcasse coi suoi bisogni mentre dormiva. Aveva anche smesso di mangiare; a malapena beveva.

«Adesso neanche le zampe davanti funzionano più» mi aveva spiegato mio padre al telefono. «Non riesce a muoversi. Non è giusto che viva così. Soffre troppo».

Così avevano optato per l'eutanasia, e l'unico appuntamento disponibile dal veterinario era proprio quel sabato pomeriggio. I miei sarebbero partiti per le Bermuda la settimana successiva, quindi non potevano aspettare. Anche la morte di Hickory doveva incastrarsi con le loro esigenze.

«Vieni a casa questo fine settimana, Pepe» mi aveva detto mio padre. «Saremo qui tutti insieme. Hickory ha bisogno di noi. Georgia Peach viene in treno da Boston».

Incapace di assimilare ciò che sentivo, esaminai l'outfit che avevo preparato sul letto per venerdì notte: un vestito di Reformation rosso ciliegia con spacchi laterali e la schiena scoperta. Zeppe beige o ballerine dorate? Se avessi messo le zeppe sarei stata solo cinque centimetri più bassa di Stephen.

«Lucy?» mi chiamò mio padre con voce stanca. Mi sembrava quasi di vedere CJ accoccolata sul pavimento vicino a Hickory, gli occhi rossi per i troppi pianti, la faccia affondata nel pelo color sabbia del nostro cane, a cui chiedeva di capire e perdonare.

Ricordavo con estrema chiarezza il pomeriggio in cui avevamo adottato Hickory. Avevo sette anni, Georgia otto, e CJ ci aveva portato in macchina in una fattoria di Amagansett, dove era appena nata una cucciolata di labrador crema. Mio padre era al lavoro. Lui aveva sempre avuto labrador crema, da piccolo, e CJ voleva fargli una sorpresa.

I cuccioli avevano otto settimane ed erano nove in tutto. Erano tutti ammucchiati in una scatola, in un gran fienile che odorava di fieno fresco. CJ ci disse che potevamo scegliere quello che preferivamo. Io e Georgia volevamo una femmina, ovviamente, e scegliemmo la più piccola, una minuscola pallina di pelo giallo. Mentre tornavamo a casa la tenemmo con noi sul sedile di dietro, prendendola in braccio a turno. Lei ci strofinava il nasino umido sulla faccia e aveva un buon odore di caldo e di latte. Avevo deciso che si sarebbe chiamata Hickory come l'albero di noci americane, *hickory* appunto, su cui io e Georgia amavamo arrampicarci. Georgia, la sorella maggiore sempre compiacente, non si era opposta.

Hickory stava per morire. Sentii un terribile vuoto spalancarmisi dentro. Il veterinario sarebbe venuto a casa per somministrare l'iniezione che avrebbe fermato il suo cuore. Dovevo esserci. Non vedere Hickory un'ultima volta non era un'opzione.

Ma *quel* weekend... Perché doveva essere proprio quel weekend? Il fine settimana in cui era previsto che andassi a cena a casa del nonno di Stephen a Westhampton, dove avrei conosciuto la sua famiglia allargata. Mi aveva invitato quasi un mese fa. Non potevo non andare.

La decisione era ormai presa; anzi, non la presi io, si prese da sé. Premetti il telefono sull'orecchio e cercai di non pensare a Hickory, fedele e leale, che mi aspettava sulla soglia; cercai di non sentire l'immensa profondità di una vita trascorsa quasi interamente con lei.

«Non posso, papà» dissi. «Sarebbe troppo triste. Penso sia meglio non venire». Sentirmi pronunciare quella bugia mi provocò un moto di disgusto.

«Non sei stanca di stare sempre negli Hamptons? Quest'estate non ti sei quasi mossa da lì».

«Non sono stanca. Mi sono divertita».

«Lucy». Nella voce di mio padre si fece strada un tremolio infastidito. Non si arrabbiava quasi mai. «Stiamo parlando di Hickory. Pensaci bene. Per superare un lutto è importante dire addio a chi ci lascia».

Dissi che ci avrei riflettuto, anche se sapevo che il giorno dopo, finito il lavoro, avrei chiamato e avrei detto di non aver cambiato idea, e che pensavo sarebbe stato meglio per me ricordare Hickory quando stava bene ed era ancora vivace e felice, anziché vederla morire vecchia e sofferente.

Un paio di giorni più tardi, io e Stephen stavamo raggiungendo in auto Westhampton da casa dei nonni di Lydia a Sagaponack, dove avevo trascorso il venerdì notte.

A Lydia Stephen non dispiaceva. E nemmeno a Bree, almeno non tanto quanto a Jackie.

«Valuta tu i pro e i contro» mi aveva detto Bree quando le avevo annunciato di aver ricominciato a frequentarlo.

«Già fatto. Mi rende felice».

«E allora fa' ciò che ti rende felice. Io non ho alcun problema con lui. Cioè, è un po' un deficiente, ma fa ridere».

A differenza mia, Bree in genere era pragmatica quando si parlava di emozioni. Dava sempre consigli utili, conditi da una discreta dose di realismo. Non le dispiaceva che Stephen fosse spesso a casa nostra. E al contrario di Jackie, fece uno sforzo concreto per cercare di essere sua amica.

Rallentammo, ritrovandoci immersi nel brusio del traffico del fine settimana. Stephen mi lanciò un'occhiata.

«Non devi essere nervosa. Sei nervosa?» Spense la radio, che suonava una canzone dei Cranberries.

Mi chiesi se Hickory fosse già morta. Quel pensiero mi torturava.

Scossi la testa. «Mi piace questa canzone». Alzai di nuovo il volume.

'*What's in your head, in your head? Zombie, zombie, zombie*'.

Stephen cambiò stazione. «Ah, io invece non la sopporto. Luce?»

«Sì?»

«Cosa ti preoccupa?»

«Niente» mentii. «Non sono nervosa. Ho già incontrato alcuni dei tuoi parenti».

«Lo so, ma stavolta c'è tutta la banda al completo. Be', a parte mia madre, ma lei non conta. Comunque, so che può sembrare impegnativo». Mi strinse forte la mano.

Il giorno in cui Stephen si era presentato a casa mia con i

bok choi e il vino, avevo raggiunto un nuovo livello di felicità. Era una gioia che avevo sempre saputo solo lui potesse darmi, una sensazione che inseguivo da anni.

Non ero più addolorata per le cose brutte che mi erano capitate. Quando ripensavo a Diana Bunn e Nicole Hart, alla Cosa Imperdonabile e al dottor Wattenbarger, al Prozac e Billy Boyd, ai gioielli di Marilyn e alle litigate con Jackie, sapevo che tutto era servito per arrivare a questo. Non avrei cambiato una virgola del mio passato.

Finalmente arrivammo a Westhampton (che, secondo Helen e Lydia, era 'senza dubbio la più pacchiana degli Hamptons'). Sebbene la me dei tempi del liceo fosse d'accordo con loro, ormai io e quella diciassettenne non avevamo più molto a che spartire, e Westhampton ora mi sembrava un bel posto, così come la casa del nonno di Stephen, con le sue tegole color ardesia, mi sembrava pittoresca e praticamente perfetta.

«Te lo ricordi questo posto, Luce? Ci siamo venuti quell'estate. Abbiamo fatto sesso sulla spiaggia subito fuori Dune Road. E poi nella doccia in giardino». Stephen sgranò gli occhi. «Pensa a tutti i posti in cui abbiamo fatto sesso». Aveva le guance e il naso lievemente abbronzati e i capelli scuri gli ricadevano in ciocche scomposte sulla fronte, sporchi di sale e crespi per via della salsedine. Non mi ero mai sentita tanto attratta da un uomo.

«Ce ne sono di parecchio strani» concordai. Non so per quale ragione, ma non volevo dire a Stephen di Hickory. Mi ritornò in mente il suo muso invecchiato e abbattuto e pensai di essere sul punto di vomitare.

«È perché non riesco a starti vicino senza scoparti». Stephen mi baciò. Attraverso le chiome degli alberi il crepuscolo andava addensandosi in cielo, ammantandolo di rosa pastello. «Forza. Entriamo».

Mi ricordavo quella casa. La cucina era semplice, con un parquet lucidato e tende da sole alle finestre, che davano sul giardinetto sul retro. Il signor DeMarco e un uomo che non avevo mai incontrato stavano svuotando la lavastoviglie.

«Papà, conosci già Lucy». Stephen toccò la spalla di suo padre. «E questo è mio zio Daniel. Daniel, questa è la mia ragazza, Lucy».

«Una ragazza nuova?» Mentre accusavo quella battuta, Daniel si pulì le mani con uno strofinaccio e sembrò accorgersi subito di aver detto la cosa sbagliata.

Sulla soglia fece la sua comparsa Sadie, la sorella minore di Stephen. «È difficile tenere il conto, lo so».

«Finiscila» l'avvertì Stephen con un'occhiataccia.

«Scherzavo». Sadie alzò gli occhi al cielo, prima di avvicinarsi e darmi un mezzo abbraccio. «Ehi, Lucy».

Stephen mi presentò a suo nonno, a sua zia Amy e alle cugine Vivian e Christina. Vivian, che mi parve di qualche anno più grande di me, teneva in braccio un bellissimo bambino avvolto in un telo da spiaggia.

«Cody!» disse Stephen con tenerezza, prendendo il piccolo e girandosi verso di me. «Cody ha appena compiuto sei mesi».

Io gli sfiorai la guanciotta e Cody allungò una mano e mi afferrò una ciocca di capelli.

«Adesso basta, amore» disse Vivian ridendo, e si riprese suo figlio. «È ora di fare il bagnetto. Scusa, è nella fase in cui adora i capelli» mi disse.

«Non c'è problema. È adorabile».

«Ci penso io, Viv» disse un uomo alto, dai capelli castano chiaro, comparso alle spalle di Vivian. Stephen me lo presentò come Rod, il marito di Vivian.

«Nel giardino sul retro ci sono birra e superalcolici» disse Daniel. «Servitevi pure».

«Scusa per Sadie» mi bisbigliò Stephen all'orecchio mentre uscivamo. «Non ce l'ha con te».

«A me sembra di sì» gli dissi mentre riempiva di ghiaccio due bicchieri.

«No» sospirò Stephen. «È solo che secondo lei sono stato uno stronzo a mollare Alice. E sa che l'ho tradita. Con te».

«*Cosa?* Sa di quella notte a Bear Mountain? A casa di Jared? In camera da letto con lei?»

«No... Dio, no. Quella sera era in coma. Non sa proprio...

tutto. Ma ci ha visti che ci baciavamo al concerto. Tutto qui». Stephen mi passò un bicchiere pieno fino all'orlo. «Vodka tonic *on the rocks* con scorza di limone, signorina».

«Ottimo. Quindi tua sorella mi ritiene un'adultera poco di buono».

«No. Secondo lei lo stronzo sono io. Ma non importa ciò che pensa Sadie. Lei non sa come mi sentivo con Alice, e nemmeno come mi sento adesso con te». Fissò gli occhi verdi nei miei. «Ha solo diciassette anni. Non può capire».

Mi strinsi nelle spalle. «Mi sento un po' a disagio. Hai mai portato Alice qui, quest'estate? Prima di lasciarvi? È per quello che tuo zio ha detto così?»

«Non durante l'estate». Stephen rimase in silenzio per un attimo. «L'ultima volta che l'ho portata qui è stato a maggio, mi pare. Tu non ti eri neanche laureata».

«Oh». Presi un sorso del mio drink.

«Per favore, non sentirti in difetto, Luce. Daniel sa tutto di te. E non ti giudica. Nessuno lo fa».

«Okay».

«Forza» aggiunse, prendendomi la mano. «Aiutiamo Amy ad apparecchiare».

La cena fu servita su un lungo tavolo sistemato in giardino – pasta con vongole fresche, insalata di rucola, pane all'aglio. Per tutto il tempo Stephen mi tenne una mano sulla coscia.

«È evidente che tutti ti adorano» mi bisbigliò a un certo punto. «E anche io ti adoro».

«Ti amo così tanto».

«Quando tutti saranno andati a letto, scopiamo nella doccia in giardino». La sua voce era appena un sussurro. «Secondo round».

Mi versò dell'altro vino. Aveva lo sguardo intenerito e un po' stanco. Pur essendo vagamente brilla, mi rendevo conto che l'alcol mascherava un'ansia crescente dovuta alla sensazione che le cose potessero andare meglio, all'impotenza vagamente inquietante di non aver bisogno di nulla.

Sapevo che ormai Hickory non c'era più, ma andava bene

così, perché almeno non soffriva. Adesso era in paradiso. Il 16 settembre avrebbe compiuto sedici anni, mi resi conto mentre Stephen mi metteva davanti una fetta di crostata ai mirtilli con a fianco una pallina di gelato alla crema che si scioglieva a contatto con il ripieno caldo. E poi mi resi conto, con un sussulto, che era il 16 agosto, e che Hickory aveva vissuto esattamente quindici anni e undici mesi.

Il 16 agosto era anche la data della morte di Macy. La notte in cui l'avevo incontrata e poi lei era morta. La notte che non dimenticherò mai.

44
Stephen

Ottobre 2014

La chiamata arrivò un martedì mattina. Stavo facendo di nuovo il solito sogno, che è in parte un sogno dentro a un sogno: vedevo i suoi lunghi capelli rossi avvolti attorno al mio collo, che mi soffocavano, sentivo l'odore nauseante delle gomme da masticare alla fragola che mi saturava le narici e '*Zombie zombie zombie*' non la smetteva di suonare; non riuscivo a liberarmi, e poi mi svegliavo e il campanello stava suonando e c'era la polizia, sempre due agenti insieme, e i lampeggianti rossi e blu mi accecavano. Uno dei due agenti mi chiedeva: «Dove si trovava lei la notte del 16 agosto del 2008?»

Mi svegliai, fradicio di sudore, la melodia di *Per Elisa* che usciva dal cellulare. Non tolgo quasi mai la suoneria di notte: ho sempre fatto così e sempre lo farò. Non si sa mai.

Risposi, ed era mio padre.

«È per tua madre» mi disse, la voce intrisa di panico. «È ferita».

«È ferita in che senso?» Finsi che me ne importasse qualcosa, ma del benessere di mia madre non mi interessava più da parecchio.

«È appena uscita dalla sala operatoria. Possiamo vederci al Mount Sinai? Vengono tutti quanti. Ho appena attaccato il telefono con Luke. Amy e Daniel sono già in macchina».

«Ma dici adesso? Che cosa ha fatto mamma?»

«Lei è... Si è infilata in un guaio. È stata aggredita a Port Jefferson. L'hanno *pugnalata*». Mio padre aveva la voce rotta.

«Pugnalata? Cristo. Ma chi è stato?»

«Non si sa, Stephen». Quell'uomo era davvero sconvolto. «La sua amica Pauline – te la ricordi Pauline? – l'ha trovata malconcia e sanguinante sul lungomare, dietro casa sua. Ha chiamato la polizia e loro hanno chiamato me. Non sanno cosa sia successo, ma Pauline pensa che tua madre dovesse dei soldi a qualcuno».

'Ma certo che sì, pa'. Proprio come ne deve a te. Proprio come ne deve a zio Daniel. Sai com'è, ci sono persone che non approvano i ritardi nei pagamenti, e accoltellare qualcuno costa meno che trascinarlo in tribunale. E no, non me la ricordo Pauline'.

«Cavolo» dissi invece. «Sembra una faccenda parecchio inquietante».

«È *grave,* Stephen. Tua madre non ha ancora ripreso conoscenza».

«In che senso? È in coma?»

«Non proprio. Grazie a Dio è stabile. L'hanno operata d'urgenza e i dottori dicono che ha avuto una gran fortuna perché la lama non ha colpito nessuna delle arterie principali. Però si è fratturata alcune costole e aveva una grave emorragia interna. Non sanno quando si sveglierà, è ancora troppo presto per dirlo. Potrebbero volerci un paio di giorni. Cristo, Stephen. Chiunque abbia fatto una cosa simile a tua madre... È a malapena riconoscibile, per quanto è messa male. Mi sembra di vivere un incubo. Ti prego, corri subito qui in ospedale».

«Ascolta papà, posso arrivare lì alle undici e mezza, perché alle nove ho un esame. Mi ci vorranno un paio d'ore e poi ti raggiungo subito. È davvero importante. Non posso perdermelo».

«Stai scherzando, Stephen? Tua madre è *in ospedale.* Ha bisogno di noi».

«Papà, non è nemmeno cosciente. Hai appena detto che non si sveglierà prima di un paio di giorni».

«Ho detto che i medici hanno detto che *potrebbero* volerci un paio di giorni». Adesso stava urlando. «Non lo sanno per certo. Potrebbe risvegliarsi a momenti. E quando succederà sarà terrorizzata e piena di dolori».

Chiusi gli occhi e per un attimo mi chiesi se non fosse il caso di spegnere del tutto il cellulare e scivolare in un sonno senza sogni. Non aveva senso cercare di far ragionare mio padre. Perché volesse essere presente per quella psicotica sanguisuga maniacale della sua ex moglie, che gli aveva solo fatto vedere i sorci verdi dal 1988, era veramente al di là di ogni mia comprensione. Ma poco importava. Andare in ospedale era l'unica scelta; se non l'avessi fatto, tutti avrebbero detto che ero un figlio e un fratello senza cuore.

«Va bene papà» dissi. «Arrivo tra mezz'ora».

Chiusi la telefonata e accesi l'abat-jour; la luce improvvisa mi abbagliò. Ancora assonnato, esaminai il pavimento in cerca di qualcosa da mettermi addosso.

Ero ancora sconvolto per il sogno che avevo fatto mentre, prima che il sole sorgesse, radunavo ciò che mi sarebbe servito e uscivo di casa. Era una topaia a Chinatown che dividevo con un compagno della New York University, ma costava poco e con la metropolitana vicino era comodissima per andare a lezione. In ogni caso non ci passavo molto tempo, tra le lezioni e lo studio e le notti trascorse a casa di Lucy.

Presi la metro, anche se sapevo che era tardi e con un taxi avrei fatto prima. Ma non so perché, avevo voglia di andare sotto terra. E poi non potevo permettermi un taxi.

Arrivai al Mount Sinai tre quarti d'ora dopo. Un'infermiera grassa mi disse di andare al quindicesimo piano. Perché le infermiere sono sempre grasse? Che ironia.

La stanza 1521 si trovava alla fine del corridoio. Mia madre, Nora DeMarco, giaceva priva di conoscenza nel suo letto. Sotto tutte le bende che le avvolgevano il torace e le braccia sembrava piccolissima, come rinsecchita. Un grosso livido violaceo le copriva un occhio e c'erano ecchimosi più piccole e lacerazioni su tutta la faccia. All'interno del gomito sinistro era stato infilato l'ago della flebo, tenuto fermo da un'altra benda. Mio padre e Luke e Kathleen erano seduti su sedie di plastica raccolte attorno al letto. Sadie non c'era perché per arrivare avrebbe dovuto prendere un aereo – fortunella – e Daniel ed Amy erano in arrivo da Long Island. Kathleen indossava una maglia molto scollata, non certo appropriata per una visita dell'ultimo minuto in ospedale, ma conoscendola pensai che probabilmente l'aveva messa per sedurre i medici più attraenti.

Nella stanza aleggiava il tipico odore da ospedale, di prodotti chimici e sudore e malattia. In un angolo c'era un tavolino di legno, su cui erano sistemati diversi bouquet di fiori, il che mi stupì. A vederli si sarebbe detto che mia madre fosse rinchiusa in questo buco di culo da mesi, anziché da meno di dodici ore. Era forse uno scherzo di cattivo gusto? Se non fossi stato tanto stanco mi sarei messo a ridere. Tutte le sedie erano occupate, perciò mi appoggiai al davanzale della finestra. Guardai fuori, e fui colto immediatamente da quella familiare sensazione di formicolio doloroso che preannunciava l'arrivo di un attacco di acrofobia. Quindici piani più in basso le automobili erano chiazze luminose in movimento, che scivolavano serene lungo la Fifth Avenue. Quella città non dormiva mai. Sul serio.

Papà teneva gli occhi arrossati fissi sul corpo immobile di mia madre. Diedi un'occhiata all'orologio, che segnava le quattro e undici minuti. Mancavano meno di cinque ore al mio esame.

«Si riprenderà, vero?» Anche Luke fissava mia madre, pallido in viso.

«È quello che hanno detto i dottori». Mio padre fece un sorrisino addolorato. «Devono fare altri esami. Torneranno presto ad aggiornarci».

La guardai anche io e quasi non riuscii a credere che la donna malconcia sdraiata in quel letto fosse proprio mia madre. Avevamo gli stessi occhi verdi, ma i suoi adesso erano chiusi. I capelli scuri erano più corti di come ricordassi, e attraversati da striature argentate. Era sempre stata una donna minuta, ma adesso sembrava ancora più piccola; il suo corpo aveva cominciato a collassare su se stesso, come carta vecchia che si arricci ai bordi.

Kathleen cominciò a piangere, soffocando i singhiozzi contro la spalla di Luke. Disse che quella scena le ricordava la battaglia che sua nonna aveva perso contro il cancro al seno quando lei aveva sedici anni. Che cosa c'entri il cancro al seno con l'essere pugnalati al petto non lo so proprio, ma Luke e mio padre la consolarono diligentemente.

Amy e Daniel arrivarono alle cinque, entrambi col fiatone.

«Abbiamo lasciato la macchina in divieto di sosta, ma dovevamo vederla» ansimò Amy, correndo verso il letto dove sua cognata giaceva immobile. «Oh, Nora! Chi può averle fatto una cosa simile?»

Tre noiosissime ore più tardi, Nora era ancora addormentata e un dottore giovane e di bell'aspetto venne a fornirci i tanto attesi aggiornamenti. Si presentò come il dottor Everett, e Kathleen, sbattendo le lunghe ciglia, si mise subito col petto in fuori. Il dottor Everett sembrava annoiato tanto quanto me mentre ci spiegava nel dettaglio l'intervento chirurgico che mia madre aveva subìto, una procedura chiamata 'toracotomia'. Disse che l'operazione in sé era andata bene, ma che mia madre aveva perso molto sangue e che avrebbe avuto bisogno di numerose altre trasfusioni.

«Ma poi starà bene?» chiese Luke.

«Ci vorrà molto tempo perché si riprenda del tutto, ma sì, starà bene».

Tutti fecero un sospiro di sollievo.

«È in contatto con le forze dell'ordine, signor DeMarco?»

«Sì» confermò mio padre. «Ma voglio aspettare che Nora si svegli prima di andare alla polizia».

Il dottor Everett annuì. «Ci tengo a sottolineare che Nora ha avuto una gran fortuna a sopravvivere a questo incidente con la prospettiva di un recupero completo. Ovviamente lei è la vittima qui, ma vedo dalla sua cartella clinica che soffre di disturbo bipolare di tipo 1 e ha una prescrizione per il litio. Tuttavia non c'è traccia di litio nel suo sangue, il che mi induce a pensare che non stia prendendo le sue medicine. Non so se questa circostanza abbia a che fare con ciò che le è successo stanotte, ma vi consiglio di controllare che Nora assuma le sue medicine con regolarità».

Mio padre spiegò che mia madre si rifiutava di prenderle ormai da anni.

«Allora dovrebbe fare due chiacchiere con lo psicologo dell'ospedale» rispose il dottor Everett in tono piatto. «Le darà qualche consiglio utile su come affrontare la questione con sua moglie».

«Ex moglie». La faccia di mio padre divenne bianca come le bende avvolte attorno al torace di mia madre.

«Sì, giusto». Il dottor Everett parve a disagio, quindi si scusò e si allontanò promettendo di tornare presto.

L'orologio sulla parete segnava le otto meno dieci. Dissi che dovevo tornare all'università per sostenere l'esame.

«Però poi vieni di nuovo qui?» chiese mio padre; ma non era una vera domanda.

Luke mi rincorse nel corridoio mentre aspettavo l'ascensore.

«Stephen, aspetta!» gridò.

«Ehi, Luke».

Luke mi si piazzò davanti, l'espressione sfinita ma determinata. Luke, il primogenito. Luke che si prende sempre cura di tutti. «Ha un gran cuore» dice sempre di lui zia Amy.

«Mamma fa ancora parte della famiglia» disse. «Ecco perché siamo qui. Lo so benissimo che tutto questo ti sembra stupido, ma non possiamo semplicemente fregarcene di lei».

L'atteggiamento moralista di Luke mi aveva sempre dato sui nervi, ma adesso che aveva una fede al dito era, se possibile, anche peggiorato. Luke, il super marito. Luke, l'uomo di famiglia. Il paradigma della convenzionalità.

Un *ping* segnalò l'arrivo dell'ascensore. Mi scrollai ed entrai nella cabina; le porte metalliche mi si chiusero alle spalle. Non volevo dare a Luke la soddisfazione di dirmi d'accordo con lui, soprattutto considerando che non ero *affatto* d'accordo con lui.

Fu un sollievo lasciare quell'ospedale soffocante. Il marciapiede scintillava e la luce del primo mattino faceva brillare frammenti di mica argentata sepolti nel cemento. Foglie rosse e oro pendevano accartocciate dai rami degli alberi che fiancheggiavano la Fifth Avenue.

Mi feci tre isolati a piedi in direzione Lexington. La linea 6 della metropolitana aveva avuto un guasto, perciò andai sulla

Ottantaseiesima per prendere la 4/5. Non c'era tempo di tornare a casa per cercare di dormire un po' prima dell'esame; dovevo andare dritto alla New York University.

Sulla Lexington, i negozianti cominciavano ad aprire le attività per la giornata, sollevando le serrande e scoprendo le vetrine. Da un chiosco ambulante fermo all'angolo della strada mi giunse una zaffata di hot dog. Ne comprai uno con sottaceti e senape e lo mangiai camminando.

Salii sul treno espresso alla fermata sulla Ottantaseiesima. Il vagone era così pieno che a malapena riuscivo a muovermi, e accanto a me c'era un bambino che masticava una gomma e faceva grosse bolle rosa. L'odore, fortissimo e inconfondibile, era di Big Babol. Mi sembrava quasi di sentirne il sapore sulla lingua. Mi riportò dritto alla notte del 16 agosto del 2008, e mi ritrovai lì, in macchina, al posto del guidatore, ubriaco marcio, con vetri rotti sparsi ovunque ma nemmeno un graffio addosso. Nemmeno un graffio. Come era possibile?

Non sarei riuscito a sopportare quel profumo nauseante un secondo di più: scesi alla fermata sulla Cinquantanovesima e mi feci strada sgomitando sulla scala mobile, finché mi ritrovai all'aperto, di nuovo alla luce del sole.

Il 16 agosto del 2008, l'ultima serata passata insieme a Macy Petersen. La bellissima Macy, con i suoi magnifici capelli rossi e lucenti, che creavano un contrasto stupefacente con il suo incarnato pallido.

Quella sera Carl aveva organizzato una festa, perché a breve saremmo tutti partiti per il college. Jenna si ubriacò a tal punto che fu costretta a chiamare un taxi per tornare a casa, e Macy passò a prendermi. Era sobria, e stava rientrando dopo aver lavorato come baby-sitter. Anche lei masticava una gomma. Big Babol: avevo visto il pacchetto aperto nel cruscotto. Le dissi che volevo guidare io, così nel frattempo poteva farmi un pompino. Macy mi fece notare che era uscita con la macchina col cambio manuale di suo fratello; mi chiese se fossi capace di guidare con le marce, e io risposi di sì – che me lo aveva insegnato Carl – quindi cedette. Avevo bevuto decisamente troppo, e sebbene fossi riuscito a nasconderglielo, era ovvio che non avrei dovuto mettermi al volante.

Non dimenticherò mai il modo in cui Macy si tolse la gomma da masticare dalla bocca e la infilò nella mia, prima di abbassare la chiusura lampo dei miei bermuda. Detesto quel ricordo, ma ancora oggi me lo fa venire duro. Le sue labbra si muovevano su e giù a un ritmo a dir poco delizioso, e la mia mente scivolò nell'oblio: poi ricordo solo la Jeep che usciva di strada, gli insegnamenti di Carl che evaporavano all'istante, io che spingevo inutilmente sul pedale del freno, la macchina che slittava in uno stridio di gomme e si cappottava una, due volte, per poi fermarsi con un tonfo ai piedi di una collinetta. La Jeep era praticamente un rottame; ancora non riesco a capacitarmi di come facesse la radio a continuare a funzionare. '*Zombie zombie zombie...*' quella cazzo di canzone non la sopporto proprio.

Seppi subito che Macy era morta, perché aveva il collo piegato in un'angolazione strana contro la leva del cambio, gli occhi chiari aperti, immobili, il mio cazzo ancora duro appoggiato alla guancia bianchissima. La breve vita di Macy si era conclusa. Non c'era alcun motivo di chiamare la polizia. Non sarebbero comunque riusciti a salvarla.

Ciò che feci dopo non fu una scelta deliberata, né il frutto di un dibattito interiore. Mi aspettavano il college, la Scuola di Legge, tutto il mio futuro. Il fatto che ci trovassimo nella sua macchina fu un colpo di fortuna insperato. Tante persone non se la cavano in circostanze simili, ma quella volta la vita aveva deciso di tendermi una mano. Quando i poliziotti trovarono Macy il mattino dopo, lei era seduta al posto del guidatore, il collo ripiegato sul volante, la testa spaccata in due. Io ero al calduccio nel mio letto, stanco per la camminata notturna di cinque chilometri.

'What's in your head, in your head?
Zombie, zombie, zombie'.

Frammenti di quella notte tornavano ancora a galla, ogni tanto, vividi come quando li avevo vissuti, anche se all'epoca ero ubriaco. La pelle perfetta di Macy. Il sapore di gomma Big

Babol. La mia erezione che spingeva sul fondo della gola di lei. Le mie mani che stringevano il volante con forza insufficiente. La terrificante realizzazione che le ruote erano fuori controllo. Il grido-conato terrorizzato di Macy. La brusca sterzata per evitare un albero. La quantità impossibile di vetri rotti. Gli occhi di lei, fissi come biglie. Il furtivo rientro a casa, col favore delle tenebre, le caviglie umide di rugiada. La consapevolezza di essermela cavata. Le lacrime di Jenna che mi inzuppavano la spalla il giorno dopo, quando tutta la città venne a sapere che la promettente studentessa della Portledge School, Macy Petersen, era morta in un incidente la notte prima. Guidava lei ed era sola in macchina. I genitori non richiesero un'autopsia: non volevano deturpare inutilmente la loro bellissima figlia, ma le autorità fecero comunque tutti gli esami per verificare il livello di alcol nel sangue. Era pari a zero; Macy era sobria quando era morta.

'Zombie zombie zombie zombie zombie zombie zombie zombie zombie'.

Mentre scendevo lungo la Lex mi venne da vomitare: all'improvviso, e con tanta violenza da non riuscire a camminare. Il sole era così abbagliante che non vedevo nulla, e quando mi chinai in avanti e strizzai gli occhi mi accorsi che erano bagnati di un liquido caldo e sconosciuto; quando li toccai mi resi conto che erano lacrime.

Sedetti sui gradini di una scalinata d'ingresso e poggiai la testa sulle ginocchia. Lasciai uscire le lacrime finché non si esaurirono. Non so per quanto tempo rimasi lì.

Non avrei sopportato di scendere di nuovo in metropolitana, perciò chiamai un taxi con un cenno. Volevo andare a casa e dormire per sempre, ma la parte più ragionevole di me sapeva che non potevo perdere l'esame di codice civile.

Arrivai in aula appena prima delle nove.

L'esame era difficile ma non impossibile, e quando ebbi finito decisi di tornare a piedi a Chinatown. Il sole di mezzogiorno filtrava attraverso uno strato sottile di nubi; era una bella giornata autunnale. Ascoltai il messaggio che mio padre mi aveva lasciato in segreteria, in cui diceva che mia madre non si era ancora svegliata e che non c'era bisogno che tornassi all'ospedale. Cazzo, grazie!

Mi era tornato l'appetito e mi fermai alla mia gastronomia preferita su Mott Street per comprare un panino con il roast beef. Per fortuna il mio coinquilino non c'era, perciò potei sedermi da solo al tavolo del salottino per mangiare in pace. Tirai fuori una birra fredda dal frigorifero, aprii il portatile e misi su un episodio di *House of Cards*. Il sandwich era delizioso: il roast beef cucinato al momento e ben raffreddato, la maionese gustosa e nella giusta dose. Per la prima volta da giorni mi concessi di rilassarmi. Tutta la tensione che avevo accumulato per via dell'esame scivolò via, e la birra aiutò a sciogliere ogni nervosismo residuo.

Fu allora che il telefono cominciò a squillare. 'Lucy' diceva lo schermo.

«Ehi, Luce».

«Ehi». C'era qualcosa di strano nella sua voce, me ne accorsi subito. Solo che non avevo la forza di affrontare un nuovo problema.

Misi in pausa *House of Cards*. Attesi che Lucy parlasse, ma lei rimase zitta. Ovviamente si aspettava che insistessi per sapere cosa non andava, e *solo allora* avrebbe vuotato il sacco. La Budweiser era già andata; arrivai fino al frigo per prenderne un'altra.

«Che c'è?» le chiesi. «Non sei al lavoro?»

«Sono a Bryant Park in pausa pranzo».

«È una giornata perfetta per andare al parco». Stappai la seconda birra.

La sentii sospirare. La immaginai seduta al sole, su una panchina di legno, con indosso il giacchetto di jeans, un paio di stivali di pelle marrone e pantaloni aderenti, i capelli tirati indietro. Probabilmente stava sbocconcellando un'insalata o una mela con del burro d'arachidi, comunque qualcosa di sano.

«Che succede, Luce?»

«Ascolta, devo chiederti una cosa e non so come farlo, quindi te la dico e basta».

Sembrava scossa ma fiera di sé, come se avesse già provato questo discorsetto.

«Va bene, cosa devi dirmi?»

«Be', l'amica di Lydia, Charlotte, quella che hai incontrato quest'estate a Montauk, te la ricordi? Quella sera da Rushmeyers? Insomma, Charlotte ha detto che la scorsa settimana ti ha visto a cena con una ragazza da Crif Dogs. Ha detto che aveva tutta l'aria di essere un appuntamento romantico, che vi stavate praticamente tenendo per mano sul tavolo».

La voce si era ridotta a uno squittio: Lucy aveva deciso di prendermi di petto, ma ne era spaventata. Tamburellai sul tavolo con le dita. L'altra metà del mio sandwich se ne stava lì, in tutta la sua gloria, facendomi venire l'acquolina in bocca. Valutai l'ipotesi di chiudere la chiamata senza dire niente e ricominciare a mangiare.

Le accuse di Lucy relative ai miei presunti torti commessi e ai presunti, e ancora più gravi, torti futuri, erano diventate così noiose e pesanti da indurmi a chiedermi, soprattutto di recente, perché volesse rimanere con me. Lucy aveva le prove che in passato avevo tradito, aveva le prove che avevo mentito, e anche se ero in grado di giurare in modo convincente che non avrei mai fatto queste cose *a lei*, sapeva comunque, in fin dei conti, che ero capacissimo di farle.

La settimana prima ero uscito a cena con una ragazza. Una cena molto informale, ma immagino che sì, si potesse definirla un appuntamento, perché avevo pagato io per i nostri hot dog e birre da Crif Dogs. Non ci avevo riflettuto granché quando era successo, perché era una cosa nata con estrema naturalezza. Un paio di settimane prima, il mio amico Dave aveva festeggiato il suo compleanno in un locale di Red Hook. Non avevo chiesto a Lucy di accompagnarmi. Mi serviva una serata libera. Non mi andava di doverla gestire e presentare a tutti mentre si metteva in mostra, con le gambe lunghe infilate in un abitino striminzito.

Perciò ero andato alla festa da solo e avevo conosciuto una ragazza di nome Jillian: una boccata d'aria fresca. Era bello parlare con qualcuno che non mi scrutava il fondo degli occhi in cerca di segnali di problemi imminenti; non c'era assolutamente niente in gioco. Mi ero ritrovato a raccontarle di mia madre e delle sue fasi maniacali, dei problemi di depressione di mio padre e di quanto Luke e Kathleen fossero insopportabili. Lei mi aveva ascoltato senza giudicare. Le avevo offerto un Gin tonic; lei aveva pagato il secondo giro. A fine serata le avevo chiesto il numero e le avevo proposto di cenare insieme, prima o poi.

Qualche giorno dopo avevo ritrovato in tasca il pezzetto di carta con il suo numero scarabocchiato sopra. Senza pensarci, l'avevo chiamata. Avevamo chiacchierato. Viveva a St. Mark ma non era mai stata da Crif Dogs, il che mi sembrava un crimine. Ci eravamo organizzati per vederci la settimana successiva.

Quando entrai nel ristorante mi resi conto che non ricordavo bene che aspetto avesse Jillian. Ma quando la vidi seduta su uno degli sgabelli rossi la riconobbi all'istante; aveva spalle larghe da nuotatrice e capelli biondo fragola che facevano risaltare le lentiggini sul viso allungato. Ordinammo e ci accomodammo a un tavolo. Il sorriso di Jillian rivelò i suoi denti dritti e contai quattro orecchini a ciascun orecchio. Era carina ma niente di sconvolgente, attraente ma non bella.

In quel momento la sentii tornare: la certezza inebriante che avrei potuto dire qualunque cosa e fingermi chiunque, e lei mi avrebbe comunque accettato. Quando venne il momento di pagare, tirai fuori la carta di credito. Immagino che una parte di me sperasse di scopare subito, ma finimmo semplicemente per camminare e darci qualche bacetto sul marciapiede davanti a casa sua.

Era stato un incontro isolato e anche innocente, a parte il fatto che *Charlotte* ci aveva visto. A malapena me la ricordavo, Charlotte. Giuro su Dio, New York è la città più grande e allo stesso tempo più piccola del mondo.

Però il fatto che Lucy sapesse del mio cosiddetto 'appuntamento' mi colse comunque alla sprovvista, perché fino ad allora ero stato convinto che si trattasse di una cosa privata, del tutto isolata dalla mia realtà quotidiana. Rimasi un attimo in silenzio, sospeso nel limbo delle opzioni disponibili. Avrei potuto mentire; avrei potuto dire che era una ragazza della Scuola di Legge con cui stavo mangiando un hot dog, del resto Crif Dogs non è esattamente il tipico locale da appuntamento romantico. Avrei potuto convincere Lucy che Charlotte si era sbagliata riguardo alla faccenda del tenerci per mano. Ma all'improvviso mi sentii *esausto* all'idea di dovermi difendere ancora: mi sembrava di non fare altro da anni. Da Jenna a Diana a Lucy a Diana ad Alice a Lucy: una rete vastissima e intricatissima, in cui ogni storia d'amore fluiva chissà come, con tutti i suoi casini, in quella successiva, in un susseguirsi tossico di relazioni. Ero stufo marcio di cercare di aggiustare sempre tutto. Il fascino di Lucy era sempre stato legato al fatto che non era davvero la mia ragazza; in un angolo remoto del cervello, avevo sempre sospettato che una vera e propria storia con lei non sarebbe stata sostenibile. Ormai giravamo in tondo da troppo tempo. Che cazzo di senso aveva?

«Sì, sono uscito a cena con una persona» dissi. «Ma non lo definirei un appuntamento».

Lucy sospirò. «Tu non lo *definiresti* un appuntamento? Allora perché vi tenevate *per mano*? Cioè, che cazzo...?»

'Cioè, che cazzo...?' Mi faceva male la testa, e la stanchezza della notte precedente e di quella mattinata mi travolsero all'improvviso. Non volevo nient'altro che farmi una lunghissima doccia e un sonno ancora più lungo.

«Non è stato niente, Lucy. Credimi, oppure non credermi: fa' come ti pare». Sapevo benissimo di suonare come uno stronzo.

«Ma sei andato a cena con una donna o no? Chi è questa con cui sei uscito? Non capisco» disse lei con voce tremante.

«È una ragazza che ho conosciuto. Niente di che».

«Stephen, ma che dici?»

«Non era un appuntamento, Lucy. Siamo andati da Crif Dogs. A momenti non hanno nemmeno i tavoli, lì».

«Con me da Crif Dogs non ci sei mai andato!»

«Perché tu non mangi hot dog!»

«Non li mangio perché fanno schifo! Sono intestini di maiale lavorati e pieni di Dio solo sa cosa».

«Cristo santo, Lucy. Qual è il punto di questa conversazione?»

«È solo che ti comporti in modo strano. Ora devo tornare al lavoro».

«Okay».

«Puoi passare da me stasera? Voglio parlarti di persona. Adesso mi sento un po' stranita».

«Non lo so. Ho da studiare». Non mi andava di dirle di mia madre. Si sarebbe offerta di accompagnarmi all'ospedale.

«Ma bravo». Non era certo del sarcasmo efficace, e per un attimo quasi mi dispiacque per lei.

«Senti, ho appena sostenuto un esame e sono stato in piedi tutta la notte in ospedale perché mia madre è stata ferita. Okay? Adesso mi faccio una doccia e finisco delle cose per l'università. Ti chiamo dopo».

«Merda» disse lei. «Non lo sapevo. Sta bene? Cosa è successo?»

«Sta bene, le hanno messo solo qualche punto» mentii. «Non vale nemmeno la pena parlarne».

«Mi dispiace».

«Sul serio, non è niente di che. Ora devo andare. Ci sentiamo dopo».

«Va bene. Fammi sapere se posso fare qualcosa».

«Grazie».

«A proposito, giovedì andiamo ancora da Gramercy Tavern con i miei, vero? So che sei impegnato, ma abbiamo già rimandato questa serata un'infinità di volte».

«Giovedì. Giusto. Farò in modo di esserci».

Chiusi la telefonata e aprii il rubinetto della doccia, facendo scaldare l'acqua più del solito. Mentre mi scorreva sulla schiena, pensai con terrore alla cena di giovedì: uscire con i genitori di Lucy era l'ultima cosa che mi andava di fare, in quel momento.

Mi insaponai per bene, mentre riflettevo sul fatto che Lucy era decisamente la persona sbagliata per me, era sempre stata la persona sbagliata per me. Le aspettative che nutriva, e che derivavano da una visione ingenua del nostro rapporto, erano ridicole. Non le avrei mai dato ciò che voleva. Non lo sapeva, forse? E perché avrei dovuto, poi? Non è che Lucy mi avesse mai fatto sentire la versione migliore di me; non mi aveva mai reso veramente felice. E non sarebbe mai successo. Era carina, ma certe volte, nell'ultimo periodo, quando la guardavo bene, non mi sembrava più nemmeno tanto carina. Avevo permesso che il sesso mi offuscasse il giudizio. Un'altra volta.

Quando uscii dalla doccia e mi avvolsi in un asciugamano, mi accorsi di sapere esattamente cosa dovevo fare. Nel frattempo, magari, avrei chiesto a Jillian di uscire una seconda volta. Avevo voglia di un nuovo inizio. E lei mi sembrava una ragazza in gamba.

45
Lucy

Ottobre 2014

Il telefono continuava a vibrare sulla scrivania, come una zanzara impazzita.

Lydia: Chiamami.

Un'unica parola, ma l'urgenza che comunicava era inequivocabile. Lanciai un'occhiata nell'ufficio di Harry: era ancora tutto preso da una riunione. Melissa – la ragazza che lavorava sotto di lui, e che faceva finta di essere il mio capo ogni volta che Harry aveva da fare – era parcheggiata alla sua scrivania e mi sbarrava l'uscita, scrutandomi con occhi di falco. Quando finalmente smise il turno di guardia, presi il telefono e il mio pranzo e uscii.

«Che c'è, Lydia?» chiesi quando rispose.

«Non farti prendere dal panico» disse lei, il che ovviamente mi fece andare immediatamente nel panico.

«Dimmelo e basta».

«Okay. Allora, ieri sera ho visto Charlotte che mi ha detto che la scorsa settimana era andata con Max da Crif Dogs: hai presente, quel locale che vende solo hot dog con cui tutti sono completamente fissati nell'East Village? Comunque, ha visto Stephen. Ha detto che era a cena con una ragazza e che sembrava un appuntamento. Magari non è niente, ma ho pensato fosse meglio dirtelo».

Fui travolta da un'ondata di nausea. Cominciai a vagare per Bryant Park e finii seduta su una delle panchine di legno.

«Ma non ha alcun senso. Come fa Charlotte a dire che era un appuntamento? Nemmeno lo conosce, Stephen». Charlotte era un'amica di Lydia della Amherst, che avevo incontrato in un paio di occasioni l'estate precedente negli Hamptons.

«Be', non era *sicura*. Ha solo detto che lo sembrava...»

«Come faceva a sembrare un appuntamento? Non capisco».

«Non lo so. Ha detto che erano lì, e che, boh, si tenevano per mano o che so io».

«Non ci credo» ripetei, lo stomaco annodato. «Magari non era Stephen».

«Luce, lei è abbastanza sicura che si trattasse di lui. Ma chi lo sa? Chiediglielo. Magari non è niente».

«Charlotte ti ha detto che giorno era?»

«Lucy, adesso non ossessionarti».

«Non mi sto ossessionando. Ma te lo ricordi?»

«*Lucy*».

«Che c'è, Lydia? Ti ho aiutata ad affrontare i tuoi casini più volte. Anche tu al posto mio staresti dando di matto».

«Non me lo ricordo. Lo chiedo a Charlotte, okay? Però penso che per prima cosa dovresti parlare con Stephen. Non trarre conclusioni, almeno per ora».

«Va bene».

«Ho un po' d'ansia per la corsa. Voi siete pronte?»

«Immagino di sì». Lydia, Bree e io dovevamo correre una mezza maratona a East Hampton quel sabato. Era tutta l'estate che ci allenavamo. «Vorrei solo che fosse già finita. Stephen doveva venire a guardarmi».

«Giusto. E non viene più?»

«A quanto pare no, visto che frequenta un'altra».

Lydia sospirò. «Lucy, finiscila. Te l'ho detto, non è ancora il momento di trarre conclusioni affrettate».

«Uffa. Va bene».

«Devo tornare al lavoro. Non agitarti. Ti chiamo dopo».

Chiusi la telefonata con Lydia. Non potevo certo biasimarla se pensava che non fosse niente di grave. Non conosceva Stephen come lo conoscevano le mie amiche del Baird, come lo conoscevo io. Non sospettava di cosa fosse capace; non sapeva fino a che punto mi fossi umiliata per lui in passato. Lydia era la mia più vecchia amica, e anche se da ragazzine ci eravamo sempre dette tutto, adesso c'erano delle cose che preferivo tenerle nascoste.

Decisi di chiamare Stephen, non sarei riuscita ad aspettare fino a fine giornata. Doveva essere tutto un fraintendimento; se non altro lui avrebbe negato o spiegato la situazione. O magari non c'era mai neanche stato da Crif Dogs. Charlotte doveva essersi sbagliata; non era certo una cima. Era entrata all'Amherst solo perché suo padre aveva ereditato una specie di impero del petrolio.

Mentre il telefono squillava sentivo l'ansia crescere, e anche una vaga nausea attanagliarmi lo stomaco. Me ne ero stata per anni e anni a guardare Stephen fare di tutto alle spalle prima di Diana e poi di Alice. Perché avevo pensato che con me le cose sarebbero andate diversamente?

Mi sembrò di risentire la voce del dottor Wattenbarger. 'La gente come Stephen non cambia'.

Ma il punto non è che dovremmo almeno *credere* che la gente possa cambiare? Credere che tutti possiamo diventare una versione migliore di noi stessi? Altrimenti, non c'è speranza per nessuno. Magari il dottor Wattenbarger non sapeva proprio tutto.

Stephen rispose, interrompendo il flusso dei miei pensieri.

«Ehi, Luce».

Sapevo di dover rimanere zitta. Finalmente avevo ottenuto ciò che desideravo da sempre, e accusare Stephen di agire alle mie spalle avrebbe solo causato ulteriori tensioni.

Ma non potevo lasciar perdere, e prima di cambiare idea gli stavo raccontando ciò che Lydia mi aveva riferito di Charlotte e di Crif Dogs e del suo presunto appuntamento.

Quando lui non negò di essere andato a cena con una ragazza, cominciai a preoccuparmi sul serio; e anche se disse che non era stato un appuntamento galante, nelle sue parole si coglieva una sfumatura noncurante che mi riempì di agitazione. Parlava in tono indifferente, quasi fosse un estraneo. Gli chiesi di passare da me quella sera per poterne parlare di persona ma lui mi disse di avere non so quale compito, e poi accennò, come se nulla fosse, al fatto che sua madre era in ospedale. Promise che mi avrebbe richiamato.

Mi sentivo meglio, ma giusto un po'. Chiaramente Stephen era stressato per via di sua madre: non avevano mai avuto un buon rapporto e vederla in ospedale forse gli suscitava emozioni contraddittorie. Ma non avevo più fame, e buttai l'insalata nel cestino della spazzatura mentre tornavo in ufficio.

Dopo il lavoro andai a fare una lunga corsa sul sentiero che fiancheggia l'East River. Il cielo si tinse di un grigio polveroso e interruppi la corsa prima del previsto, quando avvertii sulle braccia le prime gocce di pioggia.

Quando arrivai a casa, Bree stava preparando dei tacos di pesce. Controllai il cellulare, ma Stephen non mi aveva chiamato né inviato messaggi.

Mi feci una doccia calda per ripulirmi dallo stress di quella giornata. Poi mi pettinai davanti allo specchio a figura intera e mi rimirai. Il mio corpo era ancora molto snello, e anche muscoloso, perché correvo tanto. Il seno era più grande, e la cosa non mi dispiaceva. Non avevo nessuna intenzione di lasciarmi andare – non avrei mai più guardato a un piatto di carboidrati con la stessa gioia spensierata di un tempo –, ma non potevo correre veloce se non mangiavo abbastanza.

Mi infilai un paio di pantaloni della tuta e il maglione di Marilyn. Bree aveva cucinato anche per me, così mi unii a lei sul divano per cenare insieme. Ero ancora agitata, ma la corsa mi aveva messo appetito, quindi spazzolai tutto.

«Bree».

«Sì?» disse lei senza distogliere lo sguardo da *Mad Men*.

Avrei voluto raccontarle di Stephen e di tutta quella faccenda ridicola della cena/appuntamento; mi avrebbe fatto comodo una buona dose del suo pragmatismo. Ma decisi che era meglio lasciar perdere quando mi venne in mente che lei avrebbe potuto riferirlo a Jackie, ancora non molto convinta del fatto che io e Stephen avessimo ricominciato a vederci.

«Niente».

Quando Bree andò a dormire, rimasi in cucina a sciacquare i piatti. Nell'appartamento non si sentiva alcun rumore, a parte il ronzio della lavastoviglie.

Mi infilai a letto e fissai il telefono, augurandomi con tutta me stessa che lui chiamasse. Quando alla fine il cellulare squillò era CJ, e ne fui così delusa che gemetti a voce alta e lasciai che la chiamata finisse in segreteria telefonica.

Ma dovevo sentirlo a tutti i costi, o non sarei riuscita ad addormentarmi.

Cercai di ricominciare a leggere *La porta delle lacrime* dal punto in cui mi ero interrotta, ma non riuscivo a concentrarmi. Rilessi la stessa frase per dieci volte. Quando non ce la feci proprio più, gli mandai un messaggio.

Lucy: Come va?

Quando rispose, alcuni minuti dopo, il sollievo mi travolse.

Stephen: Ancora in biblioteca, sono infognatissimo. Ci sentiamo domani.

Quella notte continuai a girarmi e rigirarmi nel letto, svegliandomi ogni ora. Non riuscivo a liberarmi dalla sensazione che ci fosse qualcosa che non andava. Il giorno dopo al lavoro non riuscii a concentrarmi; la preoccupazione mi incombeva addosso come una nube scura. Misi via il telefono solo quando mi accorsi che Melissa mi guardava in maniera sospetta.

Quando al tramonto lasciai l'ufficio ero così ansiosa che in pratica tremavo. Una volta in strada, controllai di nuovo il telefono e l'ennesima delusione mi annodò lo stomaco. Ancora niente da parte di Stephen. Provai a chiamarlo: era già mercoledì e i miei sarebbero arrivati il giorno seguente per cenare insieme. Stephen non aveva ancora conosciuto mio padre, perciò avevamo deciso di andarcene tutti insieme da Gramercy Tavern: mi aveva già tormentato mille volte, chiedendomi cosa dovesse indossare e se pensavo fosse meglio arrivare in macchina o con il treno.

«Ciao» rispose Stephen in tono chiaramente irritato.

«Ehi». Mi venne voglia di saltare nel telefono e dargli un pugno in faccia.

«Che c'è?»

«Volevo solo salutarti. Negli ultimi due giorni ci siamo sentiti a malapena».

«Non ho sentito praticamente nessuno negli ultimi due giorni» replicò lui sulla difensiva. «Mi sono barricato in biblioteca a scrivere questa cazzo di relazione».

«Potevi almeno mandarmi un messaggio. Dovevi chiamarmi ieri sera».

«Ma cazzo, Lucy, ti ho appena detto che ho da fare».

«Questo lo so, Stephen. Però che cavolo. Se stiamo davvero cercando di far funzionare le cose come ci eravamo ripromessi, non puoi lasciarmi appesa e comportarti come un cazzone solo perché ti va. E anche io, tra l'altro, ho un casino di cose da fare. Non sei l'unico».

«Scusa» sospirò lui. «Sono solo stressato».

«Sì, va bene. Possiamo parlarne dopo. In realtà ti chiamo per confermare la cena di domani. Gramercy Tavern alle sette e mezza?»

«Adesso mi ucciderai».

Di nuovo, mi si annodò lo stomaco. «Non vieni».

«Non ce la faccio. Non sono nemmeno a un quarto di questa relazione e devo consegnarla all'inizio della prossima settimana. Non c'è verso che domani riesca a concedermi una pausa per cenare. Mi spiace».

«Non capisco. Tua mamma sta bene?»

«Mia mamma?»

«È ancora in ospedale?»

«No. Certo che no. Non era niente. Mia madre non c'entra niente. È una cosa di lavoro».

«Okay, be' pensavo che ti andasse di conoscere mio padre, avreste potuto parlare di revisioni legali. Ma come vuoi, rimanderemo per *l'ennesima* volta».

«Stai forse cercando di farmi sentire in colpa? Sei tu che hai combinato casini su casini, rimandando ogni incontro con la tua famiglia. Non vuoi che io li conosca. Ammettilo. Sai che non gli piacerei».

«Mi prendi in giro? Hai già conosciuto mia madre. È andata bene».

«Non è andata bene. Chiaramente non mi ritiene all'altezza della sua preziosissima figlia perfetta, che ha frequentato solo scuole private. Ce l'aveva scritto in faccia, Luce. Datti una svegliata».

«Stephen, ma che cavolo ti prende? Perché ti comporti così da stronzo? Adesso non scaricare questa cosa su di me! È colpa tua». Mi veniva da piangere e stavo praticamente urlando in mezzo alla strada.

«Scusa» borbottò lui alla fine. «Possiamo parlarne più tardi?»

«Sì, buona idea».

«Scusati con i tuoi da parte mia. Mi sono organizzato male io. Okay?»

«Va bene».

«Mi dispiace davvero, Lucy».

«Però per il weekend a Sagaponack siamo ancora d'accordo, vero? Per la mezza maratona» continuai con una vocina sottile.

Stephen sospirò di nuovo, in un modo che mi fece provare imbarazzo per me stessa. La sua irritazione nei miei confronti e nei confronti delle mie rivendicazioni infantili era palpabile.

«Forse» disse. «Mi piacerebbe, ma devo capire quanto riesco a portarmi avanti con il lavoro. Questa relazione è fondamentale per i miei voti scritti e devo assolutamente consegnarla settimana prossima».

«Puoi lavorare lì. Puoi andare in biblioteca o lavorare a casa di Lydia. Non ti daremo fastidio». Sapevo di suonare disperata e mi detestai per questo.

«Vedremo. Domani ti faccio sapere. Okay?»

«Okay».

«Ciao» disse lui e chiuse bruscamente la chiamata.

Mi sentii sola e abbandonata, in un modo che non credevo di riuscire a sopportare. Non erano neanche le sette e in cielo c'era ancora una luce grigio ardesia. Con indosso solo un giacchetto leggero, rabbrividii, e mi resi conto che l'inverno stava arrivando, lungo, lento, freddissimo. Chiamai CJ e le spiegai che Stephen non poteva venire a cena perché sua madre era in ospedale. Lei, agitatissima, mi fece mille domande, e io inventai tutte le risposte.

Quando arrivai a casa, trovai Bree che preparava i bagagli per il fine settimana. Mi fece una testa così, ricordandomi di bere acqua a sufficienza e che avremmo dovuto consumare una cena ricca di carboidrati la sera prima della corsa. Riuscii a risponderle a monosillabi e lei si presentò alla porta di camera mia con un'espressione serissima.

«Se sei nervosa per la mezza maratona, stai tranquilla» mi disse. «Tu corri da molto più tempo di me».

«Non è per quello».

«Per che cosa, allora?»

«Niente. Cose di lavoro».

«Ancora Melissa?»

«Sì. La solita storia».

«È una tale stronza. E non è nemmeno il tuo capo!»

«Lo so».

«Domani Stephen prende il pullman con noi?»

«Forse. A dire il vero non so se riuscirà a venire. Deve consegnare una relazione entro lunedì».

«Oh, che peccato».

«Vedremo. Magari fa un salto sabato». Mi sforzai di rivolgerle un sorriso.

Non chiusi occhio per tutta la notte. Non riuscivo a capire perché Stephen non mi mandasse almeno un messaggio. Quando non passavamo la notte insieme, mi augurava sempre la buonanotte chiamandomi o scrivendomi. Il buco nero di angoscia che si era fatto strada nelle mie viscere si allargava di secondo in secondo. Avrei voluto tornare indietro nel tempo a una settimana prima, quando Stephen mi aveva sorpreso con dei biglietti dell'ultimo minuto per il concerto dei Sigur Rós e un bouquet di rose rosa pallido. Che cosa poteva essere mai successo in appena una settimana?

Magari era per sua madre e lui non mi stava dicendo tutto. Sua madre era bipolare – bipolare di tipo 1, la variante più grave – e forse c'era qualcosa che non voleva ammettere sulla vera ragione del ricovero in ospedale. Mi arrovellai per tutta la notte, valutando ogni scenario possibile. Ogni volta che riuscivo ad appisolarmi, sognavo lui. In uno di quei sogni eravamo a cena in un ristorante elegante; in un altro dormivamo allacciati sulla spiaggia di Sagaponack, sotto le stelle. Li detestai tutti, perché quando mi svegliavo lui non era con me ma ero da sola sotto le coperte, accaldata e con gli occhi che bruciavano per la mancanza di sonno.

Il mattino dopo mi trascinai al lavoro. Tenni il telefono in bella vista sulla scrivania, e ci rimasi incollata tutto il giorno. A ogni minuto che passava senza una sua chiamata, l'idea che prima o poi si facesse sentire mi sembrava sempre meno probabile, e quando, il venerdì sera, trascinai la valigia per il fine settimana verso la fermata del pullman sulla Quarantaquattresima, avevo ormai la certezza che non lo avrei sentito.

Il pullman uscì da Manhattan e si diresse a est, lasciandosi New York alle spalle. Lydia e Bree si addormentarono quasi all'istante, e io rimasi sola con il mio rimuginare ossessivo. Tirai fuori il telefono. Oscillavo tra momenti di rabbia feroce e disperazione pura. Non era giusto. Formulai un nuovo messaggio.

Lucy: Va tutto bene? Cosa hai deciso per il fine settimana? Chiamami.

Feci uno sforzo per non lasciar trapelare la rabbia che provavo perché magari c'era davvero un problema con sua madre. Ma era comunque venerdì sera e mancavano dodici ore alla mezza maratona. Una settimana prima, Stephen mi aveva detto che avrebbe preparato un cartellone per me con scritto 'Lucy che corre in the Sky with Diamonds'.

Tirai fuori *La porta delle lacrime* ma nemmeno lo aprii, anzi lo rimisi subito a posto nella borsa.

Controllai il telefono ogni trenta secondi, neanche avessi la sindrome di Tourette. Alle nove e mezza, l'autobus si fermò a Watermill, vicino Sagaponack.

Non venivo da queste parti dal fine settimana del Labor Day. Adesso era ottobre e l'aria era molto più fresca, le strade stranamente vuote.

L'interno della casa dei nonni di Lydia puzzava di chiuso perché da diverse settimane non ci veniva nessuno e le finestre non erano mai state aperte. Inspirai il familiare odore di legno della cucina e qualcosa si ruppe dentro di me: fui travolta da una tristezza indicibile. Io e Stephen avevamo trascorso molte nottate estive in questa casa, in questa cucina: quando organizzavamo cene a base di granchi con Helen e Bree e altri amici e parenti di Lydia, rivestiva il grosso tavolo di fogli di giornale. Mi sedevo in braccio a lui quando giocavamo a *Cards Against Humanity* o *Bananagrams* per passare le serate. Un pomeriggio, mentre tutti gli altri erano in spiaggia, ci avevamo anche fatto sesso, su quel tavolo.

Accarezzai la superficie in noce che ci aveva accolti appena qualche settimana prima. Percorsi con le dita i nodi e le venature del legno, e mi sentii così male che mi pareva di esplodere. Dov'era? Perché non rispondeva? Perché non era lì con me?

Mi ci vollero ore per addormentarmi, e quando finalmente ci riuscii sognai una BMW Station Wagon nuova di zecca, il cofano argentato che luccicava al sole. Delle mani non meglio identificate ne pulivano la carrozzeria con spugne imbevute di acqua saponata. Un panno nero lucidava il logo bianco e blu fino a farlo brillare. La macchina veniva messa in moto, ma al posto dei fari aveva gli occhi di Stephen, di un verde accecante, che poi si trasformavano negli occhi del dottor Wattenbarger, grigi come il mare sotto la pioggia.

'E tu, Lucy in the Sky with Diamonds, sei decisamente una BMW'.

Mi riscossi, madida di sudore, quando la sveglia suonò alle cinque e sentii una lieve pioggerellina picchiettare sul tetto.

Quando arrivai in cucina Lydia e Bree stavano già preparando il caffè, tostando bagel e chiacchierando animatamente delle rispettive playlist per correre. Bree mi porse mezzo bagel con uvetta e cannella e io ne ricoprii la superficie abbrustolita di formaggio spalmabile.

Uscimmo subito dopo le sei e guidammo lungo la Montauk Highway in direzione East Hampton. Non pioveva più e il sole era una striscia gialla che bruciava all'orizzonte, inondando i vasti campi verdi di granturco di una luce dello stesso colore del burro. Abbassai il finestrino e inalai l'odore terroso della rugiada e del letame.

Lydia sembrava tranquilla, ma sapevo che Bree era nervosa dal modo in cui si sistemava ciocche disordinate di capelli biondo platino dietro le orecchie. Nessuna di noi aveva mai corso per ventuno chilometri, e io stessa ero stata nervosa. Ma adesso il nervosismo si era trasformato in un terrore accecante, che si era impossessato di ogni cellula del mio corpo.

Mentre Lydia avanzava lungo la superstrada sgombra, lei e Bree continuarono a chiacchierare tranquillamente, come migliori amiche, anche se le avevo presentate per la prima volta solo l'estate precedente.

«Hai spiccicato a malapena parola da quando abbiamo lasciato Manhattan» disse Lydia, lanciandomi un'occhiata dallo specchietto retrovisore. Abbassò il volume della radio, come faceva CJ quando voleva parlare in macchina, come se fosse impossibile avere una qualsiasi conversazione con la musica accesa, anche se tenuta bassissima.

«Già» concordò Bree. «Sei sicura di star bene?»

«Sono solo nervosa per la corsa» mentii.

«Anche io» disse Bree. «Ma pensa a quanto ci siamo allenate. Ce la caveremo benissimo. Alla fine che fa Stephen? Viene oggi?»

«No, è rimasto in città perché deve studiare. Ha una relazione da consegnare».

«Che peccato. Mi dispiace, Luce». Si voltò a guardarmi, vagamente accigliata. A differenza di Jackie, Bree non metteva mai in discussione ciò che le dicevo. Si aspettava che fossi sincera con lei con la stessa sicurezza con cui ci si aspetta che da un rubinetto esca l'acqua, e certe volte mi sentivo ambigua e disonesta nei suoi confronti.

Ho un ricordo molto vago della mezza maratona. Corsi per le vie umide di pioggia di East Hampton con le gambe pesanti e intorpidite. Negli ultimi otto chilometri, i piedi e i polpacci mi facevano così male che per quarantacinque minuti mi dimenticai completamente di Stephen. Completai la corsa un'ora e cinquantotto minuti dopo, e fui accolta da Lydia e Bree, che avevano tagliato il traguardo, una accanto all'altra, in un'ora e cinquanta.

«Luce!» esclamò Bree. «Ce l'abbiamo fatta! Scattiamoci una foto!»

Il fidanzato di Lydia e alcuni dei loro amici ci aspettavano alla fine del percorso. Si trattava perlopiù di ragazzi newyorkesi che avevo conosciuto durante l'estate, ma socializzare era l'ultima cosa di cui avevo voglia in quel momento. Il sole brillava e in cielo c'era solo qualche nuvola. Desiderai che stesse ancora piovendo. Gli altri proposero di andare a comprare dei panini per mangiarli poi in spiaggia. Quando tirai fuori il telefono avevo lo stomaco così annodato che non riuscivo nemmeno a star dritta; sembrava che avessi un'ernia. Ripercorsi i messaggi in arrivo, degnando appena di uno sguardo quelli di congratulazioni e le chiamate perse che arrivavano da amici e da Georgia e CJ. Niente, niente, *niente* da Stephen. Ancora niente. Magari aveva perso il telefono. Era una spiegazione ragionevole. Magari dovevo mettermi in contatto con Carl e assicurarmi che andasse tutto bene. Ci fermammo a comprare del cibo prima di spostarci in spiaggia. Purtroppo la giornata era diventata fin troppo perfetta: quando stendemmo i teli sulla sabbia, ogni nuvola residua era scomparsa dal cielo terso, e anche la temperatura era insolitamente alta per essere ottobre. Mi obbligai a mandar giù due bocconi di un panino con uova, bacon e formaggio, ma sapeva di gomma. Tracannai una birra e il peso della tristezza che mi precipitò addosso mi fece venire un capogiro. Sapevo che se ne avessi bevuta una seconda avrei tentato di chiamare Stephen. Guardai gli altri che si tuffavano nell'oceano per fare una nuotata.

Jackie mi chiamò.

«Non ci posso credere che avete corso per ventuno chilometri! Siete pazze». Il suono della sua voce mi fece sentire un pochino meglio.

«Non è stato così male. Se vuoi, puoi farcela anche tu».

«Non ci penso proprio» scoppiò a ridere lei. «Però sono orgogliosa di voi due. Bree c'è?»

«Sta facendo un bagno».

«A ottobre?»

«Qui fa parecchio caldo. È strano, in effetti».

«Be', falle le congratulazioni da parte mia».

«Va bene. Mi manchi, Jack».

«Anche tu mi manchi, Luce. Devi venirmi a trovare tipo *subito*».

«Vorrei tanto. Ma sono al verde. Forse riesco a convincere CJ a regalarmi un biglietto e a venire per Capodanno».

«Per forza! Devi vedere casa nostra a Santa Monica».

«Lo so. Mi manca la California. E poi, Jack, volevo dirti...»

«Sì?»

«Be', volevo dirti che mi dispiace. Per Stephen. Lo so che la sua presenza ha incasinato le cose tra di noi. So che pensi che ho fatto la scelta sbagliata e so che non vuoi parlarne e il fatto è che forse...»

«Lucy, stai dicendo una cretinata. Non c'è niente di incasinato tra di noi. Sei la mia migliore amica».

«Lo so». Avevo la voce rotta per l'emozione. Affondai i piedi nella sabbia.

«Dico sul serio, Luce. Stephen non sarà la mia persona preferita al mondo, ma non per questo ti voglio meno bene se stai con lui. E poi Bree mi ha detto che ultimamente siete felici insieme. Dice che Stephen ti tratta molto bene. Immagino che per me sia un po' strano crederci, ma non so, magari alla fine avevi ragione tu. Non lo conosco davvero. Le volte in cui ci siamo visti probabilmente ero strafatta e mi sono comportata da stronza. Ci siamo sniffate così tanta coca quando andavamo al college! Certe volte abbiamo veramente esagerato... E Pippa non aveva una gran bella influenza, in questo senso. Quando siamo arrivate a Los Angeles le ho detto che doveva darci un taglio, e non ha più toccato quella roba dal giorno della laurea. Lo sapevi? Dovevamo solo crescere, tutte quante. Comunque, sto divagando. Ciò che volevo dire è che magari avevi ragione quando dicevi che tu e Stephen eravate stati vittima di un cattivo tempismo. Magari la gente può davvero cambiare...» Adesso straparlava. Mi sembrò leggermente brilla.

«Però, Jackie...»

«Luce, voglio solo che tu sia felice. Non mi importa di nient'altro. Adesso devo andare. Scusa, io e Pip stiamo bevendo dei Mimosa e dobbiamo andare a questo brunch... Però ti voglio bene. E anche Pip».

Chiusi la chiamata nel momento esatto in cui Bree usciva dall'acqua, il corpo minuto scosso da brividi.

«Cazzo se è fredda, l'acqua!» Afferrò un asciugamano. «Chi era?»

«Jackie. Ti fa le congratulazioni».

«Sei pallida» disse Bree asciugandosi. «E non parli con nessuno. Che ti succede?»

«Non mi sento bene. Dovrei tornare a casa di Lydia e... riposare».

Mi mancò la voce. Vidi Bree che parlava con Lydia. E sentii la voce di Lydia raggiungermi da molto lontano. «Lucy, prendi le chiavi della macchina. Torna a casa e vatti a fare un sonnellino».

Quando fui di nuovo a casa della mia amica mi feci una doccia, poi mi seppellii sotto le coperte nella camera degli ospiti. Anche con le imposte chiuse, c'era troppo sole. Mi sentii in colpa e ridicola e debole per essere al chiuso in una giornata così bella, ma quei pochi minuti in spiaggia erano stati intollerabili. Non riuscivo a far altro che giacere in posizione fetale, aggravata da un peso insostenibile che mi annientava fin nel profondo.

Controllai il telefono per la miliardesima volta. Cercai di essere pragmatica. Cercai di valutare i fatti nudi e crudi. L'ultima interazione che avevo avuto con Stephen era stata la telefonata di giovedì sera, quasi quarantotto ore prima. Da allora l'avevo chiamato quattro volte, avevo lasciato due messaggi in segreteria e inviato ben sette sms, tutti rimasti senza risposta. Doveva per forza aver perso il telefono. Non c'era nessun'altra spiegazione valida. Ma allora perché non mi aveva scritto un'email, o non si era fatto prestare il telefono da un amico?

CJ mi aveva cercata di nuovo, lasciandomi l'ennesimo messaggio in segreteria. Sapevo che voleva chiedermi com'era andata la corsa, ma non riuscii a trovare la forza di richiamarla. Impossibile simulare ancora entusiasmo; però ascoltai la registrazione.

«Ciao, Luce, sono di nuovo io, CJ. Ti chiamavo solo per farti le congratulazioni... ventuno chilometri, incredibile, sei stata bravissima! Voglio tutti i particolari, ma probabilmente sei in giro a festeggiare con gli amici, perciò non sentirti obbligata a richiamarmi. Però fatti sentire appena puoi, okay? Ti voglio tantissimo bene, anche Georgia e papà ti fanno le congratulazioni. Siamo tutti orgogliosissimi di te, bambina mia! Ci sentiamo dopo, Pepe».

La voce di CJ, materna e piena di orgoglio genuino, fu l'ultima goccia. Mi sdraiai e cominciai a singhiozzare in silenzio.

Quando Lydia e Bree arrivarono a casa, diverse ore più tardi, mi ero ormai addormentata, e a svegliarmi furono le loro risate. Nelle ultime quattro ore, quelle due erano diventate una specie di pacchetto unico.

La porta si aprì di uno spiraglio. «Ti senti meglio?»

«Non proprio. Mi sento un po' di febbre». Mi tirai su, poggiandomi su un gomito.

«Non hai una bella cera». Lydia aggrottò le sopracciglia. «Senza offesa».

«Vuoi un ibuprofene? O un tè? Una minestrina!» La voce

di Bree salì di diverse ottave, il che mi suggerì che si era scolata diverse birre.

«No, però grazie».

Le due andarono a farsi la doccia, e quando ricomparvero accanto al mio letto erano pronte per uscire. Sarebbero andate al Surf Lodge di Montauk e mi chiesero se mi andava di unirmi a loro, ma risposi che stavo troppo male per accompagnarle.

Quando Lydia e Bree se ne furono andate, mi arresi e chiamai Stephen per l'ennesima volta; ma il telefono continuò a squillare a vuoto, finché la chiamata finì in segreteria. Accesi la tv in salotto: davano un vecchio film con Julia Roberts, ma non riuscivo a concentrarmi su ciò che vedevo. Ero patetica, lo sapevo, anzi peggio che patetica. Mi osservai allo specchio del bagno e a malapena mi riconobbi, per via delle enormi borse gonfie sotto gli occhi, della pelle a chiazze e dei capelli arruffati, sudaticci e sporchi. Avevo un aspetto orribile. A un tratto mi venne una fame da lupi, e divorai un'intera confezione di biscotti con le gocce di cioccolato, troppo sofferente per prepararmi un pasto come si deve. Mi sentivo come una creatura selvatica, un animale affamato.

L'unica cosa che desideravo era andar via da casa di Lydia e da Sagaponack. Chiusi gli occhi e sperai di crollare, in modo da ritrovarmi già al mattino successivo, e invece non riuscivo a dormire. La brezza entrava dalle finestre e ascoltai il vento che faceva frusciare i rami degli alberi contro la finestra. Bree e Lydia tornarono tardi: le sentii frugare in cucina in cerca di uno spuntino e mi ricordai di aver mangiato tutti i biscotti Tate di Bree, i suoi preferiti. Le sentii ridacchiare e chiacchierare per un po', prima di salire al piano di sopra.

Quando, il mattino seguente, Bree annunciò di voler tornare in città sul presto perché quella sera doveva vedersi per la seconda volta con Evan Donovan, il compagno di stanza di Stephen al Baird da poco trasferitosi a New York, le fui riconoscente. Bree aveva una cotta per Evan da sempre, motivo per cui Stephen aveva organizzato un'uscita a quattro la settimana precedente.

Prendemmo un pullman per New York in tarda mattinata, e per un po' rimanemmo imbottigliate nel traffico di uscita dagli

Hamptons, finché non giungemmo al Midtown Tunnel e poi nel cuore di Manhattan.

Ero così sollevata di essere di nuovo in città e di essermi allontanata dagli strazianti ricordi della casa di Sagaponack che quasi baciai il marciapiede.

Dopo che Bree fu uscita per il suo appuntamento, eccitata oltre ogni dire, me ne rimasi seduta sul letto, sentendo che dentro di me non era rimasto altro a parte ansia e desolazione. Mi facevano male le gambe per via della mezza maratona; era domenica notte, ed erano trascorse settantadue ore da quando avevo parlato con Stephen l'ultima volta. Decisi che doveva esserci qualcosa che non andava, qualcosa di grave. Se non fossi riuscita ad avere sue notizie quella notte, il giorno dopo avrei chiamato uno dei suoi amici. Mi vedevo costretta a farlo. Presi il cellulare e gli inviai un ultimo messaggio.

Lucy: Sei vivo?

Trenta secondi dopo sentii il telefono vibrare.

Stephen: Sì. Sono stato da mio padre a Bayville per tutto il weekend. Dovevo andarmene per studiare in pace. Scusa, so che probabilmente sei arrabbiata. Ho un casino di cose da fare per l'università questa settimana, ma possiamo vederci venerdì? Così parliamo.

*

Passarono cinque interminabili giorni. Il venerdì sera sgattaiolai fuori dall'ufficio alle sei meno un quarto, per essere a Lower East Side alle sei. Non avrei potuto staccare così presto – quel lunedì avevamo un lancio parecchio importante – ma Harry mi aveva convocato nel suo ufficio e mi aveva chiesto perché avessi la faccia di una che non dormiva da una settimana. Ero crollata e gli avevo raccontato tutto, quindi lui, dopo avermi dispensato qualche consiglio saggio dei suoi e avermi stordito con una zaffata di Acqua di Parma, mi aveva dato il permesso di uscire un po' prima.

Erano trascorse due settimane dall'ultima volta che avevo posato gli occhi su Stephen. Ero tanto nervosa che a malapena riuscivo a camminare, e tremavo, un terrore indefinibile annidato in fondo alle viscere. Rilessi il suo messaggio.

Stephen: Ci vediamo da Dudley's sulla Orchard alle sei.

Non feci nemmeno il tentativo di chiedergli di vederci più tardi. Era fin troppo tempo che mi tormentavo, rimuginando ossessivamente, figurandomi uno scenario dopo l'altro, spingendomi fin quasi alla follia. A quel punto volevo solo parlargli. Avevamo incasinato di nuovo le cose, ma le avremmo sistemate. Lo facevamo sempre.

'Torna sui suoi passi finché sa di poter ottenere qualcosa in cambio. Non mollerà finché non sarà costretto a farlo'. Le parole del dottor Wattenbarger mi risuonarono in testa: lui le aveva pronunciate come un avvertimento; io le interpretai come una scintilla di speranza.

Presi un taxi, così da avere il tempo di sistemarmi il trucco. Indossavo un giacchetto di jeans e i pantaloni bianchi aderenti che secondo Stephen mi facevano risaltare le gambe. Avevo bisogno che lui ricordasse quanto era pazzo di me, che si pentisse e si dispiacesse per essersi comportato da stronzo egoista nelle ultime due settimane. Ma era difficile mettersi eyeliner e mascara mentre il taxi filava lungo la Broadway, e quando arrivò a destinazione non mi sentivo certo più bella di prima. Il trucco pesante, l'eccesso di eyeliner e la mancanza di sonno mi facevano sembrare gli occhi piccoli, ma ormai era troppo tardi per porvi rimedio.

Quando entrai da Dudley's Stephen era già dentro, seduto al bar a bere Scotch e Soda. Anche solo vederlo fu un sollievo. Quella scena mi era fin troppo familiare. Quante volte ero entrata in un bar per incontrare Stephen e mi ero accomodata sullo sgabello accanto al suo, col cuore che mi sobbalzava in petto?

Questa volta però i suoi occhi non si illuminarono quando mi vide, non mi chiamò 'Lucy in the Sky with Diamonds' con lo stesso tono incantato che solo lui sapeva usare.

Invece alzò a malapena la testa; inarcò le sopracciglia per farmi capire che mi aveva vista e il mio sollievo fu sostituito da puro panico. Stephen si fece girare il bicchiere quasi vuoto tra le mani, i cubetti di ghiaccio che tintinnavano nel whisky.

«Ehi». Sollevò un angolo della bocca in un sorriso forzato. Mi tolsi il giacchetto e me lo ripiegai sulle gambe.

«Ciao». Cercai di parlare in tono sicuro e tranquillo, ma sapevo che si sarebbe accorto benissimo del mio nervosismo.

«Com'è andato il weekend?» mi chiese infine. Non mi guardava in faccia, ma fissava un punto oltre la mia spalla, agitandosi, a disagio sullo sgabello.

«Tutto bene».

«E la mezza maratona?»

«È andata bene, grazie per aver aspettato una settimana per chiedermelo». Detestavo il modo in cui quell'uscita sarcastica mi fece sentire – come una persona meschina, rancorosa – ma non potevo farci niente. Sotto tutta la trepidazione, ero a dir poco furibonda. Ero rimasta da sola con i miei pensieri così a lungo che esternarli fu sconvolgente, quasi comico.

Stephen sospirò. Il barista comparve e mi chiese cosa volessi. Non lo sapevo o meglio non mi interessava. Una boccetta di Xanax. Una pistola carica. Ordinai invece un Vodka tonic. Stephen scolò ciò che rimaneva nel suo bicchiere e si fece portare un altro scotch. Se non altro stava ordinando un secondo giro, il che significava che sarebbe rimasto. Era un buon segno.

«Stephen» esordii in tono tranquillo. Mi ero ripromessa di mantenere la calma: se avessi perso il controllo non avrei ottenuto niente. «Non posso starmene qui seduta e far finta di avere una normale conversazione con te a proposito della mezza maratona. Dovevi esserci anche tu. Mi hai ignorata per le ultime due settimane e non ho idea del perché».

Lo studiai, in cerca di segni di rimorso o senso di colpa. Il suo viso, come sempre, mi apparve incantevole. Gli smeraldi che aveva al posto degli occhi, il bel naso regolare, le guance ampie e il mento morbido e arrotondato. Ma nella sua espressione non vidi né rammarico né un tentativo di difendersi. Anzi, mi sembrò completamente impassibile, forse addirittura annoiato. 'Non mi sento in colpa'. Mi ricordai di quando aveva pronunciato quelle parole, la notte in cui eravamo andati a letto insieme nel mio appartamento. Quando viveva ancora con Alice.

«Mi dispiace, Lucy» disse. «Ho avuto un casino di cose da fare. La Scuola di Legge è veramente impossibile».

«Lo so, me l'hanno detto» dissi, la sua assoluta indifferenza che erodeva man mano la mia determinazione. «Ma sai che c'è? Non sei l'unica persona impegnata di New York. Io ho un lavoro full time. Anche un lavoro full time è veramente impossibile».

«Lucy». Mi guardò dritto negli occhi per la prima volta da quando avevo messo piede nel bar. Era serissimo. «È solo che non... Non ce la faccio. Non ce la faccio più».

È in momenti come questo che il tempo sembra fermarsi: momenti così chiaramente dolorosi, quasi surreali per la quantità di sofferenza che infliggono. Sentii le viscere contrarsi. Per un istante, il fiato mi si mozzò in gola e pensai che sarei morta soffocata. Tutto il corpo divenne insensibile, ed ebbi la certezza di essere finita in un sogno lucido. Sbattei le palpebre più volte, ma mi ritrovai di nuovo in quel bar dalle luci soffuse, con della brutta musica rock in sottofondo, la testa che girava un po' per via di quel sorso di vodka a stomaco vuoto.

«Come?» Quando parlai non lo feci usando la mia voce, ma una specie di grugnito, il verso di un animale selvatico.

Stephen si fissava le mani posate sul bancone del bar.

«Ma sei serio?» La voce mi tremava così tanto da essere a malapena udibile.

«Sì, Lucy».

Sentii le lacrime inumidirmi gli occhi e premere per uscire, ma ero troppo sconvolta per piangere. Quello che stava dicendo non aveva alcun senso. Era la cosa più irrazionale che avessi mai sentito. Mi obbligai a parlare. Con calma, in modo ragionevole.

«Stephen. Capisco che al momento stai frequentando la Scuola di Legge e sei sovraccarico, ma qualunque cosa non stia funzionando possiamo sistemarla».

«No che non possiamo, Lucy».

«È ridicolo».

«Non ce la faccio, Lucy».

«Ma perché?» La paralisi dovuta allo shock si dissipò e cominciai a sentirmi agitatissima, sul punto di perdere il controllo. «È per via di tua madre?»

«Come? No! Che c'entra mia madre?»

«È solo che... Cioè, io non capisco... Non so cosa succede» dissi, le parole che mi caracollavano tutte insieme fuori dalla bocca.

«Non so spiegartelo, Lucy. È solo che qualcosa non funziona».

«Smettila di dire il mio nome alla fine di ogni cazzo di frase. Non sto capendo. È uno scherzo?»

«Ma cos'è che non capisci?»

«Stephen» ripetei, la voce adesso roca. «Siamo finalmente arrivati al punto in cui possiamo far funzionare le cose. Questo tipo di stronzate le abbiamo già affrontate e superate in passato. Non puoi arrenderti così, proprio ora».

«Questa storia non mi convince» sospirò lui. «Voglio qualcosa di più».

«Di più? E che cavolo vorresti? Sei tu che dovresti darmi più di così».

«Non è vero, Lucy». Mi guardò con sguardo apatico, la bocca una linea dritta e severa.

Lo fissai intensamente. Lo odiavo. Avrei voluto prendere a pugni quella sua faccia arrogante da uomo medio.

«Due settimane fa ti comportavi come una persona completamente diversa».

«Le cose cambiano».

«Non dal giorno alla notte. Io... È una follia. Non capisco. È per via della ragazza con cui sei andato a cena?»

«*No.* Ti ho detto che lei non significa niente. Mi dispiace se ti sto facendo soffrire» aggiunse accigliato.

'Ti sto facendo soffrire'.

'Mi stai uccidendo. Mi stai completamente annientando'.

All'improvviso nel bar cadde un silenzio assoluto, come certe volte capita nei film. Sentii tutta la speranza che avevo coltivato fino a quel momento esplodere, prosciugandomi completamente, come un'emorragia. Sarei morta, lo sapevo. Non potevo sopravvivere. Il mio stesso fiato mi avrebbe soffocata. La mia stessa vita mi stava annientando.

Sollevai lo sguardo sui suoi occhi verde bottiglia, disseminati di pagliuzze verde pallido che scintillavano, illuminandogli le iridi. Dovevo essere io a chiudere. Dovevo avere un resoconto dignitoso da fornire alla gente. C'era una parte di me che funzionava col pilota automatico ed era consapevole di questa necessità, e fu quella parte a prendere la parola quando dissi: «Spero che tu ti renda conto che se chiudi adesso è finita per sempre. *Davvero* per sempre».

«Lo so».

«Ti comporti come se nemmeno te ne importasse. Dopo tutto questo tempo... Ti comporti come se non ci conoscessimo da quattro anni».

«E tu pensi di conoscermi davvero?» sbottò in tono difensivo, gli occhi ridotti a due fessure. «Noi due ci conosciamo davvero?»

«Immagino tu abbia ragione» replicai. «Non so proprio chi cazzo sei. Due settimane fa dicevi di amarmi».

«Le cose cambiano» ripeté lui.

«E non ti viene da chiederti perché?»

«No» disse in tono sbrigativo. Nella sua voce si insinuò una traccia di soddisfazione, come se farmi soffrire gli provocasse piacere. Come se io fossi solo una stupida, inutile pedina. «Non sono convinto di noi due, tutto qui. Manca qualcosa, anche se non saprei dirti esattamente cosa». Indicò con una mano lo spazio che ci divideva. «Noi non ci amiamo davvero, Lucy».

La testa prese a vorticarmi come un ciclone torrenziale, una spirale di pensieri impazziti che sapevo non sarei stata in grado di assorbire per molto tempo. Mi morsi l'interno della guancia più forte che potei per impedirmi di piangere davanti a lui.

«Tu stai male sul serio». Non riuscivo neanche a guardarlo in faccia. «Vai a farti curare».

«Se ti fa star meglio farmi apparire come il cattivo della situazione, fa' pure».

Fissai lo sguardo sul bicchiere di Vodka tonic ancora pieno, una fettina d'arancia ormai moscia che pendeva tristemente dal bordo. Non l'avevo nemmeno chiesta io, quella fettina d'arancia. Lo odiavo. Lo odiavo come mai lo avevo odiato prima. Voleva farmi soffrire. Non faceva che mentire, e non si sentiva nemmeno in colpa. Nel profondo era solo un sadico. L'avevo sempre saputo. Ero stata stupida, stupidissima a pensare che la nostra incapacità condivisa di essere brave persone equivalesse all'amore. Perché l'amore è sempre una cosa buona. Deve esserlo. Ma forse non era proprio così, e magari era questo il vero problema.

«Non posso più rimanere» dissi.

«Capisco».

Ma il mio corpo rimaneva incollato allo sgabello. Non riuscivo ad andarmene. Lo amavo. Lo amavo più di chiunque altro. Era andato tutto per il verso sbagliato. Io e Stephen avremmo dovuto ordinare diversi giri di cocktail e rimanere in quel bar per qualche ora a risolvere tutti i nostri problemi; dopo un bicchiere o due, ci saremmo seduti più vicini e avremmo allacciato le mani e alla fine avremmo cominciato a baciarci, e il barista ci avrebbe invidiati e poi ce ne saremmo andati ad Avenue B e avremmo avuto un'intera nottata di sesso riconciliatorio.

Ma potevo ancora sistemare le cose. C'era ancora tempo. Lui era qui, di fianco a me. Finché eravamo insieme, non era troppo tardi.

Ma osservai Stephen e i suoi occhi mi parvero di ghiaccio. Non c'era nulla in quel suo modo di guardarmi che rivelasse che voleva avermi lì. Niente sguardi seduttivi o sottintesi erotici o segreti privati condivisi tra di noi. Sapevo che stavolta era finita per sempre.

Mi obbligai a rimettermi in piedi e a uscire. Tenni gli occhi fissi sul pavimento e me ne andai, alzando di nuovo lo sguardo solo quando fui di nuovo in strada, persa nel caos del traffico. Dai bar della Orchard usciva ed entrava gente. Da un ristorante proveniva una musica movimentata suonata a tutto volume. Non sapevo neanche in che direzione stessi camminando, sapevo solo che dovevo proseguire. Quando finalmente mi fermai, mi concessi di crollare: scoppiai a piangere senza alcun ritegno, scossa da singhiozzi che sembravano rivoltarmi da dentro. Ero così triste che mi veniva da ridere. Ripensai al primo anno di college, quando avevo frequentato il corso del professor Levy su Shakespeare: tutte le tragedie sono commedie; tutte le commedie sono tragedie. Ogni verità è un paradosso.

Presi il telefono e chiamai Bree. Non le avevo detto niente del comportamento di Stephen delle ultime due settimane. Non l'avevo detto a nessuno. La telefonata finì in segreteria. Mi ricordai che quel giorno aveva un altro appuntamento con Evan. La gente era in giro, aveva da fare, del resto era venerdì sera. Marciai incerta, superando facce che ricordavano dei clown. Bocche gigantesche si allargavano come frisbee da cui fuoriuscivano risate alcoliche, barcollandomi attorno, le facce rosse, i capelli come lana. Mi sembrava di essere finita in un film di Tim Burton.

Non ricordo di aver chiamato un taxi, ma devo averlo fatto perché è proprio in taxi che arrivai a casa. Bree non c'era. Piangevo ancora disperatamente, lacrime salate che mi bagnavano tutta la faccia e mi scivolavano in bocca. Mi sentivo come una bambina isterica. Mi rannicchiai in posizione fetale sul letto e singhiozzai nel cuscino. La cosa che avevo temuto di più in assoluto era successa. Avevo passato le ultime due settimane in uno stato di febbrile preoccupazione, e alla fine avevo avuto ragione.

Piansi così tanto che mi uscì il sangue dal naso. Ne sentii il sapore prima ancora che gocciolasse sul cuscino, perciò mi coprii il viso con una mano e corsi al cassettone per trovare dei fazzoletti. Mi sdraiai a pancia in su sul parquet e mi riempii le narici di pezzetti di carta. Poi deglutii, un fiume di moccio e sangue e sale.

Non riuscivo a smettere. Chiusi gli occhi e lasciai scivolare le lacrime ai lati del viso. Nel buio dietro le palpebre chiuse rividi gli occhi di Stephen quel primo giorno sulla casa galleggiante al Lake Mead, e in essi la promessa di immergermi in luoghi inesplorati. Sentii le sue labbra sfiorarmi il collo nel suo letto alla Slug. Lo vidi illuminarsi mentre srotolavo il poster di *Lucy in the Sky with Diamonds* sulla barca di Carl. Lo sentii sussurrare al buio: «Ti amo, Lucy». Lo vidi sulla soglia di casa mia, con in mano gamberi e vino. Sentii il suo sapore nella doccia in giardino a Westhampton. Percepii il suo corpo solido avvolto attorno al mio, una delle tante mattine passate insieme.

Il cuore mi faceva così male che mi spaventai; sentivo una fitta insopportabile dietro lo sterno. Non so per quanto tempo rimasi lì sdraiata; alla fine mi addormentai, però, perché il mio ricordo successivo è di Bree che mi scuote per svegliarmi.

«Ma che cavolo è successo?» gridò. Fazzoletti insanguinati erano disseminati per la stanza, e anche io ero sporca di sangue; avevo gli occhi così gonfi che non riuscivo quasi ad aprirli.

«Evan non c'è, vero?» bisbigliai, immaginando già i messaggi che Evan avrebbe inviato a Stephen.

«Cosa? No. Perché? Che cosa è successo, Lucy?»

Mi tirai su e precipitai di nuovo in un incubo senza fine.

Quando cercai di sedermi sul letto, Bree mi aiutò a rimanere in posizione eretta. «Dovresti andare in bagno, Lucy. Devi lavarti la faccia».

Quando vidi il mio riflesso nello specchio, urlai. Sembrava che qualcuno mi avesse picchiata. Bree mi tenne indietro i capelli mentre mi ripulivo da sangue secco e lacrime: ripensai alla sera in cui Macy Petersen mi aveva tenuto i capelli così, l'ultima sera della sua vita. Chiusi gli occhi e mi feci scorrere l'acqua sulla fronte. Rievocai l'immagine di Macy, e a un tratto la vidi poggiata contro la parete del bagno: un ricordo risalente a tanti anni prima, eppure misteriosamente vivido.

'Lo riaccompagno a casa, perché stavo facendo la baby-sitter in zona e lui abita da queste parti... Non lo conosci. È uno più grande, di Bayville'.

Sollevai il viso dal lavandino e chiusi il rubinetto. No.

Con gli occhi ancora chiusi, vidi Macy arrotolarsi una ciocca di capelli rossi attorno al dito. 'Ha una ragazza, più o meno. Dice sempre che lei non gli piace, che stanno per lasciarsi, ma per ora preferiamo che non si sappia. È una schifezza, lo so. Vorrei che non mi piacesse così tanto'.

No. Era impossibile. Tenni gli occhi sigillati e serrai le mascelle, sforzandomi al massimo di recuperare altri ricordi di quella sera. Ci ero andata con Antonia e suo fratello, ma chi aveva organizzato quella festa? Eravamo a Bayville? Chi altro c'era? Ragazzi di quale scuola?

Rividi Macy che mi lanciava un'occhiata dalla soglia, indicando la birra che le stavo offrendo. 'Non posso. Devo guidare, ricordi?'

E poi era scomparsa.

Strinsi i denti e mi sforzai ancora di più. Ma non mi tornò in mente nient'altro. Niente. Solo troppe vodke, Macy e il vuoto. Magari non l'avevo nemmeno vista. Magari ero impazzita e la mia mente si era inventata tutto. Poi sentii Bree che urlava e quando riaprii gli occhi mi accorsi che mi fissava come se avessi tre teste.

«Lucy? C'entra Stephen, vero? Cosa è successo?»

Stephen. Il bar.

Bree mi diede dell'acqua e mi aiutò a infilarmi un paio di pantaloncini e il maglione di Marilyn, mentre le raccontavo tutto. La stanchezza mi colse all'improvviso: parlavo in modo confuso, ma Bree annuiva, gli occhi nocciola gentili e comprensivi.

«Avrei voluto che me lo dicessi prima» commentò. «Questo spiega perché lo scorso weekend sei stata male».

«Be' non stavo male *veramente*».

«Ora lo so».

«Bree, mi dispiace...»

Quando mi svegliai qualche ora più tardi, dalle imposte filtrava una luce aranciata. Udii un rumore di cassetti che si aprivano e chiudevano, e quando alzai lo sguardo vidi CJ che gettava vestiti alla rinfusa in un borsone di tela.

«CJ?»

«Buongiorno, Luce» disse lei come se niente fosse, come se fosse perfettamente normale trovarsi nella mia camera da letto, nell'East Village, all'alba.

«Ma che cosa fai?»

Lei si avvicinò al letto e si abbassò a baciarmi la fronte.

«Bree mi ha detto che hai avuto una nottataccia».

«Bree ti ha chiamata?»

«Sì. Era preoccupata».

Cercai di digerire quelle nuove informazioni, ma ero ancora confusa. La prima cosa che mi venne in mente fu di controllare il telefono. Magari Stephen mi aveva scritto per dirmi che aveva capito di aver commesso un grosso sbaglio: anzi, ne ero quasi sicura.

«Dov'è il mio cellulare?» Controllai sul comodino e sul pavimento, accanto al letto.

«Questo qui?» CJ lo prese dal cassettone e me lo porse. Non c'erano messaggi né chiamate e sentii una nuova ondata di disperazione travolgermi.

«Che cosa stai facendo?» chiesi di nuovo.

«Ti preparo una borsa per il weekend» rispose lei. «Ce ne andiamo a Cape Cod. Così puoi schiarirti un po' le idee. Se siamo fortunate, l'acqua sarà ancora abbastanza calda per fare il bagno. L'acqua salata sistema sempre tutto, sai come si dice».

«Eh? Perché stai facendo tutto questo, CJ?»

Fissò i familiari occhi color acquamarina nei miei. Indossava un maglioncino di cashmere nero e una sciarpa parigina dall'aria molto costosa: era perfetta in modo quasi irritante.

«Perché hai bisogno di uscire da questo appartamento. Adesso ce ne andiamo sull'oceano e parliamo. Risolveremo tutto quanto insieme. Alzati e vestiti. Non voglio trovare troppo traffico. Quello lì è il maglione di Marilyn? Mi fa tanto piacere che tu lo porti ancora. Le saresti piaciuta tantissimo».

Mi affacciai in camera di Bree, ma quando io e CJ uscimmo, alle sette e un quarto, stava ancora dormendo. CJ guidò lungo la FDR, che a quell'ora era ancora deserta. Il sole scintillava basso sull'East River, riflettendosi sulla superficie in mille scintille dorate. Faceva freddo, e CJ accese il riscaldamento e l'autoradio, che conteneva un vecchio cd. Le note di *Never Going Back Again*, dei Fleetwood Mac, riempirono l'abitacolo.

Fu troppo: quella musica mi ricordò di quando ero piccola e me ne stavo sul sedile posteriore, mentre CJ cantava assieme a Stevie Nicks, proprio come adesso.

«*Been down one time, been down two times, I'm never going back again*». CJ mi sorrise. «Mi ero scordata di quanto mi piacesse questa canzone».

Piangevo così tanto da avere la vista offuscata.

CJ allungò una mano e strinse la mia: «Ti ha spezzato il cuore, vero?»

Non riuscivo a parlare.

«Lo amavi. L'avevo capito, più o meno, ma non ne ero sicura. Mi dispiace tanto, bambina mia».

Attraversò Triborough Bridge e superammo il fiume. Volevo che CJ mi lasciasse andare la mano. La odiavo. Che diritto aveva lei di atteggiarsi a mia salvatrice? Che diritto aveva Bree di chiamarla?

Poggiai la testa contro il finestrino. Il sole era accecante e mi ferì gli occhi. Li strizzai e guardai la città allontanarsi, finché l'Empire State Building non mi sembrò piccolo come una puntina da disegno. Ero felice di essere uscita da Manhattan.

«Domani ti sentirai meglio, te lo garantisco». CJ abbassò il volume della musica.

Rimasi zitta.

«Puoi parlare con me, lo sai».

«Dov'è papà?»

«A casa. C'è anche Georgia».

«Ah sì?»

«Ha il lunedì libero per il Columbus Day».

«E perché non vengono con noi a Chatham?»

«Georgia vuole rivedere alcuni amici. E ho pensato che sarebbe stato bello trascorrere un po' di tempo da sole, io e te. È passato un bel po' dall'ultima volta, non trovi?»

Ancora una volta, non dissi niente.

Accanto alla superstrada vidi sfrecciare delle minuscole villette, più piccole del nostro garage. La gente che doveva vivere in case così piccole mi aveva sempre fatto pena.

«Pepe, le storie d'amore sono importantissime perché ci insegnano tanto» disse CJ. «È grazie a loro che impariamo a conoscerci per chi siamo veramente».

Non riuscii a formulare una risposta che non avrebbe suscitato un'ulteriore replica.

Ma CJ proseguì comunque. «So che volevi che le cose con Stephen funzionassero, e so anche che pensavi che ce l'avreste fatta».

«Sì. Lo pensavo».

«Ma il fatto è che l'amore, l'amore vero intendo, non è una cosa che costruisci o speri o immagini o programmi per il futuro. L'amore è qualcosa che vivi e senti in tempo reale, in ogni momento, grande o piccolo che sia. È reciproco e non sempre entusiasmante. Però ci contiamo, perché è ciò che dà senso alla vita».

«A sentirlo così, non sembra granché».

«Non ho detto questo» rispose lei scoppiando a ridere. «Ma capisco cosa vuoi dire. Non sarà sempre la cosa più elettrizzante del mondo. Ma quando ti fidi completamente di qualcuno, le cose smettono di essere elettrizzanti».

«Scusami?» Sollevai la testa dal finestrino e mi raddrizzai di colpo, mentre un interruttore sepolto in profondità dentro di me scattava.

«Che c'è?» mi chiese CJ lanciandomi un'occhiata. Aveva un paio di grossi occhiali scuri poggiati sul piccolo naso invidiabile che le nascondevano gli occhi.

«Fiducia? Ma davvero?» Adesso ero sveglissima, come non mi sentivo da giorni.

«Sì, fiducia. Non puoi avere un vero amore senza fiducia. È impossibile».

«Cioè, *tu* vorresti parlare a me di fiducia?»

«Ma che cavolo ti prende, Lucy?» CJ si tolse gli occhiali e mi guardò con un'espressione divertita. I suoi occhi erano del colore del Mar dei Caraibi.

E allora la rabbia mi travolse. Ero così furibonda che tremavo, letteralmente, ma non me ne importava più nulla. Sputai fuori tutta la collera accumulata in otto anni.

«Tu sei andata *a letto* con un altro!» gridai. «Ti ho visto!»

Poi ricominciai a piangere – ma questo mi sembrava un gesto del tutto involontario – e un fiume di lacrime cominciò a scorrermi sulle guance.

CJ accostò nella corsia di emergenza. Vidi un'espressione fugace comparirle in viso, e poi mi guardò affranta. Erano da poco passate le otto e adesso l'interstatale era più trafficata, decine di auto ci superavano sfrecciando.

«Come?» mi chiese in un tono neutro che non riconobbi.

«Il primo anno delle superiori». Singhiozzavo così disperatamente che a malapena riuscivo a parlare, e balbettavo frasi incoerenti. «Hanno annullato gli allenamenti di calcio e la signora Montgomery mi ha accompagnata a casa e io ho salito le scale e ti ho visto con... con... eri con Gabe Petersen».

CJ impallidì. Nascosi la testa tra le ginocchia e piansi in silenzio, il viso inondato di lacrime bollenti. L'avevo detto. Niente sarebbe mai più stato come prima. Lei sapeva. Era finita.

Trascorse un'eternità.

«Oddio, Lucy» disse CJ alla fine, la voce rotta. «Oddio. Oddio. Non ne avevo idea».

Alzai lo sguardo; adesso stava piangendo anche lei.

«Perché non me l'hai detto?» ansimò. «Sono passati così tanti anni. Perché non me l'hai detto?»

«Non ci sono riuscita».

«Santo Dio... Signore... Georgia... Georgia lo sa?»

Scossi la testa.

«Non riesco... Non riesco neanche a immaginare cosa tu debba aver provato. Dio, come ho fatto a non rendermene conto? Mi dispiace. Mi dispiace tantissimo». Anche CJ parlava con voce rotta, e allora seppi che qualcosa dentro di lei si era infranto per colpa mia, proprio come tempo addietro qualcosa dentro di me si era infranto per colpa sua. «Oh, Lucy. È tutta colpa mia». Aveva gli occhi arrossati e umidi, e vista da vicino sembrava più vecchia di quanto ricordassi.

«E quel che è peggio» continuai, «è che io avevo una cotta terribile per Gabe. So che non potevi immaginarlo, ma ero tipo mezza innamorata di lui, l'estate in cui mi ha dato lezioni di tennis. Una volta mi ha baciato. Eravamo soli e... è successo solo quella volta. Cioè, avevo quattordici anni, e col senno di poi era veramente da cretini quanto mi piacesse. Ma quando vi ho visto insieme, è stato ancora peggio. Per papà e anche perché era proprio *Gabe*».

«Oh, Lucy... *no*. Ovviamente non ne sapevo nulla». Poi continuò a piangere, mentre mi spiegava che l'avventura con Gabe era durata solo un mese, che lui si era presentato a lezione di pilates un giorno alla fine di quell'estate, che si erano presi subito, e che lei era consapevole che quella era la cosa più stupida che avesse mai fatto in vita sua.

«Ma l'ho detto a tuo padre... Non è che lui lo abbia scoperto da solo o cose del genere. Gliel'ho confessato quando è andato a stare da zio Pete a Cambridge. Ti ricordi quei due mesi che ha trascorso a Boston durante il tuo primo anno di liceo?»

Mi sforzai di farmi tornare in mente ricordi di quel periodo. Erano quasi tutti annebbiati dal peso della Cosa Imperdonabile, ma ricordo che a un certo punto mio padre era stato via parecchio tempo per lavoro. Avevano un grosso processo da seguire a Boston.

«Il processo a Boston? Allora non era vero?»

CJ scosse solennemente la testa. «Lavorò da remoto per un paio di mesi. Era devastato... Lo eravamo entrambi. Aveva bisogno di tempo, di allontanarsi un po' da me – da tutto quanto – per trovare la forza di perdonarmi. Tornava a casa quasi tutti i weekend per vedere voi ragazze. Avremmo dovuto dirvelo. Oddio... Anche io ero messa malissimo. Ero mortificata e confusa». CJ si asciugò le guance. «Stavo affrontando un periodo difficile, per via di Marilyn e per delle questioni irrisolte riguardanti i miei genitori. Non ho scusanti per quello che ho fatto, questo lo so benissimo, ma è stato un terribile errore, nient'altro. Io e tuo padre siamo andati in terapia. Per un sacco di tempo. E lui ha trovato la forza e la volontà di perdonarmi. L'abbiamo superata – su questo non ho dubbi – ma il solo pensiero mi fa ancora rabbrividire».

«Non sapevo che papà ne fosse al corrente». I ricordi si rimescolavano, la prospettiva cambiava completamente. «Ero sicura che non sospettasse nulla. Pensavo che fosse un segreto che avevi tenuto nascosto a tutti noi».

«Ed è per questo che non me ne hai mai parlato?»

«Credo di sì. Non sapevo cosa fare. Non volevo che voi due divorziaste per colpa mia».

«Oh Pepe... amore mio. Mi dispiace tanto, avremmo dovuto raccontarvi tutto quanto. È solo che... Tu e Georgia eravate così prese dal liceo».

«E allora avete preferito mentirci».

«So che abbiamo sbagliato, ma sì. Io non sapevo... In un certo senso, mi sembrava la soluzione migliore. Sapevamo di poter aggiustare il nostro matrimonio e non volevamo confondervi».

«E i Petersen? Loro lo sapevano? Avete smesso di frequentarli? Papà odia Gabe?» Avevo così tante domande da avere difficoltà a metterle in fila.

«Sì, i Petersen lo sapevano. Non è stato facile per nessuno di noi, visto che frequentavamo gli stessi ambienti, il Cove Club... E poi Macy è morta. È stato orribile. Ma voglio che tu sappia, Lucy, che io amo tantissimo tuo padre. Non ho mai smesso di amarlo».

Vidi le lacrime in bilico sulle ciglia di CJ, il labbro inferiore che tremava. Non la odiavo: poco importava cosa fosse successo, io non la odiavo. Tutti sbagliamo. Tutti abbiamo il diritto di sbagliare. CJ non era cattiva.

Chiusi gli occhi. Dietro le palpebre rividi l'immagine di alcuni oggetti molto amati affondare nelle acque torbide del fiume e il senso di colpa, che in un anno non ero mai riuscita a portare a galla, all'improvviso mi travolse con un peso così intollerabile che mi sentii soffocare, e capii di dover dire la verità.

«Anche io ho fatto una cosa orribile». Confessai tutto, in lacrime, con la voce rotta, e permisi a CJ di abbracciarmi. Sentii il suo corpo minuto ma forte, stretto al mio, scosso dai singhiozzi. Inalai l'odore familiare della sua crema idratante.

«Va tutto bene, Lucy» bisbigliò lei. «Cristo. Va tutto bene, cazzo».

«Non ero lucida» dissi, la guancia posata sul suo maglioncino di cashmere. «Mi dispiace tanto».

«Va tutto bene». Continuò a sussurrarmelo all'infinito. Mi tenne il viso tra le mani, inondandomi di un amore indistruttibile, un amore che non si era mai interrotto né da parte mia né da parte sua. «Ti perdono».

«Anche io voglio perdonarti». Alzai la testa per guardarla. «So di poterlo fare».

«Ne sono sicura. Ti aiuterà. Dio solo sa quanto questa storia sia incasinata, ma io e papà spiegheremo tutto a te e Georgia».

Annuii.

«Qualcun altro sa di... me?» chiese CJ. «Del tradimento? Qualcuna delle tue amiche?»

«Nessuno». Non riuscii a pronunciare il *suo* nome. Promisi a me stessa che quella sarebbe stata l'ultima bugia che dicevo a CJ.

Spinsi indietro i capelli che mi coprivano la faccia. Avevo le guance ancora rigate di lacrime, ma avevo smesso di piangere. Mi accorsi che mi brontolava lo stomaco; a un tratto avevo una fame incredibile, come non mi capitava da giorni.

«CJ, possiamo fermarci a prendere un caffè? E a fare colazione? Sto morendo di fame».

«Anche io ho fame». Si asciugò gli occhi e mi sorrise. Poi riprese a guidare, riportando la Lexus sulla I 278.

«Ehi, CJ?»

«Sì?»

«Possiamo passare a prendere anche Georgia e papà? Possono venire anche loro a Chatham con noi? Sarebbe bello andarci tutti insieme. Potremmo spargere lì il resto delle ceneri di Hickory. Hickory adorava Cape Cod».

«Certo. È un'idea magnifica». CJ tirò su col naso e si rimise gli occhiali da sole.

All'uscita successiva facemmo inversione, tornando verso sud, verso casa. Era ancora mattina presto e io non vedevo l'ora di bere una tazza di caffè con latte e zucchero. Non vedevo l'ora di essere a Cape Cod, giocare a Gin Rummy con Georgia e sentire l'odore dell'oceano dal molo. Magari il giorno dopo mi sarei davvero svegliata sentendomi meglio, proprio come aveva detto CJ.

La luce del sole inondò l'abitacolo mentre guidavamo verso casa. Mia madre mi tenne per mano per tutto il tempo, e io sperai che non mi lasciasse più andare. Guardai il rosso e l'oro degli alberi sfrecciarci accanto e notai una bambina piccola che trascinava una zucca di un arancione acceso sulle scale d'ingresso di casa sua. L'autunno era arrivato senza che neanche me ne accorgessi. CJ abbassò il finestrino e annusai l'aria, che sapeva di legna da ardere. Il mio cuore era vuoto e pienissimo allo stesso tempo.

Epilogo
Lucy

Agosto 2017

«Ma che cazzo? Jackie! Che cazzo...?»

Jackie mi trascina nella macchina nera che ci aspetta fuori per riportarci a casa dei Donovan.

«Sei pallida» mi dice, il che non mi sorprende, dato che nell'ultima mezz'ora, ovvero per la durata dell'intera cerimonia, mi sono sentita come se il sangue stesse defluendo via dal mio corpo.

«Le signore vogliono partire subito o aspettano il resto degli invitati?» chiede l'autista, con un forte accento del New Jersey.

«No» risponde Jackie. «Andiamo subito».

«Jack, non dovremmo aspettare almeno le altre damigelle?»

Ma l'auto si è già allontanata dal cortile della chiesa. Jackie fruga nella sua pochette, tira fuori un bronzer e comincia a mettermelo in faccia. Quando la macchina prende una buca, il pennello da trucco mi impiastriccia tutta.

«Jackie!»

«Scusa!»

«Oddio... È sposato. Fantastico. Veramente fantastico».

«È *fidanzato*».

«Tutto bene, signore?» chiede l'autista con un'occhiata nello specchietto retrovisore.

«Starà bene» risponde Jackie. «Le servono solo sei shot di vodka per endovena».

«Matrimoni!» commenta l'autista.

«Secondo te Bree lo sapeva?»

«Assolutamente no. Te lo avrebbe detto». Jackie mi ripulisce dall'eccesso di bronzer con un fazzoletto. «Ecco, adesso non sembri più tanto pallida».

«Siamo arrivati». L'autista accosta davanti casa dei Donovan.

«Di già?»

«Vuole che faccia un paio di giri intorno all'isolato, signorina?»

«Non sarà necessario, ma grazie» dice Jackie. «Lucy, scendi».

Succede tutto troppo in fretta. Jackie mi conduce attraverso l'enorme ingresso di casa Donovan fino all'esterno, dove è montato il tendone per il ricevimento. È tutto così perfetto che mi viene voglia di combinare qualche casino. Di fronte a me scorgo un tavolo dove vengono servite ostriche e crudi di pesce, un bar che offre solo spumanti e champagne, altri due che servono alcolici vari, un tavolo per i formaggi, uno per il caviale, uno gigantesco pieno solo di *cake pops*, un'elaborata scultura di ghiaccio a forma di cigno, e una fontana di cioccolato che sembra appena uscita dalla fabbrica di Willy Wonka. I centrotavola sono complesse sculture lilla, e i circa venti tavoli rotondi sono disposti in modo da lasciare spazio al centro per un'ampia pista da ballo e un'orchestra composta da dodici musicisti. In giro per il tendone sono sparpagliati piccoli cartellini su cui si legge:

Aiutateci a immortalare questa bella serata e condividete le vostre foto con l'hashtag #BreEvanDonovan

I segnaposto sono flûte di cristallo con incisioni personalizzate. Sulla mia c'è scritto:

Lucy Albright
Evan & Bree
26.8.17
Tavolo 8

La band comincia a suonare uno smooth jazz poco impegnativo e il sole del crepuscolo riempie il tendone di un bagliore dorato.

«È tutto pazzesco» dice Jackie mettendosi in fila per prendere da bere. «L'ultimo matrimonio a cui sono stata era quello di mia cugina, e c'erano tipo hamburger e hot dog serviti nella saletta sul retro di un circolo ricreativo». Si lancia in bocca un *cake pop* tutto intero. «Che c'è? Muoio di fame».

«Dove cavolo eravate finite?» dice Pippa comparendoci alle spalle: il tendone si sta riempiendo di ospiti. «Le damigelle dovevano tornare indietro *insieme*. Mi avete lasciata da sola con le amiche dell'Ohio di Bree, tutte convinte che io faccia la prostituta di professione».

«Mi dispiace, è stata un'emergenza» dice Jackie. «Tre Vodka soda con lime, per favore» dice poi al barista.

«Stephen è qui ed è fidanzato». Sono io a pronunciare quelle parole e mi sorprendo di quanto poco effetto mi facciano.

«*Fidanzato?* E con chi? Con quella ragazza con cui sta? Cioè, si sposa quella?»

«Esatto. Jillian».

«Oh cazzo. Avete visto l'anello?»

«Sì».

«Merda. Non lo sapevi? Bree non lo sapeva?»

«Impossibile che Bree lo sapesse» dice Jackie. «Ce l'avrebbe detto. Ma scusa, perché Evan non l'ha avvertita?»

«Magari se ne è dimenticato» sospiro. «Hanno avuto parecchie cose a cui pensare».

«Cazzo» ripete Pippa. «Non ci credo che quello stronzo di Stephen DeMarco sta per sposarsi».

«Poveretta lei» commenta Jackie.

«Ragazze, non c'è problema». Prendo un altro sorso del mio cocktail, e mi sento morire quando individuo Stephen e la sua fidanzata vicino all'ingresso del tendone. Lei indossa un vestito di un arancio dorato, tutto spigoli, che CJ definirebbe 'un disastro'. Fisso Stephen, che studia la scultura di ghiaccio tenendo in mano il suo drink. Stringe il bicchiere con le stesse dita che un tempo posava sulla mia nuca quando mi baciava.

«Lei non la vedo bene» dice Pippa cercando di sbirciare senza dare nell'occhio. «Ma il vestito è orrendo».

«Pippa...» sospiro.

«Luce...» Jackie mi prende sottobraccio.

«Sto bene. Andiamo a prendere qualche stuzzichino. Devo mettere qualcosa sotto i denti».

Cerco comunque di non perdere di vista Stephen e Jillian, ma man mano che il tendone si riempie diventa più difficile scorgerli tra la folla.

Quando torno al bar, un tizio alto e con i capelli biondi tagliati a spazzola mi dà un colpetto sulla spalla: è Mike Wrigley, e io sorrido quando lo riconosco.

«Lucy Albright» dice lui. «Hai un aspetto magnifico».

«*Tu* hai un aspetto magnifico, Wrigley». Ci abbracciamo.

«Succo di mirtilli» dice al bartender indicando il bicchiere vuoto. «Sobrio da un anno e mezzo» aggiunge poi, rivolto a me.

«Sì, l'avevo sentito. Bravo».

Io e Wrigley chiacchieriamo per un po', finché non dice di voler andare a salutare Pippa.

«È stato bello rivederti» dico sinceramente. La storia tra lui e Pippa non era la migliore del mondo, ma ormai ho imparato a non etichettare la gente a priori. A quanto pare, il mondo non è solo bianco o nero: comprende anche un'ampia gamma di grigi.

«Anche per me, Luce. DeMarco è qui in giro da qualche parte. Mi sembrava giusto avvisarti».

«L'ho intravisto. Ma si è fidanzato davvero?»

«Sì, da poco».

«Wow. Buon per lui».

«Per quel che vale, Luce, non ti meritava».

«Grazie, Wrig. Ma non lo dicevo in senso sprezzante. Ormai è passato parecchio. L'ho superata».

«Lo so. È che volevo dirtelo. DeMarco è un mio caro amico, è vero, ma è un cazzone. Tu sei un unicorno». Wrigley mi dà un colpetto sulla punta del naso.

«Grazie, Wrig. Sei un brav'uomo». Faccio tintinnare il mio bicchiere contro il suo prima che lui vada a cercare Pippa.

La canzone del primo ballo tra Evan e Bree è *Loving You Easy* della Zac Brown Band. Non sapevo che Bree ascoltasse la

Zac Brown Band, ma la canzone in un certo senso è perfetta per loro: 'easy', semplice, è esattamente il termine che userei per descrivere la relazione tra Evan e Bree. È stata semplice fin dall'inizio, da quella prima sera in cui si sono baciati in strada fuori dallo Schiller dopo che io e Stephen ce ne eravamo andati a casa. E quell'amore semplice li ha portati fino a questo preciso momento, al qui e ora, a ballare il loro primo ballo il giorno del loro magnifico matrimonio, sulle note della canzone perfetta.

Bree è ancora più bella di quanto avessi immaginato, e non è solo per il vestito, il trucco e l'acconciatura da dea greca. Glielo leggo in viso quanto ama Evan: nel modo in cui sorride con tutta se stessa. Anche Evan è bellissimo in smoking. Dio, adoro il modo in cui la guarda mentre la fa volteggiare tra le braccia, canticchiando il testo della canzone:

'*Every morning when you come downstairs*
Hair's a mess but I don't care'.

Qualunque cosa sia ciò a cui sto assistendo in quel momento – quel genere di sentimento a cui mi ero costretta a non prestare troppa attenzione negli ultimi tre anni – mi fa tornare le lacrime agli occhi. Perciò vengo colta in contropiede quando, mentre la canzone finisce e la gente batte le mani e si asciuga le lacrime, sento una voce alle mie spalle.

«È buffo, io non piango mai ai matrimoni».

Intuisco a chi appartenga prima ancora di girarmi – la sua voce riuscirebbe a risvegliarmi dal mondo dei morti – e sento una scarica elettrica attraversarmi la spina dorsale. Ma mi stupisce quanto mi venga facile mantenere la calma nel momento in cui, dopo aver fatto un giro completo su me stessa, i miei occhi agganciano i suoi, del solito verde impossibile.

«A quanto pare io sì» dico.

«Tipico di Lucy Albright, essere più sexy anche della sposa». Inarco le sopracciglia. Quel commento, che solo un paio d'anni prima mi avrebbe sciolto qualcosa dentro, provocando un'ondata di puro desiderio, adesso mi sembra banale in un modo che quasi mi intristisce.

«Ehi, Stephen».

«Ehi, tu».

Lo studio. È più o meno uguale a prima, forse un tantino invecchiato. Ha il viso stanco e sulla pancia si sono accumulati due o tre chili.

«Non ci vediamo da un po', eh?»

«Infatti».

«Un paio d'anni».

Annuisco. Alla festa di Natale si era allontanato da Jillian per il tempo sufficiente a salutarmi, e io mi ero sentita così male per il solo fatto di vederlo che avevo quasi fatto cadere il bicchiere. Avrei voluto dirgli troppe cose, ma ovviamente alla fine aveva parlato solo lui: della facoltà di legge, di quanto avesse da fare... una conversazione superficiale di un paio di minuti, che mi aveva devastata per la sua mancanza di intimità.

Adesso, mi rendo conto, non ho niente da dirgli.

«Sei stata qui per tutto il weekend, Luce?»

«Sono arrivata ieri mattina. Ho partecipato al pranzo delle damigelle e poi alla cena di prova».

«Ah, e com'è andata la cena di prova? Mi hanno detto che il discorso di Evan è stato commovente».

Anche se il suo tono non è apertamente sarcastico, so che intende esserlo. Stephen ha sempre preso in giro Evan perché non si vergogna di esternare i propri sentimenti.

«È stato molto bello».

«Allora, Luce. Mi renderai geloso, se te ne vai in giro con il tuo accompagnatore in un vestito come quello». Mi squadra da capo a piedi, con fare decisamente ostentato. Dalla voce sembra un po' brillo.

«Stephen».

«Scusa. La forza dell'abitudine, sai com'è».

Beve un sorso di Scotch e Soda e mi rivolge un sorrisino seducente.

«Be', non preoccuparti. Neanche alle damigelle era concesso portarsi qualcuno, a meno che non avessero qualcosa qui sopra». Indico l'anulare sinistro. «Ma vedo che tu hai trovato il modo di aggirare il problema».

«Però senza quella regola avresti di sicuro avuto uno stallone al tuo fianco» dice lui, ignorando l'accenno alla sua fidanzata. «E adesso lui mi starebbe guardando male perché stiamo parlando».

Mi stringo nelle spalle, immaginandomi Dane qui: sarebbe assurdo. Mi accorgo dall'espressione di Stephen che si sta chiedendo quale sia il prossimo commento da fare, la prossima mossa, perché la vita per lui è questo: un'enorme scacchiera. E all'improvviso la trovo così poco interessante – la nostra conversazione, dico, che non è davvero una conversazione – che comincio a spremermi le meningi per trovare una scusa per mollarlo lì e raggiungere le mie amiche. Non perché sono colta dalla nostalgia, dalla rabbia, o anche solo dal disagio; lo shock provato in chiesa si è dissipato, e ciò che rimane non è sofferenza ma semplice apatia. Stephen è ai miei occhi solo l'ennesimo maschio che dovrebbe radersi e perdere la pancetta, l'ennesimo avvocato che aspetta il giorno di paga per andare a divertirsi. Magari un tempo mi sembrava magico, ma adesso non è più così. Il piedistallo su cui l'avevo posto è finalmente svanito; il sollievo nel realizzare che l'ho superata, tuttavia, non mi procura alcun entusiasmo. Mi fa solo venir voglia di andarmene a fare qualcos'altro.

«Congratulazioni» dico. «Sono felice per te». Non sono propriamente felice per lui, ma magari col tempo lo diventerò.

«Che fai, mi lasci così?» Piega la testa di lato e la parte di me che si ricorda com'era essere la sua ragazza vorrebbe dargli un pugno in faccia non tanto per me, quanto per lei. 'Smettila di comportarti come se non fossi fidanzato! Smettila di comportarti come se non fossi fidanzato!'

«Sì».

«Non vuoi fare ancora due chiacchiere? O magari due passi?»

Lo sguardo fisso dei suoi occhietti verdi è determinato e irremovibile come sempre, ma invece di crollare stavolta sento scattare qualcosa dentro di me, un interruttore silenzioso che illumina la verità, e trovo la mia risposta. Solo ora mi rendo conto di ciò che rappresento per lui, di ciò che ho sempre rappresentato per lui, e la parte di me che sarebbe emozionatissima all'idea di andare con Stephen a fare una passeggiata e scoprire a cosa quella passeggiata potrebbe portare non esiste più, nemmeno a livello inconscio: è semplicemente svanita. Nella sua espressione assorta e divertita vedo il rischio e l'eccitazione che parlare con me gli procura. Non ha niente a che vedere con *me.* Sento una voce familiare che mi risuona in testa. La voce di un'adolescente.

'Non lo conosci. È uno più grande, di Bayville'.

E all'improvviso lo so, perché quando scopri la verità la *senti*, nel profondo, fin nelle ossa, e ti sembra familiare e lontana a un tempo, come un déjà vu, come aprire la valigia in un luogo sconosciuto e sentire odore di casa.

«Non posso fare una passeggiata» rispondo. «Devo rimanere con la sposa». Gli rivolgo un sorrisino e giro sui tacchi. Poi però continuo il giro fino a fronteggiarlo di nuovo. Non posso non dirglielo.

«Ho sempre voluto chiedertelo...» Fisso gli occhi nei suoi. «Per caso al liceo conoscevi una ragazza di nome Macy Petersen?»

«Macy Petersen». Stephen pronuncia il suo nome lentamente, indugiando su ogni sillaba. Si poggia un dito sul mento e mi trapassa con lo sguardo, gli occhi sorridenti. «Non mi pare proprio».

So che sta mentendo, nello stesso modo in cui semplicemente si sa che sta per piovere, per via dell'elettricità che carica l'aria e precede il fulmine. So cosa ha fatto a Macy. È una consapevolezza istintiva così forte che penso che a trasmettermela sia stata Macy in persona: un contatto diretto tra me e lei. Non riesco ad afferrare i dettagli; non ci sono prove di nessun tipo, solo una certezza inesplicabile e incontestabile.

«Perché me lo chiedi, Luce?» dice lui, lo sguardo fisso su di me.

Mi limito a stringermi nelle spalle. Sento ancora i suoi occhi su di me mentre gli do le spalle e mi allontano, stavolta per sempre. Sapere che mi sta seguendo con lo sguardo non mi fa più alcun effetto.

Forse perché ho visto Bree ed Evan condividere un amore

che ho sempre pensato fosse anche alla mia portata, o forse perché ho incontrato Stephen, così palesemente uguale a com'era un tempo, incapace di cambiare ma in grado di fare cose inimmaginabili, o forse perché crescere significa anche questo, rendersi conto delle cose quando è ora di rendersene conto, ma quando afferro la mia pochette dal tavolo numero otto ed esco dal tendone lo faccio armata di una certezza assoluta.

La luce di fine estate sta sbiadendo, ma l'aria è ancora tiepida. Tiro fuori il cellulare e supero la piscina, addentrandomi nel parco dei Donovan.

CJ risponde al primo squillo. «Stavo proprio aspettando che mi chiamassi. Dimmi tutto».

E io le dico tutto, non trascuro neanche un dettaglio, perché ormai sia io che CJ abbiamo imparato che trascurare i dettagli può essere molto pericoloso. Le racconto del pranzo delle damigelle e della cena di prova, della cerimonia e del fatto che ho visto Stephen e la sua fidanzata, che indossava un vestito pacchiano; poi del primo ballo di Bree ed Evan e di quanto il vestito da sposa di lei fosse spettacolare: condividere tutte queste cose con mia madre è incredibile. Una parte di me vorrebbe dirle anche che so la verità sulla morte di Macy – sul fatto che quella notte con lei c'era Stephen – ma quello è l'unico particolare che tralascio. Non so perché, ma ho l'impressione che quel messaggio fosse destinato solo a me. «Era *ovvio* che si sarebbe trovato una fidanzata pacchiana» dice CJ.

«Ho detto che il vestito era pacchiano».

«Il che significa che lo è anche lei, se lo ha scelto».

«Non volevo certo insultarla, CJ».

«Be', allora ti stai comportando in modo molto maturo. Io gli avrei tirato un bicchiere d'acqua in faccia».

«Se lo avessi fatto, mi avrebbero preso tutti per pazza. E poi non me ne importa abbastanza. Pensavo che me ne importasse... mentre aspettavo che questo weekend arrivasse mi sono praticamente ammalata, e quando ho visto l'anello di lei ho pensato che avrei vomitato davanti all'altare. Ma poi è scomparso tutto. Ho visto Bree ed Evan ballare per la prima volta da marito e moglie e tutte quelle cretinate su Stephen hanno smesso di tormentarmi. Non lo so, è stato come se non fosse cambiato niente, a parte che all'improvviso vedevo le cose in modo diverso, e mi sono sentita più forte e felice».

«Be', il tempo e la distanza aiutano a fare chiarezza e certe volte non capiamo le cose finché non arriva il momento giusto».

«Già. È solo che non so davvero cosa stessi pensando per tutti quegli anni. O meglio, lo so e non lo so».

«Tutti abbiamo una storia così, Luce. Un uomo di cui pensi che non ti libererai mai, quello che ti entra sottopelle e che ti incasina la vita per un po'. Io ce l'ho avuto di sicuro».

«Davvero?»

«Ma certo. Cole Hammond. Ti ho raccontato di lui, vero? Adesso ci penso a malapena, ma quando è successo è stata una cosa grossa. Quando il fumo che annebbia ogni pensiero razionale si dirada, realizzi però che uomini come quelli sono comunque utili, perché se non altro ti fanno capire cos'è che *non* vuoi dalla vita».

«Già» dico poggiandomi contro il tronco di un grosso acero, le cui fronde illuminate dalla luna appena sorta proiettano ombre ai miei piedi. «Adesso lo capisco. Quando ho parlato con Stephen, stasera, mi sono resa conto che per lui ero sempre e solo una fonte di intrattenimento – un *oggetto* – e che lui vede le relazioni in questo modo, come cose che potrebbero tornargli utili; non vorrei mai stare con uno così, neanche tra un milione di anni. E nemmeno lo odio più. Mi ha messo solo una gran tristezza addosso».

«Be', ma *è* una cosa triste» sospira CJ. «Sono orgogliosa di te, Luce. Parli proprio come una vera buddhista».

«Non so, CJ. Mi ha fatto bene venire qui, rivedere Jackie e Pip è stato fantastico, mi mancavano... ma sono stanchissima. Non ho nessuna voglia di rientrare in città, domani».

«Allora non tornarci. Prendi il treno e vieni qui. Vengo a prenderti io. Possiamo fare un po' di yoga, o farci le unghie, o qualcosa del genere».

«Non mi va di rientrare in città nemmeno lunedì, a dire il vero».

«Allora prenditi la giornata libera. Puci?»

«Impossibile. Abbiamo una consegna importante».

«Mmm».

«Il fatto è, CJ...»

«Spara, Pepe».

«Penso di voler lasciare New York». Quando lo dico ad alta voce, mi rendo conto che è vero. «Non è per una ragione specifica. Cioè, il mio lavoro non mi piace, quindi sicuramente c'è quello. Ma un tempo sognavo tanto di viaggiare e di scrivere e di fare la giornalista e mi pare di aver abbandonato tutti quei sogni, a un certo punto, anche se non capisco bene dove e quando. E sì, ogni tanto scrivo da freelance, ma non posso certo farne una carriera finché continuo a lavorare nelle vendite. Diciamoci la verità: a *The Suitest* non c'è alcun futuro, in termini editoriali, per me. Non so, CJ. Credo di aver bisogno di andarmene per un po'. Per capire cosa voglio davvero».

«Be', credo che dovresti dare ascolto a ciò che provi. Ho sempre pensato che saresti stata una scrittrice fantastica, e so che puoi farcela, se è ciò che veramente desideri. Non dovresti sentirti così 'impantanata'. Non è mai troppo tardi per cambiare».

«Quindi tu non pensi che sia una cattiva idea? Lasciare New York?»

«Al contrario. Adoro il fatto che tu sia vicina a noi, ma Luce, questa è la tua vita. Il mondo è immenso. Vale la pena sognare davvero in grande».

«Hai ragione. È solo che... Non saprei neanche da dove cominciare».

«Vieni a casa e domani ci ragioniamo un po' insieme. Affrontiamo tutto un giorno alla volta».

«Okay». Sto sorridendo. «Adesso è meglio che vada, CJ. Non voglio perdermi i brindisi. Ti chiamo domani dal treno. Ti voglio bene».

«Io di più».

Chiudo la chiamata e rivolgo di nuovo lo sguardo al ricevimento, al tendone bianco perla che sfolgora nel crepuscolo, animato dal suono dell'orchestra e dagli invitati che ballano. Mi liscio con le mani il davanti del vestito e torno indietro, verso la musica.

Ringraziamenti

Sarah Cantin e Allison Hunter: non riuscirò mai a ringraziarvi abbastanza. Voi due insieme avete migliorato immensamente questo libro, rendendolo anche più bello di quanto fosse nei miei sogni. Sarah, grazie perché sei un'editor brillante, perché condividi le mie idee, perché hai capito quanto questo libro poteva essere speciale fin dalla sua fase embrionale, e perché hai reso reale quel potenziale. Allison, sei intrepida e saggia e straordinaria e io mi considero fortunatissima ad averti come agente; non sarei riuscita a ottenere nulla di tutto questo senza i tuoi consigli pieni di buonsenso, il tuo costante entusiasmo e il tuo sostegno incrollabile.

Amelia Russo, grazie per aver letto le prime numerosissime stesure, e per le conversazioni ricche di spunti su Aspen che mi hanno spinto a scrivere le prime pagine di *Tell Me Lies* cinque anni fa: non dimenticherò mai quel momento. Mille grazie a Joycie Hunter, Ryan Payne, Hannah Thompson, Ginger Nelson, Sangeeta Mehta, Stefanie Lieberman, Emily Finnegan, Elsie Swank, Claire Abbadi, e ai miei genitori e fratelli per aver letto le varie stesure del manoscritto, fornendomi feedback preziosi e un entusiasmo che mi ha spinta a insistere. Joycie, grazie per aver creduto in questo romanzo quando non ci credevo nemmeno io. Ryan, grazie per aver creduto in me quando io non riuscivo a farlo; non lo dimenticherò mai.

Ai miei amici: sapete chi siete, e grazie perché mi state accanto. Sarò eternamente grata per le lunghe e utilissime conversazioni avute con tutti voi. Joanie Choremi, Dru Davis, Maggie Seay, Julia Livick, e Charlotte Hardie: siete le mie sorelle, e avete contribuito a portare in vita i personaggi di Pippa, Bree, e Jackie. Kacey Klonsky, grazie per le sedute fotografiche e per essere un così prezioso sostegno per me. Grazie a Eliza Carter. Grazie a Chloe LaBranche per il tuo aiuto. Grazie a Laura Van Ingen, e Lily Haydock per i suggerimenti e le dritte su Long Island.

Grazie a Danielle Lanzet, Rachel Crawford, e Duvall Osteen: i vostri consigli iniziali sono stati più utili di quanto immaginiate. Grazie a Susan Breen e al mio indimenticabile gruppo del New York Pitch Conference per il sostegno. Grazie Eric Rayman, Haley Weaver, Clare Mao, Sherry Wasserman, Felice Javit, Judith Curr, Albert Tang, Bianca Salvant, e a tutti i dipendenti di Simon & Schuster, Atria, e Janklow & Nesbit che hanno collaborato a questo progetto: grazie a Stephanie Mendoza e Ann Pryor.

Stevie Nicks, grazie per aver creato musiche che hanno ispirato questo libro, e me. Grazie ai miei amici di CorePower Yoga, vicini e lontani: la nostra comunità per me è come casa. Grazie ai miei professori del Taft and Colorado College per avermi insegnato a scrivere, soprattutto Jennifer Zaccara, Steven Le, e Lisa Hughes.

Philip e Alexandra Walsh siete magnifici scrittori, e il vostro talento, coraggio e grazia continuano a incantarmi. A mio zio Philip, eccezionale scrittore, grazie per i consigli e l'incoraggiamento. A VSL e JSL, grazie per l'amore incondizionato (è sempre nel mio cuore). A Rob, grazie per essere la mia cassa di risonanza e il mio amore. Sono fortunatissima ad averti accanto. Infine: mamma, papà, Charlie, Ellie, B, e R: grazie, grazie, grazie. Vi voglio un bene indescrivibile. Non troverei mai le parole per esprimere ciò che significate per me, quindi non ci proverò nemmeno.

Fotocomposizione: Alessio Scordamaglia

Finito di stampare
nel mese di maggio 2023
per conto della Adriano Salani Editore s.u.r.l.
da Elcograf S.p.A., Stabilimento di Cles (TN)
Printed in Italy